Peter vom Falkenberg – Die Teufelsweiber vom Rhein
Historischer Roman

ISBN 978-3-945763-35-3

1. Auflage 5/2017


Bergischer Verlag
RS Gesellschaft für Informationstechnik mbH & Co. KG
Verleger Arndt Halbach, Martin Czialla
Auf dem Knapp 35 / 42855 Remscheid
E-Mail: info@BergischerVerlag.de / www.BergischerVerlag.de

Lektorat: Klaus Söhnel / Axel Schneider
Umschlagentwurf mit Bildern von Markus Hartung und den Teufelsweibern Lisa, Inka und Penny auf Schloss Burg. Auf den Innenseiten ist der Holzschnitt von Anton von Worms »Ansichten von Köln 1531« abgebildet.
Gesamtherstellung: Bergischer Verlag, Ernst-Wilhelm Bruchhaus
Druck: in Deutschland

Peter vom Falkenberg

# DIE TEUFELSWEIBER VOM RHEIN

Historischer Roman

Bergischer Verlag

Einen besonderen Dank an die Ausdauer der drei »Hübschlerinnen« Inka, Penny und Lisa, die sich mit passenden Gewandungen auf Schloss Burg für die Fotos zur Verfügung gestellt haben. Natürlich auch an Markus Hartung, der mit rund 500 Aufnahmen seinem Beruf alle Ehre machte. Ein weiterer Dank an den lieben Gott, der an diesem Tag im Herbst neun Stunden die Sonne scheinen ließ.

# Drei Jungfrauenschicksale
## 1

Das Jahr des Herrn 1258 war kein gutes Jahr – nein, es war ein verfluchtes Jahr. Die drei Schweine waren nicht richtig fett geworden, und die kleine Schar an Hühnern hatte auch noch der Fuchs dezimiert. Die Schweine mussten sie für ihren Grafen mästen, während sie selbst kaum etwas zu essen auf dem Tisch hatten.

Der kleine Fronhof vor den Toren Huckengeswages war schäbig und heruntergekommen – die Kate hatte schon bessere Zeiten gesehen. Die beiden einzigen Zimmer wirkten eher wie ein Stall als eine Wohnstube. Hier wohnten nicht nur Georg, Adelheid und ihre Tochter Grimhild, nein, die Bauernfamilie musste die beiden Räume auch noch mit dem Federvieh teilen, das in den Zimmern seine Ausscheidungen und dementsprechend beißenden Gerüche hinterließ. Adelheid beförderte die Hinterlassenschaften der Tiere mehrere Male am Tag nach draußen.

Familie Feldmann hatte ein schweres Schicksal: Auf ihrem kleinen Stück Land trieb ein Fuchs sein Unwesen. Zwei ihrer kostbaren Hühner hatte Meister Rotpelz bereits erbeutet. Oft dachte Georg: »Ein Hund könnte wohl Abhilfe schaffen – doch womit sollten wir ihn füttern?« Hunde waren bei der einfachen Bevölkerung äußerst unbeliebt; es war höchstens anerkannt, dass sie zur Treibjagd abgerichtet wurden, ansonsten galten sie als unnütze Fresser. Doch hier auf dem Fronhof hätte Georg einen Wachhund gut gebrauchen können.

Im Auftrag des Grafen Arnold von Huckengeswage bewirtschaftete Familie Feldmann ein kleines Stück Land; sie waren Leibeigene und standen in seinem Lohn. Und mit dem Herrn Grafen war nicht zu spaßen, er war überall als harter Hund bekannt. »Wie soll ich das dem Schultheißen beibringen, wenn er seinen Zehent von uns verlangt?«, stöhnte Georg. So schloss er die restlichen Hühner kurzerhand in seine Wohnstube ein, wo sie ihm die Holzbänke und den Tisch verdreckten. Auch das fortwährende Gegacker der Vögel setzte ihm mächtig zu.

Am Abend stand Adelheid an der kleinen Feuerstelle und war soeben dabei, in ihrem gusseisernen Kessel einen Gemüseeintopf zu kochen. Georg und Grimhild saßen am Tisch vor ihren Holzschüsseln, hielten ihren Löffel in der Hand und warteten darauf, dass Adelheid ihnen gleich eine Kelle Suppe in die Schüssel goss. Auf dem Tisch stand ein Weidenkorb mit vier Tage altem Brot. Da sprang wieder eines der Hühner auf den Tisch und ließ einen weißen Kothaufen fallen. Als es gleich darauf gackerte und zum zweiten Mal ansetzte, verlor Georg die Geduld. Er packte das Huhn von hinten am Kopf und verdrehte diesen kräftig seitwärts. Ein knackendes Geräusch durchdrang den Raum, und das Huhn schlug wild mit den Flügeln. Blitzschnell zog Georg das Federvieh vom Tisch, beförderte es auf den Lehmboden der Stube und hielt es so lange fest, bis es unter seiner Hand erschlafft war. »Mein Gott, Mann, was hast du da gemacht!«, rief Adelheid aufgebracht und riss sich die Hände vors Gesicht. Sie fühlte, dass ihr Mann in seinem Wutausbruch gerade einen großen Fehler begangen hatte. »Wisst ihr was?«, rief Georg. »Der Fuchs frisst sich an unseren Hühnern satt, und wir kauen auf Möhren, Löwenzahn- und Brennnesselblättern herum. Jetzt ist Schluss damit – ich will endlich mal wieder ein Stück Fleisch zwischen den Zähnen haben!« Er erhob sich, nahm sein Messer und ging zur Tür. »Ich bin gleich wieder zurück.« – »Warte, Vater«, sagte Grimhild, »ich helfe dir. Zu zweit geht es besser.«

Zwei Stunden später saß Familie Feldmann satt und zufrieden am Tisch, knabberte an den letzten Knochen und den knusprigen Flügeln – sie ließen keine Faser Fleisch übrig. »Von den Knochen koche ich uns für morgen eine kräftige Brühe«, sagte Adelheid. Nur die Möhren lagen unangetastet am Tellerrand, aber auch dafür würde sich ein Abnehmer finden – schließlich hatten sie ja noch drei magere Schweine, die sie für den Herrn Grafen mästen sollten. Auch hier stellte sich immer wieder die Frage: womit?

Der Sommer 1258 neigte sich dem Ende zu, als der Schultheiß des Grafen Arnold von Huckengeswage mit seinen Eintreibern vor der Stubentür der Feldmanns stand. Der Zehent musste gezahlt werden; so war das jedes Jahr, und es war immer das gleiche Elend. Der Schultheiß stieg von seinem Pferd und ging an den vor ihm liegenden Erzeugnissen vorbei. Sorgfältig hatte Georg sie vor seinem Haus aufgereiht. »Bleib nur ruhig«, flüsterte Adelheid ihrem Mann zu, »lass dich nicht reizen!« Sie kannte ihren Georg; er war so manches Mal leicht aufbrausend und hatte sich dann nur schwer im Griff.

»Das Gemüse sowie das Getreide kann ich ja noch gelten lassen, aber die Schweine sind eindeutig zu mager – die sehen aus wie ein Haufen wandelnder Knochen. Wo, bitte schön, ist denn da das Fleisch? Ihr habt sie wieder halb verhungern lassen. Und die Hühner – da fehlen doch einige!«, urteilte der Schultheiß und blickte dabei auf ein mitgeführtes Pergament. Es war seine Bestandsliste.

Georg baute sich vor dem Schultheißen auf: »Womit soll ich denn die Schweine füttern, wenn es nicht einmal für uns reicht? An dem Hühnerdrama ist ein Fuchs schuld, der uns immer wieder die Hühner stiehlt. Ich habe die Viecher schon im Hause eingeschlossen.« Die Erzeugnisse, die vor seinem Haus lagen, wurden von den Helfern des Schultheißen auf den mitgebrachten Karren geladen. Reinhold, einer der Helfer, beobachtete dabei die ganze Zeit über die junge Grimhild; er ließ sie keine Sekunde aus den Augen. Mit ihren vierzehn Jahren war sie körperlich bereits eine junge Frau. »Gerade reif«, dachte Reinhold, »wie ein praller, saftiger, schmackhafter Apfel, direkt zum Reinbeißen!« Ihr braunes Haar trug sie als Zopf, der in mehreren Windungen an ihrem Hinterkopf von einer Nadel zusammengehalten wurde. Unter ihrer Tunika malten sich zwei pralle Brüste ab. Reinhold bemerkte ihre Unsicherheit daran, dass sie die Arme vor ihrem Busen verschränkte und vor lauter Verlegenheit von einem Bein auf das andere wechselte. Dabei vermied sie es, ihn anzusehen. Sie kam ihm vor wie eine dieser schmackhaften Süßwassermuscheln vom Grunde der Weper, deren Schalen er nur noch öffnen müsste, um an das feste Fleisch zu kommen.

Georg und seine Frau Adelheid standen ein paar Schritt entfernt und sahen zu, wie die Helfer ihre mühsam erzeugten Waren auf den Karren verluden. In Georg breitete sich eine gewisse Wut aus. Wie so häufig, konnte er wieder einmal seine Zunge nicht im Zaume halten. »Das muss ja ein wahrlich berauschendes Gefühl sein, den armen Bauern ihre Erzeugnisse abzunehmen, ohne etwas dafür getan zu haben.« – »Meine Güte«, dachte Adelheid, »wie spricht er denn nur mit dem Vertreter unseres Grafen?« Der Schultheiß hatte die Worte genau verstanden: »Euch stich wohl der Hafer, hier solche Worte von Euch zu geben! Männer, nehmt diesen Bauernknecht fest! Ein paar Tage im Schandkorb dürften ihn schon wieder zur Vernunft bringen – er muss lernen, seine Zunge zu zügeln.« »Was?«, schrie Georg. »In einen Schandkäfig wollt Ihr mich stecken? Nicht mit mir! Jahrelang haben wir für unseren Grafen geschuftet, und es ist heute das erste Mal, dass wir den Zehent nicht erfüllen können – und das auch nur wegen eines Fuchses!« Zwei der Helfer wollten ihn an den Armen greifen und zu einem der Wagen bringen, aber Georg sprang zurück und griff nach seinem Knüppel, der an der Hauswand lehnte. Mit zwei gezielten Schlägen beförderte er die Helfer auf die Knie. Laut jammernd hielt sich der eine den Kopf, der andere presste seine Hand aufs Schulterblatt. Georg war zwar für einen Bauern nicht besonders kräftig gebaut, aber mit seinem Stock konnte er perfekt umgehen – damit war er äußerst schnell. Der Schultheiß war von dieser heftigen Gegenwehr überrascht und zog nun sein Schwert. Adelheid riss sich die Hände vors Gesicht und schrie: »Was machst du denn da, Mann? Du stößt deine ganze Familie ins Unglück!« Wieder einmal hatte sich Georg nicht im Griff gehabt. Immer wieder gab es Lebenslagen, in denen er sein Temperament nicht zügeln konnte.

Plötzlich standen drei Männer um Georg herum und hielten ihm ihre Spieße vor die Brust. »Ihr habt wohl einen Frosch gefrühstückt, so wie Ihr hier herumhüpft. Nehmt ihn fest!«, befahl der Schultheiß. »Schmeiß den Knüppel fort – du machst alles nur noch schlimmer!«, rief Adelheid verzweifelt. Die junge Tochter stand am Schweinetrog, hielt die Hände vors Gesicht und weinte bitterlich. In ihrem jungen Leben war sie trotz ihrer Armut gut behütet aufgewachsen und hatte sich nie zuvor in einer solchen Lage befunden. Diese Machtlosigkeit ließ sie am ganzen Körper zittern – solche Angst hatte sie bisher noch nicht erlebt.

Langsam begriff Georg, dass es zwecklos war, sich gegen die Übermacht der drei Helfer des Schultheißen zu wehren. Was hätte er mit seinem Stock schon gegen drei auf ihn gerichtete Spieße ausrichten können! Also ließ er entmutigt den Knüppel sinken. Sofort griffen die Helfer zu, drehten ihm die Arme auf den Rücken und banden sie mit Stricken fest. »Das wird dir teuer zu stehen kommen, du Burentroll!«, fauchte der Schultheiß ihn an und warf dabei einen lüsternen Blick auf die immer noch zitternde Grimhild. Der Schultheiß flüsterte einem seiner Männer etwas ins Ohr, dieser verzog sein Gesicht und lachte gehässig. »Aber natürlich, Herr, ganz wie es Euch vorschwebt«, gab er zur Antwort. Dann schnappten sie sich auch Adelheid, banden sie und warfen sie auf die Ladefläche des Fuhrwerkes, auf der bereits ihr Mann lag. Daraufhin verschwanden die Männer mit ihrer menschlichen Ladung in Richtung Huckengeswage. »Bitte, Herr, tut unserer Kleinen nichts an!«, rief Adelheid vom Wagen aus dem Schultheißen entgegen, so als ahnte sie, dass hier noch etwas passieren würde. Grimhild stand immer noch zitternd am Fresstrog und wusste nicht, wie ihr geschah. Der Schultheiß ging auf sie zu, nahm ihre Hand und sah sie mit einem Lächeln an: »Komm mit, mein pralles Täubchen. Ich werde dir einmal zeigen, wie schön das Leben sein kann. Ihr habt doch bestimmt in eurer Hütte ein weiches Lager!« – »Bitte Herr, bitte nicht«, stammelte Grimhild, die wusste, was nun auf sie zukam. Es war ja keine Seltenheit, dass sie am Brunnen mit ihren Freundinnen darüber gesprochen hätte. Hinter vorgehaltener Hand tuschelten die Mädchen über die Liebe und über das erste Mal. Fast alle waren noch Jungfern, doch jede von ihnen träumte davon, dass eines Tages ein Ritter oder sogar ein Prinz sie entführen würde; ihrer Fantasie waren keine Grenzen gesetzt, doch die Wirklichkeit schien anderes mit ihnen vorzuhaben.

Der Schultheiß erblickte die Schlafstelle und warf Grimhild mit einem gezielten Stoß auf das Strohlager: »Komm, mein Täubchen, jetzt werden wir ein wenig Spaß haben, auch wenn du noch so kräftig mit deinen Flügeln schlägst. Selbst wenn du fliegen könntest – von hier gäbe es kein Entkommen für dich.« Er ließ sich auf die Knie sinken, öffnete das Waffengehänge, warf es beiseite und schob seine Tunika hoch. Grimhild zuckte und wand sich unter ihm wie ein an Land zappelnder Aal, doch den Kräften des Schultheißen hatte sie nichts entgegenzusetzen. Nun drückte er ihr die Beine auseinander und zerrte dabei an ihren Beinkleidern, bis er ihr braunes Dreieck freigelegt hatte. Gierige Schweißperlen machten sich auf seiner Stirn breit. »Ich bin wohl dein erster Mann, wie?« Er riss ihr das geschnürte Mieder auseinander und machte sich an ihrem Busen zu schaffen. Grimhild weinte bitterlich, versuchte sich immer wieder gegen den Schultheißen zu wehren, doch mit ihren geringen Kräften war sie dem Kerl gegenüber völlig machtlos. Nun fing er an, ihren Busen zu kneten, während er laut stöhnend in sie eindrang. Ein Schmerzensschrei kam aus ihrem Munde, und sie warf den Kopf hin und her. Aber all ihre Anstrengungen waren vergeblich. Wie ein wilder Stier stieß der Schultheiß zu und schnaufte ebenso. »Das erste Mal ist immer besonders aufregend, mein Täubchen!«

Irgendwann – Grimhild hatte jegliches Zeitgefühl verloren – hatte sie die Schändung endlich überstanden. Mit lautem Stöhnen ließ der Schultheiß von ihr ab, stand auf und zog sich wieder an: »So schnell werden deine Eltern nicht zurückkommen. Was hältst du davon, wenn ich dir des Öfteren einen kleinen Besuch abstatte? Ich könnte mir gut vorstellen, dass wir ein nettes Paar abgeben werden!« Laut lachend verließ er das Haus, schwang sich auf seinen Gaul und ritt davon.

Mit verweintem Gesicht und noch etwas Stroh in den Haaren erhob sie sich, immer noch am ganzen Leibe zitternd. Sie griff nach einem Tuch, rannte hinaus zur Viehtränke, tauchte es ins Wasser und wusch sich gründlich zwischen den Beinen. »Ich bin beschmutzt«, jammerte sie, »mein Leben ist dahin!« Nach weiterer Reinigung ging sie zurück in die Hütte, warf sich auf ihren Strohsack und weinte bitterlich. Das hatten ihr die Mädchen vom Brunnen ganz anders geschildert.

Grimhild schlief erschöpft ein und wachte am nächsten Morgen von Albträumen gequält und schweißgebadet auf. Sie erhob sich und ging wie ein gehetztes Tier hin und her durch den Raum. Angst machte sich in ihr breit. Was, wenn der Schultheiß zurückkäme? Ihr das Gleiche erneut antun würde? Hier konnte sie nicht länger bleiben. Sie kam sich vor wie ein zerbrochener Tonkrug. Ihre behütete Jugend war mit einem Schlag beendet. Von jetzt auf gleich war sie ohne eigenes Zutun eine Erwachsene geworden.

Grimhild beschloss, das elterliche Haus für immer zu verlassen – doch wohin sollte sie gehen? Sie war mittellos und sich des Wagnisses bewusst, das sie nun eingehen würde. Sie packte ihre wenigen Habseligkeiten in ein Laken, befestigte es an einem Tragestock, ging zur Feuerstelle und löste einen Stein aus der Wand. Hier hatte ihre Mutter ein kleines Geheimfach mit ein paar Pfennigen für den Notfall angelegt, der nun, so meinte sie, eingetroffen war. »Jetzt bestehle ich schon meine eigenen Eltern! Doch eines Tages«, sagte sie zu sich, »werde ich es ihnen zurückzahlen.« Weit würde sie mit den wenigen Pfennigen nicht kommen, sie waren nur ein Tropfen auf den heißen Stein. Ein letztes Mal setzte sie sich für einen kurzen Moment an den schäbigen Küchentisch. Mit beiden Händen stützte sie den Kopf, der ihr zu zerplatzen drohte. Sie dachte an den letzten Winter, an vereiste Pfützen, auf die sie so gerne mit den Füßen sprang, und wie wundervoll sie es fand, wenn die Eisschicht mit einem knackenden Geräusch zerbrach und sich unzählige Risse im Eis bildeten. So ähnlich kam sie sich jetzt vor – als hätte ihr gesamter Körper Risse bekommen.

Ohne eine Vorstellung davon, was nun mit ihrem Leben, mit ihrer Zukunft passieren würde, machte sich Grimhild auf, den Hof zu verlassen. Ab heute musste sie ihr eigenes Leben finden.

Ohne sich auch nur einmal umzublicken, verließ sie den Hof ihrer glücklichen Kindheit und begab sich zur Heerstraße, die sie in Richtung Lennep führte und von dort weiter in die große Stadt Colonia am Rhein. Dort wollte sie ein neues Leben beginnen.

## 2

Südlich der Schaafenstraße, zwischen den Straßen Rinkenpfuhl und Mauritiuswall gelegen, lag der Stammsitz der Patrizierfamilie Kleingedank. Neben den Overstolzen und weiteren Patrizierfamilien waren auch die Kleingedanks eine mächtige Kölner Familie, die seit Jahren in der Stadtpolitik mitmischte und manchen Bürgermeister gestellt hatten. Es war im Jahr 1258, kurz vor dem Weihnachtsfeste. Die Familienmitglieder saßen gemeinsam beim vorweihnachtlichen Abendmahl im kleinen Speisesaal ihres Hauses. Hildeger Kleingedank, der Patriarch der Familie, saß am Tisch vor Kopf neben seiner Frau Anne. Jeweils zwei seiner vier Töchter saßen an der Seite des schweren Eichentisches. Am unteren Ende nahm seit Jahren Hildegers Vater mit seinen vierundsiebzig Jahren platz. Vor Kurzem noch hatte Anne Kleingedank gemeint: »Dein Vater wird alt wie eine Schildkröte, und so beweglich ist er auch.« – »Ja, so ist das, mein Vater ist zäh wie der Rand einer mit Knorpel und Fett durchzogenen Rinderhälfte.«

Der Stammsitz der Kleingedanks war kein gewöhnliches Haus, es erinnerte mehr, zumindest von der Inneneinrichtung her, an ein kleines Prunkschloss. Die Wände waren mit schweren Gobelins behangen, auch besaß das Haus richtige Fensterscheiben, die in Bleiverglasungen gefasst waren. Dies hatte den Vorteil, dass es in den kälteren Monaten nicht so im Hause zog. Verglasungen waren so kostspielig, dass sich so etwas bis auf einige Patrizierfamilien nur noch die Kirchen leisten konnten.

Hildeger sah seine Töchter an. Wie gerne hätte er einen Sohn gehabt, einen Erbfolger! Alle vier waren hübsche und aufgeweckte Weibsbilder, aber auch durch seine Frau völlig verzogen. Leider hatte es nicht für einen Jungen gereicht, Gott hatte es wohl so gewollt. Vor ein paar Tagen sprach er noch mit seinem Freund Gottfried Hardevust über das Thema. Dieser war Junggeselle und bewohnte ein Haus am Heumarkt. »Weißt du, Gottfried, ich habe vier Töchter – sag mir, was ich falsch gemacht habe!« – »Ach, alter Freund, das kann nur an deinem Weibe liegen, und die ist nun zu alt, um weitere Kinder zu bekommen. Die Kutsche ist abgefahren!«, war seine Antwort.

Die Magd Margarete betrat den kleinen Saal: »Das Essen ist angerichtet – darf ich es auftragen, Herr?« Hildeger Kleingedank winkte mit der Hand: »Ja, Margarete, ich bitte darum.« Die Magd drehte sich um und begab sich in die Küche, um die ersten gefüllten Silberplatten zu holen. »Ach, Margarete«, dachte Hildeger, »wenn es dich nicht gäbe!« Für den Hausherrn war die Magd die perfekte Abwechslung in seinem Kaufmannsleben. Sie besaß alles, was seine Frau nicht hatte und wofür er schwärmte. Margarete war groß gewachsen, hatte einen straffen Busen, lange Beine und ein verführerisches Gesicht. Wenn sie ihn mit ihren Augen anstrahlte, war es um Hildeger geschehen. Sie besaß kleine Lachfältchen in den Augenwinkeln, und ihr Blick versprühte Feuer und Temperament. Jede Gelegenheit nutzten die beiden aus, um ihrem Liebesspiel zu frönen. Immer, wenn die Kinder mit ihrer Mutter das Haus verließen, machten sich die beiden übereinander her und lebten ihr Laster aus.

Margarete betrat den Saal mit zwei gefüllten Silberplatten, auf dem Fasane angerichtet waren. Knusprig gebraten, auf den eigenen bunten Federn liegend, sahen sie zum Anbeißen aus. Geschmückt hatte der Koch das silberne Tablett mit Äpfeln, Birnen und verschiedenen Kräutern. Opa Kleingedank hielt schon sein Messer in der Hand: »Das sieht aber wieder einmal gut aus. Alles, was Flügel hat und herumflattert, mag ich ganz besonders gern. Lieber als das zähe Schweine- und Rindfleisch – und die bunten Federn können wir noch an den Hutmacher verkaufen«, stammelte er mit seinen restlichen acht Zähnen im Mund. »Ich kann den Alten nicht mehr sehen und hören«, flüsterte Anne Kleingedank ihrem Manne ins Ohr. Da der Alte schwerhörig war, bekam er das meiste sowieso nicht mehr mit. Die Bediensteten brachten weitere gefüllte Schüsseln – einen Topf mit einer fetten Tunke, gekochte Möhren und Kohl, dazu einen Laib frisches Brot. Den Kleingedanks mangelte es an nichts.

»Morgen werde ich mit den Kindern noch einmal Besorgungen erledigen«, sagte Anne zu ihrem Mann. Der war froh und nickte: »Ja, macht das – ich habe noch viel zu arbeiten so kurz vor dem Feste, Lieferscheine kontrollieren, Bestellungen schreiben und Gehälter auszahlen.« Während er dies sagte, warf er seiner Magd Margarete einen lüsternen Blick nach. Er dachte dabei an alles andere, nur nicht an Lieferscheine. Wieder einmal könnte er mit Margarete seine Gefühle ausleben, und was ihm besonders an der Sache gefiel, war, dass seine Magd es genau so gerne mit ihm trieb.

»In drei Stunden werde ich zurück sein«, rief Anne am folgenden Tag ihrem Manne zu, der hinter seinem Schreibtisch saß und unter seinem Tisch bereits mit seinem Wertesten spielte. »Ja, ja, lass dir ruhig Zeit!« Als er die Türe ins Schloss fallen hörte, rief er: »Margarete, sie sind fort, du kannst jetzt kommen.« Diese Aufforderung brauchte sie kein zweites Mal. Ihrer Beinkleider hatte sie sich bereits entledigt, sodass sie nur noch ihre lange Gewandung trug, so wie es der edle Herr am liebsten mochte. Ohne eine weitere Anweisung abzuwarten, ging sie ins Kontor, beugte sich über den Schreibtisch und zog sich den Rock bis zu ihrem Kopfe hoch. »So ist es brav, mein Kind!«, stammelte Hildeger und steckte von hinten sein Glied in das schwarze Dreieck. Ein gemeinsames Stöhnen drang durch das Kontor. »Wie lange habe ich auf diesen Moment gewartet!«, sagte der Herr des Hauses. Er fasste ihre Oberschenkel und zog ihren Hintern im Takt auf sich zu.

Doch nun sollte etwas passieren, was das Leben der Magd von heute auf morgen verändern würde. Während ihres Beilagers öffnete sich leise die Tür und Anne Kleingedank stand urplötzlich mit offenem Mund im Raum und staunte nicht schlecht. Was sie in diesem Moment sah, verschlug ihr glatt die Sprache. Sie hatte nur die Geldkatze vergessen und sie noch schnell holen wollen. Hildeger und Margaret hatten von ihrem Erscheinen noch nichts bemerkt, bis Anne Kleingedank plötzlich laut aufschrie: »Ihr Schweine, was treibt ihr denn da?« Nun war es keine Seltenheit, dass sich Adelige, Ritter oder auch Patrizier am eigenen Personal zu schaffen machten, doch das hier, so war sie der Meinung, ging entschieden zu weit. Schnell sprangen die beiden hoch und sortierten ihre Kleider. »Raus mit dir, du geiles Weibsbild! Kaum verlässt man das Haus, da machst du dich über meinen Mann her, schämen solltest du dich!«, schrie sie die Magd an. Wie aus dem Nichts stand nun auch Opa Kleingedank im Türrahmen: »Bravo, mein Junge, gib's dem Weibsbild! Das erinnert mich an meine Jugend.« – »Raus hier!«, rief Anne Kleingedank, »verschwinde auf dein Zimmer! Das hier geht dich nichts an.« – »Och, das habe ich aber schon ein paar Mal beobachtet, das macht einem Manne doch richtigen Spaß.« Kichernd wandte sich Opa Kleingedank um und murmelte: »Gute Güte, so einen Hintern würde ich auch gerne noch einmal in meinen Händen halten – wäre ich doch nur zwei Jahre jünger ...« – »Zwei Jahre!«, warf ihm seine Schwiegertochter an den Kopf. »Zwanzig Jahre, du Lüstling!«

Anne ging auf die Magd zu: »Pack dein Bündel – in zehn Minuten bist du hier verschwunden!« Dann ging sie zu ihrem Mann und packte ihn am Ärmel seiner Tunika: »Du kommst mit, wir haben zu reden.« Die beiden gingen in Hildegers Arbeitszimmer: »Was hast du dir nur dabei gedacht! Bis jetzt waren wir glücklich verheiratet, haben vier gesunde Töchter, und du treibst es mit unserer eigenen Magd.« Verlegen sagte ihr Mann: »Ich weiß es auch nicht, entschuldige bitte, aber ständig versucht sie, mich zu verführen. Sobald du das Haus verlässt, prahlt sie mit ihren Reizen, ich kann mich dagegen nicht wehren.« Anne Kleingedank wusste, dass Margarete über zehn Jahre jünger war als sie. Auch erkannte sie genau den gewissen Reiz ihrer Jugend, und auch Margaretes Körper war nicht von schlechten Eltern, doch konnte sie dieses Verhalten nicht durchgehen lassen. »Ich muss jetzt zu unseren Kindern, sie warten vor dem Haus auf mich. Wir reden heute Abend weiter, aber die Magd muss weg.« Hildeger nickte: »Ja, Frau«, gab er klein bei, »ich kümmere mich darum.« Anne verließ das Haus, und ihr Mann begab sich erneut zu der Magd. »Das war es dann wohl; aber mach dir keine Gedanken, ich kümmere mich um dich.« Er schritt zu seinem Schreibtisch, nahm die Feder auf und schrieb etwas auf ein Stück Pergament. »Hier, das ist die Adresse meines Freundes Gottfried Hardevust, er wohnt am Heumarkt, direkt neben dem Bürstenmacher. Gehe zu ihm, er wird dich als Magd einstellen. Ich werde dich des Öfteren dort besuchen.« Zum Schluss gab er ihr noch ein paar Silberlinge.

»Ist sie verschwunden?« – »Ja Weib, ich habe ihr fristlos gekündigt. So etwas wird sicherlich nicht mehr vorkommen; verzeih mir bitte«, klagte Hildeger seiner Frau. »So wollen wir es dabei bewenden lassen«, sagte Anne. Weiter konnte sie nicht gehen, das wusste sie genau. Ihr Mann war so mächtig, dass sie bei einer Trennung in allen Bereichen den Kürzeren gezogen hätte, und dabei konnte sie nur äußerst schlecht abschneiden und dazu auch noch das Gesicht verlieren.

Es wurde trotz allem noch ein besinnliches Weihnachtsfest, obwohl Hildeger sich beim Anblick seiner Familie so seine Gedanken machte. Seine Frau saß wieder neben ihm, vor Kopf der plappernde Vater und an den Seiten des Tisches, wie die Hühner auf der Stange, seine stets unzufriedenen Töchter. So richtig wohl fühlte er sich in seinem eigenen Haus nicht. »Was mache ich hier eigentlich noch?«, fragte er sich immer häufiger. Auf die Fragen der Kinder, wo denn Margarete sei, gab man ihnen die Antwort, sie hätte eine neue Anstellung bei einem anderen Patrizier gefunden, und das war ja auch nicht gelogen. Das wusste aber nur der Herr des Hauses.

So kam es dazu, dass Hildeger im neu angebrochenen Jahr vermehrt Handelsbeziehungen zu seinem Freund Gottfried Hardevust aufnahm, wobei er ihm regelmäßig Besuche abstatten musste, die er mit einem kleinen Besuch bei Margarete verknüpfte.

Im Frühjahr 1259, als er seine ehemalige Magd erneut besuchte, unterbreitete sie ihm die Nachricht, dass sie ein Kind von ihm erwartete. Hildeger zog die Brauen hoch und meinte: »Falls es ein Junge werden sollte, kann es mir nur recht sein.« In diesen Kreisen war es keine Seltenheit, einen Bastard zu haben, so bereitete ihm die Neuigkeit keine besonderen Sorgen. »Meine gute Margarete, mach dir deshalb keine Sorgen, ich werde für euch aufkommen.« Sein Freund Gottfried Hardevust nahm das Ganze mit einem Lächeln hin: »Vielleicht klappt es ja noch mit einem männlichen Nachfolger«, sagte er süffisant.

## 3

Direkt neben dem Aachener Tor besaßen die Trautheims den Gasthof »Zum Aachener Tor«. Er befand sich seit Jahrzehnten in Familienbesitz – genauer gesagt in der dritten Generation. Wilhelm Trautheim führte den Gasthof; seine Frau Irene arbeitete Abend für Abend in der Küche, um die Gäste mit schmackhaftem Essen zu verwöhnen. Sie war in Colonia für ihre gutbürgerliche Küche bekannt. Ihre 15-jährige Tochter Agnes übernahm das Bedienen der Gäste. »Ich weiß nicht«, sagte Wilhelm zu seiner Frau, »aber irgendwie vernachlässigt unsere Tochter immer häufiger ihre Arbeit. Sie redet fast nur noch mit den jungen Burschen; den älteren Gästen knallt sie regelrecht das Bier und das Essen auf den Tisch.« – »Das liegt daran, dass unsere Kleine langsam erwachsen wird. Ist dir das noch nicht aufgefallen?« – »Ach so, das heißt, wenn man erwachsen wird, kann man die Arbeit auf der halben Arschbacke erledigen?«, murrte Wilhelm. Seine Frau schmunzelte: »In ihrem Alter hat man halt auch etwas anderes im Kopf. Dazu zählen jetzt die jungen Burschen.« Wilhelm schnalzte mit der Zunge: »Dir ist aber bewusst, dass die jungen Männer auch bestimmte Vorstellungen in ihren Köpfen mit sich herumtragen?« – »Wir sollten unsere Kleine vermehrt im Auge behalten«, sagte Irene und ging zurück in die Küche.

Zur Vesper füllte sich der Gasthof, wie jeden Abend. Meistens waren es Händler, Kaufleute und Handwerker, die zum Abendessen kamen. Die Handwerker waren überwiegend an der Dombauhütte beschäftigt. Viele gingen nach dem Essen, andere – die sogenannten Zecher – blieben bis zum Ladenschluss. Als der letzte Gast schwankend den Gasthof verließ, stand Wilhelm mit zwei Besen in den Händen im Raum: »Jetzt müssen wir noch ausfegen und die Vorbereitungen für den morgigen Tag treffen.« – »Ich bin es leid, bin müde und muss ins Bett«, stöhnte Agnes. »Komm, ich helfe dir«, sagte ihre Mutter. »Die Stühle hoch auf die Tische, und dann fegen wir die Sägespäne auf die Straße – die Essensreste holen sich die Ratten.« Widerwillig ergriff Agnes den Besen und fegte die Gaststube aus.

Am darauf folgenden Abend betraten vier Steinmetze die Gaststube; sie bestellten Essen und Dünnbier. Alle Burschen waren so um die zwanzig Jahre alt und genossen es förmlich, mit der hübschen Wirtstochter zu flirten. Während ihrer kurzen Gespräche fand Agnes heraus, dass die vier Burschen auf der Dombaustelle arbeiteten. Einer gefiel ihr ganz besonders, sein Name war Walter. Er schmeichelte ihr an dem Abend häufig und fragte sie auch, ob sie ihn nicht einmal auf der Baustelle besuchen wollte. Agnes lächelte und meinte: »Schon möglich.« Wie Blitze funkelten sie sich mit den Augen an, und am Abend, als Agnes in ihrem Bette lag, merkte sie, dass sie sich in den Steinmetz verliebt hatte. Sie fuhr mit der Hand unter die Decke; ein wohliges Gefühl durchströmte ihren Körper. Als sie endlich einschlief, träumte sie von Dingen, die sie niemandem hätte erzählen dürfen.

Am nächsten Tag war der Gasthof wie immer um die Mittagszeit geöffnet, danach war geschlossen bis zur Vesper. Diese vier Stunden wollte Agnes nutzen, um die Dombaustelle aufzusuchen. Neugierig, wie sie nun einmal war, wollte sie dem Steinmetz Walter einen Besuch abstatten. So schlenderte sie vom Gasthof durch Colonia, bis sie die Baustelle erreicht hatte. Aber so einfach war das alles nicht. Hier bei der Vielzahl der Arbeiter jemanden zu finden, war nicht ganz so leicht. Es war wie mit der berühmten Nähnadel im Heuhaufen. Ihr blieb ihr nichts anderes übrig, als sich bei den Arbeitern nach den Steinmetzen und deren Aufenthaltsorten durchzufragen. Überall wurde gewerkelt, gesägt und gehämmert. Riesige Gerüste standen an verschiedenen Mauern des Domes. Mit unzähligen Männern hinter sich kam der Erzbischof von Colonia, Konrad I. von Hochstaden, im Ornat und mit der Mitra an ihr vorbei. »Was für ein mächtiger Mann!«, dachte Agnes. Wild fuchtelte er mit den Armen um sich, zeigte dabei auf bestimmte Punkte am Dom, so, als wollte er den Männern etwas zeigen. Wie es aussah, dachte Agnes, waren die Männer allesamt Handwerker des Doms. Als die Herren an ihr vorbeigegangen waren, hatte sie einen freien Blick auf das Gerüst. Endlich entdeckte sie ihn, oben auf dem zweiten Laufgang. »Fleißig bei der Arbeit?«, rief sie zu ihm hinauf. Als Walter sie erkannte, winkte er ihr zu: »Einen Moment, ich komme hinunter.« Er kletterte die Stufen der Leiter hinab und sprang den letzten Schritt auf den Boden: »Schön, dass du mich besuchen kommst! Einen Moment, bitte.« Er ging zu seinem Vorarbeiter, sprach kurz mit ihm und kam zurück: »Ich habe mich für eine halbe Stunde abgemeldet. Komm, lass uns ein wenig gehen.« Kühn griff er nach ihrer Hand und die beiden schlenderten zum Heumarkt. Agnes schwebte auf Wolke sieben.

## 4

Ein Gebäude am Osttor der Stadt, im Jahre 1261. Böse, weibliche Zungen behaupteten, es sei das Hurenhaus vom Rhein. Es gab aber auch eine Menge Leute, hauptsächlich Männer, die der Meinung waren, es sei das Haus der schönen Mädchen, oder wie es auch genannt wurde, das »Haus der kleinen Sünden«. Dieses angeblich verruchte Gebäude befand sich am Boots- und Fähranleger, direkt am Kölner Ufer. Margarete und Grimhild saßen im Zimmer von Agnes, die gerade dabei war, ihren Freundinnen eindringlich ihre Lebensgeschichte zu schildern.

Grimhild sagte: »Erzähl weiter! Ihr seid also durch Colonia geschlendert … wie geht die Geschichte weiter« – »Nun, ich muss überlegen, es ist ja schon fast drei Jahre her. Ich war mit Walter auf dem Heumarkt. Wir gingen zu einem Brunnen, setzten uns, er legte seinen Arm um meine Schultern. Ich hatte mich über beide Ohren in ihn verliebt und ich glaube, jetzt im Nachhinein, er ahnte es. Er zog mich an sich heran und gab mir einen langen Kuss. Mein ganzer Körper fing an zu pulsieren, nie zuvor hatte ich solche Gefühle erlebt. So etwas in der Öffentlichkeit war selbst für die große Stadt Colonia eine Dreistigkeit. Viele Bürger sahen uns verächtlich an. Wir störten uns aber nicht an den Blicken der fremden Leute, bis plötzlich mein Vater mit hochrotem Kopf vor uns stand. Er griff nach meiner Tunika, zog mich hoch und brüllte: ›Du Schlampe, vergnügst dich hier mit einem Kerl, mitten auf dem Heumarkt. Du ruinierst unsere Familie, mein Geschäft und unseren guten Namen!‹ – ›Aber ich habe doch nur …‹, da landeten seine fünf Finger in meinem Gesicht. Er hatte mir eine laut schallende Ohrfeige verpasst. Walter sprang auf und wollte mich vor meinem jähzornigen Vater schützen. ›Setz dich, du geiler Bock! Machst dich hier an Kinder ran! Und du, Agnes, kommst jetzt mit nach Hause.‹ Nun machte ich mich groß: ›Das lasse ich mir von dir nicht bieten. Ich liebe Walter und bleibe bei ihm, da kannst du so lange herumschreien, wie du willst!‹ Mein Vater überlegte kurz, bevor er in drohendem Tonfall sagte: ›Gut, wenn das so ist, dann hol deine Sachen und verschwinde von hier. Ab jetzt haben wir keine Tochter mehr. Betritt unseren Gasthof nie wieder! In einer Stunde bist du verschwunden.‹ Und er drehte sich um und ging.«

Grimhild und Margarete sahen sich an: »Bei der heiligen Magdalene, ist das aufregend!«, sagte Grimhild und ergriff ihren Becher. »Zum Verschnaufen erst mal einen Schluck Wein – prost, Mädels!« Die drei Freundinnen stießen an und nahmen einen kräftigen Zug aus ihren Bechern. »Was passierte danach?«, fragte Margarete. – »Nun, ich ging mit Walter zum Gasthof, packte mein Bündel und verließ, ohne ein weiteres Wort zu verlieren, unser Haus. Meine Mutter war nicht dort gewesen, sie besorgte auf dem Markt einige Zutaten fürs Essen. Seitdem habe ich sie nie wieder gesehen. Meinen Vater würdigte ich keines Blickes. Für drei weitere Tage wohnte ich bei Walter. Er hatte ja einen mündlichen Vertrag mit der Dombauhütte, den er beim Baumeister auflöste. Er plante, zurück nach Dortmund zu gehen, von wo er stammte. Dortmund war und ist immer noch die Stadt des Bieres, und dieses Gesöff sollte noch eine tragende Rolle in unserer Beziehung spielen. ›Ich verdiene dort zwar etwas weniger als hier in Colonia, aber es dürfte dennoch für uns beide reichen. Außerdem habe ich keine Lust, hier deinem Alten ständig über den Weg zu laufen‹, war seine Meinung, und so gingen wir nach Dortmund.

Zunächst war alles gut, wir fanden ein Zimmer, er hatte schnell Arbeit und wir liebten uns fast täglich. Ich hielt das Zimmer sauber, kochte für ihn und – das muss ich leider sagen – ich verwöhnte ihn viel zu sehr. Sechs Monate lang stimmte die Harmonie, doch dann fing er an, nach Feierabend mit seinen Freunden Wirtshäuser aufzusuchen, was mir gegen den Strich ging. Immer häufiger musste ich auf ihn warten. Oft kam er betrunken nach Hause, warf sich auf sein Bett und schlief ein. So hatte ich mir das nicht vorgestellt. Zunächst sagte ich nichts dazu, doch eines Tages war meine Geduld zu Ende und ich stellte ihn zur Rede. Ich wartete auf eine günstige Gelegenheit: ›Soll das jetzt immer so weitergehen? Kommst du jetzt nur noch betrunken nach Hause? Bedeute ich dir nichts mehr?‹, fragte ich ihn. Er sah mich böse an; diesen Blick war ich nicht gewohnt, den hatte ihn noch nie zuvor bei ihm gesehen. ›Was bildest du dir eigentlich ein? Ich gehe hier jeden Tag schwerster Arbeit nach, und du hängst den ganzen Tag hier herum und musst mir auch noch Vorwürfe machen. Was ist denn das für ein Leben? Such dir gefällig eine Arbeit und hör mit dem Gemeckere auf!‹ Ich dachte, ich hörte nicht richtig. ›In unserem Gasthof in Colonia habe ich genügend Männer erlebt, die dem Bier und dem Wein zusprachen. Das ist nie gut ausgegangen.‹, antwortete ich ihm. Er kam auf mich zu und sah mich böse an: ›Wenn dir das nicht passt hier, geh doch zurück in euren Gasthof, ich halte dich bestimmt nicht fest!‹, sagte er, drehte sich um und warf seinen müden, betrunkenen Körper auf den Strohsack, wo er auch schnell einschlief. Mir blieb der Mund offen stehen. Ich habe nie herausbekommen, was die Ursache seiner plötzlichen Veränderung war.

Es ging noch zwei Wochen so weiter, bis ich erneut eine Aussprache suchte, doch dieses Mal endete es in einem Unheil. Er schlug mir mehrere Male die Hand ins Gesicht. Das war für mich der Zeitpunkt, ihn zu verlassen. Am nächsten Morgen kratzte ich das restliche Geld zusammen und verließ Dortmund für immer.«

»Gute Güte, ganz schön aufregend, das Ganze«, sagte Grimhild. Margarete zog ihre rechte Braue hoch, das machte sie immer, wenn sie weitere Fragen hatte: »Und wie bist du hier in unsere Einrichtung gekommen?« – »Das kann ich euch schnell erzählen. Das Geld war zügig verbraucht. Ich versuchte mich als Magd oder als Küchenhilfe. Egal, die Hauptsache war, etwas Geld zu verdienen. Weit kam ich damit nicht, so arbeitete ich in verschiedenen Gasthöfen, wo die Männer mir bestimmte Angebote machten. Sie boten mir so viel Geld, dass ich dafür einen halben Monat hätte arbeiten müssen. Eines Tages, das Geld war verbraucht, ging ich auf das erste Angebot ein. Bald merkte ich, wie einfach man zu schnellem Geld kommen konnte. Ja, und eines Tages landete ich hier – damit ist meine Geschichte zu Ende.«

»Heute, bei diesem Dauerregen, werden wir keine Freier mehr bekommen. Jetzt bist du an der Reihe, Grimhild«, sagte Agnes. Grimhild räusperte sich: »Ähnlich, es war ähnlich wie bei dir. Nach der Schändung durch den Schultheißen verschwand ich aus Huckengeswage. Zunächst kam ich nach Lennep, in die Tuchmacherstadt. Mir ging es genau wie dir. Die Armut brachte mich fast um, aber ich bekam fast täglich Angebote von Männern. Nach der Schändung durch den Schultheißen weigerte ich mich standhaft, für fremde Männer meinen Rock zu heben. Ich hatte Hunger, der Magen knurrte, ich schlief in Scheunen; wenn ich Glück hatte, fand ich etwas Stroh. Doch was sollte ich machen, wenn der

Winter käme? Da sagte ich zu mir: ›Gut, ich mache es, aber nur mit ganz jungen Männern!‹ Alte Haut wollte ich nicht an meinem Körper spüren. Nun war es aber so, dass die jungen Männer nicht gerade über größere Geldsummen verfügten, also blieb mir nicht viel übrig, als es auch mit den Greisen zu treiben. Bald kam die Erfahrenheit, schnell lernte ich, mich immer besser zu verkaufen, doch dieses Umherziehen, die Unsicherheit bereiteten mir Angst, was auch der Grund dafür war, mich hier zu bewerben. Hinter vorgehaltener Hand wurde über mich getuschelt. Als Wanderhure haben sie mich bezeichnet. Den Rest kennt ihr ja.«

»Da heute wohl der Tag der Wahrheit und der Erzählungen ist, möchte ich euch meine Geschichte ebenfalls mitteilen«, sagte Margarete. »Auch ich hatte eine glückliche Kindheit, bis zu einem bestimmten Tag. Mein Vater – Gott hab ihn selig – war Rheinfischer, er war stolzer Besitzer eines Nachens. Das ist ein kleines Fischfangboot, es wird auch Stocherkahn genannt. Er betrieb die Reusenfischerei. Die gefangenen Fische, hauptsächlich waren es Aale, wurden geräuchert. Ein Teil blieb für uns, einen anderen Teil verkauften wir an die Gasthäuser. Fast täglich hatten wir Fisch auf dem Teller. Wir waren zwar nicht reich, konnten uns aber einigermaßen den Bauch füllen.

Dann kam der Tag, der unser Leben verändern sollte. Mein Vater kam nicht mehr vom Fischfang zurück. Etliche Schritt stromabwärts wurde sein leerer Nachen mit dem Kiel nach oben auf einem Kiesbett angespült gefunden. Meinen Vater fand man nicht. Der Hauptmann meinte, sein Boot wäre wohl gekentert und mein Vater ertrunken. Hinzu kam noch, dass er nicht schwimmen konnte.

Nun hatten wir keine Einnahmequelle mehr. Meine Mutter brachte mich als Magd im Hause des Patriziers Kleingedank unter. Der hatte nichts Besseres zu tun, als mich schleunigst zu entjungfern. Ich muss gestehen, das abwechslungsreiche Liebesspiel gefiel mir. Ich trieb es recht gerne mit ihm. Kurz darauf starb dann noch meine Mutter vor lauter Gram. Wie gesagt, wurde ich also von dem Patrizier schwanger. Das Ergebnis ist nun fast drei Jahre alt. Ich nannte den Kleinen Johannes, ihr Mädels kennt ihn ja zu gut und habt ihn lieb gewonnen. Zu dem Zeitpunkt lebte ich bei Hildegers Freund Gottfried Hardevust. Anne Kleingedank, Hildegers Frau, die uns erwischt hatte, kannte keinen Kompromiss, ich musste das Haus verlassen. So vermittelte Hildeger mich zu seinem besten Freund, wo ich wieder als Hausmagd unterkam.

Das Leben bei Gottfried Hardevust war nicht schlecht. Da er wusste, dass ich eine Liebschaft mit Hildeger hatte, seinem besten Freund, und dass ich bereits schwanger war, ließ er mich in Ruhe. Nach der Geburt des Sohnes wollte Hildeger mir ein Zimmer besorgen und sich um mich kümmern. Er war stolz, nun einen Jungen zu haben, auch wenn er ein Bastard war. Er versprach mir die schönsten Dinge dieser Welt. Hätte ich eingewilligt, wäre ich völlig von ihm abhängig gewesen – das konnte ich mir nicht antun. Gottfried Hardevust wollte mich inzwischen auch loswerden. Ihn verdross das Geschrei meines Sohnes. Hildeger war beleidigt und ließ sich eine Zeit lang nicht mehr bei mir blicken. So kam ich hierher. Die Hureneltern nahmen mich auf, und so endete ich genau wie ihr als Hübschlerin. Wo ist denn mein Junge eigentlich?«, fragte Margarete nach. »Der ist unten im Empfangsraum und spielt mit den anderen Mädchen«, gab Grimhild preis. »Ja, er ist überall im Hause beliebt, ich bin froh, dass er hier angenommen wird; nicht jeder nimmt eine Hübschlerin mit einem kleinen Jungen auf«, sagte Margarete. – »Schön, dass wir über alles plaudern konnten! So ein Dauerregen, wie er da draußen tobt, hat auch manchmal gewisse Vorteile: Da bleiben die Freier aus«, meinte Grimhild. – »Aber auch das Geld«, grinste Agnes.

## Drei Freundinnen im Hurenhaus
## 5

Das »Haus der Huren« oder das »Haus der hübschen Mädchen« waren Namen, die das Volk erfunden hatten. Der wirkliche Name der Einrichtung, und der stand auch über der Eingangspforte, lautete »Haus der kleinen Sünden«. Es war eines von vielen hier in der Umgebung von Colonia, es hatte aber auch eine gewisse Auszeichnung. Zwölf Mädchen zwischen fünfzehn und dreißig Jahren boten hier ihre Dienste an. Geführt wurde das »Haus der kleinen Sünden« von einem Ehepaar, was eine Seltenheit darstellte. Hannes und Hanna hießen die Betreiber. Hanna war für die Sauberkeit zuständig und kümmerte sich um die kleinen Wehwehchen der Mädchen. Ihr Mann Hannes sah sich die Freier genauer an – nicht jeder Strauchdieb bekam hier Zutritt gewährt. Es gab schon eine gewisse Prüfung. Viele Stammkunden kamen regelmäßig. Dazu zählten Seeleute, Patrizier, Kaufleute, Händler, aber auch Handwerker, so sie denn sauber waren.

Ohne Verhütungsmittel durfte kein Freier mit einer Hübschlerin verkehren, das war eine Grundvoraussetzung. So pflegten Hannes und Hanna gute Verbindungen zu einigen Fleischhauern und Abdeckern, die ihnen die nötigen Schweinedärme zur Verhütung besorgten. Man konnte dieses Haus schon als recht edel bezeichnen. Kein anderes Hurenhaus am Rhein wurde so unbeirrbar in der Auswahl der Freier und in Bezug auf die Sauberkeit geführt. Das hatte sich in den Jahren herumgesprochen. Hannes begutachtete die neuen Freier und erledigte den geldlichen Teil des Geschäftes. Genauestens führte er die Kerbhölzer der Mädchen. Einmal im Monat wurde abgerechnet. Aufgeteilt wurde das Geld wie folgt: Die Mädchen mussten einen Anteil für ihre Zimmer bezahlen, was nicht gerade wenig war. Einen Teil legte Hannes für die Ratsherren der Stadt Colonia beiseite, die sogenannte Pacht, und den Rest teilten er und seine Frau mit den Mädchen auf. Es war so etwas wie eine Teilhaberschaft, was es in dieser Form nicht ein zweites Mal am Rhein gab.

Die meisten Mädchen sprachen von einer Übergangslösung. Sie wollten Geld beiseitelegen, um nach ein paar Jahren auszusteigen. Dabei dachten sie daran, einen kleinen Laden zu eröffnen oder einen Handel zu betreiben, Hauptsache, wieder ein gewöhnliches Leben zu führen. Manch eine wechselte die Stadt und zog irgendwohin, wo man sie nicht kannte.

»So, Johannes, wir haben jetzt genug mit dir gespielt – geh mal wieder zu deiner Mutter«, sagte Hanna und schickte den Burschen einen Stock höher, wo sich die Zimmer der Mädchen befanden. »Sie wartet sicherlich schon auf dich«, gab ihm Hannes noch mit. Mit flinken Schritten rannte er die Treppen hinauf: »Also bis morgen«, rief er noch kurz und winkte den Mädchen zu. Johannes war das einzige Kind im »Haus der kleinen Sünden«. Die Mädchen rissen sich förmlich um ihn, weil fast alle mit dem Gedanken spielten, eines Tages auch eine Familie zu gründen und ein Kind zu bekommen. Aber Johannes erste Wahl blieb die Hurenwirtin Hanna; mit ihr verstand er sich am besten und sie hatte den Kleinen ins Herz geschlossen.

Vier der ehemaligen Hübschlerinnen waren so etwas wie Vorbilder für die anderen. Sie hatten bereits den Absprung geschafft. Zwei waren nun in Bonn mit ihren Geschäften auf den Märkten tätig, eine in Lennep und die letzte in Solengen, wo sie – wie man hörte – jeweils erfolgreich arbeiteten. Hannes und Hanna hatten Verständnis dafür, dass einige nach fünf bis sechs Jahren ihren Abschied planten. Für sie wurden neue, gut gewählte und auserlesene Mädchen eingestellt. »So, mein Junge, ab ins Bett«, sagte Margarete, nahm Johannes an die Hand und verschwand im Nebenraum, wo sich die Schlafkammer der beiden befand. »Sag noch zu Grimhild und Agnes Gute Nacht.« Johannes winkte den beiden: »Bis morgen!«

Zur Komplet saßen die drei Freundinnen immer noch zusammen. »Habt ihr es gehört?«, sagte Agnes. »Unser Erzbischof ist gestorben.« Grimhild nickte: »Das ist schon überall bekannt. Es hat sich wie ein Lauffeuer in der Stadt herumgesprochen. Er soll in der Johanneskapelle des Domes begraben werden.« Margarete legte wieder einmal ein Bein über das andere, und die Freundinnen wussten, dass sie etwas sagen wollte: »Der Dom ist doch noch eine riesige Baustelle.« – »Ja, das ist richtig, da herrscht noch sehr viel Durcheinander. Das weiß ich von meinem Steinmetz Walter. Aber Konrad von Hochstaden war einer der Initiatoren des Dombaus gewesen, deshalb erhielt er einen Bestattungsplatz im noch unvollendeten Dom.«

»Lasst uns das Thema wechseln – was ist denn nun mit unseren Zukunftsplänen?«, fragte Grimhild. »Also, ich habe vor, noch drei weitere Jahre hier zu arbeiten. Wenn Johannes sechs Jahre alt ist, wird es Zeit, hier Adieu zu sagen – es sei denn, Hildeger heiratet mich vorher«, deutete Margarete an. – »Warum eröffnen wir nicht zusammen einen Laden? Geld dürfte dann genug vorhanden sein. Was haltet ihr von einer Töpferei? Wir kaufen die Waren direkt beim Töpfermeister und ziehen über die Märkte, um sie unters Volk zu bringen«, sagte Agnes. Margarete und Grimhild überlegten kurz: »Das wäre eine Möglichkeit. So etwas könnte man auch mit Tuchen machen. Wir fahren in die Tuchmacherstadt Lennep, da sind die Waren billiger als hier in Colonia, kaufen günstig ein und bieten sie auf verschiedenen Märkten feil«, sinnierte Grimhild. »Vielleicht sollten wir uns vorher ausrechnen, womit man den größeren Gewinn macht. Es gibt nicht nur Ton und Tuche – was wäre zum Beispiel mit einem Gasthaus?«, warf Margarete in den Raum. »Wäre auch nicht schlecht«, sagte Agnes, »damit kenne ich mich aus.«

Grimhild schüttelte den Kopf: »Alles richtig, was ihr da sagt, aber ich habe da noch eine andere Schwierigkeit: Seit man mich damals geschändet hat, habe ich keine Verbindung mehr zu meinen Eltern gehabt. Ich weiß nicht einmal, ob sie noch auf dem Bauernhof vor Huckengeswage leben. Was ist aus ihnen geworden? Ich kann ja schlecht zu ihnen gehen und sagen: Hallo, ich bin wieder da, mir geht es gut, ich bin jetzt eine Hure und arbeite im ›Haus der kleinen Sünden‹.« – »Ähnlich ist das bei mir auch. Meine Eltern betreiben ja hier in Colonia den Gasthof zum

Aachener Tor. Ich bin mir nicht sicher, ob sie wissen, dass ich hier als Hübschlerin arbeite. Vielleicht denken sie, ich wäre noch mit Walter in Dortmund. Wenn ich unser Haus verlasse, meide ich das Viertel, wo der elterliche Gasthof steht; ich habe nicht vor, meinem Vater oder meiner Mutter über den Weg zu laufen«, sagte Agnes.

»Also sollten wir noch drei Jahre hier zusammen weiterarbeiten, und wenn ihr dann selbstständig seid, könnt ihr euren Eltern als gestandene Geschäftsfrauen gegenübertreten und die Vergangenheit unter den Teppich kehren«, riet ihnen Margarete. »So oder so ähnlich werden wir es machen. – Ich bin müde, schlaft gut, Mädchen«, sagte Grimhild. – »Ja, es ist Zeit, wer weiß schon, was morgen alles passiert. Es ist ein verdammt aufregendes Leben, das wir hier führen«, bemerkte Margarete, stand ebenfalls auf und verließ Agnes' Zimmer.

## 6

Um die Sext flog die Türe im »Haus der kleinen Sünden« auf. Ein kleiner Mann mit schwarzen Haaren betrat mit einem breiten Lächeln die Eingangshalle: »Allora, binne wieder in Colonia, wo isste meine Prinzessin Grimhild?« – dabei packte er sich mit der rechten Hand in den Schritt. Da er wegen seines Temperaments durchaus im ganzen Haus bekannt war, ging ein lautes Lachen durch den Empfangsraum. Er war allen Damen bestens bekannt, wollte aber seine feurige Liebe ausschließlich mit Grimhild machen, worauf diese auch ein wenig stolz war. Jedes Mal, wenn er im »Haus der kleinen Sünden« war, unterbreitete er ihr einen Heiratsantrag.

Grimhild kam die Treppe herunter und breitete ihre Arme aus: »Alfonso, du bist wieder im Land – wie schön!« Die beiden drückten sich kräftig. Grimhild nahm seine Hand, und gemeinsam verschwanden sie auf ihr Zimmer. »Habe diche so vermisste, meine Prinzessin. Warum du miche nicht endlich heiraten, dann du lerne meine Familie kennen und meine gute Mamma. Meine

Lombardei isse viel schöner als hier dasse kalte Colonia.« Sie setzten sich auf die Kante ihres Diwans: »Ach, mein Freund, wenn alles nur so einfach wäre«, sagte sie. »Isste einfach, du musste nur wollen. Du biste meine Traum, ich immer an dich denken, wenn iche nicht hier bin.«

Alfonso fing an, sich zu entkleiden: »Kanne kaume noch abwarten. Habe Sehnsucht nach deine lange Beine und nach deine Brüste. Hmm. Wenn iche sie seh, denke ich an swei halbe Melonen mit kleine Oliven drauf.« Grimhild lachte: »Du bist mir ein Verrückter!«, kicherte sie. Irgendwie war ihr Alfonso aber auch vertraut. Er gab ihr ein gutes Gefühl, denn er war einer ihrer ersten Freier gewesen, damals, als sie gerade im »Haus der kleinen Sünden« anfing zu arbeiten. Alfonso überzog nun ihren Körper mit Küssen; er fing an den Füßen an und arbeitete sich langsam nach oben vor. Als er an ihrem braunen Busch angelangt war, sagte er: »Du musste noch einen Moment warten, du biste später dran.« Nun küsste er ihren Bauch, ihren Nabel und erreichte ihren Busen. Als er kurz aufblickte, hielt er inne. Er sah an der Wand ein Stück Holz mit dem gekreuzigten Jesus hängen. Dessen Anblick schien ihm die Lust zu nehmen, also stand er auf, nahm das Kreuz von der Wand, öffnete den Deckel von Grimhilds Truhe und ließ es darin verschwinden. »Entschuldige, ich dich holen später zurück und hängen dich wieder an die Wand.« Alsbald setzte er sein Kussszenario fort.

»Oh meine Prinzessin, jetzt ich dich nehmen«, flüsterte er und drang in sie ein. Ein anhaltendes Stöhnen drang über seine Lippen. Grimhild kannte sein Verhalten; sie wusste genau, dass es, wenn sie jetzt ihre langen Beine um seinen Rücken spannte, nicht mehr lange dauerte und das Beilager beendet war. Alfonso mochte diese Umklammerung ganz besonders. So schnell und temperamentvoll er war, so hastig war das Beilager auch wieder beendet. Jedes Mal sagte er dann: »Mamma Mia, jetzte du musste einen Moment warten, ich binne bald wieder bereit für neues Spiel mitte dir, meine Prinzessin.« Grimhild konnte es nur recht sein, schließlich hatte er sie bis zum Morgenmahl bezahlt. Aus dem Nebenzimmer drang das gekünstelte Stöhnen von Margarete, die ebenfalls mit einem Freier beschäftigt war. Fünf Minuten später war Alfonso neben ihr eingeschlafen.

Sie ließ ihre Gedanken in die Ferne schweifen. Noch drei weitere Jahre hier arbeiten, hatten sie und ihre Freundinnen sich vorgenommen. Wenn die Geschäfte so weiterliefen, würden sie eine beträchtliche Summe Geld zur Verfügung haben, mit der sie sich etwas aufbauen könnten. Ihr war aber auch bewusst, dass es nicht leicht werden würde, denn die Verpflichtungen den Freiern gegenüber hatten es in sich und waren allemal körperlich anstrengend. Sie nahm sich vor, ihren Eltern erst als gestandene Geschäftsfrau einen Besuch abzustatten, doch würde sie ihnen bald eine Nachricht zukommen lassen, dass es ihr gut ginge und dass sie sich keine Sorgen machen müssten. Es wurde langsam Zeit.

Im Empfangsraum saßen acht der Mädchen und warteten auf weitere Freier, unter anderem auch Grimhild, Agnes und Margarete. Vier der Mädchen waren auf ihren Zimmern beschäftigt. Wie in allen Städten des Frankenreichs waren auch die Hübschlerinnen hier in Colonia mit farbigen Bändern geschmückt, oder besser gesagt gekennzeichnet. In Colonia waren sie gelb, konnten je nach Stadt aber auch andere Farben haben.

Auf dem runden Tisch standen ein paar Flaschen Wein und Tonbecher. Munter wurde geplaudert, jede hatte ihre eigene Geschichte zu erzählen. Meistens endete die dargebotene Erzählung in lautem Gelächter. Unzählige lustige, aber auch ernsthafte Vorfälle hatte jedes der Mädchen bereits erlebt. Betrat aber ein Freier den Raum, stellte man das Gerede sofort ein. Hannes und Hanna, die Leitung des Hauses, standen hinter einem Tresen und hörten aufmerksam zu. Viele dieser Erzählungen hatten sie bereits in ähnlicher Form gehört, aber es kam auch immer wieder etwas Neues hinzu. An der Wand hinter ihnen hingen die Kerbhölzer der Mädchen, daneben befand sich ein großes Regal, das mit Weinkrügen sowie mit Tonbechern bestückt war. Einige Gegenstände lagen für den Kunden nicht sichtbar unter dem Tresen:

die unvermeidlichen Schweinedärme, die der Verhütung dienten, frische Tücher und diverse Stücke wohlriechender Seife. Nach jedem Besuch eines Freiers achtete Hanna mit aller Strenge darauf, dass sich die Mädchen sauber hielten. Der Ruf des Hauses ging ihr über alles. Wenn ein Mädchen ihre aufgestellten Regeln nicht einhielt, konnte es durchaus passieren, dass es des Hauses verwiesen wurde. Fast alle waren wegen ihrer Armut im »Haus der kleinen Sünden« gelandet, somit gab Hanna ihnen einen letzten Halt. Jede der Damen kannte die Frauenhausregel, in der ihre Rechte und Pflichten niedergeschrieben standen.

Während ihrer munteren Unterhaltung öffnete sich die Tür, und Hildeger betrat den Empfangsraum des »Hauses der kleinen Sünden«. Margarete erkannte ihren ehemaligen Arbeitgeber; sie schob ihren Sohn vom Schoß und erhob sich. Sie wunderte sich nicht, denn der Patrizier hing seit Jahren an ihr wie eine Klette. Als erste Handlung ging Hildeger zu Hannes und legte ihm einige Münzen auf den Tresen. Ohne ein weiteres Wort von sich zu geben, ging er auf seinen Sohn zu, breitete die Arme aus und hob ihn hoch: »Na, mein Kleiner, wie geht es dir?« – »Komm«, sagte Margarete, »wir gehen auf mein Zimmer.« Als die drei außer Hörweite waren, meinte die rothaarige Edeltraud: »Der alte Bock kann einfach von Grimhild nicht lassen – ein ständiges Rein und Raus, heiraten oder besser doch nicht heiraten. Der weiß auch nicht, was er überhaupt will.« – »Ja«, sagte Reinhild, »da magst du wohl recht haben«, und spielte bei der knappen Äußerung an ihren geflochtenen Zöpfen. Da wurde erneut die Türe geöffnet und vier Seeleute betraten das »Haus der kleinen Sünden«.

## 7

»Ich wollte mal wieder nach unserem Jungen sehen«, sagte Hildeger, legte dabei seine Schultertasche ab und zog den Halteriemen auseinander. Er griff in die Tasche und legte mehrere geschnitzte Tierfiguren auf den Tisch: »Hier, mein Junge, die habe ich dir mitgebracht.« Der Junge brach in Jubel aus und betrachtete die sauber geschnitzten Holzfiguren. »Jetzt kann ich Bauernhof spielen«, jauchzte er vor Freude, nahm die Figuren und verschwand in einer Ecke des Zimmers, um sich in sein Spiel zu versenken.

Margarete fragte: »Und – hast du es dir anders überlegt? Möchtest du den Umgang mit mir doch nicht abbrechen?« – Hildeger ging einige Schritte durch den Raum, wobei er sehr unsicher wirkte. »Wir müssen und sollten eine Lösung finden. Der Zustand, der jetzt herrscht, ist unbefriedigend. Ich möchte, dass du dieses Haus hier verlässt. Ich besorge dir ein Zimmer in der Stadt, wo ihr zusammenleben könnt. Für alles Geldliche komme ich auf«, schlug er ihr vor. – »Gerade dadurch wäre ich mit dem Jungen in allen Belangen von dir abhängig, und das kommt für mich nicht infrage.«

»Spring, mein Pferdchen, spring!«, erklang Johannes' Stimme aus der Ecke des Zimmers. – »Willst du vielleicht, dass unser Sohn in einem Hurenhaus großgezogen wird, wo es nur Weiber gibt? Ich habe Pläne mit ihm, auch wenn er ein Bastard ist. Er soll etwas Vernünftiges lernen, soll einen Lehrer bekommen, der ihn unterrichtet«, sagte Hildeger und erhob dabei drohend die Stimme. Margarete blickte ihn böse an: »Bis jetzt war dir das Hurenhaus aber für dein Vergnügen immer gut genug, sonst wärest du ja nicht so oft gekommen. Lass dich von deiner Frau scheiden, heirate mich, und ich bin hier schneller raus, als du denkst.« – »Genau das ist ja der Punkt. Meine Frau kommt aus einem angesehenen Haus, außerdem habe ich ja noch vier Töchter. Was glaubst du, was hier in Colonia los wäre, wenn ich mich von ihr trennen würde! Ich wäre das Gespött der Stadt und nach der Trennung pleite. Meine Frau und ihre Töchter würden den Löwenanteil erhalten, ist dir das nicht bewusst?« – »Also kann ja deine Liebe zu mir nicht so groß sein«, gab sie patzig zurück.

Nun senkte er seine Stimme, wodurch sie ein wenig gefährlicher klang. »Ich will den Jungen! Was aus dir wird, ist mir ab jetzt egal, verstehst du? Es gibt auch andere Möglichkeiten, an das Kind zu kommen.« »Ausgerechnet du drohst mir? Was hast du vor? Willst du mir gegenüber Gewalt anwenden?« – »Das kommt ganz darauf an, wie du dich mir gegenüber verhältst. Ich bin nicht länger gewillt, hier ständig angekrochen zu kommen, nur um meinen Sohn zu sehen«, wurde Hildeger nun lauter. – »Ach, und du glaubst, nur weil du ein Patrizier bist, kannst du machen, was du willst? Für deine Abenteuer war ich gut genug, doch eines verspreche ich dir: Der Junge bleibt bei mir. Der verlässt das Haus nur über meine Leiche«, schrie sie ihn an. Widerlich grinste Hildeger zurück: »Alles ist zu arrangieren! Treib mich nicht zur Weißglut – was glaubst du eigentlich, wer du bist! Eine gewöhnliche Hure will sich mit mir anlegen. Da bin ich schon mit ganz anderen Schwierigkeiten fertiggeworden«, sagte er, drehte sich um und verließ den Raum. – »Lass dich hier nie wieder blicken«, rief sie ihm hinterher. Hildeger gab keine weitere Antwort, sondern ging eilig die Treppe hinunter, durchquerte, ohne die Anwesenden zu beachten, den Empfangsraum und verließ das »Haus der kleinen Sünden«.

Links und rechts von Margaretes Zimmer lagen die Unterkünfte ihrer Freundinnen Grimhild und Agnes. Sie wollte ihnen das Erlebte mitteilen, wusste aber nicht genau, ob Freier auf ihren Zimmern waren. Genau in diesem Moment öffnete sich die linke Tür und ein Seemann verabschiedete sich von Agnes: »Bis in einem Monat, mein Schatz, und vielen Dank für alles!«, hörte Margarete den jungen Freier noch sagen. – »Keine Ursache! Ich freue mich, wenn du wiederkommst, und lass dir beim nächsten Mal ruhig mehr Zeit«, rief ihm Agnes nach.

»Hast du mal einen Augenblick Zeit? Bring Grimhild mit und kommt auf mein Zimmer«, sagte Margarete. – »Ich bin gleich da, muss mich noch eben frisch machen«, war Agnes' Antwort. Nach zehn Minuten betraten die beiden Freundinnen Margaretes Zimmer: »Was gibt es denn so Dringendes?«, fragte Agnes. – »Habt ihr mitbekommen, dass Hildeger hier bei mir war?« Die Mädchen nickten. »Er will mich erpressen. Meinen Jungen will er mir wegnehmen, egal wie, auch mit Gewalt, hat er gesagt, das bereitet mir Angst.«

Grimhild sah sie fragend an: »Das kann er nicht, das lassen wir nicht zu! Auch wenn wir nicht sehr geachtet sind – ein paar Rechte besitzen auch wir.« »Ich denke, solange Johannes hier bei uns im Haus ist, können wir für seine Sicherheit sorgen. Nur wenn du mit ihm in die Stadt gehst, solltest du gehörig aufpassen«, riet ihr Agnes. – »Trotzdem habe ich ein ungutes Gefühl. Noch niemals zuvor habe ich ihn so wütend erlebt, er scheint es ernst zu meinen. Vielleicht hat er Druck von seiner Frau bekommen. Wenn die reichen Herren Patrizier erfahren, dass er mit einer Hure einen Bastard hat, könnte das sehr schädlich für sein Ansehen und für seinen Ruf sein. Hildeger war schon immer eitel wie ein Pfau.« – »Wir sollten Hannes und Hanna einweihen, die stehen auf unserer Seite und könnten ihre Augen offenhalten. Bei seinem nächsten Erscheinen sollte Hannes den Patrizier abweisen, auch wenn er ein zahlungskräftiger Kunde ist. Die Sicherheit deines Jungen geht auf jeden Fall vor«, meinte Agnes. – »Augen und Ohren offenhalten, so soll es sein!«, sagte Margarete.

Im Oktober waren die Tage merklich kürzer geworden, auch das Wetter verschlechterte sich zusehends. Von ihrem Fenster aus konnte Grimhild sehen, wie die Wassermassen im großen Fluss zunahmen. Sie war das einzige der Mädchen, das in ihrem Zimmer eine zweite Türe besaß. Von außen, an der Flussseite gelegen, führte eine steile Treppe von ihrem Zimmer hinunter zum Rheinufer. Das »Haus der kleinen Sünden« befand sich nicht allzu weit vom großen Strom entfernt; trotzdem hatte es bis zum jetzigen Zeitpunkt keine Schwierigkeiten mit dem Hochwasser gegeben. Da der Schiffsverkehr nun deutlich abnahm und daher weniger Seeleute unterwegs waren, verringerte sich auch die Zahl der Besucher des Hurenhauses. Vereinzelt noch kamen Handwerker vom Dom, um sich etwas Liebe zu kaufen, und schon mal einige Kaufleute und Händler aus der Umgebung. Ein wenig Gewinn wurde aber dennoch gemacht, da die meisten Hübschlerinnen auf ihre Stammkunden zurückgreifen konnten. An unterschiedlicher Weiblichkeit war ja im Hause alles vorhanden: große und kleine Frauen, kräftige und schlanke, rothaarige, brünette, schwarzhaarige und blonde, groß- und kleinbusige – alles, was das Männerherz begehrt. So fand jeder Freier das für ihn Passende. Hinzu kam noch, dass alles sehr sauber und aufgeräumt war, was man von den meisten anderen Hurenhäusern nicht behaupten konnte.

»Könnt ihr für eine Stunde auf meinen Jungen aufpassen?«, fragte Margarete ihre Freundinnen. »Ich geh mal kurz in die Stadt und kaufe ein paar Dinge ein.« – »Selbstverständlich«, antwortete Grimhild, »bring mir bitte ein Brot vom Bäcker mit.« – »Mach ich. Bis nachher!« Margarete nahm ihren Leinenbeutel, den sie für ihre Einkäufe nutzte, und verschwand. Es waren nur einige Schritt bis zum Osttor der Stadt. Die Dunkelheit hatte bereits eingesetzt und die Bürger entzündeten die ersten Fackeln und Feuerkörbe vor ihren Häusern, um die Kunden auf ihre Läden aufmerksam zu machen. Zunächst betrat Margarete eine kleine Meierei und erwarb ein paar Stücke Käse. Die selbst gemachten Sorten sowie die frische Butter aus diesem kleinen Lädchen schmeckten Margarete besonders gut. Sie bedankte sich und ging weiter zum Bäcker, wo sie noch zwei Laib Brot kaufte. Als sie die Gasse erneut betrat, blieb sie stehen und überlegte kurz. »Etwas Wurst wäre nicht schlecht«, sagte sie zu sich und ging zum Fleischhauer. In der Auslage waren verschiedene Würste platziert, von denen aus sich ein appetitlicher Geruch verbreitete. »Was kann ich für Euch tun, edle Frau?«, fragte der Fleischhauer sie. Margarete ließ ihren Blick über die leckeren Würste gleiten und musste schmunzeln, als sie an die Wurstdärme dachte, die ja auch für andere Zwecke gut waren. Welch merkwürdigen Vergleiche einem doch durch den Kopf gehen können! »Ich hätte gerne eine halbe Hartwurst, guter Mann.« – »Diese hier?« Margarete nickte. Der Fleischhauer nahm ein großes Messer und trennte die ungefähr eine Elle lange Wurst in der Mitte durch. Margarete bezahlte, steckte die Wurst in den Einkaufsbeutel und folgte dem Verlauf der Gasse.

Sie wollte ihrem alten Freund, dem Schmied, noch einen kurzen Besuch abstatten, denn bis zur Schmiede waren es nur ein paar Schritt. Obwohl sein Name Paul war, nannte sie ihn immer nur Paule – Paule den Schmied. Nach Hildeger war er der Mann, der sie am häufigsten aufzusuchen pflegte. Seit Jahren schon war Paule ihr Stammfreier. Margarete und Paule waren ungefähr im gleichen Alter. Da hörte sie ihn auch schon hämmern. »Darf man eintreten?«, rief sie laut. Paule hob den Kopf: »Margarete, du darfst immer eintreten, setz dich auf den Hocker. Was kann ich für dich tun?« Er legte seine Schmiedewerkzeuge beiseite und begrüßte sie. »Schon verdammt kalt für diese Jahreszeit. Hast du zum Aufwärmen einen Tee für mich? Ich war gerade einige Besorgungen machen.« – »Für dich, mein Schatz, habe ich immer einen Tee, kleinen Moment«, sagte Paule, nahm einen Topf mit Wasser und stellte ihn auf die glühenden Kohlen. Im Nu kochte das Wasser. Paule gab ein paar Kräuter hinein, und fertig. Margarete beobachtete ihn. Was für ein Recke! Er war über einen Klafter groß, hatte ein Kreuz wie ein Scheunentor, und seine mit vielen Brandnarben übersäten Hände waren so groß wie Bärenpranken. Die Handflächen waren vom Arbeiten her voller Schwielen, aber trotzdem – das wusste Margarete – war er mit seinen Händen äußerst zärtlich. Immer wieder konnte sie das feststellen und genießen. Sie mochte ihren Schmied, diesen eingefleischten Junggesellen. »Na, dann – auf dein Wohl«, sagte Paule. Sie plauderten noch einige Minuten, bevor sich Margarete auf den Rückweg machte. Paule war nicht nur ein guter Freier, er war auch ihr Freund. Nie machte er ihr wegen ihres Berufes irgendwelche Vorwürfe. Er erkannte sie so an, wie sie nun mal war, und das gefiel Margarete.

Ihr Sohn, der bei seiner Tante Hanna verblieben war, erwartete sie bereits sehnsüchtig. Das machte er immer, wenn seine Mutter am Freitag ihre Einkäufe erledigte. »Ich habe Hunger – hast du was Leckeres mitgebracht?« war immer der gleiche Satz. Damit meinte er aber kein süßes Naschwerk, nein, er liebte Deftigeres; so liebte er die Hartwurst vom Fleischhauer und natürlich mochte er auch Käse. »Komm mit hoch, ich schmiere uns ein paar Brote«, sagte seine Mutter und nahm ihren Sohn an die Hand, der neben ihr die Treppe hinaufhopste.

## 8

Jemand klopfte laut an die Tür des Patrizierhauses des Herrn Kleingedank. Eine Magd öffnete die Tür: »Ja, bitte, Ihr wünscht?« – »Sagt dem Herrn des Hauses, Gernulf wäre da, er hätte eine wichtige Mitteilung im Gepäck«, antwortete der Fremde. – »Einen Moment, bitte, ich will sehen, was sich machen lässt«, antwortete die Magd und schloss die Tür. Es dauerte einige Minuten, und Hildeger Kleingedank stand im Türrahmen: »Was machst du denn hier?« – »Ich habe etwas Wichtiges für Euch, Herr.« – »Komm mit in mein Arbeitszimmer. Sollte dich meine Frau fragen, was du hier machst, sag ihr, du arbeitest in meinem Lager.« Eilig gingen sie die Treppen hinauf und in das Zimmer des Herrn. »Setz dich und berichte.« – »Also, ich habe Eure alte Magd jetzt einige Wochen lang beobachtet, wie Ihr es verlangt habt. Sie geht jeden Freitagabend in die Stadt, um Besorgungen zu machen; dabei muss sie durch verschiedene Gassen gehen. Wenn sie aufbricht, ist es bereits dunkel. Ich denke, das wäre eine Möglichkeit, ihr eine Abreibung zu erteilen.« Hildeger überlegte kurz: »Gut, erledige das am kommenden Freitag – aber nur so, wie wir es besprochen haben. Danach kommst du hierher, berichtest mir, und anschließend bekommst du dein Geld. Jetzt raus hier, bevor dich einer sieht! Ich begleite dich zur Tür.«

Margarete hatte ein gutes Verhältnis zu dem Wirtspaar des Hauses. Sie berichtete Hanna und Hannes von ihren Sorgen, dass der Patrizier ihren Jungen haben wolle, und von dem weiteren Verlauf des Gesprächs mit ihm. Hanna hatte an Margaretes Sohn einen Narren gefressen. Die beiden mochten sich und es gab keinen besseren Platz für Margarete, als ihren Johannes bei Hanna unterzubringen. »Der bekommt unseren Johannes im Leben nicht«, schimpfte sie. – »Die Schwierigkeit ist«, sagte Margarete, »ich weiß nicht, was er vorhat. Irgendetwas scheint er auszuhecken.« Hannes kam hinter seinem Tresen hervor: »Es ist gut, dass du uns alles erzählt hast. So können wir ein Auge auf ihn werfen, falls er denn noch einmal hierherkommen sollte.« – »Früher erschien er ja regelmäßig, das wisst ihr selber, aber in letzter Zeit hat er sich bei mir nicht mehr blicken lassen. Dieser Schwebezustand versetzt mich in eine gewisse Unruhe.« – »Du solltest alles auf dich zukommen lassen. Hier in unserem Haus ist Johannes in Sicherheit, dafür sorgen wir«, erwiderte Hannes. »Dein Wort in Gottes Ohr«, sagte Margaret.

Es kam der nächste Freitag. Hinter dem Osttor der Stadt stand eine in dunkel gekleidete Gestalt in einer Häuserecke. Die Kapuze seiner Kukulle tief ins Gesicht gezogen, beobachtete er das Eingangstor. Das »Haus der kleinen Sünden« lag in Sichtweite des Mannes, und kurz nach der Vesper erschien auch schon Margarete mit ihrem Einkaufsbeutel an der Hand. Zügig ging sie durch das Osttor, vorbei an dem dunkel gekleideten Mann in Richtung Backstube. Der Fremde folgte ihr. Kaum waren sie außer Sichtweite des Tores, beschleunigte er seine Schritte. Als er kurz hinter ihr war und sich überzeugt hatte, dass kein anderer Passant ihn stören konnte, sprach er sie an: »Seid gegrüßt, Margarete.« Sie drehte sich um, sah den Mann und sagte: »Ja, bitte?« Weiter kam sie nicht mehr. Die volle Wucht einer Faust traf sie genau auf ihrem rechten Auge. Sie stöhnte laut, riss dabei zum Schutz die Hände vors Gesicht. Ein zweiter sowie ein dritter Faustschlag trafen ihre Magengrube, sodass sie in die Hocke ging. Eine Hand packte sie und zog sie hoch. Der Mann schob Margarete gegen eine Hauswand und hielt sie am Stoffrand ihrer Kukulle fest. Sie versuchte, sich in ihrer Angst zu wehren. Wie wild schlug sie nach dem Angreifer, hatte aber in ihren Fäusten keine wirkliche Schlagwirkung. Der Mann lachte gehässig. »Du Dreckshurenweib willst dich wehren?« Erneut holte er aus und schmetterte seine Faust auf Margaretes Mund.

Sofort platzten ihre Lippen auf und Blut trat hervor. Margarete stöhnte: »Bitte hört auf, bitte nicht mehr schlagen!« Der Mann griff ihr an die Kehle: »Hör genau zu, was ich dir sage. Das hier ist die erste Warnung – gib endlich deinen Jungen frei. Solltest du dich weiter weigern, wird es beim nächsten Mal noch härter kommen. Ich werde dir dein Gesicht so verunstalten, dass dich kein Freier mehr ansehen wird. Also gib den Jungen frei, und du hast deine Ruhe.« Der Fremde ließ sie los und verschwand in der Dunkelheit.

Margarete sackte laut stöhnend mit ihrem Rücken an der Wand herunter, bis sie auf dem kalten Pflaster saß. Ein paar quiekende Ratten liefen an ihr vorbei. Der Blick dieser ekelhaften Tiere sprach Bände: immer auf der Suche nach Fressbarem. Was sollte sie nur machen? Das eine Auge war bereits zugeschwollen, ihre Hände, die sie auf den Mund presste, waren voller Blut von den aufgeplatzten Lippen. Einige Zeit blieb sie weinend dort sitzen. Sie wusste mittlerweile – oder sie konnte es sich zumindest denken –, wer diesen Kerl geschickt hatte. Nachdem sie sich ein wenig gefangen hatte, raffte sie sich auf. So konnte sie nicht zurück. Da fiel ihr Paule der Schmied ein. Er lag am nächsten auf ihrem Weg. Mühevoll schleppte sie sich zur Schmiede. Immer wieder musste sie vor Schmerzen eine Pause einlegen. Ihre Lippen brannten wie Feuer und weitere qualvolle Stiche verbreiteten sich in ihrer Magengegend.

Endlich stand sie vor der Schmiede und betrat gebückt die Werkstatt. Die angenehme Wärme des Schmiedeofens umfing sie. Paule blickte auf, weil er eine Bewegung wahrgenommen hatte. Er ließ seinen Hammer fallen: »Großer Gott, was ist dir denn widerfahren?« Mit schnellen Schritten eilte er zu ihr und griff ihr unter die Arme. »Komm, setz dich auf die Bank dort! Bist du überfallen worden?« Sie nickte: »Hinter dem Osttor in einer Seitengasse. Ein Mann hat mich zusammengeschlagen, und ich weiß auch, wer ihn geschickt hat. Sieh, meine Kukulle ist voller Blut.« – »Bist du ausgeraubt worden.« – »Nein, nur eine Tracht Prügel habe ich bezogen. Den Kerl hat mir Hildeger Kleingedank auf den Hals gehetzt.« Paule verstand nicht so recht, was sie damit andeuten wollte. »Warte einen Moment.«

Er ging, um frisches Wasser und ein sauberes Tuch zu holen. »Hier, nimm das und säubere dich.« – »Danke.« Sie wischte sich mit dem feuchten Tuch mehrere Male durchs Gesicht. »Dein Auge ist zugeschwollen; das dürfte in den nächsten Tagen ganz schön blau werden. Zeig mal deine Lippen.« Paule sah genauer hin: »Das sieh schlimmer aus, als es ist. Nur eine kleine Platzwunde, aber am Mund blutet alles immer sehr heftig. Doch nun erzähle mir genau, was vorgefallen ist!« Er setzte sich zu ihr auf die Bank. Mit ein paar schnellen Sätzen schilderte Margarete den Überfall. »Und es sei die erste Warnung gewesen, sagte der Schläger. Wenn ich Hildeger den Jungen nicht aushändige, würde er mein Gesicht bis zur Unkenntlichkeit entstellen. Was soll ich denn jetzt nur tun?« – »Ruhe bewahren. Ich bringe dich zurück, komm, ich hake mich bei dir unter.« Paule verschloss seine Schmiede. »Wir müssen noch einen kurzen Halt machen, du könntest mir noch zwei Brote und drei Stücke Käse besorgen«, sagte Margarete, der es ein wenig besser ging. Sie hatte sich von dem Überfall erholt und raffte sich nun auf. Sie gingen in Richtung Bäckerei, danach zur Meierei und schließlich zurück ins »Haus der kleinen Sünden«.

## 9

»Und, wie ist es gelaufen?«, fragte Hildeger seinen Häscher. Die beiden Männer saßen im Arbeitszimmer des Patriziers. »Wie wir es besprochen haben. Zwei kräftige Schläge in ihren Magen, ein paar weitere ins Gesicht. Nicht zu viele und nicht zu wenige. Dann habe ich ihr den Satz gesagt, den ich ihr von Euch vermitteln sollte.« – »Gut. Hier ist erst einmal das versprochene Geld. Jetzt warten wir ihre Erwiderung ab. Sollte sich in der nächsten Zeit nichts ändern und sie sich weiterhin stur stellen, führen wir den zweiten Teil unseres Planes durch«, sagte Hildeger. Der Häscher erhob sich und ging zur Türe. »Wenn ich dich erneut brauche, lasse ich dir eine Nachricht zukommen, und kein Wort zu irgend jemanden, dass das klar ist.« – »Ihr könnt Euch auf mich verlassen, Herr«, sagte er, als er das Zimmer verließ. Der Patrizier setzte sich hinter seinen Arbeitstisch und stützte den Kopf in seinen Händen ab. Es plagte ihn, was er da tat, oder vielmehr das, was in seinem Sinne geschah. »Trotzdem«, sagte er zu sich, »den Jungen hole ich mir, der gehört genau hier in mein Haus.«

Als Margarete und Paule das »Haus der kleinen Sünden« betraten, saßen nur Grimhild, Agnes und zwei weitere Mädchen im Empfangsraum. Die anderen hatten wohl Kundschaft und waren auf ihren Zimmern. Hannes und Hanna standen hinter dem Tresen, wo sie mit Aufräumungsarbeiten beschäftigt waren. »Meine Güte«, rief Agnes, »wie siehst du denn aus!« Die Mädchen sprangen auf und gingen schnellen Schrittes auf die beiden zu. »Komm schnell«, sagte Agnes, »setz dich.« Hannes kam mit Hanna hinter dem Tresen hervor. »Was ist dir denn widerfahren?«, fragte Hannes. In kurzen Zügen berichtete Margarete von ihrem Überfall. »Was ist das nur für ein Mensch, dieser Patrizier Hildeger! Schickt einen Häscher los und lässt ein Mädchen zusammenschlagen!«, klagte Grimhild. Hanna eilte in ihren Raum und kam kurze Zeit später mit einem Tiegel Kamillensalbe zurück: »Hier, für die aufgeplatzte Lippe.« – »Danke, ich trage sie später auf, wenn ich auf meinem Zimmer bin. Was meint ihr, wie ich mich jetzt oder in der Zukunft verhalten soll?« Paule, der Schmied, der etwas verlegen war, hustete kurz: »Du solltest deine Einkäufe nur noch in Begleitung erledigen.« Die anderen nickten als Bestätigung.

»Komm Margarete, wir gehen auf dein Zimmer, dich ein bisschen frisch machen und die Salbe von Hanna auftragen«, schlug Grimhild vor. – »Wo ist denn mein Junge?«, wollte sie wissen. »Er hat einen Kanten Brot gegessen und ist danach eingeschlafen. Der schläft wie ein Engel«, teilte Hanna ihr mit. Die drei Freundinnen gingen die Treppe hinauf zu ihren Zimmern, als sich Margarete noch einmal umdrehte und sagte: »Ich danke dir noch einmal, Paule!« Der muskulöse Schmied winkte verlegen zurück und verließ daraufhin das »Haus der kleinen Sünden«.

Margarete saß in ihrem Zimmer auf einem Stuhl, während Grimhild sich die Verletzungen betrachtete. »Dein Auge ist fast zugeschwollen; das wird Tage dauern, bis das abgeheilt ist. Zeige mir deine Lippen. Agnes, reich mir mal bitte die Salbe von Hanna.« Mit einem Finger fuhr sie in den Tiegel und strich die Salbe dünn auf die aufgeplatzten Lippen. Die Blutung hatte sich mittlerweile eingestellt.

»Man sollte diesen verfluchten reichen Patrizier umbringen, so ein Schwein!«, fluchte Agnes. – »Um hinterher am Galgen zu hängen«, meinte Margarete ironisch. – »Was ist denn, wenn wir den Vorgang beim Hauptmann der Wache melden?«, fragte Grimhild und putzte sich mit einem Tuch die restliche Salbe von ihrem Finger ab. Margarete erhob sich und ging unruhig durch den Raum: »Hildeger würde abstreiten, dass er mit der Sache etwas zu tun hätte – wir haben keinerlei Beweise. Das Schlimme ist, ich konnte seinen Häscher nicht erkennen. Der Kerl hatte seine Kapuze tief ins Gesicht gezogen und es war dunkel. Nach seinen Schlägen sackte ich regelrecht zusammen, und da war die Ratte auch schon verschwunden – und die anderen Ratten waren da.« – »Eines ist sicher: Du wirst keine weiteren Einkäufe mehr alleine tätigen, das ist alles zu gefährlich. Darauf wartet er mit Sicherheit, gerade jetzt in der dunklen Jahreszeit«, bemerkte Agnes. – »Ich brauche etwas Schlaf, Mädels, lasst uns zu Bett gehen. Morgen ist ein neuer Tag, dann sehen wir weiter«, schlug Margarete vor.

## 10

Colonia hatte einen neuen Erzbischof. Er nannte sich Engelbert II. von Falkenburg und nahm rasch die Nachfolge seines Vorgängers auf. Es war schon äußerst sonderbar, aber alle Bischöfe, alle Dombaumeister, ja die gesamte Bevölkerung von Colonia – niemand würde den vollendeten Dom je zu Gesicht bekommen. Seine Fertigstellung dürfte wohl noch einige Hundert Jahre in Anspruch nehmen.

Im »Haus der kleinen Sünden« tat sich auch nicht viel. Womit keines der Mädchen gerechnet hatte: Es blieb merkwürdig ruhig. Von dem Patrizier sahen und hörten sie nichts mehr. Es war März im Jahre 1262, die Tage wurden wieder sichtbar länger, trotz alledem war weitere Vorsicht geboten, wie Margarete meinte. Sie traute der Ruhe nicht. Zehn Tage nach dem Überfall hatte sie ihre Arbeit wieder aufgenommen, auch wenn ihr Auge noch in bunten Farben leuchtete. Margarete hatte ihre Stammkunden, die nicht nur ihren Körper liebten, sondern auch die Art, wie sie sich ihren Freiern hingab. Ihre Erfahrung und der Umgang mit ihrer verkauften Liebe bedeuteten vielen Männern einiges. Sie umgarnte die Männer, sie ging auf deren Wünsche ein, hatte immer einen Krug frischen Wein am Bett stehen und spielte den Freiern die Frau vor, wie sie die eigene Ehefrau gerne gehabt hätten; dabei spielte ein farbenfrohes Auge nur eine unwichtige Rolle.

Ende März feierten Hanna, Hannes und die Mädchen Johannes' vierten Geburtstag. Hanna hatte den Tisch mit vier Kerzen geschmückt und Naschwerk in Form von Schmalzkringeln mit verschiedenen Füllungen verteilt. Am Rheinufer wurden mit dem Jungen ein paar Spiele veranstaltet, sodass es ein sehr gelungener Tag war. Todmüde fiel Johannes am späten Nachmittag in sein Bett.

Am nächsten Morgen, kurz nach Laudes, saßen die meisten Mädchen im Empfangsraum. Es hatte sich so ergeben, dass sie sich dort gemeinsam zum Morgenmahl trafen. Auf den Tischen standen mit Wasser und Dünnbier gefüllte Krüge, aufgeschnittene Brotlaibe, Käse, Wurst, Marmelade und Trockenfrüchte. Plötzlich flog die Eingangstür auf, als wäre ein Orkan durch die Stadt gerauscht: »Allora, binne wieder inne Colonia, buongiorno cari colleghi. Alfonso isste zurück.« Sogleich erkannte er Grimhild, die gerade in ihr Brot gebissen hatte. Alle anwesenden Mädchen lachten, und es ertönte ein kräftiges Handgeklapper. »Alfonso, seid gegrüßt! Schön, dass Ihr uns wieder besuchen kommt«, rief Hanna. Grimhild erhob sich, ging auf ihren kleinen Verehrer zu und nahm ihn wie immer in die Arme. Sie gab ihm aber nur einen Kuss auf die Wange; es war verpönt, einen Freier auf den Mund zu küssen – so etwas tat keine Hübschlerin. »Aber mein Morgenmahl darf ich vorher noch einnehmen, oder? Komm, setz dich, Alfonso, ich schmiere dir ein Brot, und danach können wir hochgehen«, meinte Grimhild und nahm den Lombarden an die Hand. »Dasse kräftige Brot vone Colonia gibte mir viele krafte, füre nachhere«, sagte er, musste dabei aber selber lachen. Alfonso war immer gut gelaunt und der beliebteste Freier im »Haus der kleinen Sünden«. Leider bevorzugte er ausschließlich Grimhild. Alle Mädchen hätten gerne ihren eigenen Alfonso gehabt, so waren sie ein bisschen neidisch auf Grimhild. Wegen seines Temperaments, aber ebenso wegen seiner Offenheit und Freundlichkeit war er ein gern gesehener Gast. »Jetzt iche habe swei Tage füre diche, meine Prinzessin, Hanna, hier iste dasse Geld.« Er griff in seine Geldkatze und legte den Betrag auf den Tisch. »Und morgen Abend wir mache eine kleine Feier, euer Alfonso hatte gute Weine mitgebrachte von meine Heimat.« Die Mädchen jubelten, Hannes fuhr sich mit der Zunge über die Lippen. Alfonsos Weine waren ihnen aus vergangenen Zeiten bestens bekannt. »Aber erst, wenn der letzte Freier unser Haus verlassen hat. Nicht, dass die Leute sagen, wir wären das Haus der schmackhaften Weine«, bemerkte Hanna.

Langsam wurde Alfonso sehr unruhig. Er konnte und wollte auf sein bevorstehendes Beilager nicht länger verzichten. »Komme, Prinzessin«, sagte er, nahm Grimhild an die Hand und führte sie zu ihrem Zimmer. Ein Raunen ging durch den Raum: »Strenge dich richtig an, gib alles, Alfonso!«, rief ihm die rothaarige Edeltraud nach. – »Und vergiss morgen nur nicht den Wein«, rief Hannes hinter seinem Tresen hervor, so laut, dass die Kerbhölzer an der Wand ins Wanken gerieten. Einem schmackhaften Tröpfchen war der Hurenwirt nicht abgeneigt. Da bekam er den Ellenbogen seiner Frau zu spüren: »Denkst wohl nur ans Saufen, alter Sack! Du weißt doch, dass der viele Wein die Manneskraft vernichtet.«

Am darauf folgenden Abend, es war noch hell, rief Alfonso: »Kanne mir male einer die Ture auffemachen?« Hannes schritt zur Pforte und öffnete sie. Vor ihm stand der Lombarde mit einer Sackkarre, auf der sich ein Fass Wein befand. »Dasse Feste kann beginnen«, rief er freudig. Hannes packte mit an und hatte nichts Besseres zu tun als zu sagen: »Ich hole schon mal die Becher.« Diese Aussage bekam seine Frau mit: »Immer langsam, mein Adonis, es sind noch zwei Freier im Hause. Meine Güte, heilige Maria Magdalena – wenn der was von Wein hört«, brummte sie vor sich hin. Die letzten männlichen Besucher, die von Agnes und Reinhild bedient worden waren, verließen nach dreißig Minuten das »Haus der kleinen Sünden«. »So«, sagte Hanna, »Mädels, ihr könnt noch ein paar Schmalzbrote schmieren. Wein trinken ohne Essen im Bauch bekommt einem nicht so gut.«

Alfonso schlug das Holzfass an: »Isste eine Scheffel Vino rosso, eine bisschen liebelich.« Er füllte die Tonbecher und reichte sie an die Mädchen weiter. »Salute, wo isste meine Prinzessin?« – »Die kommt gleich, Alfonso. Grimhild macht mit Johannes einen kleinen Spaziergang am Rhein«, erklärte Hanna. Was sie dann tat, kam nur äußerst selten vor – und das auch noch am helllichten Tag: Sie holte nämlich ein Schild herbei und hängte es außen an die Türe. »Heute wegen Feierlichkeiten geschlossen.«

## 11

»Ich möchte gerne Blumen für Mama pflücken«, forderte Johannes an Grimhilds Hand. Die beiden gingen am Rheinufer entlang, wo der Kies unter ihren Schuhen knirschte. Vereinzelt hatte der Fluss Unrat in Form von Holzbrettern und Resten von Schiffstauen an Land gespült. »Was die Leute so alles fortwerfen!«, dachte sie. »Viele Bootseigner benutzen den Rhein, um sich ihres Mülls zu entledigen.« Sie waren schon auf dem Rückweg, und auch Grimhild freute sich auf den schmackhaften Tropfen

Wein ihres Verehrers. Beide umgingen ein Schilffeld und erreichten erneut die Wiese von ihrem Hinweg, auf der bunte Blumen wuchsen. »Davon pflück ich welche. Sieh mal, die dort und die!«, rief Johannes freudig, riss sich los und rannte zur Wiese. »Ich setze mich hierhin. Wenn du fertig bist, kommst du mit deinem Strauß zu mir, dann gehen wir zurück zu deiner Mutter«, rief sie ihm hinterher.

Durch die warmen Sonnenstrahlen in den letzten Wochen war die Natur in diesem Jahr schon fortgeschrittener als im letzten. Johannes war eifrig dabei, seine Blumen zu pflücken, als eine alte Frau des Weges kam und den Jungen ansprach. Grimhild beobachtete die beiden; sie erhob sich und ging zur Wiese, um zu erfahren, was die ältere Dame von Johannes wollte. Als sie näherkam, konnte sie ihre Worte verstehen. »Und das hier mit den gelben Blüten ist der Löwenzahn, das da sind Gänseblümchen, hier hast du die … oh, seid gegrüßt«, sagte sie zu Grimhild, »keine Sorge, ich erkläre dem jungen Manne hier, welche Blumen er in seinen Händen hält. Nur, weil hier so manches Giftzeug wächst; ich wollte nicht, dass er das Falsche abreißt.« Grimhild lächelte die Alte an: »Das ist sehr nett von Euch; Ihr scheint Euch damit auszukennen?« – »Ja natürlich, es ist mein Beruf; ich bin eine Heilerin.« – »Seid Ihr hier aus Colonia?« – »Nicht direkt, ich suche hier nur Kräuter für meine Medizin. Ich habe mein Haus eine Stunde weiter südlich von hier in Richtung Bonn«, gab die Alte als Antwort zurück. – »Hält er denn giftige Blumen in seinen Händen?« – »Nein, nein, was er da hat, kann er getrost mit nach Hause nehmen. Es ist noch früh im Jahre, aber in ein bis zwei Monaten steht hier die Wiese voller Fingerhut, und der ist äußerst giftig. Er hat so wunderbare bunte Blüten, dass man in Versuchung gerät, ihn abzupflücken.« – »Ihr kennt Euch wirklich damit aus!« – »Nun ja, viele Giftpflanzen haben auch ihr Gutes. Wenn man sie wohl dosiert einsetzt, sind sie eine hervorragende Medizin, nur etwas zu viel davon kann tödlich sein. Es kommt immer auf die genaue Menge an.« – »Sieh, Tante Grimhild«, sagte der kleine Johannes freudestrahlend, »ich habe einen großen Strauß für Mama gepflückt.« – »Na, da wird sie sich aber freuen! Jetzt müssen wir uns aber von der Dame verabschieden – danke für das lehrreiche Gespräch«, sagte Grimhild. »Eines noch, Jungfer. Ich kenne Euch, ich habe Euch schon einige Male bemerkt. Ihr geht des Öfteren hier am Wasser spazieren?« – »Oh ja, ich wohne dort drüben.« Als ihr die Worte über die Lippen gekommen waren, wusste sie, dass sie sich verraten hatte. Das Haus dort drüben war ja als Einrichtung überall bestens bekannt. Ihr Gesicht verfärbte sich leicht rötlich, da sie sich nun für ihre Äußerung schämte. Die Alte ging galant darüber hinweg. »Solltet Ihr oder die anderen Mädchen ein Zipperlein haben, könnt Ihr mich ruhig in meinem Hause aufsuchen. Den Menschen, die am Rande der Gesellschaft stehen, helfe ich immer besonders gerne, und habt keine Scheu! Die Reichen der Stadt gehen lieber zum Medicus, der soll ja wissender sein als ich, aber ich denke, das bezieht sich nur auf das Geldabnehmen. So gehabt Euch wohl; auf Wiedersehen, kleiner Mann!«, sagte die alte Dame und ging ihres Weges. Grimhild blieb noch ein paar Augenblicke stehen und dachte nach. »Eine bemerkenswerte Frau«, dachte sie.

Als sie mit Johannes das Haus erreichte, war die Feier in vollem Gange, der Lärm drang bis nach draußen. Grimhild benutzte die Außentür, die direkt zu ihrem Zimmer führte, durchquerte die Räumlichkeit, kreuzte kurz den Flur und verschwand in Margaretes Zimmer, wo sie Johannes unverzüglich hinlegte. Der Junge war von der frischen Luft todmüde. »Ich sage noch deiner Mutter Bescheid, dass wir wieder zurück sind – schließlich musst du ihr ja noch deine schönen Blumen geben.«

Grimhild ging die Treppe hinunter und traf auf eine muntere Gesellschaft. Der Wein kreiste, und einige hielten Schmalzbrote in den Händen. »Wir sind zurück, Margarete, dein Sohn wartet oben auf dich. Ich habe ihn bereits hingelegt.« Margarete erhob sich und stellte ihren Becher auf den Tisch: »Das war ganz lieb von dir; dann will ich ihm noch eine Gutenachtgeschichte erzählen. Bis nachher.«

»Da biste du ja, meine Prinzessin, habe schone aufe diche gewartet«, rief Alfonso. Grimhild bemerkte sogleich, dass er nicht mehr ganz nüchtern war, und auch Hannes hatte schon einen leicht schiefen Blick. Grimhild setzte sich auf Alfonsos Schoß, der sogleich besitzergreifend seine Arme um ihre Taille legte. Hannes nahm einen weiteren Schluck aus seinem Becher: »Irgendwie schmeckt mir der Wein aus der Lombardei besser als unser Rheinwein. Lieblicher, geschmackvoller und süffiger.« – »Der schmeckt dir so gut, weil du davon so viel getrunken hast! Du trinkst dir den Wein einfach nur schmackhaft«, sagte Hanna zu ihrem Mann. Grimhild prostete Alfonso zu und trank ihren Becher leer: »Der ist wirklich gut.« – »Wenne wir erste verheiratet sind, kannst du ganze viel davonne trinken. Du kannste einen ganzen Weinberge von mire haben, iche lege ihn dire zu Fussen«, lallte der Lombarde.

Bald erfolgte der Zeitpunkt, wo Alfonso keine Hemmungen mehr kannte. Aus voller Brust sang er ein Lied in seiner italienischen Sprache. Als die Hübschlerinnen im Gleichklang dazu ihr Handgeklappere von sich gaben, hielt ihn nichts mehr. Er sprang auf einen der Tische und legte einen Tanz auf die Holzplatte, wie ihn in dieser Form noch keiner der Anwesenden zuvor gesehen hatte. Ein lautes Gekreische hallte daraufhin durch den Empfangsraum, dessen Eingangstüre Hannes verschlossen hatte. Die ersten Becher flogen vom Tisch und zerbrachen, als er im Gleichklang zu seinem Lied mit den Stiefeln auf dem Tisch steppte. Mit glasigen Augen schlug Hannes mit den Fäusten den Rhythmus auf dem Tresen dazu. So zauberten sie noch bis Mitternacht, aber danach löste sich die Gesellschaft langsam auf. Alfonso verließ schwankend das »Haus der kleinen Sünden«. »Bisse imme Sommer, meine Prinzessine«, waren seine letzten Worte.

Grimhild lag lächelnd in ihrem Bett. Die Feier und Alfonsos Auftreten gingen ihr durch den Kopf. Was für ein verrückter Kerl er doch war! Sie dachte über sein Angebot nach, die Einladung, mit ihm in seine Heimat zu gehen. Er hatte ihr die Lombardei bestens beschrieben. Obwohl sie diese Gegend nicht kannte, konnte sie sich doch aufgrund seiner Erzählungen die Landschaft im Kopfe ausmalen. Sie sah die langen, schmalen Koniferen vor sich stehen, die einen Weg säumten, an dessen Ende ein kleines, mit roten Ziegeln gedecktes Haus stand. Im Geiste sah sie große Schaf- und Ziegenherden, die über die Hügel zogen. Deutlich hörte sie das Gemecker der Tiere. Wer und wie war seine Mutter? Würde Grimhild mit ihr und Alfonsos Brüdern klarkommen? Was wäre, wenn sie alleine in der Fremde stehen würde, wenn sie sich mit seiner Familie nicht verstehen würde? Hier in Colonia hatte sie ihr regelmäßiges Einkommen, ihre Freunde und das vertraute Umfeld. Sie dachte weiter nach, bis sie einschlief.

## 12

Reinhild, die blonde Dorothea und Edeltraud saßen im Empfangsraum, als Margarete mit einem Freier die Treppe herunterkam, um sich von ihm zu verabschieden. »Es war wieder einmal sehr schön bei dir«, sagte der Mann. Margarete nickte: »Danke, Harald, bis zum nächsten Mal. – Hört zu, Mädels, ich bin mal kurz in der Stadt, einige Besorgungen tätigen, so in einer Stunde bin ich zurück. Sagt Hanna Bescheid, die ist hinter dem Haus bei der Wäsche; sie kommt bestimmt gleich wieder.« Kurz, nachdem ihr Freier das Haus verlassen hatte, machte sich Margarete auf, ihre Einkäufe zu tätigen.

Wie immer hatte sie ihren Leinenbeutel dabei. Sie schritt zum Osttor der Stadt. Ihre gelben Schulterbänder wehten im Wind. Für sie als Hübschlerin war es das Gewöhnlichste der Welt, mit ihrer Gewandung, an der die gelben Bänder hingen, herumzulaufen, jedoch für viele Frauen von Colonia stellte sie eine Schande dar. So auch jetzt, als ihr eine Frau mit ihrem Sohn an der Hand entgegenkam, sie an den Bändern erkannte und sofort mit ihrem Jungen die Straßenseite wechselte. Diese Verachtung, die ihr entgegenschlug, erlebte sie ständig, wenn sie oder eine der anderen

Huren in der Stadt unterwegs waren. Die Frauen des »Hauses der kleinen Sünden« wurden auf die gleiche Stufe wie Bettler, Gaukler oder wie der Henker gestellt. Sie waren keine Bürger, gehörten keinem Stand an, sondern waren einfach nur minderwertige Personen.

Margarete wollte zum Heumarkt, wo die Läden und Buden standen, in denen sie immer einkaufte. Die Kaufleute und Händler behandelten sie als gern gesehene Kundin, denn sie trug immer genug Geld bei sich, sodass sie stets alles in bar bezahlte. So nutzte sie, wie so oft, die Abkürzung zum Heumarkt durch eine kleine Gasse, was ihr einen Teil des Weges ersparte. Als Margarete die Hälfte der Gasse durchschritten hatte, fühlte sie eine kräftige Hand, die an ihrem Hals zog, genau am Rande ihres Gewandes. Ehe sie sich versah, wurde sie in einen Eingang gedrückt und an eine Häuserwand geschoben. Voller Entsetzen erblickte sie denselben Mann wie im Oktober letzten Jahres, der ihr so zugesetzt hatte. Er hatte sie an der Kehle gepackt, um mit seiner Faust auszuholen und sie erneut zu schlagen. »Mein Kindchen, heute folgt die zweite Lektion – die erste schienst du nicht verstanden zu haben«, sagte der Mann mit äußerst bedrohlicher Stimme. Wieder war er wie beim letzten Male ganz in schwarz gekleidet und hatte seine Kapuze tief ins Gesicht gezogen. Margarete überkam die Angst. Sie fing an zu schreien und schlug mit den Armen um sich. Dieses Mal wollte sie sich nicht so einfach zusammenschlagen lassen. Sie versuchte, den Angreifer mit ihrer Gegenwehr zu beeindrucken. Der lachte nur gehässig. Margarete wurde von seiner Faust im Gesicht erwischt. Ein höllischer Schmerz schoss durch ihre Nase. Dennoch konnte sie seine Kapuze ergreifen und sie dem Mann vom Kopfe ziehen. Für einen kurzen Augenblick sah sie in sein Gesicht. Sie kannte den Häscher nicht, doch fiel ihr seine stark gewölbte Nase auf, sein schwarzes Haar und das Hexenmal über dem rechten Auge. Erneut wurde sie von einem Faustschlag in der Magengrube getroffen. Margarete sackte lauthals schreiend zusammen. Der Fremde zog ein kleines Messer aus seiner Gewandung und kreiste damit vor ihrem Gesicht hin und her: »Ich habe dich gewarnt, dein schönes Gesicht wird es gleich nicht mehr geben. Du solltest doch den Jungen herausgeben. Das hier ist die zweite Warnung – die dritte bedeutet deinen Tod.« – »Nein«, schrie sie laut und riss sich die Arme vors Gesicht. Gerade als der Häscher mit seiner grausamen Tätigkeit anfangen wollte, ertönte eine Stimme: »Halt! Was macht Ihr da? Diebesgesindel, Lumpenpack, Beutelschneider – Hilfe, Leute, kommt hierher!« Der Häscher zuckte zusammen. Mit dem Fremden hatte er nicht gerechnet. Mit schnellen Schritten kam der Mann näher. Es schien ein Patrizier zu sein; in seiner Hand hielt er den bereits gezogenen Dolch. Der Häscher ließ Margarete los, steckte das Messer weg und rannte mit den Worten davon: »Dich hole ich mir später.« – »Bleib stehen, du Lump!«, rief der Fremde, der mittlerweile Margarete erreicht hatte, dem Flüchtigen hinterher. »Könnt Ihr reden? Wie geht es Euch? Habt Ihr noch Euren Geldbeutel?« Die Hübschlerin nickte. »Danke, Herr, es geht, nur der Magen brennt wie Feuer«, sagte sie und fing bitterlich an zu weinen. Der Patrizier hakte sich bei ihr unter: »Kommt, ich stütze Euch. Wir gehen zum Heumarkt, da stehen Bänke.« Mühevoll schleppte er Margarete durch die dunkle Gasse, danach wurde es merklich heller und sie ließen sich auf einer Bank nieder. Nun erst erkannte er Margaretes gelbe Schulterbänder. »Ihr seid aus dem ›Haus der kleinen Sünden‹?« Margarete nickte. »Ich wollte nur etwas besorgen, als der Mann mich überfiel«, stammelte sie. »Ihr kamt genau zur rechten Zeit. Meinen Geldbeutel hat er jedenfalls nicht. Vielen Dank für Eure Hilfe, mein Herr.« Margarete kannte ja genau den Grund des Überfalles, aber sie musste das dem Fremden ja nicht unter die Nase reiben. Ihre wahre Geschichte behielt sie für sich.

Der Patrizier zog ein Tuch aus seiner Gewandung und ging zum Brunnen, um es anzufeuchten: »Hier, nehmt, erfrischt Euch ein wenig.« Margarete legte sich das nasse Tuch aufs Gesicht: »Ah, das tut gut!«, sagte sie. – »Kanntet Ihr den Kerl?« – »Nein«, log die Hübschlerin, »noch nie gesehen.« – »Wie fühlt Ihr Euch jetzt? Kann ich Euch alleine lassen?« – »Natürlich, es ist nicht mehr so schlimm. Wisst Ihr, es war der Schreck, schließlich wird man ja nicht jeden Tag überfallen«, sagte Margarete und lächelte dabei etwas angespannt. Der Patrizier verabschiedete sich: »Gehabt Euch wohl – aber wie ist eigentlich Euer Name?« Etwas verlegen antwortete sie: »Mein Name ist Margarete.« Der Mann legte die Stirn in Falten: »Habt Ihr nicht einmal bei den Kleingedanks gearbeitet? Als Magd, schwebt mir in Erinnerung?« – »Aufpassen, Margarete, aufpassen!«, ging es ihr durch den Kopf. Sie wusste wohl, dass sich die Familien in gewissen Kreisen kannten: »Ja, aber das ist schon viele Jahre her. Wie ist denn Euer Name?« – »Von Lyskirchen, Roland von Lyskirchen. Doch nun muss ich gehen«, sagte ihr Retter. – »Ein Wort noch zum Abschied, das ich loswerden möchte: Danke, edler Herr!« – »Es war mir eine Ehre!«, sagte er und ging mit zügigen Schritten davon.

Margarete befühlte ihre Nase – es ging, der Schmerz war nicht so heftig wie bei dem letzten Überfall. Da sie die Hände hochgerissen hatte, war die Wucht des Schlages ein wenig abgebremst worden. »Ich habe dich erkannt, und dieses Gesicht werde ich mein Lebtag nicht mehr vergessen!«, ging es ihr durch den Kopf. Sie erhob sich, um ihre Einkäufe zu tätigen; anschließend ging sie noch kurz bei ihrem Freier, dem Schmied, vorbei. Sie berichtete ihm von dem erneuten Überfall. »Jedes Mal, wenn wir uns sehen, haben sie dich zusammengeschlagen. Deine Nase schwillt bereits an. Wir sollten etwas unternehmen – so kann das mit dir nicht weitergehen. Aber gut, dass du ihn dieses Mal erkannt hast. Schwarzes, kurzes Haar, eine Hakennase und ein Hexenmal über seiner rechten Braue, das ist doch schon mal was! Ich werde meine Augen offenhalten«, sagte Paule. – »Gesetzt den Fall, wir finden den Halunken – was machen wir dann mit ihm?«, fragte Margarete. »Zunächst wird er meine Fäuste zu spüren bekommen, und das mehrere Male, und anschließend liefern wir ihn beim Büttel ab. Du solltest zum Hauptmann gehen, ihm die Vorfälle schildern.« – »Ach Paule, wer glaubt schon einer Hübschlerin?« – »Du magst zwar recht haben, aber du willst doch nicht behaupten, dass dieser Halunke besser angesehen ist. Ein Mann, der sich an

Frauen vergeht, kommt doch wahrlich aus der Gosse.« – »Lassen wir es im Moment im Raume stehen; irgendetwas wird mir schon einfallen. So, ich mache mich auf den Rückweg. Bis bald, Paule.« – »Und keine Abkürzungen mehr, nimm die Hauptstraße!«, rief er ihr hinterher.

## Die »Teufelsweiber« wehren sich
## 13

»Wir bringen den Kerl um, genau das ist es! Er droht dir mit Mord, also drehen wir den Spieß einfach um!«, sagte Agnes wütend. Die drei Freundinnen saßen zusammen und sprachen über den neuesten Überfall auf Margarete. – »Ich sehe das auch so. Deinen Jungen bekommt er nicht, und wenn er dir mit Mord droht, soll er uns jetzt kennenlernen«, schloss sich Grimhild Agnes' Worten an. »Ihr seid verrückt! Wie wollen wir das denn machen, einen Patrizier so eben um die Ecke bringen?« – »Wir sind doch Frauen!«, sagte Grimhild. »Wir werden unsere List einsetzen. Die Sache mit deinem Hildeger geht mir schon die ganze Zeit durch den Kopf. Er macht es sich ziemlich einfach: Er mietet sich einen bezahlten Bastard, der für ihn die Arbeit erledigt, sodass er sich nicht die Finger schmutzig macht. Aber ich sage euch, Mädels: Nicht mit uns! Ich habe da jemanden kennengelernt, eine ältere Dame, die sich öfters am Rheinufer aufhält und dort Kräuter sammelt. An dem Tag, als Alfonso seine kleine Feier gegeben hat, da war ich mit Johannes ein wenig spazieren und habe die sehr freundliche Dame am Fluss kennengelernt. Sie erklärte mir den Unterschied zwischen den einzelnen Pflanzen. Ich wusste überhaupt nicht, dass hier so viele Giftpflanzen wachsen. Sie wohnt etwa eine Stunde von hier in Richtung Bonn. Dort hat sie eine Kate am Rheinufer. Ich werde sie aufsuchen und sie fragen, ob sie mir ein Elixier aus todbringenden Pflanzen zubereiten kann.« – »Und du glaubst, das macht sie, um anschließend als Mörderin dazustehen?«, meinte Margarete. Grimhild überlegte, schritt ans Fenster und blickte auf den Fluss. »Was soll es? Einen Versuch ist es doch wert. Daraus planen wir das perfekte Verbrechen. Wir locken deinen Hildeger hier in unser Haus. Du gehst mit ihm auf dein Zimmer, lädst den Kerl zum Weintrinken ein und verabreichst ihm darin das Mittel. In der Nacht wickeln wir ihn in Tücher, verschnüren ihn gut und werfen ihn in den Rhein. Dazu benutzen wir meine Treppe, die außen angebracht ist. Niemand wird uns dabei sehen. Für die anderen hat er die Nacht bei dir verbracht und ist kurz vor dem Hellwerden, natürlich wegen seiner Frau, nach Hause gegangen. Du hast ihn bis zur Tür begleitet. Die anderen im Hause haben noch geschlafen. Ich war zu dem Zeitpunkt auf dem heimlichen Gemach und konnte sehen, dass du dich an der Tür von ihm verabschiedet hast, somit stehe ich auch direkt als Zeuge zur Verfügung, sollte es überhaupt zu einer Befragung kommen – das wäre mein Vorschlag.« – »Ich finde, das hört sich wirklich vortrefflich an!«, sagte Agnes. Margarete hatte gebannt zugehört. »Da wäre noch etwas – ich bin noch nicht fertig.« Agnes und Margarete sahen sich verwundert an; so einen Plan hatten sie ihrer Freundin nicht zugetraut. Grimhild fuhr fort: »Wenn ich mich recht erinnere, bist du doch außer Hanna die Einzige hier, die der geschriebenen Worte mächtig ist. Du setzt einen Brief auf und bittest Hildeger, deinen Sohn hier an einem Sonntagabend abzuholen. Wenn der letzte Freier gegangen ist, empfängst du ihn. Du schreibst, du wolltest keinen Ärger mehr haben, alles hätte dir so furchtbar leidgetan und du würdest jetzt seine Lage verstehen. Auf dem Zimmer dann schmierst du ihm Honig um den Bart. Du sagst ihm, dass du den alten Zeiten nachtrauerst, als du noch seine Magd warst, und dass du niemals einen besseren Liebhaber gehabt hättest. In solchen Sachen sind wir doch allesamt Meisterinnen, das veranstalten wir doch täglich mit den Freiern. Lügen und Täuschen gehören doch zu unserem Handwerk. Lass ihn auf einer männlichen Wolke schweben. Der frisst dir förmlich aus der Hand. Du stachelst seine Manneskraft an, und dann schlägst du ihm vor, mit dir noch etwas Wein zu trinken. Johannes bringen wir bei, dass er, wenn er lieb ist, bei seiner Tante Hanna schlafen kann – so haben wir ihn aus der Affäre gezogen. Hildeger wird ihn sowieso nicht mehr zu Gesicht bekommen. Wenn er den Wein getrunken hat und vom Stuhl gekippt ist, klopfst du an die Wand, dann kommen wir zu dir und verpacken den Bastard. Letztendlich warten wir die Zeit ab, und gegen Mitternacht lassen wir ihn im Rhein ersaufen, genau so, wie es viele mit

Katzenwelpen machen«, sagte Grimhild, die nun fertig mit ihrer Ausführung war.

Agnes starrte sie mit offenem Mund an: »Großartig, dein Plan ist einfach nur großartig – nie hätte ich dir so etwas zugetraut.« Margarete zögerte noch, sie war sich nicht ganz schlüssig; endlich sagte sie: »Gut – bevor er mich umbringen lässt, erledigen wir ihn – am ersten Sonntag im Mai. Der Plan steht. Ich werde ihm einen Tag vorher mit dem Sendboten den Brief zukommen lassen.« – »Und du kannst wieder ohne Angst leben und unbesorgt deinen Einkäufen nachgehen«, meinte Grimhild, wobei sich ein verschmitztes Lächeln in ihrem Gesicht breitmachte. »Wir sind ein neues Trio: die Teufelsweiber vom Rhein«, kicherte Agnes. »Obwohl – so ganz geheuer ist mir das alles nicht«, gab Margarete zu bedenken. – »Wenn wir den Plan noch einige Male durchgehen und fest zusammenhalten, wird es gelingen, glaubt mir, Mädels«, sagte Grimhild. – »Zunächst musst du die Tropfen, dieses Elixier besorgen, egal wie, sonst können wir den Plan in den Wind schreiben«, waren Margaretes Worte.

Grimhild sprach kurz mit Hanna, um sich einige Stunden freizunehmen. Sie ging am Rheinufer entlang und genoss ihren kleinen Spaziergang sichtlich. Die Vögel zwitscherten, ihre Stimmen drangen aus dem sich auftuenden Reetfeld hervor. Welch unterschiedliche Melodien diese Tierchen doch beherrschen, wunderte sie sich. Jetzt nahm auch die Schifffahrt wieder zu. Unzählige größere und kleinere Boote waren in beiden Richtungen unterwegs. Eine beladene Flussfähre brachte Fuhrwerke auf die gegenüberliegende Seite. Ab und zu kamen Grimhild ein paar Reiter sowie Fuhrwerke entgegen. Alles war so idyllisch – und sie war auf dem Wege, sich Gift zu besorgen, welch eine Ironie des Schicksals! Ihre Gedanken kreisten weiter. Es dürfte bestimmt nicht mehr allzu lange dauern, bis Alfonso wieder in der Türe stand. Sie dachte an seinen Akzent und musste lachen. Er war schon ein netter Kerl, ihr kleiner Lombarde. Manchmal spekulierte sie mit dem Gedanken, einfach mit ihm zu gehen, ihre Zelte in Colonia abzubrechen und einen Neuanfang zu wagen. Doch was würde in der Fremde da wohl auf sie zukommen? Außer dem Bergischen Land und Colonia kannte sie nichts anderes. Von der weiten Welt hatte sie so gut wie nichts gesehen.

Als sie etwa eine halbe Stunde unterwegs war, traf sie vier Waschfrauen, die mit Kieseln und Seife ihre Linnentücher und Gewandungen bearbeiteten. Sie sah ihnen kurz zu und ging weiter ihres Weges, immer nach der Hütte der alten Dame Ausschau haltend. Nach einiger Zeit kam eine Schafherde an ihr vorbei; das Hundegebell holte sie aus ihren Gedanken zurück. Unzählige Tiere zogen den Rhein entlang. Die Tiere verhinderten, dass das Ufer zu verbuschen begann, indem sie alles kurzfraßen. Mit ihren Hufen verdichteten sie zudem den weichen Uferboden.

Grimhild blickte auf und erkannte in der Ferne eine alte Hütte. »Das könnte sie sein!«, dachte sie und hielt geradewegs darauf zu. Sie erreichte das Haus, das einen Grundriss von etwa sechs mal vier Schrittlängen aufwies. Das Dach war mit dem hier wachsenden Reet gedeckt und stand einen Schritt über. Darunter hingen verschiedene mit Kordel gebundene Kräutersträuße zum Trocknen. Vor der Hütte befand sich ein hölzerner Vorbau, auf dem ein langer schmaler Tisch stand. »Den wird sie wohl für ihre Kräuter benutzen«, dachte Grimhild und klopfte an die Tür.

»Ja, bitte«, ertönte eine Stimme aus dem Inneren der Hütte. Grimhild nahm Schritte wahr, bevor die Türe geöffnet wurde. Die alte Vettel zog die Brauen hoch: »Ach, die junge Maid vom Rhein, die Blumensammlerin! Wie komme ich zu der Ehre, dass Ihr mir einen Besuch abstattet?« – »Ich bräuchte etwas von Euch«, sagte Grimhild etwas schüchtern. »Tretet ein in meine bescheidene Kate.« Die Alte ging voraus und Grimhild folgte ihr. »Ich bin die Ketlin«, sagte die Alte beiläufig. Ein angenehmer Duft erfüllte den Raum. Es roch nach zahlreichen unterschiedlichen Kräutern, einfach frisch. Grimhild nahm den Geruch von Kamille und Lavendelpflanzen wahr. An der Wand stand das Holzbett des Kräuterweibs, das mit Stroh gefüllt war. Darüber lagen ein paar Schafsfelle. Die Alte schob ihr einen Hocker zu: »Setzt Euch doch und sagt mir, was Ihr so dringend benötigt!« – »Also, ich bin hier, weil ich ein starkes Gift benötige. Wir haben am und im Haus Unannehmlichkeiten mit einer Rattenplage. Überall rennen die Viecher durch die Gegend. Nun wollen wir Giftköder auslegen. Könnt Ihr mir da weiterhelfen?« – »Ihr arbeitet im ›Haus der kleinen Sünden‹, Ihr seid eine Hübschlerin, ist das richtig?«, fragte die Alte. Erneut wurde Grimhild verlegen. »Ja, so ist es«, gab sie zurück. – »So, so, eine Rattenplage habt Ihr. Ich habe schon andere Frauen hier gehabt, die auch so eine Plage hatten. Weißt du Kindchen, Hübschlerinnen und Kräuterweiber haben ja keinen Stand und keinerlei Rechte, also sollten wir wenigstens zusammenhalten!« Irgendwie konnte Grimhild ihren Worten nicht ganz folgen. Was meinte sie damit? Die Alte erhob sich, ging mit leicht gebeugtem Rücken an eines ihrer Wandregale und entnahm ihm ein kleines, verkorktes Tonfläschchen. »Hier«, sie stellte es auf den Tisch, »das hier könnt Ihr für Eure Ratten nehmen. Es wirkt nach wenigen Minuten und ist garantiert tödlich.« Grimhild nahm das Fläschchen mit äußerster Vorsicht in die Hand und betrachtete es sich: »Was bekommt Ihr dafür?« – »Gebt mir drei bergische Pfennige.« Grimhild griff in ihren Geldbeutel und zählte ihr das Geld auf den Tisch. Die Alte hielt ihre Hand fest und blickte sie ernst an: »Nehmt fünfzehn Tropfen für einen Becher Wein, dann seid Ihr auf der sicheren Seite. Wenn Ihr jetzt meine Kate verlasst, merkt Euch: Wir haben uns nie zuvor gesehen, ich kenne Euch nicht.« Grimhild bekam einen roten Kopf. Jetzt endlich war der Silberling bei ihr gefallen – sie hatte die Aussage der Alten wohl bemerkt. Diese wusste, was sie mit dem Gift vorhatte, und trotzdem gab sie es ihr. Grimhild erhob sich und schob den Hocker beiseite: »Danke, und macht Euch keine Sorgen, Ihr tatet das Richtige.« Die alte Vettel lachte: »Wenn mein Gift etwas Böses vernichtet, stimmt es mich nicht gerade traurig. Ihr wisst ja selber, wie sich diese Ratten verbreiten.«

Grimhild, Agnes und Margarete starrten auf den Tisch, auf dem das Giftfläschchen stand. »Ich werde verrückt – du hast es tatsächlich bekommen!«, sagte Agnes. »Fünfzehn Tropfen, hat sie gesagt, das würde ausreichen; sie hat trotz aller Vorsicht, die ich habe walten lassen, den Braten gerochen, obwohl sie kein verräterisches Wort in den Mund nahm. Sie betonte die Sache an sich und sprach immer nur von Ratten, trotzdem sah ich es ihr an, dass sie genau wusste, was mit dem Gift passieren würde.« – »Na, und?«, sagte Agnes. »Es wird ja niemand eine Leiche finden, denn wir sind die Teufelsweiber vom Rhein.« – »Jetzt hör auf damit, das hört sich ja grausam an!«, gab Margarete von sich. – »Wenn sie doch recht hat! Wir sind es, wir wehren uns nur unserer Haut. Nun besorg noch ein Blatt Pergament, setz den Brief auf und übergib ihn dem Sendboten. Nächsten Sonntag gehen wir es an!«, bestimmte Grimhild.

## 14

Im Patrizierhaus der Kleingedanks saß Hildeger hinter seinem Schreibtisch und überflog die erhaltene Nachricht. »Endlich hat das Luder es eingesehen – das wurde aber auch Zeit!« Jetzt war da noch eine Sache: Wie würde er es seiner Frau und seinen Töchtern beibringen? Sie wussten nichts davon, dass er einen Sohn hatte, auch wenn er ein Bastard war. Sollte er sie vorher einweihen? Er schob den Gedanken beiseite. »Ich werde sie vor nackte Tatsachen stellen, den Jungen abholen und ihn seiner Familie präsentieren. Ihnen wird das Lachen aus den Gesichtern weichen, doch was soll es? Sie werden sich schon daran gewöhnen, letztendlich bin ich der Herr im Haus, und was ich sage, wird getan. Schließlich war meine Frau ja auch nicht imstande, mir einen Jungen zu gebären. Jetzt muss sie zusehen, wie sie mit der Lage klarkommt.« So sprach sich Hildeger Mut zu und wartete auf den morgigen Sonntag, um seinen Johannes im »Haus der kleinen Sünden« abzuholen. Gegen acht Uhr, stand auf dem Blatt Pergament, sollte er ihn bekommen. Doch er überdachte sein Vorhaben noch einmal.

Nein, er musste es seiner Frau vorher sagen; sie musste sich darauf vorbereiten können. Wenn er hier auf einmal mit dem Jungen an der Hand vor ihr stünde, würde sie völlig durchdrehen, dafür kannte er sie zu gut. Also nahm er sich vor, in die Höhle des Löwen zu gehen und sie von seinem Vorhaben zu unterrichten.

Hildeger ging in ihr Ankleidezimmer, wo sie wohl die meiste Zeit ihres Lebens verbrachte. Eine Schlacht konnte man verlieren, aber den Krieg, den wollte er gewinnen.

»Besuch für dich, Margarete! Herr Kleingedank ist hier unten im Empfangsraum, er wartet auf dich«, rief Hanna nach oben in das kleine Treppenhaus. Nun war es also so weit. Margarete hatte ihre verführerischste Gewandung angezogen mit einem besonders tiefen Ausschnitt, aus der sich ihr praller Busen hervorwölbte. Auch hatte sie ihr Gesicht geschminkt, obwohl es als Gotteslästerung galt und von der Kirche als Teufelszeug verschrien war. Mit Bleiweiß und etwas Ocker hatte sie ihrem Gesicht ein besonderes Aussehen verliehen. Ihre Lippen hatte sie mit teurem Läuseblut rot gefärbt.

Als sie die Treppe hinunterschritt, war sie wie verwandelt. Nun spielte sie eine andere Rolle, die Rolle der Verführerin, der mit allen Wassern gewaschenen Hübschlerin, und jetzt gab es kein Zurück mehr, das wusste sie. »Hildeger, schön, dass Du den Weg zu mir wiedergefunden hast!«, hauchte sie über ihre rot leuchtenden Lippen. Dem Patrizier blieb der Mund offenstehen. In dieser Aufmachung hatte er seine frühere Magd noch nie gesehen. War das überhaupt seine Margarete oder doch eine Fremde? Sie war ein reifes Weib geworden, ein dermaßen verführerisches Weib, dass er völlig vergaß, dass sie nach ihrer Tätigkeit als Magd immer noch eine Hure war. Allein durch den Anblick ihres gewölbten Busens, der gerade noch von einer Kordel in die Schranken gewiesen wurde, verhärtete sich etwas in seinem Schritt. Die Wollust überkam ihn und er vergaß völlig den Grund, warum er eigentlich hierhergekommen war, nämlich um seinen Jungen abzuholen – das konnte er auch später noch erledigen. Im

Moment war für ihn etwas anderes viel wichtiger: »Margarete, du siehst ja ganz bezaubernd aus, lass dich drücken!« Sie breitete die Arme aus und schenkte ihm einen zärtlichen Kuss auf die Wange: »Schön, dass jetzt alles wieder gut wird«, sagte sie und dachte bei sich: »Du verlogener Bastard, lässt mich zusammenschlagen und tust dann so, als wäre nichts gewesen.«

Sie nahm seine Hand: »Lass uns nach oben gehen, wir haben einiges zu besprechen, mein Schatz.« Genau das waren auch Hildegers Gedanken. Er drehte sich um und rief: »Frau Hanna, ich zahle nachher.« Die nickte, doch was für rachsüchtige Gedanken ihr dabei durch den Kopf gingen, wollte sie besser nicht von sich geben. Nach allem, was im Vorfelde passiert war, konnte sie diesen Unhold nicht vor Augen sehen. Auch ahnte sie, dass dies kein gewöhnlicher Abend werden würde, nachdem sie Margarete in ihrer Aufmachung gesehen hatte. Nie zuvor war sie so aufgetreten, doch was sollte es – das ging sie nichts an, und so schloss sie die Augen vor diesen Vorgängen und ging in ihre kleine Wohnung, wo ihr Mann und der Junge schon auf sie warteten.

Margarete hatte vorgesorgt. Im Wandregal stand ein sehr kostbarer Wein, den sie sich von einem Händler besorgt hatte, der einen lieblich-erdigen Geschmack aufwies. Die Betonung lag dabei auf erdig. »Setz dich doch, Hildeger, und lass uns vorher etwas trinken.« – »Du siehst so umwerfend gut aus – so hatte ich dich überhaupt nicht in meiner Erinnerung!« Dabei dachte er an ein gewisses Beilager, das er mit ihr auf seinem Schreibtisch veranstaltet hatte. Hildeger war scharf wie ein Eber, der auf der Suche nach einer rauschigen Sau war und es kaum noch aushalten konnte. Sein Glied war hart wie eine Dachlatte. Am liebsten hätte er ihr sofort die Gewandung vom Körper gerissen und sie genommen. Egal wo, im Stehen an der Wand, auf dem Boden oder in ihrem Bett, doch er musste die Umgangsformen einhalten und sich in Geduld üben.

Margarete spielte ihre Rolle als die große Verführerin weiter: »Bevor wir ins Bett steigen, mein Schatz, sollten wir etwas trinken, ein paar Dinge besprechen und unsere Zwistigkeiten aus dem

Wege räumen, denn schließlich lockert ein kleines Becherchen Weißwein etwas auf.« Bei ihren Worten ging sie zum Wandregal. Dort standen schon zwei Becher bereit. Der rechte war ihrer, und in dem linken befand sich bereits das Gift, das sie schon vorher eingegossen hatte. Sie füllte beide Becher mit dem kostbaren Wein und achtete genau darauf, den linken Becher auch in ihrer linken Hand zu tragen. »Hier, nimm«, sagte sie und reichte dem Patrizier dabei den Becher. »Lass uns auf die guten alten Zeiten anstoßen!« Dabei setzte sie sich ihm genau gegenüber auf einen weiteren Hocker. Hildeger nahm einen kräftigen Schluck: »Hm, sehr köstlich, ein guter Tropfen!« Nun beobachtete Margarete mit innerlicher Spannung die Lage. »Weißt du, ich bin ja so froh, dass du endlich zur Vernunft gekommen bist und mir meinen Jungen aushändigen willst. Wo ist Johannes eigentlich?« – »Unten bei Hanna. Ich dachte, wir könnten vorher noch ein wenig Spaß miteinander haben, bevor du den Jungen mitnimmst. Das ist ja kein leichter Schritt für ihn.« – »Nein, sicherlich nicht. Doch bei mir wird er es besser haben als hier im ›Haus der kleinen Sünden‹; bei mir wird er etwas Richtiges lernen.« Margarete sah, wie sich auf Hildegers Stirn Schweißperlen bildeten. Er wischte sich mit dem Handrücken über die Stirn: »Puh, ganz schön warm geworden«, stöhnte er. – »Ja, da hast du recht, es wird langsam Sommer. Der Mai ist für mich der schönste Monat im Jahr, er ist der Anfang eines neuen Lebens. Die Natur blüht auf und die Plagegeister des Winters sterben ab.« – »Mir ist überhaupt nicht wohl!« Hildeger hielt er sich beide Hände auf den Bauch und stöhnte dabei laut. – »Was hast du denn nur, mein Schatz?«, fragte sie scheinheilig. – »Ich glaube, ich habe mir den Magen verdorben. Ich hatte gestern noch Muscheln gegessen, die mag ich so gern. Wahrscheinlich waren die nicht mehr ganz frisch.« Nun rann der Schweiß in Strömen über sein Gesicht. Margarete fing an zu zweifeln. »Gott wird mich für meine Tat bestrafen, wenn es ihn denn gibt«, dachte sie, »doch nun ist es zu spät, sich weitere Gedanken darüber zu machen.« Zu Hildeger sagte sie scheinbar mitfühlend: »Der Mai ist nicht gerade einer der Muschelmonate; in den Monatsnamen ohne ›r‹ am Ende sollte man die Finger von ihnen lassen. Sie können beileibe giftig sein – das haut den stärksten Mann um.«

Hildeger hockte zusammengekauert auf dem Hocker. Weitere Krämpfe überkamen ihn. Er hechelte und wurde kurzatmig. Margarete hatte sich wieder gefangen; sie dachte an die beiden Überfälle, die sie ihm zu verdanken hatte. Sie dachte daran, dass er ihr den Sohn wegnehmen wollte. Hildegers Augen wurden glasig, er starrte sie an wie aus einer anderen Welt. Er stöhnte weiter vor Schmerzen. Nun war die Zeit gekommen, ihm die Wahrheit zu präsentieren. »Trink doch noch einen Schluck Wein, damit du dich schon einmal an den erdigen Geschmack gewöhnst.« Er sah sie an – nun schien er langsam die Lage zu begreifen. »Du … du hast mir was in den Wein gekippt? Wi… wi… willst du mich umbringen?«, stotterte er. – »Was glaubst du Bastard denn sonst? Lässt mich zusammenschlagen von einem von dir gekauften Häscher, willst mir meinen Jungen wegnehmen. Denkst du, ich halte da still? Nun habe ich den Spieß einfach gewendet. Du wolltest mich töten lassen – jetzt machen wir es umgekehrt!« Er starrte sie an: »Du … du Dreckshurenweib!« Er wollte sich erheben, doch seine Kräfte versagten. Er sackte mit schmerzverzerrtem Gesicht in sich zusammen und schlug auf dem Boden auf. Seine Fingernägel verkrallten sich in den Brettern des Holzbodens, während sein ganzer Körper zuckte und weißer Schaum aus seinem Munde trat. Margarete stand auf, ging zur Wand und schlug drei Mal kräftig mit der Faust dagegen – das Zeichen für ihre Freundinnen. Sie konnte jetzt mit dem auf dem Boden im Sterben liegenden Patrizier nicht alleine sein. Sie brauchte die Hilfe ihrer Freundinnen. Immer noch stöhnte Hildeger auf dem Dielenboden, noch hatte er nicht den letzten Wind von sich gegeben, doch es konnte nicht mehr lange dauern. Die Tür öffnete sich und Grimhild und Agnes betraten das Zimmer. Sie hielten sich die Hände vors Gesicht: »Ist er tot?«, fragte Agnes. – »Noch nicht ganz, aber gleich«, war die Antwort.

»Verriegele die Tür von innen. Agnes, bring mir die Tücher und die Seile aus meiner Truhe. Wenn er nicht mehr atmet, schnüren wir ihn zusammen«, ordnete Margarete an, die völlig aufgelöst war. Immer noch lag Hildeger röchelnd und zuckend auf dem Holzboden. Die drei Freundinnen saßen nebeneinander auf Margaretes Bettkante und sahen dem Sterbenden zu. »Was haben wir nur getan? Mein Gewissen plagt mich. Ich glaube, ich werde davon Albträume bekommen«, stöhnte Margarete. – »Weil wir ihn jetzt hier sterben sehen; aber denk daran, was er mit dir vorgehabt hat! Dich wollte er töten lassen, vergiss das niemals, wir wehren uns doch nur«, gab Grimhild von sich. Vom Boden her ertönte ein letztes Röcheln, und der Patrizier war im Jenseits angekommen.

»Schnell, wir wickeln ihn ein, packt mit an!«, sagte Agnes. Die Freundinnen breiteten die Laken auf dem Boden aus und rollten den Toten darauf. Sie schlugen die Linnentücher zusammen und zogen die zurechtgeschnittenen Seile unter seinem Körper durch. Vorher nahm ihm Margarete noch die prall gefüllte Geldkatze ab. Eiskalt sagte sie: »Die benötigt er dort nicht mehr, wo er jetzt hingeht. Wenn es einen Gott gibt, dann müsste er in die Hölle kommen, und dort braucht man kein Geld – das Fegefeuer kostet nichts.«

Zehn Seilstücke benötigten sie, um ihn zu verschnüren. Als er völlig in Linnen gehüllt war, sagte Grimhild: »Nun müssen wir ihn wenigstens nicht mehr betrachten. Sein Gesicht sah grausam entstellt aus, kein schöner Anblick.« – »Was glaubt ihr, wann wir ihn hinuntertragen können?«, wollte Agnes wissen. – »Das ist jetzt noch zu früh; wir sollten noch zwei Stunden warten, bis im Haus völlige Ruhe eingekehrt ist, wenn die Mädels im Tiefschlaf liegen«, beantwortete Margarete Agnes' Frage. »Spül den Giftbecher gründlich mit Wasser aus, Agnes, und lasst uns auf den Schrecken einen Wein trinken. Den haben wir jetzt alle drei redlich verdient«, forderte Grimhild, die immer noch auf der Bettkante saß und sich die Hände vors Gesicht hielt. So tranken sie ihren Wein und starrten dabei auf den in Linnentüchern verpackten Patrizier. Agnes ging zu dem Toten hin. Dort griff sie nach Hildegers Geldbeutel, den Margarete ihm abgenommen hatte und der neben ihm auf dem Boden lag. »Schwer wie ein Stein«, murmelte sie. Sie ging zu ihren Freundinnen, öffnete das Lederband, das als Verschluss diente, und schüttete den Inhalt auf Margaretes Tisch aus. »Halleluja!«, sagte Grimhild. Die Mädchen staunten nicht schlecht über das, was da zum Vorschein kam. »Alles voller Silberlinge! Das ist so viel Geld, wie wir in einem Monat nicht verdienen – da können wir die Beine so oft breitmachen, wie wir wollen«, bemerkte Margarete. »Das teilen wir schön brav auf.« Sie sortierte das Geld in drei Teile und schob es den Mädchen zu: »Hier, für unsere spätere Zukunft, für die Zeit nach dem Aufenthalt im ›Haus der kleinen Sünden‹«. Ein wunderbares Anfangskapital. Mit so viel Geld hatte keine der Freundinnen gerechnet. Ein langes Schweigen verbreitete sich in dem Raum mit Blick auf die große Menge Silberlinge.

Endlich war die Zeit reif, Hildeger im Rhein zu versenken. »Ich denke, wir können es jetzt wagen. Im Hause ist alles still«, sagte Margarete, stellte ihren Weinbecher auf die kleine Anrichte und ging zu dem Toten. – »Grimhild, nimmst du die Beine? Die sind leichter; Margarete und ich tragen den Oberkörper. Also, auf geht's!«, ermunterte sie Agnes. Grimhild öffnete die Tür und lauschte in den Flur. »Alles ruhig«, flüsterte sie, »bringen wir ihn auf mein Zimmer.« Sie schleppten den Patrizier durch den schmalen Flur, bis sie ihn in Grimhilds Zimmer auf dem Boden ablegten. Direkt hinter sich schloss Grimhild die Tür. »Ganz schön schwer, der Kerl!«, meinte Agnes. Nun ging Grimhild zur Außentüre und öffnete sie. Auch hier lauschte sie, ob etwas Verdächtiges zu hören war. »Alles in Ordnung – auf geht's, Mädels.«

Sie wuchteten den Toten hoch und trugen ihn, so leise es ging, die Treppe hinunter. Doch Hildeger war ein mächtig schweres Mannsbild; so verloren sie die Kontrolle über den Transport nach unten. Der Kerl rutschte ihnen aus den Händen, machte sich selbstständig und rutschte einige Stufen die steile Treppe herunter, wobei er auf jeder Stufe hart mit dem Schädel aufknallte. »Der verdammte Kerl wehrt sich noch!«, flüsterte Margarete.

Als sie unten angekommen waren, legten sie ihn auf die Erde, um neue Kräfte zu sammeln. Etwa zehn Schritt entfernt, dicht an die Hauswand geduckt, sah eine Gestalt dem Treiben zu und flüsterte: »Wusste ich es doch, dass hier etwas nicht mit rechten Dingen zugeht – als ob ich es geahnt hätte.«

»Los, wir tragen ihn zum Fluss. Ich will ihn endlich loswerden«, sagte Grimhild leise. Erneut griffen sie zu und schleppten ihn noch ungefähr vierzig Schritt, bis sie das Ufer erreicht hatten. Dort legten sie ihn in das seichte Wasser des Flusses. »Lauf zurück und hol die Stange«, sagte Grimhild zu Agnes. Sie hatten sich vorher schlaugemacht und wussten, dass an der einen Wand des Hauses Dachlatten, Holzstangen und Balken standen. Mit einer drei Schritt langen Latte kam Agnes zurück. Sie schoben den Toten in den Fluss und stießen ihn mit der Dachlatte in die Strömung, wo er abgetrieben wurde. Eine Zeit lang konnten sie beobachten, wie die Strömung den weiß leuchtenden Linnensack in die Mitte des Flusses zog, bis er mit der Dunkelheit verschmolz und endgültig aus ihrem Sichtfeld verschwand. »Gute Reise, Hildeger!«, sagte Margarete.

## 15

Piet van de Fries und sein Sohn At gingen in ihren Schuppen, um diverse Gerätschaften zu holen. Gerade die Ruder ihres Bootes waren bei Dieben besonders beliebt. Seit man ihnen diese aus ihrem Boot gestohlen hatte, verschlossen sie die neuen stets in dem Unterstand, der sich direkt an ihrem Haus befand. Sie wohnten kurz hinter dem Ort Cleve in einem kleinen Fischerort im Friesenland. Nicht einmal zehn Hütten standen hier, die allesamt von Fischern bewohnt wurden. »Sag deiner Mutter noch Auf Wiedersehen, und beeil dich«, sagte Piet zu seinem Sohn. Sie gingen zum Anleger, stiegen ins Boot, hängten die Ruder ein und fuhren zu ihren Netzen hinaus.

Piet van de Fries war ein Netzfischer und wollte sein gesamtes Wissen an seinen Sohn At weitergeben. At sollte eines Tages in seine Fußstapfen treten. Am Vortage hatte er die Netze in der Strömung des Flusses ausgelegt. Am Grund waren sie mit Bleigewichten beschwert und an der Wasseroberfläche mit Schwimmkörpern, sodass die gesamte Netzbreite einen Teil des Flusses absperrte. Er ging auf Hecht, Zander, Barsch, Lachs und Aal. Einen Teil des Fanges behielt er für sich selbst, einen weiteren Teil räucherte er und verkaufte ihn an Wirtshäuser. In seinem Garten hatte er drei Räuchertonnen stehen, die er in den letzten Jahren zusammen mit At gebaut hatte.

Nach schweißtreibendem Rudern erreichten sie stromabwärts in der Nähe des Ufers ihr erstes Netz. »Steuer auf die erste Boje zu!«, rief Piet seinem Sohn zu. Er selbst nahm das Gaff und ging damit in den Bug des Bootes. Er fuhr er mit dem Gaff durch den Rand des Netzes und zog es zum Boot hin, wo er es mit seinen Händen greifen konnte. »Ich habe es«, rief er. Als er das Netz ins Boot zog, sah er zwei fette Lachse, die sich verfangen hatten. »Prachtvolle Kerle!«, rief er erneut.

»Sieh, Vater, was sich dort drüben im Netz verfangen hat – das Weiße dort«, sagte At und zeigte dabei auf das große, weiße Bündel, das in den Schlingen hing. Piet warf die Lachse ins Boot: »Ruder mal dorthin, Junge.« – »Das ist ein weißer, eingeschnürter Sack mit Inhalt.« Piet griff danach und zog kräftig daran: »Meine Güte, ist der schwer!« Jetzt ahnte er, was er da in seinen Händen hielt. »Godverdomme, en Mens!«, rief er. »Komm, pack mit an, wir ziehen ihn ins Boot.« Als sie das Paket endlich im Boot liegen hatten, sagte Piet: »Wir werden es nicht öffnen. Komm, wir rudern zurück, und du verständigst den Büttel. Ich warte am Boot auf deine Rückkehr – und beeil dich.« Er steuerte seinen Anleger an, At sprang aus dem Boot und rannte los. »Beim heiligen Christophorus, was habe ich da nur für einen Fang gemacht!«, dachte er. Er ging er die paar Schritte zu seiner Hütte, um seiner Frau davon zu erzählen.

Es dauerte über eine Stunde, bis At mit zwei Bütteln erschien. »Dort im Boot liegt er oder sie. Ich habe mich nicht getraut, den Sack aufzuschneiden – das könnt Ihr machen.« – »Packt mit an, wir tragen ihn ans Ufer«, gab einer der Büttel seine Anweisung. Als sie das Bündel an Land gebracht hatten, zog der eine Büttel sein Messer und durchtrennte die Schnüre. Der andere ergriff das veralgte Linnentuch, zog es hoch und ließ den Toten herausrollen. »Pfui Deuwel«, rief Piet, »wie der stinkt!« Vor ihnen lag der von Wasser aufgedunsene Hildeger, wahrlich ein nicht allzu erfreulicher Anblick. Das Gesicht hatte sich stark verfärbt, die Augen waren hervorgetreten.

Einer der Büttel untersuchte ihn oberflächlich. »Ich kann keine Fremdeinwirkung erkennen – sieht nicht so aus, als hätte man ihn erschlagen oder erstochen«, sagte er und kratzte sich dabei am Kinn. Der andere Büttel, der einen etwas dümmlichen Gesichtsausdruck hatte, meinte: »Vielleicht war es Selbstmord?« Sein Kollege sah ihn an und schüttelte den Kopf: »Aaah, du bist so was von blöd – Selbstmord! Er bringt sich also um, wickelt sich in Tücher, verknotet diese auch noch selbst von innen, hüpft ans Rheinufer, stürzt sich in den Fluss und schwimmt als Leiche zur Strömungsmitte, von wo aus er in das Stellnetz treibt. Halt besser den Mund, du Hundsfott!« Beleidigt trat der Betroffene einen Schritt zurück. »Wir lassen ihn hier abholen und fragen bei der Bevölkerung nach, ob ihn jemand kennt. Wenn nicht, wird er beerdigt, und das war es. Wer weiß schon, wo sie den ins Wasser geworfen haben! Der kann schon Tage unterwegs gewesen sein.«

Jemand klopfte laut an die Tür des »Hauses der kleinen Sünden«. »Ja, bitte?«, rief Hanna. Der Hauptmann der Stadtwache von Colonia betrat den Raum: »Seid gegrüßt! Arbeitet bei Euch eine gewisse Margarete als Hübschlerin?« Hanna musste schlucken, zumal sie wusste, was sich am vorletzten Sonntag in ihrem Haus abgespielt hatte. Sie war diejenige, die im Schatten der Hauswand mitbekommen hatte, was die Mädchen da die Stufen hinuntergeschleppt hatten. »Soll ich sie rufen?« – »Das wäre nett. Ich bräuchte ein paar Antworten auf meine Fragen«, sagte der Hauptmann. »Einen Moment, bitte.« Hanna ging die Stufen hinauf und klopfte an Margaretes Zimmertür. Da sie gerade keinen Freier bediente, zögerte sie nicht lange und öffnete. »Du solltest schnell in den Empfangsraum kommen; der Hauptmann der Stadtwache will dich sprechen.« Margarete schien völlig gelassen: »Das mache ich doch gerne.« Sie ging voraus und Hanna folgte ihr.

»Ich grüße Euch, Herr Hauptmann! Ihr wollt mich sprechen?« – »Ihr seid die Hübschlerin Margarete, die frühere Magd des Edelmannes und Patriziers Hildeger Kleingedank?« Margarete nickte: »Es ist aber schon einige Jahre her, dass ich bei ihm als Magd gearbeitet habe.« – »Seine Frau vermisst ihn seit drei Tagen. Wann habt Ihr ihn denn zum letzten Mal gesehen?« – »Am vorigen Sonntag. Er kam gegen Abend und blieb bei mir bis kurz vor Morgengrauen. Er kam in regelmäßigen Abständen in unser Haus, wollte aber ausschließlich mit mir zusammen sein.« Der Hauptmann hustete: »Wie oft er hier war, das geht mich nichts an. Diese Geschichte muss er wohl seiner Frau selbst erklären. War er bei bester Gesundheit, als er Euch verließ?« – »Oh ja, gegen seine Manneskraft kann ich nichts Nachteiliges sagen. Ich brachte ihn noch zur Tür – es war noch dunkel –, und er ging in Richtung Osttor.«

Grimhild war mittlerweile in den Empfangsraum gekommen und hatte dem Gespräch gelauscht. »Gibt es denn irgendwelche Zeugen?«, fragte der Hauptmann. »Also, die anderen Mädchen hier lagen noch in den Betten, auch unser Weiberwirt und dessen Weib.« – »Ich habe einen Teil Eures Gespräches mitgehört«, sagte Grimhild und ging auf die beiden zu. »Ich war zufällig auf dem heimlichen Gemach und habe den Patrizier fortgehen sehen, da schien er noch bei bester Gesundheit zu sein.« – »Alles sehr merkwürdig! Seit dem Besuch bei Euch ist er spurlos verschwunden. Vielleicht hat man ihn auf seinem weiteren Weg überfallen und ausgeraubt und ihn danach verschwinden lassen. Weiß der Teufel, was ihm widerfahren ist! – Das wäre es fürs Erste – vielen Dank und gehabt Euch wohl.« Der Hauptmann ging seines Weges, die beiden Mädchen atmeten tief durch. »Da habt ihr ja noch mal Glück gehabt!«, sagte Hanna und zwinkerte den Mädchen dabei mit dem rechten Auge zu.

# 16

Im Juni 1262 war die Rheinschifffahrt in vollem Gange. Der Fluss war fast schon überladen mit kleinen und größeren Booten. Dementsprechend war es einer der einträglichsten Monate des Jahres. Im »Haus der kleinen Sünden« gaben sich die Freier förmlich die Klinke in die Hand. Es herrschte Hochbetrieb; die Frauen waren erschöpft und fielen am Abend wie tot in die Betten. Das Wichtigste war aber: Die Silberlinge rollten nur so in ihre Kassen. Die Hölzer der Mädchen waren gut mit Kerben versehen, sodass die fleißigen Damen einer gehaltvollen Monatsabrechnung entgegenblicken konnten. Es war Montagnachmittag, als eine Dame im Hause erschien. Sie ging auf Hanna zu und fragte schüchtern danach, ob hier eine Agnes arbeiten würde und ob sie diese sprechen könnte. »Setzt Euch, ich lasse sie kommen«, sagte Hanna und wunderte sich. Eine Besucherin kam im »Haus der kleinen Sünden« auch nicht so oft vor. Agnes hatte keinen Freier, so klopfte Hanna kurz an ihre Tür und wartete auf das »Herein«. »Da ist eine Dame, so um die vierzig Jahre, die dich sprechen möchte.« – »Eine Dame – mich sprechen? Wer soll das sein?«, antwortete sie. Sie ging mit Hanna die Treppe hinunter und blieb wie angewurzelt stehen, als sie die Frau erkannte. Agnes' Mund wurde trocken, ihre Augen starrten die Frau an: »Mutter – was machst du denn hier!«

Die beiden gingen aufeinander zu, nahmen sich in die Arme und weinten bitterlich: »Habe ich dich endlich gefunden! Ich bin ja so glücklich, dass du noch lebst! So viele Jahre sind vergangen, seit du fortgegangen bist …«, schluchzte Agnes' Mutter. – »Ach, Mutter, wenn du nur wüsstest!« Hanna sah den Frauen zu: »Agnes, nimm deine Mutter doch mit auf dein Zimmer; dort könnt ihr in Ruhe reden.« – »Komm, Mutter«, sagte Agnes, und sie gingen die Treppe hinauf.

»Setz dich doch bitte, Mutter. Wie hast du mich denn gefunden?« – »Ach, mein Kind, ein Kunde von mir war hier in diesem Haus. Er hat dich von früher her wiedererkannt, als du noch in unserem Gasthof bedient hattest. Ich wollte es nicht glauben, dass du nun eine Hübschlerin bist, also kam ich hierher, um mich zu vergewissern, ob er recht hat. Warum und wie bist du hierhergekommen?« – »Das ist eine lange Geschichte. Ich bin schon seit drei Jahren hier beschäftigt und habe dabei gutes Geld verdient. Da Vater mir damals sagte, ich dürfe unser Haus nicht mehr betreten und dich und ihn auf keinen Fall wiedersehen, habe ich es vermieden, euch aufzusuchen. Da ich weiß, wo er seine Einkäufe tätigt, habe ich einen großen Bogen um diese Gegend gemacht, sodass ich euch nicht über den Weg gelaufen bin.« Agnes' Mutter sah zu Boden, als schämte sie sich: »Dein Vater ist vor zwei Jahren an Selbstzweifeln und Gram gestorben. Er war nur noch schlecht gelaunt, trank viel zu viel und bekam ständig Streit mit unseren Gästen. Die blieben schließlich aus, sodass wir unseren Gasthof verkaufen mussten. Ich arbeite seitdem im Gasthof ›Zum Schwan‹ in der Küche. Eines Tages lag dein Vater auf seinem Bett, als wäre er eingeschlafen, aber sein Herz hatte aufgehört zu schlagen. Das war für mich eine schlimme Zeit. Außerdem wusste ich nichts von dir – was war aus dir geworden? Vater hatte mit mir nie über dich gesprochen. ›Nimm um Gottes willen nicht ihren Namen in den Mund!‹, so sprach er.«

»Ich war mit dem jungen Maurer in seine Heimatstadt Dortmund gegangen. Die erste Zeit lief alles gut, aber irgendwann fing er genau wie Vater mit dem Trinken an. Wir bekamen immer häufiger Streit, und eines Tages bin ich einfach fortgerannt, weil ich Angst vor ihm hatte. Ich habe hier und da ein wenig gearbeitet, kam aber nicht gut über die Runden. Eines Tages bin ich hier von Hannes und Hanna aufgenommen worden. Sie gaben mir ein neues Zuhause. Natürlich war es am Anfang nicht leicht für mich mit all den Männern, aber irgendwann gewöhnt man sich an alles. Das mit Vater tut mir sehr leid. Doch er war so gemein zu mir gewesen, dass ich mir schwor, nie wieder zu ihm zurückzugehen.«

»Agnes, du bist jetzt eine Hure. Ich kann das nicht verstehen. Ich nehme dich mit zu mir nach Hause, wenn du möchtest, und du kannst mit mir in der Küche arbeiten. Zusammen wären wir doch ein gutes Gespann.« – »Ich möchte aber nicht. Wir sind hier ein edles Haus. Ich habe zwei sehr gute Freundinnen hier, das Geld stimmt, und es geht uns allen gut. In zwei bis drei Jahren steigen wir gemeinsam aus. Wir haben dann so viel Geld auf die Seite gelegt, dass wir unseren eigenen Laden eröffnen können. Das ist unser gemeinsamer Plan.« Mutter und Tochter wischten sich gleichzeitig mit dem Handrücken die Tränen aus den Augen. »Aber Kind, ich kann es mir beim besten Willen nicht vorstellen, dass du hier jeden Tag mit fremden Männern ins Bett steigst. Ich fühle mich an der Lage mitschuldig. Wenn ich doch nur gewusst hätte … Aber dein Vater hüllte sich in Schweigen. Wegen deines Fortgehens nahm er deinen Namen bis zu seinem Tode nicht mehr in den Mund.« – »Er hat es mir wirklich nicht einfach gemacht. Ich war so in den Maurer verliebt, dabei noch viel zu jung – alles hätte ich in meinem jugendlichen Leichtsinn für ihn getan. Hätte Vater mich nicht so angeschrien und hättet ihr zu mir gehalten, wäre ich mit Sicherheit zu euch zurückgekommen, doch der Silberling war längst in den Brunnen gefallen, sodass es für mich kein Zurück mehr gab. Manchmal quälte mich der Gedanke doch, zurückzukehren, aber mein Stolz und mein Dickschädel verboten es mir. Bevor ich hier angefangen hatte zu arbeiten, lernte ich einige Frauen kennen, die mich mehr schlecht als recht in die käufliche Liebe einweihten. Schnell merkte ich, dass die Männer meinen Körper besitzen wollten und dafür auch bereit waren, einen guten Preis zu zahlen. Ich habe mir vom Fleischhauer Schweinedärme besorgt und immer darauf geachtet, dass mir die Freier kein Balg andrehten. Die schnelle Liebe in irgendwelchen Verstecken wurde mir allerdings auf Dauer zu gefährlich, ich bekam es manchmal richtig mit der Angst zu tun. Da empfahl mir eine Bekannte das ›Haus der kleinen Sünden‹. Hier ist alles sehr sauber und Hannes, unser Weiberwirt, passt gut auf uns Mädchen auf.«

Agnes' Mutter stützte den Kopf mit den Händen ab: »Meine Güte, was ist dir nur in deinen jungen Jahren schon alles widerfahren. Ich glaube es nicht!« – »Hätte ich es nicht so gehandhabt, wäre ich in der Gosse gelandet und verhungert. Mir blieb keine andere Wahl. Natürlich ist das, was ich mache, nicht jeden Tag nur reines Zuckerschlecken, doch mit der Vorstellung, dass es sich auf weitere zwei bis drei Jahre begrenzt, kann ich mittlerweile damit leben.«

Agnes' Mutter sah nun ein, dass es keinen Sinn hatte, ihre Tochter zum Aufhören überreden zu wollen. Ihr blieb nur übrig, sich mit ihr zu einigen, damit sie zu ihrer Tochter wieder ein vertrautes Verhältnis aufbauen konnte. »Kindchen, können wir irgendwie die Vergangenheit ruhen lassen und wieder vertrauter miteinander werden? Ich meine, dass wir uns ab und zu treffen und miteinander reden, um neues Vertrauen aufzubauen?«

»Gerne Mutter, du glaubst gar nicht, wie froh ich jetzt bin! Ich habe fast täglich an euch gedacht. In meinem Inneren war ich verzweifelt. Wir sollten wirklich jetzt, da Vater tot ist, einen Neuanfang wagen. Ich weiß, wo der Gasthof zum Schwan ist. Wenn ich ein paar freie Stunden habe, statte ich dir einen Besuch ab. Nun will ich dir aber noch meine besten Freundinnen vorstellen, Margarete und Grimhild. Die beiden haben ein ähnliches Schicksal hinter sich wie ich.«

Sie saßen zu viert in Margaretes Zimmer. Johannes spielte in einer Ecke des Raumes mit seinen Holzfiguren, während sich die Frauen miteinander bekannt machten. »Also, ich bin Irene, Agnes' Mutter. Meine Tochter hat mir schon viel von euch erzählt.« Die Frauen stellten sich vor. »Mein Name ist Margarete, und das hier ist Grimhild.« Sie gaben sich die Hand. Eine Zeit lang redeten sie über Belangloses, dann aber fragte Irene: »Möchtet ihr mir erzählen, wie ihr hierhergekommen seid?« Grimhild hustete kurz, vielleicht vor Verlegenheit: »Ich stamme aus dem Bergischen Land, genauer gesagt aus Huckengeswage. Meine Eltern waren oder sind noch immer Leibeigene des Grafen von Huckengeswage. Es war so ungefähr vor drei Jahren – meine Güte, so lange ist das schon her! –, als der Schultheiß mit seinen Leuten zu uns kam, um den

Zehent abzuholen. Die meisten erwirtschafteten Erzeugnisse hatten wir bereitgestellt, nur mit den Hühnern und den Eiern lagen wir im Argen. Ein Fuchs hatte sein Unwesen getrieben und sich einige unserer Hühner geholt. Den Schultheißen schien das nicht zu interessieren. Er beschuldigte uns, die Hühner selbst verspeist zu haben. Daraufhin wurde mein Vater wütend und griff nach seinem Stock. Ich will jetzt nicht zu weit ausholen, aber es ging alles ziemlich schnell. Die Männer des Schultheißen nahmen meine Eltern fest und brachte sie in die Stadt Huckengeswage. Was dort Genaueres passiert ist, habe ich nicht mehr mitbekommen. Der Schultheiß aber war zurückgeblieben. Als die Männer mit meinen Eltern außer Sichtweite waren, fiel er über mich her und schändete mich. Es war mein erstes Mal – mein ganzes Leben zog während der Schändung an mir vorbei. Er verschwand mit der Drohung, regelmäßig wiederzukommen – das war für mich der Grund, von zu Hause wegzulaufen. Danach erging es mir ähnlich wie Agnes, bis ich hier bei Hannes und Hanna ankam, die mich aufnahmen. Was aus meinen Eltern geworden ist, weiß ich bis heute nicht. Seit der Zeit habe ich sie nicht mehr gesehen. Ganz ehrlich, ich habe so ein schlechtes Gewissen, dass ich mich nicht traue, sie aufzusuchen, auch wenn ich vermute, dass sie sich große Sorgen machen.« Irene schluchzte: »Ach, Mädel, das ist ja alles furchtbar! Aber, Grimhild, du solltest ein Lebenszeichen von dir geben, es würde sie beruhigen.« – »Daran habe ich selbst schon oft gedacht – nur wie? Ich kann ja schlecht sagen: ›Hallo, liebe Eltern, mir geht es gut. Der Schultheiß hat mich geschändet, und jetzt arbeite ich als Hure in Colonia.‹ Die Herzen meiner Eltern würden auf der Stelle aufhören zu schlagen.« – »Sie werden, auch wenn es ihnen schwerfällt, die Wahrheit ertragen müssen. Ich musste das ja heute auch«, sprach Irene ihre Empfindungen aus.

Nun fing Margarete an, ihre Geschichte zu schildern: »Nun bin ich wohl an der Reihe. Ich arbeitete als Magd in einem Patrizierhaus. Hildeger Kleingedank ist sein Name.« Oder vielmehr »war«, dachte sie. »Er ist verheiratet und hat vier Töchter, wohlgemerkt – für einen Jungen hatte es nicht gereicht. Er machte sich an mich heran, grapschte hierhin und fasste dahin, bis ich mich eines Tages mit ihm einließ. Wenn seine Frau ihre Einkäufe erledigte und seine Töchter nicht im Hause waren, forderte er mich auf, mit ihm zu schlafen. Ich bestand aber darauf, dass er einen Schweinedarm benutzte, was er auch tat. Eines Tages passierte es: Seine Frau war mit den Töchtern zum Einkaufen gegangen, hatte aber ihren Geldbeutel im Hause vergessen und kam zurück, um ihn zu holen. Wir waren gerade im Arbeitszimmer ihres Mannes zugange, als sie uns beide dabei – Ihr wisst schon, was ich meine – erwischte. Daraus entstand ein höllisches Theater, und der gute Gatte hatte nichts Besseres vor, als ihr zu erklären, ich würde ihn ständig verführen, was natürlich nicht der Wahrheit entsprach. Auf der Stelle musste ich ihr Haus verlassen. Ihr Gatte besorgte mir eine neue Anstellung als Magd bei einem seiner Freunde – ebenfalls einem stadtbekannten Patrizier. Natürlich besuchte er mich regelmäßig in dem Haus seines Freundes, um seinem Vergnügen nachzukommen. So passte es ihm wunderbar in den Kram. Kurze Zeit später wurde ich schwanger. Der Schweinedarm war gerissen, und das Ergebnis sitzt hier in der Ecke und spielt mit seinen Holzfiguren. Hildeger machte mir das Angebot, ich solle mit meinem Jungen in eine Wohnung ziehen, die er unterhalten würde. Außerdem wollte er mir monatlich etwas Geld zur Verfügung stellen. Er hätte so seinen Spaß, müsste auf nichts verzichten und würde seinen Jungen regelmäßig zu Gesicht bekommen. Später wollte er ihn unterrichten lassen, und heimlich plante er wohl dabei, dass mein Junge in seinen Handel einsteigen sollte. Ich lehnte seinen Vorschlag ab, denn ich wollte nicht wie eine Leibeigene leben. So lernte ich Hannes und Hanna kennen, die mich hier im Hause aufnahmen. Ich musste ihnen aber versprechen, neben meiner Tätigkeit als Hübschlerin den Kleinen nicht zu vernachlässigen. Das ist, kurz und bündig, meine Geschichte.«

Agnes' Mutter schüttelte den Kopf: »Dann muss ich annehmen, dass es den anderen Frauen in diesem Hause ähnlich ergangen ist?« Margarete versuchte, ihr die Lage genauer zu erklären: »So ist es. Viele der Mädchen wurden von den Männern in dieses

Hurenhaus getrieben, eine Art Rettungsfloß, ein fester Untergrund in ihrem schäbigen Dasein. Viele Männer sehen in uns nur einen wandelnden Körper, den sie benutzen können, um damit ihre Gefühle auszuleben. Die jungen Mädchen, die noch keine Erfahrungen besitzen, gehen daran zugrunde. Der Traum, eine Prinzessin zu werden, wird gewaltsam zerstört. Wir hier haben noch verdammtes Glück gehabt, weil das ›Haus der kleinen Sünden‹ noch gewisse Umgangsformen besitzt; in den meisten anderen Häusern geht es anders zu. Dort herrscht ein ungeheurer Zwang. Die Mädchen werden schamlos ausgenutzt, es bleibt ihnen kaum noch Zeit, die Beine zusammenzuziehen. Wie Arbeitspferde müssen sie ihren Beruf ausüben, wobei sie auch noch jämmerlich entlohnt werden. Dagegen befinden wir uns hier regelrecht im Paradies, sodass wir uns wie Eva vorkommen. – So, nun reicht es, ich habe genug geredet. Gleich muss ich euch alle hier rausschmeißen. Ich bekomme Besuch von meinem Lieblingsfreier …« Mit diesen Worten beendete Margarete ihre Erklärung. Grimhild lachte: »Wenn du von deinem Lieblingsfreier sprichst, ist doch mit Sicherheit Paule in der Nähe!« – »Genau so ist es. Mein Paule bedeutet mir sehr viel. Bei ihm fließe ich wie der Rhein sachte dahin«, gab Margarete verträumt zurück. Die Mädels kicherten, erhoben sich und verließen zusammen mit Agnes' Mutter Margaretes Zimmer, die ihnen noch ein paar Worte hinterherrief: »Kopf hoch, Mädels, es wird der Tag kommen, an dem wir unsere gelben Bänder ablegen können!«

## 17

Paule, der sich angekündigt hatte, war wie immer pünktlich. Er stand in ihrem Zimmer und entledigte sich seiner Kleidung. Margarete lag schon in reizender Pose halb nackt auf dem Bett und bewunderte den athletischen Körper des Schmieds. An ihm stimmte einfach alles. Er war nicht wie die anderen Männer. Margarete mochte ihren Paule ganz besonders. Dabei wusste sie selbst nicht, ob sie ihn nur mochte oder ob sie doch ein wenig in ihn verliebt war. Seine Figur war der Traum jeder Frau. Hinzu kam noch, dass er äußerst zärtlich zu ihr war, und Margarete träumte heimlich davon, dass sein Kopf zwischen ihren gespreizten Beinen niemals aufhören würde, sie zu verwöhnen. Wie der große Fluss hinter ihrem Haus seine Wellen schlug, so rauschten die Wellen der Sinnlichkeit und der Gefühle durch und über ihren Körper, wenn Paule sie inbrünstig nahm. Bei ihm konnte sie sich fast bis zur Ohnmacht gehen lassen. Nie hätte sie daran gedacht, von ihm Geld zu nehmen, aber natürlich hatte er zuvor bei Hanna für sein Erscheinen bezahlt, was Margarete in gewissem Maße schon peinlich war, denn die großen Dienste der Wolllust erhielt sie von ihm. Sie hätte eigentlich für seine Liebesdienste bezahlen müssen.

Als er sich in völliger Nacktheit neben ihr auf dem Bett niederließ, breitete Margarete ihre Arme aus und umschlang ihn. »Schön, dass du wieder einmal Zeit für mich gefunden hast!« Ihre Körper schmiegten sich aneinander, ihre Lippen suchten sich, ein nicht enden wollendes Vorspiel begann. Paule wusste genau, welche Körperteile Margaretes er zu liebkosen hatte. Sie stöhnte: »Unbegreiflich, wie man mit so groben, kräftigen Händen so viel Zärtlichkeit verbreiten kann!« – »Melkfett, meine Liebe, das gute Melkfett.« Seine Antwort war so plötzlich gekommen, dass beide zu kichern anfingen und das Vorspiel kurz unterbrechen mussten, doch sogleich fuhren sie wieder damit fort. Paule knabberte an ihrem Ohrläppchen, weil er wusste, dass sie das besonders mochte. »Du bist so lieb zu mir – eigentlich müsste ich dich dafür bezahlen«, hauchte sie. Leise antwortete er, ohne mit dem Knabbern aufzuhören: »Dann sollten wir mit Hanna sprechen, dass ich mein Geld zurückbekomme.« – »Das könnte dir so passen, du Eisenbieger!« Ihr Liebesspiel zog sich noch weitere Stunden dahin, bis sie beide vor Müdigkeit einschliefen.

Einige Tage später, es war Anfang Juli, hatte Grimhild einen Kaufmann als Kunden. Es war ein Mann mit guten Manieren, so um die dreißig Jahre alt. Als sich nach dem Beilager noch ein Gespräch zwischen ihnen entwickelte, erfuhr Grimhild, dass ihr Freier ganz in der Nähe ihres Geburtsortes lebte, nämlich in der Stadt Wepereforthe. »Morgen früh breche ich mit meinem Fuhrwerk von hier auf, um den gekauften Wein in Wepereforthe zu veräußern. Dort gibt es einige Gasthöfe, die dringend Vorrat benötigen«, erklärte er Grimhild. Sie geriet ins Grübeln. Sollte sie es wagen, mit ihm zu reisen, um ihren Eltern einen Besuch abzustatten, wie es ihr Agnes' Mutter geraten hatte? Drei bis vier Tage lang wäre sie wohl unterwegs, wenn sie denn von Hanna frei bekommen würde. »Karl«, sprach sie zu dem Kaufmann, »könntet Ihr mich bis nach Huckengeswage mitnehmen? Meine Eltern betreiben dort einen Bauernhof im Namen ihres Grafen. Sie sind Leibeigene und wir haben uns schon über drei Jahre nicht mehr gesehen!« – »Es wird mir eine Ehre sein, Euch mitzunehmen. Ich könnte Euch morgen bei Sonnenaufgang hier abholen. Bezahlen müsst Ihr natürlich nichts, ich fahre den Weg ja sowieso.« – »Das wäre äußerst freundlich von Euch. Die Frage ist nur die: Wie komme ich wieder zurück nach Colonia?« – »Wenn Ihr am dritten Tag, wenn es hell wird, an der Handelsstraße steht, könntet Ihr wieder mit zurück. Ich nehme dann einige Tuchballen mit nach Colonia, die ich dem Hause der Overstolzen verkaufen möchte. Ich bin ständig im Bergischen Lande, genau wie hier im Rheinland, unterwegs. Das ist halt mein Beruf.« – »Das ist hervorragend. Vielen Dank! Also bis zum Sonnenaufgang«, sagte Grimhild und verabschiedete sich von Karl.

Am gleichen Abend in ihrem Zimmer: »Du tust genau das Richtige. Denk an meine Worte. Auch ich wollte nie wieder Verbindung zu meinen Eltern aufnehmen, doch jetzt bin ich froh, dass meine Mutter mich gefunden hat – und wie ihr mitbekommen habt, scheint sich eine neue, gute Beziehung aufzubauen. Ich glaube nicht, dass du dich wegen deines Berufes schämen solltest. Schließlich hat dich ja dieser Schultheiß dorthin getrieben. Dafür sollten deine Eltern ein wenig Verständnis aufbringen«, riet ihr

Agnes. – »Ich sehe das genau wie Agnes«, gab Margarete preis. »So soll es sein. Ich bin ab morgen früh für ein paar Tage unterwegs. Mit Hanna habe ich bereits gesprochen, sie wünscht mir alles Gute.« – »Wir wollen dir die Daumen drücken, dass dir alles gelingt; und komm gesund zurück!«, gab ihr Agnes noch mit auf den Weg. »Und wenn deine Stammfreier kommen, schnappen wir uns die«, lachte Margarete.

## 18

Als Grimhild am nächsten Morgen das »Haus der kleinen Sünden« verließ, stand Karl mit seinem Fuhrwerk schon vor dem Eingang und wartete auf sie. »Gott zum Gruße und einen wundervollen Tag, mein edles Fräulein!«, gab er mit einem Lächeln von sich. Grimhild trug an ihrem Gürtel einen Geldbeutel sowie ein Trinkhorn; in den Händen hielt sie einen Wasserschlauch. Die gelben Bänder hatte sie von ihrer Gewandung entfernt: »Guten Morgen! Wartet Ihr schon lange?« – »Nein, erst ein paar Augenblicke.« Grimhild kletterte auf den Fahrerbock und setzte sich neben Karl. Der ließ kurz die Zügel knallen, und sein Gaul setzte sich in Bewegung. »Auf eine unterhaltsame Fahrt!«, sagte der Kaufmann.

Sie brauchten nur ein kurzes Stück zu fahren, bis sie auch schon den Anleger der Fähre erreicht hatten. Da es noch sehr früh war, ging alles recht zügig vonstatten. Als die Fähre sich mitten auf dem Fluss befand, sagte Grimhild: »Dies ist das erste Mal seit drei Jahren, dass ich die Stadt Colonia verlasse. Mir ist dabei schon ein wenig mulmig zumute, nach so langer Zeit meinen Eltern wieder zu begegnen.« Etwas verlegen fragte der Kaufmann: »Wie seid Ihr denn ins ›Haus der kleinen Sünden‹ gekommen?« Grimhild blickte ihn von der Seite an: »Ich denke, guter Mann, um Euch darauf eine Antwort zu geben, kennen wir uns zu wenig.« Damit nahm sie dem Kaufmann direkt den Wind aus seinen Segeln. In den letzten Jahren hatte sie eine gewisse Reife erfahren und jede Menge Lebenserfahrung gesammelt, auch wenn sie noch jung war. Karl, der Kaufmann, lachte: »Wir sind ja längst nicht am Ziel – ein wenig besser kennenlernen werden wir uns schon.«

Als sie das andere Ufer erreicht hatten, rollte ihr Gefährt laut ratternd von der Fähre, bis sie wieder festen Boden unter den Füßen hatten. »Schnell werden wir mit dem Gewicht der Fässer nicht unterwegs sein. Mein alter Gaul hat schon einiges zu ziehen. Bis Huckengeswage schaffen wir es heute nicht mehr. Ich kenne da aber einen Gasthof, in dem wir übernachten können«, sagte Karl, und Grimhild willigte ein.

Am nächsten Morgen klopfte jemand laut an die Eingangstür des »Hauses der kleinen Sünden«. Hannes öffnete und vor ihm stand der Hauptmann der Wache mit zwei seiner Büttel. »Gott zum Gruße! Höret, Ihr Leut, würdet Ihr bitte die Hure Margarete zu mir holen?« Hannes wunderte sich. Was wollte der denn schon wieder hier? »So wartet einen Moment, bitte, ich sehe nach ihr.« Die Männer betraten den Empfangsraum und setzten sich. Ein paar Frauen, die schon anwesend waren, blickten sie fragend an. Ein Hauptmann der Wache war hier nicht gerade besonders beliebt. Sein Auftauchen bedeutete meist nichts Gutes. Margarete kam die Treppe herunter: »Ja, bitte, Ihr wollt mich sprechen?« – »Es gibt neue Erkenntnisse. Ich möchte Euer Zimmer untersuchen – geht voraus.« Was soll das nun bedeuten, dachte sie, und auf einmal fiel ihr das Giftfläschchen ein, das noch oben im Regal stand. Trotzdem blieb sie ganz ruhig. Sie öffnete ihre Kammertür: »Bitte, Herr Hauptmann, sehet Euch um, ich habe nichts zu verbergen.« Wonach suchte er? Welche neuen Erkenntnisse hatte er? Er durchstreifte ihr Zimmer, sah in ihrer Truhe nach, durchwühlte ihre Sachen. Dann schaute er unter ihr Bett, anschließend schritt er zum Wandregal und blickte in die Becher und Krüge, ob darin irgendetwas verborgen wäre. Als er das Giftfläschchen aufnahm und entkorkte, wurde es Margarete heiß ums Herz. Er roch an der Öffnung und verzog die Nase: »Ist ja ekelhaft! Was ist denn das für eine Flüssigkeit?« So schnell, wie ein Pfeil eine Armbrust verlässt, so schnell kam der Satz aus Margaretes Mund: »Nur ein Kräutergemisch – das benutze ich zum Garbraten oder auch als Salattunke!« – »Riecht sehr abstoßend«, sagte er. – »Das liegt an der Petersilie, sie weist sehr viele Bitterstoffe auf«, antwortete sie. Er verkorkte das Fläschchen wieder und stellte es zurück ins Regal. Margarete fiel ein Stein vom Herzen. »Folgt mir zur Wache, ich habe weitere Fragen an Euch.«

Hannes und Hanna hatten sich wegen des Besuches des Hauptmanns gebührlich Gedanken gemacht. Sie ahnten, warum er hier war. Im Schatten des Hauses hatte ja Hanna die Schandtat der Mädels mitbekommen, aber niemals wäre ihr der Gedanke gekommen, sie zu verraten, denn sie kannte diesen Patrizier und wusste genau, was er Margarete bereits angetan hatte – sie hasste ihn genauso, wie Margarete ihn hasste. Hildeger Kleingedank war ein Unhold gewesen. Als der Hauptmann mit den Bütteln und Margarete das Haus verlassen wollte, sagte Hannes: »Darf ich den Herrn Hauptmann begleiten? Es kann ja sein, dass ich auch noch etwas dazu beitragen könnte.« Der Hauptmann wunderte sich, sagte aber: »Wenn Ihr möchtet, kommt mit.«

In der Wachstube angekommen forderte der Hauptmann Margarete und Hannes auf, sich zu setzen. Er selbst durchschritt den Amtsraum und nahm hinter seinem Schreibtisch Platz. Demonstrativ legte er seine Arme auf den Tisch und blickte die beiden an: »In dem Falle Hildeger Kleingedank gibt es neue Erkenntnisse. Sein holdes Weib beauftragte mich, diesen nachzugehen. Ihr, Hure Margarete, seid die Letzte, die ihn lebend gesehen hat. Wir wissen mittlerweile, dass der Patrizier zu Tode gekommen ist. Er wurde im Lande der Friesen in einem kleinen Dorfe in einem Stellnetz gefunden, in das er mit der Strömung getrieben wurde – verpackt in Linnentüchern und mit Stricken festgebunden. Die Dorfbüttel bahrten ihn auf und fragten bei der Bevölkerung nach, ob ihn jemand kennen würde. Ein Händler aus Colonia war zufällig zu diesem Zeitpunkt anwesend, weil er Heringe kaufen wollte. Er hat den Patrizier tatsächlich wiedererkannt. Wisst Ihr etwas darüber?« – »Um Gottes willen, natürlich nicht!«, sagte sie. Der Hauptmann kratzte sich an der Nase und sagte: »Glaubet mir, ich habe das Gefühl, dass hier irgendetwas nicht stimmt. Des Weiteren denke ich, man hat ihn hier in der Stadt beseitigt und in den Rhein geworfen hat, wo er durch die Strömung ins Friesenland gespült worden ist.«

Margarete stellte sich weiterhin dumm: »Hat man ihn erschlagen oder vielleicht erstochen?« Sie wollte durch des Hauptmanns Erklärungen Näheres erfahren. Der schüttelte lediglich sein Haupt: »Beileibe nicht, an seinem Körper sind keine Verletzungen aufgetaucht. Keine Prellungen oder Stichverletzungen, das ist ja das Rätsel. Seine Frau sagte mir, Ihr hättet das Haus seinerzeit in Hader und Zank verlassen, und irgendwie hätte sie herausbekommen, dass ihr Mann Hildeger Euch den Jungen wegnehmen wollte.« Margarete wurde extrem wachsam; jetzt durfte sie nichts Falsches von sich geben, sonst wäre sie geliefert gewesen.

Sie überlegte kurz: »Ihr habt recht, ich habe Euch etwas verheimlicht. Als ich nach der Entlassung im Hurenhaus begonnen hatte, war ich schwanger und brachte einen Jungen zur Welt. Johannes ist sein Name, jetzt ist er vier Jahre alt. Er lebt bei mir. Herr Kleingedank wollte ihn mir entreißen, ihn zu sich holen. Ich habe das mehrere Male verhindern können. Eines Tages schickte er mir einen Häscher auf den Hals. Der Mann lauerte mir auf und schlug mich zusammen. Es wäre die erste Warnung, gab er an – wenn ich den Jungen nicht herausgeben würde, käme er erneut und es würde für mich nur schlimmer werden.« Der Hauptmann unterbrach sie: »Gibt es Zeugen für den Überfall?« – »Ja, der Schmied Paule, ich konnte mich in meiner ganzen Not noch soeben in seine Schmiede retten. Er versorgte mich und brachte mich zurück ins ›Haus der kleinen Sünden‹.«

»Wie ging es weiter?«, fragte der Hauptmann. »Zunächst einmal war Ruhe; einige Monate lang passierte nichts. Aber in der Zeit des Lenzes – ich hatte schon gar nicht mehr damit gerechnet – wurde ich in einer Gasse erneut von dem gleichen Manne angegriffen. Dieses Mal wehrte ich mich mit all meinen Kräften. Doch er war zu stark für mich. Gerade, als ich dachte, der bringt mich jetzt um, kam mir ein Mann zu Hilfe. Auch er war ein Patrizier mit Namen Lynskirchen oder so ähnlich. Mein Helfer zog seinen Dolch, daraufhin flüchtete der Häscher, aber ich konnte ihm seine Kapuze vom Kopfe reißen, und sein Gesicht erkennen.« – »Ihr habt also für beide Überfälle auf Euch Zeugen, ist das richtig?« – »Genau so ist es, Herr Hauptmann.«

»Ihr wusstet also, dass der Mann, der Euch überfallen hatte, von Herrn Hildeger Kleingedank auf Euch gehetzt worden waren! Ihr wusstet, dass er Euch den Jungen abnehmen wollte – nichts liegt also näher, ihn deswegen zu beseitigen, eine Art Rache zu nehmen.« Rede dich nur nicht um deinen Kopf, dachte Margarete. Sie hatte einen gewieften Gegner, der Hauptmann war mit allen Wassern gewaschen. »Eure Theorie könnte stimmen, aber so war es leider nicht. Ich bin der Schrift mächtig, müsst Ihr wissen, also ließ ich Herrn Kleingedank durch einen Sendboten einen Brief zukommen, in dem ich ihn bat, mich an dem besagten Sonntag im ›Haus der kleinen Sünden‹ zu besuchen. Schon mehrere Male hatte er mir ein Angebot unterbreitet, das ich nun annehmen wollte. Eine Wohnung bot er mir an und angemessenes Taschengeld, wenn ich auf seine Wünsche einginge. So könnte er mich und den Jungen regelmäßig besuchen. Als er das Haus verließ, war er zwar angetrunken, aber es gab keinen weiteren Streit mehr zwischen uns. Wir hatten uns geeinigt, und da es noch mitten in der Nacht war, wollten wir den Jungen nicht wecken, sondern er wollte ihn am nächsten Tage zunächst einmal als seinen Besuch bei mir abholen. Wenn er die passende Kammer gefunden hätte, wäre ich dort mit meinem Jungen eingezogen.«

Hannes, der aufmerksam zugehört hatte, machte sich während des Gespräches der beiden so seine Gedanken. Ganz schön durchtrieben, unsere Margarete, ging es ihm durch den Kopf. Margarete wusste ja nicht, dass er und seine Frau Hanna die Wahrheit kannten, schließlich hatte Hanna sie im Schatten des Hauses beobachtet, wie sie Hildeger mit Grimhild und Agnes zum Rhein brachten.

»Ihr habt dafür die Zeugin … wie hieß sie gleich noch, diese Grimhild, die angeblich vom heimlichen Gemach kam und gesehen haben will, wie der Patrizier Euer Haus verließ?« – »Genau so ist es.« »Das ist alles ein wenig vage mit Eurer Zeugin. Sie ist doch auch eine Hure, sie arbeitet im gleichen Haus – das hört sich so ein bisschen nach Nachbarschaftshilfe an.« Hannes hustete: »Gut, dass ich mitgekommen bin. Ich muss Euch, Herr Hauptmann, etwas erklären. In unserem Hurenhaus konnte ich es Euch nicht erzählen, wegen meines Weibes, müsst Ihr wissen. Ich habe so einen leichten Schlaf, und in manchen Nächten, wenn mein Weib eingeschlafen ist, ziehe ich mich noch einmal an und gehe ins Gasthaus zum Trinken. Dabei spielen wir Tricktrack, Ihr kennt das Würfelspiel. So war es auch an dem besagten Sonntag. Als ich durchs Osttor zurück zu unserem Haus ging, kam mir der Patrizier Hildeger entgegen. Er nutzte fast die gesamte Straße aus, so schwankte er. Sturzbetrunken war der Herr. Ich habe ihn sofort erkannt und grüßte noch freundlich, aber er lallte nur ein paar unverständliche Silben. Bitte erzählt meinem Weibe nichts davon, sonst bringt die mich um.« Margarete kam nach Hannes Worten aus dem Staunen nicht mehr heraus. Das konnte es doch überhaupt nicht geben! Wie kam er dazu, so für sie zu lügen?

Der Hauptmann sagte erst einmal nichts mehr und überlegte. Er kratzte sich am Kinn. Seine Anschuldigungen versickerten wie Wasser im Sand des Rheinufers. »Ja, wenn das so ist, kann ich Euch nicht weiter beschuldigen – Ihr könnt gehen.« Doch er kannte Margarete nicht, die nun noch einmal nachlegte: »Mir tut das auch alles furchtbar leid! Darf ich meine Vermutungen anbringen, Herr Hauptmann?« – »Nur zu.« – »Ich kenne Herrn Kleingedank ja schon seit Jahren – als seine Magd und als seine Geliebte. Er war ein feiner Mann, sehr gepflegt, und er zahlte immer pünktlich. Doch er blickte stets zu tief in den Becher. Fast täglich trank er mehr, als er wirklich vertragen konnte. An dem Abend bei mir hatte er, als er ging, schon alleine bei mir einen ganzen Krug Wein getrunken. Ich kann mir nur Folgendes vorstellen: dass er vielleicht noch irgendwo weitergetrunken hat, dann seine Blase entleeren musste, an den Fluss gegangen, hineingestürzt und ertrunken ist. Die Strömung hat ihn dann fortgespült.« Der Hauptmann war wie gerädert. So hatte er sich das Verhör nicht vorgestellt. Plötzlich war seine Sicherheit verloren gegangen. »Wie konnte ich nur denken, dass diese Hure die Mörderin gewesen sei?«, dachte er. Nichts sprach mehr für sie, im Gegenteil, ihre Vermutung sagte ihm zu: »So könnte es wirklich gewesen sein, Ihr könntet recht haben. Ich werde es seiner Frau vermitteln. Der Fall ist für mich damit endgültig abgeschlossen.« Nur eines hatte der edle Herr Hauptmann wohl völlig vergessen: Wie hatte sich der Patrizier selbst in die Linnentücher gewickelt und verschnürt? Aber Margarete machte keine Anstalten, ihn im Nachhinein daran zu erinnern.

## 19

Seit Stunden schien ihnen die Sonne seitlich ins Gesicht und verursachte bei Grimhild eine erste Rötung auf der rechten Wangenhälfte. »Zum Glück ist es nicht mehr so weit. Die Sonne brennt mir auf der Haut wie ein glühendes Stück Kohle«, stöhnte sie. In einem Gasthause an der Heeresstraße hatten sie die Nacht verbracht – in getrennten Kammern, obwohl Karl zu bedenken gegeben hatte, dass dies nicht nötig sei; ein Doppelzimmer würde reichen und man könnte doch zusammen schlafen und dabei ein wenig Spaß haben. Grimhild jedoch verneinte energisch: »Guter Mann, während der Reise hier befinde ich mich in meiner Freizeit, und glaubt mir, für niemanden würde ich mich hingeben, auch nicht für noch so viele Pfennige. Habt Ihr Eure Augen gänzlich verschlossen? Wie Ihr seht, trage ich keine gelben Bänder, das heißt, ich bin nicht im Dienst.« Damit war das Gespräch beendet gewesen. Der Kaufmann hatte geschmunzelt und ihre Entscheidung anerkannt.

»Dort drüben, wo der Acker beginnt, an dieser Statt könnt Ihr anhalten, es ist nicht mehr weit bis zur Kate meiner Eltern.« Gefühle stiegen in ihr hoch, Gefühle aus der Vergangenheit. Was war aus ihnen geworden? Lebten sie überhaupt noch hier in dieser schäbigen Kate? Grimhild dachte an die kalten Wintertage, die sie am Feuer unter dem Eulenloch verbracht hatte. Der Rauch zog hindurch und bewirkte, dass die Decke verkohlte und sich schwärzte. War das Feuer verbrannt, zog die Kälte durch das Eulenloch in den Raum und ließ sie frieren. In den Sommermonaten konnte man das Leben auf ihrem kleinen Hof ganz gut ertragen, auch wenn es knochenharte Arbeit war. Mit den ersten Sonnenstrahlen fing die Arbeit an und erst bei Dunkelheit war das Tagewerk vollbracht.

Kurz bevor sie die Hütte erreicht hatte, blieb sie noch einmal stehen, um sich umzusehen. Sie entdeckte niemanden, auch vernahm sie keine Geräusche, die nach Arbeit klangen. Die Tür war zugezogen. Sie überlegte kurz, ob sie anklopfen sollte, entschied sich aber, direkt hineinzugehen, schließlich war es ja ihr Zuhause. Das schnarrende Geräusch der Tür ließ sie kurz zusammenzucken. Als sie in dem Raum stand, dachte sie: »Meine Güte! Sah das immer schon so heruntergekommen aus?« Es herrschte offenbar eine andauernde Misswirtschaft, welch ein Verderbnis! Sie hatte es etwas anders in Erinnerung. »Gott zum Gruße«, rief sie laut, »ist da jemand?« Ihre Mutter war wohl hinter dem Haus beschäftigt und antwortete von dort: »Ja, ich komme. Was verschafft mir die Ehre Eures Besuches?« So war ihre Mutter: arm wie eine Kirchenmaus, aber immer freundlich. Von dem wenigen, was sie besaß, gab sie auch noch alles ab, wenn sie denn einmal einen Gast hatte.

Sie kam in den Raum und sah ihre Tochter dort stehen. Mutter und Tochter starrten sich an, und ihre Augen wurden feucht, die Tränen flossen. Grimhilds Mutter ging auf ihre Tochter zu, öffnete die Arme und stammelte: »Mein Kind, wie bin ich glücklich, dich zu sehen! Ich dachte, du wärest tot.« Die Frauen fielen sich in die Arme und schluchzten. »Wo warst du denn nur, wo hast du all die Jahre gesteckt, wo wohnst du und wo kommst du her?« Die Fragen überschlugen sich förmlich. – »Wo ist denn Vater?« – »Irgendwo draußen auf dem Anger. Du kennst ihn ja, es gibt immer genug zu tun.«

»Oh Mutter, erzähl mir zuerst deine oder vielmehr eure Geschichte. Was ist damals mit euch in Huckengeswage passiert?« – »Nichts Gutes. Mich hat der Schultheiß in den Schandkorb gesteckt, für genau sechs Tage. Es war furchtbar, ich litt unter Durst und Hunger. Ein paar Menschen, die mich kannten, brachten mir heimlich etwas zu essen und zu trinken. Deinen Vater hatte es schlimmer erwischt: Er wurde mit zwanzig Stockschlägen gepeinigt, mitten vor der Burg, unter dem Gegröle der Bevölkerung. Als wir nach Hause zurückkamen, warst du wie vom Erdboden verschwunden. Nun erzähle du mir, was damals passiert war!« Nun kam der Moment, vor dem sich Grimhild so gefürchtet hatte. Jetzt musste sie ihrer Mutter die Wahrheit mitteilen, was ihr sichtlich nicht leichtfiel.

»Es war schrecklich. Der Schultheiß ist ja noch hiergeblieben, als man euch mit dem Fuhrwerk fortgebracht hat. Zunächst wusste ich nicht, was er von mir wollte, doch schnell habe ich seine Absichten erkannt – da war es auch schon zu spät. In unserer Kammer hat er mich geschändet. Außerdem versprach er mir, jetzt regelmäßig hier zu erscheinen, weil ihm das so viel Gaudium bereiten würde. Mich packte die nackte Angst, also habe ich das Weite gesucht. Ich wusste ja nicht, wann und ob ihr überhaupt noch einmal zurückkommen würdet.« – »Oh, mein Gott, wie furchtbar, was man dir angetan hat! Komm her, lass dich drücken. Bleibst du jetzt wieder hier? Und wie ist es weitergegangen? Wo warst du denn nur die ganzen Jahre?« – »Gemach, Mutter, ich werde es dir kundtun.« Grimhild nahm sich vor, ihr jetzt die ganze Wahrheit zu erzählen. »Mutter, du wirst es nicht glauben, aber ich bin eine Hübschlerin und arbeite in Colonia im ›Haus der kleinen Sünden‹.« Nun war es raus. Ihre Mutter starrte sie an: »Du bist eine Hu…, oh Gott, welch eine Botschaft!« – »Ja, Mutter, es gab für mich keine andere Möglichkeit, meinen Lebensunterhalt zu verdienen, sonst wäre ich vor die Hunde gegangen. Aber bevor du nun mit mir schimpfst: Mir geht es gut. Ich habe schon viel Geld verdient und arbeite im besten Haus der Stadt. Der Weiberwirt mit seiner Frau sind trefflich nette Leute, und mittlerweile habe ich zwei sehr gute Freundinnen. In zwei bis drei Jahren haben wir genug Silberlinge gespart; dann wollen wir aussteigen und uns in Colonia selbstständig machen – einen Laden oder eine Taverne eröffnen.« Einige Minuten des Schweigens machten sich breit. Grimhild wartete auf ein Donnerwetter ihrer Mutter, doch das genaue Gegenteil trat ein: »Es ist nicht deine Schuld. Ich mache dir keine Vorwürfe. Der Anlass war dieser Schultheiß gewesen – was für ein Schnapphahn! Er hat deine Jugend zerstört, dafür müsste er eigentlich noch büßen. Ich weiß nur nicht, wo er jetzt ist. Schon seit über einem Jahr hält er sich nicht mehr hier in der Stadt auf. Unser Herr Graf war nicht mit ihm zufrieden gewesen, da musste er gehen. So viel zu diesem Hundsfott. Mittlerweile haben wir einen neuen Schultheißen, der nicht ganz so hart und streng ist.« – »Was wird wohl Vater dazu sagen, wenn er hört, dass ich eine Hübschlerin bin?« – »Kleines, ich werde es ihm schonend beibringen müssen, aber er ist nicht mehr so hitzig wie vor drei Jahren. Die Stockschläge haben ihn gebrochen. Sein Rücken ist voller Narben, er fiel in Ungemach – so richtig hat er sich von der Strafe nicht mehr erholt.« – »Kann ich die Nacht bei euch verbringen, Mutter?« – »Natürlich, du musst doch nicht deswegen fragen.« »Ein Kaufmann aus Colonia nahm mich bis hierher mit. Er stammt aus Wepereforthe und nimmt mich auch wieder mit zurück.« – »Das ist doch schön, so haben wir noch genügend Zeit zum Plaudern. Dein Vater wird gegen Abend wieder hier sein, ich werde es ihm schonend beibringen. Aber erschrick nicht, wenn du ihn siehst. Er ist ein wenig – wie soll ich sagen – verbittert und vom Leben enttäuscht. Auch unter deinem plötzlichen Verschwinden hat er sehr gelitten. Wir schaffen und schaffen und nichts bleibt am Ende für uns übrig; gerade mal so viel, dass wir nicht verhungern müssen.«

»Sag, Mutter«, überlegte Grimhild, »gibt es nicht die Möglichkeit, euch freizukaufen und Gutsherren eures eigenen Hofes und des Landes zu werden, das ihr bewirtschaftet?« – »Gute Frage! So etwas ist mir auch schon zu Ohren gekommen, aber wer soll das bezahlen? Und überhaupt: Wie viel würde so etwas kosten?« – »Wenn der Betrag nicht zu hoch wäre, könnte ich euch vielleicht helfen. Ich habe eine größere Summe zurückgelegt.« – »Das würdest du für uns tun? Wir könnten dann in die eigene Tasche arbeiten und unsere Waren auf den Märkten feilbieten. Das wäre sicherlich auch im Sinne deines Vaters. Lass uns heute Abend mit ihm darüber reden, und … und … ich könnte von unserem Korn Brot backen und es verkaufen.« Grimhild merkte schnell, wie begeistert ihre Mutter von ihrem Angebot war; nun mussten sie nur noch den Vater von der Sache überzeugen.

Müde von der Arbeit schleppte sich Grimhilds Vater durch den kleinen Garten zum Haus hin. »Wir haben Besuch. Komm schnell ins Haus, du wirst dich wundern, Mann!«, rief ihm seine Frau entgegen. – »Wer soll das schon sein, wer besucht denn uns arme Leute?« Da trat Grimhild aus dem Haus: »Guten Tag, Vater!«, sagte sie. Der blieb wie angewurzelt stehen: »Kneif mich mal, Frau, ich glaube, ich habe einen Tagtraum! Kleines, du lebst? Welch eine Freude auf meine alten Tage! Komm her, lass dich drücken.« Grimhild erschrak ein wenig – ihr Vater war um Jahre gealtert. Sie ließ es sich aber nicht anmerken. »Kindchen, wo hast du nur die ganze Zeit gesteckt? Komm mit ins Haus und erzähle mir von dir!«

Nun kam auf Grimhild noch einmal dieselbe Schwierigkeit zu. Wie würde ihr strenger Vater darauf reagieren? Sie erzählte ihm von den verlorenen Jahren und wurde dabei von ihrer Mutter unterstützt. Als sie ihre Erzählung beendet hatte, nahm ihr Vater sie in den Arm, drückte sie kurz, erhob sich und ging nachdenklich einige Schritte durch seinen Garten. »Wir müssen noch unser Gemüse gießen«, sagte Grimhilds Mutter. Grimhild erhob sich: »Ich helfe dir dabei.« Sie gingen zum Brunnen, um die Eimer zu füllen. Wie ärmlich doch hier die Gemüsepflanzen aussahen! Im Rheinland war das Wetter milder, alles wuchs besser, die Pflanzen wurden kräftiger und größer als hier im rauen Wetter des Bergischen Landes. Ihr Vater sagte kein weiteres Wort über ihren Beruf als Hübschlerin, doch bevor sie sich hinlegten, kam noch ein Satz von ihm: »Ich werde mich in Huckengeswage beim Grafen erkundigen, ob wir uns freikaufen können und was so etwas kostet!« »Tu das, Vater! Wenn es machbar ist, werde ich euch helfen!«

## Schändung in der Klosterzelle
## 20

Margarete hatte gerade einen ihrer Freier zur Tür gebracht, als Paule im Rahmen stand: »Ich muss dich dringend sprechen.« – »Komm mit hoch«, sagte Margarete, und Paule folgte ihr. »Was haben wir heute für einen Tag? Montag, glaube ich.« Margarete nickte. »Dann war es am Samstag. Ich ging ein wenig am Hafen spazieren, um mir die Beine zu vertreten, und setzte mich vor die Hafenschenke, um mir einen Krug Bier zu gönnen. Ich beobachtete die Arbeiter beim Entladen der Boote. Andere Menschen beobachten, wenn sie arbeiten müssen und ich nicht, das mache ich ganz gerne. Plötzlich zuckte ich zusammen – ich habe ihn gesehen!« Paule machte eine kleine Pause. »Wen und was hast du gesehen?«, fragte Margarete. – »Na, den Häscher, der dich zusammengeschlagen hat. Nach deiner Beschreibung müsste er es gewesen sein: schwarze Haare, Hakennase und das Hexenmal über dem Auge. So ein Kerl arbeitet dort. Ich dachte, du siehst ihn dir einmal an, danach kann ich ihn verprügeln.« – »Das würdest du für mich tun?« – »Aber sicher, mein Schatz. Ich würde sagen, am Samstag kommst du zur Schmiede, dann gehen wir zu den Anlegern und suchen ihn.« – »Danke Paule, so machen wir es!« Sie gab ihm einen Kuss. »Ich muss zurück zur Schmiede, Eisen verbiegen – bis Samstag!«, sagte er und verschwand.

Am nächsten Tag war auch Grimhild zurück. Neugierig wurde sie von ihren Freundinnen ausgefragt. Nach ihrer Berichterstattung meinte Agnes: »Siehst du – das war gar nicht so schlimm wie vermutet. Jetzt bist du mit deinem Leben wieder im Reinen. Es war doch richtig, dass du deine Eltern besucht hast.« – »Ja, das war es, ich bin froh, dort gewesen zu sein! Gab es hier etwas Neues?« Margarete erzählte ihr kurz davon, was ihr Schmied entdeckt hatte. »Hoffentlich erteilt Paule dem Halunken eine anständige Lektion für das, was er dir angetan hat!«, sagte Grimhild. – »Am kommenden Samstag gehe ich zu ihm; wir suchen den Hafen nach dem Tunichtgut ab, und falls wir ihn finden, bekommt er von Paule eine richtige Tracht Prügel.« Die Mädchen lachten und rieben sich die Hände.

Hannes war dabei, für seine Frau Hanna einige Besorgungen zu machen. Dabei musste er zum Alter Markt und zum Heumarkt. Er trug für den Einkauf einige Linnenbeutel bei sich. Es war heiß, die Sonne brannte vom Firmament auf seinen geröteten Schädel herab und der Schweiß rann. »Bei so einer unerträglichen Hitze schickt mich mein Weib zum Einkaufen«, schimpfte er. »Um das alles zu ertragen, muss ich mich zuerst an ein paar kalten Bieren erquicken«, dachte er und setzte sich auf einen Stuhl vor einem Gasthof. Beim Wirt bestellte er wohlgemut einen Krug Bier. »Stärkt Euch anständig«, sagte dieser und stellte den Krug mitsamt einem Becher auf den Tisch. Gierig und wie ausgetrocknet setzte Hannes den Becher an die Lippen und stürzte den Inhalt in einem Zug hinunter. Anschließend wischte er sich mit dem Ärmel den Mund ab. »Ah, tut das gut!«

Als er so ein wenig dahinträumte, wurde er von jemandem angesprochen: »Ihr seid doch der Hannes vom ›Haus der kleinen Sünden‹. Darf ich mich zu Euch setzen?« Die Worte des Fremden hatten ihn aufgeschreckt, ihn aus seiner Trägheit gezogen. Nun erkannte Hannes die Kutte der Dominikaner. Ein Mönch stand vor ihm. »Natürlich, setzt Euch, Vater.« Der Mönch war groß gewachsen und um seinen Hals hing ein kostbares goldenes Kreuz. »Auf ein Wort im Vertrauen«, sagte der Mönch. Hannes fragte sich, was der Pfaffe nur von ihm wolle.

»Ihr seid bekannt dafür, dass Ihr zusammen mit Eurem Weib das erste Haus am Platze führt. Mein Anliegen ist Folgendes: Jeden Abend, wenn ich meinen Rundgang durch unser Kloster mache, komme ich an den Zellen der Novizen vorbei, aus denen ein seltsames Stöhnen erklingt. Ihr wisst, was ich damit meine?« Hannes nickte, wusste aber immer noch nicht, was der Mönch damit sagen wollte und was er damit zu tun hatte, wenn sich Novizen im Kloster selbst befriedigen. »Ihr habt einen guten Ruf und ich hoffe, Ihr könnt schweigen. Ich habe einen Auftrag für Euch, der äußerst gut bezahlt wird. Wie Ihr wisst, unterliegen wir ja alle dem Zölibat der heiligen Mutter Kirche. Mit den jungen Novizen habe ich Mitleid und auch ein wenig Verständnis für sie. Ihre unbefleckte Jugend treibt sie in den Wahnsinn, sodass ich Eure Hilfe benötige.« Er will seine Novizen zu uns ins Hurenhaus schicken, damit sie die richtige Liebe kennenlernen, dachte nun Hannes. Aber wie soll das gehen? Das ist so gut wie unmöglich. Das Kloster würde seinen guten Ruf verlieren, die Mönche würden von den Bürgern als Hurenböcke dargestellt.

»Kennt Ihr unser Kloster«, fragte der Mönch. »Natürlich«, war Hannes' Antwort. »Gut, auf der Rückseite des Gebäudes befindet sich ein kleiner Waldweg, der bis an die Klostermauer reicht. Dort in der Mauer gibt es ein Tor, eine Art zweiten Ausgang, der aber auch für Anlieferungen dient. Dieser Geheimgang führt in die Sakristei. Ich wollte Euch bitten, mir einmal in der Woche zwei Eurer Mädchen dorthin zu bringen. Am Geheimtor würde ich sie in Empfang nehmen und sie hinterher dort auch wieder herauslassen. Ihr wisst, was passiert, wenn das an die Öffentlichkeit gerät! Unser guter Ruf wäre dahin. Ich baue da auf Eure äußerste Verschwiegenheit – Vertrauen gegen Vertrauen. Damit es für euch ein guter Handel wird, zahle ich den doppelten Preis pro Frau und pro Besuch. Eine Bedingung stelle ich aber: Den Frauen müssen die Augen verbunden werden. Sie dürfen auf gar keinen Fall wissen, wo sie sind und mit wem sie es treiben. Wir könnten einen bestimmten Tag und eine genaue Zeit ausmachen, an die wir uns halten. Von den Frauen erwarte ich Vertrauenswürdigkeit und absolute Verschwiegenheit, dafür erhalten sie von mir noch zusätzlich ein angemessenes Schweigegeld. Wäret Ihr damit einverstanden?« – »Wie ist eigentlich Euer Name und welche Funktion habt Ihr im Kloster?«, wollte Hannes wissen. »Ich bin Bruder Niklas, der Abt – ich leite das Kloster.« Hannes witterte ein lohnendes Geschäft für sich. Da alles außerhalb seines Hauses stattfinden sollte, könnte er sich den größten Teil des Geldes am Steuereintreiber vorbei in die eigene Tasche stecken, allerdings müssten die Huren den Mund halten. Alles sollte streng im Geheimen geplant und durchgeführt werden. Nur seine Frau Hanna würde er einweihen, aber sein Vermieter, die Stadt Colonia, würde keinen einzigen Pfennig davon zu Gesichte bekommen, schließlich fänden die Begegnungen ja nicht in den Räumen des Hurenhauses statt. Hannes dachte an die größeren Summen an Schwarzgeld, die er dann stets in seinen Taschen hätte. Er dachte an die Abende, an denen er dem Würfelspiel frönte, und dass er künftig auch mal größere Summen einsetzen könnte. »Wann, sagtet Ihr, soll ich Euch die ersten Frauen vorbeibringen?« – »Wenn es Euch recht ist, mein Sohn, am kommenden Samstag zur Komplet. Ich würde zu dieser Zeit das Tor öffnen, und eine Stunde später könnt Ihr sie wieder abholen. Denkt daran, dass sie die Augen verbunden haben – auf keinen Fall dürfen sie erkennen, wo sie sind und wer wir sind. Es wäre fatal, wenn sie es wie die Tratschweiber überall herumposaunen würden. Wir bekämen die größten Schwierigkeiten im Bereich unseres Ordens.« – »Ich werde für Euch die richtigen Mädchen auswählen«. Dabei dachte der gute Hannes aber in erster Linie nur an seinen Profit. Der Dominikanermönch erhob sich, bedankte sich bei Hannes und sagte zum Abschied: »Gott mit Euch, mein Sohn.« – »Eins noch, Vater! Das alles geht aber nur in Verbindung mit Schweinedärmen. Auf keinen Fall darf eines der Mädchen ein Balg zur Welt bringen, das wäre für die Einnahmen fatal.« – »Dann sollen sie welche mitbringen – Ihr habt so etwas doch sicher vorrätig?« Zur Freude des Tages bestellte sich Hannes einen neuen Krug Bier, danach wollte er seine Einkäufe erledigen.

## 21

Am darauf folgenden Samstag holte Paule seine Margarete schon zur Laudes im »Haus der kleinen Sünden« ab. Da es noch reichlich früh war und der Hafen noch im Nebel lag, beschlossen die beiden, zuerst noch kurz in Paules Schmiede zu gehen. Hier liebten sie sich vor dem wärmespendenden Schmiedeofen, und es war das erste Mal, dass Margarete es mit einem Freier außerhalb des Hurenhauses tat. Sie wollte es einfach so; auch dachte sie nicht daran, dafür Geld zu fordern. Paule war völlig überrascht von ihrer Verhaltensweise, und er merkte immer häufiger, dass er Margarete wohl mehr bedeutete, als dass er nur ein gewöhnlicher Freier gewesen wäre. Liebte sie ihn vielleicht sogar? Sollte er mit ihr darüber reden? Paule war schon in Margarete verliebt, als er sie das erste Mal im »Haus der kleinen Sünden« besucht hatte. Seitdem kam er in regelmäßigen Abständen, um ihr einen Besuch mit den dazugehörigen Liebesspielen abzustatten. Er hatte ein eigenwilliges Wesen; es störte ihn nicht, wenn sie außer ihm noch andere Freier bediente. »Das ist halt ihr Beruf – von irgendetwas muss sie ja schließlich leben!«, war seine unverblümte Meinung.

»Was denkst du – wollen wir nachsehen, ob wir den Kerl finden, der dich überfallen hat?« – »Und du willst ihm eine Lektion erteilen?« – »Ich mag keine Männer, die wehrlose Frauen schänden; solche Kerle gehen mir gegen den Strich«, sagte Paule in seiner lockeren Art. Er verschloss seine Schmiede, und die beiden schlenderten in aller Ruhe zum Hafen, wo Paule den Häscher vermutete. Er ging mit Margarete zu dem gleichen Gasthof, in dem er gewesen war, und setzte sich mit ihr zusammen vor der Eingangstür an einen Tisch. Der Gasthof war eine der Weinstuben, wie sie sich in immer häufigerer Anzahl am Rhein verbreiteten. Dort, wo die Tische und Stühle standen, wucherten Weinreben an Holzstangen entlang. Selbst das Dach war zugewachsen und spendeten angenehmen Schatten.

»Dort hinten, wo die Boote entladen werden, dort müsste er sich aufhalten – warten wir ab.« Als der Wirt kam, bestellten sie zwei Becher Wein und beobachteten die Umgebung. »Sollte ich ihn aufspüren, wende ihm den Rücken zu, damit er dich nicht sogleich erkennt.« – »Aber Paule, wie willst du vorgehen? Du kannst ihn doch nicht auf offener Straße verprügeln.« – »Gemach, gemach! Für wie dumm hältst du mich denn, Margarete? Ich habe mir da schon etwas Passendes ausgedacht. Du bleibst hier, labst dich an deinem Wein und wartest auf mich, bis ich wieder zurück bin.« Eine weitere Stunde war vergangen, als auf einmal ein Mann am Kai vorbeiging, um einigen Seeleuten Anweisungen zu geben. »Den meine ich – den da mit der sandfarbenen Heuke; nach deiner Beschreibung müsste er es sein.« – »Ich kann sein Gesicht nur schlecht erkennen«, gestand Margarete. – »Sein Name ist Gernulf. Ich habe mich bei einem Seemann nach ihm erkundigt. Als Hildeger, der Patrizier, noch lebte, war er einer seiner Helfershelfer für dessen Drecksarbeiten. Er ist bei den Hafenarbeitern auch nicht gerade der Beliebteste. Warte hier; hinter den Reben kann er dich nicht erkennen. Ich gehe mit ihm hier vorbei, damit du sein Gesicht besser sehen kannst. Wenn du ihn erkennst, trink einen Schluck aus dem Becher, dann weiß ich Bescheid.«

Paule erhob sich, um den Häscher aufzusuchen. Margarete sah, wie er einen Moment lang mit ihm sprach und die beiden gemeinsam den Hafen in Richtung Heumarkt verließen. »Was bespricht er denn da mit dem Kerl?« Ihre Neugierde machte sie ein wenig unruhig. »Bitte noch einen Becher Wein!«, rief sie dem Wirt zu.

Paule redete mit dem Fremden; dabei kamen sie bis auf ein paar Schritt an Margaretes Tisch heran. Die verbarg ihr Gesicht hinter einer der Weinreben, konnte den Mann aber durch die Blätter erkennen. Sofort war ihr klar, dass das der Kerl war, der sie zusammengeschlagen hat. Sie führte demonstrativ langsam ihren Becher an den Mund und trank einen Schluck. Paule sah kurz zu ihr hin und führte den Kerl anschließend in eine der Gassen.

»Und was genau möchte Frau Kleingedank von mir?« Paule sah ihn an: »Ich kann es Euch nicht sagen; Ihr müsst wissen, ich stehe in ihren Diensten und soll Euch zu ihr bringen, weil sie einen lukrativen Auftrag für Euch hätte.« Sie erreichten eine weitere Gasse, die sich Paule vorher ausgesucht hatte. Plötzlich stieß er den Kerl in eine Tordurchfahrt und packte ihn am Kragen. »Genau hier soll ich Euch hinbringen. Ihr seid doch der Kerl, der im Auftrag von Herrn Kleingedank unschuldige Frauen zusammenschlägt!« Gernulf sah ihn völlig erstaunt an, doch für eine Antwort war es bereits zu spät. Paule packte ihn an beiden Schultern, zog den Kerl auf sich zu und verpasste ihm eine deftige Kopfnuss. Aus dessen Nasenöffnungen sowie aus seinem Mund strömte Blut. Er war so überrascht von dem unerwarteten Angriff, dass nur noch ein paar unverständliche Worte über seine Lefzen drangen. Er riss sich die Arme zum Schutz vor sein Gesicht. »Wehrlose Frauen verprügeln – was seid Ihr nur für ein Feigling! Na, los, Mann, wehrt Euch, ich bin ein gleichwertiger Gegner. Jetzt könnt Ihr beweisen, wie mutig Ihr seid.« Da krachte auch schon Paules Rechte, danach die Linke in dessen Gesicht. Ein weiterer Schlag folgte in die Magengegend des Kerls. Der sackte unter lautem Stöhnen in sich zusammen und saß jammernd im Dreck der Gasse. »Komm, steh auf, mein Freund, wir sind noch nicht fertig miteinander. Die Geliebte des Patriziers hast du doch auch zweimal zusammengeschlagen. Eine Abreibung bleibt also noch übrig. Komm, sei ein Mann und kämpfe mit mir!« Gernulf flehte ihn an, ihn nicht mehr zu schlagen: »Bitte, Herr, hört auf, bitte!« Paule packte ihn am Kragen und zog ihn mit einem Arm hoch. Er war sich seiner Kräfte wohl bewusst. »Hast du etwa aufgehört zu schlagen, als die Hübschlerin gestöhnt hat? Hast du nicht!« Erneut traf ihn die Faust ins Gesicht, und Gernulfs Lefze platzte auf. Er hustete, wobei Blutstropfen auf Paules Tunika flogen. »Wir können einen mündlichen Handel abschließen, nur wir beide, jetzt und hier. Du schwörst mir bei Gott, dass du die Stadt bis morgen verlassen wirst, und ich höre auf, dir wehzutun. Solltest du mir noch einmal in Colonia über den Weg laufen, mache ich es genau so, wie du es bei der Hübschlerin gemacht hast: Dann folgt die zweite Abreibung, die allerdings ein wenig gründlicher ausfallen wird.« – »Ja, Herr, hört auf zu schlagen! Ich schwöre bei Gott: Ich verlasse die Stadt. Morgen zur Laudes bin ich verschwunden«, bei seinen Worten lief ihm das Blut in den Rand seiner Heuke, die sich dunkel einfärbte. »Denk an meine Worte – das sind keine leeren Versprechungen!« Paule stieß ihn gegen die Mauer und wandte sich zum Gehen. »Abschaum – für mich bist du nur ein armseliger Straßenköter«, fauchte er noch einmal zurück.

»Zur Freude des Tages, würde ich sagen, lassen wir uns noch einen Krug Wein munden. Wohlan, meine Hübschlerin!«

Margarete sah ihn an: »Wo ist der Kerl? Was hast du mit ihm gemacht?« – »Morgen früh wird er die Stadt für immer verlassen, du brauchst keine Angst mehr vor ihm zu haben. Seine Augen sind so zugeschwollen, dass er niemanden mehr richtig erkennen kann, ich hoffe für ihn, dass er noch den Weg sieht, der ihn aus Colonia führen wird. Der hat sich vor lauter Angst seine Bruche vollgeschissen«, lachte der Schmied. »So heftig hast du ihn verprügelt?«, fragte Margarete nach. – »Ein wenig; seine Nase zeigt jetzt in eine andere Richtung, die Augen, wie gesagt, sind zugeschwollen, die Lefzen aufgeplatzt, seine Ohren vom rauen Mauerwerk aufgekratzt. Und sein Magen dürfte für längere Zeit keinen Hunger mehr verspüren.« Margarete stand auf, ging zu ihm und sagte aus tiefem Herzen: »Danke, mein Freund, du bist und bleibst der Beste. In allen Lebenslagen konnte ich mich bis jetzt stets auf dich verlassen!«

## 22

Hannes hatte sein Fuhrwerk vor dem »Haus der kleinen Sünden« abgestellt, bereit, ins Dominikanerkloster zu fahren. Seine Frau Hanna hatte er eingeweiht, aber so ganz begeistert war sie nicht gerade von dieser Heimlichtuerei. »Du machst immer Sachen«, murmelte sie und sah dabei ihren Hannes merkwürdig an. Hannes hatte für den ersten Besuch Reinhild und die rote Edeltraud ausgewählt. Dabei versprach er ihnen einen guten Lohn, wenn sie sich denn an die Abmachungen hielten. »Nehmt nur nicht die Augenbinden ab! Es handelt sich um höher gestellte Herren, die unter keinen Umständen erkannt werden wollen. Habt ihr das begriffen?« Die beiden Mädchen bejahten und nahmen auf der Ladefläche Platz. In ihren Händen hielten sie die Augenbinden. »Ich gebe euch Bescheid, wenn ihr sie umbinden müsst«, sagte Hannes. »Etwas mulmig ist mir schon zumute«, flüsterte Edeltraud. »Ob wir dabei eine Augenbinde tragen oder nicht, ist doch das Gleiche«, gab Reinhild zurück. – »Ich habe noch nie zuvor für jemanden meinen Rock gehoben, ohne sein Gesicht zu sehen. Das sind bestimmt bedeutende Herren aus der Politik«, gab Edeltraud zu bedenken.

Als Hannes mit dem Wagen in die Nähe des Klosters kam, sagte er: »Bindet euch jetzt die Tücher vor die Augen.« Er steuerte das Wäldchen an, bis er das geheime Tor erreicht hatte. Er klopfte mit der Faust mehrere Male kräftig dagegen. Der Abt öffnete: »Sehr gut, und pünktlich seid Ihr auch. Haben die Frauen die Augen verbunden?« – »Wie Ihr es verlangt habt, Va…«, fast hätte Hannes sich verraten, »mein edler Herr.« Die beiden Männer gingen nach hinten und reichten den Mädchen ihre Hand, um ihnen von der Ladefläche zu helfen. »In einer Stunde könnt Ihr sie wieder abholen.«

Der Abt führte die beiden Frauen durch einen Gang, der in der Klosterabtei endete. Ein paar Schritte weiter befand sich seine Schlafzelle, in die er die Frauen führte. Ein weiterer Mönch betrat die Zelle. Die Männer sprachen sich nicht mit Namen an, sondern benutzten die Anredeformen »Ihr« und »Euch«. »Sagt mir eure Namen«, bat der Abt. »Ich bin Reinhild, Herr, und meine Freundin heißt Edeltraud.« – »Dann wollen wir uns erst einmal einen Wein munden lassen.« Die Frauen hörten anhand der verursachten Geräusche das Schieben von Bechern auf einem Tisch, anschließend das Einschütten des Weines. »Hier, nehmt einen Becher und trinkt«, sagte der Abt. »Wo sind wir hier? Es scheint kein Licht in den Raum«, überlegte Reinhild. Draußen noch schien trotz der Augenbinde das Tageslicht etwas hindurch, doch wo sie jetzt waren, musste es stockdunkel sein. Was die beiden nicht mitbekamen, war, dass ein paar Kerzen ein wenig Licht in den Raum abgaben. Etwas mulmig war den Frauen schon zumute.

»Ihr beiden oder auch schon mal zwei andere Frauen aus eurem Haus werden ja ab jetzt wöchentlich hierherkommen. Strengt euch an, dann haben wir schöne Stunden miteinander. Es soll euer Schaden nicht sein«, bemerkte der Abt, legte sein Kreuz ab und fing an, sich zu entkleiden. Der andere Bruder tat es ihm gleich.

»Ihr dürft euch jetzt eurer Gewandungen entledigen.« Die Frauen halfen sich gegenseitig beim Aufschnüren der Gewandungen; sie stülpten sie nach unten auf den Boden und stiegen über den Rand. Reinhild hielt eine Schachtel in der Hand: »Hier, Herr, da sind die Schweinedärme.« Der Abt nahm sie entgegen.

Was dann geschah, wurde für die Frauen ein Albtraum. Die Hübschlerinnen wurden auf eine Schlafpritsche gestoßen. Die beiden Mönche fielen wie wilde Tiere von hinten über sie her, ohne auch nur die geringste Rücksicht zu nehmen. Die Frauen kamen sich vor wie Rindviecher, die von brünstigen Bullen begattet wurden. Dabei stöhnten die Männer und kratzten mit den Fingernägeln den Rücken der Frauen blutig. »Nein!«, schrie Reinhild, »was macht Ihr denn? So geht das nicht, bitte nicht so brutal!« – »Das ist doch die Musik, die ihr versteht, ihr Hurenweiber. Stellt euch nur nicht so an, wenn es euch mal richtige Männer besorgen!« Edeltraud stöhnte laut auf, als der Abt anfing, sie am Hals zu würgen. Sie röchelte nach Luft, während er brutal in sie hineinstieß. »Schrei nur, du Weibsbild, du wirst doch gut dafür bezahlt«, keuchte er. Wie wild knetete der Abt Edeltrauds Brüste durch, die es vor lauter Schmerz kaum noch aushalten konnte. Es sollte aber noch schlimmer kommen. Der andere Mönch entwickelte ähnliche Leidenschaften wie der Abt. »Oh Gott, hilf uns! Wo sind wir hier nur hingeraten?«, dachte Reinhild. Kurz bevor der Abt seinen Höhepunkt erreichte, nahm er eine Kerze vom Tisch und drückte sie auf Edeltrauds Rücken aus, dann biss er sich wie von Sinnen in ihrem Nacken fest, dass sein Speichel ihr über die Schulter lief. Edeltraud schrie laut auf, was ihr Glück war. Die Mönche hatten Angst, dass sie jemand von ihren Brüdern hören könnte; so hielten sie den Frauen ihre Hände vor den Mund. »Seid ihr verrückt, hier so herumzuschreien? Ruhe, Silentium, ihr verdammten Huren, es ist ja gleich vorbei!«, sagte der Abt. Dann kam er mit einem grunzenden Stöhnen zum Samenerguss und sackte auf Edeltrauds Rücken zusammen. Kurze Zeit später erhob er sich. Schnell waren die Mönche in ihre Kutten geschlüpft, auch die Frauen zogen sich eilig an. Wie umgewandelt sagte der Abt mit milder Stimme: »Oh, meine Damen, ich bin wirklich stolz auf euch, eure Pfennige habt ihr wohl verdient. Wir freuen uns schon auf die kommende Woche. Gerne dürft ihr wiederkommen, ich werde euch bei eurem Hurenwirt wärmstens empfehlen. Das Geld gebe ich eurem Wirt.« Dann beging der Abt einen Fehler: »Bruder, könnt Ihr die Damen zum Hinterausgang bringen? Und hier ist das vereinbarte Geld. Gebt es dem Hurenwirt«; dabei reichte er dem Mönch eine gefüllte Geldkatze. – »Natürlich, Herr.«

Auf der Rückfahrt zum »Haus der kleinen Sünden« wandte sich Hannes nach hinten zur Ladefläche. »Ihr könnt jetzt eure Binden abnehmen.« Die Frauen rieben sich ihre juckenden Augen. Leise sagte Reinhild: »Hast du gehört, was der eine Kerl zu dem anderen gesagt hat? ›Bruder‹ hat er ihn genannt. Wo spricht man sich denn mit ›Bruder‹ an? So redet man doch nur in der Kirche oder im Kloster – das ist alles sehr absonderlich!« – »Und was ist, wenn sie tatsächlich leibliche Brüder sind? Das kann ja auch sein«, meinte Edeltraud. – »Ich gehe da auf keinen Fall mehr hin! Mir schmerzt immer noch der Rücken – die Kerle sind doch verrückt. Egal, wie viel Geld die bezahlen, meine Gesundheit ist mir zu kostbar!«, sagte Reinhild, die sichtlich Qualen erlitt. – »Ich stimme dir zu. Wenn wir zurück sind, sprechen wir mit Hannes und Hanna. Die konnten ja nicht wissen, an welche wahnsinnigen Kerle wir da geraten sind.«

Als sie das »Haus der kleinen Sünden« erreicht hatten, sagte Reinhild: »Hannes, können wir kurz etwas miteinander besprechen?« – »Ja, kommt mit in meine Wohnung.« Hanna saß stickend am Küchentisch und war in ihre Arbeit vertieft. Nachdem die Mädchen Platz genommen hatten, ergriff Edeltraud das Wort. Sie blickte Hannes dabei tief in die Augen: »Zunächst einmal trifft dich sicherlich keine Schuld, aber da gehen wir nicht mehr hin. Es waren zwei wahnsinnige Kerle, und das war kein Liebesdienst wie im gewöhnlichen Fall, es waren Schändungen. Wir sind aufs Übelste beschimpft worden, während sie uns wie Tiere behandelten.« Hanna sah ihren Mann fragend an; der konnte es sich nicht ansatzweise vorstellen – es waren doch Männer im Glauben Gottes, und die Frauen übertrieben sicherlich wie immer. Er griff in die Geldkatze und gab den Frauen ihren Anteil. »Hier«, sagte er, »es hat sich doch für alle gelohnt!« Die Mädchen sahen sich an: »Der begreift nicht, was wir meinen«, sagte Reinhild laut. Sie nahmen das Geld und steckten es ein. »Hannes, es wird kein zweites Mal mehr geben, es reicht! Auch das mit den verbundenen Augen ist alles sehr merkwürdig. Du kannst ja zwei andere Mädchen dorthin schicken«, kam es unmissverständlich über Reinhilds Lippen. Sie verließen die Wohnung des Hurenwirts. Hannes sah das alles nicht so eng und zählte in Gedanken lieber sein wohlverdientes Geld. »Was war denn da los?«, fragte ihn seine Frau. »Ach, du kennst sie ja – das ist alles maßlos übertrieben.«

## 23

Der Empfangsraum war der Treffpunkt der Huren, die zurzeit keinen Freier hatten. So saßen nicht nur Grimhild und Agnes dort, sondern noch vier weitere Mädchen, und hörten sich die Vorwürfe von Reinhild und Edeltraud an. »So etwas Widerwärtiges habe ich, seit ich in dem Gewerbe arbeite, noch nicht erlebt! Fragt Edeltraud, die war dabei«, empörte sich Reinhild. Hannes kam aus seiner Wohnung, stellte sich hinter seinen Tresen und hörte dem Gespräch der Frauen zu. Hanna war mit Margarete und ihrem Sohn am Rhein, um sich eine Runde die Beine zu vertreten und ein wenig mit Johannes zu spielen. Im Moment war das Steinehüpfenlassen auf der Wasseroberfläche sein Lieblingsspiel.

»Und das alles mit verbundenen Augen! Ich sage euch, es ist unheimlich, wenn du es mit einem Freier treibst und dabei nichts siehst. Was die mit uns gemacht haben, war kein Liebesspiel, sondern eine Schändung.« Reinhild erzählte weitere Einzelheiten und die Frauen hörten zu. Im Moment konnten sie frei über alles reden, doch würde ein Freier den Raum betreten, würden sie das Gespräch sofort abbrechen. Dann müssten sie sich wie ausgestellte Ware präsentieren und die fordernden Blicke der Männer über sich ergehen lassen. Die sahen sie nur als Lustobjekte an, und ihre Blicke stierten lediglich auf die Beine, Brüste und Afterballen der Frauen. Nachdem der Freier eine Wahl getroffen hatte, zahlte er bei Hannes oder Hanna und verschwand mit der Auserwählten schnell auf deren Zimmer.

Neben Agnes saßen Theresa und Sieglinde. Sie waren die beiden Hübschlerinnen mit der meisten Erfahrung, gleichzeitig auch die ältesten im »Haus der kleinen Sünden«. Sie waren schon bei der Eröffnung des Hauses dabei. Auch sie planten eine gemeinsame Zukunft, so ein bis zwei Jahre wollten sie noch durchhalten und danach einen neuen Anfang als Bürgerliche machen. Theresa räusperte sich und wandte sich an Reinhild: »Wenn die Männer schon den doppelten Preis bezahlt haben und zusätzlich noch ein gutes Trinkgeld, muss man manchmal etwas Härteres über sich ergehen lassen.« – »So sehe ich das auch«, stieß Sieglinde ins gleiche Horn. – »Ihr habt gut reden, ihr wart ja nicht dabei!«, keifte Reinhild zurück.

Das »Haus der kleinen Sünden« war zwar das erste Haus am Platze, dank Hanna auch das sauberste, aber auch wenn die Mädchen gut behandelt wurden und regelmäßig ihr Geld bekamen, herrschte ein gewisser Wettkampf unter den Frauen. Langfristig gesehen konnte man davon ausgehen, dass jede der Hübschlerinnen eines Tages hier aussteigen wollte. Für ein paar Jahre, gut – aber doch nicht für immer. Dafür war der Beruf zu anstrengend, und irgendwann hätte man ein Alter erreicht, wo kein Freier einen mehr ansehen würde, weil sich im Gesicht Falten bildeten und der Körper seine Festigkeit verlor.

Theresa sagte: »Dann gehen nächsten Samstag Sieglinde und ich zu den Herren – wir sind schließlich einiges gewöhnt.« – »Bitte, geht nur, aber sagt später nicht, dass wir euch nicht gewarnt hätten!«, gab Reinhild zurück.

Während ihres angespannten Gespräches betraten Margarete, Johannes und Hanna den Empfangsraum. »Stören wir die Damen?«, fragte Hanna. »Nein, nein, wir haben nur ein anstrengendes

Gespräch. Es geht darum, wie weit man als Hübschlerin gehen kann. Was man sich gefallen lassen muss und was nicht mehr zumutbar ist«, sagte Grimhild. Reinhild schilderte Margarete das Erlebte und endete mit den Worten: »Und genau das wollen wir nicht noch einmal erleben. Es jagt uns ungemeine Angst ein!« Hanna sah ihren Mann an: »Ich glaube, wir sollten uns mal unter vier Augen unterhalten. Schon im Voraus habe ich dir gesagt, dass deine Idee mit den verbundenen Augen schamverletzend ist. Nie zuvor ist so etwas von unseren Mädchen verlangt worden. Mir scheint, dass diese Herren ein etwas sonderbares Verlangen an den Tag legen. Silberlinge und Pfennige sind wichtig, bedeuten aber nicht alles, wenn es um die Gesundheit unserer Mädchen geht!« – »Uns, ich meine mir und Sieglinde, würde das aber nichts ausmachen«, wiederholte sich Theresa. Hanna zog die Schultern hoch: »Mir ist wohl bekannt, dass ihr beiden schon einiges erlebt habt. Ihr seid hier die Frauen mit der meisten Erfahrung.« – »Also lass uns am nächsten Samstag noch einen Versuch unternehmen. Wir nehmen das Risiko auf uns, denn für eine Stunde ist das schnell verdientes Geld«, meinte Theresa. Hanna überlegte erneut: »Gut, einen letzten Versuch. Hannes wird euch dorthin fahren und wieder abholen. Er ist der Einzige, der weiß, wo sich der geheime Ort befindet. Was er den Herren versprochen hat, soll er zunächst auch halten. Sollte sich aber so eine Vorgehensweise wiederholen, brechen wir alles sofort ab.« Zurzeit betrat kein neuer Freier den Empfangsraum, sodass sich die Versammlung langsam auflöste.

Margarete und Agnes saßen in Grimhilds Zimmer und führten das Gespräch weiter. »Ich habe ja nicht viel mitbekommen. Was war denn da nun wirklich vorgefallen?«, fragte Margarete. – »Die beiden hohen Herren, mit denen Reinhild und Edeltraud zusammen waren, müssen sich wohl daneben benommen haben. Genaueres wissen wir nicht«, erklärte Agnes. »Theresa und Sieglinde haben sie daraufhin Feiglinge genannt, und sie würden jetzt ihre Aufgaben übernehmen. Wegen ihrer Erfahrung hätten sie damit keine Schwierigkeiten.«

Es klopfte an der Tür: »Ja, bitte«, rief Grimhild. »Können wir euch kurz sprechen?«, sagte Reinhild, die mit Edeltraud im Türrahmen stand. – »Natürlich, kommt herein.« Reinhild schüttelte den Kopf: »Ihr wart doch bis auf Margarete bei dem Gespräch eben dabei. Ich glaube, Theresa und Sieglinde sind nicht ganz bei Trost, sie werden von Satan geritten. Sie schlagen das in den Wind, was wir versucht haben, ihnen oder euch allen mitzuteilen. Die beiden Herren, bei denen wir waren, haben krankhafte Eigenschaften. Sie wollen kein Liebesspiel, sondern ihre tierischen Gelüste ausleben.« – »Genau«, sagte Edeltraud, »diese Kerle sind wirklich Unholde.« Die beiden Frauen fingen an, sich oben herum zu entkleiden. »Hier«, sagte Edeltraud, »seht euch unsere Rücken an.« Margarete, Agnes und Grimhild erhoben sich, um sich die Rückenpartien der beiden näher zu betrachten. Margarete bekreuzigte sich: »Heilige Maria Magdalena, wie seht ihr denn aus! So etwas habe ich ja noch nie gesehen!« Die Rücken der Mädchen waren von Fingernägeln zerkratzt worden, blaue Flecken machten sich breit. »Seht, hier am Hals, da hat der feine Herr sich festgebissen«, zeigte Reinhild mit dem Finger auf die blau angelaufene Stelle. »Und weiter unten das Rötliche stammt von einer Kerze. Die hat der feine Herr in seinem Begattungsrausch einfach dort ausgedrückt. Glaubt ihr uns jetzt, dass die Herren nicht ganz richtig im Kopf sind?« Margarete zeigte sich sichtlich beeindruckt von den Geschehnissen: »Was sind das für Widerlinge! Das ist ja ekelerregend!«

Auch Grimhild und Agnes schüttelten das Haupt. »Und Theresa will jetzt mit Sieglinde nur wegen des Geldes einen neuen Versuch starten. Die beiden sind ganz schön wagemutig. Aber was wollt ihr machen, ihr habt sie ja gewarnt! Ich verstehe aber auch unseren Hannes nicht. Der sollte die Mädchen schützen und sie nicht zu solchen Grobianen schicken. Aber wenn er Silberlinge in Aussicht hat, verliert er jegliche Scheu«, erboste sich Grimhild. Reinhild ging zur Tür: »So ist das nun mal – Geld verdirbt das Wesen … Also bis bald!« Sie verließ zusammen mit Edeltraud Grimhilds Zimmer.

## 24

Der kommende Sonntag, der Tag des Herrn, sollte nichts Gutes bringen. Gerade als Margarete, Agnes und Grimhild aufbrechen wollten, um am Rhein entlangzuschlendern, erschien im »Haus der kleinen Sünden« ein Sendbote. Nur wenige Bürger waren des Lesens und Schreibens mächtig, so war es für einen Boten üblich, mündliche Nachrichten zu übermitteln. »Wohnt hier eine junge Dame mit Namen Grimhild? Ich habe eine Nachricht für sie«, sagte der Bote. Die Mädchen sahen sich an. »Ich bin Grimhild. Was gibt es denn Wichtiges?« – »Unter vier Augen; kommt mit vor die Tür«, antwortete der Bote. Beide gingen hinaus.

Es dauerte vielleicht fünf Minuten, bis Grimhild mit einem Gesicht, das weiß wie die Wand war, zurückkam. Sie fiel Margarete um den Hals und weinte bitterlich. »Was ist Schlimmes geschehen?« Sie strich Grimhild mit der Hand übers Haar. »Ist etwas passiert?« – Grimhild löste sich aus der Umarmung. »Der Bote brachte mir gerade die Nachricht, dass mein Vater gestorben sei und meine Mutter nicht weiß, was sie jetzt machen soll«, schluchzte sie. – »Oh, Kindchen, das tut mir aber leid für dich!«, sagte Margarete.

»Kommt, Mädchen, lasst uns ein paar Schritt gehen. Wir folgen dem Flusslauf und setzen uns auf eine Bank; dort können wir alles besprechen«, meinte Agnes. Sie nahmen Grimhild in die Mitte und gingen langsamen Schrittes zum Ufer des Rheines. Unentwegt schluchzte diese und wischte sich fortwährend mit dem Handrücken die Tränen aus dem Gesicht. »Was soll ich denn jetzt nur machen? Meine Mutter ist auf dem Hofe ganz allein. Es ist unmöglich für sie, das alles als Leibeigene zu bewirtschaften.« – »Dir bleibt nichts anderes übrig, als erneut dorthin zu reisen, in dieses Huckengeswage. Bring sie mit, hol sie nach Colonia – hier kannst du dich um sie kümmern. Möglicherweise – ich sage bewusst ›möglicherweise‹ – kann meine Mutter sie vielleicht bei sich in der Küche unterbringen. Kochen kann sie doch bestimmt?«, schlug Agnes vor. – »Oh, sehr gut sogar«, gab

Grimhild zurück. – »Kannst du ein Fuhrwerk steuern«, wollte Margarete wissen. Grimhild bejahte: »Das hat mir mein Vater beigebracht. Manchmal, wenn wir eine gute Ernte hatten – was selten genug vorkam –, sind wir auf den Markt gefahren und haben Gemüse und verschiedene Obstsorten dort feilgeboten. Wir hatten ein etwas in die Jahre gekommenes Fuhrwerk sowie einen störrischen, alten Ochsen.« Erneut liefen Tränen. »Ich frage deshalb, weil Hannes dir sein Fuhrwerk leihen könnte, damit du deine Mutter mit ihrem Hab und Gut abholen kannst«, schlug Margarete vor. »Während du deine Mutter abholst, werde ich mit meiner besprechen, ob sie in dem Gasthof, wo sie arbeitet, noch eine weitere Köchin oder Küchengehilfin gebrauchen können. Und ihr sprecht mit Hannes, dann könntest du direkt morgen früh losfahren«, meinte Agnes. Grimhild nickte: »Ich hatte zwar nicht mehr so eine innige Verbindung zu meinem Vater, aber wenn man eine solche Nachricht erhält, stimmt einen das schon traurig. Lasst uns zurückgehen. Je eher ich wieder in Colonia bin, desto besser ist es für alle.«

Grimhild zog sich auf ihr Zimmer zurück. Ihre Freundinnen hörten sie schluchzen, ließen sie aber in ihrer Trauer allein. Hannes versprach ihr den Wagen, und Agnes' Mutter wollte sich ihrer annehmen, auch wenn sich die Frauen überhaupt nicht kannten. »Und außerdem«, so sagte Agnes, »sind sie im gleichen Alter.« – »Weißt du was?«, sagte Margarete zu Agnes, »bald halte ich das hier nicht mehr aus. Du hast deine Mutter zurück, jetzt wird Grimhild ebenfalls mit ihrer Mutter nach Colonia kommen. Paule will mich unbedingt heiraten. Ich denke, dass wir langsam den Absprung von hier planen sollten. Wir müssen ja nichts überstürzen, aber langfristig will ich die Wende anstreben, ein bürgerliches Leben führen. Auch möchte ich langsam die gelben Bänder ablegen. Ich bin es leid, mich weiterhin als Hübschlerin anzubieten, und für meinen Jungen ist es besser, wenn er bald gutbürgerlich aufwächst.« – »Du sprichst mir aus der Seele. Warten wir ab, bis Grimhild zurück ist, dann besprechen wir mit ihr, was wir vorhaben. Ich glaube, sie ist da auf unserer Seite. Vor einigen Tagen sagte sie zu mir, dass ihr das Leben als Hure zum Hals heraushängt. Die ist sofort dabei, denke ich.«

Margarete kratzte sich am Hals, direkt an der Borde ihrer Gewandung. Man konnte ihr ansehen, wie ihre Gedanken kreisten. »Mehr als drei Jahre sind wir schon in diesem Haus. Steigen immer wieder mit Freiern ins Bett. Haben kaum Freizeit oder Gelegenheit, einmal etwas für uns zu tun. Auch wenn wir gut verdienen, komme ich mir doch vor wie eine Sklavin, die immer wieder aufs Neue verkauft wird. Auch kann ich dieses ›Haus der kleinen Sünden‹ nicht mehr sehen – schon allein der Name widert mich an. Da wartet Alfonso auf Grimhild, Paule auf mich – gut, du hast im Moment noch niemanden, aber das kann ja noch passieren –, und jetzt wäre der Zeitpunkt gekommen, den Absprung zu wagen, eine Familie zu gründen, um Kinder in die Welt zu setzen. Sonst schwindet die Zeit dahin und irgendwann dürfte es zu spät sein und wir sind nur noch welke Blätter. Das sind die Gedanken, die mir im Kopfe herumschwirren.« Agnes sah nach den deftigen Worten etwas blass aus: »Man lässt alles so in den Tag gleiten, die tägliche Arbeit, die Anwesenheit hier, aber jetzt, wo du das sagst, muss ich dir recht geben. Warten wir ab, bis Grimhild zurück ist, dann gehen wir es an – genug damit!«

Hannes gab Grimhild vor ihrer Abfahrt noch weitere Anweisungen. Sie gingen zusammen um den Wagen herum. »Das hier sind die Radnaben, alles gut abgeschmiert. Die Plane ist frisch mit Schweinefett eingerieben und müsste, falls es mal regnen sollte, dicht sein. Unsere alte Elsa kennst du ja. Sie kann einen sturen Kopf haben, wenn sie will. Ein altes Hausrezept: Gib ihr einen Apfel oder eine Möhre, rede ihr gut zu, dann läuft sie wieder.«

Margarete und Agnes kamen zum Wagen. »Gute Reise, Kleines«, sagte Agnes, »ich bemühe mich, für deine Mutter eine Unterkunft sowie eine Arbeitsstelle zu finden«, gab sie ihrer Freundin mit auf den Weg. »Denke daran, dass ich den Wagen am Wochenende wieder benötige«, sagte Hannes so ganz nebenbei und dachte dabei an das Geld der Mönche, das eine weitere Bereicherung für ihn darstellen würde. »Und pass auf dich auf, schließe dich anderen Händlern an, wegen der Sicherheit, und nimm die gelben Bänder so lange ab«, rief ihr Margarete hinterher. Als Grimhild mit ihrem Gefährt außer Sicht war, meinte Agnes: »Ganz schön mutig, unsere Grimhild – allein mit einem Fuhrwerk durch die Lande zu reisen!«

## 25

Um unabhängig zu sein, hatte Grimhild einen Teil ihres Geldes mitgenommen – so viel, dass es für zwei Übernachtungen und für Essen reichte. Bei der Unterbringung ihres Fuhrwerkes auf der Fähre gingen ihr zwei hilfsbereite Männer zur Hand. Als sie am anderen Ufer des Rheines Hitdorf erreichte, schloss sie sich drei Händlern an, was ihr eine gewisse Sicherheit versprach.

In der Gemark Burscheit übernachtete sie in einem Gasthof und brach am nächsten Morgen zur Terz direkt nach dem Morgenmahl wieder auf. Während der Fahrt führten sie ihre Gedanken in die Vergangenheit zurück. Sie sah ihrem Vater dabei zu, wie er ein Huhn schlachtete, sie beobachtete ihre Mutter, als sie in gebückter Stellung zwischen den Kohlreihen stand und Unkraut pflückte. Sie dachte an ihren kleinen Hund Fips, der eines Tages von einem Wolf getötet wurde, und auch an die Trauer, die sie daraufhin überwinden musste. Ihre Kindheit war nicht leicht gewesen, oft gab es kaum etwas zu kauen, doch sie erinnerte sich genau so gerne an die schönen Tage. Das war zum Beispiel, wenn sie nach Huckengeswage auf das Erntefest gingen. Dort gab es das köstlichste Naschwerk und so viel zu sehen. Am meisten hatten sie die Feuerspucker begeistert, und auch Gaukler und Spielleute waren gekommen. Die Menschen tanzten auf den Straßen. Als sie am Abend zurück zu ihrem Hof gingen, war Vater ganz besonders lustig gewesen und machte verrückte Späße, wobei er einmal sogar in die Weper gefallen war.

Grimhild dachte an Roland, den Kerzenzieher aus Huckengeswage. Er war ihre erste große Liebe gewesen. Ein bisschen Händchenhalten und kleine, heimliche Küsse. Mein Gott, war sie verliebt gewesen! Eines Tages zog Roland mit seinen Eltern in eine andere Stadt, die Elverfeld hieß. Ihre Trauer war groß, doch alles geriet irgendwann in Vergessenheit – so ist der Werdegang der Zeit.

Als das Pferd kurz wieherte, holte sie die Wirklichkeit zurück. Sie hatte die Weggabelung erreicht, wo sie rechter Hand auf einen kleineren Pfad in Richtung ihres Hofes abbiegen musste. Nun kam das letzte Stück ihres Weges. »Wie mag es Mutter gehen?«, dachte sie. In einigen Minuten wüsste sie es. Nun war ihr alles vertraut, die letzten paar Hundert Schritt kannte sie seit ihrer Kindheit auswendig. Die beiden mächtigen Eichen zu ihrer Rechten, die danebenstehenden Haselnusssträucher, von denen sie als Kind immer genascht hatte, und zum guten Schluss der alte zerfallene Dachsbau, der nur noch sehr schlecht erkennbar war – als sie als Kleinkind hier umhertobte, war er noch bewohnt gewesen. All dies war ihr schon bei ihrem letzten Besuch aufgefallen.

Grimhild hielt vor der alten Kate an und stieg vom Fahrerbock. Sie ging ums Haus herum und rief nach ihrer Mutter. »Vielleicht ist sie wieder in ihrem Gemüsegarten – dort trifft man sie am häufigsten an«, dachte sie. Doch so war es diesmal nicht; ihre Mutter saß in Gedanken versunken auf einem alten Gartenschemel, der außerhalb des Gemüsefeldes stand. Als sie Grimhilds Stimme vernahm, erhob sie sich und ging auf ihre Tochter zu: »Grimhild, endlich bist du da!« Mutter und Tochter fielen sich in die Arme und ließen ihren Tränen freien Lauf. »Der Sendbote hat mir die furchtbare Nachricht überbracht. Wie ist es nur passiert?« – »Er kam vom Anger zurück, sagte mir noch, dass er keinen Hunger verspüre, und setzte sich auf den Schemel hier. Ich war in der Küche, hatte ein paar Brote für uns geschmiert und wollte zu ihm gehen. Als ich hinaustrat, lag er neben dem Hocker und war tot. Ich schrie um Hilfe, doch wer konnte mich hier schon hören! Entsetzt lief ich hin und her, dann nahm ich unsere Hacke und die Schaufel und habe ihn da hinten am anderen Ende des Gemüsegartens begraben – ohne fremde Hilfe, ganz alleine. Ich konnte ihn doch nicht dort liegen lassen«, erklärte ihre Mutter.

Ein wenig hatte Grimhild die schreckliche Nachricht schon verarbeitet. Auf ihrer Fahrt hierher hatte sie genügend Zeit dafür, doch jetzt, das wusste sie, musste sie ihrer Mutter zuliebe stark sein: »Das ist alles sehr schlimm. Mutter, ich bin gekommen, um dich nach Colonia mitzunehmen. Ich und meine Freundinnen werden uns um dich kümmern. Du kannst den Hof nicht alleine führen. Würdest du es trotzdem tun, fielest du eines Tages um wie Vater, und ich möchte dich nicht auch noch hier im Gemüsebeet liegen sehen.«

Grimhilds Mutter ging hin und her und schluchzte dabei. Vor lauter Verzweiflung trat sie gegen einen Weißkohl, der bei ihrem Tritt zwei Blätter verlor. »Du hast recht. Was hält mich hier noch? Aber was ist mit meinen Habseligkeiten – soll ich alles hier zurücklassen?« – »Gemach Mutter, das brauchst du nicht. Ich bin mit einem Pferdefuhrwerk hier. Wir können alles, was du mitnehmen willst, auf die Ladefläche legen und mit nach Colonia nehmen.« – »Und alles einfach hier so zurücklassen?« Grimhild nickte: »Was hast du vor? Dein Gemüse, das Obst, die Hühner – das kannst du schlecht mitnehmen, aber deine Truhe mit den Kleidern, vielleicht ein paar Töpfe und Messer, die könnten wir aufladen.«

»Was wird denn Graf Arnold sagen, wenn ich so plötzlich verschwunden bin?« – »Er wird sich nicht sehr um diese Misswirtschaft hier kümmern, allenfalls neue Leibeigene einsetzen, und wo du hingegangen bist, wird er nicht herausfinden. In Colonia regiert unser Graf Adolf, da hat Graf Arnold nichts zu vermelden«, sagte Grimhild in aller Deutlichkeit. – »Kindchen, was soll ich denn in der großen Stadt Colonia machen? Ich war noch nie fort von hier – bis auf Huckengeswage und Wepereforthe kenne ich keine Stadt.« – »Ich weiß«, sagte Grimhild, »aber du wirst genug Unterstützung bekommen. Agnes Mutter – sie wird in deinem Alter sein – ist auch alleine. Du wirst in ihr eine Freundin finden, vielleicht sogar eine Arbeitsstelle als Köchin in einem Gasthof.« Mit fragenden Augen sah Adelheid ihre Tochter an: »Mir bleibt nichts anderes übrig, aber es ist auf jeden Fall schön, dass wir uns dann wieder öfters sehen werden.« – »Also packen wir es an, Mutter! Komm, ich helfe dir, deine Truhe zu füllen.«

Die beiden gingen ins Haus, schoben die Truhe in die Mitte des Raums, hoben den Deckel hoch und legten Adelheids Siebensachen hinein. Viel war es nicht, gerade mal zwei Gewandungen, noch ein Paar Schuhe, eine Heuke, eine Flohhaube sowie eine verschlissene Gugel. Obendrauf legte Grimhilds Mutter noch einige ihrer Messer und als Andenken das Arbeitsmesser ihres verstorbenen Mannes. »Hier noch, mein Lieblingstopf; der Rest kann hierbleiben!« Sie schlossen die Truhe und wuchteten das Möbelstück auf die Ladefläche.

»Halt«, rief Grimhilds Mutter, »eines habe ich noch vergessen.« Schnellen Schrittes ging sie zurück ins Haus. Als sie zurückkam, hielt sie ein Fell in die Höhe: »Das ist der Kerl, der uns damals, bevor der Schultheiß hier war, die Hühner gefressen hat. Wochen später hat dein Vater sich ihn geholt. Er konnte ihn mit einer Schlinge fangen. Jetzt kommt er unter mein Hinterteil und macht mir das Sitzen angenehmer.« Ein Lächeln breitete sich in Grimhilds Gesicht aus: »Sind wir nun so weit?« Ihre Mutter blickte sich noch einmal um: »Wir sollten uns noch von Vater verabschieden!« Beide gingen zum letzten Mal an das Grab und beteten, danach trieb Grimhild den Gaul an.

Gegen Abend erreichten sie den Gasthof in Burscheit: »Hier verbringen wir die Nacht, Mutter. Warte einen Moment, ich spreche kurz mit dem Wirt – wir kennen uns bereits.« Grimhild sprang vom Bock und eilte in den Gasthof. »Wie groß sie geworden ist, und so selbstständig dazu, meine kleine Tochter«, dachte Adelheid. Schon war Grimhild zurück: »Wir können den Wagen in den Stallungen unterstellen; ein Bursche kümmert sich um den Gaul und passt auf deine Truhe auf.« Mittlerweile war sie mit dem Fuhrwerk vertraut und steuerte es geschickt auf den Hof hinter dem Gasthaus. »So, lass uns etwas essen gehen, und danach hauen wir uns aufs Lager.«

Als sie an einem Tisch Platz genommen hatten, fragte der Wirt sie nach ihrem Begehr. Zwei allein reisende Frauen mit einem Fuhrwerk sah er auch nicht alle Tage. »Was darf ich den Damen bringen? Getreidebrei?« Grimhilds Mutter nickte. »Nein, nein, Ihr habt doch sicher auch etwas anderes«, fragte Grimhild. »Was ist mit Fleisch und Gemüse?« Ihre Mutter und auch der Wirt sahen sie an, denn Fleischgerichte waren teuer. »Ich hätte noch ein Stück Schinkenbraten mit köstlicher Zwiebeltunke«, gab er zurück. – »Das klingt löblich, schon besser. Zwei Mal bitte, und einen Krug Wein«, sagte Grimhild, woraufhin der Wirt in Richtung Herd verschwand. Leise flüsterte ihre Mutter: »Aber Kindchen, wie willst du das denn alles bezahlen?« – »Mach dir da mal keine Sorgen. Was ihr früher in einem Jahr verdient habt, das verdiene ich in zwei Tagen.« Ihre Mutter sah sie völlig verdutzt an, dann hielt sie sich eine Hand zwischen die Beine: »Das verdienst du alles damit?« Grimhild tat es ihr nach: »Ja, alles damit.« Es wurde ein schöner Abend. Der Braten war köstlich, und mit einem Kanten Brot wischten sie noch die letzten Tunkenreste vom Teller. Der Wein mundete, ihre gute Stimmung wurde mit zunehmendem Abend immer besser. Als sie ein wenig angetrunken waren, sprachen sie über ihre gemeinsame Vergangenheit, was aber dazu führte, dass ihre gute Laune wegen des Todes des Vaters und Ehemanns ins Gegenteilige fiel. Die Trauer überkam sie erneut. »Komm, Mutter, wir wollen schlafen gehen, bevor wir hier mit unseren Tränen noch den Gasthof überschwemmen.«

## 26

Margarete hatte sich gerade von Paule verabschiedet, als sie das Fuhrwerk erkannte, das auf das »Haus der kleinen Sünden« zurollte. »Da seid ihr ja endlich – wir haben euch schon vermisst«, lachte sie. – »Darf ich vorstellen? Meine Mutter aus Huckengeswage«, sagte Grimhild. Margarete ging auf Grimhilds Mutter zu und nahm sie in den Arm: »Willkommen in Colonia, und mein herzlichstes Beileid, Frau Feldmann.« – »Nicht Frau Feldmann, ich bin Adelheid«, sagte sie. – »Und ich bin Margarete und habe eine gute Nachricht für dich. Agnes wird sie dir gleich mitteilen, wenn ihr Freier gegangen ist.« – »Habt ihr …«, stammelte Grimhild. – »Ja, wir haben, aber das soll euch Agnes selbst erzählen«, meinte Margarete, »kommt erst einmal ins Haus.«

Adelheid blickte sich um: »Das ist also das ›Haus der kleinen Sünden‹, wo ihr alle arbeitet?« Grimhild lachte: »Ja, hier wurde und wird noch immer Geschichte über die Liebe geschrieben.« Als sie das Haus betraten, wurden sie von Hanna, Hannes und Agnes begrüßt. »Ist dein Freier schon gegangen?«, fragte Margarete. – »Ja, er ist hinten hinaus; er wollte noch zum Rhein«, erwiderte Agnes. Hanna wies auf die Sitzplätze: »Setzt euch doch. Unser Beileid gilt Euch, Frau Feldmann.«

Hannes stellte einen Krug Wein mit den passenden Bechern auf den Tisch. Lange Gespräche wurden geführt, dann kam noch Agnes' Mutter hinzu. Sie hatte für Adelheid ein Zimmer besorgen können, und ab Montag würden sie gemeinsam in dem Gasthof in der Küche arbeiten. Für Adelheid waren die neue Umgebung und all die Bekanntschaften etwas viel: »So eine große Stadt wie Colonia habe ich noch nie in meinem Leben gesehen. Danke, dass ihr alle so nett zu mir seid!«, schluchzte sie. »Ich denke, wir bringen dich in dein neues Zimmer, da kannst du dich ein wenig ausruhen«, sagte Grimhild. – »Och, bleibt ihr mal alle sitzen, ich nehme Grimhilds Mutter mit, wir beide machen das schon«, empfahl sich Hannes. Er ging mit Adelheid und Agnes zum Wagen, der noch vor dem Hause stand. – »Und versorge nachher unsere Elsa, die ist bestimmt hungrig und durstig«, rief ihm seine Frau hinterher. Hannes brummelte in seinen kurzen Bart: »Jo, jo.« Aber er machte die kleine Fahrt mit den Damen ja nicht nur aus Nächstenliebe, nein, er sah nun eine Gelegenheit, seinen geheimen Weinvorrat in den Stallungen aufzubessern, von dem seine Hanna keinen blassen Schimmer hatte.

# 27

Es war der Tag, an dem Hannes Theresa und Sieglinde zu den Mönchen bringen musste. Bei diesem Unterfangen hatte er kein gutes Gefühl, doch der Gedanke an die Pfennige, die er dafür bekam, ließen seine Zweifel schnell verschwinden, und schließlich könnte er ja später seinen Anteil beim Glücksspiel erhöhen. In den nächsten Tagen würde sich bestimmt eine Gelegenheit bieten, sich aus dem Haus zu stehlen, wenn Hanna schlief.

Sieglinde und Theresa waren bereit für das geheimnisvolle Liebesspiel. »Na, dann wollen wir aufbrechen«, sagte Hannes. »Ich gebe euch einen Wink, wenn ihr die Augenbinden anlegen müsst.« Der Wagen polterte über das Kopfsteinpflaster. Nach kurzer Zeit verließen sie den gepflasterten Weg und der Wagen rollte über eine der üblichen Lehmstraßen hin zum Wald des Klosters. Als sie auf den Waldweg kamen, drehte sich Hannes um und rief nach hinten in den Wagen: »Jetzt bitte geschwind die Tücher umbinden!« – »Das ist zwar fürchterlich albern, aber bitte, wenn es denn sein muss …«, sagte Theresa. Hannes steuerte den Wagen durch das kleine Wäldchen bis zum Tor, wo er laut gegen die Pforte schlug. Es dauerte einen Moment, bis ein Mönch die Türe öffnete: »Da seid Ihr ja – wir warten schon auf die Damen. In einer Stunde könnt Ihr sie wieder abholen, dann gibt es auch das Geld.« Sie halfen Sieglinde und Theresa vom Wagen, und der Mönch führte sie in die Zelle.

Hannes nutzte die Gelegenheit, um mit seinem Fuhrwerk zu einem bekannten Bauern zu fahren und Futter für seine Elsa zu kaufen. Außerdem gab es bei seinem Bekannten immer einen oder zwei Becher Wein. So wurde ihm die Zeit nicht allzu langweilig. Pünktlich machte sich Hannes auf den Rückweg, um seine Mädchen abzuholen. Er hielt mit dem Wagen direkt vor dem Tor und verweilte dort. Einige Minuten musste er noch warten, bis die Türe geöffnet wurde und ein Mönch auf ihn zukam: »Hier ist Euer Geld«, sagte er und hielt Hannes eine Geldkatze hin, »beim nächsten Mal schickt mir aber Weibsbilder, mit denen man auch etwas anfangen kann – nicht solche gebrechlichen Frauenzimmer.« Mit diesen Worten schob er mehr oder weniger die beiden Frauen durch das Tor, warf hinter ihnen die Türe ins Schloss, verriegelte sie von innen und war verschwunden.

Hannes hatte nur Augen für den Geldbeutel und dachte dabei er an den heutigen Abend, wo er, wenn Hanna eingeschlafen war, sich aufmachen wollte, um im Gasthof sein geliebtes Tricktrack zu spielen und sich dabei ein paar Becher Wein zu gönnen. Erst als er seinen Blick zu den Frauen sandte, bemerkte er das Übel. Theresa und Sieglinde hatten sich auf die Knie niedergelassen und stöhnten lautstark. Ihre Augenbinden hielten sie in den Händen. In diesem Moment sah er ihre mit Blut durchtränkten Rückenpartien. »Diese verdammten Schweine! Hätten wir doch bloß auf Edeltraud gehört!«, kam es aus Theresas Mund, während sie einen Schwall Speichel auf den Boden spie. – »Meine Güte, wie seht ihr denn aus!«, rief Hannes erschüttert. Schnell beugte er sich zu den Mädchen: »Kommt, ich helfe euch. Lasst uns schnell nach Hause fahren, damit wir eure Rücken versorgen können.« Vorsichtig erhoben sie sich unter fortgesetztem Stöhnen. »Auf der Ladefläche liegt Stroh und Heu, legt euch darauf.«

Die beiden Frauen krochen auf Knien auf die Ladefläche, wo sie auf dem Bauch liegen blieben. »Gott im Himmel, was ist euch nur widerfahren!«, sprach Hannes, und dieses Mal meldete sich sein schlechtes Gewissen. Er war in seiner Gier maßlos gewesen, das wusste er nun. Seine verdammte Sucht nach Silberlingen und dem Glücksspiel brachte ihn jetzt fast zur Verzweiflung. Aber hatte ja nicht wissen können, dass es so enden würde. Was waren das nur für Mönche, die das Verhalten von Tieren an den Tag legten!

Er fuhr los, und bei jedem Schlagloch und jeder Unebenheit in der Straßendecke drang ein lautes Stöhnen an seine Ohren. »Es tut so weh, Hannes, bitte fahr vorsichtig!«, rief Theresa von hinten. Als er die Hauptstraße erreicht hatte, wurde es aber wegen des Bodenpflasters nicht viel besser. Der Karren rumpelte und hüpfte über die grobe Fahrbahndecke. Irgendwann hielt er direkt vor dem »Haus der kleinen Sünden« an und sprang vom Bock.

Er half den Frauen von der Ladefläche und griff ihnen unter die Arme. Schweren Schrittes ging er zur Tür und stieß sie auf. Grimhild, Margarete, Edeltraud und zwei weitere Hübschlerinnen saßen im Empfang, als Hannes das Haus mit den Frauen im Arm betrat. Vor Schreck sprangen die Frauen auf und eilten zu den Dreien, um ihre Hilfe anzubieten.

Edeltraud ahnte, was passiert war. »Bei der heiligen Mutter Gottes, wie seht ihr nur aus!«, rief Grimhild. »Wir bringen sie in unsere Wohnung, schnell, hol Hanna«, sagte Hannes zu Margarete. Die eilte voraus, riss die Tür auf und rief in die Wohnung des Wirtspaares: »Hanna, bist du da? Komm schnell und hilf uns!« – »Was ist denn ..., ach, du meine Güte! Was ist denn nun schon wieder passiert? Kommt schnell, bringt die Mädchen hierher, sie sollen sich auf die Bänke legen.« Nun nahmen die anderen Mädchen erst die blutenden Rücken und die mit Blut besudelten Gewandungen der beiden war. Hanna drehte den Kopf zur Seite und ihr Blick traf auf Hannes: »Das hast du zu verantworten, ganz allein. Es ist deine maßlose Gier nach Geld. Verschwinde von hier, lass uns mit den Mädchen allein!«, fauchte ihn seine Frau an. Hannes trottete wie ein alter, gekränkter Gaul aus seiner Wohnung und setzte sich nachdenklich in den Empfangsraum zu den restlichen Hübschlerinnen. »Was ist denn los?«, fragte ihn eine der Damen. Hannes ließ den Kopf in die Hände gleiten. »Keine weiteren Erläuterungen«, gab er von sich.

Grimhild, Margarete und Hanna waren nun alleine mit den verletzten Frauen. »Was können wir tun?«, fragte Hanna. Da kam Grimhild auf den Gedanken: »Ich kenne da eine Kräuterfrau, die südlich von hier in einer Kate wohnt. Sie soll sehr gut sein und kennt sich in der Krankenpflege bestens aus.« Dabei sah sie ihre Freundin Margarete an, und beide wussten, wer gemeint war – es war die, von der sie das Gift für Hildeger bekommen hatten. »Gut, viel machen können wir nicht. Nimm meinen Alten und das Fuhrwerk und bringt sie schnellstens hierher!«, ordnete Hanna an. Grimhild ging schnellen Schrittes in den Empfangsraum: »Komm, Hannes, beeil dich, wir müssen

Hilfe holen. Ich kenne da jemanden, der uns helfen kann.«

Die beiden verließen das Haus, schwangen sich auf den Fahrerbock und trieben das Pferd in Richtung Rheinwiesen an. »Du musst mir den Weg beschreiben«, rief Hannes. – »Immer weiter in südlicher Richtung«, gab Grimhild zurück. Die letzten Boote fuhren in der Abenddämmerung auf dem Fluss, doch dafür hatte Grimhild im Moment keinen Blick übrig. Sie war besorgt; gerade Sieglindes Rücken sah noch schlimmer aus als der von Theresa. »Auf geht's, altes Mädchen – streng dich an«, rief Hannes seinem Gaul zu, während ihn sein schlechtes Gewissen plagte.

## 28

Nach anderthalb Stunden waren sie mit dem Kräuterweib zurück. Ketlin hatte auf die Schnelle einige ihrer Sachen in eine Ledertasche gepackt. Dazu gehörten verschiedene Tiegel mit Salben und ein Bestecksatz. »Dann wollen wir uns mal die Gepeinigten ansehen«, gab Ketlin in aller Ruhe von sich, während sie vom Wagen stieg. Die Dämmerung setzte bereits ein und verbreitete ihr rötliches Licht über das Land. »Folgt mir, ich gehe vor!«, sagte Grimhild.

Sie erreichten die Wohnung, wo Hanna und Margarete bereits warteten. In aller Langsamkeit, wie eine kriechende Schnecke, ging Ketlin auf die Verletzten zu. Ein kurzer Blick genügte ihr, um zu wissen, was hier vorgefallen war. »Ihr wart bei den Mönchen. Es ist eine Schande, sich überhaupt Mönch zu nennen, wenn man sich wie ein Raubtier benimmt.« – »Das waren Brüder im Glauben?«, stöhnte Sieglinde. »Woher wisst Ihr das?« – »Oh, nichts leichter als das. Ihr seid nicht die Ersten, die man so zugerichtet hat. Vielen Mädchen aus anderen Hurenhäusern ging es ähnlich wie euch. Mir sind da schon mehrere Fälle vorgekommen, die ich behandelt habe. Langsam sollte man den beiden Bastarden in Schwarz das schmutzige Handwerk legen. Es reicht!«

Sie öffnete ihre Tasche und zog ein scharfes Messer hervor. Ketlin fing an, die Gewandungen der Mädchen aufzuschneiden: »Es könnte etwas schmerzhaft werden – das Blut hat sich mit dem Stoff verklebt.« Nach einigen Minuten kam das ganze Elend zum Vorschein. »Oh, ich kenne diese beiden Männer, die das angestellt haben. Es sind der Abt der Dominikaner und einer seiner Mitläufer, die wohl beide den gleichen krankhaften Machthunger pflegen, um es mal gnädig auszudrücken«, stöhnte Ketlin. Zunächst nahm sie sich Sieglinde vor: »Das ist der typische Biss des Abtes, immer am hinteren Stück des Nackens. Stets sind seine Zähne dort abgemalt. Bei den anderen Frauen war es ähnlich. Sein Mithelfer treibt es nicht ganz so schlimm, aber auch das reicht. Hier auf den Schulterblättern sehen wir die Kratzspuren seiner Fingernägel, und die rot-blutigen Striemen stammen von einer Knute, an deren Ende im Lederriemen kleine Glasscherben eingefasst sind. Er hat dabei so ein schlechtes Gewissen dem Herrn gegenüber, dass er in seiner Wut auf sich selbst die Mädchen auspeitscht. Äußerst schmerzhaft das Ganze. Meist trägt er noch einen Büßergürtel an einem seiner Oberschenkel. Ich brauche Wein, besorgt mir etwas davon und zündet viele Kerzen an.«

Hanna ging los, um den Wunsch der Kräuterfrau zu erfüllen. Ketlin nahm ein sauberes Tuch, goss Wein in die Wunden und tupfte die Flüssigkeit damit ab. Ein leises Stöhnen kam über Sieglindes Lippen. Ketlin ging zu ihrer Tasche und holte einen Salbentiegel hervor. Mit äußerster Vorsicht strich sie mit einem Holzspachtel die selbst hergestellte Salbe über die verletzten Stellen. »Diese tiefe Kratzspur hier gefällt mir überhaupt nicht.« Sie beugte sich tiefer über Sieglindes Rücken. »Ich kann Wunden behandeln, ich kann sie verschließen, ich kann Salben auftragen, aber ob sie auch völlig abheilen, das weiß nur Gott allein.«

Die zuschauenden Frauen bewunderten die Fingerfertigkeit der alten Ketlin. Es dauerte fast zwei Stunden, bis sie mit der Versorgung der beiden Hübschlerinnen fertig war, und da war es auch schon kurz vor Matutin. »So, mehr kann ich für sie heute nicht mehr tun. Wie komme ich nun zurück in meine bescheidene

Kate?« Hanna ging auf das Kräuterweib zu und bedankte sich: »Ihr könnt die Nacht hier bei uns verbringen. Für freundliche Menschen haben wir ein Gästezimmer. Morgen früh könnt Ihr noch einmal nach den Frauen sehen, dann bekommt Ihr von mir Euren Lohn und mein Mann bringt Euch mit dem Fuhrwerk zurück.« – »Ich muss noch einmal an die frische Luft, mir ein wenig am Rheinufer die Beine vertreten. Wollt Ihr mir etwas Gesellschaft leisten?«, fragte Ketlin Grimhild und Margarete. Beide nickten.

Die Frauen verließen das Haus und schlenderten im Dunkel der Nacht zum Rheinufer. »Durch die nach vorne gebeugte Haltung während der Behandlung bekommt man Rückenschmerzen. Ah, die frische Luft tut richtig gut!«, sagte Ketlin. – »Warum sollten wir Euch folgen? Wollt Ihr uns etwas mitteilen?«, fragte Grimhild. – »Ein schlaues Kind seid Ihr, Ihr kennt mich schon ganz gut!«, gab sie zurück. Sie gingen langsam am Fluss entlang, der wie eine träge, schwarze, dickflüssige Masse an ihnen vorbeizog und dabei ein leichtes Rauschen verursachte. Das weiche Licht des Mondes schien vom Himmel herab und reichte gerade dazu aus, den Weg vor sich zu erkennen.

»Was ich Euch immer schon fragen wollte: Habt Ihr mit dem Gift, das ich Euch gab, die Rattenplage beseitigen können?« Nur Grimhild verstand ihre zweideutige Frage; Margarete wunderte sich: »Wieso Rattenplage?« Davon hatte sie nichts mitbekommen. Dann fiel auch bei ihr der Silberling – natürlich, sie selbst hatte ja die Ratte beseitigt. Sie erreichten eine Bank und setzten sich darauf. »Gute Frau, ich war diejenige, die mit einer Ratte Unannehmlichkeiten hatte, und bin Euch dankbar, dass Ihr Grimhild das Fläschchen mit dem Gift gegeben habt!«, erklärte Margarete der Frau. Ketlin nickte mehrere Male mit dem Kopf. »Dann können wir ja ganz offen miteinander reden. Ihr habt die geschundenen Frauen gesehen, Ihr habt mitbekommen, unter welch fürchterlichen Schmerzen sie leiden. Vor kurzer Zeit hatte es ja bereits zwei andere Frauen aus Eurem Hause erwischt. Und nun hört genau zu, was ich Euch sage. Ich kenne die beiden

Dominikanermönche. Es sind der Abt des Klosters und ein weiterer Mönch mit dem gleichen Verlangen. Sie treiben dieses Spiel mit den verbundenen Augen schon eine ganze Weile. Was glaubt Ihr, wie viele Frauen mit geschundenen Rücken ich schon verarztet habe! Ich bin gespannt, wann sie eine der bestellten Frauen in den Tod treiben werden. Sie benutzen ihre Kirche genau wie ihre Kutten als Deckmantel, als Versteck ihrer widernatürlichen Tätigkeiten. So können sie ihre tierischen Gelüste ausleben. Durch ihre Geheimniskrämerei gibt es keine Zeugen, die sie anklagen könnten. Es gäbe aber auch keine Zeugen, wenn sie eines Tages tot in ihren Zellen liegen würden. Manchmal bricht eine Rattenplage erneut aus, habe ich gehört. Wir müssen diesen Männern das Handwerk legen. In Colonia laufen über zwanzig Hübschlerinnen mit vernarbtem Rücken umher, geschunden für ihr weiteres Leben. Ihre Kunden sagen: ›Wie sehen die denn aus? Mit solchen Weibern will ich nichts zu schaffen haben.‹ Die geschundenen Mädchen haben kaum noch Kundschaft und nagen dank der beiden Mönche am Hungertuch.«

Grimhild und Margarete hatten dem Kräuterweib gebannt zugehört. »Dass das solch ein Ausmaß angenommen hat, ist uns neu«, sagte Grimhild. – »Nach Eurer Schilderung sagt mir, was Ihr nun vorhabt!«, wollte Margarete wissen. – »Zunächst einmal müssen wir über eine neue Rattenplage sprechen. Ich werde ein neues Mittel dafür herstellen, doch bevor wir etwas gegen dieses Übel unternehmen, sollten wir – und das ist ganz wichtig – die Frauen, die bereits in den Zellen der Mönche waren, befragen. Wir müssen den Schwachpunkt der Mönche finden, und dann schlagen wir zu – natürlich nur, wenn Ihr dazu bereit seid, wenn Ihr auf meiner Seite steht.« – »Ihr meint, nach der Befragung der vier Frauen aus unserem Hause würden wir vielleicht bei den Mönchen eine Schwachstelle finden?«, fragte Margarete. – »Ich bin mir nicht ganz sicher, aber möglicherweise ist ihnen ein Fehler unterlaufen. Es gibt keinen anderen Weg. Wenn wir zum Hauptmann der Wache gehen, oder meinetwegen zum Rat, um ihnen unsere Geschichte zu erzählen, würden die uns nur auslachen. Kräuterweib und Huren gegen den Abt der Dominikanermönche – wir würden zum Gespött von Colonia. Ihr glaubt doch nicht im Traum daran, dass uns irgendjemand Glauben schenken würde?«

Die Frauen gingen zurück zum »Haus der kleinen Sünden«, um ihr Nachtlager aufzusuchen, da es bereits sehr spät geworden war. »Ich zeige Euch das Gästezimmer«, sagte Grimhild und hakte sich in Ketlins Arm ein. – »Und kein Wort zu den anderen; wir wollen hier keine Herde in Panik versetzen oder etwa dummes Geschwätz in Umlauf bringen«, waren Ketlins abschließende Worte.

## Doppelmord mit Fingerhut
## 29

Es sollte eine recht kurze Nacht werden. Nicht mehr als vier Stunden Schlaf wollte man den Damen gönnen, als Theresa an Grimhilds Tür pochte. Noch völlig verschlafen erhob sie sich, ging zur Tür und öffnete sie: »Was willst du denn schon hier? Stehst auf mit den Hühnern ...« – »Ist die Kräuterfrau noch hier? Ich hörte, sie soll im Gästezimmer übernachtet haben.« – »So ist es. Wie geht es denn deinem Rücken?« Theresa räusperte sich: »Die Nacht habe ich ausschließlich auf meinem Bauch verbracht, aber langsam scheint die Salbe der Kräuterfrau zu wirken. Ich bin aber hier, weil ich mir um Sieglinde Sorgen mache. Ein schmerzliches Stöhnen drang diese Nacht aus ihrem Zimmer, ich dachte mir, dass die Frau noch einmal nach ihr sehen sollte.« Grimhild nickte: »Komm herein, ich bin gleich fertig; ich ziehe mir nur eben noch etwas über.« Sie warf sich ihre Tunika über und unverzüglich gingen sie zu Sieglindes Zimmer. Theresa klopfte drei Mal kurz an und wartete. Als sie keine Antwort erhielt, öffnete sie die Tür, und die beiden Frauen traten ein. Sieglinde befand sich in Bauchlage auf ihrem Bettgestell. »Sie scheint fest zu schlafen«, meinte Theresa, ging zu ihr hin, fasste sie an der Schulter und rüttelte sie: »Wach auf, du alte Schlafmütze!«, rief sie. Sieglinde rührte sich nicht mehr. »Oh, mein Gott!«, rief Grimhild. Sie eilte schnell zur Tür. »Ich hole Frau Ketlin – bin gleich zurück, warte hier auf uns!«

Ketlin weitete mit zwei Fingern Sieglindes Augen, zuerst das linke, dann das rechte, anschließend fühlte sie den Puls und legte ihr Ohr auf die Brust. »Sie ist von uns gegangen«, sagte sie. Theresa riss sich die Hände vors Gesicht: »Aber von Schlägen auf den Rücken kann man doch nicht sterben?« – »Warte einen Moment«, sagte Ketlin und untersuchte genauestens Sieglindes Rücken. »Hier ist der Ursprung des Übels. Seht die Schwellung hier, die Rötung, da hat sich ein fortschreitender, roter Strang gebildet.

Diese Wunde hier hat ihren Körper vergiftet. Möglicherweise war noch Schmutz darin, vielleicht hineingeraten durch das Kratzen mit verdreckten Fingernägeln. Auf jeden Fall kann ich hier eine Entzündung feststellen – die wird der Grund sein, warum ihr Herz stehen geblieben ist. Da helfen keine Quacksalbereien, keine Alchemie und keine Hexerei; selbst ein Medicus hätte ihr nicht mehr helfen können.« Erschüttert von Sieglindes plötzlichem Tod verließen die Frauen das Zimmer, um Hannes und Hanna zu verständigen.

Zwei Tage später fand die Beerdigung vor dem Südtor statt. Dort wo man Sieglinde bestattete, lagen auch die anderen Ausgestoßenen der Gesellschaft. Man begrub sie zwischen Gauklern, Spielleuten, anderen Huren und einem Henker in ungeweihter Erde. Das »Haus der kleinen Sünden« war am Tage der Beerdigung geschlossen. Alle Hübschlerinnen aus dem Haus sowie einige Freier nahmen an der Beerdigung teil. Ein Pfarrer, der sich der armen Seelen annahm, hielt eine kurze Grabrede. Als es zu einem Platzregen kam, verließen die Menschen im Laufschritt den ungeweihten Friedhof. So kurz, wie das Leben der Hure Sieglinde war, so kurz war auch ihre Bestattung.

Die Geschichte hatte damit aber noch lange kein Ende gefunden. Im »Haus der kleinen Sünden« wurde heftig über die Schuldfrage gesprochen. »Ich habe euch gewarnt«, sagte Edeltraud und blickte dabei Theresa an, »ihr wolltet nicht auf uns hören. Unsere zerschundenen Rücken waren ja wohl für euch nicht abschreckend genug gewesen. Das Ergebnis liegt nun vergraben vor dem Südtor.«

Theresa weinte bitterlich. Sie hatte ihre langjährige Freundin Sieglinde verloren. »Ich weiß, dass du recht hast – wir hatten nur das schnelle Geld im Auge gehabt. Jetzt im Nachhinein bin ich auch schlauer.«

Hannes sagte kein Wort mehr zu dieser Geschichte; seine Frau Hanna hatte ihm genügend Vorwürfe gemacht, dass er das Treffen mit den Mönchen erst möglich gemacht hatte. So sprach er sich eine große Mitschuld zu. Sein Gewissen quälte ihn seit Sieglindes Tod.

Margarete hatte ihren Jungen auf dem Schoß sitzen und lauschte dem Gespräch. Neben ihr saßen Grimhild und Agnes, die Margarete ansahen, als könnten sie deren Gedanken lesen. Nun giftete Theresa den Hurenwirt Hannes an: »Du wusstest doch, was die Kirchenmänner da mit den Huren gemacht hatten – warum hast du der Sache keinen Einhalt geboten?« Alle warteten auf eine Antwort und blickten ihn fragend an. Hannes hustete vor lauter Verlegenheit: »Auch ich hatte nur das Geld vor Augen. Die Mönche haben mir eine großzügige Summe versprochen, wenn ich ihnen jede Woche an dem verabredeten Tag zwei Hübschlerinnen bringen würde. Es klang alles so verlockend.« – »Aber dieser Unfug mit den verbundenen Augen – wofür sollte das gut sein?«, fragte Theresa. – »Sie wollten nicht als Männer der Kirche erkannt werden«, gab Hannes zurück. – »Sie hatten Angst davor, dass wir anderen von ihren widernatürlichen Eigenheiten erzählten. Was wäre das für ein Skandal gewesen, wenn das an die Öffentlichkeit gekommen wäre: das Dominikanerkloster in Verbindung mit dem Hurenhaus vom Rhein!«, ergänzte Theresa.

Margarete gab ihren beiden Freundinnen einen Wink mit dem Kopf; die drei erhoben sie sich und verließen den Empfangsraum. Sie zogen sich auf Grimhilds Zimmer zurück, um einiges zu besprechen.

»Wir sollten es noch einmal durchziehen – es gelüstet mich nach Rache. Wenn Männer, egal ob Mönche oder nicht, regelmäßig so etwas treiben, haben sie es nicht verdient, weiterzuleben. Ich glaube nicht, dass Gott sich seine Vertreter auf Erden so vorgestellt hat«, sagte Margarete. Die Freundinnen sahen sie entgeistert an: »Du willst sie beseitigen?«, fragte Agnes. Margarete nickte: »Ein halbes Fläschchen von Ketlins Zaubertrank ist noch übrig – es würde für die beiden Kerle reichen.« – »Vielleicht bekommen wir noch etwas Stärkeres; die Kräuterfrau deutete es an. Aber die Kerle sind so sicher hinter ihren dicken Mauern. Wie willst du an sie herankommen?«, fragte Grimhild. – »Das, Kindchen, ist die wichtigste Frage überhaupt. Wir müssen nach einer Schwachstelle suchen, also sollten wir Edeltraud und Theresa genauestens danach befragen, was sie in der Zelle erlebt haben. Jede Kleinigkeit könnte wichtig sein. Agnes, geh doch noch einmal nach unten und bitte sie hierher«, bat Margarete.

Nach einigen Minuten kam sie mit Edeltraud und Theresa zurück. »Setzt euch, bitte«, sagte Margarete. Unter immer noch großen Schmerzen zog sich Theresa den Schemel unter ihr Hinterteil. »Edeltraud, erzähl uns noch mal in allen Einzelheiten von den Vorgängen im Kloster«, sagte Margarete.

»Wenn es sein muss … Wir sind durch einen längeren Gang geführt worden, bis wir in einer der Mönchszellen ankamen. Jetzt wissen wir, um welche Personen es sich handelte: den Abt und einen weiteren Mönch – Ketlin hat das ja herausgefunden. Wir standen dort mit verbundenen Augen. Zunächst waren die Herren äußerst freundlich zu uns und boten uns Wein an. Ich glaube, es war der Abt, der sagte, zu so einer schönen Stunde sollten wir es uns mit einigen Bechern Wein gemütlich machen. Wir prosteten uns zu und waren recht angetan von dem Wein. Nach einer Weile mussten wir uns ausziehen. Aber während des Beilagers wurden die Herren immer roher und rücksichtsloser. Das Ergebnis habt ihr ja gesehen – sie haben sich wie wilde Tiere aufgeführt!«

Margarete erhob sich und ging im Zimmer hin und her. Man sah ihr an, dass sie nachdachte. »Und nun deine Geschichte, Theresa.« – »Bei Sieglinde und mir war es ähnlich. Als wir die Zelle erreicht hatten, spielte sich alles genauso ab wie bei Edeltraud und Reinhild. Wo ist Reinhild eigentlich?« – »Die will, dass wir sie in Ruhe lassen – sie will von der ganzen Sache nichts mehr wissen«, erklärte Edeltraud. Theresa fuhr fort: »Genau wie bei euch waren sie anfangs richtig nett und freundlich. Auch uns boten sie Wein an.«

»Ich muss dich kurz unterbrechen«, sagte Margarete, »gab es da noch andere Getränke? Ich meine, hatte man euch Wasser oder vielleicht Bier angeboten?« – »Nein, nicht dass ich wüsste. Wir tranken zwei Becher Wein und mussten uns anschließend der Gewandungen entledigen. Als wir entblößt dort standen, änderte sich das Verhalten der Mönche sofort. Sie drängten uns mit dem Gesicht an die Wand und drangen von hinten in uns ein. Es war, als wenn Hengste ihre Stuten bespringen würden. Dann folgten die Bisse, das Kratzen mit den Fingernägeln und später noch grausame Peitschenhiebe. Das war wie eine Schändung. Als sie ihren Höhepunkt erreicht hatten, wollten sie uns schnellstens wieder loswerden und der Mönch brachte uns vor das Tor, wo uns Hannes abholte.«

Mit Daumen und Zeigefinger rieb sich Margarete die Nasenspitze. »Nachdem ich nun euren Geschichten lauschen konnte, fällt mir nur eine kleine Unachtsamkeit der Mönche auf. Es ist die Sache mit den Getränken. Ich meine, gesetzt den Fall, eine von uns würde sagen, dass sie keinen Wein vertragen könne und lieber Bier trinken würde, hätte doch einer der Mönche die Zelle verlassen müssen. In dieser Zeit müsste die andere den verbliebenen Mönch mit weiblicher Gewieftheit ablenken, ihn umgarnen, sich bei ihm einschmeicheln, während die andere das Gift in den Wein gießen müsste, den ausschließlich die Mönche trinken würden. Das wäre der Moment, in dem wir Rache für Sieglinde nehmen könnten«, erklärte Margarete ihren Plan.

Edeltraud starrte sie an: »Du willst sie mit Gift beseitigen? Du willst am Samstag in die Höhle des Löwen gehen?« – »Zusammen mit Grimhild. Hannes soll uns am Samstag ins Dominikanerkloster fahren. Solche Schweine – entschuldigt meine Ausdrucksweise – dürfen nicht mehr weiter ihr Unwesen treiben. Was hat die Kräuterfrau Ketlin gesagt? Mehr als zehn geschundene Rücken hat sie bereits behandelt, und jetzt haben die Mönche unsere Sieglinde auf dem Gewissen. Was soll uns denn passieren? Niemand weiß etwas davon, dass sie sich regelmäßig Frauen kommen lassen.«

Schweigen verbreitete sich im Zimmer, bis Grimhild sagte: »Ich mache mit. Ich gehe mit Margarete in das dunkle Gemäuer des Grauens.« – »Ihr seid sehr mutig; ich bewundere euch und bin auf eurer Seite«, meinte Edeltraud. »Und keines der hier gesprochenen Wörter darf jemals dieses Zimmer verlassen, sonst baumeln wir am Strick!«, bemerkte Margarete und blickte dabei auf das Fläschchen im Regal, während ihr kleiner Sohn in der Zimmerecke »Graf Adolf von Berg und seine Ritter« spielte.

## 30

Es war schon recht spät, als sich Hannes vorsichtig, ohne Geräusche zu machen, aus dem Schlafgemach schlich. Ein leises Schnarchen drang aus Hannas Mund, was für ihn das Zeichen war, sich noch einmal ins Nachtleben von Colonia zu stürzen. Aber was hatte eine Stadt mit ihren ungefähr 25 000 Einwohnern zu bieten? Es gab drei oder vier noch geöffnete Gasthöfe, in denen sich die Zecher und Spieler trafen.

Hannes schlüpfte in seine Beinlinge, zog die Stiefel an, warf sich seine Tunika über, dann noch die Heuke, und verließ leise das »Haus der kleinen Sünden«. An seinem Gürtel hing eine prall gefüllte Geldkatze. Es war diesmal viel mehr Geld, als er für gewöhnlich zur Verfügung hatte: das Geld, das Theresa und Sieglinde zugestanden hätte, sein eigener Anteil und ein Batzen Silberlinge für die Pacht des Hauses an den Rat. Er hatte ein gutes Gefühl: Heute würde er viel Geld gewinnen. Oft hatte er die Schwierigkeit, dass er mit hohen Einsätzen nicht mithalten konnte und zu früh aussteigen musste, doch heute wollte er einiges riskieren – es würde seine Nacht werden. »Herz verzagt nicht, Maul klagt nicht, Fortuna stirbt nicht«, mit diesem alten Spielerspruch versuchte er, sich Mut zu machen. Ja, diese Fortuna war in aller Munde der Teilnehmer am Spiel. Die Wache sah ihn nur müde an, er grüßte kurz und ging durch das Tor in Richtung Heumarkt. Dort war einer der Gasthöfe, in dem sich die Zecher und Spieler zu später Stunde noch trafen.

Als er die Tür öffnete, erblickte er sogleich seine Kumpane, die genau wie er es nicht lange ohne Würfel aushalten konnten. Die

Männer begrüßten ihn kurz; einer sagte: »Komm, Hannes, setz dich, hier ist noch ein Platz frei.« Das beliebteste Spiel war Tricktrack, auch Puff genannt, ein weitverbreitetes Würfelbrettspiel. Offiziell verbot es die Kirche, aber das schien niemanden zu stören. Hannes legte seinen prall gefüllten Geldbeutel auf den Tisch: »Das Glück will herzhaft angesprengt und nicht gefürchtet sein, es gehört dem Kühnen«, rief er seinen Mitspielern zu. Die Männer, die hier saßen, spielten nicht wie viele an anderen Tischen um Nüsse, Äpfel oder Kastanien, nein, hier ging es um richtig viel Geld.

Es dauerte nicht lange und die Spielsucht nahm von Hannes Besitz. Er trank viel Wein, würfelte, setzte, trank erneut, und manchmal gewann er – doch nach vier Stunden stand er vor dem Ruin. »Mir ist der Teufel in die Würfel gefahren«, sagte er mit Schweißperlen auf der Stirn. Seine erhoffte Glückssträhne war ausgeblieben, das Glück hatte ihn verlassen. Stark betrunken zahlte er mit dem letzten Geld seine Zeche und verließ den Gasthof. Die Geldkatze war leer. Er hatte nicht nur sein gesamtes Geld verspielt, nein, auch das, was ihm gar nicht gehörte. Geplagt von Selbstvorwürfen schwankte er nach Hause. »Ich bin an allem schuld, ich bin ein Hundsfott! Ich habe mich an Geld bereichert, das mir nicht gehörte; ich habe die Frauen zu den Mönchen gebracht – nur wegen des Geldes. Ich trage die Schuld daran, dass Sieglinde verstorben ist, und auch daran, dass man die Frauen so gequält hat.«

Er erreichte das »Haus der kleinen Sünden«, ging aber nicht hinein, sondern schwankte in Richtung der Stallung, wo er sich ja ein kleines Weindepot angelegt hatte.

Mit der aufgehenden Sonne verließ Grimhild das Haus zum Rheinufer hin. Von dort aus ging sie in Richtung Bonn, um Ketlin aufzusuchen. Sie und ihre Freundinnen waren sich nicht ganz sicher, ob das restliche Gift noch reichen würde und ob es noch haltbar wäre. Oft verlor solch ein Teufelszeug nach einer gewissen Zeit die Wirkung, und das wäre für sie und Margarete verhängnisvoll gewesen. Sie und Margarete hofften, dass es nicht zum Beilager kommen würde, sondern dass die Mönche vorher das Zeitliche segnen würden.

Nach längerem Fußmarsch erreichte sie endlich die Kate. Ketlin war schon bei der Arbeit, sie schnitt verschiedene Kräuter mit einem Messer auf eine gewisse Länge zurecht. »Na, ist die Rattenplage wieder ausgebrochen?«, begrüßte sie Grimhild. »Ihr wisst also, warum ich erneut hier erscheine?« – »Natürlich, mein Kindchen, ich habe schon mit dir gerechnet. Zwei der Ratten sind ja noch übrig, und denen sollte man tunlichst die Möglichkeit nehmen, weitere Schandtaten zu verüben oder sich womöglich noch zu vermehren. Dadurch entstünden nur wiederum neue Rattennester. Weißt du, Gottes Natur hält so viele gute Kräuter bereit, die das Böse im Menschen tilgen können und auch sollten. Diese beiden Schwarzkittel sind schlimmer als die Pestilenz.« – »Du bezeichnest sie als Schwarzkittel? So nennt man doch die Wildschweine!« – »Und siehst du da einen Unterschied? Die einen wühlen mit ihren Nasen die Äcker auf und bringen den armen Bauern Unglück, die anderen stecken ihre Nasen auch überall hinein, in Dinge, die sie nichts angehen. Die einen suhlen sich in Schlammpfützen, die anderen suhlen sich in den Seelen der Mitmenschen. Beide treten in Horden auf – nur einen Unterschied gibt es: Die einen werden gejagt, die anderen sind selbst die Jäger!«

Grimhild traute ihren Ohren nicht, als sie hörte, was die Kräuterfrau da erzählte. »Du verlierst kein gutes Wort über die Mönche?« – »Wie auch? Hast du dir einmal genauer Gedanken darüber gemacht – ich meine, über unsere Kirche? Denke einmal an all die Kreuzzüge, alle im Namen Gottes – nein, im Namen der Kirche. Ich glaube nicht, dass man Gott dafür verantwortlich machen kann, dass Hunderttausende von Menschen in seinem Namen abgeschlachtet worden sind. Diese Darbietungen – man nennt sie auch Glaubenskriege – gingen immer von einem der Päpste aus, je nachdem, wer da gerade in Rom gesessen hat. Der Schlachtruf der Kreuzfahrer war ›Gott will es‹, aber erfunden hat das wiederum die Kirche. Und die Gegenseite – was macht die? Jetzt meine ich die Muselmanen. Sie erobern Spanien vom Süden her bis hin zu den Pyrenäen. Das findet dann im Namen Allahs statt. Danach kommt die Reconquista und erobert alles wieder im Namen Gottes zurück. Das ist das Spiel unserer Zeit.«

Grimhild zog den Mund zu schmalen Lippen zusammen: »Also, ganz unrecht hast du mit deinen Äußerungen nicht.« Ketlin band mit einer Schnur einen Strauß von Kräutern zusammen: »Und da wäre noch der Zölibat – das verstehe, wer will. Für mich sind das fremde Dörfer. Vergleiche das einmal mit einer bulligen Kuh, die auf einer saftigen, grünen Weide steht. Fünf Schritt weiter ein brünstiger Bulle, der die Kuh gerne bespringen möchte, es aber nicht kann, weil sich zwischen den beiden ein unüberwindbarer Zaun befindet. So ist das auch mit Pfarrern und Mönchen: Sie sehen hübsche Frauen in die Kirche kommen, um zu beten, aber sie dürfen nicht tun, was sie gerne möchten, weil die Kirche es ihnen verbietet. Es handelt sich doch hierbei um ein menschliches Verlangen – und von wem kommt das? Wer hat es uns gegeben? Der liebe Gott, er gab den Menschen doch die Gefühle, genauso wie die Lust und das Verlangen zwischen den Geschlechtern. Und was macht die Kirche? Sie nimmt es den Geistlichen wieder weg, verbietet es, aber wieder angeblich im Namen Gottes. Wer, bitte schön, soll das als gewöhnlicher Sterblicher verstehen? So – und wo endet so etwas? Männer, die ihre Gefühle nicht ausleben können, greifen dann zu solchen Mitteln. Sie lassen sich Hübschlerinnen kommen, um sich auf widernatürliche Weise an ihnen zu vergehen. Was glaubst du, was hinter diesen dicken Kirchen- und Klostermauern sonst noch so alles passiert, woran unsereiner nicht im Traum denken würde – verborgen im Dunkeln der Zellen?«, beendete Ketlin ihre kleine Geschichte.

Grimhild hatte ihre Worte aufgesogen wie ein Schwamm das Wasser. Ketlin ging in ihre Kate. Als sie zurückkam, hielt sie das verrufene Fläschchen in Händen. »Hier, es ist etwas kräftiger geworden. Es dürfte nicht all zu lange dauern, bis die Ratten ihre Glieder strecken und die Atmung einstellen. Die Hälfte für einen

Krug Wein ist allemal ausreichend.« Neugierig fragte Grimhild: »Woraus wird die Flüssigkeit denn hergestellt?« – »Ach, Kindchen, du willst meine Formel wissen? Ich werde dir einiges verraten, aber die genaue Zusammensetzung ist und bleibt mein Geheimnis. Man nehme Conium, das Schierlingskraut, aber noch besser ist der Wasserschierling, er ist noch tödlicher und verursacht Angstgefühle, Erbrechen, Krämpfe – schließlich tritt der Tod ein. Dann Hyoscyamus, hierbei handelt es sich um das Bilsenkraut, das auch gerne von Kräuterfrauen genommen wird, dazu ein wenig Nieswurz oder auch Alraunwurzeln, und noch ein Stück Plumbum, das unter dem Namen Blei bekannt ist. Eines der besten Mittel aber ist der Fingerhut, der Lähmungserscheinungen an Herz und Arterien verursacht. Der Saft der Pflanze haut den stärksten Schmied um. Und es gibt ja auch noch diese kleinen netten Pilze, die man im Herbst am Waldesrand findet. Ich hoffe, ich konnte deine Wissbegierde mit meinen Worten stillen. Das dürfte für eine Erklärung reichen, alles andere ist, wie schon gesagt, mein Geheimnis.« – »Also – vielen Dank, ich muss mich auf den Heimweg begeben.« Mit einem Lächeln rief Ketlin hinter Grimhild her: »Nicht gar so eilig – einen Moment können die Ratten noch warten!«

## 31

Als Grimhild im »Haus der kleinen Sünden« ankam, war es noch recht früh am Morgen. Die ersten Geräusche drangen durchs Haus. Reinhild kam ihr mit zwei Holzeimern entgegen; sie wollte im Hof Wasser holen: »Wo kommst du denn schon so früh her?« – »Auch dir einen guten Morgen! Ich konnte nicht schlafen, bin deshalb ein wenig spazieren gegangen«, war ihre Antwort. Sie ging an Reinhild vorbei direkt auf Margaretes Zimmer zu, klopfte kurz an und ging hinein.

Ihre Freundin saß auf der Bettkante. Neben ihr lag ihr Sohn, der noch schlief. »Du bist schon wieder zurück?«, fragte Margarete im Flüsterton, um den Kleinen nicht aufzuwecken. »Das ging ja wirklich schnell.« Grimhild griff unter ihre Gewandung und holte das Fläschchen hervor: »Meine Beine haben mich wie ein Wiesel getragen. Hier – wie beim letzten Mal, nur noch stärker, sagt Ketlin.« Margarete nahm das Teufelszeug entgegen: »Das ist schon ungeheuerlich, wenn man überlegt, was man da in den Händen hält. Ich trage irrwitzige Gedanken in mir – ein halbes Dorf könnte ich hiermit ins Jenseits befördern.« – »Es wird nicht mehr allzu lange dauern, und wir werden Gottes Vertreter auf Erden zu ihm schicken. Solche Kirchenmänner sind hier nicht vonnöten. Mittlerweile plagt mich auch kein schlechtes Gewissen mehr, denn es kann nicht in Gottes Sinne sein, dass diese beiden Mönche ihn hier auf Erden in so einer Form präsentieren!«, gab Grimhild eiskalt von sich und zog dabei die Schultern hoch. »Wir sollten noch unsere Agnes von unserem Vorhaben in Kenntnis setzen und …« – ein markerschütternder Schrei durchdrang das »Haus der kleinen Sünden«. »Was war das denn?«, rief Grimhild, und die beiden Freundinnen sprangen auf und eilten zur Türe. Margaretes Sohn schlief noch tief und fest.

Schnell eilten sie die Treppe hinunter und sahen Reinhild im Türrahmen stehen. »Wo sind ihre Eimer? Sie wollte doch Wasser holen«, dachte Grimhild. Reinhilds Gesicht sah aus wie eine frisch gekalkte Wand. Sie stotterte los: »Ich hatte die Eimer mit Wasser gefüllt und wollte noch nach dem Gaul sehen; da blickte ich kurz nach oben und entdeckte das Grauen. Der, der Hannes, im Stall, er baumelt am Deckenbalken. Er hat sich mit einem Strick erhängt.« Reinhild zitterte am gesamten Körper. »Komm, setz dich erst einmal. Wir müssen Hanna benachrichtigen«, sagte Grimhild.

Eine Gruppe von Frauen kam im Empfangsraum zusammen. Da es noch recht früh war, war noch kein Freier im Hause. Alle redeten wild durcheinander, bis endlich Hanna aus ihrer Wohnung kam. Schweigen stellte sich ein; die Hübschlerinnen sahen sie mit großen Augen an. Grimhild hatte ihr bereits mitgeteilt, dass sich ihr Mann im Stall erhängt hatte. Hanna wirkte äußerst ruhig und gefasst: »Also hat er seine Warnung in die Tat umgesetzt – ich wollte es nicht glauben. Lasst uns in die Stallung gehen.«

Hanna ging vorweg; die Frauen folgten ihr und sahen sich dabei fragend an. Sie hatten mit einer anderen Verhaltensweise ihrer Hurenmutter gerechnet. Kurze Zeit später standen sie alle im Stall und starrten zur Decke. Etwa zwei Schritt über dem Lehmboden baumelte ihr Mann an einem Deckenbalken. Entsetzen machte sich in den Augen der Frauen breit. Mit offenen Mündern starrten sie in den Giebel des Stalles: »Wir müssen ihn abschneiden, aber wir schaffen das nicht alleine. Wartet einen Moment, ich gehe Paule holen«, schlug Margarete vor und verschwand wie der Blitz.

Grimhild nahm Hanna in die Arme: »Es tut mir furchtbar leid«, sagte sie mit krächzender Stimme. Nun liefen auch Tränen aus Hannas Augen: »Er gab sich für alles die Schuld. Unsere Beziehung war schon seit Langem nicht mehr die beste. Wenn er glaubte, ich würde schlafen, schlich er sich des Öfteren noch einmal aus dem Haus. Er dachte, ich wüsste nichts davon, doch seine Trink- und Spielsucht hatten sich in bestimmten Kreisen herumgesprochen. Man trug es mir zu. Ich hoffte, er würde dem ein Ende bereiten, er tat es aber wohl nicht. Auch seine Idee, unsere Frauen zu den Dominikanern zu schicken, belastete ihn gewaltig. Als er mitbekam, wie die Mönche sie behandelt hatten, fühlte er sich ebenfalls schuldig. Am meisten aber beschäftigte ihn der Tod von Sieglinde, er mochte sie besonders gut leiden. Aber ihr kanntet ihn ja alle – er war kein Mann von großen Worten, ging lieber allen Gesprächen aus dem Weg. Hannes war ein Eigenbrötler, selbst mit mir, seiner Frau, kam es fast nie zu einem ernsthaften Gespräch. Sprach ich ihn auf seine Sucht an, wich er stets aus.«

Margarete kam mit Paule um die Ecke des Stalles. Der Schmied hielt ein Messer in seiner Rechten. Er sah sich kurz um, schätzte die Lage ab, ging zur Stallwand, an der eine Leiter hing, und stellte sie auf. Er reichte Grimhild das Messer: »Steig hinauf und schneid das Seil durch; pass aber auf – mein Messer ist verdammt scharf. Ich stelle mich unter ihn und versuche ihn aufzufangen. Ihr drei könnt mir dabei helfen«, sagte er und zeigte auf die Frauen, die er meinte. Grimhild sah Paule an: »Na gut«, sagte sie schüchtern und stieg die Leiter empor. Schnell hatte sie den Strick durchtrennt und der Hurenwirt fiel in die Tiefe, wo er von Paule und den Frauen aufgefangen wurde. Sie legten ihn auf den Lehmboden des Stalles. Es bildete sich ein Kreis um ihn. Ein blauer Ring hatte sich von dem Strick um seinen Hals abgezeichnet. Sein Gesicht sah entsetzlich verstellt aus, aufgequollen, rot angelaufen mit starrem Blick. Alle Frauen starrten auf den am Boden Liegenden. Einige stöhnten und gaben ihrem Mitgefühl freien Lauf, andere schlugen die Hände vors Gesicht und drehten sich zur Seite. Drei Frauen verließen abrupt den Stall. Hanna ging in die Hocke; sie streichelte ein letztes Mal sein Gesicht: »Warum hast du nur nicht mit mir geredet? Wir hätten das doch wieder in den Griff gekriegt.« Tränen tropften auf ihre Tunika. Hanna erhob sich und verließ den Stall. Die restlichen Frauen folgten ihr. »Reinhild, kannst du den Bestatter kommen lassen?« – »Ich gehe sofort«, sagte diese.

Einen Tag später wurde Hannes in ungeweihter Erde begraben. Ihn traf das gleiche Schicksal wie die Huren, die für ihn gearbeitet hatten, wie die Gaukler, die Bettler, Scharfrichter und Kerkerknechte – all die, die außerhalb der Gesellschaft standen. Für sie alle galt das Gleiche: Man begrub sie nicht auf den Friedhöfen, wo die anerkannten und edlen Bürger Colonias bestattet wurden.

Obwohl Hannes ein Außenstehender war, war er bekannt wie ein buntes Huhn, sodass ihm viele Menschen das letzte Geleit gaben. An die vierzig Personen folgten dem Sarg, den man durch das Südtor zum ungeweihten Friedhof trug. Ein Pfarrer war nach längerem Zureden bereit, am Grab einige Worte zu sprechen. Danach gab es einen kurzen Umtrunk im »Haus der kleinen Sünden«, dem aber mancher fernblieb, sodass Hanna und Paule der Schmied mit den Huren alleine waren.

Eine Überraschung hatte Hanna noch vorzuweisen, als sie aus ihrer Wohnung kam und eine hölzerne Truhe in ihren Händen hielt. »Das hier«, sagte sie, »dürfte mit einer der Gründe für seinen Selbstmord gewesen sein.« Sie stellte die Truhe auf den Tisch und hob den Deckel an: »Leer, leer bis zur Bodenplatte – wir sind auf den Hund gekommen. Hier müsste das Geld für die vier Mädchen liegen, die bei den Mönchen waren, und hier müsste das Geld für die Stadt drin liegen, um die Pacht für unser Haus zu begleichen. Wie ihr seht, ist die Truhe leer. Ich vermute, dass Hannes das gesamte Vermögen verspielt hat, und ihr könnt es mir glauben, dass ich davon keinen Schimmer gehabt habe. Er hatte immer die geldlichen Angelegenheiten für uns geregelt. Ich – oder besser gesagt, wir alle hier – stehen vor dem Nichts. Wenn ich die Pacht nicht bezahlen kann, wird unser Haus von der Verwaltung geschlossen werden.« Hanna klemmte sich die Truhe unter den Arm und ging zurück in ihre Wohnung. Noch Stunden später drang ihr Schluchzen durch die Türe.

## 32

Sieben Frauen aus dem »Haus der kleinen Sünden« saßen oder standen dicht gedrängt in Margaretes engem Zimmer. Ihr kleiner Sohn spielte in einer Ecke wie häufig wieder mit seinen Ritterfiguren. In der rechten Hand hielt er ein Pferd, auf dem ein Ritter saß – in der linken den Gegenspieler, der auf den anderen zuritt. »Ich schlage dir den Helm vom Kopf, du Hundsfott!«, spielte er mit voller Überzeugung als angehender Ritter. – »Johannes!«, rief seine Mutter. »Das Wort mit dem Hund möchte ich von dir nicht mehr hören!«

Viele Stimmen lagen in der Luft, es war ein einziges Geplapper. Nach Hannas Entlarvungen machte sich unter den Frauen Angst um ihr Auskommen breit. Wie würde es in Zukunft weitergehen? Würden sie erneut auf der Straße landen und sich demütigen lassen müssen? »Wir sind doch hier immer gut behandelt worden, haben unser Geld bekommen, bis jetzt auf dieses eine Mal, wo Hannes es unterschlagen hat. Jede von uns denkt doch über das Aussteigen nach, wenn der Zeitpunkt gekommen ist, und jede hat sich doch etwas Geld zurückgelegt. Wäre es nicht an der Zeit, davon etwas zu opfern? Wir könnten zusammenlegen und die Pacht an die Stadt bezahlen; so wären wir auf der sicheren Seite, würden Hanna helfen und könnten weiter unserer Arbeit nachgehen«, schlug Margarete vor, die sich in letzter Zeit ein wenig als ihre Anführerin herauskristallisiert hat. Schweigen verbreitete sich, die Frauen dachten über Margaretes Worte nach. Theresa ging zum kleinen Fenster, von wo aus sie einen kurzen Blick auf das Osttor der Stadt Colonia warf, durch das gerade unzählige Händler, Kaufleute und Bettler gingen, und drehte sich wieder um: »Das könnten wir machen – doch wer ersetzt Hannes' Aufgaben? Was ist, wenn ein Freier vergisst, sich zu benehmen, wenn er betrunken ist und uns zu nahe tritt? Wer schützt uns vor solchen Angriffen? Es wäre trotz alledem vonnöten, einen Mann im Hause zu haben, der in Notfällen eingreifen kann.« – »Der Weiberwirt ist ja kein schlecht bezahlter Beruf; ich denke, dass er mehr verdient als ein Handwerksgeselle. Wir sollten uns nach so einem Kerl umsehen, nicht zu alt und unverheiratet, sonst gibt es nur Unannehmlichkeiten«, meinte Reinhild. »Und ich würde vorschlagen, dass in Zukunft Hanna die Geldgeschäfte erledigt, nicht dass der Neue genau wie Hannes in Versuchung gerät«, warf Grimhild laut und deutlich in den Raum. Die Frauen nickten zustimmend.

Margarete trug sich mit einem Gedanken herum, den sie aber noch nicht preisgab: Vielleicht könnte ja ihr Paule einspringen. So wäre sie immer in seiner Nähe. Doch wie würde er reagieren, wenn sie mit anderen Männern ins Bett ginge? Schließlich müsste sie ja ihr Geld verdienen. Wie lange würde das gut gehen? Und was wäre mit ihr selbst? Könnte und wollte sie dann überhaupt noch das Lager mit anderen Freiern teilen? Da sie ihren Paule liebte, fiel es ihr jetzt schon schwer, mit jemand anders ins Bett zu steigen. Und was wäre mit Paules Schmiede? Margarete hatte schon in letzter Zeit bemerkt, dass sie das Private von dem Beruflichen nicht mehr richtig trennen konnte. Zu viele Gefühle hatten sich in ihr ausgetobt, sodass sie immer häufiger darüber nachdachte auszusteigen, um nur noch mit ihrem Paule zusammenzuleben.

Sie hatte sich so sehr in ihren Gedanken vertieft, dass sie förmlich aufgeweckt wurde, als Theresa sagte: »Gut, ich frage Hanna, wie viel Geld sie benötigt, um die Unkosten für unser Haus zu bezahlen; dann sammle ich von euch das Geld ein und gebe es ihr.« Alle anwesenden Hübschlerinnen bekundeten ihr Einverständnis.

Da die ersten Freier bald kommen würden, gingen die Frauen die Treppe hinunter zurück in den Empfangsraum, nur Grimhild und Agnes blieben noch einen Moment auf Margaretes Zimmer. Als die letzte der Frauen das Zimmer verlassen hatte, fragte Grimhild: »Was ist mit unserem Unterfangen im Dominikanerkloster? Bringt uns jemand dorthin, oder lassen wir unser Vorhaben jetzt fallen?« – »Auf gar keinen Fall. Überleg einmal, was die Männer uns angetan haben. Agnes wurde in Dortmund von ihrem Freund verprügelt, mich hat man zusammengeschlagen und du bist auf dem Hof deiner Eltern von dem Schultheißen geschändet worden und …« – »Grimhild geschändet, Grimhild geschändet!«, rief Johannes aus seiner Spielecke. – »Bist du jetzt ruhig!«, fuhr ihn Margarete an. »Ich glaube, wir müssen etwas vorsichtiger sein, er schnappt jetzt vieles auf. Um auf das Thema zurückzukommen: Was die Mönche veranstaltet haben, das kommt ja auch noch dazu. Wir sollten uns beim besten Willen nicht alles von den Männern gefallen lassen. Sie glauben, sie könnten mit uns Frauen machen, was sie wollen, weil sie stärker sind als wir. Das, was wir tun können, werden wir auch tun! In unserer kleinen Welt sollten wir solche Machenschaften nicht zulassen.« – »Natürlich, du hast recht«, antwortete Grimhild.

## 33

Es war der Samstag gekommen, an dem Grimhild und Margarete aufbrechen wollten, um dem Kloster ihren besonderen Besuch abzustatten. Der Schmied war nach langen Verhandlungen mit Margarete in die Rolle des verstorbenen Hannes geschlüpft. Nach längerem Hin und Her konnte ihn Margarete von der Wichtigkeit dieses Unterfangens überzeugen. Gegen seinen Willen hatte er seine Hilfe zugesagt.

Paule stand mit dem Fuhrwerk bereit: »Habt ihr alles, was man so benötigt – ich meine Schweinedärme, Augenbinden und das kleine Fläschchen?« – »Die Därme werden wir wohl nicht benötigen, und das Fläschchen befindet sich unter meiner Gewandung«, gab Margarete zurück und stieg auf den Fahrerbock. Grimhild setzte sich neben sie, und sie brachen auf. Die Freundinnen blickten sich an, wobei ein ernsthaftes, verzweifeltes Lächeln in ihren Gesichtern stand. Was würde auf sie zukommen? Würde alles so funktionieren, wie sie es sich in ihren Plänen zurechtgelegt hatten? Spielten die beiden Mönche ihr Spiel mit? Es war ja nun nicht so leicht, zwei Vertreter Gottes so einfach um die Ecke zu bringen!

Paule war das alles nicht wirklich geheuer. Auf der einen Seite bewunderte er die beiden für das, was sie vorhatten, gleichzeitig verspürte er aber auch eine gewisse Angst. Es war die Ungewissheit, die ihn plagte, und die Angst um die Mädchen. Was wäre, wenn ihr Plan nicht funktionierte, wenn die Mönche anders reagierten, als es die Mädchen geplant hatten? Er trieb das Pferd an, starrte auf den Weg und versuchte dabei, seine Gedanken zu verdrängen.

»Und du glaubst, dass es schon Pilze gibt? Ist das nicht noch etwas zu früh im Jahr?«, fragte Kilians Frau ihren Mann. Der schüttelte den Kopf: »Ich denke, nicht. Ich werde sicherlich nicht so viele finden wie im Oktober, aber die, die jetzt schon dort stehen, schmecken vorzüglich.« Kilian war verantwortlich für den Klosterwald, wie ihn der Volksmund nannte, der sich bis zur Klostermauer des Dominikanerordens erstreckte. Innerhalb der Festungsmauer von Colonia hatte sich eine Pflanzen- und Tierwelt erhalten, wie man sie auch in den großen Waldgebieten außerhalb antreffen konnte. Kilian war schon seit einigen Jahren damit beschäftigt, Bäume und Sträucher zu schneiden, Brennholz zu schlagen und den einen Weg, der zur

Klosterpforte führt, instand zu halten. Fast täglich war er in seinem Wald, wie er ihn nannte, unterwegs, und daher wusste er, wo er die schmackhaften Pilze finden würde. Er bevorzugte die Birken- und Steinpilze, aber auch den Hallimasch und andere essbare Pilze nahm er mit.

Von seinem Haus aus waren es nur zehn Minuten, bis er das Waldstück erreicht hatte. Hinter seinem Gürtel steckte ein Messer und an seinem Arm baumelte der Weidenkorb, den er zum Pilzesammeln benötigte. Er kannte fast jeden Baum; besonders mochte er die mehrere Hundert Jahre alten Buchen und Eichen, die am Rand des Waldes standen und eine Art Eingang bildeten. Besonders liebte er aber ihre Früchte, die er gerne weiterverarbeitete. Zwischen zwei Buchen betrat er einen schmalen Trampelpfad, der in den Wald hineinführte, und folgte ihm. Er suchte den Waldboden nach Pilzen ab. Wo welche Pilze standen, hing auch von den Bäumen ab, unter denen er sich umsah. Oft hielt er Ausschau nach abgestorbenen und vermoderten Bäumen, die man Totholz nannte. So manches Mal wurde er dort schon fündig. Mit ein bisschen Glück würde es für ihn und seine Frau für ein reichhaltiges Abendessen reichen. Als er die ersten Pilze entdeckte, zog er sein Messer und schnitt sie kurz über dem Waldboden ab.

Schon nach einer halben Stunde war sein Korb zur Hälfte gefüllt. Da vernahm er auf einmal ein Geräusch. Er ging aus der Hocke hoch und lauschte angespannt. Es hörte sich an wie ein Fuhrwerk, das den Weg zur Klosterpforte nahm. Ungefähr zehn Schritt vor ihm führte der Weg entlang, direkt zur Mauer, wo sich auch die Türe befand. Oft diente der Weg als Zufahrt für die Bauern aus der Umgebung, wenn sie die Mönche mit Gemüse und Obst belieferten. Die Mönche versorgten sich zwar weitgehend selbst, aber nicht alles wuchs in ihren Gärten. Ihre Nebenbuhler, die Zisterzienser, waren da schon weiter. Sie pflanzten beinahe alles in ihren Klostergärten an und hatten darüber hinaus auch noch große Fischteiche angelegt. Gar nicht so weit von Colonia entfernt, im Dhünntal, war vor Jahren eine ihrer Zentralen entstanden, der Altenberger Dom.

Plötzlich sah Kilian den Wagen, auf dessen Bock zwei Frauen und ein Mann saßen. Vor dem Tor hielt der Mann den Wagen an und alle drei stiegen herunter. Kilian erkannte die leicht im Wind flatternden gelben Bänder an den Gewandungen der Frauen. Er nahm noch wahr, dass sie sich schwarze Tücher vor die Augen banden. Der Mann klopfte mehrere Male kräftig mit seinen Fingerknochen gegen die massive Holztür. »Was spielt sich denn hier ab?«, dachte Kilian. »Eine Hurenlieferung an das Kloster!«

## 34

»Und seid um Gottes willen vorsichtig – geht ja kein Risiko ein!«, sagte Paule zu den beiden Frauen. Plötzlich wurde die Tür mit einem quietschenden Geräusch geöffnet. Ein Mönchlein stand vor ihnen. »Wie mit Hannes besprochen – hier ist Eure Lieferung«, sagte Paule. Der Mönch war äußerst vorsichtig: »Ich kenne Euch nicht, wer seid Ihr?« – »Hannes' Vertreter; leider liegt er mit Hitze im Bett. Ich bin in alles eingeweiht. Ich bringe Euch zwei neue Frauen, natürlich mit verbundenen Augen, um unseren mündlichen Vertrag einzuhalten. Das hier sind Margarete und Grimhild«, und er zeigte auf die Frauen. Das Mönchlein nickte: »Gut. In einer Stunde könnt Ihr sie hier am Tor wieder in Empfang nehmen.«

Er nahm Grimhilds Hand, die ihrerseits Margarete an der Hand hielt, und sie betraten gemeinsam den Gang, der ins Kloster führte. »Einen Moment, bitte«, sagte das Mönchlein, ging ein paar Schritte zurück und schloss die Türe. Mit äußerster Vorsicht schob Margarete sich kurz die Augenbinde hoch, um einen Überblick zu gewinnen. Schließlich mussten sie den Weg ja wieder zurückfinden. Der Mönch ging voran und hatte dabei den Blick nach vorne gerichtet. Eilig flogen Margaretes Blicke durch den schwach beleuchteten Gang. Nur wenige Fackeln steckten in Wandhalterungen und spendeten etwas Licht. Ein modriger Geruch von Feuchtigkeit stieg ihr dabei in die Nase; der mit Steinen gepflasterte Boden kam ihr etwas glitschig vor. Am Ende des Ganges nahm sie eine weitere Türe wahr. Jetzt war es an der Zeit, die Binde wieder über die Augen zu schieben. Das Mönchlein führte die beiden Frauen durch die Türe. »Moment, bitte«, sagte er und schloss auch diese. Dann schritt er erneut voran.

Paule hatte es sich auf dem Fahrerbock bequem gemacht. Er lag auf dem Rücken, kaute auf einem Grashalm und starrte in die Kronen der Bäume. Unter seinem Kopf befand sich ein aufgerolltes Schafsfell. Eine Menge Laub lag schon auf dem Waldboden verteilt, sodass das Laubdach ziemlich durchlässig wirkte. Das Blau des Himmels schien hindurch, und am Firmament nahm Paule einen Bussard wahr, der sein gewohntes »piu-piu!« ausstieß. Gedanken schossen wie Blitze durch den Kopf. Er lag scheinbar ganz entspannt auf dem Bock, aber das entsprach nicht der Wirklichkeit. Immer wieder musste er an die Frauen denken, die sich gerade in der Höhle des Löwen befanden. Was wäre, wenn ihr Plan nicht so gelingen sollte, wie sie es im Vorhinein geplant hatten? War das mutig, was die Frauen vorhatten, oder doch eher leichtsinnig? Paule wurde von Unruhe ergriffen. Er erhob sich, stützte den Kopf in die Hände und grübelte weiter. Mit Bewunderung dachte er an seine Margarete. Als gäbe es nichts Leichteres, marschierte sie mit Grimhild in das Kloster, um zwei Mönche zu beseitigen. Ihr Gerechtigkeitssinn ließ für sie kein anderes Handeln zu – diese Männer sollten ihre gerechte Strafe erhalten. Zu viel Unrecht hatten sie bereits angerichtet, und schließlich waren sie selbst Mörder – dabei flogen seine Gedanken zu Sieglinde, die nun vor der Stadt unter der Erde lag. Ein viel zu kurzes Leben, dank der Mönche! Paule drehte den Kopf und blickte in den Wald. Er hatte ein Geräusch wie von brechenden Zweigen wahrgenommen. »Das war wohl nur ein Tier«, dachte er, legte sich erneut auf den Rücken und wartete.

Im dritten Raum angekommen, verschob Margarete abermals ihre Augenbinde. Wo waren sie hier? Sie gingen langsam durch einen mit weißer Farbe getünchten Raum. An einer Wand stand ein großer Tisch, auf dem sich verschiedene Kandelaber befanden, daneben eine mit weißen und gelben Kerzen gefüllte Holzkiste. An Haken in den Wänden hingen verblichene Mönchskutten. Befanden sie sich hier in einer Sakristei? Dass es so einen Raum in den Kirchen gab, wusste sie, aber gab es so etwas auch in Klöstern? Sie entdeckte in einem Wandregal verschiedene goldglänzende Monstranzen mit kleinen Sichtfenstern, hinter denen etwas verborgen lag – heilige Reliquien? Besonders gut kannte sie sich mit den christlichen Gepflogenheiten nicht aus; als Hübschlerin vertrat sie doch andere Ansichten als die Strenggläubigen.

Als sie erneut eine Türe erblickte, schob sie blitzschnell die Binde über die Augen zurück. Nach einigen weiteren Schritten erreichten sie die Zelle des Abtes Niklas, dessen Namen sie von Ketlin, der Kräuterfrau, erfahren hatten. Eine weitere Stimme erklang: »Oh, welche Ehre! Zwei bezaubernde Damen statten uns ihren Besuch ab.« Da war sie wieder, die gefürchtete Freundlichkeit, vor der Theresa sie gewarnt hatte. Margarete nahm ein Stühlerücken wahr, anschließend das Verschieben irgendwelcher Becher oder auch Krüge. »So setzt Euch doch! Direkt hinter Euch stehen Stühle. Wir wollen ein wenig plaudern und etwas Wein trinken«, sagte der Abt zuvorkommend. Doch Margarete war eine Hübschlerin; auch sie konnte ihr zweites Gesicht zeigen. Wenn sie mit ihren Freiern – außer mit Paule – im Bette lag, war das Verstellen an der Tagesordnung. Nichts fiel ihr leichter, als irgendwelche falschen Gefühle vorzutäuschen. »Das ist sehr aufmerksam von Euch, edler Herr«, antwortete sie mit einem Lächeln. Nun kam der entscheidende Schritt ihres Besuches. »Doch darf ich eine Bitte äußern, edler Herr?« Margarete stieß kurz mit dem Knie an das Bein der neben ihr sitzenden Grimhild. Jetzt wurde es spannend, alles hing von den nächsten Minuten ab. Würde der Mönch auf ihre Wünsche eingehen? Margarete merkte, wie sie anfing zu schwitzen. »Oh, lieber Gott, hilf mir«, dachte sie, »meine Güte, ich will zwei Vertreter Gottes umbringen und bitte ihn dabei auch noch um Hilfe!« – »Was habt Ihr denn auf dem Herzen?«, fragte der

Abt. – »Herr, wäre es möglich, dass Ihr uns lieber Bier besorgt? Meine Freundin und ich haben so unsere Schwierigkeiten mit dem Wein. Grimhilde bekommt schon nach einem halben Becher furchtbare Kopfschmerzen, und ich kann bei Gott die Säure des Weines nicht vertragen. Ich muss vom Wein ständig aufstoßen. Das erzeugt einen recht üblen, säuerlichen Geschmack im Munde.« Margarete lachte: »Ihr wollt doch sicher zwei lebhafte Frauen an Eurer Seite haben. Ich an meiner Stelle kann behaupten, dass schon ein paar Becher Bier mich zur Wildkatze machen, ja, sie machen mich hemmungslos!«

Nun musste auch der Abt lachen: »Edle Dame, wir sind hier in einem Klo…« Brühheiß fiel ihm im selben Moment ein, dass er fast einen Fehler begangen hätte. »Ich meine, wir sind hier in einem edlen Hause, da wird sich mit Sicherheit ein Krug Bier auftreiben lassen – und nichts spricht dagegen, gleich eine Wildkatze zu besitzen.« Am Geräusch des rückenden Stuhles erkannte Margarete, dass sich der Abt erhob. »Ich sehe einmal nach, was ich für die Damen tun kann«, sagte er, und man hörte die Türe ins Schloss fallen. Jetzt kam Margaretes Auftritt. Erneut stieß sie Grimhild leicht mit dem Knie. Diese erhob sich sofort und sprach den Mönch an: »Edler Herr, wo seid Ihr? Nehmt bitte meine Hand.« – »Hier Gnädigste. Was kann ich für Euch tun?« – »Wo befindet sich denn eine Wand für mein kleines Spiel?« – »Oh, ein paar Schritte vor Euch. Kommt, ich führe Euch.« Grimhild stützte sich mit den Händen an der Wand ab und musste so den Rücken Margarete und dem Mönch zuwenden. Jetzt kam das verabredete Zeichen – die Worte, die Grimhild zu dem Mönchlein sprach: »Seid Ihr so frei, mir die Bebänderung meines Gewandes auf dem Rücken zu öffnen? Dann dauert es nachher nicht ganz so lange.« – »Das mache ich doch gern!«, war die Antwort des Mönchs, der es kaum noch abwarten konnte. Was er aber nicht wusste, war, dass Margarete die Bänder des Kleides vorher verknotet hatte, sodass es nicht so einfach werden würde, sie zu öffnen. »Es ist alles ein wenig umständlich, aber Ihr macht das schon ganz gut«, sagte Grimhild und gab dabei ein leichtes

Stöhnen von sich, so als könnte sie es kaum erwarten, endlich besprungen zu werden. Ihr Stöhnen war ein weiteres Zeichen, das die Frauen verabredet hatten.

Margarete schob die Augenbinde hoch, sah sich kurz im Raum um und erkannte sogleich, dass sie sich in einer der Mönchszellen befanden. Durch ein kleines Fenster schien etwas Licht in den rustikalen Raum. Mit zwei Liegen, dem Tisch und vier Stühlen war der Raum spartanisch eingerichtet. Auf einem Brett an der Wand brannten zwei Kerzen, deren Ruß zur Zellendecke aufstieg. Über der Tür hing das Kreuz mit dem Herrn.

Schon hielt Margarete das Fläschchen in der Hand, ließ dabei aber das Mönchlein nicht aus den Augen. Mit flinker Handbewegung schüttete sie den halben Inhalt in den Weinkrug, der vor ihr stand, und ließ die Flasche mit dem Rest unter ihrer Gewandung verschwinden, und das tat sie keinen Moment zu früh, denn schon kam der Abt mit einem Krug Bier in seinen Händen zurück. Im selben Augenblick hatte sie die Binde wieder über die Augen geschoben.

»Euer Wunsch geht in Erfüllung – ich habe für die Damen einen frisch gefüllten Krug Bier mitgebracht. Ich schenke gleich ein, damit wir so langsam zur Sache kommen können.« Margarete hörte, wie das Bier in die Becher lief. »An und für sich könnte ich auch etwas Bier trinken«, meinte der Abt. Margaretes Mund wurde staubtrocken. Damit hatte sie nicht gerechnet. Rasend schnell schossen ihr die Gedanken durch den Kopf. Nur das nicht – er durfte auf keinen Fall das Bier trinken, sonst wäre alles umsonst gewesen. Doch die Hübschlerin war durchtrieben bis zum Grund ihrer Seele. Sie griff über den Tisch: »Gebt mir Eure Hand, edler Herr.« Der Abt sah sie an und reichte ihr beide Hände. Mit Zärtlichkeit und einer gewissen Gerissenheit streichelte sie die sich schwammig anfühlenden Hände des Abts: »Wenn wir hier gleich zur Sache kommen, wäre es für mich angenehmer, wenn Ihr nicht das geheime Gemach aufsuchen müsstet. Ihr wisst ja selbst, wie Bier einen Mann zum Laufen zwingt«, hauchte sie. – »Lasst uns anstoßen – ich bleibe beim Wein!«, sagte der Abt und schob

Margarete den Bierbecher in die Hand. Sie führte ihn an den Mund, roch kurz an der Flüssigkeit, und als sie den Geruch des Bieres erkannte, trank sie einen kräftigen Schluck, denn durch die ganze Aufregung hatte sie tatsächlich Durst bekommen. Dabei vernahm sie die Schluckgeräusche des Abtes.

»Ganz schön verknotet, Euer Gewand«, sagte das andere Mönchlein, das nun auch seinen Becher aufnahm und einen kräftigen Schluck trank. Er schnalzte mit der Zunge: »Schmeckt ein wenig bitterer als sonst«, gab er beiläufig von sich. »Endlich habe ich es geschafft! Kommt, edle Dame, ich führe Euch zur Liege.« Das Mönchlein nahm Grimhilds Hand und führte sie an den Ort, wo er vorhatte, sie zu lieben. »Heilige Maria Magdalena! Wann fängt das Zeug endlich an zu wirken?«, dachte Margarete und hob erneut ihren Becher. »Zum Wohl, die Herren, und auf unsere Gesundheit!« Welch Ironie, dachte sie. – »Irg…, irg…, irgendetwas stimmt hier nicht«, keuchte der Abt. – »Ist Euch nicht wohl?«, fragte Margarete, die wusste, dass es jetzt sehr schnell gehen würde. Sie vernahm ein lautes Stöhnen, und auch das Mönchlein stimmte mit ein. Margaretes Verhaltensweise war so kalt wie das Wasser eines eisigen Gebirgsbaches, als sie ihre Binde abnahm und dem Abt in die Augen blickte, der schwankend an der anderen Seite des Tisches mit aufgerissenem Mund vor ihr auf dem Stuhl saß. Krampfhaft versuchte er, etwas zu sagen, doch außer Speichel und einem Blubbern kam nichts aus seinem Munde. Mit den Händen hielt er sich an der Tischplatte fest. Das andere Mönchlein war schon von der Kante des Bettes gekippt, auf dem er Grimhild gerade hatte herannehmen wollen. Stöhnend lag er auf der Seite; seine Hand versuchte, sich in den kalten Zellenboden zu krallen. Seine Beine traten vor Schmerzen ins Nichts.

Margarete erhob sich: »Sprechen könnt Ihr nicht mehr, aber zuhören, was ich Euch noch zu sagen habe. Wie viele Frauen habt Ihr geschändet? So etwas spricht sich schnell herum. Eine der letzten Frauen, die hier bei Euch waren, war eine unserer Freundinnen. Sie ist kurze Zeit später an Euren Misshandlungen gestorben! Wir durften sie in ungeweihter Erde vor den Toren Colonias begraben. Jetzt seid Ihr beide an der Reihe. Ich habe Euch Gift in den Wein gekippt, und das ist ganz gewiss tödlich.« Nun sackte auch der Abt mit weit aufgerissenen Augen vom Stuhl. Er musste dabei furchtbare Magenkrämpfe haben, denn er hielt sich beide Hände vor den Bauch. Aber Margarete war noch nicht fertig, obwohl Grimhild ihr ein Zeichen gab zu gehen. »Ihr beiden wollt Vertreter des Kreuzes sein? Gottes Jünger? Glaubtet Ihr, der Himmel stünde Euch offen? Nein, Ihr beiden, Ihr seid auf dem direkten Weg in die Hölle. Satan und seine Dämonen warten bereits auf Euch. Zum Glück sind nicht alle Mönche solche Ungeheuer wie Ihr!« – »Wir müssen hier schnellstens verschwinden«, sagte Grimhild ganz aufgeregt. Margarete ging kurz zu den beiden am Boden Liegenden und blickte ihnen ins Gesicht: »Es ist gleich vorbei; komm, Grimhild, wir verschwinden von hier.«

Vorsichtig nach allen Seiten lauschend, öffneten sie die Türe, die in die Sakristei führte: »Halt!«, sagte Margarete. »Unser Geld – oder glaubst du, ich mache so etwas umsonst? Warte hier, ich bin gleich wieder zurück.« Sie ging zurück in die Zelle und fand sehr schnell, wonach sie suchte. An der Kordel der Kutte des Abtes hing seine Geldkatze, deren sich Margarete mit gekonnten Finger annahm. Grimhild wartete und hüpfte von einem Bein auf das andere: »Du bist vielleicht unerschrocken!«, sagte sie, als Margarete zurück war. »Jetzt aber schnell raus hier!«

## 35

Paule war ein wenig eingenickt und erschrak, als die Pforte des Ganges von den Frauen zugeschlagen wurde. »Los«, sagte Grimhild, »schnell weg von hier!« – »Und – alles gut gelaufen?«, fragte er. Beide Frauen nickten gleichzeitig und sprangen auf den Fahrerbock; in den Händen hielten sie die Augenbinden. Paule trieb den Gaul an. »Alle Achtung! Ich kann euch beiden nur meine Bewunderung aussprechen.« – »Das war aber auch ein heißes Eisen

…«, stammelte Margarete und erzählte Paule von dem Erlebten. Aufmerksam hörte der Schmied zu, zumal seine Margarete ihm etwas von heißem Eisen erzählen wollte. Nachdem sie ihren Bericht abgeschlossen hatte, sagte Paule der Schmied: »Oh, Mädels, jetzt müssen wir höllisch aufpassen! Wenn das ruchbar wird, baumeln wir alle am Galgen und werden ein Festessen für die Raben. Wir sollten einen wasserfesten Plan schmieden. Wer weiß davon, was passiert ist? Oder wer könnte davon Wind bekommen? Die nächsten Wochen dürften da ausschlaggebend sein. Ich bin mir sicher, dass die Morde an den Mönchen in einigen Tagen zum Stadtgespräch werden. So etwas können die Brüder hinter ihren dicken Mauern nicht auf Dauer verheimlichen.«

Margarete und Grimhild, die neben ihm auf dem Fahrerbock saßen, schwiegen zunächst, bis Margarete sagte: »Deine Worte flößen mir Angst ein!« Paule sah sie an: »Angst ist das beste Mittel, um Vorsicht walten zu lassen, meine Liebe. Sie hat so etwas wie eine Schutzaufgabe.« – »Aber keiner außer uns weiß, dass wir im Kloster waren. Und die anderen Frauen in unserem Haus verlieren kein Wort darüber. Wie Agnes immer sagt: Wir sind die Teufelsweiber vom Rhein. Und Ketlin, die Kräuterfrau, ist verschwiegen wie ein Grab«, schaltete sich Grimhild in die Unterhaltung mit ein. – »Das ist alles richtig, was du sagst, Grimhild, doch solltet ihr befragt werden, müsst ihr wissen, was zu sagen ist. Ihr dürft euch in keinem Fall in Widersprüche verwickeln. Es geht hier um drei Morde, wenn wir Hildeger mitzählen, und bei Giftmorden denkt man immer zuerst an Frauen.« – »Und was, schlägst du vor, sollen wir jetzt deiner Meinung nach tun?«, fragte Margarete. – »Wer weiß im Einzelnen davon, was hier heute vorgefallen ist?«, fragte Paule die Frauen. – »Also wir vier, das sind Agnes, Grimhild, ich und du; aber Theresa, Reinhild, Hanna und die rote Edeltraud können sich die Wahrheit ausmalen, wenn der Mord an die Öffentlichkeit kommt«, gab Grimhild zur Antwort. – »Ich für meinen Teil stelle mich blind, ich weiß von nichts – bin nur der Fahrer. Agnes und ihr beiden solltet überlegen, welche Fragen man euch stellen könnte und was ihr antworten müsst –

falls ihr überhaupt in Verdacht geratet. Ihr solltet euch auf die Augenbinden berufen: Ihr hattet keine Ahnung, wo ihr wart und mit wem ihr im Bette gelegen habt. Das könnte man auf Hannes schieben, den man ja – Gott habe ihn selig – nicht mehr befragen kann. Aber ich denke, wir sollten zunächst einmal die nächsten Tage abwarten.«

Bruder Sebastian war der älteste Dominikanermönch im Kloster, und er wurde langsam unruhig: »Wo bleibt denn Vater Niklas? Auch Bruder Bartholomäus ist noch nicht aufgetaucht – die Messe fängt doch gleich an!« Er winkte einen Novizen zu sich heran: »Gerhard, geh und suche unseren Abt. Vielleicht ist er eingeschlafen, sieh in seiner Zelle nach – die Messe beginnt bald.« Gerhard war ein gelehriger, flinker Bursche und bei den Brüdern allseits beliebt. »Ich bin schon unterwegs, Bruder«, sagte er und verschwand im Laufschritt. Bruder Sebastian schüttelte den Kopf und lächelte, denn er mochte den Jungen sehr. Als er selbst noch jung war, war er ein ähnlicher Draufgänger wie der junge Novize.

Bruder Gerhard eilte durch die Klosterräume, bis er in den Gebäudeteil kam, wo sich etwas abseits der anderen Zellen die des Abts befand. Der Leiter des Klosters, Abt Niklas, hatte ein gewisses Sonderrecht, doch auch er pflegte das einfache Brauchtum der Schlichtheit. Bruder Gerhard klopfte an die Eingangstür des Abtes. Er wartete auf das »Herein!«, das aber nicht erfolgte; daher klopfte er erneut. Auch dieses Mal erhielt er keine Antwort. Er klopfte zum dritten Mal und rief dabei den Namen des Abts: »Bruder Niklas, seid Ihr da?« Als alles still blieb, öffnete er die Tür und betrat die Zelle. Er ging drei Schritt in den Raum hinein und blieb dort wie versteinert stehen. Der Abt lag in einer äußerst ungewöhnlichen Stellung auf dem Boden. Bruder Gerhard riss sich die Hände vors Gesicht. Vor dem Mund des Abtes hatte sich eine Pfütze gebildet. Es lag ein seltsamer Geruch im Raum. Bruder Bartholomäus lag mit dem Bauch auf dem Zellenboden vor der Schlafpritsche. Gerhards Blicke flogen durch den Raum. Er entdeckte zwei Krüge auf dem Tisch und vier Becher. Vorsichtig ging er auf den Abt zu und tastete am Hals nach seinem Puls. Aber da war nichts mehr zu fühlen.

Bruder Gerhard wusste, dass die beiden tot waren. Einen Moment verharrte er wie ein steinernes Standbild; seine Gedanken wirbelten ihm im Kopf umher. Was war hier vorgefallen? Zwei Krüge, vier Becher, aber nur zwei Tote – was für ein Rätsel tat sich hier auf? Er ging an den Tisch und roch an den Krügen. In dem einen befand sich das Dünnbier des Klosters, der andere roch nach Wein, hatte aber einen Nebengeruch, den Gerhard nicht bestimmen konnte.

Ihn holte die Realität wieder ein und riss ihn aus seinen Gedanken. Mit schnellen Schritten eilte er zurück, um die furchtbare Entdeckung seinen Brüdern mitzuteilen. Die Messe hatte noch nicht begonnen, als der Novize Gerhard in den Gebetssaal stürzte und keuchend vor Bruder Sebastian stehen blieb: »Tot, Bruder … der Abt und Bruder Bartholomäus liegen tot in der Zelle des Abts!«

## Das »Haus der kleinen Sünden« wird erpresst
## 36

Paule fuhr mit dem Wagen direkt zu den Stallungen und übergab das Pferd und den Wagen den Burschen, die dort arbeiteten. Agnes kam ihnen mit Margaretes Sohn an der Hand über den Hof entgegen. Voller Spannung hatte sie auf ihre Freunde gewartet, um zu erfahren, was sich ereignet hatte. Agnes fragte nur: »Und?« Grimhild ging zu ihr und flüsterte: »Alles erledigt, es wird keine weiteren gepeinigten Huren mehr geben. Der Teufel hat sie zu sich geholt, sie werden in der Hölle schmoren.«

Die drei Frauen und Paule gingen ins »Haus der kleinen Sünden«, wo sie den Empfangsraum betraten. Hanna stand hinter dem Tresen und warf ihnen einen fragenden Blick zu. Margarete nickte nur, Hanna atmete tief durch. Fünf weitere Frauen saßen mit ihren Freiern an den Tischen und tranken Wein; auch sie blickten auf die Ankömmlinge. Margarete wies mit dem Daumen nach oben. Alle wussten, was gemeint war, doch keine verlor ein Wort über den Vorfall. Wie hatte Agnes einmal gesagt? »Wir sind die Teufelsweiber vom Rhein.«

Kilian kaute auf den Pilzen, die er vorhin frisch gepflückt hatte. Seine Frau Regina pflegte sie immer mit Zwiebeln in Butter anzuschmoren. Dazu aßen sie einen Kanten Brot. Mit vollem Mund sprach er: »Was ich heute im Wald erlebt habe, glaubt mir kein Mensch.« Regina saß ihrem Mann gegenüber, und auch sie schob sich gerade einen Löffel Pilze in den Mund. Schmatzend fragte sie: »Hast du den Waldgeist getroffen?« – »Das nicht gerade, aber Waldhuren habe ich gesehen – Huren, die mit einem Fuhrwerk in den Wald gebracht wurden.« – »Was erzählst du denn da für einen Käse?« Kilian lachte, wobei ein kleines Stück Pilz aus seinem Mund über den Tisch flog. Er ergriff es und steckte es sich erneut in den Mund.

»Du kennst doch den Weg, der durch den Wald führt und an der Klostermauer endet. Ich habe gesehen, wie ein Mann mit einem Fuhrwerk zwei Hübschlerinnen zum hinteren Eingang des Klosters brachte. Die beiden stiegen vom Wagen, der Kutscher klopfte an die Pforte und ein Mönch öffnete die Türe und nahm die Frauen mit hinein. Ihr Fahrer wartete, und schon nach kurzer Zeit kamen sie wieder heraus, und er nahm er sie mit zurück in die Richtung, aus der sie gekommen waren.« Regina blickte ihren Mann an: »Woher weißt du denn, dass es Huren waren?« – »Na, ganz einfach – an ihren Gewandungen hingen gelbe Bänder.« Regina schüttelte den Kopf: »Was für eine Zusammenstellung: Mönche und Hurenweiber. Wenn das nicht nach einer faustdicken Schande aussieht!«

Die Mönche hatten den Hauptmann der Wache rufen lassen. Er stand mit zwei weiteren Bütteln in der Zelle des Abts, um Untersuchungen durchzuführen – doch wie sollte er vorgehen? Er ging umher, sah sich die beiden Toten an, kratzte sich am Kopf und sagte zu einem der Büttel: »Hol einen Medicus – ich weiß hier nicht weiter.« Einer der Büttel eilte los.

Im Gang vor der Zellentür hatten sich sämtliche Mönche des Klosters versammelt und sprachen wirr durcheinander. Viele der Brüder hatten Tränen in den Augen, die sie mit dem Ärmel ihrer Kutte abzuwischen versuchten. »Oh, Herr, wie soll es jetzt nur weitergehen?«, rief Bruder Sebastian. »Faltet eure Hände, meine Brüder, und lasset uns beten!«

Nach geraumer Zeit erschien der so sehnlich erwartete Medicus. Die Brüder bildeten eine Gasse, durch die er schritt, bis er in der Zelle des Abtes stand. Der Hauptmann begrüßte ihn kurz. Während sie sich die Hand gaben, flog der Blick des Medicus durch die Zelle und verweilte auf dem am Boden liegenden Abt. Anschließend blickte er kurz auf Bruder Bartholomäus. Gaffend reckten die Mönche ihre Köpfe durch die Zellentür, um auch ja alles mitzubekommen. »Könnt Ihr bitte die Türe schließen?«, sagte der Medicus zum Hauptmann. »Ich muss meine Gedanken sammeln.« – »Meine Herren Brüder, bitte, lasst uns einen Moment allein; der Medicus muss seine Untersuchungen durchführen und will nicht gestört werden.« Sachte schob er die Mönche auf den Flur und schloss die Türe.

Jetzt waren nur noch er, die beiden Büttel und der Mediziner in der Zelle. Der Medicus beugte sich hinab, um den Abt zu untersuchen, und ging anschließend zu Bruder Bartholomäus. Er schnupperte wie ein Hund an den Gesichtern der beiden Toten. Danach zog er die Augenlider auseinander und sah sich ihre Pupillen an. Er erhob sich und ging zum Tisch. Zunächst nahm er den Bierkrug in die Hand und roch daran. Danach ergriff er Margaretes Becher, in dem sich noch ein Rest befand, führte ihn an den Mund und nahm einen Schluck. Mit dem Mund machte er Bewegungen wie einer, der Weine kostet, und spuckte das Bier zurück. Staunend sah ihm der Hauptmann zu. Nun nahm er den Weinkrug, roch auch an ihm kräftig und stellte ihn zurück. Er blickte in den Becher des Abtes, der auch noch ein wenig Flüssigkeit enthielt, und nahm davon ebenfalls einen Schluck. Blitzschnell spie er den Wein in den Becher zurück. Daraufhin schnappte er sich erneut den Bierbecher, nahm einen Schluck, spülte den Mund aus und spuckte die Flüssigkeit auf den Boden der Zelle. Diesen Vorgang wiederholte er mehrere Male.

»Der Wein ist vergiftet, ich schmecke es heraus. Es ist der Bittergeschmack von Fingerhut; ich vermute aber, dass es sich um eine giftige Mischung handelt – weitere Giftsorten mit Fingerhut zusammengemischt, garantiert tödlich«, erklärte der Medicus. Der Hauptmann setzte sich an den Tisch und schob mit dem Arm die Becher und Krüge beiseite bis an die Wand. »Setzt Euch, Medicus. Vier Becher, aber nur zwei Tote – was schließen wir daraus?« – »Wir sollten Bruder Sebastian hinzubitten. Ich denke, dass er jetzt hier das Sagen hat, bis man einen Nachfolger für den Abt bestimmt hat.« Der Hauptmann gab einem der Büttel einen Wink. Dieser öffnete die Tür: »Bruder Sebastian, bitte!«, rief er.

Der Mönch betrat den Raum. »Setzt Euch einen Moment zu uns«, sagte der Hauptmann. »Wer ist hier für den Kräutergarten zuständig?« Der Mönch riss die Augen auf: »Ihr glaubt doch nicht etwa, dass einer unserer Brüder diese Morde begangen hat?« – »Ich glaube noch überhaupt nichts, ich versuche nur, Begebenheiten zu hinterfragen, also?« – »Das sind Bruder Eckhard und Bruder Alois, sie sind unsere Gärtner hier im Kloster. Sie kümmern sich um das Grünzeug.« – »Bittet sie herein«, gab der Hauptmann dem Büttel erneut einen Wink. Ein großer, hagerer Mönch betrat die Zelle, gefolgt von einem kleinen dicken. Ihre Haarkränze fassten die im Lichte glänzende Kopfhaut der Tonsuren wie ein Bilderrahmen ein. »Übernehmt Ihr das Fragen!«, sagte der Hauptmann zum Medicus. »Kräuter sind doch auch Euer Gebiet.«

Der Medicus räusperte sich kurz: »Meine Brüder, Ihr seid hier im Kloster für den Garten zuständig?« Die beiden Mönche nickten etwas verlegen. »Kennt Ihr den Fingerhut?« Beide nickten erneut. Der Medicus bohrte mit weiteren Fragen: »Wie viele giftige Pflanzen wachsen in Eurem Garten?« Bruder Eckhard sah den Medicus an. Er ahnte, in welche Richtung diese Unterhaltung führen würde, und richtete sich kerzengerade auf: »Überhaupt keine, mein Herr. Im gesamten Kräutergarten wächst nicht eine einzige giftige Pflanze. Ihr könnt Euch gerne selbst davon überzeugen.« Mit dieser Antwort hatten der Medicus wie auch der Hauptmann nicht gerechnet. Nun sahen sie sich ein wenig verwirrt an. »Gut – Ihr könnt wieder gehen«, ordnete der Hauptmann an, der sich nun erneut an Bruder Sebastian wandte. »Leben fremde Personen hier im Kloster oder übernachten welche hier? Ich meine Bauern oder Handwerker von außerhalb?« – »Nein, Herr, wir versorgen uns zum größten Teil selbst; nur wenige Dinge werden von außerhalb angeliefert – vielleicht zwei bis drei Mal im Monat.«

Der Hauptmann schien zu verzweifeln: »So ein Fall ist mir bis jetzt noch nie untergekommen. Holt Eure toten Brüder hier heraus und begrabt sie auf Eurem Kirchhof. Die Befragung ist vorerst beendet.« Die Mönche trugen die beiden Leichen aus der Zelle des Abts. Der Hauptmann legte die Stirn in Falten. Man sah ihm förmlich an, wie seine Gedanken hin und her wanderten: »Ja, lieber Medicus, wisst Ihr mehr als ich? Ich bin mit meinem Latein am Ende.«

# 37

Es dauerte drei weitere Tage, da war der Mord an den Mönchen das Stadtgespräch von Colonia. Auf den Marktplätzen, an den Verkaufsständen, in den Straßen und Gassen gab es kein anderes Thema mehr; alles sprach nur noch über die Morde im Dominikanerkloster. Auch alle Mitarbeiter im »Haus der kleinen Sünden« waren bestens unterrichtet. Die Frauen trugen ein Lächeln im Gesicht, doch keine verlor auch nur ein einziges Wort über den Vorgang. Sie stellten sich als eine Einheit dar, nur Theresa gab einen kurzen Kommentar von sich: »Manchmal trifft es halt doch die Richtigen.«

Paule hatte sich mit Hanna geeinigt. Er war jetzt der neue Hurenvater des Hauses, trat seine Arbeit aber erst am Nachmittag an. In den Vormittagsstunden war kaum etwas los, somit konnte er weiterhin seine Schmiede bis ungefähr zur Non betreiben, bevor er ins »Haus der kleinen Sünden« ging, um den Damen eine gewisse Sicherheit zu vermitteln. Mit betrunkenen oder streitsüchtigen Freiern machte er kurzen Prozess und setzte sie schleunigst vor die Türe.

Die nächsten Tage wurde viel über den Doppelmord geredet. Der Hauptmann der Wache, der für die Untersuchungen zuständig war, trat auf der Stelle. Es ergaben sich einfach keine neuen Anhaltspunkte, und so schloss er völlig überfordert den Fall. Doch so ganz sollten die Morde doch nicht im Sande verlaufen.

Als Kilian aus dem Wald nach Hause kam, wurde er bereits von seiner Frau Regina an der Eingangstür ihrer Kate erwartet. »Ich habe interessante Neuigkeiten für dich, die uns aus dieser Misslichkeit hier herausbringen können. Du solltest einmal auf mich hören, wenn ich dir erzähle, was ich heute erfahren habe.« – »Von welch einer Misslichkeit redest du?« – »Na, von hier, von uns. Mit den paar Kröten, die du jeden Monat mit nach Hause bringst, krebsen wir doch nur rum. Gut, es reicht so gerade fürs Essen, aber darüber hinaus können wir uns nichts erlauben. Komm erst einmal herein, dann erzähle ich dir etwas.«

Kilian betrat die Stube und schlug die Tür hinter sich zu. Regina setzte sich auf einen Schemel. »Du hast mir doch die Geschichte mit den beiden Huren erzählt, die du im Wald gesehen hast. Auch warst du der Meinung, dass sie kurze Zeit im Kloster waren, bevor sie es durch den Hinterausgang wieder verließen. Ich war heute auf dem Markt beim Garbräter und habe einen Fleischkloß gekauft. Und, was glaubst du, was der mir erzählt hat? Genau an dem Tag, an dem deine Huren im Kloster waren, sind ein Mönch mit Namen Bartholomäus sowie der Abt Niklas umgebracht worden. Und weißt du, womit? Mit Gift. Mit diesem verteufelten Gift morden fast ausschließlich Frauen. Wie gefällt dir die Geschichte? Das kann doch nicht alles purer Zufall sein!« – »Heiliger Strohsack! Du glaubst, die beiden Huren haben die Mönche umgebracht?« – »Genau das glaube ich, und wir beide sind die Einzigen, die es wissen. Mir steht der Sinn danach, dass wir das ausnützen sollten, um unsere klägliche Lage zu verbessern.«

»Wie stellst du dir das vor, Weib?« – »Ganz einfach. Du musst herausbekommen, woher die Huren stammen. Sie werden ja wohl irgendwo in einem der Kölner Hurenhäuser arbeiten, genau wie der Mann, der sie durch den Wald zum Hintereingang gefahren hat.« – »Da habe ich aber verdammt viel zu tun – und jede Menge Laufarbeit. Weißt du, wie viele Hurenhäuser es in Colonia gibt? Soll ich die alle abklappern?« Sein Weib lachte: »Du wirst es mir gleich sagen.« – »Nee, nee, ich war in keinem dieser Häuser, das käme mir nicht in den Sinn. Erstens habe ich dafür kein Geld und zweitens, würde es herauskommen, würdest du mir mein Fell glatt ziehen«, gab Kilian zurück. – »Überleg doch einmal. Wenn die Mönche sich Frauen kommen lassen, so doch mit Sicherheit etwas Edles, keine billigen Huren von der Straße. Hier in der Stadt gibt es nur ein Hurenhaus, wo wirklich hübsche Weiber arbeiten. Das ist das ›Haus der kleinen Sünden‹ am Osttor. Das darfst du für unseren Zweck als Erstes aufsuchen. Sollten sie dort nicht anzutreffen sein, siehst du dir halt die anderen an.«

»Und wenn ich sie gefunden habe, was mache ich dann?« – »Dazu kommen wir jetzt. Wir müssen wissen, was eine Hure so am Tag verdient, und rechnen das auf den Monat hoch. So erhalten wir eine ungefähre Summe, mit der wir sie erpressen können. Du sagst, entweder sie zahlt oder wir geben unser Wissen an den Hauptmann der Wache weiter. Sie wird dich anglotzen wie ein abgestochenes Ferkel. Die sind sich doch so sicher – keiner von ihnen weiß, dass es Zeugen gibt.« – »Die Summe musst du aber ausrechnen, so etwas kann ich nicht«, sagte Kilian. – »Du nimmst ein paar Pfennige und fragst eine Hure aus einem anderen Haus, dann schlagen wir noch etwas obendrauf, denn dieses Weib wird, so glaube ich, weniger verdienen als eine Edelhure. Das rechnen wir mal dreißig Tage, und damit haben wir den Monatsverdienst. Vielleicht nehmen wir auch noch ein wenig mehr.« – »Du musst die Sonntage aber abrechnen, da sind die Hurenhäuser geschlossen, genau so in den Nächten davor.« Regina riss die Augen weit auf: »Woher weißt du das denn?« – »Och, das hat mir mal einer erzählt; das ist schon etwas länger her.« – »Wehe, du betrügst mich! Du weißt doch sicher, dass verheiratete Männer das Hurenhaus nur zum Trinken besuchen dürfen. Die Kirche hält schützend die Hand über Ehemänner. Sollte eine Hure trotzdem den Rock für ihn heben, wirft der Weiberwirt sie auf die Straße, dazu ist er verpflichtet.« – »Ich bin ja mit dir verheiratet. Wie soll ich denn jetzt herausbekommen, wie viel eine Hure am Tag verdient, wenn ich das Hurenhaus nicht betreten darf?« – »Mann, wo hast du nur deinen Verstand! Du gehst hinein, spendierst ein paar Biere und unterhältst dich mit einer. Sie soll dir mitteilen, was sie für ein Liebesabenteuer nimmt, dann sagst du, dass du im Moment keine Zeit mehr hättest, aber später wiederkämest. So einfach geht das.«

## 38

Am kommenden Samstag steckte sich Kilian ein paar Kölner Pfennige in seine Geldkatze und machte sich auf, die beiden Huren und ihren Fahrer zu suchen. Wie seine Frau Regina es ihm vorgeschlagen hatte, wollte er im »Haus der kleinen Sünden« damit anfangen. So schlenderte er nach dem gemeinsamen Morgenmahl durch die Gassen von Colonia, bis er das Osttor erreicht hatte. Vor dem Tor am Rheinufer erkannte er das Hurenhaus, das äußerlich einen gepflegten Eindruck machte. Etwas unwohl war ihm schon – es war das erste Mal, dass er von seiner Frau einen solchen Auftrag erhalten hatte. Aber er gab ihr recht: Wenn die Huren zahlen würden, hätten seine Frau und er einen Batzen Geld im Beutel – was sie sich dann alles leisten könnten!

Er ging die paar Stufen hinauf und öffnete die Tür. Sein Blick schweifte durch den Empfangsraum, in dem sich einige Huren mit ihren Freiern aufhielten. Eine Frau sowie ein Mann standen hinter einem Tresen und waren beide mit kleineren Arbeiten beschäftigt. An den Wänden hingen die berühmt-berüchtigten Kerbhölzer der Huren. Langsam ging er weiter. Da flog sein Blick zurück zu dem Manne. »Ist das nicht der Kerl, der den Wagen gesteuert hat?«, dachte Kilian. »Das muss er sein! Gute Güte – heute ist mein Glückstag!« Eine gewisse Sicherheit machte sich in ihm breit, da er ja wusste, dass niemand ihn gesehen hatte, als er die Huren im Wald beobachtete. Keiner würde ihn kennen; er war so unbekümmert und frei wie ein Vogel.

Er ging an den Tresen und sprach die Frau an: »Ich hätte gerne einen Krug Bier und würde mich freuen, wenn eine der Damen mir etwas Gesellschaft leisten würde!« Die Frau nickte: »Paule, zapf dem Herrn bitte mal einen Krug Bier.« – »So«, dachte Kilian, »Paule heißt der Kerl also. Ich bin gerade ein paar Minuten lang hier und kenne bereits seinen Namen – welch ein Glückstag!« Die Frau sprach ihn an: »Nehmt Euer Bier und setzt Euch an einen der Tische. Dort könnt Ihr Euch eine der freien Damen aussuchen. Gerne leistet sie Euch Gesellschaft. Frei sind alle, die Ihr ohne Mann an ihrer Seite seht.«

Kilian nahm auf einem Schemel Platz, füllte seinen Becher und trank einen kräftigen Schluck von dem Bier, während er sich im Raum umsah. Zwei neue Freier betraten den Raum. An einem runden Tisch saßen zwei Frauen mit Männern und kicherten ständig. Es hinterließ den Eindruck, als ob einer der Männer lustige Possen erzählte. Plötzlich kam auf der langen Treppe, die aus dem oberen Stockwerk in den Empfangsraum führte, eine Dame herab, die Kilian aufschrecken ließ. Das war doch eine der Huren, die ins Kloster gebracht worden waren! Kilian erkannte sie sofort wieder. Er erhob sich, ging auf sie zu und sprach sie an: »Darf ich die edle Dame zu einem Bier einladen? Wie ist Euer Name?« – »Grimhild, der Herr. Ja, gerne trinke ich einen Becher mit Euch.« – »Ich sitze dort am Tisch. Folgt mir bitte, edle Frau.« – »Seid Ihr fremd in der Stadt?« – »Nein, nein, ich wohne am anderen Ende und wollte mich zur Feier des Tages ein wenig erfreuen, nette Menschen kennenlernen und einfach ein wenig Spaß haben.« – »Da seid Ihr hier genau richtig. Vom Feiern und von Freiern verstehen wir sehr viel.« Kilian lachte: »Das glaube ich gern.«

Ihm gefiel dieses Mädchen namens Grimhild vom ersten Moment an. »Was würde es mich denn kosten, mit Euch aufs Zimmer zu gehen?« – »Wenn Ihr etwas Besonderes von mir wollt, müsst Ihr fünf Kölner Pfennige hinlegen. Dann hätte ich etwa eine Stunde Zeit für Euch.« – »Mit den teuren Getränken zusammen wird das eine kostspielige Angelegenheit …«, sagte Kilian wie nebenbei. Grimhild ahnte schon, dass es hier und heute mit dem Herrn zu keinem Schäferstündchen kommen würde. Sie hatte genug Erfahrung gesammelt, um zu wissen, dass dieser Mann sich nur erkundigen wollte. »Es wird für Euch aber eine unvergessliche Stunde werden. In diesem Haus verstehen die Damen ihr Handwerk. Hier arbeitet keine, die Ihr auch an der Straßenecke antreffen könntet.« – »Das glaube ich Euch gern. Die Damen hier sehen alle sehr nett und gut gekleidet aus, eine ganz andere Erscheinung als die Hübschlerinnen in den Kölner Straßen.« Sie tranken und plauderten noch einen Moment, bis sich Kilian verabschiedete. Aber er versprach ihr, sie bald mit mehr Pfennigen in der Geldkatze erneut zu besuchen und dann zu ihrem und seinem Vergnügen länger zu bleiben.

»Und du bist wirklich nicht mit ihr ins Bett gestiegen?« Kilian schüttelte den Kopf: »Was glaubst du, Weib, was die dort für Preise haben! Nach einem Krug Bier war ich all mein Geld schon los. Aber ich habe ja in Erfahrung gebracht, was wir wissen wollten. Für einmal Liebemachen nehmen die unverschämte fünf Kölner Pfennige, das ist doch glatter Wucher!« – »Sei doch froh; so können wir auch mehr Geld von ihnen verlangen. Nun müssen wir nur noch einen Plan schmieden, wie wir weiter vorgehen.« Ihr Mann räusperte sich: »Aber mit dem Fahrer des Wagens lege ich mich nicht an. Der Kerl ist groß wie eine Eiche und sein Kreuz ist so breit wie sein eigenes Fuhrwerk. Mit dem ist bestimmt nicht gut Kirschen essen.«

»Das musst du auch nicht. Ich würde sagen, du gehst wieder zu dieser Grimhild, mit der du nun schon eine Verbindung aufgebaut hast. Geh mit ihr aufs Zimmer, auch wenn du bezahlen musst, und rede mit ihr – aber nur reden, hast du gehört? Du erzählst ihr kurz, dass du sie beobachtet hast, und dann forderst du das Schweigegeld. Gib ihr eine Woche Zeit, es zu besorgen; du würdest dich dann wieder bei ihr melden.« – »Beim heiligen Thomas von Aquin, du drängst mich da vielleicht in eine Lage hinein! Ob das alles wirklich gut geht?«

Kilian sah seine Frau an und dachte an die wirklich gut aussehende Grimhild. Einen Vergleich würde seine Frau in keiner Weise bestehen. »Es wird ja nicht unser Schaden sein«, sagte Regina. – »Und wie viel soll ich nun verlangen?« Regina überlegte, zog ihre Augenbrauen zusammen und meinte: »Dreihundert Groschen sollten es schon sein, wenn sie nicht am Galgen baumeln wollen.« Kilian gab einen kurzen Pfiff von sich: »Das ist ja eine Unsumme – wie soll sie das denn auftreiben?« – »Mein guter Mann, sie waren doch zu dritt; die können sich das doch aufteilen.« – »Aber die werden Angst haben, wenn sie die Summe tatsächlich bezahlen, dass wir neue Ansprüche stellen und sie erneut erpressen.« Nun wusste Regina nicht gleich eine Antwort: »Ach, Unsinn, so viel Vertrauen müssen sie schon haben! Aber wenn sie bezahlt haben, könnten wir auch einfach von hier verschwinden – das kannst du ihnen anbieten. Mit dem Geld lässt sich doch irgendwo am Rhein etwas Neues anfangen. Mich hält hier nicht viel in diesem Colonia.« – »Aber Weib, meine Arbeit!« – »Was wir dann in Händen halten, verdienst du in einem Jahr nicht – denk doch mal nach.«

Kilian hasste es, wie seine Frau ihn oft behandelte und bevormundete. Manchmal kam er sich vor wie ein dahergelaufener Straßenköter. Fehlte nur noch, dass sie »Platz!« oder »Sitz!« sagte. Das wenige Geld, das sie zu Verfügung hatten, brachte er mit nach Hause, wohingegen seine Alte nur herumsaß und dabei immer dicker wurde. Irgendetwas stimmte in ihrer Ehe nicht. Da Kilian nicht gerade mit Schlauheit gesegnet war, blieb ihm nicht viel anderes übrig als stets zu nicken, wenn seine Frau ihn zurechtwies.

## 39

Grimhild, Agnes und Margaretes kleiner Sohn Johannes waren aufgebrochen, um ins Wirtshaus zu gehen und Grimhilds und Agnes' Müttern einen Besuch abzustatten. Gerne nahmen sie Johannes mit, zumal Margarete vorhatte, mit ihrem Freund und Hurenwirt Paule ein Schäferstündchen einzulegen. Johannes quengelte schon eine Weile: »Ich habe Durst und Hunger!« – »Wir sind doch eben erst aufgebrochen. Wieso hast du denn schon wieder Hunger?«, fragte Agnes. Johannes zog die Schultern hoch: »Wenn mein Bauch doch Hunger hat!« – »Na gut, wenn wir bei meiner Mutter im Wirtshaus sind, bekommst du etwas zu essen und zu trinken«, sagte Agnes. Sie schlenderten über den Heumarkt und hatten das Wirtshaus bald erreicht.

Fünf Treppenstufen führten zum Eingang, der sich an der Querseite des Hauses befand. Da sie sich schon länger nicht mehr gesehen hatten, fiel die Begrüßung sehr herzlich aus, als die Töchter ihre Mütter drückten. »Schön, dass ihr uns auch mal wieder besuchen kommt!«, freute sich Agnes' Mutter. – »Unser kleiner Mann hier hat mal wieder ein Loch im Bauch; er verspürt großen Hunger und Durst. Ein Quälgeist ist das! Habt ihr was Warmes auf dem Herd stehen?«, wollte Agnes von ihrer Mutter wissen. – »Natürlich, und für den kleinen Johannes etwas ganz Leckeres: eine frische Gemüsesuppe. Davon wirst du groß und stark und bekommst Muskeln wie ein Ritter«, erklärte Grimhilds Mutter und fuhr fort: »Ihr könnt euch nach draußen setzen, es ist doch so ein herrlicher Tag heute. Ich glaube, der Herbst lässt noch einige Zeit auf sich warten, obwohl ja schon viele Blätter gelb sind und abfallen. Was möchtet ihr denn trinken?« Grimhild blickte sie mit großen Augen an: »Habt ihr schon Apfelsaft? Es ist doch jetzt die Zeit dafür.« – »Aber sicher, mein Kind, also drei Mal frischen Saft und eine Schale Gemüsesuppe. Geht auf die Terrasse; ich bringe es euch.«

Die drei gingen durch das Gasthaus nach hinten, wo Agnes die Tür zur Terrasse öffnete. Dort standen fünf Tische mit Stühlen. Noch saß kein Besucher hier draußen. Grimhild, Agnes und Johannes nahmen Platz. Mit den Ärmeln wischten sie ein paar herabgefallene Blätter vom Tisch. Johannes blies die Blätter einzeln auf dem Tisch vor sich her und hatte einen Riesenspaß daran, wie sie durch die Luft flogen und letztendlich auf dem Boden landeten.

Die Mütter von Grimhild und Agnes bereiteten in der Küche weitere Mahlzeiten vor. Bald würde sich das Gasthaus füllen. Es wurde häufig von Kölner Kaufleuten und Händlern aufgesucht, da es sich in diesen Kreisen als beliebter Treffpunkt herumgesprochen hatte. Die Bedienung übernahm ein weiterer Helfer. Es dauerte nicht lange, da brachte ihnen der junge Bursche den frisch gepressten Apfelsaft, über den sich Johannes sogleich hermachte. »Das ist gut für meinen leeren Magen«, sagte er und kreiste dabei mit der Hand über seinen Bauch.

Ein gut gekleideter Mann betrat die Terrasse und setzte sich ans andere Ende. Grimhild sah ihn kurz an – und im gleichen

Moment wich ihr jegliche Farbe aus dem Gesicht. Erneut blickte sie kurz hinüber und war sich ihrer Sache ganz sicher. Ihr Mund wurde trocken, ihr Puls raste. Sie drehte den Kopf zur Seite. »Agnes, dreh dich jetzt nicht nach dem Fremden um. Dieser Kerl, der gerade gekommen ist, das ist der Schultheiß, der mich damals auf unserem Bauernhof missbraucht und geschändet hat! Kannst du dich noch an meine Geschichte erinnern?« Agnes nickte; trotzdem drehte sie sich kurz um und sah sich den Fremden an. »Bist du dir ganz sicher?« – »So sicher, wie jede Seifenblase einmal platzen muss! In mir kocht die Wut hoch, gleichzeitig überkommt mich erneut die Angst. Was soll ich nur machen? Und was macht der Kerl hier in Colonia überhaupt?«

Agnes zuckte mit den Schultern: »Keine Ahnung – vielleicht arbeitet er jetzt hier in der Stadt.« – »Ich habe so lange darauf gewartet, mich an ihm zu rächen. Jetzt wäre der Zeitpunkt gekommen!« – »Aber was willst du machen?«, fragte Agnes. Ihre Freundin verzog das Gesicht zu einer Grimasse, doch bald darauf konnte man ihr förmlich ansehen, dass sie einen Einfall hatte. »Er darf mich auf keinen Fall sehen. Ich werde den Gasthof jetzt verlassen, in unser Haus zurückgehen und das restliche Gift aus Margaretes Zimmer holen. Ich hoffe, dass er noch hier ist, wenn ich wiederkomme.« Agnes erschrak: »Du willst ihn hier …?« Dabei fuhr sie sich mit der Handkante am Hals entlang. – »Hier fällt es am wenigsten auf. Eine muss ihn vom Tisch weglocken, die andere blitzschnell ein paar Tropfen in sein Getränk schütten. Wir zahlen anschließend und gehen. So einfach ist das! – Ich verschwinde jetzt, aber ich sage vorher meiner Mutter Bescheid, dass sie sich hier nicht blicken lässt. Sie kennt den Schmutzbuckel gut, er hat sie ja in den Schandkorb stecken lassen – sie und meinen verstorbenen Vater.«

Grimhild stand auf, zog sich die Kapuze ihrer Heuke tief ins Gesicht und verließ die Terrasse. Schnell ging sie zur Küche und berichtete ihrer Mutter von dem neuen Gast. »Bist du dir ganz sicher?« – »Schaue ihn dir von der Seite an, dann wirst du ihn wiedererkennen.« Unverzüglich eilte sie zurück ins »Haus der kleinen Sünden«. Sie wusste, dass Margarete mit Paule auf dem Zimmer waren, aber darauf konnte sie jetzt keine Rücksicht nehmen. Grimhild klopfte kurz an und öffnete auf das »Ja, bitte!« die Tür. Noch völlig außer Atem stieß sie hervor: »Entschuldigt bitte, aber ich brauche das restliche Gift von Ketlin.«

Margarete saß mit ihrem Paule auf der Kante des Bettes. Beide sprangen sogleich auf. »Was willst du? Sticht dich der Hafer?«, rief Margarete. Grimhild schilderte den beiden kurz die Lage und sagte abschließend: »Und deshalb brauche ich das Gift. Jetzt bin ich nun mal an der Reihe.«

Margarete ging zum Wandregal, wo sich die kleine Flasche im obersten Fach befand. Sie stellte sich auf die Zehenspitzen und griff danach. »Hier, aber sei verdammt vorsichtig! Wenn du das hinbekommst, denken die Leute zunächst, dass der Kerl betrunken wäre. Verschwindet bloß schnell von dort. Mit meinem Sohn an der Hand wird kein Verdacht auf euch fallen. Bis die merken, dass der Schultheiß tot ist, seid ihr über alle Berge. Weiß deine Mutter Bescheid?« – »Ja, ich habe sie unterrichtet. Allein der Gedanke, dass der Kerl sie in den Schandkorb gesteckt hat, treibt sie auf meine Seite«, gab Grimhild zurück und verschwand schnellen Schrittes Richtung Heumarkt.

Immer wieder erschienen ihr die Bilder ihrer Schändung im Kopf: wie der Schultheiß sie auf das Bett warf und ihr mit Gewalt die Beine spreizte, um ihr auf gnadenloseste Weise die Jungfernschaft zu rauben. Sie dachte auch an die Schmerzen, die er ihr dabei zugefügt hatte. Kein Zweifel: Sie würde das Richtige tun!

Sie erreichte den Gasthof, sprang die wenigen Stufen hinauf und stand oben im Raum. Aus dem Inneren des Gasthofs sah sie durch ein Fenster, dass der Schultheiß noch immer auf seinem Stuhl am Tisch saß. Er hatte sich etwas zu essen bestellt und schob sich gerade ein Stück Fleisch in den Mund, als Grimhild hinter ihm vorbeihuschte und sich wieder zu Agnes und Johannes an den Tisch setzte. Johannes hielt einen Löffel in der Hand und schaufelte sich damit unentwegt weitere Suppe in den Mund. Nicht alles erreichte sein Ziel; vereinzelte Gemüsestücke landeten auf seiner Tunika.

»Hast du es dabei?«, fragte Agnes. – »Ja, ich halte es in meiner Hand. Nun muss der Kerl nur noch kurz den Tisch verlassen. Was machen wir, wenn er es nicht tut?« – »Ich habe eine Idee. Meine Mutter kennt er nicht; sie könnte ihn zum Tresen locken. Warte einen Moment.« Agnes eilte in die Küche, sprach kurz mit ihrer Mutter und kam zurück. »Sie macht es«, sagte sie.

Weitere Minuten vergingen. Der Schultheiß hatte fast seinen Teller leer gegessen, als Agnes' Mutter erschien. Sie nahm Johannes an der Hand und führte ihn direkt in Richtung des Fremden, während sie laut sagte: »Da haben wir noch eine Auswahl an herrlichem Naschwerk – das magst du doch sicherlich?« – »Au ja!«, rief Johannes. Am Tisch des Schultheißen angelangt, blieben sie stehen: »Entschuldigt, edler Herr, wie wäre es mit einem süßen Nachtisch?« Der Fremde blickte auf: »Was hättet Ihr denn anzubieten?« – »Wenn es Euch nichts ausmacht, folgt mir bitte und seht selbst, was Euch munden könnte!«

Agnes und Grimhild beobachteten den Vorgang – Grimhild mehr aus dem Augenwinkel heraus, damit der Schultheiß sie nicht erkennen konnte. Der Mann erhob sich und folgte Agnes' Mutter in die Gaststube. »Jetzt!«, sagte Agnes. »Ich halte an der Türe Wache und beobachte ihn. Kipp ihm schnell das Gift in den Bierbecher!« Die Freundinnen schnellten hoch. Grimhild hatte das Fläschchen bereits entkorkt. Agnes ging zur Tür und gab ihrer Freundin heimlich ein Zeichen mit der Hand, dass sie kommen sollte. Dabei beobachtete sie, wie der Schultheiß mit ihrer Mutter sprach, die ihm verschiedene Nachspeisen zeigte. Grimhild schüttete einige Tropfen in den Bierkrug des Schultheißen und ging schnell zu ihrem Tisch zurück.

Auch Agnes kam zurück, hielt einen Teller mit einem Schmalzkringel in der Hand und brachte den Kleinen mit. Johannes drängelte: »Schnell, stell ihn auf den Tisch!« Agnes streichelte ihn am Kopf: »Er wird dir munden – du magst doch Schmalzkringel, oder?« – »Au ja, die mag ich ganz besonders. Wenn ich den aufgegessen habe, ist mein Loch im Bauch aber gestopft! Ist da auch was drin?« – »Mus, kleiner Mann, ganz leckeres Mus aus reifen Äpfeln«, schwärmte Agnes.

Zur gleichen Zeit kam der Kellner mit einem Teller in der Hand auf die Terrasse und stellte ihn auf den Tisch, an dem der Schultheiß saß: »Lasst es Euch schmecken, edler Herr«, sagte er. Der Angesprochene roch kurz an dem Gebäck und biss herzhaft hinein. Mit vier weiteren Bissen hatte er den ersten Schmalzkringel vertilgt und bekam gleich darauf Durst. Er griff nach seinem Becher und stürzte sich einen Teil des Bieres in den Mund.

»Zahlen, bitte«, rief Agnes dem Kellner zu. Die beiden Freundinnen verabschiedeten sich kurz von ihren Müttern und gingen mit Johannes an der Hand zurück ins »Haus der kleinen Sünden«. »Kleine Sünden gibt es nicht nur im ›Haus der kleinen Sünden‹, sondern manchmal auch außerhalb«, sagte Grimhild und konnte sich ein Lächeln nicht verkneifen. Die Freundinnen gingen durch eine Gasse und mussten einem entgegenkommenden Fuhrwerk ausweichen. Agnes blieb plötzlich stehen: »Sag, Grimhild, bist du dir sicher, dass dein Schultheiß das Zeitliche segnet?« – »Meine liebe Freundin, innerhalb der nächsten fünf Minuten – da kannst du Gift drauf nehmen!«

Der Schultheiß riss die Augen weit auf. Was war hier passiert – was war los mit ihm? Seit er den Schmalzkringel vertilgt hatte, war ihm speiübel. Erneut trank er einen Schluck von seinem Bier. Furchtbare Krämpfe verbreiteten sich in der Magengegend. Es kam ihm vor, als bohrte jemand mit einer heißen Eisenstange in seinem Magen herum. Er musste husten, wobei weißer Schaum aus seinem Mund trat. Seine Atmung beschleunigte sich, und plötzlich schlug er mit dem Kopf auf dem Tisch auf. Der Schultheiß war tot.

Über den toten Schultheißen machten die unterschiedlichsten Gerüchte die Runde. Er wäre von Huckengeswage nach Colonia gekommen, hieß es, weil er seinem Grafen einen Teil des Zehent unterschlagen hätte, was man ihm allerdings nicht beweisen konnte. Er war in der Stadt am Rhein auf der Suche nach einer neuen Anstellung. Da er keine neue Arbeit gefunden habe, hätte er sich wohl der Trunksucht ergeben. So glaubten die Bürger, die auf alles neugierig sind, der Schultheiß hätte sich zu Tode gesoffen – was ja letztlich auch stimmte. Weitere Nachforschungen gab es nicht.

## 40

»Meine Güte, was für eine Geschichte! Bei uns wird es wirklich nicht langweilig«, gab Margarete von sich. Paule und die drei Freundinnen saßen zum Gespräch in Agnes' Zimmer. Johannes war bei seiner geliebten Hanna. »Habt ihr seinen Tod noch miterlebt?«, fragte Margarete. – »Nein. Nachdem er den Becher fast geleert hatte, sind wir sofort aufgebrochen. Ich bin mir aber ziemlich sicher, dass es ihn erwischt hat – bei seinem Durst und so, wie er das Bier in sich hineingeschüttet hat. Nach deinem Hildeger, nach dem Schultheißen und nach den beiden Mönchen dürften wir nun alle Genugtuung verspüren. Alles, was die Männer uns angetan haben, ist mit dem heutigen Tag gerächt«, beendete Grimhild ihre Rede.

Schweigen verbreitete sich im Raum. Jede der Frauen hing ihren Gedanken nach. Sie alle waren nach dem Gesetz Mörderinnen, das wussten sie, doch sie hatten so handeln müssen, um Genugtuung zu erhalten und ihren Stolz nicht ganz zu verlieren. Paule erhob sich und ging durch den Raum. Er wollte die Stimmung ein wenig aufhellen: »Als Mann muss ich richtig Angst vor euch haben, so wie ihr mit uns umgeht! Ich traue mich kaum noch, in eurer Gegenwart etwas zu trinken! Wenn ich mir ein Bier an den Mund führe, setze ich mich schon auf die Bettkante, damit ich weich falle.« Die Freundinnen verfielen in ein lautes Gelächter. »Ich glaube kaum, dass der edle Herr sich darüber Gedanken machen muss«, sprach Margarete, wobei sich kleine Lachfalten in ihren Augenwinkeln zeigten. Grimhild sah Agnes an: »Meine Liebe, was ist denn mit deinem Dortmunder Maurer? Der wäre noch übrig!« – »Ja, da hast du sicherlich recht, aber so schlimm war es nun doch nicht, dass ich den Wunsch verspüren würde, ihn von unserem Getränk probieren zu lassen.«

Es klopfte an der Türe. »Ja, bitte«, rief Agnes. Hanna betrat das Zimmer: »Hier habt ihr euch also alle versteckt. Störe ich?« – »Nein, nein, komm nur herein«, sagte Agnes. – »Unten ist im Moment Ruhe. Unsere Freier haben wohl im Moment Besseres zu tun, als in unser Haus zu kommen. Ich wollte einmal mit euch reden.« Die Mädchen blickten sich an. Grimhild fragte: »Na, was hast du denn so Wichtiges auf dem Herzen?« Hanna stand neben der Tür, mit dem Rücken an die Wand gelehnt: »Es geht in erster Linie um Margarete.« Sie sah sie an: »Seit Paule hier arbeitet, hat sich einiges verändert. Ich denke, das wisst ihr beiden auch selbst.« Margarete ahnte, was jetzt kommen würde. Seit Paule hier war, hatte sie mit keinem Freier mehr geschlafen. Sie vermochte es einfach nicht.

Hanna würde sie nun entlassen; sie brachte kein Geld mehr in die Kasse und war überflüssig. Sie war nur noch eine Belastung und blockierte ein Zimmer. Im Inneren hatte sie schon seit Längerem damit gerechnet. Hanna fuhr fort: »Euch ist sicherlich der fremde Mann aufgefallen, mit dem ich mich in den letzten Tagen lange unterhalten habe. Keiner von euch kennt ihn und er ist auch kein Freier. Sein Name ist Willem, er stammt aus dem Land der Friesen. Wir beide kennen uns aus unseren Jugendtagen. Als ich Hannes kennengelernt hatte, trennten sich unsere Wege, doch neulich trafen wir uns wieder. Willem hatte geschäftlich hier in Colonia zu tun – er ist Käsehändler. Unsere alte Liebe flammte erneut auf. Nach vielen Gesprächen haben wir nun beschlossen, zusammenzubleiben. Willem hat seine Frau durch eine Krankheit verloren und steht genau wie ich alleine da. Gemeinsam wollen wir jetzt unsere neue Zukunft angehen. Ich befinde mich in einem Alter, in dem eine neue Herausforderung angebracht wäre. Das heißt für mich, dass das ›Haus der kleinen Sünden‹ nun nur noch in meiner Vergangenheit existiert. Neues und frisches Blut wird dem Hause guttun. Auch denke ich, dass der Gewinn noch gesteigert werden kann. Mein Vorschlag wäre also wie folgt: Paule bleibt der neue Hurenvater, und an seiner Seite würde ich gerne dich, Margarete, sehen. Du hast einen kleinen Jungen und bist, auch wenn du es vielleicht nicht wahrhaben willst, in Paule verliebt. Deine Karriere als Hure wäre somit zu Ende. Du könntest, wenn du magst, an meine Stelle treten – so würdet ihr beide dem Hause neues Leben einhauchen. Alles ist nur eine Formsache. Ich würde euch beim Rat als meine Nachfolger und neue Pächter vorstellen. Noch irgendwelche Fragen?«

Etwas überrascht sahen sich die Frauen an. Mit solch einem Vorschlag von Hanna hatte keiner gerechnet. »Das muss ich erst einmal verarbeiten. Ich hatte mit ganz anderen Ereignissen spekuliert«, sagte Margaret. »Ich glaubte schon, du wollest mich vor die Türe setzen.« – »Ach Kindchen, wir hatten doch bis jetzt so eine gute und erfolgreiche Zeit miteinander. Wie kannst du nur so denken? Da müsstest du mich eigentlich besser kennen.« – »Und was machst du, wenn wir hier alles übernehmen?«, fragte Margarete und strahlte übers ganze Gesicht. Ihre Frage klang bereits wie eine Zusage auf Hannas Angebot. »Ich bleibe in Colonia und wir eröffnen am Gänsemarkt einen Käseladen. Wir bleiben also im Grunde fast noch in Sichtweite.« – »Also, ich bin mit meiner neuen Hurenwirtin einverstanden!«, meinte Grimhild und kniff Margarete dabei in die Seite. Diese zuckte kurz zusammen. »Aua! Wie gehst du denn mit deiner neuen Vorgesetzten um?«

Agnes kicherte: »Hanna, wenn ihr euch am Gänsemarkt selbstständig macht, dann doch bitte nicht mit einem Käseladen. Der Name des Platzes gibt doch schon vor, was man da verkaufen sollte: Gänse, Hanna, ausschließlich Gänse.« Allgemeines Gelächter verbreitete sich unter den Frauen, als Agnes noch einen weiteren Vergleich anstellte: »Und was verkaufen die Frauen der Stadt auf dem Alter Markt? Na, ganz einfach: ihren Alten!« – »Ich glaube, ich muss hier mal langsam andere Saiten bei euch aufziehen – ihr werdet mir langsam zu übermütig«, gab Paule von sich. Es wurde noch ein feuchtfröhlicher Abend, und die wenigen Freier, die doch noch den Weg ins »Haus der kleinen Sünden« fanden, wurden von den restlichen Damen bedient.

# 41

»Heute ist unser Tag – heute beginnt ein neues Leben!«, sagte Regina zu ihrem Mann. Kilian sah seine Frau an. Was er im Moment gerade dachte, wollte er nicht von sich geben. So richtig begeistert war er von ihrem Plan nicht, aber es war eine Möglichkeit, an Geld zu kommen. Sie würden sich tatsächlich einiges erlauben können – obwohl es bis zum heutigen Tag auch ohne größeres Vermögen gegangen war. Er arbeitete in Diensten der Stadt, hatte sein Stück Wald zu betreuen, erhielt jeden Monat sein Geld – was wollte er eigentlich mehr? Große Sprünge waren nicht möglich, aber vielen Bürgern in Colonia ging es schlechter als ihm. Trotzdem wollte er auf ein kleines Vergnügen nicht verzichten.

Regina griff in ihren Geldbeutel und zählte zehn Pfennigstücke auf die Tischplatte: »Hier – dieses Geld ist der Wegbereiter für weiteres. Für fünf Pfennig gehst du mit ihr aufs Zimmer, dort erzählst du ihr, was du weißt und gesehen hast, und verlangst für dein Schweigen die dreihundert Groschen. Für die Getränke bleiben noch einmal fünf Pfennig übrig, das müsste also reichen. Sollte sie sich weigern, erwähnst du so ganz nebenbei, dass du sie, wenn sie nicht zahlen würden, beim Hauptmann verraten würdest. Du drohst ihnen mit dem Strick.« – »Aber ich denke nicht, dass sie dreihundert Groschen so eben hinlegen können. Und wie kommst du überhaupt auf diese Summe?«, fragte Kilian.

»Ist doch ganz einfach. Wenn ein Liebesspiel fünf Pfennige kostet, wie du mir erklärt hast, und wir gehen einmal von fünf Freiern am Tag aus, dann sind das 25 Pfennige. Bei sechs Tagen in der Woche sind das 150 Pfennige, diese mal vier Wochen ergibt sechshundert Pfennige im Monat. Ein Groschen sind gleich 10 Pfennige, also kämen wir auf 60 Groschen. Jetzt rechnen wir das mal drei Personen, das ergibt 180 Groschen. Etwas aufgerundet, wie ich schon sagte, verlangen wir 300 Groschen«, erklärte seine Frau etwas unsicher. Nun bewunderte Kilian sein Weib, dass sie so gut malnehmen konnte – damit hatte er bei der Heiligen Corona nicht gerechnet.

»Um das Geld zu beschaffen, gibst du ihnen eine Woche Zeit, und gib einen Ort bekannt, wo die Übergabe stattfinden soll. Zum Beispiel am Eingang des Domes, da ist es belebt, viele Besucher halten sich dort auf – das dürfte sehr unauffällig sein.« Ihr Mann kratzte sich mit dreien seiner Finger an den Bartstoppeln, wobei einige Schuppen auf die Tischplatte fielen. Er blickte nach unten und wischte die weißlich schimmernden Teilchen mit dem Ärmel vom Tisch. »Gut, so machen wir es!« Kilian steckte die Pfennige in seinen Geldbeutel, stand auf, nahm seine Kukulle vom Haken, warf sie sich über und verließ das Haus.

Er folgte nicht dem Weg durch die Stadt, sondern bevorzugte den Weg am Rheinufer entlang zum »Haus der kleinen Sünden«. Ruhigen Schrittes ging er an dem rauschenden Fluss entlang und ließ seinen Gedanken freien Lauf. »Warum mache ich eigentlich immer alles, was mein Weib mir sagt? Ich gehe täglich in den Wald, während sie zu Hause sitzt – ich schinde mich, bis mir das Kreuz schmerzt und ich einen Buckel bekomme, sie sitzt zu Hause – ich bringe das Geld mit, sie gibt es aus – ich soll die Huren erpressen, sie sitzt zu Hause und wartet darauf, dass ich ihr das Geld bringe. Irgendetwas stimmt doch da in meiner Ehe nicht! Könnte ich doch nur ein wenig schreiben und rechnen, wäre ich nicht so von ihr abhängig.« Ja, in diesen Belangen war sein Weib ihm überlegen. So richtig rechnen konnte seine Frau allerdings auch nicht, sie konnte sich nur besser verkaufen, aber das wiederum konnte Kilian nicht erkennen. Als ihr Vater noch lebte – er war Kaufmann von Beruf –, hatte er versucht, ihr die Grundlagen des Schreibens und Rechnens beizubringen, und sie verstand es prächtig, sich damit zu brüsten, aber richtig begriffen hatte sie es auch nicht.

Auf den Gräsern entlang des Rheinufers hatte sich der erste Raureif gebildet. Es war empfindlich kalt geworden. Kilian fror, er rieb sich die Hände. Zu seiner Rechten zählte er über zwanzig Maulwurfshügel hintereinander. Er folgte einem schmalen Trampelpfad, der durch ein Reetfeld führte. Zwei Kraniche flogen erschreckt auf. Auf ihren gewaltigen Schwingen ließen sie sich über den Rhein gleiten. Selbst zwischen den Halmen des Reets sah er vereinzelte Maulwurfshügel. »Vor dem Frost bauen diese Plagegeister ihre Gänge aus«, wusste er. Die Halme des Reets, deren Enden wie die Federn eines Pfaues aussahen, reckten sich fast einen Klafter hoch in den Himmel. Als er das Reetfeld durchquert hatte, betrat er wiederum eine der weitläufigen Rheinwiesen, auf der Schafe grasten. Endlich erblickte er das Hurenhaus.

Im Geiste ging er noch einmal genauestens durch, wie er vorgehen wollte. Sein Plan stand fest, nun gab es kein Zurück mehr für ihn. Er würde doch wohl noch mit zwei billigen Huren fertigwerden! Obwohl ... billig waren sie nicht gerade, und das Bier, auf das er sich jetzt schon freute, hatte ebenfalls seinen Preis. Er ging zur Türe, reinigte die Schuhsohlen auf einem Abtreter, klopfte kurz an und betrat das Haus.

Eine angenehme Wärme empfing ihn. Er ging links herum zu der Wand, an der sich die Kleiderablage befand, zog sich seine Kukulle über den Kopf und hängte sie auf einen der freien Haken. Anschließend fuhr er sich kurz mit den Händen über sein langes, braunes Haar, um es wieder in Ordnung zu bringen. Ein bisschen Eitelkeit gehörte zu seinem Wesen. Etwa zehn Personen befanden sich in dem Raum. An mehreren Tischen verteilt saßen die Huren mit ihren Freiern. Alle hatten Getränke vor sich auf dem Tisch stehen. Wildes Gerede drang an seine Ohren. Die Anwesenden prosteten sich gegenseitig zu, während Worte über Preise fielen – und immer wieder erneutes Gelächter.

Kilian nahm an einem freien Tisch Platz, von dem aus er den Raum im Auge behalten konnte. Schnell erkannte er den kräftigen Kerl wieder, der hinter dem Tresen stand. Er machte ihn als Lenker des Fuhrwerkes aus, der die Huren zum Kloster gebracht hatte. »Großer Gott«, dachte er erneut, »was für ein Mann! Der besitzt die Kräfte eines Urmenschen.« Kilian sah sich weiter im Raum um, konnte die beiden ihm bekannten Hübschlerinnen aber nicht entdecken. »Vielleicht haben sie gerade Freier auf ihrem Zimmer«, dachte er und besorgte sich das verdiente Bier.

Nachdem er den ersten Becher geleert hatte, sah er Grimhild die Treppe hinabsteigen. Er winkte ihr zu; Grimhild erkannte ihn wieder, schritt daraufhin an seinen Tisch und setzte sich auf einen freien Stuhl. »Na, Kilian, willst du mir wieder einmal einen Besuch abstatten? Ich hoffe, du hast dieses Mal einige Pfennige mehr eingesteckt?« – »Oh, edle Frau, ich bin nicht nur zum Trinken hier eingekehrt.« Dabei wies er mit der Hand auf die Geldkatze, die an seinem Gürtel hing. Irgendwie mochte Grimhild diesen einfachen Kerl. Gut, er war nicht vermögend, aber er schien ein angenehmer Zeitgenosse zu sein, mit dem man gut plaudern konnte. »Wenn du frei bist, können wir doch auf dein Zimmer gehen?« Grimhild lachte: »Gerne, aber vorher musst du beim Hurenwirt bezahlen.« Kilian drehte den Kopf zum Tresen: »Ist das der riesige Mann dort drüben?« – »Ja, das ist unser Paule. Geh nur zu ihm, er beißt nicht. Ich warte hier auf dich.« Nach einigen Minuten war Kilian zurück. »Komm«, sagte Grimhild, »lass uns hinaufgehen!« Kilian folgte ihr die Treppe hinauf, und sie bewegte ihr wohlgeformtes Hinterteil verführerisch. Die Vorfreude war groß, seine Blicke folgten ihren langen Beinen, die er zwar durch die Gewandung nicht sehen konnte, aber sehr wohl vermutete. Es war für ihn das erste Mal, dass er mit einer Hure aufs Zimmer ging.

Grimhild öffnete die Tür: »Du kannst dich dort auf das Bett setzen.« Kilian wurde sichtlich unruhig und tippelte mit den Beinen auf der Stelle. »Du hast deine fünf Pfennig bezahlt, das ist aber ohne Beigaben.« – »Was meint sie nur mit Beigaben?«, dachte er. Grimhild fing an, sich ihrer Gewandung zu entledigen. Sie öffnete die obere Fibel am Kragen und zog anschließend die Bänderung mit ihren Händen auseinander, um besser aus der Gewandung schlüpfen zu können. Während sie sich sehr langsam auszog – und sie war sich ihrer Wirkung auf den jungen Mann bewusst –, beulte sich Kilians Hose aus. Es sah aus, als würden seine Beinlinge jeden Moment zerreißen. Mit offenstehendem Mund sah ihr Kilian zu. »Du solltest dich jetzt auch entkleiden«, flüsterte sie ihm zärtlich zu. Er sprang förmlich vom Bett der Hübschlerin auf und nestelte an seiner Tunika, die er sich über den Kopf zog. Er ließ Grimhild nicht aus den Augen: »Was für ein Weib! Herr im Himmel, dass ich das noch erleben darf!«, dachte er. So langsam kam bei Grimhild die erste nackte Haut zum Vorschein. Sie blickte ihn an und bemerkte seine Anspannung. »Lange wird es nicht dauern«, ging es ihr durch den Kopf, und zu Kilian sprach sie: »Lieben können wir uns, aber geküsst wird nicht – das ist ein Gesetz im Hurenhaus.«

Nun war Kilian nackt und stand mit aufgerichtetem Prengel vor ihr. »Das ist aber eine stattliche Männlichkeit – darauf kannst du stolz sein!« Das Gesicht des Waldarbeiters lief rot an; so etwas hatte sein Weib noch nie zu ihm gesagt. Nun ließ Grimhild die letzten Hüllen fallen. Kilians Gefühle schlugen Purzelbaum, er sehnte sich nach Erleichterung. Grimhild rutschte aufs Bett und legte sich völlig nackt auf den Rücken. »Hier, bitte überstülpen«, sagte sie und gab ihm einen Schweinedarm. Hektisch friemelte er sich den hauchdünnen Darm über das Glied. Kilian war bis zum Zerreißen angespannt, als er ihren wohlgeformten Körper betrachtete. »Und der gehört jetzt mir, alles mein! Wenn ich da an mein Weib zu Hause denke – welch eine Schande. Ihr fetter Bauch, die dicken Beine, der breite Hintern – überhaupt kein Vergleich«, überlegte er. – »Na, komm, mein Süßer!« Äußerst vorsichtig legte sich Kilian auf Grimhild. »Ich muss sofort an etwas anderes denken, sonst ist es auf der Stelle vorbei«, versuchte er sich abzulenken. Er drang in sie ein und dachte dabei – weiß der Teufel, warum – an seine Pilzsuche im Wald. Bei jedem weiteren Stoß sagte er sich: »Ablenken, immer weiter ablenken.« Grimhild wusste, was Männer im Bett mochten; das verhalf ihr dazu, die Sache so schnell wie möglich zum Abschluss zu bringen. Nun ließ sie ihrer Erfahrung freien Lauf. Sie schlang die Beine um Kilians Rücken, krallte sich mit den Fingernägeln an seinen Schultern fest, hob den Kopf und leckte an seinem Ohrläppchen, während sie mit gespielter Wolllust stöhnte. Der kleine, drahtige Waldarbeiter röhrte wie ein Bulle, der eine Kuh besprang. Nun halfen auch keine Pilze mehr, jetzt gab es kein Zurückhalten. Ein Schrei kam über seine Lippen, und sofort begann sich der Schweinedarm zu füllen. Schweißgebadet fiel Kilian wie ein nasser Sack auf die Hübschlerin. »Ich könnte mich glatt in dich verlieben«, stöhnte er. Daraufhin flog ein Lächeln über Grimhilds Gesicht. »Geheiratet wird aber noch nicht. Komm, Kilian, erhebe dich; du wirst mir zu schwer«, sagte sie liebevoll. Kilian rollte zur Seite und blieb neben ihr liegen: »Das war das Beste, was ich in meinem Leben erlebt habe. Bleib bitte noch einen Moment so liegen und lass mich dich noch ein wenig anschauen.« – »Fünf Minuten haben wir noch, dann müssen wir uns aber ankleiden«, sagte Grimhild. Zärtlich streichelte Kilian Grimhilds Körper: »Wie schön du bist! Dein Busen fühlt sich so herrlich fest an, deine Beine so lang und straff.«

Nun erst fiel ihm ein, warum er eigentlich hier war. Er sollte doch nur mit ihr reden, so hatte Regina ihm aufgetragen – und was hatte er mit ihr gemacht? Aber hätte er nicht mit ihr geschlafen, hätte er das Gleiche zahlen müssen, und zwar nur fürs Reden …

Doch wie sollte er weiter vorgehen? Er war zwar von seinem ursprünglichen Plan abgewichen, trotz alledem musste er jetzt zur Sache kommen. Zunächst einmal zogen sich die beiden wieder an. Gerade als Grimhild sich in Bewegung setzte, um das Zimmer zu verlassen, sagte Kilian: »Warte – wir sind noch nicht ganz fertig. Es gibt da noch etwas zu klären.« Verwundert sah ihn Grimhild an: »Was meinst du denn?« Nach diesem wundervollen Liebeserlebnis fiel es ihm sichtlich schwer, nun den eiskalten Erpresser zu spielen. »Komm, setz dich zu mir«, sagte er und schlug mit der Hand neben sich aufs Bett. Grimhild blickte ihn fragend an. »Wir müssen uns noch über etwas einigen. Ich möchte, dass du mir dreihundert Groschen gibst.« – »Dreihundert Groschen? Wofür denn das?« – »Dafür, dass du und deine Freundin zwei Mönche getötet habt!«

Grimhilds Nackenhaare stellten sich auf. Was redete dieser Mann hier neben ihr für einen Blödsinn? Was wusste er von den vergifteten Mönchen? Hatte sie ihn tatsächlich unterschätzt? War er gar nicht der kleine, drahtige, gutmütige Kilian, wie sie ihn kennengelernt hatte? Konnte man sich so in einem Menschen täuschen? »So, so, du willst also dreihundert Groschen von mir!« Kilian schürzte die Lippen: »Ihr könnt euch die Summe ja teilen – ihr wart ja zu dritt: du, deine Freundin und der Mann, der unten am Tresen steht; er hat den Wagen gesteuert.«

Grimhild wirkte sichtlich angespannt: »Woher weißt du das alles?« – »Na, ich war im Wald Pilze suchen, habe den Wagen gehört, mich versteckt und euch beobachtet. Abgeholt hat euch ein Mönch. Nach kurzer Zeit seid ihr Frauen alleine zurückgekommen und schnellstens verschwunden. Am nächsten Tag machte der Tod der beiden Mönche die Runde. Also besorgt die dreihundert Groschen, oder ich gehe zum Hauptmann der Wache.« So war das also – er konnte sie tatsächlich in Schwierigkeiten bringen. »Gib mir einen Moment, ich werde versuchen, das Geld zu besorgen. Warte hier auf mich.« Grimhild verschwand daraufhin aus ihrem Zimmer, um Paule und Margarete von diesen neuen Umständen zu erzählen. Kilian rieb sich die Hände. »Das hat ja besser geklappt, als ich erwartet hatte!«, sprach er zu sich.

Grimhild ließ Kilian etwa fünfzehn Minuten warten, bevor sie mit ihren Freunden erschien. Paule baute sich vor Kilian auf und zeigte mit der Hand auf ihn. »Der hier? Dieser Vogel will uns ernsthaft erpressen?« Mit aller Ehrfurcht blickte Kilian den mächtigen Schmied an. »Zum Hauptmann der Wache willst du gehen, uns als Mönchsmörder anschwärzen? Ja, deine Vermutungen sind richtig. Wir haben die beiden Mönche beseitigt, aber nicht nur sie, sondern auch noch einige andere, und ob du es glaubst oder nicht, es kommen noch weitere hinzu. Ich bin froh, dass du uns dein Wissen mitgeteilt hast, aber glaube mir, mein Freund, gehen wirst du zum Hauptmann in Zukunft nicht mehr. Wenn überhaupt, kannst du dich tragen lassen. – Margarete, geh bitte in den Stall und bring mir die Werkzeuge, die ich benötige.« Margarete nickte: »Soll ich auch den Schleifstein mitbringen? Du weißt ja, wie anstrengend eine stumpfe Axt sein kann.« – »Ja, wir sollten sie gut schärfen, um sauber arbeiten zu können.«

Auf Kilians Stirn bildeten sich die ersten Schweißtropfen. Seine Blicke flogen hin und her. Was hatte der Kerl, dieser Urmensch, mit ihm vor? Angst machte sich in ihm breit; er stand auf: »Ich geh dann mal besser – vergessen wir das Ganze!« – »Nein, nein, mein Freund, du bleibst da sitzen. Ich bin noch nicht fertig mit dir«, sagte Paule und sah ihn bösartig an. Margarete kam zurück. In den Händen hielt sie eine Axt und den dazugehörigen Schleifstein. Sie setzte sich an den Tisch, benässte die Axt mit ein wenig Wasser und fuhr fortwährend mit dem Schleifstein über die Klinge. Ein kurzes Klopfen schallte durch den Raum und Agnes kam herein. Sie stellte eine kleine lederne Tasche auf den Tisch, direkt neben die Axt: »Hier ist das Nähzeug. Seht zu, dass ihr nicht wieder so eine Sauerei veranstaltet wie beim letzten Mal. Ich habe keine Lust, wieder zwei Stunden lang das Zimmer zu putzen!« Sie drehte sich um und verließ den Raum.

»Wir können anfangen«, sagte Margarete und ergriff die Axt. Paule nickte: »Steckt ihm ein Lappen ins Maul, damit man seine Schreie nicht hört.« Im Regal lagen ein paar kleinere Tücher, mit denen sich die Hübschlerinnen nach dem Beilager säuberten. Sie nahm eines der Tücher und ging damit auf Kilian zu. »Mund auf!«, sagte sie barsch. Der mittlerweile in Schweiß gebadete Kilian riss die Augen weit auf: »Was habt ihr vor? Seid ihr denn verrückt? Ihr wollt mir ein Bein abhacken?« – »Nein, nicht nur eines, wir hacken dir beide Beine ab. Wer uns ins Messer laufen lassen will, der bekommt unsere Axt zu spüren. Solche kleinen Ungerechtigkeiten erledigen wir schon selbst. – Hast du den Sack für den Abfall?«, fragte Paule nun Grimhild. – »Ja, ich habe schon einige Kieselsteine hineingelegt, damit er nachher schneller untergeht. Ich schmeiße ihn in den Rhein, wenn es dunkel geworden ist.«

Kilian sprang erneut auf und geriet in Panik. Das nackte Entsetzen stand ihm ins Gesicht geschrieben. »Was mache ich denn hier? Wo bin ich denn hier gelandet? Ich will weg, lasst mich gehen! Ihr könnt mir doch nicht die Beine abhacken, ich muss doch noch arbeiten!« – »Das hättest du dir vorher überlegen sollen –

jetzt ist es zu spät. Oder glaubst du, wir lassen uns von dir so einfach erpressen?« Paule nahm das kleine Tuch und steckte es Kilian in den Mund. Margarete und Grimhild hielten ihn fest. Mit seinen riesigen Pranken schob der Schmied die hölzerne Truhe ans Bett und legte eines von Kilians Beinen darauf. Dann ging er an den Tisch und holte die geschärfte Axt. Mit dem Daumen fuhr er über die Klinge, um die Schärfe zu überprüfen. Er nahm die Axt in seine Rechte, holte aus und deutete den Schlag an. Kilian zitterte am ganzen Körper, er wehrte sich und trat dabei um sich. »Mmm… rrrrrh…« – nicht zu deutende Laute verließen seinen Mund. »Er will uns noch was sagen«, meinte Grimhild und zog ihm den Knebel aus dem Mund. »Bitte, bitte, Gnade! Ich flehe Euch an: Gnade! Ich wollte das doch alles nicht. Es war meine Frau, die die Idee mit der Erpressung hatte. Ich war im Wald Pilze suchen. Als ich Euch sah, habe ich mich hinter einem Baum versteckt und Euch beobachtet. Der Mönch kam, um Euch abzuholen – wenig später kamt Ihr alleine zurück. Das Erlebte schilderte ich meiner Frau. Am nächsten Tag ging sie auf den Markt und hörte, wie man von den beiden toten Mönchen sprach. Da kam sie auf die Idee, Euch zu erpressen. Mein ganzes Leben lang habe ich immer gemacht, was sie wollte. Damit ist jetzt Schluss. Bitte, bitte, lasst mich gehen! Über meine Lippen wird kein Wort mehr dringen. Mein Weib werde ich verlassen und werde in eine andere Stadt gehen, um dort einen Neuanfang zu wagen.« – »Und du meinst das ernst?«, fragte Paule. – »Ja, ja doch, Herr, ich bin morgen schon verschwunden. Ihr werdet mich in Colonia nie mehr wiedersehen.« Erwartungsvoll blickte Kilian die drei an. Die beiden Frauen sahen Paule an, der immer noch seinen äußerst bösen Blick auf Kilian gerichtet hatte. Er überlegte noch einen Augenblick, bevor er mit den Schultern zuckte: »Na gut, wir glauben dir. Aber sollten wir dich jemals in dieser Stadt wiedersehen, bist du dran – so sicher wie das Amen in der Kirche, das schwöre ich dir. Jetzt mach dich aus dem Staub und kläre das mit deinem Weib!« Kilian fiel auf die Knie und faltete die Hände: »Danke, Herr! Ich danke Euch, ich werde Eure Gutmütigkeit nicht vergessen!« Er sprang auf die Beine und verließ eiligen Schrittes den Ort des Grauens. Fast hätte er noch Agnes umgerannt, die gerade mit einem Putzeimer und Wischtuch das Zimmer betrat. Kilian rannte die Treppe hinunter, durchquerte den Empfangsraum, lief durch die Eingangstür und ward nicht mehr gesehen. Johannes, der neben Hanna stand, zeigte mit dem Finger in seine Richtung: »Guck mal, der Onkel hat es aber eilig!«

Es dauerte einen Moment, bis sich die angespannte Lage auf dem Zimmer gelöst hatte. Paule sah seine Mädels an, die daraufhin in ein lang andauerndes Lachen verfielen. Margarete sagte mit Tränen in den Augen: »Wir sollten ein Theater eröffnen! Bessere Schauspieler als wir gibt es wohl kaum.« – »Er tat mir trotz allem ein wenig leid, der arme Kerl. Ich denke, es war sein erster und letzter Erpressungsversuch in seinem Leben«, lachte Grimhild. – »Das mit der Tasche hatte seine Wirkung auch nicht verfehlt – außer ein paar Werkzeugen ist da nichts drin. Aber wie ich schon des Öfteren sagte: Wir sind eben die Teufelsweiber vom Rhein!«, gab Agnes lachend von sich. Paule kratzte sich am Kinn: »Mädels, glaubt mir: Der wird sein Lebtag kein Hurenhaus mehr betreten!«

## Zwei Hochzeiten laufen aus dem Ruder
## 42

Am nächsten Tag. An den Ufern des Rheins bildeten sich die ersten dünnen Eisplatten. Jetzt im Winter ließ die Schifffahrt auf dem großen Fluss deutlich nach. Nur noch ein paar größere Schiffe waren unterwegs. In den Nächten fror der Rhein Stück für Stück weiter zu. Die Uferwiesen waren mit Raureif überzogen. Das Leben in der Stadt zog langsamer vorüber. Die Ernte war eingefahren, der Wein gekeltert, die Schweine eingesalzen, und das Dasein wurde ruhiger, langsamer. Überall verbreitete sich Stille. Die Märkte, Gassen und Straßen waren leerer als sonst. Die Leute verließen ihre Häuser nur noch, um das Notwendigste zu kaufen. Kälte überzog das Land. Margarete, ihr Sohn Johannes, Agnes und Grimhild hatten sich dick angezogen und schlenderten gemütlich durch die winterliche Kälte den Rhein entlang. Ihr Gesprächsthema war immer noch der gestrige Abend, wobei weiterhin herzhaft gelacht wurde. Plötzlich rief jemand Grimhilds Namen. Sie blickten sich um, konnten aber den Rufer nicht auf Anhieb entdecken. »Dort drüben winkt einer«, sagte Agnes endlich und deutete zum Fluss. Ein Kahn fuhr flussaufwärts an ihnen vorbei. An der Reling stand ein Mann und winkte mit beiden Armen. »Das ist doch Kilian!«, rief Grimhild und winkte zurück. Die anderen taten es ihr gleich. »Er hat sein Versprechen nicht gebrochen und verlässt die Stadt tatsächlich«, sagte Grimhild. »Alles Gute!«, rief sie ihm nach und dachte bei sich: »Kilian fängt ein neues Leben an, ebenso Margarete und Paule, nur bei mir und Agnes ist weiterhin Stillstand angesagt. In unserem Leben müsste sich auch langsam mal etwas verändern!« Dabei dachte sie an Alfonso, ihren feurigen Lombarden.

Der Winter verlief in geordneten Bahnen. Gemeinsam verbrachten sie das Weihnachtsfest im »Haus der kleinen Sünden«. Anfang Mai gab es eine Überraschung: Margarete und Paule hatten vor zu heiraten. Im Dom sprachen sie deswegen bei einem Pfarrer vor, der die Trauung aber ablehnte, als er erfahren hatte, welchem Gewerbe die beiden nachgingen: »Nein, eine Trauung ist hier im ehrenwerten Dom nicht möglich, da Ihr in Sünde lebt!«

Aber so schnell gaben die beiden nicht auf. Sie versuchten es in der Kirche St. Severin, wo sie in Bertram einen verständnisvollen Pfarrer antrafen. »Ihr wisst, meine Kinder, dass meine Kirche nach dem dritten Bischof von Colonia, dem Heiligen Severin, genannt wurde. Diese Kirche ist keine gewöhnliche, denn sie war schon vor vielen Jahren eine romanische Basilika, fertiggestellt um das Jahr 900. Wir bewahren hier in einem Eichenholzkasten die Reliquie des Heiligen Severin auf, die jeder Pilger im Inneren der Kirche besichtigen kann«, erzählte er stolz, nachdem Paule ihm einen gut gefüllten Geldbeutel hingehalten hatte. Der Herr Pfarrer ließ ihn schnell in der Tasche seiner Gewandung verschwinden. »Ich bin selbst Handwerker und weiß, dass es an so einem Gebäude immer etwas zu erneuern gibt«, erklärte ihm Paule und konnte damit das Gewissen des Herrn Pfarrer etwas beruhigen. Sie vereinbarten ein Datum für die bevorstehende Trauung. Es sollte der 11. Mai sein.

Dieser Termin sprach sich in Colonia um wie ein Lauffeuer, hauptsächlich unter den Hübschlerinnen, die sich alle untereinander kannten. Margarete war nun eine von ihnen, die es vor den Traualtar geschafft hatte. So musste die heilige Kirche befürchten, dass an der Zeremonie viele Hübschlerinnen teilhaben würden, was dem Herrn Pfarrer den Atem stocken ließ. »Meine ganze Kirche voller Huren – oh lieber Gott!« Und er sollte recht behalten. Am Tage der Trauung kamen die Kölner Huren in Scharen zur Kirche gepilgert. Vor dem Eingang bildeten sie eine Gasse, durch die das Brautpaar schreiten sollte.

Da trafen die beiden auch schon ein. Paule hatte sich eine sandfarbene Tunika zugelegt. Dazu trug er eine hellbraune Hose und lederne Schnabelschuhe. All diese Kleidungsstücke hatte er sich neu angeschafft. Margarete sah äußerst grazil aus in ihrer neuen Gewandung in Gelb, Braun und Grau. Seit sie mit Paule die Leitung des Hauses übernommen hatte, waren ihre Gewandungen züchtiger geschnitten und bis zum Hals geschlossen. Noch trug sie ihr langes Haar offen, was nach der Trauung nicht mehr möglich war, denn dann war sie ja unter die Haube gekommen.

Agnes und Grimhild hatten ihr aus Margeriten einen Blumenkranz geflochten, den sie auf dem Kopfe trug und der ihr eine gewisse »Unschuld« verlieh. Der Pfarrer holte die beiden vor dem Portal ab und schritt mit ihnen gemeinsam durch die Gasse der Hübschlerinnen, deren gelben Bänder im Wind wehten. Als er den Blütenkranz auf Margaretes Kopf sah, wurde er noch unruhiger. »Eine Hure mit dem Blütenkranz einer Jungfer – wie haarsträubend!«, dachte er.

Der Herr Pfarrer ging voraus, gefolgt von zwei Messdienern, und dahinter gingen, an den Armen eingehakt, Margarete und Paule. Die Augen der in Reih und Glied stehenden Hübschlerinnen wurden feucht. Ihr Lächeln deutete ein wenig Neid an. Margarete war einer der ihren – wie gerne hätten sie mit ihr getauscht. Dass eine Hure geheiratet wurde, war der Traum aller hier versammelten Frauen.

Alle betraten das Kirchengebäude. Margarete und Paule gingen bis zum Altar vor, die Damen mit den gelben Bändern nahmen auf den Bänken Platz. Agnes, Grimhild und ihre Mütter saßen in der ersten Reihe, direkt hinter dem Brautpaar. Zunächst wurde ein Gebet gesprochen, danach begann der Pfarrer, über die Bedeutung und Wichtigkeit der Ehe zu reden.

In der Kirche nahmen nun auch vereinzelt einige Männer Platz. Es waren ehemalige Freier von Margarete, die diese aber nicht sehen konnte, da sie ihnen den Rücken zugekehrt hatte. Sie waren aus lauter Neugierde erschienen – sie wollten wissen, was für einen Mann ihre ehemalige Hübschlerin ehelichen wollte.

»Und so frage ich dich, lieber Schmied Paule …«

Es gab wohl unter den anwesenden Frauen keine, die nicht mit Tränen zu kämpfen hatte. Die ersten hielten ein Tüchlein in Händen, um sich das eine oder andere Tränchen aus dem Augenwinkel zu putzen.

»Willst du die hier anwesende Margarete …«

Wie Sturzbäche liefen ihren Freundinnen Grimhild und Agnes die Tränen übers Gesicht. Im hellen Licht, das durch die Kirchenfenster fiel, glitzerten die Tränen auf ihren Wangen wie kleine Edelsteine und warfen glänzende Strahlen zurück in das Kirchengewölbe.

»… dann antworte mit einem deutlichen Ja.«

Grimhilds Nase fing an zu laufen. Mehrere Male zog sie den Schleim wieder hoch, was in der Kirche nicht zu überhören war. »Hast du noch ein Tüchlein übrig?«, flüsterte sie Agnes zu.

»Ja, ich will!«, gab Margarete zur Antwort.

»Genau so will es unser Herr – auch für unsereins hat er ein offenes Ohr«, rief eine der Hübschlerinnen laut in den Saal und alle Frauen verfielen in ein lautes Handgeklappere. Der Pfarrer riss die Hände in die Höhe. »Gott im Himmel, achte nicht auf sie! Sie sind allesamt nur Sünderinnen«, murmelte er. Paule und Margarete drehten sich um und sahen die jubelnde Gemeinde der Hübschlerinnen. Ein kurzes Lächeln flog über ihre Gesichter. Aber es war Margarete sichtlich peinlich, als sie drei ihrer ehemaligen Freier erkannte.

Als die Glocken zu läuten begannen, war der Pfarrer froh, die Kirche verlassen zu können. Die Gemeinde erhob sich, und der Pfarrer rief: »Bitte, haltet die Klappen.« Die Frauen taten wie geheißen und klappten die Sitze langsam nach oben, um Lärm zu vermeiden. Mit großen Schritten ging der Pfarrer der Pforte entgegen, im Schlepptau die Messdiener, das Brautpaar und die »Sünderinnen«. »Ach«, dachte er, »hätte ich doch nur nicht zugesagt, die Hochzeit noch mit dem Brautpaar zu feiern!« Er war noch nie in einem Haus voller Huren gewesen – andererseits war er einem guten Wein schon ein wenig zugetan.

Auf einmal erblickte Margarete Hanna mit ihrem neuen Freund, dem Käsehändler aus dem Land der Friesen, und winkte den beiden kurz zu, und dann war da noch ihr stolzer Sohn, um den sich während der Hochzeit seine Lieblingstante Hanna gekümmert hatte. Mit großem Erstaunen entdeckte sie die dicke Doro. »Heiliger Strohsack!« – mit der hatte sie nun nicht gerade gerechnet. Margarete hatte Doro kennengelernt, bevor sie ins »Haus der kleinen Sünden« gekommen war. Sie konnte sich noch recht gut an ihre Eskapaden erinnern. Diese Doro war die bekannteste Hübschlerin der Stadt Colonia. Sie hatte vier Kinder von vier verschiedenen Freiern, war rund wie eine Kugel und besaß einen riesigen Busen. Eine andere Hure hatte den Spruch aufgebracht »Die dicke Doro hat vier Kinder von fünf verschiedenen Freiern«. Das Gelächter war seinerzeit groß gewesen. Man munkelte, Doro wäre in der Stadt genau so bekannt wie der Kölner Dom und ihre Brüste so gewaltig wie seine beiden Kirchtürme.

Doro war einem Laster verfallen: dem Wein. Jeder wusste, dass sie, wenn sie genug davon getrunken hatte, dermaßen ausfallend wurde, dass sie ihre riesigen Brüste herausholte und ihren Mitstreiterinnen demonstrativ zeigte. Diese Darbietung war der Höhepunkt jeder Feier, und wenn sie schließlich noch damit angab, dass ihr Busen mehreren Freiern gleichzeitig dienen könne, brachen die Anwesenden in schallendes Gelächter aus. Ja, die dicke Doro konnte auf ihre Art eine ganze Gesellschaft unterhalten. Margarete nahm sich vor, sie im Auge zu behalten.

Vor dem Kirchenportal flogen dem Brautpaar nur so die Glückwünsche um die Ohren. Jede Hübschlerin wollte das Paar als Erste drücken. Etwas verspätet machten sie sich auf den Weg ins »Haus der kleinen Sünden«, wo die Feier stattfinden sollte – nicht direkt im Empfangsraum, der wäre zu klein gewesen, sondern in den Stallungen im unteren Teil des Gebäudes. Ihre Mitstreiterinnen hatten den großen Schuppen würdevoll geschmückt. Überall standen und hingen frisch geschnittene Birkenäste mit ihrem leuchtenden Grün. Weiter war der Stall mit bunten Bändern ausgestattet, die von dem Balkenwerk der Decke herunterhingen. Schon auf dem Weg dorthin tanzten und jubelten die Gäste und hüpften auf der Straße, im Schlepptau zahlreiche Kinder. Die gelben Hurenbänder wehten im Winde, und so mancher ehrbare Kölner Bürger wechselte schnell die Straßenseite, weil er der Meinung war, es fände ein Hurenaufstand statt, was in den Städten bisweilen vorkam.

Nach kurzer Wegstrecke erreichte die jubelnde Menschenmenge die Rückseite des »Hauses der kleinen Sünden«. Vier Spielleute empfingen sie. Einer schlug die Trommel, ein weiterer blies die Flöte, ein junges Mädchen sang und tanzte, und der Vierte im Bunde spielte die Laute. Bänke und Tische waren im Halbkreis aufgebaut, Wein, Bier sowie belegte Brote waren in ausreichender Menge vorhanden. Am Tisch in der Mitte nahmen Margarete und Paule Platz. Einige der hiesigen Hübschlerinnen eilten umher und bedienten die Hochzeitsgäste. Man prostete sich zu, und man trank nicht nur in kleinen Schlucken, sondern es wurde richtig zugelangt. Wann hatte man schon einmal eine solche Möglichkeit – alles war frei!

»Es ist eine wunderschöne Feier!«, sagte Margarete und gab dabei ihrem Paule einen Kuss. – »Ich war noch nie zuvor auf einer Feier, bei der fast nur Weibsbilder anwesend waren!«, lachte er. – »Aber feiern können wir besser als ihr Mannsbilder«, kam prompt ihre Antwort. Nach etwa einer Stunde erhoben sich die ersten Hübschlerinnen und schwangen das Tanzbein. Margarete fiel auf, dass viele Frauen dem Herrn Pfarrer zuprosteten, dessen Augen schon leicht gerötet waren. Außerhalb seiner Kirche schien er ein durchaus angenehmer Zeitgenosse zu sein. Hier sprach er mehr dem Weltlichen zu – sein Glaube wurde in den Hintergrund gedrängt.

Ein wenig Sorge bereitete Margarete ihre Freundin Grimhild. Sie zog sich in letzter Zeit immer häufiger zurück. Warum, das wusste sie nicht, aber sie nahm sich vor, am nächsten Tag mit ihr darüber zu reden.

Kurz vor Mitternacht waren die meisten Hübschlerinnen genau wie der Herr Pfarrer betrunken. Schwankend, seine schwarze Soutane mit beiden Händen hochhaltend, stampfte er mit den Füssen im Gleichklang der Musik auf dem Scheunenboden. Dabei hüpften Hochwürden im Kreis mit drei Damen und grölte dabei nicht gerade anständige Lieder. Er schien große Freude dabei zu empfinden. Die dicke Doro klatsche mit den Händen zur Musik, und entblößte – wie konnte es auch anders sein – im

Übermut ihre mächtigen Brüste. »Schaut her, Leute, sind das nicht ein paar Prachtdinger?« Als der Herr Pfarrer dies sah, traten ihm die Augen hervor wie bei einem Chamäleon – einer Echse in südlichen Gefilden. Er war derart betrunken, dass er nicht mehr an sich halten konnte und mit ausgebreiteten Armen auf Doro zutorkelte, um ihr an die Brüste zu greifen. Dabei kam er ins Stolpern und musste von ihr aufgefangen werden. Sein Kopf landete dabei genau in ihrem gewaltigen Busen. Nun gab es kein Halten mehr. Die Damen tanzten im Kreis um die beiden herum und sangen: »Der Pfarrer, der will schmusen an Doros dickem Busen.«

Am nächsten Morgen begannen die Aufräumarbeiten. Um die Matutin hatte Margarete ihre Hochzeitsfeierlichkeiten beendet. Die Frauen lagen auf Stroh oder auf der bloßen Erde. Einige waren bereits eingeschlafen, genau wie der Herr Pfarrer. Hochwürden hatte sich auf eine Strohunterlage gebettet und sich die Soutane weit über den Kopf gezogen, sodass seine dünnen, weißen Beine für jedermann sichtbar unten hervorlugten. So lag er noch am nächsten Morgen da, als Paule ihn weckte. Er dachte bei sich: »Gute Güte! Unser Herr Pfarrer hat so gebrechliche und dünne Beine wie ein Fischreiher!« Sein silbernes Kreuz hielt der Geistliche mit beiden Händen umklammert. »Hochwürden, Herr Pfarrer, Ihr müsst aufstehen! Ihr werdet sicherlich in der Kirche erwartet.« Dabei schüttelte er den Pfarrer an den Schultern. Langsam wurde dieser wach. »Was ist passiert? Wo bin ich?«, fragte er mit schwerer Stimme. – »Im Stall, bei unserer Hochzeitsfeier. Ich glaube, Ihr habt ein wenig zu viel von unserem Wein getrunken«, sagte Paule. Plötzlich stand die dicke Doro neben ihm: »Lass mich das machen, ich bringe unseren Schwarzkittel in seine Kirche zurück.« Sie zog ihn am Arm: »Kommt, steht endlich auf – ich bringe Euch nach St. Severin. Und, Hochwürden, wie haben Euch denn meine Brüste gefallen?« Der Pfarrer bekam einen Hustenanfall, als seine Erinnerung langsam zurückkehrte. »Oh, Gott im Himmel! Schnell weg von diesem verfluchten Ort, bevor mich einer von meiner Gemeinde hier sieht. Der Teufel hat mich geritten, die Dämonen haben mich verhext. Was habe ich nur getan?« – »Es war doch ein schöner Abend. Ihr habt Euch köstlich amüsiert, es ist nichts passiert, und mein Busen schien Euch gefallen zu haben«, lachte die dicke Doro. So etwas Peinliches hatte der Herr Pfarrer in seinem gesamten Leben noch nicht erlebt. Doch was sollte er machen? Nun war es passiert. Arm in Arm mit Doro verließ er noch leicht schwankend die Stallung. Die drehte sich noch einmal kurz um: »Ich danke euch beiden – es war eine tolle Feier!«

## 43

Am darauf folgenden Tag besuchten Grimhild und Margarete Agnes in ihrem Zimmer. Paule musste im Empfangsraum bleiben; die Frauen wollten unter sich sein. »Es war wirklich eine wunderschöne Hochzeitsfeier«, bemerkte Agnes. – »Grimhild schien sie nicht so gefallen zu haben«, sagte Margarete und blickte sie an. »Du machst die letzte Zeit ein Gesicht wie sieben Tage Regenwetter. Was ist nur los mit dir?« – »Ihr beiden habt gut reden! Du bist nun mit Paule verheiratet – für dich hat das Huren ein Ende gefunden. Und Agnes hat mittlerweile auch schon einen festen Freund. Bloß ich gehe wie immer leer aus«, sagte Grimhild vorwurfsvoll. – »Was habe ich denn für einen festen Freund?«, fragte Agnes. – »Na, den Thomas. Thomas den Töpfer aus Lindlar. Der kommt doch jede Woche zu dir. Der würde dich doch am liebsten von der Stelle weg heiraten. Das weißt du doch genau.« Agnes blickte zu Boden. Grimhild hatte recht: Dieser neue Verehrer war ein netter Kerl und gefiel ihr außerordentlich. Sie vermutete und hoffte gleichzeitig, dass bei ihm Liebe mit im Spiel war. »So ganz unrecht hast du da nicht, Grimhild, aber in dieser Hinsicht steht noch gar nichts fest. Das sind alles noch vage Vermutungen. Aber was ist denn mit dir? Was ist mit deinem heißen Lombarden Alfonso? Der ist doch völlig in dich vernarrt«, gab Agnes zurück. – »Ihr habt doch alle keine Ahnung.« Grimhild schüttelte den Kopf und ging zur Tür. Genau in diesem Moment betrat ihre Mutter den Raum. An der Hand hielt sie Margaretes Sohn. »So, die Feier ist vorüber – hier hast du dein Goldstück zurück.« Margarete breitete die Arme aus und rief: »Na, da bist du ja endlich«, wobei sie ihren Jungen innig herzte. »Hat er sich denn gut benommen, Tante Adele?« – »Oh ja, wir hatten viel Spaß miteinander.«

Grimhilds Mutter Adele bemerkte die bedrückte Stimmung, die im Raume herrschte: »Wenn ich hier störe, gehe ich sogleich wieder.« Grimhild nahm ihre Mutter an die Hand und erklärte ihr die Lage. »Wenn Agnes hier auch noch ausfällt, bin ich die einzige von uns drei Freundinnen, die als Hübschlerin übrig bleibt. Wenn man in einer Beziehung lebt, kann man ja schlecht noch anschaffen gehen«, erklärte Grimhild traurig. Adele blickte ihre Tochter an: »Aber wenn sie doch ihr Glück vor dir gefunden haben, kannst du ihnen das nicht zum Vorwurf machen. Du wirst auch noch einen Mann finden, mit dem du dein weiteres Leben verbringen wirst.« Margarete schritt durch den Raum. Ein wenig gedauerte ihre Freundin sie: »Wir sprachen doch soeben von deinem Verehrer Alfonso, dem Lombarden. Er würde dich auf der Stelle ehelichen. Das hat er schon oft angedeutet. Er würde dich auf Händen tragen.« – »Du hast gut reden! Ich kann doch meine Mutter hier nicht alleine lassen und von heute auf morgen in ein fremdes Land gehen.« Natürlich fand Adele das nicht gerade gut, aber sie ließ es sich nicht anmerken: »Oh, Schatz, das ist doch dein Leben. Du musst selbst wissen, was gut für dich ist. Und wenn er dir etwas bedeutet, darfst du auf mich keine Rücksicht nehmen.« – »Er wird bestimmt in den nächsten Wochen hier auftauchen. Ende Mai oder Anfang Juni hat er in Colonia immer beruflich zu tun. Ich werde ihn fragen, ob er es immer noch ernst meint«, sagte Grimhild. Margarete nahm die traurige Freundin in die Arme: »Über uns liegt das Band der Verschwiegenheit – nach allem, was wir gemeinsam erlebt haben. Wir sind und bleiben unser Leben lang Freundinnen. Egal, wo du hingehst: In Gedanken sind wir bei dir. Es wird immer ein Wiedersehen geben.« Die Frauen standen auf und trennten sich fürs Erste. Grimhild ging auf ihr Zimmer. Margaretes Worte hatten sie ein wenig beruhigt.

Am Samstag darauf stand Thomas der Töpfer wieder im Empfangsraum. Er stammte aus dem bergischen Kirchdorf Lindlar, das zum Gebiet der Grafen von Berg gehörte. Agnes lag gerade in ihrer Stube auf dem Strohsack und döste ein wenig vor sich hin. So ergab sich für Margarete die Möglichkeit, ein paar Worte mit Thomas zu wechseln. »Willkommen in unserem Haus! Seid Ihr wieder mit Euren Tonwaren auf dem hiesigen Markt gewesen?« – »Oh ja, edle Dame, dieser Weg lohnt sich jede Woche erneut für mich.« Von seinem ersten Besuch an hatte dieser junge Töpfer einen anständigen Eindruck hinterlassen. Er sah mit seinen frisch gewaschenen Haaren und der korrekten Kleidung stets sehr gepflegt aus, und was noch wichtiger war: Er ging recht locker mit seinen Silberlingen um, von denen er reichlich zu besitzen schien. »Liege ich richtig mit meiner Meinung, wenn ich annehme, dass Euch unsere Agnes gut gefällt?« Der Töpfer strahlte: »Ihr sprecht die Wahrheit, edle Frau. Sie ist wirklich ein verführerisches Weibsbild – ich könnte mich glatt in sie verlieben!« Margarete wies zur Treppe hin: »Seht, da kommt Eure Angebetete ja gerade.« Hastig ging Thomas ihr entgegen, begrüßte sie herzlich und verschwand mit ihr im Zimmer.

Paule, der sich aus dem Gespräch herausgehalten hatte, meinte trocken: »Der ist bis über beide Ohren in Agnes verliebt. Den beiden geht es so wie uns – da hat Grimhild wohl recht. Sie ist die Letzte von euch dreien, die noch keinen festen Freund hat. Sollte sich die Beziehung zwischen Agnes und diesem Töpfer verfestigen, wird wohl bald ein weiteres Zimmer leer stehen. Das heißt, wir brauchen Ersatz.« »Du denkst schon wie unser verstorbener Hannes – hast nur noch die Silberlinge im Kopf«, lachte Margarete. – »Als neuer Hurenwirt muss ich wohl so denken, allerdings … ›Hurenwirt‹ ist ja nicht gerade ein schönes Wort. Was hältst du stattdessen von ›Paule, das Oberhaupt der Hübschlerinnen aus dem Haus der kleinen Sünden‹?« Margarete holte tief Luft:

»Du hast mir in der Kirche den Treueeid geschworen, daher bist du ausschließlich mein Oberhaupt – denk stets daran! Der beste Ausdruck für deine Tätigkeit hier ist ›Verwalter‹, und nun an die Arbeit, mein lieber Ehemann!«

Am Samstag der nächsten Woche erschien Thomas der Töpfer erneut im »Haus der kleinen Sünden«. Diesmal wollte er aber zunächst mit Margarete und Paule sprechen. Sie baten ihn in ihre kleine Wohnung. »Setzt Euch und berichtet uns, was Ihr auf dem Herzen habt«, sagte Paule. Etwas verlegen fing Thomas an: »Wie Ihr wisst, biete ich hier jeden Samstag auf dem Marktplatz meine Waren feil, überwiegend Krüge, Suppenschüsseln, Töpfe und Trinkbecher. Ich stelle alles eigenhändig in meiner Werkstatt in Lindlar her. Aber ich habe eine kleine Schwierigkeit: Natürlich kann ich nicht alles an einem einzigen Tag verkaufen, sodass immer etwas übrig bleibt. Damit ich die Reste nicht immer mit zurücknehmen muss, wollte ich Euch fragen, ob die Möglichkeit besteht, in Eurem Hause ein Warenlager anzulegen. Vielleicht habt Ihr in Euren Stallungen einen kleinen Lagerplatz für mich? Das wäre mir eine große Hilfe!« Paule blickte Margarete an. Sie hatten eigentlich mit einer anderen Frage gerechnet, nämlich ob Thomas nicht Agnes ehelichen könnte. Paule überlegte und hustete kurz. »Im Grunde hätte ich nichts dagegen, aber einen kleinen Obolus müsstet Ihr dafür wohl bezahlen.« – »Das leuchtet mir ein. Wenn der Betrag nicht zu hoch ist, wäre ich einverstanden. Ihr müsst wissen, dass durch die schlechten Wegstrecken so manch ein Krug zu Bruche geht. Auch könnte ich dann die Nacht noch in Colonia verbringen – mit meiner Agnes – und erst am Sonntagmorgen nach Lindlar aufbrechen.« Als der Name Agnes gefallen war, verstand Paule die Lage wieder besser. Das Lager hatte Thomas ein wenig vorgeschoben. Sicherlich konnte er es wirklich gebrauchen, aber der Hauptgrund dürfte wohl Agnes gewesen sein. Ach, wo die Liebe hinfällt … aber gerade Paule konnte sich gut in ihn hineinversetzen. Hatte er nicht selbst eine Ewigkeit um seine Margarete gebuhlt?

»Kommt mit, junger Mann. Ich zeige Euch eine Stellfläche in den Stallungen. Aber sollte etwas gestohlen werden, bin ich nicht dafür verantwortlich.« Thomas nickte. Sie verließen gemeinsam das Haus und gingen in den Hof an dessen Rückseite. Paule wies Thomas einen Platz zu: »Diese Fläche hier könnt Ihr nutzen. Der Preis ist der gleiche, obwohl Ihr hier sogar einen Blick auf den Rhein habt.« Thomas ging umher und sah sich alles an: »Ich bin einverstanden! Sogar für mein Fuhrwerk ist noch genügend Platz. Darf ich meinen Gaul bei Eurem Stalljungen abgeben, damit er ihn versorgt?« – »So können wir es machen. Ich überlasse es Euch, wie viel Ihr mir gebt. Rechnet einmal im Monat mit mir ab, je nachdem, wie Eure Einnahmen auf dem Markt sind.« Mit dieser Großzügigkeit hatte Thomas überhaupt nicht gerechnet. »Oh, das ist sehr freundlich von Euch!« Thomas hielt Paule die Hand hin, und der schlug ein. Thomas zeigte auf umherliegendes Stroh: »Darf ich mir davon etwas nehmen, um die Zwischenräume zwischen meinen Töpfen damit auszustopfen?« Paule musste an den betrunkenen Hochwürden auf dem Strohbett am Tag nach seiner Hochzeit denken. »Falls es der Herr Pfarrer nicht mehr braucht, gerne.« Dabei schmunzelte er übers gesamte Gesicht. Thomas blickte ihn an. Diesen Satz hatte er nicht so richtig verstanden, aber das war auch nicht weiter schlimm.

## 44

Anfang Juni war es endlich so weit. Darauf hatte Grimhild schon lange gewartet. Dieser etwas verrückte Lombarde stellte es an wie immer. Die Tür zum Empfangsraum flog auf: »Binne wieder inne Colonia – wo iste denn meine Prinzessine?« Die Frauen winkten ihm zu und lachten lauthals. Margarete ging auf Alfonso zu: »Warte hier, ich hole sie. Ich glaube, sie ist im Stall; sie wollte dem Gaul altes Brot bringen.« Nach fünfzehn Minuten kam sie mit Grimhild zurück, die von Alfonsos Besuch sichtlich begeistert war. Beide umarmten sich kräftig. »Du warst lange nicht mehr hier!« – »Oh, meine Prinzessine, ware eine langer Winter, doch jetzte iche habe drei Tage nur für diche Zeit.« – »So lass uns auf mein Zimmer gehen!«

Oben angekommen, setzten sich die beiden auf die Schlafpritsche. »Wie ist es dir ergangen?«, fragte Grimhild. Alfonso nickte: »Habe gute Geschäfte gemachte. Meine beiden Bruder Mario und Luca sinde mitgefahren, musste du unbedingte kennenlernen.« – »Sehr gerne! Liegt dein Boot an der gleichen Stelle wie immer?« – »Eine paar Schritt weiter, kannste nichte verfehlen, doch jetzte ich möchte machen große Liebe mite meiner Prinzessine.« – »Einen Moment noch, Alfonso. Was ich dich immer schon fragen wollte – es ist leider stets in Vergessenheit geraten –: Wie ist eigentlich dein Familienname?« – »Bene, du willste mich heiraten!«, rief er erfreut. – »Immer langsam mit den wilden Pferden! Es ist nur … Es interessiert mich eben«, sagte Grimhild. Er breitete beide Arme aus: »Di Luca – Alfonso di Luca und Grimhild di Luca, klingte doch fantastisch, oder?« Grimhild überlegte: »Dein Bruder heißt doch mit Vornamen Luca, sagtest du eben. Also heißt er wirklich Luca di Luca?« – »Si, Prinzessin, Luca iste in der Lombardei eine Vor- und Familienname. Meine Mama wollte es so. Es heißte ›Der Glänzende‹ oder ›Der ins Lichte hinein Geborene‹. So ist sie, unsere Mama.«

Wie immer blieb Alfonso die ganze Nacht, wie immer dauerte es nicht all zu lange mit seiner Liebe, aber Grimhild war nicht unbedingt auf seine Manneskraft aus. Sie mochte diesen kleinen schwarzhaarigen Draufgänger, der das Leben nahm, wie es kam, der immer gut gelaunt war, der stets ein lockeres Wort auf den Lippen und lockiges Haar auf dem Kopf hatte. Seine braunen Augen leuchteten wie die eines brünstigen Stieres. »Komme jetzte, ich dir zeigen meine Bruder.« – »Und wenn wir zurück sind, nehmen wir unten im Empfangsraum das Morgenmahl ein, also, auf geht's!«, sagte Grimhild und nahm ihren Lombarden an die Hand.

Gemeinsam schlenderten sie zu seinem Boot. Schon von Weitem erkannte sie es. Zwei Männer waren mit verschiedenen Arbeiten auf dem Deck beschäftigt. Dies mussten seine Brüder sein. Genau wie Alfonso hatten sie tiefschwarzes Haar und waren braun gebrannt. Als Grimhild und Alfonso an dem Boot angekommen waren, wechselte er mit seinen Brüdern einige Sätze in ihrer Muttersprache. Anschließend sagte er zu Grimhild: »Dasse iste mein kleiner Bruder Luca, und der andere isste Mario.« Die Männer sprangen auf den Steg, nahmen Grimhild in die Arme und küssten sie auf beide Wangen. Akzentfrei sagte Luca: »Schön, dass ich Euch einmal kennenlernen darf! Mein Bruder hat mir schon viel von Euch erzählt.« – »Mir natürlich auch«, gab Mario hinterher. Grimhild grübelte. Wieso sprachen sie ohne den typischen südländischen Akzent? »Ich glaube, wir können das mit dem ›Euch‹ lassen – also ich bin Grimhild.« – »Genau, alles eine Familie!«, sagte Alfonso. Alfonso und Grimhild gingen an Bord; er führte sie über das Deck und anschließend in den Laderaum. Hier erblickte sie eine Unzahl an Fässern, die mit lombardischem Wein gefüllt waren. Schon mehrere Male hatte sie Gelegenheit gehabt, ihn zu genießen. »Und den musst du noch verkaufen?« – »Si, aber alles iste schon so gute wie verkauft. Morgen mein Boot iste leer, dann iche kaufen Bier und Stockefisch. Weißt du, wir lieben dene trockene Fisch.«

Grimhild und Alfonso verabschiedeten sich von den Brüdern und gingen zurück ins »Haus der kleinen Sünden«, um zu sündigen. Aber zunächst brauchten sie ein anständiges Morgenmahl. »Wir schlagen uns ein paar Eier auf die Herdplatte, das gibt Kraft für den ganzen Tag – was denkst du?« – »Iste gut für meine Manneskraft«, sagte er und griff sich dabei in den Schritt. Nach einem ausreichenden Morgenmahl wollte Alfonso noch einmal Liebe mit seiner Prinzessin machen.

Als er später ermattet neben ihr lag, kam es zu einem ernsthaften Gespräch. Grimhild fragte: »Was würdest du dazu sagen, wenn ich mit dir in die Lombardei ginge und wir heiraten würden?« Alfonso riss die Augen auf: »Mama Mia, fantastico! Aber iche nix wohnen in der Lombardei. Iche bine dort geboren, wir alle susammen wohnen am großen See, am Bodensee. Oh,

Prinzessinne, iche dich soforte heiraten.« – »Was werden deine Mutter und deine Brüder dazu sagen?« Alfonso stand auf und ging durch Grimhilds Zimmer, wobei er vor lauter Glück lachte: »Meine Mama Sofia wirte glucklich sein, sie immer träumt von Schwiegertochter. Meine Brüder … nun ja, Luca iste fleißig, gehte Mama immer zur Hand, und Mario iste ein Frauenheld. Hate drei Bambini von drei verschiedenen Frauen, iste ein Weiberheld.« – »Als Erstes werde ich dir beibringen, wie man unsere Sprache vernünftig spricht. Lass bitte mal das »e« hinter jedem Worten weg. Das heißt ›ist‹, nicht ›iste‹, und ›bin‹, nicht ›bine‹.« Beide mussten lauthals lachen. »Wie kommt es, dass deine Brüder meine Sprache richtig sprechen?« – »Ganz einfach, sie sind beide am Bodensee geboren, nichte wie iche – Verzeihung: nicht wie ich – in Italia. Meine Mama spricht auch wie ich, mein Vater ist schon lange tot. Er ist in den Bergen verunglückt – abgestürzt.« – »Und ihr lebt alle vom Weinhandel?« – »Si, hatte mein Vater aufgebaut, Weinhandel. Wir kaufen Wein aus verschiedenen Regionen. Manchmal wir mischen die Sorten untereinander, so wir machen eigene Produktion. Ein wenig besitzen wir noch Landwirtschaft, einige Ziegen, Schafe und Hühner. Von der Milch macht Mama Käse. Auch haben wir viele Gurken und Oliven. Meine Mama verkauft alles auf dem Markt, meine Brüder und ich kümmern uns um den Wein. Habe ich gut gesprochen?« – »Es war schon viel besser! – Also morgen willst du zurückfahren? Ich komme mit. Du musst mir aber versprechen, auf mich aufzupassen. Ich war noch niemals so weit von zu Hause entfernt. Vorher muss ich noch einiges erledigen. Wenn du möchtest, kannst du mich morgen früh hier abholen.« – »Du haste Alfonso glucklich gemacht!« Grimhild gab ihm einen Kuss auf den Mund – das war schon ein großer Liebesbeweis. »›Hast‹ und ›glücklich‹ heißt das.«

Am frühen Nachmittag verabschiedete sich Grimhild von ihrer Mutter. Natürlich waren beide ein wenig traurig. »Ich werde weiter hier im Gasthof arbeiten. Es gefällt mir sehr gut, und so komme ich ein wenig unter die Leute. Geh du nur deinen Weg, aber lass bitte ab und zu etwas von dir hören!« – »Das werde ich, Mutter.« Bei ihrer letzten Umarmung flossen nur so die Tränen.

Raschen Schrittes ging Grimhild zurück ins »Haus der kleinen Sünden«, wo sie noch Margarete und Agnes traf. Die letzten Stunden in Colonia wollte sie mit ihren Freundinnen verbringen. »So spring nur guten Mutes auf Alfonsos Kahn und in dein neues Leben – und pass auf dich auf!«, ermahnte Margarete sie und griff in ihre Tasche. »Hier, das schenke ich dir.« Sie hielt ihr Stilett in der Hand, das in einer Scheide mit zwei Riemen steckte. »Binde es dir an den Oberschenkel – es ist nur für den Fall, dass du einmal in Not gerätst.« – »Und trag deine Geldkatze nicht sichtbar mit dir herum. Du hast verdammt viel Geld dabei – deine Ersparnisse von Jahren«, fügte Agnes hinzu. – »Ach, Mädels, eure Vorsorge tut gut, aber ich bin auch schon erwachsen. Und ich muss überhaupt nicht in die Lombardei fahren; Alfonso ist zwar dort geboren, aber das Haus der Familie steht am Bodensee.« Sie erzählte ihren Freundinnen davon, was Alfonso ihr berichtet hatte. Nach einer Weile fragte Margarete: »Und wo wollt ihr heiraten?« – »Ich weiß es nicht; darüber haben wir noch nicht gesprochen. Das wird sich ergeben. Ich bin ganz schön aufgeregt, alleine schon wegen der langen Bootsfahrt.« – »Wenn mein Thomas mich heiratet, werde ich wohl auch Colonia verlassen und zu ihm nach Lindlar ziehen. Aber ich bin ja einmal in der Woche hier auf dem Markt, um unsere Waren feilzubieten«, bemerkte Agnes. Grimhild sagte: »Er schwärmt ja so von seiner Mama; ich bin einmal gespannt, was diese Mama Sofia für eine Person ist!« – »Wie heißt das Gewässer? Bodensee? Ich glaube, es gehört zum Herzogtum Schwaben. Da wird überall noch unsere Sprache gesprochen«, erklärte Margarete. – »Woher weißt du das denn?«, fragte Agnes erstaunt. – »Weil ich schlau bin wie ein Fuchs … Nein, Mädels, ich hatte vor ein paar Jahren einmal einen Freier, der aus der Stadt Konstanz kam, und die liegt direkt am besagten See. Und er hatte mir erzählt, dass der See so riesengroß ist, dass man das andere Ufer nicht sehen kann«, sprudelte es aus ihr hervor, »und dahinter fangen die übermächtigen großen Berge an, die Alpen. Über die mussten die Staufer immer klettern, wenn in den lombardischen Städten wieder einmal Unruhe herrschte. Der Rothaarige mit dem Bart, unser damaliger Kaiser Barbarossa, hat sich oft mit den Lombarden geprügelt.« – »Meine Güte, Margarete, du bist ja ein richtiges Geschichtswunder – was du alles weißt«, sagte Grimhild anerkennend. – »Ich hatte ja auch schon einige Freier mehr als du, und die haben mir so manches erzählt«, schmunzelte sie.

## 45

Am folgenden Tag war es so weit. Grimhild hatte ihr weniges Gepäck in einer Truhe auf dem Boot verstaut. Mario und Luca machten den Kahn zum Auslaufen bereit, und am Anleger standen Margarete mit ihrem Sohn Johannes, Paule, Agnes und Hanna. Alle wollten sich verabschieden. Nun kamen schwere Minuten auf Grimhild zu. Sie hasste solche Abschiede. Zum ersten Mal in ihrem Leben musste sie ihre Freundinnen auf unbestimmte Zeit verlassen. Wann würden sie sich wiedersehen? Innig umarmten sie einander. Es war ein herzzerreißender Abschied, bei dem kein Auge trocken blieb. »Alles Gute, Tante Grimhild!«, rief Johannes und winkte dabei mit seinen kleinen Händen.

Endlich trennten sie sich. Alfonso reichte Grimhild die Hand, und sie sprang über die Reling aufs Boot. Mit Stangen stießen die Brüder das Boot vom Anleger ab und setzten sogleich das Segel. Grimhild nahm auf einer Holzbohle Platz und winkte mit feuchten Augen zum Ufer zurück. Alfonso übernahm das Ruder; seine Brüder versuchten, das Segel in den Wind zu legen. Als es die richtige Stellung hatte, blähte es sich im Wind und das Boot nahm bald Fahrt auf.

»Ja, Prinzessin, wir segeln den Rhein aufwärts gegen die Strömung, daher dauert die Rückfahrt nach Hause immer etwas länger«, rief ihr Alfonso zu. Grimhild blickte aufs Wasser und beobachtete die zarten Wellen, die an den Planken entlangliefen und sich hinter dem Boot wieder auflösten. Die Brüder wichen entgegenkommenden Booten in verschiedenen Größen geschickt aus. Nun wurde Grimhild erst bewusst, wie gewaltig dieser Fluss war. Ihr schossen viele Gedanken durch den Kopf. War es richtig, was sie hier tat – einfach so mit den drei Brüdern mitzureisen? Sie kannte doch nur Alfonso, und auch das nur von seinen gelegentlichen Besuchen im »Haus der kleinen Sünden«. Was war er überhaupt für ein Mann? Und wie würde seine Familie sie aufnehmen? Da gab es Hunderte von Fragen, die noch unbeantwortet waren.

Um sich abzulenken, ging sie zum Heck und setzte sich neben Alfonso. »Gibt es hier auch fliegende Fische? Ein Freier hat mir einmal davon erzählt.« Ihr Freund lachte: »Die gibt es tatsächlich, aber nur im Salzwasser, mit Sicherheit nicht hier im Rhein. In der mediterranen See habe ich sie schon häufig gesehen.« – »Da warst du auch schon?« – »Oh ja, als Kind, mit meinem Vater. Er war auch Kaufmann und hat mich des Öfteren mitgenommen.« Grimhild hakte nach: »Musst du da jetzt auch noch hin?« – »Nein, ich reise nur noch mit Fuhrwerken in einige lombardische Städte, um Wein einzukaufen. Unser seetüchtiges Boot im Mittelmeer haben wir schon vor vielen Jahren verkauft. Seit wir hauptsächlich nur noch mit Wein handeln, brauchen wir es nicht mehr.«

Grimhild wunderte sich: Alfonso sprach immer besser und schon fast akzentfrei. Er schien sich sichtlich Mühe zu geben. »Du sprichst meine Sprache immer besser«, stellte sie fest. Alfonso blickte sie an: »Iche viele vonne dir gelernt hab!« – »Du mache dasse schon ganz gute«, äffte sie ihn nach. Beide mussten lauthals lachen.

Gegen Abend steuerten sie das Ufer an und machten an einem Anleger fest. Hier wollten sie die Nacht verbringen. Alfonso zeigte ihr, wo das Essen und der Wein verstaut waren. »Kannst du uns ein paar Brote schmieren? Hier sind Butter, Käse und Hartwurst, und in diesem Leinenbeutel sind noch andere Vorräte – stell irgendetwas zusammen.« – »Das mache ich gern«, sagte Grimhild. Da sie kein Messer fand, griff sie kurzerhand unter ihre Gewandung und behalf sich mit ihrem Stilett, das noch immer in der Scheide an ihrem rechten Oberschenkel steckte. Damit schnitt sie einige Scheiben von dem Brotlaib ab und bemerkte dabei, wie scharf es war. »Margarete hat es gut gepflegt«, dachte sie und legte die geschmierten Brote auf einen großen Holzteller. Daneben legte sie noch einige Gurken und stellte eine Schüssel mit sauer eingelegten Gemüsestückchen dazu. »Wohl bekomm's den Herren!«, sagte sie und stellte den Teller auf die Bodenplanken. Alfonso ging unter Deck des Seglers und kam mit einem gefüllten Krug zurück. »Wenn wir schon Weinhändler sind, sollten wir uns auch ein gutes Tröpfchen gönnen«, sagte er und schüttete vier Tonbecher bis zum Rand voll. Die vier setzten sich auf die Planken und ließen es sich schmecken.

Nach dem Abendmahl sagte Alfonso: »Ich gehe mit Grimhild noch ein wenig am Fluss entlang. Wir wollen uns etwas die Beine vertreten, und vielleicht kehren wir auch noch in einen Gasthof ein.« – »Wir hauen uns schon mal hin – was meinst du, Bruderherz?«, fragte Mario Luca. – »So soll es sein; lass uns noch ein Becherchen trinken, und dann ab in die Kojen!«

Hand in Hand schlenderten Grimhild und Alfonso am Rheinufer entlang. Vor ihnen breitete sich eine grüne Uferwiese aus, die von vereinzelten Kiesbänken des Rheinufers unterbrochen wurde. Zwischen den Gräsern machte sich Klee breit, der zum größten Teil in Blüte stand. Darin summten Hummeln und Bienen. Vereinzelt schossen große Libellen an den beiden vorbei, Gaukler der Lüfte. Grimhild blickte Alfonso an: »Sag, wo und wann willst du mich denn heiraten?« Der Lombarde lachte: »Immer langsam mit den wilden Pferden – wir sind ja gerade mal einen Tag unterwegs, meine Prinzessin.« – »Ja, das weiß ich auch; es war nur eine Frage!« – »Wenn wir bei uns zu Hause angekommen sind, lernst du erst einmal meine Mama kennen. Nach einer gewissen Eingewöhnungszeit gehen wir zum Pfarrer und heiraten«, erklärte er ihr. – »Es wird wohl noch einige Tage dauern, bis wir in deiner Heimat angekommen sind?« – »Sicher, Prinzessin, das wird es. Wie gesagt: Wir segeln gegen die Strömung, und dann spielt auch noch der Wind eine Rolle. Bläst er kräftig, kommen wir gut voran, lässt er nach oder herrscht gar Flaute, brauchen wir länger.« Alfonso kreuzte die Fingerspitzen als Zeichen des

Glückes. Lachend sagte er: »Bisse jetzte ich immer zu Hause angekommen.« – »Ach, das ist alles so neu für mich. Deine Mutter, deine Brüder, die Bootsfahrt und die fremden Orte. Alles ein bisschen viel auf einmal.« Alfonso nahm seine Prinzessin in den Arm: »Alles wird gut! Wir sollten jetzt schlafen gehen – es werden noch ein paar harte Tage auf uns zukommen.« Sie gingen zurück zum Boot, wo Alfonsos Brüder sich schon hingelegt hatten. »Die Burschen schlafen schon. Leider muss ich jetzt zu ihnen kriechen. Du weißt ja, wo deine Schlafstätte ist. Das, was heute Nacht hätte passieren können, holen wir in meinem Hause nach, meine Prinzessin.«

## 46

Am folgenden Tag stand Alfonso am Ruder des Bootes. Luca war damit beschäftigt, das Segel richtig in den Wind zu stellen. Da setzte sich Mario neben Grimhild: »Darf ich dir eine Frage stellen?« – »Natürlich«, sagte sie und blickte ihn fragend an. – »Du bist doch eine Hübschlerin – wie wird man denn so etwas?«, fragte er auf eine etwas sonderbare Art. Grimhild musste schlucken – mit einer solchen Frage hatte sie beim besten Willen nicht gerechnet. Sie blickte ihm in die Augen: »Ich bin jetzt keine Hübschlerin mehr – dank deines Bruders. Wir lieben uns und werden heiraten, das hat er mir versprochen. Aber es scheint dich zu interessieren, wie man eine Hübschlerin wird. Also, man wird durch rücksichtslose Männer dazu gemacht, die einem die Jugend zerstören, und diese Männer wissen nicht, was sie einem jungen Mädchen antun. Sie sind nichts anderes als Verbrecher. So wie mir ist es fast allen Mädchen in den Hurenhäusern ergangen. Von selbst und ohne größte Not verirrt sich keine dorthin. Ich möchte darüber nicht weiterreden – ich hoffe, du verstehst das.« Mario setzte ein Grinsen auf, das irgendwie hässlich wirkte. Grimhild konnte Mario nicht richtig einschätzen. Aber Alfonso hatte ihr ja bereits erzählt, dass er ein Herumtreiber sei. Drei Kinder von drei verschiedenen Frauen – das sagte alles. Sie war gewarnt. Seinen Bruder Luca schätzte sie hingegen als ehrlicher ein; er war ein geradliniger, offener Bursche. Sie war froh, dass ihr früherer Umgang mit so vielen Männern ihre Sinne geschärft hatte.

Grimhild ging zu Alfonso, der hinten am Ruder stand, und setzte sich auf eine Holzbohle. »Na, Prinzessin, ist dir langweilig?« Sie lachte: »Aber nein, ich finde diese Reise äußerst aufregend.« Sollte sie Alfonso von dem kurzen Gespräch mit seinem Bruder erzählen, ihn mit Marios dreisten Fragen konfrontieren? Sie beschloss, vorerst Stillschweigen zu bewahren – vielleicht würde sie es ihm zu einem späteren Zeitpunkt mitteilen. »Was ist das dort drüben für eine Stadt?« – »Hinter jeder Biegung des Flusses steht irgendwo auf einem Felsensporn eine andere Burg, und dort fangen neue Grafschaften an. Den gesamten Rhein entlang bis zum Bodensee findest du eine Vielzahl an Burgen. Diese Stadt dort ist Bingen«, erklärte ihr Alfonso. Grimhild sprang auf: »Bingen – das berühmte Bingen!« Alfonso sah sie verwundert an: »Ja, Bingen. Aber was ist denn daran so Besonderes?« – »Gute Güte, du kennst Bingen nicht? Eine der bedeutendsten Städte am Rhein: Hier hat die berühmte Hildegard von Bingen gelebt. Sie hatte in ihrer Zelle Erscheinungen von Boten Gottes. Ein Engel soll sie mehrmals aufgesucht haben. Sie war die bekannteste und einflussreichste Nonne ihrer Zeit. Selbst der Papst nahm von ihr Ratschläge an. Bestimmt wird sie bald heiliggesprochen!« Es sprudelte nur so aus ihr heraus: »Hildegard von Bingen ist die bekannteste Kräuterfrau im gesamten Frankenland. Und sie hat sogar Bücher über die Heilkunst geschrieben.« Alfonso brummte vor sich hin: »Ich interessiere mich nicht besonders für Kräuter, aber meine Mama weiß auch viel darüber. Wenn dir diese Stadt so viel bedeutet, verspreche ich dir, dass wir bei unserer nächsten Fahrt nach Colonia dort anhalten. Dann kannst du dir die Stadt in Ruhe ansehen.« – »Damit würdest du mir einen großen Wunsch erfüllen«, sagte Grimhild voller Vorfreude.

Das Gespräch verstummte, und jeder hing seinen eigenen Gedanken nach. Da es ein sehr sonniger Tag war, legte sich Grimhild der Länge nach auf die Planken des Hecks, direkt vor Alfonsos Füße. Sie verschränkte die Arme hinter dem Kopf, schloss die Augen und genoss sichtlich die wärmenden Sonnenstrahlen. Alfonso beobachtete sie: »Oh, was für ein Körper, meine Prinzessin, jetzt endlich nach all der Mühe gehörst du mir«, flüsterte er zu sich selbst. Da er sich mit seinen Brüdern die Kabine teilen musste, fand er keine Gelegenheit, mit seiner Geliebten ein wenig Liebe zu machen. Er dachte an seine letzte Nacht mit Grimhild und stellte sie sich dabei nackt vor. Sein Blick schwenkte von ihrem Körper hinüber zum Wasser des Rheins, an dessen Oberfläche sich Turbulenzen bildeten. Ganz ähnliche machten sich auch gerade unter seiner Bruche breit. »Es wird Zeit, dass wir nach Hause kommen und unser Liebesleben von Neuem gekrönt wird«, dachte er.

Gegen Spätnachmittag lenkten sie das Boot aus der Strömung zum flacheren Wasser in Richtung Ufer hin. Alfonso war die Strecke bereits so oft gefahren, dass er alle Stellen sofort wiederfand, wo er über Nacht sein Boot anbinden konnte. Sie holten das Segel ein, griffen zu den langen Stangen, die an der Reling lagen, und stießen sich damit auf dem Grund des Flusses in Richtung Kaimauer. Dort waren vereinzelte runde Eisenringe im Gestein verankert, an denen sie ihre Taue befestigten. Als das Boot ruhig in der nur noch sanften Strömung dümpelte, ging Grimhild unter Deck, um etwas Essbares zu besorgen. Nach dem Abendmahl legten sie sich hin. Das leichte Schaukeln ließ Grimhild recht schnell einschlafen, und sie verbrachte wie auch die anderen eine ruhige Nacht.

Alfonso stand erneut am Ruder. Neben ihm saß Grimhild und schaute zum Ufer: »Sehen wir noch weitere schöne Städte, bevor wir an dem großen See ankommen?« – »Viele, meine Prinzessin, noch sehr viele, und alle haben wir gegründet.« Grimhild überlegte: »Das verstehe ich nicht – was meinst du damit?« – »Na, die Städte hier am Fluss entlang sind alle von meinen Vorfahren gegründet worden, den Römern. Wir waren doch vor vielen Jahren die größte Macht auf dieser Erde. Der Rhein war die Grenze zum Osten hin, wo deine wilden Vorfahren gehaust haben, und auf dem Land war es der Limes, unser Grenzwall.« Bei diesen Worten fiel ihr ein Gespräch ein, das sie einmal mit Hannes, dem früheren Hurenwirt, geführt hatte – Gott hab ihn selig. »Aber unser Arminius, der Cherusker, unser wilder Vorfahre, hat mit den germanischen Stämmen den Römern ganz schön heftig den Hintern poliert, sodass sie sich von der verlorenen Schlacht nie mehr erholt hatten.« Nun musste vor lauter Verwunderung Alfonso den Kopf schütteln. Dieses Wissen hatte er seiner Prinzessin nicht zugetraut. »Mama mia, du bist ja richtig schlau dafür, dass du nie aus Colonia rausgekommen bist.« – »Ich bin zwar nicht so weit gereist wie du, aber blöd bin ich deshalb noch lange nicht«, gab sie etwas schnippisch zurück. Alfonso musste so herzlich lachen, dass seine Brüder sich nach ihm umdrehten. »Um noch einmal auf deine Frage zurückzukommen: Du wirst noch sehr schöne Städte auf unserer Reise sehen: Koblenz, Wiesbaden, Mainz, Karlsruhe und Basel, und genau in dieser Stadt laden wir unsere Fässer bei einem befreundeten Kaufmann ab. Leider können wir unser Boot für die Rückreise nicht schwerer beladen, sonst könnten wir noch viel bessere Geschäfte tätigen, aber wenn wir flussaufwärts segeln, gegen die Strömung, ist das nicht machbar.« Grimhild nickte: »Gut, ich lasse mich überraschen!«

Am darauf folgenden Abend steuerte Alfonso eine Treidelstation an. »Was machen wir denn jetzt?«, fragte Grimhild neugierig. – »Siehst du die Männer dort am Ufer? Sie werden unser Boot so weit flussaufwärts ziehen, bis wir wieder segeln können.« – »Und das macht ihr immer so?« »Ja, Prinzessin, das machen wir immer so, und nicht nur wir: Alle größeren Boote müssen auf den Leinpfad – besser bekannt unter dem Ausdruck Treidelpfad. Die Männer befestigen ein dickes Seil am Mast an unserem Vorderschiff und ziehen das Boot. Manchmal setzen sie auch kräftige Kaltblüter ein.«

Erneut stakten sie mit ihren langen Holzstangen das Boot ins Flachwasser, und Alfonso übergab es dem Treidelführer, der das Seil befestigte und die Kommandos gab. »Für die nächsten Stunden kannst du es dir bequem machen. Es wird einige Zeit dauern, und wir haben ein wenig frei«, sagte er, legte sich aufs Deck und schob sich eine Decke unter den Kopf. »Angenehme Nachtruhe, Prinzessin.« Vom Ufer her erschallten Kommandos, und so langsam setzte sich das Boot in Bewegung. Etwa zehn Männer in einer festen Formation zogen an dem Seil. Luca und Mario taten es ihrem Bruder gleich, und endlich legte sich auch Grimhild neben Alfonso und schloss die Augen.

Der Pfarrer schlug die Hände über dem Kopf zusammen: »Oh, Vater im Himmel! Womit habe ich das nur verdient? Schon wieder eine Hurenhochzeit!« Unruhig eilte er durch die Kirche und erteilte seinen Messdienern Anweisungen. Erneut hatte er sich von dieser Agnes aus dem »Haus der kleinen Sünden« überreden lassen. Dort schien das Heiratsfieber ausgebrochen zu sein. Aber nachdem ihr Zukünftiger ihm einen gut gefüllten Beutel zugesteckt hatte, konnte er nicht Nein sagen. Aber eines stand für ihn jetzt schon fest: Auf die anschließende Feier, auf dieses Trinkgelage, würde er auf gar keinen Fall mitgehen. Das eine Mal hatte im völlig gereicht. Tagelang hatten sich seine Schäfchen die Mäuler über ihn zerrissen, ihn als Hurenpfarrer tituliert und seine geliebte Kirche als Hurentempel bezeichnet.

Grübelnd schritt er durch seine Kirche. Sein Gewissen plagte ihn, aber trotz alledem: Schützt Gott nicht auch die Liebenden? Haben verliebte Paare nicht sogar einen eigenen Schutzpatron, den heiligen Antonius? Und immerhin könnte er bei dem gut gefüllten Geldbeutel ein paar Silberlinge in seiner eigenen Tasche verschwinden lassen. Aber Hochwürden wischte die verworrenen Gedanken aus seinem Kopf. Er nahm sich vor, nichts Unrechtes zu tun. Er würde die kommende Hochzeit zwischen dieser Agnes und ihrem Töpfer Thomas wie alle anderen Hochzeiten im Namen der Kirche durchführen.

Ihr Boot wurde bis südlich von Koblenz getreidelt, da der Rhein hier Untiefen aufwies. Auf mehreren Stromabschnitten herrschten zum Teil völlig unterschiedliche Schifffahrtsbedingungen. Grimhild stand an der Reling: »Alfonso, was ist das für eine wunderschöne Stadt?« Er grinste, weil er ihre Neugierde bewunderte. Sie wollte alles wissen, sog alles Neue förmlich in sich auf. »Das ist Koblenz, eine der ältesten Städte im gesamten Frankenreich – natürlich von meinen Vorfahren gegründet.« »Prahler«, rief sie zurück.

Erneut hatten die Brüder das Segel ihrer Kölner Aak gesetzt. Alfonso hatte sich das Boot vor Jahren in einer Kölner Werft bauen lassen. Der Vorteil dieses Bootstyps war der geringe Tiefgang und die weiten Seitenruder. »Wohin geht es jetzt?«, fragte Grimhild. – »Wir sind jetzt auf dem Mittelrhein; die nächste größere Stadt heißt Mainz. Von da an befinden wir uns bis Basel auf dem Oberrhein. Nun ist aber unsere Aufmerksamkeit gefordert. Es gibt hier kaum noch feste Fahrrinnen – das heißt, es kommen viele Schwierigkeiten und Gefahren auf uns zu. Die Strömung verändert sich, Sandbänke und Untiefen tauchen auf. Daher werden wir noch öfters treideln müssen«, erklärte er ihr. – »Mit so vielen Anstrengungen hätte ich nicht gerechnet! Und das machst du jedes Jahr zwei bis drei Mal? Alle Achtung.« Alfonso fiel mit Absicht in seine alte Sprache zurück: »Macke alles nur wegen meine Prinzessinne.« Grimhild schüttelte den Kopf und murmelte leise: »Verrückter Kerl …«

Am Abend steuerten sie eine weitere Treidelstation an, wo sie später die Nacht verbringen wollten. An diesen Stationen standen auch die berüchtigten Treidelgasthäuser, in die die Eigner der Schiffe samt ihrer Besatzung gerne einkehrten. In einem Kramerladen kaufte Grimhild neue Vorräte für mehrere Tage ein, verstaute sie im Boot und kehrte anschließend mit Alfonso in den Gasthof ein. Mario und Lucas waren nicht dabei – sie bevorzugten ein anderes Wirtshaus. Mit großem Genuss vertilgten sie ein Stück Schweinebraten, den ihnen der Wirt empfohlen hatte und der tatsächlich vortrefflich schmeckte. Dazu tranken sie ein leicht gekühltes Bier. Grimhild wischte sich mit dem Ärmel ihrer Gewandung den Mund sauber: »Dass wir so häufig treideln müssten, hätte ich nicht gedacht!« – »Ja, und das raubt mir einiges von meinem Verdienst – dasse isse alles andere als billig!« Dabei mussten sie wieder lachen.

Nun platzte es aus Grimhild heraus: »Du, Alfonso, dein Bruder Mario hat mir vor Kurzem solch seltsame Fragen gestellt, um nicht zu sagen: recht unangenehme.« – »In welcher Form?« Grimhild hielt einen Moment inne, bevor sie sagte: »Er interessierte sich für meine Vergangenheit. Ich wäre doch eine Hure, und er wollte wissen, wie man so etwas wird. Was hältst du davon?« – »Du musst ihm überhaupt nichts erzählen! Mario ist manchmal ein Hundsfott. Er soll sich um seine eigenen Weibsbilder kümmern – damit hat er genug zu tun. Der war schon immer hinter jedem Weiberrock her. Wenn er dich noch mal belästigt, sagst du mir Bescheid, dann bekommt er von mir was zu hören!« Damit war das Thema auch schon erledigt.

Sie erreichten das Bingener Loch. Auf einem Felsensporn sahen sie die gewaltige Burg Klopp stehen. Während des Treidelns – es war hinter der Stadt Mainz – lag Grimhild auf den Bodenplanken. Die drei Brüder stakten Alfonsos Boot mit ihren langen Stangen vom Ufer ab und hielten es damit in der Strömung. Es wurde von fünf schweren Kaltblütern auf dem Treidelpfad gezogen.

Grimhilds Gedanken reisten nach Colonia, zu ihrer Mutter und den Freundinnen. Ein Tagtraum überkam sie, schloss sie ein. Was mochte sich wohl im »Haus der kleinen Sünden« zutragen? Wie ging es wohl ihrer Mutter, und was machten Margarete und Paule? Erneut kamen Zweifel über sie. Sie vermisste ihre Freundinnen und ihre Mutter. War das alles richtig, was sie hier machte? Sie hatte ihr Schicksal in die Hände eines Lombarden gelegt, und dessen Bruder Mario war ihr nicht geheuer. Des Öfteren warf er ihr merkwürdige Blicke zu, die ihrer Meinung nach nichts Gutes zu bedeuten hatten.

Ihre Gedanken wanderten zu Agnes. Wann würde sie wohl ihren Töpfer Thomas heiraten? In diesem Moment, als sie an Agnes und Thomas dachte, geschah in Colonia etwas, was sie nicht ahnen konnte: Genau zu diesem Zeitpunkt begann in der St.-Severins-Kirche Agnes' und Thomas' Trauung.

## 47

Der Haupteingang war verschlossen. Die Messdiener hatten den Auftrag erhalten, das Hauptportal zu verriegeln und die Hochzeitsgemeinde zum Nebeneingang zu leiten, wo Hochwürden ihr entgegentrat. Ein solches Aufgebot an Hübschlerinnen genau vor der Eingangspforte wie beim letzten Mal wollte er nicht noch einmal erleben. Ausgiebig hatten sich die Kölner Bürger über ihn das Maul zerrissen – er konnte gut auf eine Wiederholung verzichten. Etwa sechzig Huren strömten zum Nebeneingang, vorneweg die dicke Doro. Obwohl es dem Pfarrer ein wenig gegen den Strich ging, tolerierte er den Andrang der Frauen. Bis auf einige wenige waren alle Frauen in seriösen, hochgeschlossenen Gewandungen erschienen. Es befanden sich aber auch einige Hübschlerinnen unter ihnen, die die Gewandungsordnung völlig in den Wind geschlagen hatten, was den Herrn Pfarrer ein wenig verwirrte. Die großen hervorquellenden Wölbungen dieser Frauen, die wohl vom zu eng geschnürten Mieder herrührten, ließen den Pfarrer unruhig werden. Die Gewandungen gaben tiefe Einblicke frei, sodass er sich kaum auf die vor ihm liegenden Aufgaben konzentrieren konnte. Den tiefsten Ausschnitt trug natürlich wieder einmal die dicke Doro, die den Pfarrer beim Betreten der Kirche frech und herausfordernd anblickte.

Die Messdiener begleiteten die Hochzeitsgäste zu den Kirchenbänken, auf denen sie Platz nahmen. Paule, Margarete und Grimhilds und Agnes Mütter saßen in der ersten Reihe – genau vor dem Altar. Familienmitglieder des Bräutigams waren nicht anwesend. Thomas' Mutter war eine äußerst dominante Frau, also verschwieg er ihr einfach seine und Agnes' Hochzeit. Sie wäre sowieso dagegen gewesen; sie sah jedes Mädchen ihres Sohnes, mit dem er sich einmal abgab, als Widersacherin an.

Ein anhaltendes Getuschel hallte durch den hohen Kirchenraum. Der Herr Pfarrer nahm das Brautpaar in Empfang und sprach noch einmal kurz den Ablauf der Trauung durch, dann betraten sie als Letzte das Kirchenschiff. Die Gemeinde erhob sich. Agnes und Thomas der Töpfer standen direkt vor dem Altar. Schon bevor der Herr Pfarrer mit der Trauung anfing, holten die Frauen auf den Kirchenbänken ihre Tüchlein hervor, um aufkommende Tränen abzuwischen. Sturzbäche liefen Agnes' Mutter über die Wangen. »Meine Kleine heiratet«, flüsterte sie und stieß dabei Grimhilds Mutter an. – »Meine Kleine ist irgendwo mit ihrem Lombarden auf dem Rhein unterwegs«, antwortete Grimhilds Mutter traurig.

Der Herr Pfarrer sprach die einleitenden Worte und dachte dabei an den später sicherlich gut gefüllten Almosenbeutel; bei der Trauung von Margarete und Paule jedenfalls hatten sich die Hübschlerinnen als sehr freigiebig erwiesen. Thomas und Agnes hatten sich ihre Gewandungen etwas kosten lassen. Er trug eine dunkelrote, aus Samt gefertigte Tunika, dazu ein sandfarbenes Beinkleid. Agnes' braune Gewandung war züchtig bis zum Hals geschlossen. Sie trug ihr Haar zum letzten Mal offen. Ihr Haupt schmückte ein geflochtener Myrtenkranz. Eine Gemeinsamkeit verband das Brautpaar, nämlich das Leuchten in ihren Augen.

Pfarrer Bertram sagte seine auswendig gelernten Sätze auf, bis ihm beide abwechselnd das Jawort gaben. In diesem Moment flossen die Damen auf den Kirchenbänken erneut nur so dahin wie der Rhein in seinem Bett. Nach dem Vaterunser wurde die Hochzeit durch Glockengeläut verkündet. Die Messdiener nahmen ihre Stellung ein. Die Frauen erhoben sich, und fast alle griffen in ihre Geldkatzen und warfen beim Verlassen der Kirche ein paar Münzen in den Beutel. Vor dem seitlichen Kircheneingang wurde noch heftig über diese wunderschöne Hochzeit geredet. Agnes trat auf den Geistlichen zu: »Herr Pfarrer, Ihr kommt doch noch mit auf ein Becherchen?« Mit dieser Frage hatte er gerechnet und wiegelte sofort ab: »Das ist sehr lieb von Euch, aber Ihr wisst selbst, dass mein Benehmen beim letzten Mal nicht gerade schulmäßig war!« Agnes lachte: »Von unseren Gästen hat das aber niemanden gestört. Seit einigen Stunden haben wir ein Schwein auf dem Spieß, es müsste fast fertig sein. Ihr würdet mir einen persönlichen Gefallen erweisen, wenn Ihr für einen Moment mitkommen würden, um es anzuschneiden. Bitte tut mir den Gefallen! Esst etwas mit uns und gönnt Euch ein kleines Becherchen.« Agnes himmelte ihn so liebevoll an, dass der Herr Pfarrer nicht Nein sagen konnte: »Na gut, aber nur auf einen Becher!«

Die Gesellschaft brach auf, um im »Haus der kleinen Sünden« das nächste Hochzeitsfest zu feiern. Die dicke Doro ging an Agnes' Seite. Sie hielt sich die Hand vor den Mund und flüsterte ihr zu: »Den Herrn Pfarrer übernehme ich – mach dir da mal keine Sorgen.« Um nicht sogleich von den Kölnern erkannt zu werden, hielt sich der Herr Pfarrer in der Mitte der »gemeinen Weiber« auf, als sie zum Hurenhaus schritten. Wie bei Margarete und Paule wurden sie von den Spielleuten im Empfang genommen. Der Duft von gegrilltem Schwein stieg allen Anwesenden in die Nase, und gerade der Herr Pfarrer war ein großer Anhänger solcher Speisen. Mit einer zweizinkigen Gabel sowie einem scharfen Messer schnitt er Teile aus dem knusprigen Tier und legte diese auf ein großes Holzbrett. Die Hübschlerinnen stellten sich in Reih und Glied auf und hielten ihren Teller in der Hand. Jede von ihnen erhielt ein Stück saftigen Fleisches, etwas Kohl und einen Kanten Brot.

Nachdem alle gegessen hatten, spielte die Musik erneut auf. Die Frauen brauchten zum Tanzen keine Männer – es waren eh nur ein paar wenige anwesend. Wenn eine derartige Feier stattfand, hatten die Frauen genug Spaß mit sich selbst. Schließlich gaben sie sich ja jeden Tag von morgens bis abends mit Männern ab, also konnten sie am heutigen Tag beim Tanzen auf sie verzichten. Der Herr Pfarrer hatte gerade seinen Teller geleert und putzte sich mit dem Handrücken Fettreste vom Mund, als die dicke Doro mit zwei gefüllten Weinbechern zu ihm ging. »Hochwürden, Ihr werdet es doch nicht ablehnen, ein Becherchen mit mir zu trinken?« Sie hielt ihm das Getränk hin: »Zum Wohle, Herr Pfarrer! Auf unsere Gesundheit!« So nahm der Abend genau den Verlauf, den der Herr Pfarrer hatte vermeiden wollen. Auf einen Becher folgte der nächste; weitere Hübschlerinnen gesellten sich hinzu. Langsam wurden Hochwürden etwas lockerer, seine Zunge gesprächiger, und seine anfängliche Zurückhaltung löste sich im Nirgendwo auf. Jetzt war der Zeitpunkt erreicht, da er über Ordnung und Anstand nicht weiter nachdachte. Er wurde gesprächig wie ein Wasserfall.

»Auf zum Tanze, Herr Pfarrer«, rief die dicke Doro und nahm ihn an der Hand. Hochwürden lachten: »Wenn es denn unbedingt sein muss!« Beide gesellten sich zu den anderen Tänzerinnen, die bereits die Texte der Lieder kräftig mitsangen. Auch Hochwürden und Doro stimmten mit ein, um ihren Stimmen einen gewissen Glanz zu verleihen. Nach einer weiteren Stunde wurde es für Hochwürden immer schwieriger, das Gleichgewicht zu halten, aber glücklicherweise unterbrachen die Spielleute ihre Musik und kündigten zum Höhepunkt des Abends einen Gaukler und Feuerspucker an. Zunächst jonglierte dieser mit Bällen, danach mit Keulen, darauf folgte die Jonglage mit drei Messern, und zu guter Letzt griff er nach einer brennenden Fackel, die in einer Wandhalterung steckte. Er füllte sich den Mund mit einer Flüssigkeit aus einem Krug, kniete sich mit einem Bein auf den Boden, hielt sich die Fackel vor den Mund und blies einen gewaltigen Feuerstrahl in den Himmel. »Bravo!«, riefen die Hübschlerinnen, und »Bravo!«, rief auch der Herr Pfarrer mit glasigen Augen. Agnes und Thomas schauten fasziniert zu. »Eine wirklich schöne Hochzeitsfeier!«, meinte Agnes und gab dabei ihrem Thomas einen Kuss. »Unser Herr Pfarrer ist gar nicht mal so übel, wenn er ein paar Becher Wein getrunken hat«, lachte Thomas. »Ja, dann kommt sein wahres Wesen zum Vorschein«, gab Agnes zurück.

In diesem Moment erhob sich der Pfarrer von seinem Schemel und ging schwankend auf den Feuerspeier zu. »Das kann ich auch!«, sagte er. Der Feuerspeier verbeugte sich: »Hochwürden, ich würde Euch von einem Versuch dringend abraten – das dürfte zu gefährlich sein!« – »Alle aufgepasst, Leute!«, rief er und stellte sich wirkungsvoll in die Mitte. Sodann ergriff er den Krug, führte ihn zum Mund und nahm die brennbare Flüssigkeit auf. Die Menge war aber eindeutig zu groß, sodass ihm einiges davon aus dem Mundwinkel rann und am Hals hinablief. »Was machen denn Hochwürden da?«, rief Agnes. »Wenn das mal gut geht!« Ihre Bedenken kamen aber zu spät – es passierte alles schneller als gedacht. Hochwürden kniete sich genau wie der Feuerspucker mit einem Knie auf den Boden, hielt sich die brennende Fackel vor den Mund und spie die Flüssigkeit in die Flamme. Noch Wochen, nein Monate später würde man über dieses Ereignis reden. So etwas hatte es im heiligen Colonia nie zuvor gegeben. Und genau jetzt, in diesem Moment, entstand die Geschichte vom brennenden Pfarrer. Er besaß weder die Fähigkeit noch die Schnelligkeit des Gauklers, und so ging das Spektakulum des Feuerspeiens völlig in die Binsen. Ein Teil der Flammen verbreitete sich im Raum und erlosch von selbst; das war nicht das Schlimmste. Aber richtig übel war, dass sein Gesicht – ebenso wie die Haare und der Hals – in Flammen stand. Aufschreiend vor Schmerzen, hüpfte der Herr Pfarrer durch die Stallungen und schlug mit den Händen auf die Flammen ein. Es hätte noch viel, viel schlimmer kommen können, wenn nicht Paule der Schmied nach einem mit Wasser gefüllten Holzeimer gegriffen und den Inhalt über dem Kopf von Hochwürden ausgeleert hätte. Die Flammen erloschen sofort, und aus seinem Haar stiegen übel riechende Rauchschwaden empor. Einige der Frauen fingen an zu kreischen, andere hielten sich die Hände vors Gesicht.

Die Soutane des Pfarrers war ebenso wie seine Haare angebrannt. Mit weit aufgerissenen Augen blickte er verstört in die Runde. Sein Rausch war wie weggeblasen. Paule nahm ihn am Arm und führte ihn zu einem Schemel: »Kommt, Herr Pfarrer, setzt Euch erst einmal hin auf diesen Schreck!« – »Was … was habe ich nur wieder angestellt! Immer, wenn ich zu viel Wein trinke, mache ich solche verrückten Sachen – oje, oje!« – »Es ist ja noch einmal alles gut gegangen«, sagte Paule. Der Pfarrer blickte den Schmied an: »Vielen Dank für alles – Ihr habt mir das Leben gerettet! Außer ein paar angesengten Haaren und meiner verbrannten Soutane habe ich noch einmal Glück gehabt«, stammelte er immer noch ganz aufgeregt. – »Da Ihr ein Mann des Glaubens seid, stand Euch der Herr zur Seite«, bemerkte Paule. Agnes hielt ihm ein Tuch hin: »Hier, nehmt, Herr Pfarrer, damit könnt Ihr Euch abtrocknen.« Hochwürden wischte sich das Wasser mitsamt dem Ruß aus dem Gesicht. »Ich gehe jetzt besser nach Hause«, sagte er mit gebrochener Stimme und verließ die Stallungen.

Einen Moment lang herrschte noch Ruhe, aber als der Herr Pfarrer außer Sichtweite war, konnte sich keiner mehr zurückhalten. Alle hatten ihr Lachen bis jetzt unterdrückt – doch nun musste es heraus. Das Gelächter hallte nur so durch die Stallung – was für ein Gegröle und Gekreische! – und Tränen der Schadenfreude liefen den Hübschlerinnen über die Wangen.

## Traumhafte Wochen mit tödlichem Ende
## 48

»Was ist das für ein großer Fluss, der dort in den Rhein mündet?«, fragte Grimhild. »Das ist der Main, und diese Stadt hier heißt Menze oder auch Mainz«, erklärte Alfonso. Ein Stück weit konnten sie nun wieder segeln. Immer wieder warf Mario Grimhild einen herausfordernden Blick zu. Sie wusste nicht, was sie davon zu halten hatte. Sein kleiner Bruder Luca war ein netter Kerl, ein wenig still, aber aufmerksam, und anständig erzogen. Er stellte ihr nicht solche unverschämten Fragen wie sein Bruder Mario. Aber sie verwarf ihre schlechten Gedanken und setzte sich erneut zu ihrem Zukünftigen, der wie immer das Steuer in den Händen hielt, die Pinne, wie er sie nannte.

»Und was sehen wir als Nächstes?«, fragte Grimhild, deren Neugierde noch lange nicht gestillt war. »Oh, mein Kleines, da kommen noch einige imposante Städte, die direkt am Fluss liegen, zum Beispiel Speyer mit seinem wundervollen Dom. Der Gründer war, wenn ich mich nicht täusche, Euer Kaiser Konrad II. Es folgen Straßburg und Basel, wo wir, wie schon gesagt, unsere restlichen Waren verkaufen. Von dort geht es nach Schaffhausen, und dort endet unsere Reise.« – »Und in diesem Schaffhausen wohnt ihr?« – »Nicht direkt, aber dort muss ich dir etwas Wunderbares zeigen. Wir wohnen etwas außerhalb der Stadt in einer ländlichen Gegend am Fuße eines bewaldeten Berges. Meine Mama Sofia betreibt dort Landwirtschaft, du wirst sehen.« – »Und was willst du mir zeigen?« – »Lass dich überraschen, Prinzessin.«

In den folgenden Tagen passierten sie die von Alfonso aufgezählten Städte. Endlich erreichten sie den Hafen von Basel. Mario sprang auf den Steg und band das Boot mit zwei Tauen fest. »Gehst du und sagst Henslin Bescheid, dass wir angekommen sind?«, rief ihm Alfonso zu. Mario nickte und verschwand schnellen Schrittes. »Wer ist denn Henslin?«, fragte Grimhild und lachte dabei. »Ich bin überhaupt nicht neugierig, ich will nur alles wissen.« – »Ein alter Geschäftsfreund von mir. Immer, wenn ich von Colonia zurückkomme, nimmt er mir meine Waren ab, die er hier weiter feilbietet und verkauft. Ich denke, das Bier und den Stockfisch hat er bereits im Voraus verkauft.«

Nach einer halben Stunde bog ein von einem Gaul gezogenes Fuhrwerk um die Ecke und hielt auf den Anleger zu: »Da sind sie schon. Auf geht's, Luca, wir müssen entladen!«, rief Alfonso. Er, seine Brüder und Henslin machten sich an die körperlich schwere Arbeit, die Fässer vom Boot auf den Wagen zu verfrachten. Sie rollten die Fässer über breite Bohlen und schnürten sie auf der Ladefläche des Wagens mit Seilen fest, sodass sie nicht verrutschen konnten. Der Gaul scharrte ein wenig mit seinem rechten Vorderhuf. Allzu viele Fässer waren es nicht, doch Alfonso war froh, dass er nun die Last von Bord hatte.

Die letzten Stunden nach Schaffhausen würden beschwerlich werden; der Rhein war hier tückisch und wies mehrere wechselnde Untiefen auf. »Wir bleiben hier über Nacht – ich möchte mit dir in die Stadt gehen und dir etwas zeigen«, sagte Alfonso und verstaute das Geld, das ihm Henslin überreicht hatte, in seinem Geldbeutel. Die Männer verabschiedeten sich: »Bis zum nächsten Mal«, rief Henslin und knallte den Zügel auf des Pferdes Rücken. Schweren Fußes setzte sich der Gaul in Bewegung. Mario ging mit seinem Bruder Luca in ein Wirtshaus, Alfonso nahm Grimhild an der Hand, und die beiden gingen in eine schmale Gasse, die sie zu einer Hauptstraße führte. Sie waren noch keine zehn Minuten gegangen, da blieb Alfonso stehen: »Das da wollte ich dir zeigen, Prinzessinne.« Er wies mit der Hand auf eine gewaltige Kirche: »Das ist das Baseler Münster. Ist es nicht wunderschön?« Grimhild hob den Kopf und bestaunte das große Bauwerk. Sie gingen zum Haupteingang, wo sie einen Mönch trafen. »Entschuldigt, Bruder, wir sind hier auf der Durchreise. Könntet Ihr uns etwas über das Münster erzählen?«, fragte ihn Alfonso. Der Mönch begrüßte die beiden recht freundlich: »Was ich weiß, vermittele ich Euch gerne – folgt mir bitte.« Er führte die beiden bis kurz vor das Mauerwerk. »Wie Ihr hier sehen könnt, haben die Maurer und Steinmetzen ausschließlich roten Sandstein verarbeitet.« Dabei strich er mit der Hand über einen der Steine, so als wäre er besonders stolz auf die Kirche. »Früher war das Bauwerk hier ein karolingischer Dom; die alten Fundamente kann man noch heute im Keller bewundern. Erbaut wurde das Münster im romanisch-gotischen Stil Ende des 11. Jahrhunderts.« Der Mönch schritt weiter um das Münster herum und erzählte ohne Unterlass. Grimhild und Alfonso hörten weiter zu. Nach einiger Zeit sagte der Mönch: »So, ich hoffe, ich habe Euch etwas vermitteln können. Jetzt aber muss ich weiter.« Die beiden bedankten sich herzlich für die kostenlose Führung. »Netter Kerl, das Mönchlein«, bemerkte Alfonso. Leider war die Kirche geschlossen, aus welchem Grund auch immer. Gerne hätten sie sich das Gebäude noch von innen angesehen.

Inzwischen meldete sich bei den beiden auch der Hunger. Daher suchten sie einen Gasthof auf, um das Abendmahl zu sich zu nehmen. »Heute gönnen wir uns etwas ganz Besonderes«, sagte Alfonso und zeigte auf seinen prall gefüllten Geldbeutel. »Ein wenig davon bekommen noch meine Brüder, aber es reicht, um herzhafte Felchen zu essen.« – »Was sind denn Felchen?« – »Fische, Prinzessinne, wunderbare, leckere Fische aus dem Bodensee.« Nach dem Mahl spazierten sie noch durch die Gassen dieser bezaubernden Stadt, bevor sie zum Boot zurückgingen, um dort die Nacht zu verbringen.

»Wenn wir gut vorankommen, erreichen wir bald Schaffhausen, wo ganz in der Nähe unser Landhaus steht. Meine Mama wird schon sehnsuchtsvoll auf uns warten. Dass ich meine zukünftige Frau mitbringe, ahnt sie nicht. Ich denke aber, sie wird dich mögen«, erklärte Alfonso. »Was heißt hier: ich denke …? Ich bin mit da sehr sicher.« Die Brüder machten das Boot fertig, Alfonso übernahm wie schon auf der gesamten Rückfahrt das Steuer, Grimhild nahm wieder neben ihm Platz. Es war kein einfacher Weg. Der Strömungsverlauf des Flusses änderte sich häufig, und wieder mussten sie die vielen aufkommenden Untiefen im Auge behalten. Mit letzter Mühe konnten sie einem entgegenkommenden Nachen ausweichen, doch die drei Brüder waren eine eingespielte Bootsmannschaft. Durch die tägliche Arbeit an Deck ging vieles Hand in Hand. Den Rest der Strecke mussten sie bis zum Zielort erneut treideln. Doch endlich hatten sie es geschafft und ihren kleinen Zielhafen erreicht. Man konnte es ihnen förmlich ansehen, wie eine Last von ihnen fiel. Alfonso hatte einen eigenen Platz, an dem er das Boot befestigte. »Das war es dann wohl. Luca, geh zum Krämerladen und frag nach, ob wir etwas mitnehmen müssen«, trug Alfonso seinem jüngsten Bruder auf. Mama Sofia hatte eine Angewohnheit, beim Krämer eine Einkaufsliste mit benötigten Dingen zu hinterlegen, wenn sie mit der Ankunft ihrer Burschen rechnete. Irgendjemandem, der zufällig ins Dorf gehen musste, gab sie die Liste mit, die so lange beim Krämer liegen blieb, bis ihre Jungen aus Colonia ankamen und ihr die Waren mitbrachten. »Ich hole unseren Wagen«, sagte Mario und ging los. – »Ihr habt einen Wagen hier stehen?«, fragte Grimhild. – »Natürlich«, antwortete Alfonso, »dort drüben im Mietstall, mit unserer alten Bertha. Das gute Mädchen hat schon ein gewisses Alter erreicht, zieht unser Gespann aber noch treu bis zum Wohnhaus.« – »Wie lange sind wir jetzt noch unterwegs?«, wollte Grimhild wissen. – »Nach dem Einkauf noch etwa zwei Stunden«, erklärt er ihr. »Am besten, du wartest hier, bis wir Mamas Einkäufe erledigt haben«, meinte Alfonso.

## 49

Die beiden Brüder saßen zwischen den eingekauften Waren auf der Ladefläche des Fuhrwerks. Alfonso hielt die Zügel in der Hand und steuerte den Wagen; Grimhild hatte neben ihm Platz genommen. Zunächst ging es ein Stück den Rhein entlang. Grimhild starrte gedankenversunken in das schnell fließende Wasser, bis sie plötzlich aufschreckte: »Was ist denn das?« Alfonso lachte: »Das ist die Überraschung, die ich dir zeigen wollte: der Rheinfall von Schaffhausen, der größte Wasserfall weit und breit. Er stürzt hier zwölf Klafter in die Tiefe und verursacht dabei diesen Höllenlärm. Genau oberhalb des Wasserfalls befindet sich der große See, von dem ich dir erzählt habe. Ich werde ihn dir ein andermal zeigen. Jetzt müssen wir diesem Weg folgen, der uns in die Hügel zu unserem Haus führt.« Grimhilds Blick klammerte sich an die Wassermassen: »Wunderschön ist das!«, sagte sie aufgeregt. – »Ja, das ist es«, bekräftigte Alfonso.

Der Weg, auf dem sie weiterfuhren, war ziemlich holprig und führte in Serpentinen leicht bergan. Bertha zog das Fuhrwerk langsam, aber gleichmäßig. Eine Zeit lang führte der Weg nach links, danach ging es nach einer leichten Kurve in entgegengesetzter Richtung weiter. Nach zwei Stunden mühsamer Fahrt erblickte Alfonso sein Elternhaus: »Dort drüben, siehst du die Hügelspitze? Da müssen wir hin.« – »Da stehen aber zwei Häuser«, erkannte Grimhild. »Das linke ist unseres, das daneben gehört dem alten Santiago, einem alten Mann, so um die sechzig Jahre. Der wohnt dort schon seit Ewigkeiten. Er hat ein paar Schafe und Ziegen und lebt von dem, was er selber anbaut. Santiago ist ein sehr angenehmer Mensch und besucht Mama Sofia öfters, um mit ihr ein Schwätzchen zu halten.«

Endlich erreichten sie das Haus. Ihre Reise war damit beendet. »Alles runter vom Bock!«, rief Alfonso. Die Tür flog auf und eine schwarzhaarige, etwas füllige Dame betrat den Vorhof: »Da seid ihr ja endlich, meine Kinder!« Die Brüder gingen ihr entgegen und umarmten sie unter vielen Küssen. »Ihr habt Besuch mitgebracht?« Alfonso nahm Grimhild bei der Hand. »Das hier ist meine zukünftige Frau Grimhild, sie stammt aus Colonia«, stellte er sie vor. Mama Sofia starrte Grimhild an. Ihr Blick glitt von Grimhilds Gesicht bis hinunter zu ihren Füßen und wieder zurück: »Na dann, willkommen in meinem Haus! Ich wünsche dir einen schönen Aufenthalt«. Anschließend gab es Küsschen auf die Wangen.

Als Grimhild das Haus betrat, glaubte sie zu träumen. Alles war aus Natursteinen gebaut, die Decken mit dicken Holzbalken verziert, und in einer Ecke stand ein offener Kamin für kalte Wintertage. Drei große Räume gab es in dem Stockwerk, von da aus führte eine Treppe zum Obergeschoss, in dem sich noch weitere Räume auftaten. Mehrere massive Holztruhen standen an den Wänden, vereinzelt hingen Regale darüber, und zwei große, prächtige Teppiche mit wunderschönen Motiven schmücken die Wände: Berglandschaften, große Kiefern, Fichten und röhrende Hirsche. Auf den Truhen sowie auf den Tischen standen gewaltige Kandelaber mit dicken Kerzen. Grimhild war überwältigt von all den neuen Eindrücken. »In was für einer wohlhabenden Familie bin ich hier nur gelandet?«, dachte sie ehrfürchtig.

Mario und Lucas verschwanden auf ihren Zimmern; sie wollten sich eine Mütze Schlaf gönnen. »Komm, Prinzessin, ich zeige dir, wo sich unser Reich befindet«, sprach Alfonso. Er nahm sie an der Hand und führte sie die Treppe hoch. »Bis später, Mama«, rief er noch. Im Obergeschoss betraten sie einen etwa drei mal vier Klafter großen Raum. »Hier wohnen wir, und gleich nebenan ist unser Schlafgemach, dahinter der Baderaum. Daneben liegen die beiden Zimmer meiner Brüder. Aber hier in diesem Raum werden wir noch viel Spaß miteinander haben«, sagte Alfonso mit einem verschmitzten Lächeln. Grimhild nahm auf einem Stuhl Platz: »Ihr seid aber eine wohlhabende Familie! Damit hatte ich nicht gerechnet.« – »Sei doch froh. Das haben wir uns alles über Generationen aufgebaut. Alles mit dem Handel und mit den verkauften Erträgen unseres Landgutes.« – »Weiß deine Mutter eigentlich, dass ich … eine … eine Hübschlerin bin?«– »Noch nicht, aber ich werde ihr das schon beibringen. Sie wird es verstehen. Ich liebe dich, und über mein weiteres Leben bestimme ich ganz allein, da lasse ich mir von niemandem reinreden.« Er blickte sie auf eine Weise an, dass Grimhild sogleich wusste, was ihm vorschwebte. Während der Bootsfahrt konnte er aufgrund der Anwesenheit seiner Brüder nicht tun, was er gerne gewollt hätte. Mittlerweile war Alfonso ganz verrückt nach ihr. Schnell nahm ihm Grimhild den Wind aus den Segeln: »Sag mal, besteht vielleicht die Möglichkeit, ein Bad zu nehmen? Ich fühle mich unsauber und ziemlich verschwitzt – mich ordentlich zu waschen war ja in letzter Zeit nicht möglich.« Alfonso gab ihr einen Kuss: »Du willst eine saubere Prinzessin sein? Dann must du noch bis morgen warten. Silvana, die Seele des Hauses, hat heute frei. Morgen ist sie wieder da; ich werde sie heißen, dir einen Waschzuber mit frischem Wasser anzurichten. Du wirst dich im Bad nebenan wundervoll entspannen und kannst dir auch mit kostbarer Seife aus Italien die Haare waschen. Ist das in deinem Sinne?« – »Ja, sehr – dann hast du morgen eine bezaubernde saubere Prinzessin«, sagte sie und blickte ihn dankbar an.

Am folgenden Tag lernte Grimhild die Magd Silvana kennen und war erstaunt, wie hübsch sie war: Haare so schwarz wie Pech, dazu dunkelbraune Augen und eine schlanke Figur. Alfonso erklärte ihr, dass sein Bruder Luca völlig in sie vernarrt war, doch Mama Sofia gegen eine Beziehung zwischen den beiden war, weil Silvana nicht ihrem Stand entsprach. »Sie ist nur eine Magd«, hatte sie geschimpft.

Grimhild ging in den Baderaum, wo der dampfende Zuber stand; im ganzen Raum duftete es nach Lavendel. »Alles ist angerichtet, Herrin«, sagte die Schönheit. »Das ist sehr lieb von Euch, danke«, antwortete Grimhild. Daraufhin entfernte sich die Magd. Grimhild zog ihre Gewandung aus, roch daran und verzog das Gesicht. Dann löste sie die Riemen der Messerscheide an ihrem Oberschenkel. Seit Colonia hatte sie das kleine Stilett unter ihrem Rock getragen – es war ihr zur Gewohnheit geworden, als wäre es ein Stück von ihr. Aus ihrer Reisetruhe legte sie ein frisches Kleidungsstück heraus. Sie beschloss, nach dem Bade ihre alte Gewandung im Zuber mit viel Seife auszuwaschen. Gerade als sie völlig nackt dastand und in den Zuber steigen wollte, öffnete sich auf einmal die Tür und Mario stand im Rahmen. In seliger Ruhe betrachtete er die nackte Grimhild. Seine Augen taxierten ihren Busen und blieben an ihrem braunen Dreieck zwischen den Beinen hängen. Grimhild riss die Arme vor die Brüste und drehte sie sich dabei um. »Was machst du hier? Raus!«, rief sie. Mario sagte kein Wort und starrte sie weiter an, wobei er zufrieden lächelte. »Verschwinde von hier, ich möchte ein Bad nehmen!«, rief sie erneut. Zynisch antwortete er: »Reg dich nicht so auf – du musst es doch von Berufs wegen gewohnt sein, von Männern betrachtet zu werden. Du hast doch dafür genug Geld bekommen, und bei der Figur musst du dich doch nicht zieren!« Er lachte erneut, schnalzte mit der Zunge und verließ das Badezimmer. Schnell stieg Grimhild in das warme Wasser. Natürlich war es für sie als Hübschlerin nichts Ungewöhnliches gewesen, von einem Mann betrachtet zu werden, doch das war ein für alle Mal vorbei. Jetzt gehörte sie nur noch ihrem Alfonso. Sie würde ihm auf jeden Fall davon erzählen, dass sein Bruder hier unerwartet im Bade erschienen war. Dieser Mario war ihr vom ersten Tag an nicht geheuer gewesen. Er kam ihr vor wie ein erregter Hengst, der sich nicht im Griff hatte. Dabei strahlte er eine gewisse Gefährlichkeit aus, die Grimhild nur schwer einschätzen konnte. Sie wischte ihre Gedanken fort und tauchte im warmen Wasser unter.

»Du siehst aus wie der frische Frühling an einem Maientag«, ulkte Alfonso, »und wie du duftest!« – »Das tat auch einmal wirklich gut nach der langen Reise.« – »Komm, Prinzessin, ich zeige dir unser Land, die Gärten, die Obstwiesen und unsere Weinreben. Zum Abendmahl sind wir wieder zurück. Es wartet eine weitere Überraschung auf dich.« Als sie vor dem Haus standen, das von großen Koniferen umgeben war, zog er ein Tüchlein aus dem Ärmel seiner Tunika: »Ich muss dir die Augen verbinden. Wenn wir angekommen sind, werde ich dir das Tuch abnehmen – vertraue mir.« Alfonso verband ihr die Augen und nahm sie bei der Hand. »Du machst vielleicht Sachen mit mir!«, sagte Grimhild, der dabei das Spiel mit den Mönchen in den Sinn gekommen war. Sie dachte kurz an ihren und Margaretes Besuch im Kloster. Alfonso führte sie auf einem Pfad eine Anhöhe hinauf, bis sie an eine Bank kamen. Sie befanden sich nun oberhalb des Hauses. »Du kannst dich setzen, Prinzessin.« Vorsichtig nahm Grimhild Platz. »Bist du bereit?«, fragte er. Grimhild nickte und fragte sich dabei, was er nur vorhabe. Da nahm er ihr die Augenbinde ab. »Sieh einmal in das Tal hinab!« Grimhild riss die Augen auf: »Mein Gott, ist das schön!« Sie hatten den vollendeten Blick auf den riesigen See, der sich vor ihnen im Tal erstreckte. »Ist das überwältigend und schön! Und so groß wie das Meer.« – »Und glaub mir: Der See ist noch viel größer als das, was du siehst – das ist nur ein Teil davon!« – »Diese unglaublich hohen Berge im Hintergrund – das ist das Schönste, was ich jemals in meinem Leben zu Gesicht bekommen habe!« Alfonso ließ den Arm kreisen: »Das gehört alles zum Herzogtum Schwaben. Es gibt einen Ober- und einen Untersee. Viele bekannte Persönlichkeiten haben hier eine Zeit lang verbracht. Der berühmte Sänger und Dichter Wolfram von Eschenbach war hier gewesen und hatte hier der Muse gepflegt. Der Name Bodensee ist aber nicht der richtige. Früher waren natürlich auch hier meine Vorfahren, die Römer, gewesen. Danach kamen die Alemannen und es gab eine Familie namens Bodmann, die hier gelebt hatte. Nach ihnen ist der See benannt worden, richtig heiß er Bodemsee. So viel zur Geschichte.«

Grimhild konnte gar nicht genug von diesem wunderschönen Blick bekommen. Alfonso fuhr fort: »Wenn ich schlecht gelaunt bin oder wenn ich mir vorkomme, als hätte ich die Blattern, komme ich hierhin, setze mich auf diese Bank, blicke ins Tal und alles ist gut.« – »Das verstehe ich sehr gut, aber Blattern – ich weiß nicht«, gab sie zurück. – »Doch jetzt komm weiter, ich möchte dir unser Land zeigen.« Er nahm sie erneut bei der Hand. »Hier ist alles viel schöner als in Colonia – die Landschaft genau wie das Wetter«, bemerkte sie. – »Der Sommer ist hier wärmer und länger, dadurch haben wir eine recht umfangreiche Pflanzenwelt; hier wächst fast alles. Wir haben hier die Gärten in Terrassenform angelegt. Als Abgrenzung benutzen wir Natursteinmauern, hinter denen sich die Wärme staut und die den Wind abhalten.« Er zeigte ihr eine der Mauern: »Hier zwischen den Steinen wimmelt es von kleinen Echsen und Schlangen – die sind aber alle harmlos und ungiftig. Diese Würmer lieben die heißen Steine, und die Zwischenräume dienen ihnen als Versteck.« – »Davor habe ich auch keine Angst, die kenne ich seit meiner Kindheit an der Weper. Aber was wächst denn auf eurem Landgut alles?« – »Das meiste, was wir angebaut haben, ist Wein in direkter Sonnenlage. Gleich kommen wir aber zu den Obstwiesen, wo überwiegend Apfel-, Birn-, Kirschen- und Zwetschgenbäume stehen. An einer Seite des Hauses, unter dem Dachsims, wachsen Gurken, sie mögen kein Regen von oben, gedeihen dort hervorragend. Des Weiteren besitzen wir einen großen Gemüse- und Kräutergarten, den unsere Magd Silvana hegt und pflegt. In den Kellergewölben unseres Hauses stehen eine Frucht- und eine Weinpresse. Alles wird in Holzfässern gelagert, bis es letztendlich verkauft wird. Meine Mama und Silvana bieten unsere Produkte auf verschiedenen Märkten feil, der Rest geht in den Fernhandel. Nun weißt du im Groben schon einmal, was wir hier machen und wovon wir leben«, beendete Alfonso seine kleine Ausführung. »Ich hätte nicht geglaubt, dass du und deine Familie so wohlhabend seid«, sagte Grimhild. Alfonso schüttelte den Kopf hin und her: »Uns geht es nicht schlecht; wir können gut von unseren Erzeugnissen leben, aber reich sind wir deshalb auch wieder nicht, meine Prinzessin.«

Sie gingen eine Weile Hand in Hand, bis Alfonso unter einem Apfelbaum stehen blieb und zwei rote Äpfel vom Baum pflückte. Einen davon gab er Grimhild: »Hier, für dich – das ist meine Lieblingssorte, saftig und süß; probier mal.« Herzhaft biss sie hinein und kaute kräftig. Mit vollem Mund sagte sie: »Hmm, wirklich köstlich.« Sie wandelten noch ein wenig durch den wunderschönen Obstgarten, bis Alfonso den Rückweg einschlug. »Mama Sofia hat bestimmt etwas Leckeres für uns gekocht!«

## 50

So vergingen die nächsten Wochen. Jeden Tag ging Grimhild mit Alfonso einige Stunden durch die bezaubernden Anlagen spazieren. Mittlerweile kannte sie sich in der Gegend ganz gut aus. Sie empfand diese Wochen als die schönsten in ihrem ganzen

Leben – nie zuvor war sie so glücklich und entspannt gewesen. Die täglichen Spaziergänge taten ihr so gut, dass sie kaum noch an ihr früheres Leben dachte. Nur die Erinnerung an ihre Mutter und ihre Freundinnen ging ihr zuweilen durch den Kopf. Ob Agnes mittlerweile ihren Töpfer geheiratet hatte?

Eines Tages – es war ein Sonntag – sagte Alfonso zu Grimhild: »Ein paar Wochen muss ich dich jetzt alleine lassen. Ich reise mit mehreren Händlern über die Alpen in meine alte Heimat, die Lombardei, um dort Wein einzukaufen. Vor Wintereinbruch werde ich wieder hier sein.« – »Aber ihr baut doch hier so viel Wein an – reicht das denn nicht aus?« – »Doch, im Grunde ja, aber um unserem Wein seinen besonderen Geschmack zu geben, müssen wir ihn mit den süßlicheren Trauben aus der Lombardei mischen. Ich werde mich aber beeilen – das verspreche ich dir.«

Ein mulmiges Gefühl bemächtigte sich ihrer. Ohne Alfonso kam sie sich ein wenig schutzlos vor. Mit Luca kam sie klar, mit Silvana und Mama Sofia auch, aber dieser Mario war ihr immer noch nicht recht geheuer. Wenn er sie mit seinen stechenden braunen Augen ansah, erkannte sie etwas darin, was ihr überhaupt nicht gefiel. Es lag etwas Forderndes in seinem Blick, was sie irritierte. Sie kannte solche Blicke noch aus ihrer Zeit als Hübschlerin – es waren Blicke der Lust, verbunden mit einer gewissen Gewaltbereitschaft, die signalisierte: Ich werde bekommen, was ich haben will. Aber Grimhild wollte die Zeit wenigstens nutzen, um Mama Sofia zur Hand zu gehen und ihr bei der Arbeit zu helfen. Es gab ja genug zu tun.

In der letzten gemeinsamen Nacht vor Alfonsos Abreise nahm er sich vor, seine Prinzessin noch einmal richtig zu verwöhnen. Als sie auf dem Bett lagen, meinte Grimhild: »Alfonso, ich muss dir einmal etwas sagen, aber du darfst nicht böse sein! Du weißt ja, dass ich in Sachen Liebe eine gewisse Erfahrung habe, und ich möchte dir gerne einmal zeigen, wie wir beide den meisten Spaß haben können. Wärest du damit einverstanden?« Er blickte sie fragend an: »Ja – aber was hast du vor?« – »Was hältst du davon, wenn du mir die Stellen an deinem Körper zeigst, an denen du es besonders gerne hast, wenn ich sie streichele? Danach machen wir es umgekehrt: Ich führe deine Hand an meine Lieblingsstellen. Wenn wir später vereint sind, lass es bitte ganz langsam angehen – nicht ›Rein, raus – rein, raus – fertig ist Alonso – aus!‹ Wir müssen uns bei der Liebe viel mehr Zeit lassen, so haben wir beide mehr davon, verstehst du?«

Alfonso lachte und suchte förmlich nach den passenden Worten. »Ich weiß, Prinzessin, bin immer zu schnell, will immer Erster sein. Zeig du mir, wie es richtig geht!« Nun übernahm Grimhild die Initiative. Zum ersten Mal, seit sie sich kannten, ließ sie ihre unglaubliche Erfahrung spielen und verführte den Lombarden, dass der seine Prinzessin gar nicht wiedererkannte. Sie berührte bestimmte Stellen an seinem Körper mit den Fingern genauso wie mit den Lippen, sodass Alfonso bald anfing, laut zu stöhnen. Sie betrachtete ihn nicht mehr als zahlungskräftigen Kunden, nein, sie tat es aus reiner Liebe. Als sie endlich nach längerer Zeit beide schweißgebadet auf den Rücken fielen, flüsterte er ihr zärtlich ins Ohr: »Dasse ware so wunderbar, nun du biste nicht mehr meine Prinzessinne, jetzt du biste meine Königinne, der meinen Prinzen erweckt hatte. Du biste meine Königinne der Nacht.« – »Alfonso, deine Sprache …!«

Kurz vor Sonnenaufgang verabschiedete sich Alfonso von seiner Prinzessin. Sie schlief so fest, dass er sie nicht wecken wollte. Er gab ihr einen Kuss auf die Stirn. »Bis bald«, flüsterte er, »und danke für die schöne Nacht!« Er ging in den Stall, um sein Pferd vor den Wagen zu spannen. Alles war noch ruhig im Haus, als er die Serpentinen in Richtung Schaffhausen hinunterfuhr, wo er die anderen Händler treffen würde. Im Stillen hoffte er, dass er gut über die Alpen kommen würde – ohne Eis und Schnee –, aber wer konnte das schon wissen … Oft war es schon gut gegangen, aber manches Mal hatten sie auch gegen das Gebirgswetter zu kämpfen gehabt. Dies alles war kein Neuland für ihn, aber diesmal war er zuversichtlich, vor dem Wintereinbruch zurück zu sein.

Direkt am Rheinufer traf er auf die anderen Händler und Kaufleute. Zusammen hatten sie zehn Fuhrwerke und waren – wie immer auf einer solchen Reise – mit Schwertern, Dolchen und Spießen bewaffnet. Man konnte ja nie wissen – nur so, für alle Fälle. Das Wetter war noch recht angenehm, doch die Männer hatten ihre dicken Tassel- oder Nuschenmäntel dabei, denn in den Bergen konnte es mächtig kalt werden. Alfonso hatte – wie immer, wenn er die Alpen überquerte – auf seiner Ladefläche noch ein paar dicke Felle liegen und natürlich ein paar Schläuche voll wärmendem selbst gekeltertem Wein. Das Wetter in den Alpen konnte stündlich umschlagen; nicht umsonst hatte man an den Pässen Überlebenshütten errichtet, in denen man bei plötzlich aufkommendem Schnee oder Hagel Unterschlupf finden konnte.

Zunächst einmal umfuhren sie den Bodensee, bis sie den Pass erreichten, der sie über die Berge führen würde. Bald machte sich eine gewisse Eintönigkeit breit. Nicht nur Alfonso, sondern auch alle anderen Händler kannten diesen Zustand des Dahindümpelns. Dieses tagelange Fahren war anstrengend und zermürbend, und jetzt, da er endlich seine Prinzessin besaß, musste er an alles andere denken, nur nicht an Wein aus der Lombardei. »Ach«, stöhnte er, »wäre ich doch nur schon wieder zurück!« Er nahm sich vor, in Zukunft seine Brüder über die Berge zu schicken – vom Alter her wären sie mittlerweile dazu in der Lage. Sie sollten gefälligst auch ihren Beitrag zum Familienvermögen leisten – und außerdem hatten sie doch keine weiteren Verpflichtungen.

## 51

Grimhild machte sich mit Silvana im Gemüsegarten zu schaffen. Sie war sich dessen bewusst, dass sie selbst eine attraktive, groß gewachsene Frau mit einer guten Figur war, aber diese Magd besaß alles, was Gott einer Frau an Weiblichkeit geben konnte. Kein Wunder, dass sich der kleine Luca bis über beide Ohren in sie verliebt hatte. Aber Mama Sofia ließ es nicht zu, dass er etwas mit einer Magd anfinge. Grimhild überlegte, ob die beiden vielleicht in aller Heimlichkeit doch etwas miteinander hatten – so außergewöhnlich wäre das nicht.

»Ihr müsst mir nicht helfen, gnädige Frau«, sagte Silvana. »Oh, das macht mir nichts aus. Als junges Mädchen habe ich täglich auf dem Hof gearbeitet. Ich war nicht immer nur die gnädige Frau«, antwortete Grimhild und zupfte weiter Unkraut aus den Pflanzenreihen. – »Ja, man kann sehen, dass Ihr die Arbeit beherrscht. Ich hole zwei Äpfel, dann können wir eine kleine Pause einlegen. Durch das ständige Bücken schmerzt einem recht schnell der Rücken«, sagte Silvana und lief zu einem Apfelbaum. Grimhild mochte die hübsche Magd; auch konnte sie Luca verstehen – in diese Mädchen hätte sich wohl jeder Mann verliebt. Mama Sofia sollte nicht so streng mit ihrem Sohn sein, schließlich war Grimhild ja auch nicht gerade von Stand, und trotzdem wollte Alfonso sie ehelichen.

Als Silvana zurück war, aßen sie genüsslich die Äpfel. »Sag einmal: Wie gut kennst du diesen Mario eigentlich?«, fragte Grimhild vorsichtig nach. Silvana hustete kurz: »Das ist einer der Herren – darüber darf ich nicht reden, sonst verliere ich meine Arbeit hier auf dem Hofe.« – »Ich sage dir«, fuhr Grimhild vorsichtig fort, »dass ich ihn nicht besonders gut leiden kann. Vielleicht können wir ja Freundinnen werden. Wenn du mir etwas erzählst, verspreche ich dir, niemandem davon etwas zu berichten.« Sie legte ihren Finger auf den Mund: »Ich bin verschwiegen wie ein Grab.« Silvana kicherte: »Der Kerl ist mit äußerster Vorsicht zu genießen. Er hat drei Kinder, alle von verschiedenen Frauen, und um keines kümmert er sich. Du glaubst nicht, wie oft es deshalb im Hause schon zu Streitigkeiten gekommen ist. Mama Sofia hat ihn als Hurenbock bezeichnet.« – »Du siehst doch verdammt gut aus; hat er noch nicht versucht, dich auf sein Lager zu bekommen?« – »Schon des Öfteren! Einmal habe ich ihm eine Ohrfeige gegeben, als er mir unter den Rock griff. Daraufhin hat er mir mit meiner Entlassung gedroht, doch Mama Sofia und der Herr des Hauses, Euer Zukünftiger, schützen mich vor ihm«, sagte sie ängstlich. Sie sprachen noch eine Weile, brachten ihre Arbeit zu Ende und gingen zurück zum Haus, wo sie von Mama Sofia empfangen wurden: »Ihr wart aber beide fleißig! Ihr müsst großen Hunger haben. Wascht euch, Mädels, in zehn Minuten steht das Abendmahl auf dem Tisch.«

Mario und Luca saßen nebeneinander gegenüber Grimhild und Silvana, am Kopfende des Tisches die Herrin des Hauses. Alfonsos Platz blieb leer. Diese Sitzordnung hatte sich so ergeben. Auf dem Tisch stand ein ausladender gusseiserner Topf, gefüllt mit Gemüse und Schafsfleisch. Mama Sofia sagte: »Ich möchte ein kurzes Gebet sprechen. Vater im Himmel, wir danken dir für das tägliche Brot, das du uns gibst. Wir danken dir für die immer gut gefüllte Tafel in unserem Haus. Und ich möchte dich noch bitten: Bring mir meinen Sohn Alfonso wieder gesund zurück. Amen. – Greift zu, bedient euch, Kinder!«

Während des Essens kam es zu einer munteren Unterhaltung. Mama Sofia sagte: »Die ersten Äpfel sind reif und müssen feilgeboten werden. In zwei Tagen fahre ich mit Luca nach Schaffhausen auf den Markt. Gegen Abend sind wir wieder zurück. Mario, du bleibst mit Grimhild und Silvana hier auf dem Hof und siehst nach dem Rechten. Belade mir aber vorher eines der Fuhrwerke mit den vollen Kisten – du kennst das ja. Sie sind mir einfach zu schwer.« – »Natürlich, Mama«, sagte er knapp. – »Und sieh auch mal nach den Birnen und den Zwetschgen. Wenn sie reif sind, packe mir auch welche auf den Wagen.« Mario nickte.

Da klopfte es an der Tür. »Öffne bitte, Silvana! Das muss Santiago sein; ich habe ihn zum Essen eingeladen.« Der hagere, gut aussehende Nachbar betrat den Raum, verneigte sich kurz, wünschte einen guten Abend und nahm auf Alfonsos Stuhl Platz. »Bedien dich, mein Freund!«, sagte Mama Sofia und schob ihm die Schüssel zu. Santiago schüttete sich zwei gefüllte Kellen in seinen Holzteller, löste seinen Löffel vom Gürtel und aß mit großem Appetit. »Das schmeckt wie immer ganz hervorragend, Sofia!«, sagte er schmeichelnd.

Mama Sofia brach sich ein Stück Brot vom Laib ab. »Mario, weißt du schon, wann unsere Erntehelfer kommen?« – »Ja, in ungefähr zwei Wochen. Wie im letzten Jahr habe ich zehn Leute bestellt. Sie bleiben so lange hier, bis die Ernte eingefahren ist. Für ihre Übernachtung müssen wir noch die Stallungen herrichten.« Grimhild hörte zu und dachte bei sich: »Wie nett er doch in Anwesenheit seiner Mutter ist! Das ist alles nur Theater, alles nur gespielte Freundlichkeit …« – »Weißt du, Grimhild«, sagte Mama Sofia, »das sind jetzt die schwersten Wochen im Jahr. Alles Angepflanzte wird gleichzeitig reif und muss geerntet werden. So ist das Jahr für Jahr.« – »Ich bin gerne behilflich«, bot sich Grimhild an. – »Danke, das ist sehr lieb von dir.«

Schon früh am Morgen rollte das Fuhrwerk vom Hof. Auf dem Kutschbock saßen Mama Sofia und ihr Sohn Luca, der die Zügel in den Händen hielt. Kurze Zeit später trafen Mario, Silvana und Grimhild in der Küche ein, um das Morgenmahl einzunehmen. Silvana sagte: »Ich habe noch einiges im Gemüsegarten zu erledigen – Kohlköpfe ernten und wie immer Unkraut jäten.« – »Natürlich bin ich dabei und helfe dir«, sagte Grimhild, die froh war, nicht mit Mario im Haus bleiben zu müssen.

So nahmen die Frauen nach dem Essen aus den Stallungen einige Weidenkörbe für die geernteten Kohlköpfe mit und machten sie sich auf den Weg zum Beet. In einem der Körbe lagen zwei Messer und zwei Hacken gegen das überall wild sprießende Unkraut. Sie schnitten einige gut gewachsene Kohlköpfe kurz über dem Boden ab, entfernte die verwelkten Blätter und legten den Kohl in die Körbe. Zwischendurch säuberten sie noch die Reihen vom Unkraut.

»Ganz schön mühevoll, die Arbeit im Bücken!«, stöhnte Silvana. – »Ja, es gibt wirklich Schöneres, das nicht so ins Kreuz geht«, antwortete Grimhild und hielt dabei einen dicken Löwenzahn in ihren Händen. – »Die frischen Blätter essen wir im Mai manchmal als Salat – sie sind sehr schmackhaft«, sagte Silvana. Nach einer Weile legten die Frauen eine Pause ein und ließen sich einfach auf die wärmende Erde nieder. »Die Gewandungen sind eh so schmutzig – das bisschen Erde macht jetzt auch nichts mehr aus«, meinte Grimhild beim Anblick ihres Kleides. – »Du kannst es mir nachher geben«, antwortete Silvana, »ich wasche es dir mit. Meines muss ja auch gereinigt werden; das ist ein Aufwand. Nur möchte ich dich bitten, mir beim Tragen der schweren Körbe zu helfen.« – »Na, auf! Lass uns schon mal einen in den Stall bringen.« Grimhild stand auf und fasste den Kopf an einem der Tragegriffe. Silvana tat es ihr gleich, und mit dem Korb in ihrer Mitte gingen sie zu den Stallungen neben dem Haus. Der Vorgang wiederholte sich, bis alle Kohlköpfe im Stall waren.

»Ich gehe noch einmal ans Gemüsebeet und mache den Rest fertig. Sieh dir die Köpfe an; wenn sie gut aussehen, kommen sie dort drüben ins Regal«, erklärte Silvana. »Wenn sie mit Erde beschmutzt sind, säubere sie bitte dort hinten an der Wassertonne mit dem Schwamm – Mama Sofia besteht darauf, dass sie gut aussehen, wenn sie verkauft werden sollen.« Silvana wandte sich zum Gehen. »Bis später«, rief sie noch.

## 52

Grimhild hatte gerade die ersten fünf Kohlköpfe mit dem feuchten Schwamm gereinigt und ins Regal gelegt, als sie jemanden hinter sich vernahm. Es war Mario, der wie aus dem Nichts dort stand. »Na, schöne Frau, fleißig bei der Arbeit?« Grimhild erschrak: »Du erscheinst hier so leise wie dein eigener Schatten.« Sie sah ihn an. Da war er wieder, dieser verlangende Blick in seinen Augen, den sie so fürchtete. »Alfonso ist in der Lombardei, Mama und Luca in Schaffhausen und Silvana im Gemüsebeet – was hältst du denn davon, dass wir ein bisschen Spaß miteinander haben?«, fragte er dreist. – »Überhaupt nichts! Ich werde bald deinen Bruder ehelichen, und damit hat sich's!«

Mario kam auf sie zu und betrachtete dabei ihre Brüste: »Schöne Frau, du warst doch jahrelang eine Hure; es dürfte dir doch nichts ausmachen, den Rock für mich zu heben. Keiner muss etwas davon erfahren!« – »Verschwinde endlich! Ich mache so etwas nicht mehr«, rief sie. Nun trat Marios wahres Wesen zum Vorschein, so wie Grimhild es eingeschätzt hatte. Mit beiden Händen griff er ihr an den Busen. Grimhild werte sich mit aller Kraft. Sie dachte an den Schultheißen, an ihre Jugend, an die erste und einzige Schändung in ihrem Leben und dass diese der Grund dafür war, dass sie zur Hure geworden war. Das würde ihr kein zweites Mal passieren! »Lass mich los, sonst schreie ich den gesamten Hof zusammen«, schnauzte sie ihn an. Mario lachte: »Und glaubst du, dich würde jemand hören, du kleine Schlampe?« Er drückte sie mit ihren Schultern an die Stallwand und versuchte dabei, ihr unter den Rock zu greifen. Doch Grimhild wehrte sich wie ein wilder Wolf, sie biss, schlug und trat nach ihm. Mit einem Ruck zog er sie auf den Stallboden. Grimhild lag nun unter ihm. Während des Kampfes versuchte er, sie weiter zu entkleiden, was ihm aber nicht gelang, denn jedes Mal, wenn er ihre Hände losließ, um mit einer Hand unter ihre Gewandung zu kommen, schlug sie wie wild um sich. Erneut zog sie kräftig an seinen Haaren. Nun wurde Mario so wütend, dass er ihr zwei Ohrfeigen verabreichte. Rechts und links klatschen seine Hände auf Grimhilds Wangen, die daraufhin aufschrie. »Halt endlich deinen Mund, du Schlampe!«, schrie er sie an, doch Grimhild dachte nicht daran, sich ein zweites Mal schänden zu lassen.

Gedanken schossen ihr durch den Kopf – »Wie komme ich nur aus dieser Lage raus?« –, da fiel ihr das Messer ein, das sie am Oberschenkel trug. Aber um es zu erreichen, müsste sie die rechte Hand freibekommen. Doch Mario hielt sie an beiden Handgelenken fest, was wiederum dazu führte, dass er selbst auch nicht weiterkam. Grimhild kam eine Idee: »Hör auf, mir wehzutun – ich wehre mich nicht weiter«, sagte sie mit einer Hurenruhe und stellte jegliche Gegenwehr ein. Mario blickte sie an. »Na, das hört sich doch gut an; geht doch!« Er ließ sie los, und Grimhild schlug nicht weiter auf ihn ein. Nun dachte Mario, er hätte leichtes Spiel. Er griff ihr unter die Gewandung, um ihr die Bruche auszuziehen.

Nun konnte sie mit der rechten Hand die Scheide des Messers ertasten. Sie ergriff den Knauf des Stiletts, zog es blitzschnell hervor und stach es Mario seitlich in den Leib. Ein Stöhnen drang über seine Lippen – seine Augen weiteten sich. Er presste seine rechte Hand auf die Einstichstelle: »Du Schlampe, was hast du getan!«, keuchte er. Ein Blutfleck breitete sich auf dem Boden aus. Grimhild stieß Mario von sich zur Seite und sprang auf. Sie blieb vor ihm stehen, blickte auf den am Boden liegenden Mann und sagte: »Ich habe mich für Lust bezahlen lassen – aber schänden lässt sich eine Grimhild nicht mehr!«

Auf Marios Tunika hatte sich ein großer Blutfleck gebildet, der sich schnell vergrößerte. Ein Teil des Blutes breitete sich weiter auf dem Boden aus, ein anderer Teil floss ihm in den Hosenbund. Mit aufgerissenen Augen stammelte er: »Ich, ich werde sterben – du bist eine Mörderin!« Nun überkam sie die Angst. Jemanden erstechen war etwas anderes, als einem Halunken Gifttropfen in den Wein zu schütten. Panik überfiel sie. »Ich muss schnellstens fort von hier«, dachte sie. »Wenn mich die Büttel erwischen, wartet der Galgen auf mich. Alfonso, Mama Sofia, Luca – es tut mir so leid! Aber es ging nicht anders. Verzeiht mir!«

Rasch ließ sie das blutige Messer wieder in der Scheide verschwinden. Es zu säubern war keine Zeit. Sie rannte zum Haus, stürzte die Treppen hinauf, öffnete ihre Truhe und kramte den Geldbeutel hervor, der fast noch so voll wie bei der Abreise war. »Ohne den käme ich nicht weit.« Ihre Gewandung wies einige Blutflecken auf, doch um sich umzuziehen, war keine Zeit. Also schlüpfte sie in ihre Heuke und verließ den Hof schleunigst. Von ihrer Truhe mit den wenigen Habseligkeiten konnte sie sich leicht verabschieden; es war nur schade um ihr Lieblingskleid.

Silvana hatte von alledem nichts mitbekommen – dafür war das Gemüsebeet zu weit entfernt. »Schnell nach Schaffhausen, nur fort von hier!«, dachte Grimhild. Sie war schweißgebadet, als sie den Weg ins Tal hinab entlanglief. Um nicht den Serpentinen folgen zu müssen, kürzte sie den Weg ab und lief geradeaus durch die Weinberge. »Nur nicht auf Mutter Sofia treffen!«, ging es ihr durch den Kopf. »Was werden sie wohl denken und fühlen, wenn sie den toten Mario auffinden, den Sohn, den Bruder, der da erstochen im Stall liegt?«

Es ging ziemlich steil bergab. Als sie sich etwas vom Hof entfernt hatte, wurden ihre Schritte langsamer. Sie blieb stehen, atmete kräftig durch und ging weiter. Sie dachte nach: »Ich muss zurück nach Colonia. Geld habe ich, also brauche ich jemanden, der ein Boot besitzt und stromabwärts segelt.« Grimhild war durstig, ihr Mund war ganz ausgetrocknet. Sie griff nach einer Rebe, an der saftige grüne Trauben hingen, riss sie ab und stopfte sich den Mund damit voll. Sie genoss den Geschmack, spuckte die meisten Kerne und Schalen aus und schluckte den Saft hinunter, bevor sie weitereilte.

Nach gut zwei Stunden erreichte sie das Rheintal. In der Ferne erkannte sie Schaffhausen. Als sie dort ankam, musste sie vorsichtig sein, denn irgendwo mussten Mama Sofia und Luca stehen und ihre Waren feilbieten. Sie wollte ihnen nicht in die Arme laufen. Auf dem Marktplatz standen viele Händler und hatten ihre Waren ausgebreitet. Vorsichtig ging Grimhild von Stand zu Stand und betrachtete sich die Händler, bis sie in etwa zwanzig Schritt Entfernung Mama Sofia neben ihrem Fuhrwerk stehen sah, die Hände voller Äpfel. Ihr Sohn Luca beschäftigte sich mit den Kisten. In weitem Bogen ging Grimhild um den Stand herum, bis sie einem schmalen, lehmigen Weg den Rhein entlang folgte.

Hinter der Stadt standen zu ihrer Rechten ein paar einfache Fischerhütten. »Bis zum Eintreffen der Dunkelheit sollte ich einen Unterschlupf für die Nacht gefunden haben«, überlegte sie. Nach einer Weile setzte sie sich auf einen am Boden liegenden Baumstamm. Ihr brannten die Füße. Die dünnen Ledersohlen waren für weite Wege nicht besonders gut geeignet. Nach einer Weile stand sie auf, ging zum Fluss hinüber, kniete sich hin und führte sich mit den Händen frisches Wasser in den Mund. »Ich muss schnell weiter, nur weit weg von hier; am besten wäre es, wenn mich ein Boot mitnähme«, überlegte sie. Sie raffte sich auf und folgte weiter dem Weg am Rhein entlang.

Nach einer weiteren Stunde traf sie auf einen jungen Burschen, der am Ufer saß und angelte. Sie sprach ihn an: »Na, junger Mann, schon was gefangen?« Der Junge blickte auf: »Nein, die Biester wollen heute nicht beißen.« – »Sag mal, wie weit, ist es denn bis zur nächsten Stadt?« Der Junge zuckte mit den Schultern: »Weiß nicht!« – »Gibt es denn hier Männer, die mit Booten den Fluss befahren?« – »Weiß nicht!« – »Danke für deine Hilfe«, sagte sie und verließ den wortkargen Burschen.

Sie folgte dem Pfad am Rhein entlang, bis sich der Flusslauf teilte. Vom Hauptstrom zweigte vor ihr ein schmaler Altarm ab, der sich durch ein Waldgebiet schlängelte. Er bildete eine mit Bäumen bewachsene Insel. Grimhild konnte erkennen, dass sich der Seitenarm in der Ferne wieder mit dem Hauptstrom vereinte. Ihr schmaler Weg führte sie nun an diesem Altarm entlang. Auf einmal sah sie vier Nachen am Ufer, an denen einige Männer Arbeiten ausführten. Sie ging auf sie zu und sprach sie an: »Seid gegrüßt, Ihr Herren! Könnte ich vielleicht von Euch eine Auskunft erhalten?« Um an ihr Ziel zu gelangen, musste sie sich eine kleine Lüge einfallen lassen. »Gott zum Gruße, edle Jungfer! Was können wir für Euch tun?«, antwortete einer der Männer. Auch die anderen sahen sie an, legten ihr Werkzeug beiseite und kamen auf sie zu. Grimhild zeigte sich von ihrer besten Seite: »Entschuldigt, die Herren, ich bin auf dem Weg nach Basel, um meinen Oheim zu besuchen. Leider ist es etwas spät geworden. Wo finde ich denn einen Gasthof, in dem ich übernachten kann?« Ein wenig mulmig war ihr schon zumute – hier so ganz alleine im Wald mit den Fischern. Plötzlich kamen noch drei Kinder im Alter von vielleicht acht bis zehn Jahren aus dem Wald gerannt, was ihr eine gewisse Sicherheit vermittelte. Wenn hier Kinder waren, würden ihre Väter wohl keine Strauchdiebe sein. Das beruhigte sie ein wenig.

Einer der Fischer sagte: »Die Idee mit dem Gasthof könnt Ihr für heute Nacht vergessen. Es gibt zwar noch einige Dörfer auf dem Weg nach Basel, aber die sind zu weit entfernt.« Die Männer sprachen miteinander in einer Mundart, die Grimhild kaum verstehen konnte. Am Ende nickten alle mit dem Kopf, und der

Fischer sagte: »Wenn Ihr möchtet, könnt Ihr die Nacht in unserer Fischerhütte verbringen. Sie ist zwar nicht mit einem Gasthof vergleichbar, aber für eine Nacht würde sie reichen, und Ihr müsstet nicht frieren. Sie liegt gleich hier drüben im Wald.« Grimhild überlegte: »Und wo schlafen die Herren?« – »Wir gehen gleich mit unseren Kindern ins Dorf zurück – kurz vor Schaffhausen«, war die Antwort. »Folgt mir, ich zeige Euch die Hütte. Es müssten noch ein paar Decken dort liegen, und ein Strohlager gibt es auch. Wir schlafen manchmal hier, wenn es zu spät geworden ist.«

Er ging voraus, und Grimhild folgte ihm. Sie waren keine fünfzig Schritte gegangen, da standen sie schon vor der Fischerhütte. Der Mann öffnete die Tür. »Kommt, ich zeige Euch alles. Hier mit diesem Balken könnt Ihr nachher die Tür von innen verriegeln.« Er führte sie in den zweiten Raum. »Hier ist der Schlafbereich. Dort auf dem Tisch liegen Decken, und an dieser Wand befindet sich das Strohlager. Ich wünsche Euch eine angenehme Nachtruhe! – Ach so, habt Ihr vielleicht Hunger?« Außer den paar Weintrauben hatte Grimhild den ganzen Tag noch nichts gegessen. Ihr Magen knurrte. »Wie ein ausgewachsener Wolf!«, lachte sie. Der Fischer ging in den ersten Raum zurück und griff in ein Regal: »Hier sind Zunder und Feuerstein. Die Feuerstelle ist vor der Tür, und hinter der Hütte befindet sich Brennholz. Ich komme gleich wieder und bringe Euch etwas Gutes aus unserer Reuse.« – »Vielen Dank Herr, Ihr seid sehr freundlich!«, sagte Grimhild dankbar. Kurze Zeit später brachte ihr der Fischer zwei fette Forellen: »Lasst sie Euch munden! Wir kommen kurz nach Sonnenaufgang wieder hierher. Wenn Ihr es vertragt, können wir Euch ein Stück im Boot mitnehmen.« – »Also, seekrank werde ich nicht, und ich würde Euer Angebot gerne annehmen! Habt noch einmal vielen Dank für Eure Gastfreundlichkeit.« Der Fischer hob die Hand und ging. »Keine Ursache«, sagte er noch.

## 53

Grimhild hatte es sich, so gut es ging, auf dem Strohlager gemütlich gemacht. Nach dieser üppigen Fischmahlzeit fühlte sie sich gleich viel besser. Sie war todmüde von der langen Wanderung, dennoch konnte sie nicht sofort einschlafen. Zu viel war an diesem Tag passiert. Ihre Gedanken flogen in die Ferne. Wie es wohl ihrer Mutter ginge? Ob sie noch mit Agnes' Mutter in dem Gasthof arbeitete? Und was machten Margarete und ihr Paule? Wie ging es wohl Agnes mit ihrem Töpfer aus dem Bergischen?

Dann dachte sie an ihre eigene Lage. Nach dem, was sich alles zugetragen hatte, wäre sie vielleicht doch besser in Colonia geblieben. Alfonso wusste von dem Mord an seinem Bruder noch gar nichts, doch er würde ihr das nie verzeihen. Wenn er im nächsten Frühjahr wieder nach Colonia reisen würde – so glaubte sie fest –, ständen mit Sicherheit bald die Büttel vor dem »Haus der kleinen Sünden«, um sie festzunehmen. Alles lief schief für sie. Was sie auch unternahm, stets machte sie das Falsche. Und immer drehte sich alles um Männer.

Während sie immer schläfriger wurde, teilte sie die Männer in zwei Gruppen auf: die verfluchten und die guten. Die verfluchten gehorchten ausschließlich den Körperteil zwischen ihren Beinen. Dazu gehörten der Schultheiß – Gott hab ihn selig –, dieser Waldarbeiter Kilian, aber auch Margaretes ehemaliger Patrizier – auch ihn habe Gott selig – und der räudige Hund Mario, der ihr in der Scheune aufgelauert hatte. Sie dachte weiter: »Aber vielleicht hat Gott sie alle auch gar nicht selig. Dafür, was sie in ihrem Leben angestellt hatten, kann Gott sie überhaupt nicht ins Paradies lassen. Möglicherweise sitzen sie nun mit dem Teufel in der Hölle an einem Tisch, die Füße in einem Bottich voll glühender Kohlen. Das hätten sie verdient gehabt.«

Danach dachte sie an die zweite Gruppe von Männern, die guten. Zu ihnen zählte sie Alfonso – er war ein anständiger Kerl –, aber auch die Fischer hier, die ihr weitergeholfen hatten. Und da war noch Paule der Schmied, Margaretes Ehemann – auch er war ein feiner Kerl. Doch mehr gute Männer fielen ihr im Moment schon nicht mehr ein. Bald drang ein leichtes Schnarchgeräusch durch die Hütte.

Während des Sonnenuntergangs erreichten Sofia und Luca ihr Anwesen. Wunderschön fielen die gelb-rötlichen Sonnenstrahlen auf das Haus, ja hüllten es geradezu ein. »Einen Bärenhunger habe ich«, sagte Luca, »hoffentlich hat Silvana etwas auf den Tisch gebracht.« – »Das macht sie doch immer, wenn wir vom Markt kommen«, antwortete seine Mutter. Luca steuerte das Fuhrwerk direkt auf den Haupteingang des Hauses zu. »Da sitzt doch Silvana auf den Stufen – wartet die auf uns?«, fragte er erstaunt. Das Mädchen saß zusammengekauert auf der Treppe. Als sie die Geräusche des Wagens vernahm, blickte sie hoch, sprang sofort auf und lief dem Fuhrwerk entgegen. »Endlich seid ihr zurück«, rief sie völlig aufgeregt. »Herrin, es ist etwas Furchtbares passiert!« Luca hielt das Fuhrwerk an, und seine Mutter stieg sofort vom Bock: »Was ist denn los? Du bist ja völlig außer dir.« Da erst nahm sie Silvanas verheulte Augen wahr. »Herrin, Euer Sohn Mario – er, er liegt tot im Stall, man hat ihn umgebracht.« Sofias Mund wurde staubtrocken. Sie riss die Augen weit auf: »Was sagst du da!« – »Als ich vom Gemüsebeet zurückkam, fand ich ihn tot im Stall auf dem Boden.«

Sofia sagte nichts mehr, sondern rannte in Richtung Stall, gefolgt von Luca und Silvana. Erstarrt blieb sie vor ihrem Jungen stehen, als sie ihn in der Blutlache liegen sah. »Mario!«, schrie sie. Ihre Knie wurden weich, sie zitterte am ganzen Körper. Luca stützte seine Mutter. »Was ist passiert? Wer war das?« – »Ich weiß es nicht. Das Einzige, was ich sagen kann, ist, dass Grimhild seit diesem Zeitpunkt spurlos verschwunden ist«, kam es aus Silvanas Mund. »Hol den Schemel dort«, befahl Luca. Silvana ging in die Stallecke und brachte ihn. »Setz dich, Mutter.« Er ging zu dem auf dem Boden liegenden Bruder und drehte ihn auf den Rücken. Nun sah er die blutdurchtränkte Tunika erst richtig. Er zog sie hoch und erblickte sogleich die Einstichstelle. »Hier ist die

Wunde – er ist erstochen worden. Es war ja sonst niemand hier, also muss es Grimhild gewesen sein.«

Sofia sprang auf: »Ich habe es von Anfang an gewusst – diese verdammte Hure! Nur Unglück hat sie über unsere Familie gebracht.« Sie wischte sich die Tränen aus dem Gesicht und ging zu ihrem Sohn, beugte sich zu ihm hinunter und streichelte sein Gesicht, wobei sie zärtlich zwei Locken aus seiner Stirn schob. Ihre Trauer war kurz, denn bald stieg eine unbändige Wut in ihr hoch. »Was ist mit Santiago? Weiß er Bescheid?«, fragte Luca. Silvana nickte: »Er kommt sicherlich gleich zu uns, sobald er bemerkt hat, dass ihr zurück seid.« – »Wir müssen Mario begraben, am besten neben Vaters Grab«, schlug Luca vor.

Sofia legte sanft den Kopf ihres Jungen auf die Erde zurück, erhob sich und ging hin und her durch den Stall. Sie schwor Rache: »Ich will, dass die Schlampe dafür an den Galgen kommt! Wo steckt sie nur? Wir müssen die Büttel benachrichtigen?« »Ich mache das morgen, aber jetzt sollten wir ihn begraben«, schlug Luca vor, schritt zu einem Regal und holte eine Hacke und eine Schaufel. »Silvana, besorg ein Tuch und bring auch gleich ein paar Stricke mit. Wir wickeln ihn ein und tragen ihn zum Gottesacker.«

Es war schon kurz vor Mitternacht. Luca und Silvana aßen noch eine Kleinigkeit. »Komm, Mutter, iss was mit – es nützt uns allen nichts, wenn du jetzt nicht bei Kräften bleibst.« – »Lass mich zufrieden, ich will nur Rache, hörst du?« – »Ich reite morgen zum Büttel und gebe auch dem Pfarrer Bescheid. Ansonsten sollten wir warten, bis Alfonso zurück ist. Nur er weiß, wohin Grimhild gegangen sein könnte.«

An der Tür klopfte es. »Das kann nur Santiago sein«, sagte Luca und rief: »Kommt herein!« Der alte Mann betrat die Stube, ging auf Sofia zu und drückte sie: »Es tut mir so leid, Sofia! Meine aufrichtige Anteilnahme.« – »Ich werde dieses Luder suchen lassen, und wenn es mein ganzes Vermögen verschlingt. Hängen soll sie!« Santiago nahm am Tisch Platz: »Zunächst einmal solltest du dich beruhigen. Es ist alles nicht so einfach, wie es aussieht.« –

»Was meinst du damit?« Santiago legte die Stirn in Falten: »Ich habe genau gesehen, was passiert ist – verstehst du? Ich bin Augenzeuge.« Sofia sah ihn mit großen Augen an: »Was hast du gesehen? Und warum kamst du Mario nicht zu Hilfe?« – »Wir alle kennen seine Vergangenheit; wir wissen, wie er sich Frauen gegenüber benommen hat. Was ich gesehen habe – ganz einfach: Er war dabei, Grimhild zu schänden, und sie wehrte sich natürlich. Es ist doch bekannt, dass Huren oft ein Messer unter ihren Gewandungen tragen und es im Notfall auch benutzen. Wie würdest du denn handeln, wenn dich ein Mann mit Gewalt nehmen wollte?« Sofia überlegte: »Wenn du es gesehen hast – warum bist du nicht dazwischengegangen?« – »Liebe Sofia, der Sensenmann streicht schon Nacht für Nacht um mein Haus; er wird mich bald holen. Ich bin ein alter, gebrechlicher Mann. Was verlangst du da von mir? Was glaubst du denn, was ich gegen Mario hätte ausrichten können?« – »Trotzdem will ich sie baumeln sehen«, sagte sie bösartig.

## 54

Schon recht früh war Grimhild auf den Beinen. Sie hatte tief und fest geschlafen. Als sie vor der Fischerhütte saß, vernahm sie Stimmen und erkannte die zurückkehrenden Fischer. »Na, edle Jungfer, wie habt Ihr die Nacht verbracht?«, fragte der Wortführer. – »Ich habe geruht wie eine Tote – die gute Luft hier am Fluss scheint einschlafend zu wirken«, gab sie zurück. – »Wir machen jetzt die Boote fertig. Wenn Ihr wollt, nehmen wir Euch mit in Richtung Basel.« – »Das wäre mir mehr als recht«, freute sie sich. Der Mann griff in seine Umhängetasche: »Hier sind zwei Scheiben Brot, die solle ich Euch von meinem Weibe geben. Ihr müsst doch Hunger haben!« – »Das ist aber sehr freundlich von Eurem Weibe, vielen Dank!« – »Wenn Ihr gegessen habt, kommt hinunter zu den Booten, dann geht es auch gleich los«, sagte der Fischer.

Grimhild verschlang das dick mit Käse belegte Brot förmlich. Es kam ihr vor, als hätte sie nie zuvor ein so schmackhaftes Brot gegessen. Unwillkürlich musste sie an die zweite Gruppe der Männer denken – die guten. Nach dem Morgenmahl ging sie an den Altarm des Flusses. Die Fischer zogen gerade vier Boote vom Ufer in die leichte Strömung. Alle Boote besaßen ein kleines Segel und Staken, die Grimhild ja bereits auf ihrer Hinreise kennengelernt hatte. Dabei musste sie an Alfonso denken. Wie würde er sich verhalten, wenn er hörte, was sie mit seinem Bruder gemacht hatte? Würde sie ihn überhaupt noch einmal in ihrem Leben wiedersehen?

Sie stieg in eines der Boote, die auch die Reusen der Fischer lagen, dazu noch einige Bojen und jeweils ein Gaff. Die Männer schoben die Boote in die Mitte der Strömung, woraufhin sie bald den Hauptstrom erreichten. Grimhild bemerkte, dass es nun wesentlich schneller ging als bei ihrer Hinfahrt – so wäre sie vermutlich auch schneller wieder in Colonia. Hier und da ließen die Männer eine Reuse ins Wasser gleiten, die mit Gräten und verdorbenem Fisch als Lockmittel gefüllt waren. Am Ende des Seiles befestigten sie eine Boje, damit sie die Stelle wiederfinden könnten.

So ging es einige Stunden weiter, bis alle Reusen gesetzt waren. Der freundliche Fischer steuerte das gegenüberliegende Ufer an. »Hier könnt Ihr aussteigen. Geht immer am Fluss entlang – so werdet Ihr bald in Basel sein«, gab er ihr mit auf den Weg. Grimhild bedankte sich. »Hier, nehmt das für Eure Bemühungen«, sagte sie und drückte ihm dabei zwei Silberlinge in die Hand. – »Das wäre aber nicht nötig gewesen! Ich hätte das auch ohne Bezahlung für Euch getan«, gab er zur Antwort. – »Ich weiß! Nochmals vielen Dank.« Sie sprang ans Ufer, winkte noch einmal zurück und ging schnellen Schrittes in die besagte Richtung.

Am Spätnachmittag erreichte sie Basel. In der Nähe des Hafens nahm sie sich ein Zimmer für die Nacht. »Jetzt werde ich als Allererstes einmal etwas Richtiges essen!«, sagte sie zu sich, betrat den Gasthof, buchte ein Zimmer und fragte nach, was denn gerade auf dem Ofen stände. Der Wirt zählte ihr auf, was sie bestellen könnte. »Ich nehme einen kräftigen Fleischtopf und dazu einen kleinen Krug von Eurem Hauswein.« Der Wirt nickte und ging in die Küche.

Das Essen schmeckte ihr vorzüglich, sodass sie alles verzehrte, was er ihr gebracht hatte. Sie leerte den Weinkrug bis auf den trockenen Grund und wollte gerade auf ihr Zimmer gehen, als ihr noch etwas einfiel. Sie fragte den Wirt: »Guter Mann, befindet sich hier in der Nähe vielleicht ein Badehaus? Ich bedürfte dringend einer Reinigung.« Der Wirt lachte: »Direkt um die Ecke auf der rechten Seite. Fragt nach dem Bader Jeremias. Sagt ihm, dass Ihr von mir kommt, dann geht es schneller.« – »Tausend Dank.« Grimhild verließ den Gasthof. Der Wirt wunderte sich über diesen Gast, weil die Frau keinerlei Gepäck bei sich trug und dazu noch alleine reiste. Aber egal – das ging ihn nichts an.

Am nächsten Tag bezahlte sie ihre Rechnung im Gasthof und machte sich auf, um im Hafen ein Boot zu finden, das sie zunächst einmal in nördlicher Richtung mitnehmen würde. Dort lagen viele Boote an den Stegen. Nicht nur Fischerboote, wie ihr schien, sondern auch Handelsboote in Form von kleineren und größeren Schiffen. Wen sollte sie nur fragen? Da fiel ihr ein, dass es in jedem größeren Hafen einen Hafenmeister gab. Sie fragte einen Arbeiter danach, der ihr ein Haus zeigte: »Geht dorthin. Da befindet sich das Kontor des Hafenmeisters. Fragt nach Lothar – er weiß über alles, was hier kreucht und fleucht, Bescheid.«

Grimhild stellte sich dem Hafenmeister vor und erzählte ihm von ihrem Anliegen, dass sie nach Colonia wollte. Es war nichts Außergewöhnliches, dass die Eigner der Boote andere Reisende mitnahmen. Das bedeutete für sie ein kleines Zubrot. »Habt Ihr Geld?«, fragte Lothar sie. Sie nickte. »Gut, dann fragt nach dem Friesen At – seinen Familiennamen kenne ich nicht. Er ist ein netter Kerl, und bei ihm seid Ihr als allein reisende Jungfer sicher.« Grimhild bedankte sich und ging zu den Booten zurück.

Bald hatte sie diesen At gefunden, der mit einem starken Akzent sprach, einem Gemisch aus Fränkisch und Friesisch. »Wieder einer, dem ich unsere Sprache beibringen muss – wenn er mich denn mitnimmt –, genau wie bei der Hinfahrt mit Alfonso«, dieser Gedanke entlockte ihr ein Schmunzeln. »Zo, naar Keulen will je. Ik kann je meenemen, ik ben en Kaashandelaar uit Friesland, en in een uur vertrekken we.« Er rieb mit beiden Händen seinen Körper entlang: »In de Nacht is het koud – als je goed slapen wil moet je twee dekens meenemen. Geslapen wordt aan boord; anders word mijn kaas gestolen«, erklärte er Grimhild. Sie konnte ihn trotz seiner Sprache verstehen. »Ich gehe mir eben zwei Decken kaufen. In einer Stunde bin ich zurück. Vielen Dank! Wie viel muss ich für die Fahrt bezahlen?« – »Betalen kan je later dat zal niet zo duur worden.« – »Gut, also bis gleich!«

Die Rückfahrt ging tatsächlich wesentlich schneller als die Hinfahrt. Nach kurzem Dümpeln hatte der Oberländer die Strömung erreicht. Das Schiff besaß eine Länge von ungefähr zehn Schritt, schätzte Grimhild. Ein junger Bursche befand sich mit an Bord. Er saß am Bug und sprach kein einziges Wort, da er taub war, wie At ihr erklärte. Der junge Bursche kam genau wie At aus dem Friesenland.

Das Boot nahm recht schnell Fahrt auf, obwohl es ein wenig kleiner war als Alfonsos. At versuchte, Grimhild einiges zu erklären. Mit einiger Mühe verstand sie seine Worte. Ein Oberländer war ein kleines Frachtschiff und konnte schwere Lasten befördern. Diese Schiffe waren nur auf dem Ober- und dem mittleren Rhein unterwegs. In Colonia würde die Ladung auf Schiffe umgeladen, die At »Niederländer« nannte. Diese waren von Colonia abwärts bis zur Nordsee im Einsatz. Grimhild konnte sich gut ausmalen, dass Ats Käseräder ein hohes Gewicht besaßen.

Die Dörfer und Städte am Ufer flogen nur so an ihnen vorbei. An manche Ansichten konnte sie sich noch von der Hinfahrt her erinnern – an Kirchen, Burgen oder prahlerische Patrizierhäuser mit protzigen Fassaden. Der Friese At war ein ruhiger, in sich gekehrter Mann, der nicht viel sprach. So ergab sich für Grimhild die Gelegenheit, die anderen Boote auf dem Fluss und die Umgebung zu studieren. In den Nächten schliefen sie im Boot, irgendwo am Ufer, doch meistens an einem Steg in einem der zahlreichen Häfen. Bei jedem Geräusch in den Nächten schreckte At auf und behielt dabei immer seinen Käse im Auge. Grimhild wusste es nicht, aber sie vermutete, dass es sich wohl um eine kostbare Ladung handeln müsse. Aber wieso nahm er eigentlich Käse aus den Schweizer Landen mit, wo doch gerade im Friesenland viel Käse hergestellt wurde? Sie nahm sich vor, ihn am nächsten Tag danach zu fragen.

## 55

Anfang November erreichten sie Colonia. Wie würden ihre Mutter und die Freundinnen reagieren, wenn sie so plötzlich wieder im Türrahmen des »Hauses der kleinen Sünden« stehen würde? Eine weitere Frage lastete schwer auf ihr: Müsste sie erneut anschaffen gehen?

Etwa fünfzig Schritt vom Hurenhaus entfernt fand At eine Lücke am Kai, wo er sein Boot festmachen konnte. Bescheiden verlangte er vier Silberlinge. Grimhild stieg aus dem Oberländer: »Nochmals vielen Dank! Was ich Euch noch fragen wollte: Im Friesenland wird doch so viel Käse hergestellt – wieso kauft Ihr Käse im Schweizerland?« – »Het is speciaal kaas van koeien uit het Zwitserse Hoogland. De kaas heeft een andere smaak – is ook lekker. De Friezen houden van deze kaas. We leveren de kaas naar het zuiden, en van daar neem ik de kaas mee naar Friesland. Een ewig heen en weer.«

Grimhild verstand diesmal nicht viel von seinen Worten. Sie winkte kurz und sagte: »Danke, und Gott mit Euch! Die beiden Decken schenke ich Euch.« Je näher sie ans Haus kam, desto mulmiger wurde es ihr in der Magengegend, gleichzeitig machten sich aber auch Freude und Neugierde breit. Obwohl sie dieses Haus oftmals gehasst hatte – wegen ihres Berufes, den sie hier doch jahrelang ausüben musste –, so gab der Anblick des Gebäudes ihr jetzt ein Gefühl der Sicherheit. Sie klopfte nicht an, öffnete die Tür, betrat den Raum und blieb stehen. Sechs Damen saßen im Empfangsraum. Vier davon kannte sie, zwei waren ihr unbekannt. Die bekannten rissen die Arme hoch und jubelten. »Ich werd' verrückt – was machst du denn hier?«, rief Sieglinde. Grimhild lächelte und ging zu den Frauen, die aufsprangen und sie herzlichst drückten. Küsschen hier und Küsschen da, Schulterklopfen und tausend Fragen. Die Tür öffnete sich und Margarete kam herein: »Warum schreit ihr denn … Grimhild! Wo kommst du denn so urplötzlich her?« Beide hatten Tränen in den Augen, als sie sich in die Arme nahmen. – »Das ist eine etwas längere Geschichte.« Margarete zog Grimhild an der Hand: »Komm mit in meine Wohnung! Möchtest du etwas trinken?« – »Nein, danke, im Moment nicht – vielleicht später.«

»Setz dich, alte Freundin!« Grimhild nahm auf einem Schemel Platz. »Wieso bist du wieder in Colonia?«, fragte Margarete gespannt. »Ach, ich habe so viel erlebt, und so vieles ist schiefgelaufen – doch sag schnell: Wie geht es meiner Mutter und Agnes?« – »Deine Mutter arbeitet weiter zusammen mit Irene, Agnes' Mutter, im Gasthof. Da hat sich nichts geändert, aber Agnes hat ihren Töpfer Thomas geheiratet. Sie wohnt mit ihm im Bergischen Land bei Lindlar. Samstags sind sie beide hier auf dem Markt, dann kannst du sie sehen. Paule ist gerade in seiner Schmiede und bearbeitet ein Türschloss.«

Nun war Grimhild mit ihrer Erzählung an der Reihe »Die Fahrt mit Alfonsos Boot nach Schaffhausen war sehr angenehm. Auf dem Weg dorthin lernte ich seine Brüder Luca und Mario kennen. Bei Letzterem hatte ich allerdings schon auf der Hinfahrt so ein komisches Gefühl in der Magengegend, konnte es aber nicht genauer einschätzen. Dazu später mehr. Die Reise war recht lang, bis wir endlich sein elterliches Gut erreichten, das auf einem Hügel liegt. Ich sage dir: Es ist wunderschön! Dort verbrachte ich mit Alfonso die glücklichsten Wochen meines Lebens, bis er eines Tages in die Lombardei reisen musste …«

## 56

Mama Sofia, Luca, Alfonso, Santiago und die Hausmagd saßen am großen Tisch. Alfonso sagte: »Da kannst du schimpfen wie ein Rohrspatz – ich sehe das anders. Natürlich war es Mord. Aber, Mutter, ich brauche dir Marios Vergangenheit nicht weiter zu erklären. Drei Kinder von drei verschiedenen Frauen, das sagt doch alles, und im Nachhinein hat er sich weder um die Frauen noch um die Kinder gekümmert. Unsere Silvana war zum Glück standhaft, sonst hätte sie jetzt vielleicht auch einen Balg an ihrer Seite, Numero vier.« – »Sie sticht meinen Jungen ab wie ein Schwein und macht sich dann aus dem Staub, so sehe ich das, basta! Sie gehört an den Galgen«, rief Sofia.

Alfonso wusste, dass seine Mama den mittleren, Mario, als ihren Lieblingssohn empfunden hatte. Sie kannte sein flatterhaftes Wesen nur zu gut, deshalb gab sie ihm wohl am meisten von ihrer Liebe. Vielleicht war das genau das Falsche gewesen. »Mord ist und bleibt Mord«, sagte der alte Santiago, »aber denk einmal weiter, liebe Sofia. Alfonso hat recht. Was sollte Grimhild denn anderes machen als die Flucht zu ergreifen? Sollte sie hier auf dich warten und dir sagen: ›Hallo, Mama Sofia! Mario wollte mich schänden, da habe ich ihm ein Messer in den Bauch gerammt‹? Wie hättest du daraufhin gehandelt? Wenn sie das getan hätte, säße sie jetzt im Verlies von Schaffhausen. Und sie ist nicht nur geflüchtet, nein, sie hat ja auch ihre große Liebe Alfonso aufgegeben.« Alle hörten seinen Worten zu. Vor ihm hatten sie Achtung, da er meist sehr schlaue Sätze sprach.

Nun holte Alfonso weiter aus: »Mutter, vor meiner Abreise in die Lombardei hatte ich dir mitgeteilt, dass Grimhild eine Hübschlerin war. Ich werde euch jetzt etwas erzählen, über das ich für gewöhnlich gar nicht reden würde. Grimhild hat mir auf der Reise hierhin anvertraut, wie sie überhaupt im Hurenhaus gelandet ist. Sie und ihre Eltern waren Leibeigene des Grafen von Huckengeswage, das ist ein kleiner Ort in der Nähe von Colonia. Sie führten im Namen des Grafen einen Bauernhof, bis eines Tages der

Schultheiß erschien, um den Zehent abzuholen. Ein Fuchs hatte einige Hühner gefressen, doch der Schultheiß glaubte Grimhilds Vater nicht. Es kam zu einem Handgemenge und ihr Vater sowie ihre Mutter wurden festgenommen und in die Stadt gebracht – Schandkorb, Kerker, was weiß ich. Der durchtriebene Schultheiß blieb auf dem Hof, bis seine Büttel Grimhilds Eltern abgeführt hatten. Was passierte dann? Grimhild war gerade vierzehn oder fünfzehn Jahre alt, als der Kerl sie im eigenen Haus schändete. Daher kommt ihre Angst. Als Mario ihr Gewalt antun wollte, hat die Furcht sie ergriffen, weil sie das kein zweites Mal erleben wollte. Da griff sie zu ihrem Messer – den Rest kennt ihr ja.«

Mama Sofia schien sich etwas beruhigt zu haben: »Wieso musstest du dich ausgerechnet in eine Hure verlieben?« Santiago hustete kurz: »Unterdrück dein Gefühl der Rache, liebe Sofia. Dein Sohn kommt deshalb nicht zurück, und Rachegelüste zermürben dich – sie fressen dich von innen her auf.« – »Etwas muss ich auch noch erwähnen«, sagte Silvana. »Vor einigen Wochen war ich mit Grimhild im Gemüsebeet, und wir unterhielten uns eine Weile. Da deutete sie schon an, dass sie vor Mario Angst habe.« – »Lass es nun gut sein, Mutter! Es ist, wie es ist, und wir können nichts mehr ändern. Nun muss Luca für unseren Hof Verantwortung mitübernehmen; er ist alt genug, um seinen Teil dazu beizutragen. Er ist ein guter Junge, unser Kleiner«, meinte Alfonso und zwinkerte mit dem rechten Auge. Luca musste lächeln. Auch er war bis jetzt mit seinem ältesten Bruder besser ausgekommen als mit Mario. Als Kind hatte er noch zu Mario aufgeblickt und ihn vergöttert, doch als er erwachsen wurde, änderte sich die Einstellung ihm gegenüber schnell.

## 57

Am Samstag saßen alle in Margaretes Stube beisammen: die Freundinnen, Margarete und Paule und die Mütter von Agnes und Grimhild. »Das ist ja alles kaum vorstellbar, was dir widerfahren ist!«, meinte der Schmied. – »Du wärst besser bei mir geblieben; das ganze Theater mit diesem Alfonso – ich weiß nicht«, jammerte Grimhilds Mutter. – »Nun hört auf, ihr Vorwürfe zu machen! Lasst die Kleine erst einmal zur Ruhe kommen – es ist alles nicht so einfach, was sie da in der Fremde erlebt hat«, warf Margarete in den Raum. Grimhild schluchzte: »Ich habe auf jeden Fall Angst vor einem Wiedersehen. Wie verhalte ich mich ihm gegenüber, falls er im Mai wieder nach Colonia kommt? Vielleicht nimmt er für seinen Bruder Rache. Möglicherweise steht er hier mit einem Büttel vor der Tür, der mich ins Verlies steckt, und sie machen mir wegen Mordes den Prozess? Vor dieser Begegnung habe ich Angst. Am liebsten würde ich ganz weit weglaufen.« Sie fuhr fort: »Ich werde jedenfalls meinen Rock nicht mehr für andere Männer heben, das ist vorbei – nur noch für meinen eigenen Mann, wenn mich denn überhaupt noch einer will.«

»Vielleicht kann ich dich im Gasthof bei mir beschäftigen«, schlug ihre Mutter vor. »Ach, Mutter, ich habe doch überhaupt nichts gelernt. Außer meinen Rock zu heben kann ich doch nichts.« – »Sprich nicht so – das gehört sich nicht. Jetzt fängt für dich ein neues Leben an«, sagte ihre Mutter und meinte das auch so. Margarete streichelte Grimhilds Wange: »Das musst du auch nicht mehr, das ist vorbei. Was hältst du davon, dass du meine rechte Hand wirst – so etwas wie meine Stellvertreterin? Du hast hier als Hübschlerin genügend Erfahrung gesammelt und kannst den Mädchen mit Rat und Tat zur Seite stehen. Du kümmerst dich um deren Kerbhölzer, um die Schweinedärme, säuberst den Boden im Empfangsraum, verteilst neue Kienspäne und bist für die Wehwehchen der Frauen zuständig.« Grimhild war von diesem Vorschlag begeistert, und auch ihre Mutter konnte sich nichts Besseres für sie vorstellen.

Margarete erklärte Grimhild die näheren Umstände: »Unsere alten Zimmer sind an drei neue Mädchen vermietet; die wirst du noch kennenlernen. Die anderen Mädchen dürften dir noch bekannt sein. Ich werde dich heute Abend den Damen des Hauses vorstellen. Sie sollen sich bei Schwierigkeiten zuerst an dich wenden.« – »Oh, Margarete, ich danke dir von Herzen«, sagte Grimhild erleichtert. – »Aber es ist dir schon klar, dass du nicht dasselbe verdienen wirst wie als Hübschlerin. Ich denke aber, für ein einfaches Leben dürfte es wohl reichen, und wohnen kannst du erst einmal bei mir.« – Grimhilds Mutter hustete: »Ich bin ja schließlich auch noch da.«

So nahm das böse Ende doch noch einen guten Anfang, wenigstens im Moment. Die kleine Gesellschaft war dabei, sich aufzulösen, als Grimhild zu Agnes sagte: »Wir haben uns noch gar nicht richtig unterhalten durch die ganze Unruhe, die ich hier verbreitet habe. Komm, wir gehen vor die Türe und du erzählst mir von deiner Hochzeit.« Vor dem »Haus der kleinen Sünden« unterhielten sich die beiden noch eine Weile. Agnes schwärmte: »Ich bin mit Thomas sehr glücklich. Er hat mir ein wenig von seiner Töpferkunst beigebracht. Ich gehe ihm zur Hand, und samstags verkaufen wir unsere Waren hier auf dem Markt. Jeden Mittwoch gehen wir nach Lennep, in die Hauptstadt des Bergischen Landes. Die Geschäfte laufen ganz gut. Wie Thomas immer so schön sagt: ›Wir töpfern uns so durch.‹« – »Und eure Hochzeit?« – »Die war wunderbar, genau wie die von Margarete und Paule. Der Herr Pfarrer betete zu Gott, als er all die Hübschlerinnen in der voll besetzten Kirche sah. Er schlug die Hände über dem Kopf zusammen. Auch bei seiner zweiten Hurenhochzeit haute ihn der Wein aus den Schuhen. Das Gelächter in den Stallungen war wieder groß. Es kann sogar sein, dass er einen saftigen Verweis vom Erzbischof bekommen hat.« – »Ja, unser Herr Pfarrer ist schon ein wenig weltlich angehaucht, gerade was den Verzehr von Wein angeht«, bemerkte Grimhild. – »So, ich muss los. Wir sehen uns nächsten Samstag wieder«, sagte Agnes und drückte kurz ihre wiedergefundene Freundin.

Ganz abschütteln konnte Grimhild ihre vergangenen Gedanken nicht. Wie würde Alfonso reagieren? Jetzt war es März, das Frühjahr rückte langsam heran, und schon im Mai würde Alfonso wieder in Colonia sein, um seinen Handel zu betreiben.

Wie sollte sie sich verhalten, wenn er eines Tages erneut vor ihr stünde, und was plante er überhaupt? War er ihr gegenüber feindlich gesonnen? Hatten sich in seinem Kopf Rachegedanken festgesetzt? Wollte er sie vielleicht sogar töten? Und überhaupt: Was machte der dunkel gekleidete Mann seit Tagen vor dem »Haus der kleinen Sünden«? Es schien ihr, als würde der Mann sie beobachten oder sogar verfolgen. Er war unheimlich gekleidet: Von Kopf bis Fuß in Schwarz, die Kapuze immer tief ins Gesicht geschoben, so schlich er vor dem »Haus der kleinen Sünden« oder in der Hafengegend umher. Manchmal stand er eine halbe Stunde vor dem Hurenhaus und beobachtete den Eingang, wobei er sich in einem Hauseingang versteckte. In seinen Händen trug er stets eine Schreibtafel, auf der er sich hin und wieder etwas notierte. Immer wieder ging er hin und her und suchte erneut Unterschlupf im Eingang. Einmal, als Grimhild zum Heumarkt ging, verfolgte er sie. Nach einer Weile drehte sie sich plötzlich um – und fort war er, wie vom Erdboden verschluckt. Irgendwann kam ihr der Gedanke, dieser Kerl könnte vielleicht ein von Mama Sofia und Alfonso gedungener Mörder sein, der ihre Gewohnheiten aufschrieb, bis der Zeitpunkt gekommen wäre, zuzuschlagen.

Am nächsten Morgen war der Fremde nicht zu sehen, tauchte aber am Mittag wieder auf. Grimhild erblickte ihn erneut im Türeingang; er hatte die Kapuze wieder tief ins Gesicht gezogen, sodass sie sein Gesicht nicht erkennen konnte. Grimhild erzählte Paule dem Schmied von der Sache und bat ihn, sich um die Angelegenheit zu kümmern, um den Grund für diese sonderbare Beobachtung zu erfahren. »Ja, mache ich! Diese ständige Sorge kann man ja nicht lange ertragen«, antwortete er.

Am nächsten Tag öffnete Grimhild die Tür und sah den Fremden wieder im Eingang stehen. Sie benachrichtigte Paule. »Dann will ich mir den schwarzen Vogel einmal aus der Nähe betrachten«, sagte dieser und ging los. Grimhild beobachtete die Szene durch den Türspalt. Sie sah, wie Paule den Fremden ansprach. Das Gespräch ging hin und her. Endlich lachte Paule auf und kam zurück ins Hurenhaus. »Ach, Grimhild, du bist mir vielleicht ein Angsthase! Der Herr ist so harmlos wie das Amen in der Kirche.« Sie sah ihn verdutzt an. Ihr Gesicht glich einem Fragezeichen. »Was ist? Warum lachst du so?« – »Weißt du, was der Mann dort treibt? Er ist bei der Stadt Colonia beschäftigt und beobachtet den Hafen – wie viele Schiffe täglich ankommen und wie viele auslaufen. Es geht um die Größe unseres Hafens. Er soll in der nächsten Zeit erweitert werden, und der Mann macht nichts anderes als Boote zu zählen.« – »Und warum steht er andauernd hier im Türeingang«? – »Ganz einfach, weil ihm kalt ist und er sich ein wenig vor dem Wind schützen will.« Grimhild schüttelte den Kopf: »Ich glaube, meine Fantasie ist mit mir durchgegangen.« Paule legte seine Hand auf ihre Schulter: »Es ist alles gut, du kannst dich wieder beruhigen.«

## Bertrams letzter Akt als Pfarrer
## 58

Die Tage im April flossen ohne besondere Vorkommnisse dahin. Anfang Mai wurde Grimhild zunehmend unruhig. War nun täglich mit Alfonsos Ankunft zu rechnen, oder würde er Colonia vielleicht aus irgendeinem Grund nicht mehr beliefern, sondern sich mit seinen Käufern in einer anderen Stadt treffen, um ihr aus dem Weg zu gehen? Im innersten Kern ihrer Seele liebte sie ihren Lombarden immer noch. Wenn er damals nur vor Ort gewesen wäre, hätte die Geschichte einen anderen Verlauf genommen.

Sie war allein im Empfangsraum. Einige der Frauen hatten Kundschaft und waren auf ihren Zimmern, ein paar andere Hübschlerinnen waren zum Einkaufen auf den Alter Markt gegangen. Grimhild kehrte die verbrauchten Kienspäne zusammen, die als Bodenbelag gedient hatten, um sie später in die Stallungen zu bringen. Dort standen schon drei prall gefüllte Säcke an der Wand. Die Späne würden im kommenden Winter als Anmachholz benutzt.

Grimhild schob die Tierhaut des Fensters beiseite und ließ den Blick über den Fluss gleiten. Als sie die vorbeifahrenden Boote beobachtete, kam ihr die Fahrt nach Schaffhausen wieder in den Sinn. Das war für sie ein schönes Erlebnis gewesen. Nie zuvor hatte sie so viele überwältigende Eindrücke erlebt. Für einige Monate hatte sie vergessen können, dass sie eine Hübschlerin war. Alfonso hatte sie aus ihrer Welt der käuflichen Liebe gerissen und ihr eine andere gezeigt, in der sie glücklicher war als hier im »Haus der kleinen Sünden«. Nun war sie wieder zurück an ihrem alten Arbeitsplatz, unglücklich, unverheiratet und mit geplatzten Träumen.

Als sie so traurig am Fenster stand, öffnete sich plötzlich die Tür und eine Stimme durchdrang den Raum: »Prinzessin, da bist du ja endlich. Warum biste du fortgelaufen?« Die Stimme fuhr Grimhild durch Mark und Bein. Blitzschnell drehte sie sich um und sah Alfonso mit ausgebreiteten Armen im Eingang stehen.

Völlig überrascht rief sie: »Paule, Paule, komm schnell – er ist da!« Sie wusste, dass der Schmied in Margaretes Wohnung war. Alfonso sah Grimhild an, dann flog sein Blick zu Margaretes sich öffnender Zimmertür. Schnellen Schrittes betrat Paule den Raum, ging auf Alfonso zu und packte ihn an der Tunika, wobei er einen Blick auf seinen Gürtel warf, um zu sehen, ob er ein Messer bei sich hatte. »Was hast du vor und was willst du hier?«, fragte er den Lombarden. Alfonso riss die Augen weit auf, als würde er die Welt nicht mehr verstehen. »Paule, was machst du denn? Ich bin hier, um meine Prinzessin zu ehelichen – was glaubst du denn sonst?« Paule schüttelte den Lombarden durch, drängte ihn an die Wand: »Du bist hier, um dich an Grimhild zu rächen, weil sie deinen Bruder erstochen hat!«, schrie er ihn an. – »Aber nein, das stimmt nicht, das ist so nicht richtig. Ich weiß doch selbst, was für ein Kotzenschalk er war – sein ganzes Leben war eine Katastrophe. Außerdem weiß ich, was er Grimhild antun wollte!« Er blickte wie flehend zu seiner Prinzessin: »Grimhild, es gibt einen Augenzeugen, der dich und Mario beobachtet hat.« – »Was sagst du da? Wir waren doch ganz allein in den Stallungen, und Silvana kann nichts gesehen haben, sie war im Gemüsefeld.« – »Aber ich meine doch den alten Santiago; er hat alles genau beobachtet. Er hat uns den Verlauf eures Kampfes geschildert. Du weißt doch selbst, dass er ein alter, gebrechlicher Mann ist, deshalb ist er nicht dazwischengegangen, aber er ist auf deiner Seite und hat Mama Sofia deutlich mitgeteilt, dass Mario der Halunke war.«

Nun entspannte sich die Lage langsam. Paule ließ den Lombarden los: »Macht das unter euch aus. Ich möchte hier im Empfangsraum keine Streitigkeiten, das ist nicht gut für unser Geschäft. Im Moment sind zwar keine Freier hier, aber es könnten jeden Moment welche kommen. Geht hinunter in die Stallungen und klärt euer Verhältnis dort.« – »Kann ich dort auch meinen Wagen unterstellen? Ich bin zum ersten Mal nicht mit meinem Boot nach Colonia gekommen, sondern mit dem Fuhrwerk«, fragte Alfonso. – »Wenn ihr euch einigt und hier alles friedlich abläuft, habe ich nichts dagegen«, antwortete Paule.

Sie saßen beide nebeneinander im Stroh: »Ach, Prinzessin, hast du geglaubt, dass ich so ein schlechter Mensch bin und dich umbringen würde, wo du doch meine große Liebe bist?« – »Nein, in meinem Inneren natürlich nicht. Aber ich wusste überhaupt nicht mehr, was ich glauben sollte – alles war so furchtbar verworren.« Sie ergriff seine Hand. »Und du willst jetzt für immer hier in Colonia bleiben? Was ist mit deinem Geschäft?« – »Auf der Ladefläche meines Fuhrwerks stehen zwei Truhen mit Kleidung und Hausrat. Ich habe auch deine Truhe mitgebracht, und des Weiteren noch ein paar Fässer Wein, die ich hier verkaufen werde. Was hältst du davon, dass wir uns eine Wohnung suchen und ich hier in Colonia als Kaufmann tätig bin?« Grimhild war von den neuen Eindrücken völlig überwältigt: »Aber was willst du denn machen?« – »Prinzessin, das können wir uns aussuchen. Ich habe genug Geld für den Anfang dabei. Aber zuerst sollten wir zum Pfarrer gehen und einen Tag für unsere Hochzeit ausmachen.«

Grimhild lächelte. Sein Vorschlag kam ihr sehr entgegen. »Und wie geht es mit deiner Familie weiter? Du bist doch dort das Oberhaupt gewesen.« – »Oh, da mach dir mal keine Sorgen. Mama Sofia hat alles geregelt. Luca übernimmt jetzt meinen Teil, und Mario hatte sowieso meist nur die Zeit totgeschlagen. Wenn sich alles wieder eingespielt hat, kann Luca mich hier in Colonia mit Wein beliefern, den ich dann weiterverkaufe. So haben wir es geplant.« Er hielt einen Moment inne und sah sie fragend an: »Hast du in meiner Abwesenheit wieder als Hübschlerin gearbeitet?« – »Aber nein, ich bin nicht mehr als Hure tätig. Ich bin jetzt die rechte Hand von Margarete und Paule. Im Moment wohne ich noch mit ihnen zusammen, aber das wird sich ja bald ändern, wenn wir verheiratet sind.« Sie lehnte sich mit dem Rücken an die Scheunenwand und kaute dabei auf einem Strohhalm. Sie war glücklich – nun würde ihr Traum doch noch in Erfüllung gehen, als letzte der drei Teufelsweiber, wie Agnes sie immer bezeichnet hatte, unter die Haube zu kommen. »Darf ich dir einen Versöhnungskuss geben?«, fragte Alfonso ganz vorsichtig und ließ dabei seine Hände durch ihr langes Haar gleiten. Es folgte ein langer Kuss des Sich-Wiederfindens.

## 59

Zwei Wochen später gingen sie in die St.-Severins-Kirche, wo sie ein Treffen mit dem Herrn Pfarrer vereinbart hatten. Sie trafen ihn am Altar an. »Ah, das zukünftige Ehepaar! Dann wollen wir mal einige Punkte besprechen – folgt mir, bitte.« Sie betraten die Sakristei und nahmen an einem Tisch Platz. An den Wänden hingen liturgische Gewänder, in Regalen standen Kelche, Hostien, Leuchter sowie weitere Gegenstände, die Grimhild aber nicht zuordnen konnte. »So, Ihr seid also Weinhändler, Alfonso, der sich in unserer wunderschönen Stadt Colonia niedergelassen hat, und Ihr, Grimhild, seid die zukünftige Ehefrau. Irgendwie kommt mir Euer Gesicht bekannt vor«, sagte der Herr Pfarrer und blickte Grimhild dabei an. »Wir sind noch nicht lange in Colonia; wir sind gerade vom Bodensee hierher gekommen, aber ich war früher schon einmal hier«, schummelte sie ein wenig. »Na, das ist auch nicht so wichtig. Also Ihr wollt am 10. Juni heiraten. Dem steht nichts im Wege.«

Es hatte sich in Colonia schnell herumgesprochen, dass die ehemalige Hübschlerin Grimhild nun doch ihren Alfonso heiraten würde. Viele Einwohner nahmen sich vor, zur Trauung zu erscheinen, weil die Feier nach der Eheschließung immer etwas ganz Besonderes darstellte. Spielleute und Gaukler würden auftreten, es würde getanzt, Wein und Bier gäbe es im Übermaß, genau wie jede Menge Viktualien, die aufgetischt würden. Das wollte sich keiner der Bekannten und Freunde entgehen lassen.

Der Pfarrer ging durch seine Kirche auf die große Tür zu, um den Haupteingang zu öffnen. Zwei Messdiener folgten ihm. Er staunte nicht schlecht, als er die Menschenmenge erblickte. »Die beiden scheinen wohl sehr beliebt zu sein«, dachte er. Vor ihm stand das geschniegelte, herausgeputzte Brautpaar. Alfonso hatte es sich etwas kosten lassen. Grimhild sah in ihrer neuen Gewandung bildhübsch aus, er selbst wirkte etwas schlichter. Grimhilds Mutter Adele hatte sich bei ihr eingehakt, dahinter standen Margarete und Paule, Agnes mit ihrem Töpfer Thomas; auch die ehemalige Hurenwirtin Hanna war erschienen, und während der Herr Pfarrer die Menschen begrüßte, fiel sein Blick auf die dicke Doro, die in der dritten Reihe stand. Nun erst bemerkte er die Überzahl an Frauen. Und erst jetzt nahm er das Leuchten der gelben Bänder wahr. »Oh, mein Gott, schon wieder ist der Vorplatz voller sündiger Weiber! Gibt es denn keine Sittenreinheit mehr in dieser Stadt? Für diese Frauen ist doch die schwarze Tür da, der Nebeneingang der Kirche. Hier am Haupteingang dürften sie doch überhaupt nicht stehen!« Also hatte ihn sein Erinnerungsvermögen doch nicht getrogen und er hatte die Braut schon einmal gesehen – sie war eine ehemalige Hure, und genau das hatte sie ihm bei dem Vorgespräch nicht mitgeteilt. »Oh, mein Gott, ich bin hier in Colonia der Hurenpfarrer geworden«, dachte er. Aber jetzt war es zu spät, also nahm er sich vor, die Zeremonie schnell hinter sich zu bringen.

Mit einem ernsthaft bösen Blick musterte er Grimhild: »Dann kommt herein und folgt mir!« Zehn Minuten später war die Kirche bis zum letzten Platz gefüllt. Trotz seines Unmuts konnte der Herr Pfarrer den Gedanken an einen prall gefüllten Spendenbeutel nicht verdrängen. Als die dicke Doro an ihm vorbeiging, dachte dieser mit Grausen an die vorletzte Feier, bei der er mit ihrem üppigen Busen Bekanntschaft gemacht hatte. Es war das erste Mal gewesen, dass er so etwas in natürlicher Form erblickt hatte, und als so ganz unangenehm hatte er das gar nicht empfunden. Mit einem Auge zwinkerte Doro dem Pfarrer zu. Sofort blickte dieser in eine andere Richtung.

Die Trauung begann. In der Kirche kehrte eine Ruhe ein, dass man eine Haarnadel hätte fallen hören. Adele, Grimhilds Mutter, saß neben Hanna; beide weinten vor Rührung. Auch in den anderen Reihen blieb kein Auge trocken. Jede der Huren hielt ein kleines Tüchlein in den Händen. Der Herr Pfarrer erzählte etwas von Sittlichkeit und einem Treueeid, den das Paar nun ablegen würde. Bei dem Wort Sittlichkeit kamen ihm jedoch angesichts ihrer Vergangenheit leichte Bedenken.

Schnell war die Zeremonie beendet. Der Herr Pfarrer vergaß aber nicht, die Gemeinde daran zu erinnern, wie hoch die ständig anfallenden Renovierungskosten der Kirche seien. Damit wollte er sie an eine anständige Spende erinnern. »Und haltet beim Aufstehen die Klappen!«, sagte er.

Als die Glocken läuteten und man sich vor dem Kirchenportal versammelte, ging der Herr Pfarrer auf Grimhild zu: »Mein Kind, Ihr habt mir im Vorgespräch nichts von Eurer Vergangenheit mitgeteilt.« – »Ihr habt auch nicht nach meinem Beruf gefragt – aber das gehört doch eh alles der Vergangenheit an, Hochwürden. Jetzt bin ich eine sittsame, aufrichtige Ehefrau. Mein Mann und ich werden auch zu Eurem Gottesdienst kommen. Verzeiht mir meine kleine Schwindelei – dafür seid Ihr herzlichst eingeladen, wenn wir gleich in den Stallungen unsere Hochzeit feiern.«

An diese Feiern hatten Hochwürden nur schlechte Erinnerungen. Gut – das Essen war immer vorzüglich, der Wein mundete auch, aber er wusste nur zu gut, wozu dieses Getränk bei ihm führte. »Das ist nett von Euch«, sagte er leise, »aber Ihr wisst doch selbst, dass ich Wein nicht so gut vertrage. Ich muss davon Abstand halten, mein Kind.« – »Ich verstehe, aber Ihr müsst trotzdem mitkommen. Genießt unser Essen; Ihr müsst ja keinen Wein trinken und könnt Euch auch jederzeit verabschieden. Ein Pfarrer gehört doch nach der Trauung einfach zum Feste dazu«, sagte Grimhild mit einem unwiderstehlichen Lächeln. Hochwürden überlegten kurz. Was das Essen betraf, da war er schon ein kleiner Genießer, und schmecken tat es auf alle Fälle besser als dieses dauernde, eintönige, fade Kircheneinerlei. »Also gut – auf zwei Stündchen komme ich mit, dann muss ich mich aber verabschieden.« – »Gut, so machen wir es. Ihr bekommt auch von mir persönlich das beste Stück Fleisch serviert«, lachte Grimhild. Für Hochwürden waren sie zwar alle Unsittliche und Ausgestoßene, aber irgendwie fand er die Schar der Huren auch wieder sympathisch – und feiern, das konnten sie wirklich. Außerdem war er als Vertreter Gottes ja nicht nur für die Reichen da, sondern musste als Hüter seiner Schäfchen alle gleich behandeln, rechtfertigte er sich.

Im Hauptgebäude der Stallung tanzten die Frauen einen Reigen, in dessen Mitte eine einzelne Frau abwechselnd von einem Bein auf das andere hüpfte. Hierbei vollzog sich ein steter Wechsel. Die Frau in der Mitte hüpfte zum Rande hin und küsste eine andere, die anschließend ihren Platz einnahm. Es spielten die gleichen Spielleute wie bei Agnes' Hochzeit auf. Einige der Gäste schwangen das Tanzbein, andere aßen noch. Es war wie auf einem kleinen Volksfest.

Der Herr Pfarrer hatte bereits zwei Stücke vom Wildschweinbraten vertilgt. Mit dem Ärmel der Soutane putzte er sich die letzten Fettreste aus dem Gesicht und wippte im Takt der Musik mit dem Fuß. Er hielt sich tapfer. Außer einem Glas Weißwein hatte er noch nichts getrunken, was aber die dicke Doro nicht daran hinderte, ihn zu bedrängen. Sie kannte ihre Wirkung auf Männer und machte sich einen Spaß daraus, Hochwürden in Unsicherheit zu wiegen. Sie setzte sich neben ihn auf die Holzbank: »Was haltet Ihr von einem Tänzchen, Herr Pfarrer? Bei der letzten Feier habt Ihr mit Eurer Tanzweise viel Bewunderung erhalten. Ihr scheint Musik im Blut zu haben.« – »Also wirklich, mein Kind, das kam nur von dem vielen Wein, den ich getrunken hatte.« Diese Peinlichkeiten stießen ihm fortwährend auf.

Doro erhob sich, kam aber schnell wieder zurück. In den Händen hielt sie zwei Becher Wein. »Einmal müsst Ihr aber noch mit mir auf das Hochzeitspaar anstoßen! – Grimhild, Alfonso, kommt«, rief sie in die Runde, »der Herr Pfarrer stößt mit uns auf eure Hochzeit an.« Nun konnte er das Anstoßen schlecht ablehnen, also hob er mit den anderen zusammen den Becher: »Auf das Hochzeitspaar!«, rief er. Es war wie damals bei den Feiern – es folgten weitere Becherchen von dem guten Rebensaft. Und wie auch bei den letzten Hochzeitsfeiern verlor der Herr

Pfarrer langsam wieder die Kontrolle, als die dicke Doro es geschickt verstand, seine leichte Trunkenheit auszunutzen. »Erhebt Euch, Herr Pfarrer«, sagte sie und zog ihn an der Hand. – »Was … was habt Ihr vor? Ihr wollt doch nicht, dass ich tanze?« Doro schmiegte sich an seine Brust, sodass der Herr Pfarrer eine gute Sicht in ihren Ausschnitt hatte und dort auch einen Moment mit seinem Blick verweilte. Dabei musste er unwillkürlich an die vorletzte Feier denken. Da er im Zölibat lebte, versuchte er, an etwas anderes zu denken, was ihm aber bei Doros Busen nur schlecht gelang.

Jetzt war der Zeitpunkt gekommen, an dem die dicke Doro ihr Hurenspiel aufzog. Sie brauchte nur mit den Fingern zu schnipsen – er war so weit. Sie legte ihm ihre Arme um den Hals und hauchte ihm ins Ohr: »Kommt einmal mit, Herr Pfarrer, ich muss Euch etwas Interessantes zeigen.« Sie ergriff seine Hand und führte ihn aus dem Gebäude heraus. Draußen im Hof fragten Hochwürden: »Was habt Ihr vor, mein Kind?« Sie lächelte ihn an und zog ihn sanft in ein anderes, leer stehendes Gebäude, in dem nur etwas Gerümpel herumlag. Sanft drückte sie den Herrn Pfarrer an die Wand und griff mit der rechten Hand zwischen seine Beine. Mit dem Mund saugte sie an seinen Lippen: »Eure Lanze ist hart wie die eines Ritters, obwohl Ihr nicht von Adel seid.« Hochwürden wollte, dass alles sofort aufhörte, aber er war der dicken Doro gegenüber völlig machtlos, die ihn verzaubert hatte.

Beide sanken an der Wand entlang auf den Stallboden, der mit Stroh bedeckt war, wobei Doro ihren Griff keineswegs lockerte. Der Herr Pfarrer stöhnte; er wusste nicht, wie ihm geschah. Er dachte an die Dämonen und Teufelsfratzen, die als Wasserspeier an den Fassaden der Kirche hingen, aber schnell verwarf er den Gedanken. Doro kannte die Männer nur zu gut; er zerrann wie heißes Wachs in ihren Händen. Rittlings saß sie nun auf ihm und bewegte ihr Becken hin und her. Nach vorne gebeugt ließ sie ihre prallen Brüste durch das Gesicht des Pfarrers baumeln, der unwillkürlich mit beiden Händen danach griff. Doch schnell bemerkte er, dass sie für seine schmalen Hände einfach zu üppig waren, und umfasste daraufhin ihr strammes Hinterteil. Doro griff unter die Soutane und ließ des Herrn Pfarrers Bruche über seine Knie gleiten, bis sie auf dem Stallboden lag. Sodann schob sie ihm die Soutane bis auf die Brust hoch. Wie die Lanze bei einem Ritterturnier in ihrem Ständer, so stand auch diese Lanze aufrecht und zeigte in Richtung Decke. Kurzerhand setzte sich Doro darauf und ritt den Herrn Pfarrer wie beim Tjost durch den Parcours. »Oh, oh, oh, Doro, Doro, was macht Ihr?«, kam es ihm über die Lippen. »Ein wenig Spaß, Liebe und Vergnügen. Oder soll ich besser aufhören, Herr Pfarrer?« – »Nicht aufhören, bitte nicht …« Er drückte die Beine durch und gab einen Schrei von sich. Im Alter von dreißig Jahren hatte er seine erste Liebe kennengelernt.

Nun lag er wie ein erschlaffter Sack auf dem Stallboden. Doro sagte: »Wenn das mal kein Erlebnis war! Ihr wart der erste Mann von der Kurie, dem ich es besorgt habe – und Ihr wart richtig gut dafür, dass Ihr es vorher nicht kanntet.« Der Herr Pfarrer saß auf dem Boden und suchte verstört nach seiner Bruche: »Oh Gott, oh Gott, oh Gott!« – »Nicht auf Euren Dienstherren schimpfen – wie sind doch alle seine Kreaturen, und er hat uns auch die Gefühle gegeben. Ich glaube, dass es Euch gefallen hat, und wenn Ihr diesbezüglich mehr Erfahrung gesammelt habt, werdet Ihr noch mehr Spaß daran haben. Dann dauert alles auch ein wenig länger«, sagte Doro und zog dabei ihre Gewandung wieder an. »Kommt, Herr Pfarrer, wir gönnen uns noch ein Becherchen Wein, und für die weitere Zukunft stehe ich Euch gerne zur Verfügung.« Völlig verwirrt stolperte der Herr Pfarrer durch die Tür ins Freie, schlug mehrere Male das Kreuz und blickte fortwährend in den Himmel.

## 60

Die Sache hatte sich in Colonia schnell herumgesprochen. Die Vögel pfiffen das Vögeln des Pfarrers von den Dächern, und Hochwürden wurden exkommuniziert. Der Erzbischof hatte seine Vergehen als Straftat angesehen und die »Excommunicatio ferendae sententiae« ausgesprochen. Die Kirche verzichtete auf seine weiteren Dienste. Drei solcher Ausschweifungen hatten ihr gereicht, auch sollten Hurenhochzeiten vorerst verboten werden. Ein Pfarrer aus Bonn übernahm seine Aufgaben. Er war um die sechzig Jahre alt, was wiederum zu Gemunkel in der Bevölkerung führte. Die Huren sprachen: »Jetzt haben sie einen Greis eingesetzt, der nicht mehr kann und der damit ungefährlich ist.«

Der ehemalige Pfarrer Bertram wandelte etwas orientierungslos durch Colonia, und viele Huren empfanden Mitleid mit ihm. Das Weltliche hatte bei ihm über das Geistliche gesiegt. Weib, Wein und Gesang waren etwas ganz anderes als Kirche, Messdiener und der Leib Christi.

Aber zwei Personen ließen den ehemaligen Pfarrer nicht im Stich: Grimhild und ihr neuer Ehemann Alfonso. Sie hatten ein kleines Haus am Rheinufer erworben. Im Erdgeschoss richteten sie eine Weinhandlung ein, in der Etage darüber bezogen sie ihre Wohnung. Grimhild brachte ihren Mann auf die Idee: »Sag mal, Alfonso, der Herr Pfarrer versteht doch die lateinische Sprache perfekt, und schreiben und rechnen kann er auch – sicherlich besser als wir.« Alfonso zog die Stirn in Falten: »Ja, aber was hast du vor? Du heckst doch einen Plan aus in deinem lieblichen Köpfchen.« – »Stell ihn als Mitarbeiter im Weinhandel ein. Du machst den Einkauf, er führt den Laden und die Bücher. Das wäre eine beträchtliche Entlastung für dich. Wir stehen zwar noch ganz am Anfang mit unserem Handel, aber du belieferst jetzt schon das ›Haus der kleinen Sünden‹ und den Gasthof, in dem meine Mutter arbeitet. Ich bin davon überzeugt, dass noch weitere hinzukommen werden. Es melden sich bestimmt noch viele Abnehmer bei dir; dann bist du froh, wenn du mit Bertram, unserem ehemaligen Herrn Pfarrer, einen guten Mitarbeiter hast.« Alfonso sagte: »Gute Idee – machen wir!« Und schmunzelnd fügte er hinzu: »Und da er sich jetzt auch in der Liebe auskennt, werde ich ihm unsere weibliche Kundschaft zukommen lassen.«

Es war wieder Wochenmarkt in Colonia, was bedeutete, dass sich die drei Freundinnen am Nachmittag ohne Männer trafen, so wie jede Woche. Es gab ein Stelldichein in Margaretes Wohnung im »Haus der kleinen Sünden«, dort, wo alles angefangen hatte und wo sie sich kennengelernt hatten. Es wurde munter drauflos geplaudert; sie sprachen über die Vergangenheit und über die Gegenwart.

»Ich bin schwanger«, warf Agnes unvermittelt in den Raum. Die Frauen jubelten und beglückwünschten ihre Freundin. »Im wievielten Monat?«, fragte Grimhild. – »Im fünften oder sechsten.« – »Ach, Kinder«, sagte Margarete, »denkt einmal zurück, was wir alles in den Jahren gemeinsam erlebt haben! Mein Patrizier, der Schultheiß, Walter der Maurer, dieser Mario, oder die beiden Mönche – bis zum heutigen Tag war es ein verdammt aufregendes Leben! Wer weiß, was da noch kommen mag …« »Ja, ihr Lieben, wir sind eben die Teufelsweiber von Colonia«, erwähnte Agnes und fuhr dabei mit ihrer Handkante am Hals vorbei. Grimhild flüsterte: »Wenn das alles herauskommt, was wir angestellt haben, dann gnade uns Gott. Man wird uns vierteilen!«

Nach einigen Wochen, in denen sich ausnahmsweise nicht viel ereignet hatte, schritt Grimhild an den Regalwänden vorbei und zählte die noch übrig gebliebenen Fässer. »Was meinst du, Alfonso, wie lange wird der Vorrat noch reichen?« Er blickte zum Regal hinüber und überflog die Fässer: »Vielleicht noch vierzehn Tage, nicht länger. Am Samstag werde ich mich auf den Weg zur Mosella machen, so nannten meine Vorfahren den Fluss. Wenn der Weinbauer dort mein Fuhrwerk sieht, wird er sich freuen. Die Weine von der Mosel verkaufen sich zumindest im Moment am besten.« – »Ja, und deshalb würde ich das Angebot jetzt auch nicht mehr weiter vergrößern. Wir haben genügend Weine im Angebot. Der Rhein-, der Mosel- und der Nahewein dürften ausreichen, was meinst du?« – »Ja, du hast recht. Wir haben einen guten Straßenverkauf und beliefern mittlerweile sieben Gasthöfe und noch das Hurenhaus. Vielleicht kommen ja in Zukunft noch weitere Abnehmer hinzu. Aber wichtig für mich ist, dass unsere Kunden zufrieden sind und pünktlich zahlen.«

Grimhild lachte: »Es ist schon bewundernswert, dass du unsere Sprache jetzt fast akzentfrei beherrschst. Weißt du noch: früher immer mit ›disse‹ und ›dasse‹, ›iste‹ und so weiter. Du hast es dir fast abgewöhnt.« Alfonso nahm sie in den Arm: »Dank deiner guten Lehrmethoden! Du macken eine gute Schuler aus miche unte du macken mich glucklich.« – »Oh, bitte nicht«, sagte Grimhild schmunzelnd. »Sag, mein kleiner Lombarde, weißt du schon, wann du aufbrechen willst?«

Alfonso schüttete sich einen Becher von seinem Lieblingswein ein, dem von der Nahe: »Heute ist Samstag; ich denke, Montag in der Früh fahren wir los. Ich nehme Bertram mit, damit er mir beim Aufladen zur Hand gehen kann. Ein viertel Fuder wird fast zusammenkommen; diese Menge füllen wir später, wenn wir zurück sind, in kleinere Fässer um – dadurch ist für uns der Gewinn größer. Die Kölner Gasthäuser bevorzugen die kleineren Fässchen. – Edle Dame, ich muss noch einmal zum Gasthof ›Schwan‹; die brauchen noch heute ein kleines Fass unseres Moselweines. Bertram wird auch bald zurück sein; er liefert ein Fässchen im Gasthof ›Zum Anker‹ ab. Du kannst ihn nach Hause schicken, sag ihm aber, dass er am Montag zur Laudes hier erscheinen soll.«

Grimhild nickte: »Wie lange werdet ihr fortbleiben?« – »Ich denke, so lange wie beim letzten Mal. Wenn ich hin und zurück mit dem Fuhrwerk fahren muss, dürften es zehn Tage sein – falls mich ein Kahn mit zurück nimmt, geht es schneller. Du musst nur unsere Weinstube offen halten; zur Auslieferung steht nichts an. Zumindest gab es bis jetzt keine Nachfragen.« Er bückte sich und nahm ein kleines Fass auf. »So, bis nachher – ich liefere das hier eben aus. Deine Freundinnen müssten doch auch bald kommen, dann kann eure Tratschrunde ja beginnen.« – »Was ihr Männer immer glaubt! Über euch reden wir mit Sicherheit nicht. Nimm dein Fass und verschwinde!«, sagte Grimhild, konnte sich aber dabei ein Lächeln nicht verkneifen und täuschte mit ihrem rechten Fuß einen Tritt in seinen Hintern an. Alfonso hievte das Fass auf seine Karre und verschwand durch die Gasse in Richtung Gasthof »Schwan«.

Grimhild nahm ein Tuch, rieb ein Stück Kernseife darüber, tauchte es in eine Schale Wasser und putzte den Tresen damit ab. Auf dem Holztisch hatten sich etliche Weinkränze gebildet, die von den Böden der Becher und Krüge stammten. Mit einem zusätzlichen Spritzer Essig im Spülwasser konnte sie sie leicht entfernen. »Na, wieder fleißig bei der Arbeit, Frau di Luca?« Diese Stimme vernahm Grimhild mit großer Freude: »Agnes! Schön, dich zu sehen – wie geht es euch?« – »Meinst du mich und Thomas oder eher uns drei?« – »Natürlich euch drei!« Agnes strich ihr über den Leib. »Bis jetzt läuft die Schwangerschaft in guten Bahnen. Es wird wohl Ende September oder sogar Oktober werden, meinte die Hebamme«, gab sie zur Antwort. – »Sollte es ein Mädchen werden, könntest du es mit Margaretes Sohn Johannes verkuppeln. Vom Alter her würde das doch passen.« – »Du meinst«, lachte Agnes, »damit wir dann Verwandte sind?« – »Warum nicht?«, meinte Grimhild. »Übrigens, Margarete müsste auch gleich hier erscheinen, Theresa ist jetzt im ›Haus der kleinen Sünden‹ ihre Vertretung. Sie macht ihre Arbeit wohl zufriedenstellend.« – »Wann ist es denn bei euch endlich so weit?«, fragte Agnes neugierig. – »Alfonso und ich üben kräftig, zumindest, wenn er nicht auf Reisen ist.« – »Na, mein Täubchen, wenn er auf Reisen ist, solltest du auch nicht gerade üben«, lachte Agnes.

Grimhild hörte das Geklapper von Karrenrädern: »Das muss Bertram sein, er hat noch ein Fass ausgeliefert. Alfonso ist auch noch unterwegs – er wollte noch zum ›Schwan‹.« – »Ich grüße die edlen Damen!«, sagte Bertram und brachte die leere Karre ins Lager im hinteren Hausbereich, wobei er mit der Hand winkte. »Wenn Ihr fertig seid«, rief ihm Grimhild hinterher, »soll ich Euch von meinem Mann ausrichten, könnt Ihr Feierabend machen. Denkt an die Abreise am Montagmorgen, es geht an die Mosel.« – »Ja, ich weiß«, rief er zurück, »ich bin von ihm schon in Kenntnis gesetzt worden.«

Bertram verschwand im Lager. Seine Zeit als Pfarrer von St. Severin gehörte nun endgültig der Vergangenheit an. Er liebte seine neue Arbeitsstätte, war gerne auf Reisen und auch im Straßenverkauf tätig. Letztendlich hatten die drei Hurenhochzeiten und die daraus folgende Exkommunizierung auch für ihn etwas Sinnvolles ergeben. Auch lebte er jetzt sein Liebesleben äußerst leidenschaftlich aus. Gut, er musste vorher immer einen Obolus auf den Tisch legen, aber dafür verwöhnte ihn die dicke Doro nach allen Regeln der Kunst einer erfahrenen Hübschlerin. Außer ihr hatte er noch keine andere Frau besessen, aber das störte ihn nicht weiter.

»Schon ein Becherchen getrunken? Ich hoffe sehr, auf mein Wohl«, erschallte Margaretes Stimme. Die Freundinnen begrüßten sich mit kleinen Küsschen und Streicheleinheiten. – »Schön, dass wir wieder einmal beisammen sind«, sagte Grimhild. Die drei Frauen saßen allein am Weinstand. »Der geht aufs Haus«, sagte Grimhild und stellte einen Krug Wein mit Bechern auf den Tresen. Außerhalb des Standes an der Vorderfront hatten Alfonso und Bertram eine hochklappbare Holzwand angeschraubt. Paule der Schmied hatte Scharniere angebracht, sodass Sie den Stand zum Feierabend zuklappen konnten. Ein Schloss verriegelte das Ganze.

»Wie geht's denn so in Lindlar, in deinem neuen Zuhause?«, wollte Margarete von Agnes wissen. Diese rümpfte die Nase: »So und so – meine Schwiegereltern wissen nicht, dass ich eine Hübschlerin war. Wir haben ja auch heimlich geheiratet. Sie glauben, ich wäre eine Wirtstochter, und damit haben sie ja auch nicht ganz unrecht. Thomas ist sehr lieb zu mir, aber meine Schwiegermutter gleicht eher einem Drachen. Sie will alle Fäden in ihren Händen halten – eine sehr bestimmende und äußerst herrschsüchtige Person. Mein Schwiegervater lässt uns gewähren, er will nur seine Ruhe haben. Mir wäre es aber lieber, wenn wir eines Tages nach Colonia ziehen würden. Diese ständige Fahrerei zu den Märkten ist sehr anstrengend – auf Dauer keine Lösung.«

Die Frauen nickten: »Und was macht unser ehemaliger Herr Pfarrer, euer Mitarbeiter Bertram?«, fragte Margarete. Grimhild überlegte kurz, bevor sie antwortete: »Er ist fleißig, gelehrig, pünktlich und in allen Bereichen verlässlich. Wir können nicht meckern. Ein gebildeter Mann. Was mich allerdings ein wenig wundert: Er kann fast alle Weine am Geschmack und am Geruch erkennen. Ob Rhein-, Nahe- oder Moselwein – so leicht macht ihm da keiner etwas vor. Vielleicht war er als Pfarrer doch kein Kostverächter; Messwein gab es ja in der Kirche genug.« – »Ja, ja, unser Bertram«, sagte Margarete. »Alle drei, wie wir hier sitzen, hat er schließlich getraut, und zur Strafe hat ihn die Kirche vor die Tür gesetzt. Das ist auch nicht die feine Art, aber Huren misshandeln und zu Tode quälen, das können sie.« – »Dafür haben sie Vergeltung von uns erhalten. Die zwei Schwarzkittel schmoren jetzt in der Hölle, und wisst ihr, warum? Weil sie es verdient haben, genau wie die anderen!«, giftete Agnes. Grimhild hob ihren Becher: »Mädels, auf das, was wir erlebt haben, und auf das, was da noch kommen mag!«

Grimhild fragte: »Sag, Margarete, wie macht sich denn meine Nachfolgerin Theresa?« »›Nachfolgerin‹ ist gut! Du hast ja nur ein paar Monate für mich gearbeitet, aber ich kann über Theresa nicht klagen.« Grimhild starrte in ihr Glas: »Der Wechsel zu unserem Weinhandel kam ziemlich plötzlich. Der Inhaber dieses Hauses war Witwer und hatte keine Kinder. Nach seinem Tod ging das Haus an die Stadt Colonia über. Alfonso bekam Wind davon und kaufte dieses Haus sofort, um anschließend den Weinladen zu eröffnen. Und da wir ja bereits verheiratet waren, wollte er mich natürlich bei sich haben. Mir bedeutet es viel, mit ihm zusammenzuarbeiten, und das Geschäft wächst sehr schnell. Ständig kommen neue Kunden hinzu.«

Margarete trat einige Schritte zurück und sah sich die Vorderfront des Hauses an. Ihre Augen überflogen die Fassade und die Weinstube: »Das muss doch alles einen Haufen Silberlinge gekostet haben!« Grimhild nickte: »Ja, meine liebste Freundin, einfach war das nicht. Nach meinem kleinen Abenteuer in der Lombardei hatte ich noch fast mein gesamtes Geld übrig. Als Alfonso mir nachreiste, um mich zu ehelichen, brachte er sein gespartes Vermögen mit hierher. Sein Bruder Luca hat seine Nachfolge auf dem elterlichen Gut angetreten. Ja, Mädels, es ist die wahre Liebe.

Von meinem Geld kauften wir den Wein ein und eröffneten unseren Laden. Alfonso erwarb das Fuhrwerk samt Pferd und zahlte eine beträchtliche Summe an die Stadt. Einmal im Jahr müssen wir einen Obolus entrichten, bis die Restsumme abbezahlt ist. So haben wir das vereinbart.« – »Ich wünsche euch alles Glück dieser Welt! Ich bin zwar immer sehr neugierig, aber auf gar keinen Fall neidisch.«

»Auf unsere Gesundheit!«, sagte Agnes und hob ihren Becher. »So hat ja alles ein gutes Ende genommen.« Die Freundinnen plauderten noch über diverse Themen, bis Agnes sagte: »Mädels, ich muss los – mein Thomas wartet auf mich. Bis nächsten Samstag!« Agnes ging zum Alter Markt, Margarete zurück ins »Haus der kleinen Sünden«, und Grimhild wartete auf ihren Alfonso, der bald von seiner Auslieferung zurück sein würde.

## 61

Es war Montag zur Laudes. Als sich die Straßen durch die aufgehende Sonne erhellten, stand Alfonso bereits mit seinem Fuhrwerk vor der Weinstube. Sein Pferd, Grimhild hatte es Carlo getauft – das klang lombardisch – war bereits eingespannt. Es schnaufte laut, als würde er sich auf die bevorstehende Reise freuen. Da bog auch schon sein Gehilfe Bertram um die Ecke: »Ihr seid schon so früh bereit zum Aufbruch, Herr?« Die beiden benutzten noch immer die Höflichkeitsanrede. Alfonso konnte den ehemaligen Herrn Pfarrer einfach nicht duzen. Auch wenn der Bischof ihn exkommuniziert hatte, war er für ihn immer noch eine Respektsperson. Bei Bertram war es ähnlich; schließlich war Alfonso nun sein Dienstherr, dem er dafür dankbar war, dass er ihm eine Arbeit hatte zukommen lassen. »Ich bin immer etwas unruhig vor so einer Reise. Kommt, Bertram, wir holen noch die leeren Fässer vom Lager und laden sie auf.« Die Männer rollten die leeren Fässer über eine breite Planke auf die Ladefläche des Fuhrwerks. Gerade als sie losfahren wollten, erschien Grimhild:

»Es ist ja lieb von dir, dass du mich schlafen lassen willst, aber ohne einen Abschiedskuss geht das nicht.« Sie ging zum Fahrerbock, zog Alfonso am Ärmel und gab ihm einen dicken Kuss: »Passt gut auf euch auf und kommt mir gesund wieder!« – »Machen wir, Prinzessin. Also, bis bald! Auf geht's, Carlo.«

Als sie einige Zeit am Rheinufer entlanggefahren waren, sagte Bertram: »Ich bin ja doch froh, dass ich die drei ehemaligen Hübschlerinnen getraut habe. Sie alle sind treu liebende Ehefrauen geworden, trotz des Aufstandes, den die Kirche verursacht hat.« – »Sie haben aber auch treu liebende Ehemänner bekommen«, lachte Alfonso. – »Ja, da habt Ihr wohl recht.«

Grimhild ging nicht in ihre Wohnung zurück. Mittlerweile war es hell geworden und sie war voller Tatendrang. Einige kleinere Arbeiten waren noch zu erledigen. Sie ging zum Rheinufer und setzte sich auf eine Bank. Es war noch zu früh, um die Weinstube zu öffnen. Sie schloss die Augen und lauschte dem Gezwitscher der Vögel. Am liebsten hörte sie die liebliche Stimme der Amseln. Sie zauberten unzählige Melodien aus ihren Schnäbeln hervor, ganz im Gegensatz zu den Krähen mit ihrem eintönigen Krah, krah!

Grimhild hatte das Gefühl, dass sie den Rhein förmlich riechen konnte, wenn sie tief durchatmete. Seit ihrer Reise an den Bodensee liebte sie diesen Fluss noch mehr als zuvor. »Wie groß und weit dieser Fluss doch ist«, dachte sie. Sie streifte die Schuhe ab und genoss das feuchte Gras unter ihren Füßen. Sie versuchte, mit den Zehen einzelne Grashalme abzupflücken. Nicht nur der Bodensee war wunderschön, nein, auch hier auf den Rheinwiesen, direkt vor Colonia, gab es ein kleines Paradies, dachte sie.

Eine Stimme holte sie aus ihren Gedanken: »So früh schon auf den Beinen?« Grimhild zuckte zusammen und sprang auf. Nicht weit entfernt von ihr stand das Kräuterweib. »Ach, Ihr seid es, Ketlin. Habe ich mich vielleicht erschrocken! – Was heißt hier ›früh‹? Ihr seid doch auch schon unterwegs.« – »Ja, Kindchen, die besten Kräuter schneidet man am frühen Morgen, wenn sie noch in vollem Saft stehen.« – »Setzt Euch doch einen Moment zu mir.« – »Das mache ich gern. Ich hörte, Ihr seid jetzt verheiratet und in den Weinhandel eingestiegen?« Grimhild zog sich die Schuhe über die nassen Füße: »Ja, das stimmt.« Sie drehte sich um und zeigte auf ihr Haus. »Dort drüben wohnen Alfonso und ich, und im Erdgeschoss befindet sich unsere Weinstube. Alfonso ist gerade auf Reisen, um neuen Wein einzukaufen.« – »Und deine Freundinnen?« – »Auch Margarete und Agnes haben ihre Liebe gefunden. Agnes hat einen Töpfer geheiratet und Margarete ihren Schmied.« – »Also arbeitet keine mehr von euch als Hübschlerin?« – »Zum Glück nicht, nur Margarete ist noch im ›Haus der kleinen Sünden‹ tätig, aber sie hat die gute alte Hanna als Weiberwirtin abgelöst.« »Das höre ich gern«, sagte Ketlin. – »Ja, wir sind alle sehr glücklich, nicht mehr den Rock heben zu müssen.« – »Dann gehe ich davon aus, dass die Rattenplage beendet ist?« Grimhild verstand ihre Andeutung sofort: »Ein für alle Mal. Kein weiteres Ungeziefer treibt mehr sein Unwesen.« – »Trotzdem solltet ihr auf der Hut sein. Manchmal kommen neue Ratten und nehmen die Stelle ihrer Vorgänger ein. – So, ich muss weiterziehen, mein Korb ist noch nicht voll. Bis dann, Kleines!« – »Gehabt Euch wohl, Ketlin.«

## Eine Piratenfamilie auf Beutezug
## 62

Etwa eine halbe Meile hinter Hamburg stand das Haus der berühmt-berüchtigten Familie Dirkse. Zu fünft hausten sie dort: Vater Knut und seine mittlerweile erwachsenen Söhne – sein ältester Sohn Dirk, der zweitälteste Henning und die beiden jüngsten Helge und Klaus. Ihre Mutter war schon vor Jahren verstorben. Der alte Knut versuchte, seine Söhne zu erziehen, was ihm aber nicht wirklich gelang, da er selbst auch nicht gerade als Vorbild galt.

Sie waren Händler von der übelsten Sorte. Im Hamburger Hafen besaßen sie ein Boot mit Namen Gabriela, mit dem sie ihren Handel betrieben oder auf Raubzug gingen. Es gab kaum ein Gasthaus, in dem sie nicht schon eine Prügelei vom Stapel gelassen hatten. Sie verteilten ihre Schläge ganz gut, kamen aber selbst oft mit aufgeplatzten Lippen, blauen Augen und gebrochenem Nasenbein nach Hause. In den Hafenspelunken nannte man sie schlichtweg »Die Roten«, was darauf zurückzuführen war, dass alle fünf rostrote Haare besaßen. Des Weiteren waren ihre Gesichter voller Sommersprossen, und ihre Haut war so weiß wie frisch gefallener Schnee.

Da war aber noch etwas, worüber sich die Leute den Mund zerrissen: die Ohren der Dirkses. Es waren Ohren, wie man sie nicht allzu oft zu Gesicht bekam. Sie standen im rechten Winkel vom Kopf ab und die obere Spitze krümmte sich leicht nach vorn. Ein Hamburger Seemann meinte einmal, als er sie alle fünf in ihrem Boot arbeiten sah, es wäre das Schiff der Kobolde.

Man kannte die Burschen nicht nur aus den Gasthäusern, nein, hin und wieder sah man den einen oder anderen von ihnen im Schandkorb auf dem Marktplatz, wo er eine Strafe absitzen musste. Manchmal war einer von ihnen für mehrere Tage im Verlies, und ein anderer bekam den Stock auf seinem Rücken zu spüren. Wo sie auftauchten, war Ärger an der Tagesordnung. Das lag auch zum Teil an ihrem Aussehen. Die Hafenarbeiter oder die Handwerker der Stadt machten sich stets lustig über sie, was dazu führte, dass sogleich die Fäuste flogen. Sie bekamen Sprüche zu hören wie »Die haben rote Ziegel auf dem Dach«, oder »Die haben zu lange im Regen gestanden«. In den Sommermonaten bekamen sie sehr schnell einen Sonnenbrand im Gesicht, und schon hieß es: »Die haben vor dem Kamin geschlafen.« Sobald solch ein Spruch getätigt wurde, sprangen die Dirkses auf und schlugen ohne weitere Vorwarnung zu.

Auch rannten vier feuerrote Kinder im Hafenviertel umher – jeder konnte sich denken, von wem sie wohl stammten. In den letzten Jahren hatte der alte Knut hintereinander vier Mägde eingestellt, die alle recht schnell schwanger wurden. Das Rot der Haare hatte sich stets durchgesetzt, genau wie die Sommersprossen und die weiße Hautfarbe. Aber mit Vaterschaft und Erziehung konnte diese Familie nichts anfangen. Ihre Meinung war: »Wenn die Hühner doch ihren Rock heben, sollen sie selbst sehen, wie sie mit den Bälgern fertig werden.« Nach den vier zur Mutter gewordenen Mägden hatte der Vater eine neue eingestellt. Sie hieß Ros und war fünfundfünfzig Jahre alt. Sie war die erste Magd im Hause, die sorglos kochen konnte, ohne abgelenkt zu werden.

Eines Tages kamen die beiden Jüngsten, Helge und Klaus, ziemlich mitgenommen nach Hause. Helge hatte eine aufgeplatzte Lippe, sein Bruder Klaus ein zugeschwollenes Auge. Sie öffneten die Tür und betraten den heruntergekommenen Wohnraum, an dessen Tisch ihre beiden Brüder und der Vater saßen. Als der Vater das Missgeschick erkannte, lachte er laut: »Habt ihr wieder was aufs Maul bekommen? Ihr sollt euch doch wehren – wie oft muss ich euch das noch sagen? Ein Dirkse verteilt, der steckt nicht ein!« Gerade wollten sie den letzten Vorfall erklären, da fuhr der Vater ihnen ins Wort: »Setzt euch, jetzt ist Ruhe – esst eure Suppe.« Die Brüder gehorchten aufs Wort. Niemals wären sie auf die Idee gekommen, ihrem Vater zu widersprechen, sonst würde der ihnen die andere Gesichtshälfte auch noch bearbeiten.

»Wir brauchen Geld«, sagte Knut, »also bereitet euch darauf vor, dass wir in den nächsten Tagen auslaufen werden.« Knuts rötliche Haarpracht ging langsam ins Gräuliche über, trotzdem flößte er seinen Jungs immer noch eine Menge Respekt ein. Widerworte beantwortete er mit der Faust. Helge sah seinen Vater an: »Wohin soll denn unsere nächste Fahrt gehen?« – »Halt die Klappe – wir fahren ein Stück über das Nordmeer, dann den Rhein hinauf bis ins Weingebiet. Dort versorgen wir uns mit edlen Tropfen, die wir an die Hamburger weiterverkaufen. Bier und Fisch gibt es hier zur Genüge, aber Wein wächst hier nicht, wird aber gerne getrunken.« Ganz vorsichtig fragte Dirk nach: »Haben wir noch so viel Geld? Wein ist verdammt teuer.« – »Wir haben so viel Geld, wie wir eben haben. Dafür kaufen wir genug von dem süffigen Zeug – ich werde den Weinbauern schon den Preis diktieren. Wer sich nicht auf meinen Preis einlässt, dem polieren wir das Maul.« Lauthals lachte der Alte über seine eigenen Worte; sogleich fielen seine Söhne mit ins Gelächter ein, weil es jetzt angebracht war und sie es durften. Knut kratzte sich am Kinn: »Morgen bei Sonnenaufgang stechen wir in See.«

Am frühen Morgen gingen die Dirkses mit ausladenden Schritten am Kai entlang zu ihrem Boot Gabriela. Sie sahen nicht gerade wie gewöhnliche Händler oder Kaufleute aus. Um den Bauch trugen sie einen Gürtel, an dem ein Messer, ein Löffel und eine Geldkatze hingen. In ihrer Mitte trugen sie zwei große Körbe mit Proviant. Am Boot angekommen, sprangen Knut und drei seiner Söhne auf das Deck. »Macht das Schiff klar«, rief er seinen Söhnen zu. Eilig hantierten sie an Deck mit den verschiedensten Gerätschaften. Zwei kümmerten sich um den Mast, ein weiterer um das Rahsegel. Knut verstaute den Proviant im Achterkastell.

Ihr Boot besaß eine Länge von 12 Klaftern und war vier Klafter breit; es konnte eine Ladung von 80 Tonnen tragen. Auf beiden Seiten des Buges war ein Brett befestigt, auf dem in roter Farbe – passend zu ihren Haaren – der Name »Gabriela« stand. Sommersprossen hatten die Bretter zwar noch nicht, aber schon kleinere Löcher vom Schiffsbohrwurm. »Gabriela« war nicht etwa der Name von Knuts verstorbener Frau, sondern der einer früheren Geliebten.

Helge, der noch am Kai stand, machte die Leinen los und sprang an Deck. Ihre Fahrt begann. Zunächst mussten sie der Strömung der Elbe folgen, bis sie später die offene See erreichten. Nach einer weiteren Stunde Fahrt rief Knut: »Los jetzt, Klaus, schraub die neuen Schilder an!« Klaus nahm ein paar Werkzeuge, beugte sich über die Reling und löste das Brett mit dem Bootsnamen. »Haltet mich bloß gut fest«, sagte er zu seinen Brüdern, die ihn an den Beinen umklammerten. Mit wenigen gezielten Handgriffen löste er das alte Schild und schlug das neue fest. Die Kogge hieß nun nicht mehr »Gabriela«, sondern »Calypso«.

»Zieht mich zurück«, rief Klaus. Die Brüder dachten aber nicht im Traum daran; sie wollten sich ihren Spaß mit dem Jüngsten machen – ihr Vater hatte das so von seinem Ruderstand aus mit Handzeichen angeordnet. Auf Kommando ließen sie ihn los. Schreiend fiel Klaus in die eiskalte Nordsee. Der Rest der Familie hüpfte laut lachend auf dem Deck umher, bis der Vater sie unterbrach: »Ist gut jetzt. Holt die Segel ein. Wir warten hier auf unser Nesthäkchen. Er ist ja ein guter Schwimmer und wird schon nicht untergehen.«

## 63

»Hier steckst du also! Seit Tagen bist du fast nur noch in deiner Schmiede zu finden«, sagte Margarete. Paule lachte: »Schön, dass du gekommen bist. Setz dich, ich muss dir etwas zeigen.« Er ging er in eine Ecke und kam mit einem Teil in seiner Hand zurück. »Hier, sieh dir das an. Das ist das Geheimnis, weshalb ich mich in letzter Zeit etwas rar gemacht habe.« – »Meine Güte, ist das schön! Aber auch richtig schwer. Das ist doch eine Türschlossverkleidung, richtig?« – »Genau, ein Auftrag eines Bonner Patriarchen für seine Eingangstür. Siehst du hier die Verzierungen? Das sind die französischen Lilien, angebracht an anmutigen Zweigen mit Bögen und Schleifen.« Er deutete mit einem Finger auf bestimmte Löcher in seinem Kunstwerk: »Hier wird die Verkleidung auf die Tür genagelt, genau über dem Schloss. Das Holz steckt genau dazwischen, und meine Verkleidung zieht sich beidseitig an den Klinken entlang. Es wird wunderschön aussehen. Das ist eine meiner schönsten Arbeiten und bringt uns ein paar gute Silberlinge ein«, sagte Paule stolz. – »Aber es ist noch nicht fertig?« Der Schmied schüttelte den Kopf: »Ich muss noch einige Teile erhitzen und filigran verbiegen, danach wird alles noch einmal gesäubert und geschliffen, und erst dann kann ich es ausliefern.« – »Du musst das Teil nach Bonn bringen?« – »Ja, so in einer Woche, denke ich. Und natürlich werde ich es persönlich an der besagten Tür anbringen.« Paule wickelte die Verkleidung in ein Linnentuch und legte sie zurück. »Es ist wunderschön! Aber wenn du den Auftrag erledigt hast, kümmere dich bitte wieder mehr um unser Weiberhaus. Uns fehlt da der Mann.« Margarete erhob sich: »Wir sehen uns heute Abend im ›Haus der kleinen Sünden‹!« Paule hörte schon gar nicht mehr richtig zu: »Hmm«, brummte er und heizte erneut das Feuer seiner Esse an.

Schon nach neun Tagen waren Alfonso und Bertram von der Mosel zurück. Gegen Mittag rollte sein Fuhrwerk gar nicht weit von seiner Weinstube entfernt von einem Fährboot herunter. Er gab dem Eigner das geforderte Geld, und alle schoben und zogen an dem etwas überladenen Wagen. Alleine konnte Carlo es nicht schaffen. Das Pferd war zwar stark, besaß aber nicht die Kraft zweier Ochsen, und die wäre jetzt vonnöten gewesen. Nach einigem Hin und Her schafften sie es mit sechs Mann, das Fuhrwerk mit den Fässern auf den Ufersteg zu ziehen.

»Geschafft. Vielen Dank, Männer!«, rief ihnen Alfonso zu und wischte sich dabei den Schweiß von der Stirn. Für die letzten Schritte stiegen sie nicht mehr auf den Bock, sondern nahmen Carlo am Zügel. Kurz vorm Erreichen der Weinstube brüllte Alfonso freudig: »Buongiorno, Prinzessin, dein Adonis ist zurück!« Grimhild kam sofort hinter dem Tresen hervor und lief ihm entgegen. »Ihr seid schon wieder zurück? Das ging ja schneller, als ich dachte!« Sie fielen einander in die Arme und küssten sich. Grimhild schaute auf die Ladefläche: »Der Wagen ist ja voll bis zum Rand – konnte Carlo den überhaupt noch ziehen?« – »Also, es war schon recht mühevoll für ihn; er hat sich eine zusätzliche Portion Futter verdient. Es war aber keine große Strecke, die er den Wagen ziehen musste – von dem Weingut nur ein Stück bis zum Hafen. Zum Glück fanden wir dieses Boot, das uns genau bis vor unsere Haustür mitnahm. – Also, Bertram, an die Arbeit! Wir haben noch einiges zu erledigen. Holt schon einmal die Planken und zwei Balken zum Abstützen.« – »Meine Güte«, bemerkte Grimhild, »die Fässer müssen so schwer sein wie Paules Amboss.« Alfonso lachte: »Ein guter Vergleich, Prinzessin.«

Er öffnete den Wagen an der Rückseite; Bertram legte die Planken an, und das erste Fass wurde vorsichtig auf die Straße und von dort aus direkt ins Lager gerollt. Im Schweiße ihres Angesichts arbeiteten sie, bis auch das letzte Fass seinen Platz an der richtigen Stelle gefunden hatte.

»Jetzt haben wir uns einen kräftigen Schluck verdient! Kommt, Bertram, wir setzen uns an den Tresen. Meine Frau kann uns ein wenig verwöhnen.« Grimhild stellte ihnen den wohlverdienten Wein hin. »Haltet die Stellung – ich bin gleich wieder da!«, sagte sie und ging schnellen Schrittes von dannen. »Wo will sie denn hin?«, fragte Alfonso. Bertram zuckte mit den Schultern: »Ich weiß es nicht.« Nach fünfzehn Minuten kam Grimhild mit einem Holzteller voller Schmalzbrote zurück. »Ihr müsst doch wahnsinnigen Hunger haben!« Beim Anblick der Brote griffen beide sofort zu: »Bellissimo, biste beste Prinzessine von der Welt«, alberte Alfonso.

Nach dem Verzehr der Schmalzbrote schickte Alfonso Bertram ins Lager, um den Wein umzufüllen. »Mach es so wie beim letzten Mal: Setz den Schlauch an, saug ihn bis zum unteren Ende voll und füll den Wein aus den großen Fässern in die kleineren um.« Das waren die Worte, auf die Bertram gewartet hatte. Diese Arbeit verrichtete er gerne, denn dabei bestand für ihn die Möglichkeit, so manchen kostbaren Tropfen zu probieren. Darin war er besonders gut.

Nach einigen Tagen hatten Alfonso und Bertram ihre Gasthäuser und Tavernen mit dem bestellten Wein beliefert. Einige Gäste hielten am Weinstand noch ein lustiges Schwätzchen mit Alfonso. Grimhild war schon oben in der Wohnung und bereitete das Abendmahl vor. Da erschienen plötzlich zwei Büttel mit Spießen: »Wir suchen Herrn di Luca; ist er hier?« – »Ja, das bin ich. Was kann ich für die Herren tun?« – »Ihr könnt Euren Laden schließen und mitkommen; Ihr seid verhaftet.« Alfonso starrte die Männer an, als würden sie ihn verulken, und er hielt es tatsächlich für einen Spaß. »Was möchten die Herren trinken?« Einer hob seinen Spieß: »Ich glaube, ich habe nicht deutlich genug gesprochen. Schließt hier ab und kommt mit!« – »Aber warum? Ich habe doch nichts gemacht, was strafbar wäre!«, sagte er nun verzweifelt, da er den Ernst der Lage begriffen hatte. Aber er folgte den Befehlen der Büttel. »Es kann sich nur um ein Missverständnis handeln«, sagte er. – »Für weitere Fragen ist der Hauptmann zuständig; wir haben nur den Auftrag, Euch abzuholen«, erklärte einer der Büttel, der eher aussah wie ein Galgenvogel als wie ein Staatsdiener.

Alfonso verabschiedete sich von seinen Gästen, die mürrisch von dannen zogen, und verschloss die Weinstube. »Aber meiner Frau darf ich noch Bescheid geben? Sonst macht sie sich Sorgen, wo ich bleibe.« – »Ihr wohnt hier im Haus?« – »Ja direkt hier drüber!« – »Gut, also lasst uns zu Eurer Frau gehen; aber macht schnell, wir haben nicht ewig Zeit.« Eilig gingen sie die Stufen hinauf. Als Alfonso die Tür öffnete, nahm sie ein wunderbarer Duft in Empfang. »Meine Prinzessin, ich muss noch einmal fort – die Büttel der Stadt haben mich verhaftet, und keiner weiß, warum.« Grimhild schlug die Hände vors Gesicht, als sie die beiden Bewaffneten sah: »Aber wieso denn bloß? Hast du etwas angestellt?« – »Nein Prinzessin, mit Sicherheit nicht.« – »Wo bringen sie dich hin?« – »Zum Hauptmann der Wache. Ich denke, dort werde ich mehr erfahren. Also, bis bald, Prinzessin!« Er gab ihr noch einen Kuss, und Grimhild stand wie versteinert in der Eingangstür und starrte den Männern hinterher. »Ich …

ich komme dich morgen früh besuchen, vielleicht weißt du dann schon mehr!«, rief sie ihm nach.

Der Hauptmann der Wache hatte schon Feierabend gemacht, daher steckten sie ihn in eine Zelle und verschlossen die Tür: »So müsst Ihr halt bis morgen früh warten.« Sie schlossen die Eingangstür ab und gingen ebenfalls nach Hause zu ihren Frauen. Alfonso blickte sich in der zwei mal zwei Schritt kleinen Zelle um, die nur einen winzigen Sehschlitz besaß. Bis auf ein wenig Restlicht, das noch von der Straße hereinschien, war es hier dunkel. Er ließ sich auf eine Holzpritsche nieder, deren Liegefläche aus geflochtenen Weidenruten bestand. Er stützte den Kopf in den Händen ab und ließ seine Gedanken durch die letzten Wochen schweifen. Was sollte er getan haben? Ihm fiel wirklich nichts ein. Er legte sich der Länge nach auf die Pritsche, schloss die Augen und versuchte, ein wenig zu schlafen. »Morgen wird sich das Missverständnis schon aufklären«, war sein letzter Gedanke, bevor er einschlief.

## 64

Zur Terz wurde er von metallischen Geräuschen geweckt. Der Hauptmann war erschienen und drehte den Schlüssel im Schloss um. Alfonso schreckte auf, setzte sich und rieb sich den Schlaf aus den Augen: »Gott zum Gruße, Herr Hauptmann! Warum werde ich hier festgehalten?« Die beiden Männer kannten sich vom Sehen her, was in einer Stadt mit ungefähr 25 000 Einwohnern nichts Ungewöhnliches war. »Gott zum Gruße, Herr di Luca. Jemand wirft Euch vor, Ihr würdet gepanschten Wein verkaufen. Sollte das stimmen, wisst Ihr ja, was auf Euch zukommt! Gepanschte Weine, zu leichtes Brot, falsch abgewogener Käse – so etwas kommt immer wieder vor und wird von unserem Herrn Richter schwer bestraft. Er ahndet das mit Auspeitschen, Schandkorb, Halsgeige oder dem Eselsritt, Ihr kennt so etwas!« Alfonso musste schlucken: »Ich schwöre bei Gott, dem Herrn: Nie im Leben würde ich so etwas tun oder veranlassen!«

Der Hauptmann hustete einmal kräftig: »Ihr seid bisher nie auffällig geworden, was man Euch zugutehalten kann, aber mehrere Gäste in der Taverne ›Zum Aachener Tor‹ behaupten, sie hätten dort verdünnten Wein vorgesetzt bekommen. Der Wirt gibt an, den Wein von Euch bezogen zu haben.« – »Das ist richtig. Wir beliefern diese Taverne mit unserem Wein. Aber die Frage ist doch: Wer panscht damit herum? Würdet Ihr mich nicht hier festhalten, könnte ich der Sache auf den Grund gehen.« – »Wie würdet Ihr vorgehen?«, wollte der Hauptmann wissen.

Alfonso erhob sich und ging ein paar Schritte durch die beengte Zelle: »Ich habe es nicht getan – ich schwöre bei Gott. Wer bleibt also über? Der Weinbauer, von dem ich die Weine kaufe? Das wäre das erste Mal. Bis jetzt habe ich noch keinerlei Beschwerden in dieser Richtung erhalten. Dann wäre da noch mein Gehilfe – Ihr kennt ihn, unseren ehemaligen Pfarrer Bertram. Er hätte die Gelegenheit, es zu tun, wenn er die Weine von den großen Fässern in kleinere umfüllt. Doch was hätte er davon? Die dritte Möglichkeit wäre der Wirt selbst, der dadurch einen höheren Gewinn erzielen würde.«

»Es steht mir nicht zu, ein Urteil zu fällen, aber ein wenig Glauben schenke ich Euch schon. Was haltet Ihr von folgendem Vorschlag? Ich gebe Euch zwei Wochen Zeit, der Angelegenheit auf den Grund zu gehen. Prüft, was Ihr prüfen müsst. Solltet Ihr mir kein plausibles Ergebnis liefern, muss ich Euch erneut festnehmen.« – »Das wäre in meinem Sinne! Ich werde mein Bestes geben, den Übeltäter ausfindig zu machen. Danke, Herr Hauptmann!«

»Du bist schon wieder zurück? Gerade wollte ich zu dir auf die Wache kommen«, sagte Grimhild erfreut. »Komm, lass dich umarmen, und erzähl!« – »Ich habe Hunger, Prinzessin. Kannst du mir zwei Brote bereiten, während ich dir die Neuigkeiten erzähle?« – »Entschuldige – natürlich, du hast ja noch überhaupt nichts gegessen.« Sie schnitt zwei große Scheiben vom Brotlaib ab und bestrich sie dick mit Butter. Jedes Mal, wenn sie ein Messer in die

Hand nahm, musste sie daran denken, wie sie Alfonsos Bruder Mario erstochen hatte. Schnell verdrängte sie diesen schlimmen Gedanken. Währenddessen berichtete ihr Alfonso von den Verdächtigungen gegen ihn.

»Na, das ist ja eine Frechheit! Wer macht denn so etwas?«, rief sie empört. Alfonso zuckte mit den Schultern. Während er ab und zu ein Stück vom Brot abbiss, erklärte er ihr seinen Plan, und seine Frau lauschte gebannt. »Nach Koblenz muss ich wohl nicht reisen. Bis zum heutigen Tag waren die Weine des Händlers immer tadellos, und bei den Weinbauern von der Mosel und vom Rhein habe ich auch keine Befürchtungen. Da wäre noch unser Bertram. Was glaubst du: Müssen wir ihn in Betracht ziehen? Möglichkeiten, den Wein zu panschen, wären zur Genüge vorhanden. Er ist oft zum Umfüllen des Weines allein im Lager. Nur – warum sollte er das tun? Darin sehe ich keinen Sinn.« Grimhild schüttelte den Kopf, als Alfonso seine Erklärungen einstellte. »Nein, nicht unser Herr Bertram – als ehemaliger Pfarrer. Im Leben nicht. ›Du sollst nicht stehlen‹ steht in der Bibel, und wir beide wissen, dass er sich weiterhin – bis auf seinen zu großen Durst – nach der Heiligen Schrift richtet. Er wird jeden Moment hier erscheinen. Auch unsere Freunde kommen bestimmt gleich, um die Woche mit einem Becher Wein ausklingen zu lassen.«

Schon erschienen Margarete und Paule, kurz darauf auch Thomas. »Wo ist deine Frau?«, fragte Grimhild. – »Sie wollte in ihrem Zustand die Fahrt nach Colonia nicht mehr auf sich nehmen. Die Löcher und Dellen in den Straßen, das dauernde Gerüttel und Geschüttel – das war ihr zu anstrengend. Sie wird wohl erst wieder mitkommen, wenn sie unser Kind in den Armen hält.«

»Wein für alle?«, fragte Alfonso. Die Freunde nickten. Er stellte einen vollen Krug und Becher auf den Tisch: »Bedient euch! Seht, da kommt ja auch unser Herr Bertram. Jetzt fehlt nur noch einer.« – »Wen meinst du? Wer fehlt denn noch außer Agnes?«, wollte Grimhild wissen. – »Na, unser Herr Hauptmann von der Wache. Ich habe ihn gebeten, zu uns an den Weinstand zu kommen. Ihr wisst ja, dass ich eine Nacht in der Zelle verbracht habe, wegen angeblicher Weinpanscherei. Der Herr Hauptmann war so freundlich, mir etwas Zeit zu gewähren, damit ich ihm meine Unschuld beweisen kann. Ich habe mir etwas ausgedacht. Vielleicht kann ich mit ein bisschen Glück den Täter überführen«, erklärte Alfonso seinen Freunden, die sich gegenseitig fragend ansahen. Auch Grimhild verstand nicht so recht, was ihr Mann vorhatte. »Du immer mit deiner Heimlichtuerei«, stellte sie fest.

Der Hauptmann bog urplötzlich um die Ecke und stand am Weinstand: »Alles alte Bekannte, wie ich sehe. Warum habt Ihr mich eigentlich eingeladen, Herr di Luca?« Beim Anblick des Hauptmannes fiel es Grimhild und Margarete wie Schuppen von den Augen. Beide sahen sich kurz an und dachten wohl das Gleiche. In ihrer gemeinsamen Vergangenheit waren sie ja öfters mit dem Herrn Hauptmann aneinandergeraten, und das nicht grundlos.

»Zunächst einmal: Willkommen an meinem Weinstand!«, sagte Alfonso. Auch der Hauptmann erhielt nun einen Becher des schmackhaften Hausweines. »Ich möchte Euch ein Spiel vorstellen. Die Hauptperson soll unser Herr Bertram sein.« Dieser riss die Augen weit auf, so als hätte man ihn gerade aus dem Schlaf gerissen. Alfonso fuhr fort: »Es ist wirklich nur ein Spiel, oder vielmehr ein Versuch, aber es könnte unter Umständen etwas Wichtiges dabei herauskommen. Bertram, ich möchte Euch bitten, dass Ihr Euch für ungefähr zehn Minuten am Rhein die Beine vertretet, denn ich muss hier etwas vorbereiten. Worum es geht, verrate ich Euch später.« Bertram sah ein bisschen verstört aus: »Wenn es denn sein muss, will ich losgehen.« Langsam schlenderte er zu den Rheinwiesen, und die anderen blickten ihm nach.

Als er sich weit genug entfernt hatte, stellte Alfonso sieben leere Becher auf den Tisch und füllte diese jeweils bis zur Hälfte mit unterschiedlichen Weinen. In den letzten Becher goss er einen Schuss Wasser hinzu. Vor jeden Becher legte er eine kleine Tafel, auf der etwas geschrieben stand. »Das sieht ganz nach einer Weinprobe aus«, meinte der Hauptmann. Alfonso griff ins Regal und hielt ein schwarzes Tuch in Händen: »Grimhild, wenn Bertram gleich zurück ist, verbinde ihm mit diesem Linnen hier die Augen. Ihr alle hier seid meine Zeugen.« Margarete blickte Paule an und fragte leise: »Was bezweckt Alfonso damit? Wofür der ganze Aufwand?« Der Schmied konnte ihr auch keine Antwort geben und zuckte nur mit den Schultern.

Nach einer Weile kam Bertram zurück: »Nun, war ich lange genug weg?« Alfonso sagte: »Ja, danke, Bertram! Grimhild wird Euch nun ein Tuch vor die Augen binden und Euch an den Tisch dort führen. Wir beide waren doch schon oft gemeinsam Wein einkaufen, und nun sollt Ihr beweisen, wie gut Euer Geschmack ist – meiner Ansicht nach ist er besser als meiner. Seid Ihr bereit?« – »Wenn es denn sein muss … Gegen ein leckeres Tröpfchen habe ich nichts einzuwenden.« Dabei schnalzte er mit der Zunge. Grimhild band ihm das Tuch vor die Augen und führte ihn an den Tisch. Sie drückte ihm den ersten Becher in die Hand. Bertram schüttelte ihn ein wenig, roch daran und zog schlürfend einen Schluck Wein ein, den er im Mund hin und her laufen ließ, bevor er ihn letztendlich hinabschluckte. »Das ist nicht schwer – es handelt sich um unseren Hauswein. Das ist Rheinwein, der in Bingen angebaut wird.« Alfonso hob das erste Täfelchen an und hielt es in die Höhe. Darauf war »Hauswein – Rhein« zu lesen. Die Freunde und der Hauptmann nickten. »Genau richtig«, sagte Alfonso. »Nun den nächsten Becher.« Bertram verfuhr mit dem zweiten Becher genauso. Sein Ergebnis war: »Das dürfte Moselwein sein, etwas süßlicher als der erste, leicht erdig, aus der Region Cochem.« Alfonso hob die zweite Tafel und bestätigte. Beim dritten Becher überlegte Bertram etwas länger, nahm einen zweiten Schluck: »Auch Rheinwein, wie der erste, aber aus südlicherer Gegend, aus dem Gebiet von Koblenz.« Wieder war ihm ein Treffer gelungen. Nun führte er den vierten Becher an den Mund: »Hmmh, mein Lieblingswein! Von der Nahe, aus dem Anbaugebiet Monzingen, sehr süßlich und vor allen Dingen teuer.« Auf der Tafel standen die Worte »Nahe« und »Monzingen«. Bertram probierte den nächsten, den er auch richtig als Moselwein erkannte, und zum guten Schluss einen weiteren Nahewein aus dem Anbaugebiet Sobernheim.

Nun kam der letzte Becher an die Reihe. Alle starrten Bertram an. Schaffte er es, auch diese Probe richtig zu deuten? Bertram roch, schlürfte, schluckte, stellte dann den leeren Becher auf den Tisch: »Wie der erste, unser Hauswein vom Rhein.« Die Zuschauer blickten gebannt auf Bertrams Lippen und warteten auf eine nähere Erläuterung. »Hauswein vom Rhein, sagte ich, aber reichlich mit Wasser gepanscht.« Alfonso hüpfte vor Freude: »Alle richtig getestet, ich werd' verrückt. Aber ich wusste es, der Kerl kann das!« – »Ein Hoch auf Bertram – bravo!«, jubelten die Freunde und trommelten mit den Händen auf die Tischplatte. »Es wäre schön, wenn ich nun die Augenbinde abnehmen dürfte«, sagte er lachend.

Der Hauptmann blickte Alfonso fragend an: »Aber was hat diese Weinprobe mit unserem Fall zu tun?« Alle rückten dichter zusammen, als Alfonso ihnen seinen Plan offenbarte. »Ihr habt es selber gerade erlebt, was unser Herr Bertram für ein Weinkenner ist. Ich möchte Euch bitten, jetzt mit mir zum Gasthof ›Zum Aachener Tor‹ zu gehen. Ich glaube, ich brauche keine zwei Wochen, um meine Unschuld zu beweisen. Der Wirt in dem Gasthof heißt Wolfram und ist, wie Ihr wisst, ein Kunde von mir. Er bezieht über mich ausschließlich meinen Hauswein. Ihr habt ihn selbst in unverdünnter Form getrunken. Beim letzten Glas konnte Bertram den von mir mit Wasser gepanschten Wein sofort herausschmecken. Sollte Wolfram meinen Hauswein mit Wasser verdünnen, wird Bertram das sofort merken. Dann haben wir den Beweis, und ich bin von allen Vorwürfen freizusprechen.« – »Wenn dem so wäre, wäret Ihr natürlich im Recht«, antwortete der Hauptmann. »Das kann ja interessant werden! Da gehen wir doch alle mit«, sagte Paule und sah, wie Margarete und Thomas nickend zustimmten. So verschloss Alfonso seinen Stand, und gemeinsam gingen die Freunde und der Hauptmann in Richtung Aachener Tor, um den Plan in die Tat umzusetzen.

Vor dem Gasthof blieben sie stehen. Alfonso sagte: »Ich schlage vor, dass Bertram alleine hineingeht, sich einen Krug Hauswein bestellt und ihn genüsslich, aber mit größter Aufmerksamkeit probiert. Sollte er gepanscht sein, kommt Ihr, Bertram, kurz vor die Tür und gebt uns Bescheid.« Grimhild flüsterte: »Ist das alles aufregend.« – »Auf in den Kampf!«, sagte Bertram, ging die fünf Stufen hinauf, öffnete die Tür des Gasthofes und verschwand im Inneren. Er setzte sich an einen freien Tisch. Der Wirt fragte ihn: »Was kann ich für den Herrn tun?« – »Einen Krug Eures Hausweins, bitte«, bestellte Bertram. Kurze Zeit später trat Wirt Wolfram an den Tisch und stellte den Krug mit einem Becher direkt vor ihm auf den Tisch. »Zum Wohle, Herr Pfarrer«, sagte er ironisch. Bertram goss sich den Becher voll und nahm genussvoll den ersten Schluck. Er ließ die Flüssigkeit durch seinen Mund laufen, strich sie mit der Zunge den Gaumen entlang und schluckte sie endlich hinunter. Den gleichen Vorgang wiederholte er noch einmal. »Eindeutig gepanscht!«, sagte er zu sich. Er erhob sich, um seinen Freunden und dem Hauptmann davon zu berichten. Er öffnete kurz die Tür und sagte zu den draußen Wartenden: »Gepanscht – eindeutig mit Wasser gestreckt.«

Der Hauptmann ging voraus, die anderen folgten ihm. Auf direktem Weg schritten sie auf den Wirt zu. »Kann ich Euch kurz sprechen? Ich bin der Hauptmann der Stadtwache«, fuhr er Wolfram an. Der sah erst den Hauptmann, dann die weiteren Personen an. Er erkannte Alfonso. »Worum geht es denn?« – »Wollen wir das hier besprechen?«, fragte der Hauptmann. – »Folgt mir bitte«, erwiderte der Wirt. Einem seiner Mitarbeiter gab er schnell noch einige Anweisungen. Die Gruppe betrat eine Art Kontor im hinteren Raum, und der Hauptmann kam sofort zur Sache: »Ihr seid des Weinpanschens überführt. Auf eine Verteidigung könnt Ihr getrost verzichten, es liegen eindeutige Beweise vor.« Wolframs Kopf nahm die Farbe einer Kirsche an. Nun fuhr Alfonso mit deutlichen Worten fort: »Ihr bezieht Euren Wein von mir. Wir können jetzt und gleich in mein Depot gehen – garantiert werdet Ihr keinen mit Wasser gepanschten Wein finden. Wegen Euch geriet ich in Verdacht und durfte eine Nacht im Verlies verbringen. Zeigt mir Euer Fass, aus dem Ihr die Kunden bedient. Wir würden gerne den Wein probieren.« Alfonso hatte dem Wirt Wolfram den Wind aus den Segeln genommen. Er machte keinerlei Anstalten, sich zu verteidigen: »Meine Herren«, jammerte er, »ich habe eine Frau und vier Kinder, für die ich sorgen muss. Es ist nicht so leicht, von diesem Gasthof zu leben. Es ist doch nur das Geld von ein paar zusätzlichen Becherchen, das ich mir verdiene. Bitte, Herr Hauptmann, lasst Gnade walten!«

Der Hauptmann sah ihn mit strengem Blick an: »Ihr habt gut reden. Mit Eurer Missetat habt Ihr hier Herrn di Luca in Verdacht gebracht. Wenn die Wahrheit heute nicht ans Licht gekommen wäre, hätte ich den Falschen ins Verlies geworfen und dem Richter vorgeführt. So ein Betrug kann schon ein paar Finger kosten. Ich werde Euch jetzt mitnehmen – der Richter soll eine Entscheidung fällen.« Grimhild tat der Mann leid. »Lasst bitte Gnade walten, Herr Hauptmann, denkt an seine Familie«, bat sie. »Das, Gnädigste, liegt leider nicht in meinem Ermessen.« Mit dem Wirt zusammen verließen sie den Gasthof »Zum Aachener Tor«. Thomas verabschiedete sich; er wollte zurück zu seinem Lager. Paule und Margarete gingen mit ihm, sie hatten ja den gleichen Weg. Grimhild und Alfonso wollten noch für eine Weile ihren Straßenverkauf öffnen, und der Hauptmann steckte den Wirt Wolfram vorerst ins Verlies.

## 65

»Das ist das dritte Mal, dass ihr mich in die eiskalte Nordsee geworfen habt. Jetzt ist Schluss damit!«, fluchte Klaus. Er saß, nur mit seiner Bruche bekleidet, neben seinem Vater am Steuerstand der Kogge. Dem Alten ging ein breites Grinsen durchs Gesicht. »Ist ja gut, Kleiner, ich rede mit deinen Brüdern.« Klaus' Kleider hingen zum Trocknen über der Reling. Er erhob sich und fühlte an seiner Tunika. »Immer noch klamm«, fluchte er. Als er mit seiner weißen Bruche über Deck ging, lachten ihn seine Brüder aus. »Haha«, brüllte sein Bruder Dirk, »wenn du dir jetzt noch eine Feder in den Hintern steckst und dabei noch ein wenig über das Deck watschelst, siehst du aus wie ein weißer Schwan!« Kaum hatte Klaus die Worte seines ältesten Bruders vernommen, da schnellte er mit dem Kopf zu ihm herum und rief dabei rot an. »Du verdammtes Lästerbalg!«, schrie er ihn an. Er platzte vor Wut, verlor völlig die Beherrschung und stürzte sich auf ihn: »Ich schlag dir die Zähne ein!« Schon packte er Dirk am Kragen und traf ihn gezielt mit zwei Faustschlägen im Gesicht. Einer davon landete auf seiner Nase, der andere zwischen den Zähnen. Wegen Klaus' Angriff und der Wucht seines Sprunges lag sein Bruder nun unter ihm und schrie, während er sich die Hände vors Gesicht hielt: »Bist du verrückt? Hör sofort damit auf!« – »Glaubst du, ich lasse mich von dir ständig aufs Korn nehmen? Immer hackst du auf mir herum – das ist jetzt ein für alle Mal vorbei.« Erneut wollte er zuschlagen, doch dieses Mal gingen der Vater und die Brüder dazwischen und zogen die Streithähne auseinander.

»Schluss jetzt, ihr Dummerjane!«, brüllte ihr Alter sie an. Er packte den halb nackten Klaus am Rand der Bruche und zog ihn beiseite. »Euch beiden hat wohl die Sonne das Gehirn ausgebrannt!« Henning und Helge lachten laut. »Ihr haltet den Mund, sonst bekommt ihr meine Faust zu spüren!«, schnauzte ihr Vater sie an.

Langsam kehrte an Deck wieder Ruhe ein. Dirk blickte auf seine blutbeschmierte Hand. »Du Hundsfott hast mir einen Zahn ausgeschlagen«, stöhnte er und wischte sich die Hand an seiner Tunika ab. Klaus tat so, als hätte er die Worte seines Bruders nicht gehört. Er ging zur Reling, nahm seine immer noch klammen Sachen und zog sich an. »Feder im Arsch … dieser Tölpel«, sagte er leise, aber immer noch äußerst erregt.

»So Männer, der Familienstreit ist jetzt vorbei. Kümmert euch um das Segeln«, rief Knut seinen Söhnen zu. »Wo endet denn die Reise?«, wollte Henning von seinem Vater wissen. »Na, wo wohl? Dort, wo es schmackhaften Wein gibt, du Burentroll!«

In den nächsten Tagen wurde es für die Familie Dirkse schwierig und gefährlich. Der kleinste und schmalste der Brüder, Dirk, stand im Krähennest und hielt Ausschau. »Da sind zwei große Mündungsarme. Welchen davon sollen wir nehmen?«, rief er vom Mast herunter. »Der zweite ist breiter und besser zu befahren; er ist der Ausläufer der Maas«, sagte Knut. Henning – er war der Dümmlichste der Familie, redete aber am meisten – fragte: »Also segeln wir nicht den Rhein hinunter?« Knut fasste sich an die Stirn: »Hinunter sowieso nicht, wenn schon, dann hinauf. Der Rhein und die Maas haben einen gemeinsamen Mündungsbereich mit mehreren Flussverzweigungen. Nach einigen Seemeilen gibt es einen Zufluss von der Maas in den Rhein, den müssen wir erwischen. Untiefen und Flößereien im Auge behalten, Männer!« Knut hatte diese Reise schon einmal vor vielen Jahren unternommen. Dirk und Henning waren mit ihm an Bord gewesen, doch da waren die beiden noch um einige Jahre jünger.

## 66

In Colonia war der Tag gekommen, an dem die Verhandlungen stattfanden. Der ehrenwerte Richter war erschienen und eröffnete den Gerichtstag. In fünfzehn Fällen sollte er eine Entscheidung treffen, wofür der ganze Tag angesetzt war. Wie immer ging es um Mord, Betrug, Diebstahl, üble Nachrede, Getratsche von Schandweibern und Raufereien.

Am Nachmittag war endlich der Wirt Wolfram vom »Aachener Tor« in Sachen gepanschter Wein an der Reihe. Am Abend zuvor hatte Grimhild ihren Mann Alfonso gebeten, doch ein gutes Wort für den Wirt einzulegen, auch wenn es nicht rechtens war, was er getan hatte. »Du hast gut reden«, sagte Alfonso zu seiner Frau, »wegen ihm wäre ich fast im Verlies gelandet. Vielleicht hätten sie dann fälschlicherweise mir ein paar Finger oder die ganze Hand abgehackt.« Grimhild konnte ihn aber überreden, und so ging er am Vorabend zum Richter und bat diesen, bei seinem Urteilsspruch Milde walten zu lassen. Der Richter hörte ihn kurz an, nickte mit dem Kopf und sagte: »Ich werde es mir überlegen. Habt Dank für Euer Erscheinen.« Nach drei Minuten hatte Alfonso kurz und schmerzlos wieder auf der Straße gestanden.

Jetzt bei der Verhandlung hörte sich der Richter aufmerksam Wolframs Entschuldigungen an, warum er den Wein mit Wasser verdünnt hatte, und dass es ihm wirtschaftlich nicht so gut ginge. Er war aber geständig und gab seine Schandtat zu. Der Richter urteilte: »Da Ihr einen Fürsprecher hattet, der mich überzeugen konnte, werde ich Milde walten lassen. Ihr wisst sehr wohl, Herr Wolfram, dass in Eurem Fall normalerweise eine Axt ins Spiel kommt. Für Betrug – und darum geht es ja hier – werden Finger oder sogar eine ganze Hand abgeschlagen, denn wer mit seinen Händen panscht, der soll sie auch verlieren. Nun steht Ihr aber zum ersten Mal vor diesem Richtertisch und wart bis zum heutigen Tag ein unbescholtener Bürger, was nicht heißt, dass Ihr straffrei davonkommt. Ich verurteile Euch zum Eselsritt über unsere drei Märkte sowie dazu, einen Tag und eine Nacht im Schandkorb zu verbringen. So begebt Euch jetzt mit dem Hauptmann direkt zum Alter Markt, wo sich der Schandkorb befindet, und lasst Euch dort einschließen. Morgen früh bei Sonnenaufgang wird Euch ein Esel abholen.« Die Bürger der Stadt, die diesen Prozess verfolgt hatten, verließen lachend den Saal. Man konnte hören, wie ein Mann zu seiner Frau sagte: »Eselsritt – das ist etwas Lustiges, da gehen wir hin!«

Nur mit seiner Bruche bekleidet, saß Wirt Wolfram verkehrt herum auf dem Esel. Die Hände hatte ihm der Folterknecht auf dem Rücken zusammengebunden. Die Kölner Bürger hatten ihren Spaß, wenn der Herr Richter solch ein Urteil fällte. Viele Leute blieben lachend stehen, und aus allen Gassen und Ecken kamen johlend die Stadtkinder angerannt.

»Der Richter gab ihm einen Tritt, nun macht der Wirt den Eselsritt!«, riefen die Kinder und hüpften neben ihm her. Die Peinlichkeit für den Wirt vom »Aachener Tor« war nicht mehr zu überbieten. Der Hauptmann übergab die Führung des Esels einem der

Henkersknechte, der das Tier an der Trense von einem Platz zum nächsten führte.

Nach einigen Stunden war die Demütigung für Wolfram endlich beendet. Seine Frau Hulda wartete mit Kleidern am Brunnen auf ihren Mann. Schnell schlüpfte er in seine Beinlinge und warf sich die Tunika über den Kopf, und die beiden verließen unter dem Gelächter der Bürger Colonias schleunigst den Platz der Schande. »Wenn du deinen Wein noch einmal panschst, kannst du beim nächsten Mal nackend auf dem Esel reiten«, rief ihm ein Gaukler hinterher.

Kurz vor Einbruch der Dämmerung tauchte Wolfram mit seiner Frau Hulda an Alfonsos Weindepot auf. Der Lombarde war erstaunt – mit diesem Besuch hatte er wahrlich nicht gerechnet. »Auf ein Wort, Alfonso«, sagte Wolfram. – »Kommt, wir setzen uns. Was kann ich für Euch tun?« Hulda, Wolfram und Alfonso schoben sich die Stühle zurecht und nahmen an einem der Tische Platz. »Grimhild«, rief Alfonso zu seiner Frau, die sich im Inneren des Depots befand, »bring uns bitte einen Krug Wein und drei Becher.« Wolfram sagte zaghaft: »Ich wollte, nein: Wir wollen uns bei Euch entschuldigen. Was ich tat, war nicht rechtens. Danke für Eure Fürsprache beim Richter! Hättet Ihr Euch nicht so für mich eingesetzt, würde mir jetzt womöglich eine Hand fehlen.« Alfonso blickte verlegen auf die Tischplatte: »Ich kenne Euch schon länger. Mit der Weinpanscherei habt Ihr mich in eine verteufelte Lage gebracht.« Wolfram nickte: »Ich weiß, deshalb bin ich ja hier. Ich hoffe, Ihr könnt mir noch einmal verzeihen und nehmt meine Entschuldigung an. Uns geht es in geldlichen Angelegenheiten im Moment nicht gerade gut, müsst Ihr wissen. Die Pacht meines Gasthofes zehrt meine Geldkatze auf.«

Alfonso lauschte seinen Worten und fragte: »Die erste Zeit lief es doch gut für Euch – warum jetzt dieser Einbruch?« Wolfram hustete vor lauter Verlegenheit: »Verzeiht, es kommen immer weniger Kunden, die Laufkundschaft bleibt häufiger aus.« Alfonso war ja von Hause aus immer ein Händler und Kaufmann gewesen, und so zermarterte er sich jetzt das Hirn, um eine Idee zu entwickeln. »Also, ich schlage vor, wir lassen uns etwas Verrücktes einfallen, damit die Leute wieder in Euer Gasthaus gehen.« – »Ich würde gerne auf Euch hören, doch was habt Ihr vor?« Alfonso schnipste mit dem Finger: »Ich habe da eine Idee! Ihr seid doch jetzt durch den Eselsritt stadtbekannt geworden. Viele Bürger und jede Menge Kinder haben Euren Ritt verfolgt, und genau das nutzen wir jetzt zu Euren Gunsten aus.«

Wolfram blickte ihn mit großen Augen an und verstand nicht, was Alfonso im Schilde führte. Der Lombarde atmete tief ein und aus: »Die meisten Kinder Colonias stammen doch aus ärmlichen Familien. Was wir jetzt brauchen, ist ein Esel. Wir bieten für kleines Geld einen Ritt auf dem Esel an. Es geht nicht darum, damit viele Pfennige zu verdienen, sondern allein um die Aufmerksamkeit. Den Esel binden wir am Eingang Eures Gasthofes an, darüber ein Schild ›Eselsritt auf dem Alter Markt‹. Dazu gibt es ein Eselsgetränk für die Kinder und für die Erwachsenen einen speziellen Eselswein, den ich Euch besorge. Damit seid Ihr im Gespräch, und viele Leute werdenden Gasthof ›Zum Aachener Tor‹ besuchen. So schlagt Ihr zwei Fliegen mit einer Klappe: Die Eltern trinken Euren Eselswein, während die Kinder eine Runde reiten. Gegen den Hunger bereitet Ihr ein paar Brote vor.«

Wolfram sah seine Frau Hulda an. »Einen Versuch ist es wert«, sagte diese. Alfonso fuhr fort: »Den Esel besorge ich Euch gegen kleines Geld – ich habe da so meine Beziehungen. Wenn Ihr wollt, fangen wir am Montag mit unserer Idee an.« Wolfram schlug Alfonso auf die Schulter: »So machen wir's! Habt vielen, vielen Dank!« Die beiden erhoben sich und verließen das Weindepot. Alfonso rief ihnen hinterher: »Ich schaue mal, was für eine Mischung ich für unseren neuen Eselswein herstellen kann!«

Seine Frau Grimhild meinte am Abend: »Du bist halt ein Südländer. Es ist ja bekannt, dass ihr alle Familienmenschen seid und euch gern für andere einsetzt. Ich finde es sehr lieb von dir, dass du den beiden unter die Arme greifen willst.«

## 67

Die »Calypso« erreicht die Gegend vor Colonia. Der Wind hatte mitgespielt, die Segel waren aufgebläht und durch fortwährendes Kreuzen hatten sie gute Fahrt gemacht. Knut Dirkse stand an der Pinne und war zufrieden, als er zum rechten Rheinufer hinüberblickte. Er nahm dort etwas wahr, was seine Aufmerksamkeit weckte. Sein ältester Sohn Dirk stand am Bug und beobachtete die Wasseroberfläche. »Wann sind wir denn im Weingebiet?«, rief Henning. – »Dann, wenn ich es sage!«, brüllte Knut zurück. In Wirklichkeit jedoch wusste er es selbst nicht.

Er vertraute darauf, dass sich schon irgendwann eine Möglichkeit ergäbe, günstig an Wein zu gelangen. Bis hinter die Stadt Bonn würden Sie aber wohl noch segeln müssen. Irgendwo auf dem Weg in den Süden würden sie ein Weindepot finden, das unmittelbar an einem Bootsanleger lag, um dort zuzuschlagen – wie er zu sagen pflegte. Damit meinte er, viel Ware für wenig Geld zu erhalten. Knut hätte nicht im Traum daran gedacht, für den Weineinkauf viel seines ohnehin knappen Geldes auszugeben.

Erneut fiel sein Blick auf das Rheinufer. Von seinem Steuerstand aus konnte er deutlich das Hurenhaus erkennen. Oh, wie viele Jahre war es schon her, als er hier mit den Hübschlerinnen eine wunderschöne Nacht verbracht hatte, und genau dafür wollte er sein Geld ausgeben, denn nicht nur er, sondern auch seine Söhne brauchten mal wieder eine Ablenkung. Er konnte sich nur zu gut an diese Margarete erinnern – was für ein Weibsbild sie doch war! Hoffentlich arbeitete sie noch dort … Sie ließen das Ostufer von Colonia rechter Hand liegen und kreuzten weiter stromaufwärts.

## 68

Alfonso hatte sich von einem ihm bekannten Bauern zunächst einmal für eine Woche einen Esel ausgeliehen. Sollte die geplante Idee erfolgreich verlaufen, wollte er ihm den Esel abkaufen. In seinen Gedanken sah er schon Grimhild auf dem Esel vor seinem Weindepot hin und her reiten. Bei diesem Gedanken musste er ein wenig schmunzeln. Er nahm sich vor, diesen lustigen Gedanken seiner Frau zu unterbreiten. Er wusste schon, dass er dafür einen Tritt in den Hintern bekommen würde.

Wolfram schlug direkt neben der Eingangstür einen Haken in die Wand und band den Grauen am Zügel fest. Alfonso hatte des Weiteren zwei Gaukler gedungen, die vor dem Gasthof musizierten, um die Aufmerksamkeit der Bürger zu erregen. Sie hüpften mit Sackpfeife und Laute umher, um Alfonso Wünsche zu erfüllen. Neugierig traten die Leute näher, und laut präsentierte Wolfram seinen neuen Eselsrittwein.

Die Kölner wussten genau, wer da vor ihnen stand, und würdigten seine Weindarbietung mit einem Lächeln. Und die Wirkung blieb nicht aus. Die ersten Kinder bekamen einen Eselstrunk – einen mit reichlich Honig gesüßten Apfelsaft. Wolframs Frau Hulda setzte der Reihe nach die Kinder auf den Rücken des Grauen und drehte mit ihnen eine Runde um den Platz. Die Bälger hatten mächtig Spaß. Ihre Eltern tranken derweilen einen oder mehrere Becher von dem neu entwickelten Eselsrittwein. Zu Wolframs Freude sprudelten die Einnahmen nur so in seine Geldkatze.

Alfonso und Grimhild sahen dem Treiben mit einem breiten Grinsen im Gesicht zu. »Meine Idee scheint zu wirken«, sagte er leise zu seiner Frau. – »Manchmal machst du mir richtig Angst: Alles, was du anfasst, gelingt auch«, gab Grimhild zurück. – »Ich denke, wir haben uns das hier lange genug angesehen. Komm, wir gehen zurück in unserem Laden; ein wenig Gewinn könnte uns auch nicht schaden. Du auf dem Esel reitend – ich glaube, das würde sich vor unserem Weindepot gar nicht so schlecht machen«, kicherte er. – »Ich klatsch dir gleiche eine«, lachte Grimhild und kniff ihm dabei in seine Bauchfalte.

## 69

Es war Sonntag, der Tag des Herrn, als sie kurz hinter Bonn am rechten Rheinufer einen Bootsanleger ausmachten. Darüber war an zwei Stangen ein großes Holzschild angebracht: »Karl Böllinghusen. Mosel-, Nahe- und diverse weitere Weine zu verkaufen.« Die Männer befestigten ihr Boot an dem massiven Anleger. Ein langer, schmaler Weg führte zu einem prunkvollen Patrizierhaus. »Seht euch diesen Prunkbau an! Da könnt ihr mal sehen, was diese feinen Leute mit dem Verkauf von Wein verdienen«, sagte Knut zu seinen Söhnen. Sie näherten sich dem Haus und blieben vor der massiven Eingangspforte stehen, auf der ein Türklopfer aus schwerem Messing in Form einer Weinrebe angebracht war. Leise sagte Knut: »Alles ist aus Natursteinen gebaut – ein verdammt reicher Krösus. Ihr haltet jetzt eure Klappen, ich spreche alleine mit dem Mann.«

Er betätigte dreimal den Klopfer. Es dauerte nicht lange, bis sich in Augenhöhe ein kleines Fenster in der Türe öffnete. Der Kopf eines Mannes erschien: »Ja bitte, meine Herren, was kann ich für Euch tun?« Knut gab sich ganz gegen seine Gewohnheit äußerst freundlich: »Verzeiht, edler Herr, mein Name ist Jensen und das hier sind meine Söhne. Wir sind Weinhändler aus dem hohen Norden, genauer gesagt aus der Hansestadt Hamburg. Wir sahen Euer Schild am Rheinufer und legten mit unserem Boot an Eurem Steg an. Eigentlich sollte unsere Reise noch weiter rheinaufwärts gehen, doch mit unserem Boot dürfte das schwierig werden, und das Treideln ist kostspielig. Also, edler Herr, beschlossen wir, uns von Euch ein Angebot unterbreiten zu lassen. Wenn der Preis und die Güte stimmen, würde ich gerne mit Euch ins Geschäft kommen.«

Knuts Söhne wunderten sich nicht schlecht über das Auftreten ihres Vaters. Karl Böllinghusen hatte Knuts Worten aufmerksam gelauscht, und obwohl heute der Tag des Herrn war, witterte er wie die Katze vor dem Mauseloch einen guten Handel. »Na, so kommt herein, Ihr Herren«, sagte er mit einem Lächeln und öffnete die Tür. Knut und seine Söhne durchschritten eine prunkvolle Diele; am anderen Ende führte sie ein Gang ins Untergeschoss. »Folgt mir, meine Herren, wir gehen in mein Weinlager«, sagte Karl Böllinghusen. Die Wände des Ganges hinunter in den Keller waren aus dicken Natursteinen errichtet. Die Luft war stickig und feucht, es roch ein wenig modrig, und die Umgebung wurde deutlich kühler. »Besser als hier unten kann ein Wein nicht reifen und kühl lagern. Alles in besten Holzfässern!«, sagte Herr Böllinghusen.

Sie betraten eine riesige unterirdische Lagerhalle. Der Hausherr zündete einige Fackeln an, der Raum erhellte sich und unzählige Fässer Wein kamen in ihr Blickfeld. Ein ungefähr sechs Ellen großer Tisch, auf dem Krüge und Becher standen, war in der Raummitte platziert; dahinter befand sich eine weitere Tür. »Hier können die Herren meinen Wein verkosten«, sagte der Händler, nahm einen Krug, ging zu einem der Fässer und füllte ihn. Er verteilte den Inhalt auf fünf Becher. »Zum Wohle, die Herren. Dieser Wein stammt von der Mosel.« Die Männer tranken, und Klaus meinte: »Der ist aber ganz schön sauer.« Karl Böllinghusen wurde stutzig. Er betrachtete sich die Männer näher. Sie waren nicht gerade wie Kaufleute oder Weinhändler gekleidet. Und ihre Trinkhörner und Messer am Gürtelbund waren auch etwas gewöhnungsbedürftig. Und ein Weinkenner würde nicht von einem sauren Wein sprechen. Weine waren eher herb oder eher lieblich. Karl Böllinghusen wurde skeptisch. »Wen habe ich mir da nur ins Haus geholt?«, dachte er.

Er füllte einen anderen Krug. »Probiert diesen hier – es ist ein Wein von der Nahe.« Erneut schlürften die Dierkses ihre Becher leer: »Ja«, sagte Knut, »der ist lecker süß, ich denke, von diesem Tropfen werden wir ein paar Fässer mitnehmen.« – »Ich hätte da noch ein edles Töpfchen aus der Lombardei, meinen Lieblingswein«, sagte Karl Böllinghusen. Erneut füllte er einen Tonkrug und ließ die Männer kosten. Alle waren der Meinung, dass der Wein von der Nahe und der aus der Lombardei die besten seien.

Nun empfand Knut keine weitere Lust mehr, sich zu verstellen. Das vornehme Getue war ihm wider die Natur; es war nun Zeit, mit dem angeberischen Kerl Tacheles zu reden. »Wir nehmen die Fässer mit dem Nahewein und dem aus der Lombardei«, sagte Knut. – »Einen Moment, meine Herren, ich hole Pergament und Federkiel«, sagte Herr Böllinghusen und ging zum großen Tisch, wo sich die Schreibutensilien befanden. »Los, Männer, nehmt euch die Fässer und bringt sie zum Boot. Packt den Kahn voll damit!« Jeder der Söhne hievte eines der Fässer auf die Schulter und verließ damit den Weinkeller. »Halt!«, rief Karl Böllinghusen. »Ich muss doch mitschreiben, der Rechnung wegen!« Knut setzte sein hässliches Grinsen auf. Nun kam sein wirkliches Wesen zum Zuge, nun benahm er sich so, wie seine Gegner ihn kannten. »Du armseliger Weinpanscher, du glaubst doch nicht etwa, ich würde dir auch nur einen Silberling für das Gesöff geben!« Karl Böllinghusen stand mit weit aufgerissenem Mund vor ihm: »Das ist Diebstahl, Raub! Dafür kommt Ihr an den Galgen!« – »Wir werden dich nur um einige Fässer erleichtern, du hast doch genug hier im Lager«, lachte Knut.

Karl Böllinghusen rannte zum Tisch, griff in eine Schublade und stand plötzlich mit einem Messer in der Hand vor Knut. »Erst bezahlt Ihr meinen Wein, sonst ...« – »Sonst was, du Hundsfott? Du drohst mir mit diesem Schälmesser? Ich lach mich tot!« Karl fuchtelte Knut mit seinem Messer vor dem Gesicht herum: »Gebt mir mein Geld oder legt die Fässer zurück!«, rief er. So langsam platzte Knut der Kragen. Er zog einen langen Dolch aus der Scheide: »Das hier ist ein Messer!« Knut wusste, dass er dem Weinhändler drückend überlegen war. Er war größer, kräftiger und schneller als er. Er hatte nichts, rein gar nichts zu befürchten, und daher machte er sich einen Spaß mit ihm.

Wie zwei Gaukler umtanzten sie sich und fuchtelten dabei mit ihren Messern herum, um ihr Gegenüber zu bedrohen. Knut lachte fortwährend und spottete: »Die Blattern über dich und deinesgleichen!« Die Söhne kamen zurück, sahen ihren Alten beim Messerkampf, lachten und trugen vier weitere Fässer zu ihrem

Boot. Nur Klaus, dem Jüngsten, gefiel die ganze Sache nicht, doch was sollte er dagegen unternehmen?

So langsam verlor Knut die Geduld: »Halt inne, sonst steche ich dich ab wie ein Schwein!« – »Das könnte Euch so passen!«, rief Karl Böllinghusen und wagte einen neuen Angriff. Mit lautem Geschrei sprang er nach vorn und wollte sein Messer in Knuts Brust rammen. Dieser machte einen kleinen Schritt zur Seite, schlug Karls Messerarm zur Seite und rammte seinen Dolch schräg von unten nach oben in Karls Unterleib. Knut wusste genau, dass dieser Stich immer zum Tod führte. Wenn sich das Messer schräg in den Bauch bohrte, wurden immer zwei oder sogar drei Organe verletzt, was das Ende bedeutete. Karl Böllinghusen riss die Augen weit auf und sackte leise röchelnd mit den Knien auf den Boden. Er ließ sein Messer fallen, drückte beide Hände auf die blutende Wunde und kippte nach vorne, bis er mit dem Gesicht schwer auf dem Kellerboden aufprallte. Knut sah auf den am Boden Liegenden hinab: »War es das wert, du Weinpanscher?«

Im gleichen Moment öffnete sich hinter dem Verkostungstisch eine Tür. Ein junger Mann trat in den Raum: »Vater, du arbeitest am heiligen Sonn…« Da sah er den Vater in seiner eigenen Blutlache auf dem Boden liegen. »Was … was habt Ihr getan?«, stotterte Frieder Böllinghusen und riss sich dabei die Hände vors Gesicht. Knut hielt immer noch das blutbeschmierte Messer in Händen und wusste genau, dass er diesen Augenzeugen genau wie den Alten beseitigen musste. Langsam schritt er auf den Jungen zu. Frieder Böllinghusen hatte die Lage blitzschnell erfasst, rannte die paar Schritte zurück zur Tür und schlug sie hinter sich zu. Sofort warf er den dicken Eichenbalken in die U-Eisen und blockierte somit die Tür von innen. Er wusste, dass er in diesem Raum erst einmal in Sicherheit war. Diese Tür von außen aufzuhebeln würde seine Zeit benötigen. In diesem Raum, der als Kontor diente, waren allerlei Geschäftspapiere untergebracht. Frieder setzte sich an den Tisch und stützte den Kopf mit den Händen ab. »Vater, was haben sie dir nur angetan? Was hast du uns da nur für Männer ins Haus geholt?« Er war voller Trauer, doch gleichzeitig stieg eine unbändige Wut in ihm hoch. Mit Tränen im Gesicht ging er aufgeregt im Raum hin und her. »Was soll ich nur tun?«, verzweifelte er.

Knuts Söhne kamen zurück und versammelten sich um den toten Karl Böllinghusen. »War das nötig, Vater?«, fragte Klaus. – »Ja, das war vonnöten, und hinter der Türe da hat sich sein Sohn versteckt, den wir dort herausholen müssen. Er war Augenzeuge der Tat und hat mich erkannt. Also, Männer, brecht diese verdammte Tür auf!« Sein ältester Sohn Dirk ging zur Türe, sah sie sich an und warf sich mit der Schulter dagegen. »Au, verdammt! Wie sollen wir die denn aufbekommen? Starke Eiche, mindestens eine Hand breit.« – »Warte, ich helfe dir«, sagte sein Bruder Henning. »Los, Dirk – auf drei. Eins, zwei und drei.« Sie warfen sich erneut gegen die Eichentür, die sich aber nicht öffnete. »Da könnten wir zu fünft dagegenspringen – da bewegt sich nichts. Die ist von innen verriegelt und verrammelt«, fluchte Dirk. – »Gut«, knurrte Knut, »soll er mit meinem Gesicht in seiner Erinnerung glücklich werden. Schließlich wohnen wir in Hamburg – und wie will er uns dort finden?« – »Sollen wir vielleicht unsere Äxte vom Boot holen und es damit versuchen?«, schlug Henning vor. – »Nein, das würde uns zu lange aufhalten. Schnappt euch noch ein paar Fässer, und dann verschwinden wir von hier.«

Frieder Böllinghusen hatte im Inneren des Kontors bemerkt, dass die Verbrecher versuchten, die Türe zu öffnen, aber er wusste, dass dies nicht so einfach war. Er rannte zu einer anderen Tür, hinter der ein Gang zur Wohnung führte. »Ich muss mir die Mörder ansehen – muss wissen, was das für Menschen sind«, dachte er und rannte die steile Treppe hinauf, bis er den Wohnraum erreicht hatte. Schnellen Schrittes ging er in den Garten, der sich hinter dem Wohnhaus befand. Eine mannshohe Hecke grenzte das Grundstück von einer brachliegenden Wiese ab. Die Buchenhecke hatte sein Vater vor Jahren pflanzen lassen. Im Schatten dieser Anpflanzung rannte er über die Wiese hinunter zum Rhein. Von dort aus konnte er den Anleger, an dem das Boot befestigt war, deutlich sehen.

Gerade noch bekam Frieder mit, wie die Halunken die letzten gestohlenen Fässer im Bootsinneren verstauten. Er hörte deutlich die Anweisungen des Alten. Nun sah er ganz genau, dass es fünf Personen waren, und er vernahm mehrere Male das Wort Vater, das einer der Burschen rief. »Der Alte, der meinen Vater niedergestochen hat, ist allem Anschein nach auch der Vater dieser rothaarigen Bastarde.« Besser konnte er sich diese Männer nicht einprägen. Alle hatten kalkweiße Haut, dazu rote Haare, und sie sprachen mit dem Akzent der Nordmänner. Er würde diese Gesichter, diese Familie nicht eher vergessen, bis dass er seine Rache bekommen hätte. Frieder ballte die Faust: »Ihr kommt mir nicht ungeschoren davon, das schwöre ich bei Gott!«, fluchte er und ging zurück in Richtung Haus.

»Und das alles am Tag des Herrn, am heiligen Sonntag«, klagte er. »Mutter vor zwei Jahren verstorben, nun ist auch Vater tot – einfach abgestochen wie ein Schwein. Dazu haben die Leibeigenen heute ihren freien Tag. Keine Magd, kein Knecht und auch kein Stalljunge ist zugegen, und doch muss ich meinen Vater begraben«, dachte er. Frieder sah noch, wie das Boot auf den Fluss hinausfuhr in Richtung Colonia. Und er konnte noch den Namen des Bootes erkennen, wenn auch etwas unscharf: irgendetwas mit Calyse oder Calüpso.

Er verließ das Haus, um den Mord der Stadtwache zu melden, und ging danach zu seinen Nachbarn, um sie zu bitten, ihm bei der Beerdigung behilflich zu sein.

## 70

Margarete war stinksauer. Erst gestern mussten sie und ein paar weitere Hübschlerinnen zwei betrunkene Freier vor die Tür setzen. »Das geht so nicht weiter! Wenn mein Mann zurück ist, werde ich mit ihm ein Wörtchen reden müssen. Er vernachlässigt in letzter Zeit seine Aufgaben erheblich. Was wir hier machen, ist normalerweise seine Arbeit. Ich freue mich ja, wenn er seine

Schmiedearbeiten erfolgreich verkaufen kann, aber ich sehe beim besten Willen nicht ein, dass er sich immer mehr Kundschaft in Bonn zulegt. Das ist jedes Mal mit einer Übernachtung verbunden, und hier im ›Haus der kleinen Sünden‹, fehlt er, wenn etwas zu klären ist«, sagte sie zu den anderen Frauen, die ihr mit Kopfnicken zustimmten. – »Er ist unser Weiberwirt, und ich muss ehrlich sagen: Nicht nur ich, sondern alle Mädchen fühlen sich wesentlich sicherer, wenn Paule im Haus ist«, sagte Reinhild, eine der Huren. – »Du hast recht«, sagte Margarete, »so kann es nicht weitergehen.«

Knut stand am Ruder, als sie wieder mit der Strömung segelten. In Gedanken zählte er die gestohlenen Weinfässer durch. Es müssten 25 große Fässer sein, und ein paar kleine waren wohl auch dabei – ein erfolgreicher Handel! Er streckte seinen Körper in die Höhe: »So, Jungs, gleich kommt steuerbords ein Altarm des Rheines, in den wir einbiegen werden, also rafft die Segel. Nicht weit entfernt beginnt ein Auenwald, in dem wir uns eine Zeit lang verstecken werden.«

Die Söhne nahmen die langen Holzstangen zu Hilfe. Als sie den Altarm erreichten, stakten sie das Boot vorsichtig in die weitaus sanftere Strömung, die zusehends immer schwächer wurde. Das Wasser wurde deutlich klarer, sodass man den Grund erkennen konnte, der mit grünen Algen überzogen war. Der Altarm schlängelte sich nach einer Linkskurve immer weiter in den dichter werdenden Wald. Die Bäume waren so riesig, dass ihre Kronen kaum noch Tageslicht durchließen. Ein schmaler Sand- und Kiesstreifen erstreckte sich am Ufer entlang. »Dort machen wir das Boot fest. Henning, lote die Wassertiefe aus!«, rief ihr Vater. Henning nahm ein Seil, an dessen einem Ende ein Bleigewicht befestigt war, und ließ es ins Wasser gleiten, bis der Bleiklotz den Grund berührte. Er zog das Seil wieder heraus: »Zwei Schritt Wasser unterm Kiel«, rief er. Knut legte die Stirn in Falten: »Das dürfte reichen – werft den Anker!« Klaus beförderte den schweren Anker ins Wasser, wo er mit einem lauten Geräusch auf dem Grund verschwand. »Du brauchst nicht viel Leine zu geben – hier ist kaum Strömung«, wies ihn sein Vater an. Klaus nickte und zurrte das Seil fest. Das Boot lag jetzt in der Strömung parallel zum Ufer. »Lasst die Leiter runter und bring die Holzbohlen an. Wir feiern jetzt unseren Erfolg, machen ein Lagerfeuer und essen und trinken gut. Helge, du gehst in den Wald und besorgst Brennholz.« Knut betrachtete sich den Grund des Flusses – glasklares Wasser und äußerst fischreich. »Holt die Stangen mit dem Dreizack – es wäre doch gelacht, wenn wir nicht ein paar Fische fangen könnten.«

Am Abend machten es sich die Männer um ein kleines Feuer herum bequem. Sie lagen auf Schafsfellen und Decken. Munter kreisten die gefüllten Tonbecher mit dem gestohlenen Wein. »Das hat sich dieses Mal doch wirklich gelohnt«, meinte Knut zu seinen Söhnen. Klaus blickte in die lodernde Glut. Ganz verstehen konnte er seinen Vater nicht. Heute den ganzen Tag über und jetzt am Lagerfeuer war er richtig nett und aufgeschlossen, aber es gab auch die Kehrseite der Medaille. Sein Vater konnte brutal, rücksichtslos und gemein sein. Für ihn war klar, dass er ein Mörder war. Möglicherweise hatte er schon früher Menschen umgebracht, von denen er nichts wusste. Warum sein Vater so war – er wusste es nicht. Jetzt wollte Klaus aber nicht weiter darüber nachdenken, sondern lieber den Wein und die gute Laune seines Vaters ausnutzen.

Die Brüder redeten über alte Zeiten, als ihre Mutter noch lebte, über vergangene, gemeinsam erlebte Abenteuer. »Und morgen kommt ein neuer Tag, meine Söhne, den ihr nicht vergessen werdet!«, lachte Knut laut und trank seinen Becher leer. Die Brüder blickten sich gegenseitig an. Alle dachten wohl das Gleiche: Was meint Vater mit diesen Worten? »Darf man vorsichtig fragen, worum es geht? Was du meinst?«, fragte Henning. – »Schenk noch mal ein, Klaus. – Morgen früh gehen wir alle hier im Fluss baden. Wir haben noch zwei Stücke Seife an Bord, mit der wir uns das Ungeziefer vom Pelz waschen. Richtig abschrubben werden wir uns und die Haare säubern.« Da das nicht so häufig vorkam, wunderten sich seine Söhne um so mehr. »Waschen?«, fragte Helge,

»so richtig waschen?« – »Genau«, rief Knut, »die Tuniken und die Beinlinge hängen wir zum Trocknen über die Reling. Morgen Nachmittag segeln wir weiter. Es wird nicht lange dauern, bis wir Colonia erreicht haben, wo wir im Hafen vor Anker gehen.«

Da nun alle nicht mehr ganz nüchtern waren und die Hemmschwelle sank, verspürten Knuts Söhne den Mut, gewisse Fragen an ihren Vater zu stellen. »Wieso sind wir hier in den Altarm des Flusses gefahren?«, wollte Henning wissen. – »Ganz einfach, mein Großer. Nach unserer Weinplünderung wird der Sohn des Weinhändlers das ganze Dorf Bonn verrückt gemacht haben. Er wird den Bütteln und dem Hauptmann davon erzählt haben. Zunächst werden sie den Alten beerdigen. Dann, und da bin ich mir ziemlich sicher, beginnen sie damit, in den naheliegenden Häfen nach uns zu suchen. Als Allererstes wirst du, Klaus, morgen in der Früh unser Schild wieder austauschen. Sollten sie den Namen unseres Bootes kennen, suchen sie nach der Calypso und nicht nach der Gabriela«, erklärte ihnen der Vater.

Die Jungs nickten: »Du bist schlau wie ein Fuchs, Vater«, sagte Dirk. Knut gefiel diese Schmeichelei seines ältesten Sohnes. »Aber waschen? Wieso waschen? Was hat das denn damit zu tun?«, wollte Helge wissen. – »Du bist blöd wie einer dieser fetten Karpfen, die wir eben gegessen haben. Mit dem Erlebten hat das natürlich nichts zu tun, aber es ist gut für das, was uns morgen Abend erwartet. Direkt am Hafen befindet sich nämlich das ›Haus der kleinen Sünden‹, und das ist immer eine Sünde wert. Es ist das beste Hurenhaus, in dem ich jemals war – sehr sauber und junge Weiber. Da wollen wir ja nicht verlaust und stinkend hingehen. Geld genug haben wir noch, also lassen wir uns kräftig von den Huren verwöhnen. Was haltet ihr davon?« Die Söhne jubelten und schlugen ihrem Vater auf die Schulter. »So, Männer, noch einen Becher, und dann gehen wir schlafen. Ich teile noch die Wachen ein; und achtet darauf, dass das Feuer stets brennt. Es gibt hier verdammt viele von diesen Stechmücken, vor denen wir uns in Acht nehmen sollten. Ihr wisst ja selbst, wie empfindlich wir Rothaarigen sind!«

## Entführung aus dem Hurenhaus
## 71

Frieder hatte seinen Vater mit tatkräftiger Unterstützung seiner Nachbarn auf dem eigenen Grundstück begraben, ganz in der Nähe einer alten Linde, unter der eine Bank stand. Hier war der Lieblingsplatz seines Vaters gewesen, hier hatte er so manche Stunde verbracht. Obwohl Frieder keinen großen Aufwand betreiben wollte, waren über hundert befreundete Nachbarn und Geschäftsleute zur Beerdigung gekommen. Der Herr Pfarrer hielt eine wunderschöne Grabrede.

Doch Frieder konnte kaum zuhören; er war mit seinen Gedanken nicht bei der Sache. Rachegelüste quälten ihn. Er dachte nur an das eine: Wie konnte er den Mörder seines Vaters zur Strecke bringen? Frieder schickte seine Leibeigenen nach Hause. Er zog sich in sein Haus zurück, um noch eine Zeit lang zu trauern. Er wollte sein Geld zählen und seine Waffen überprüfen, denn er nahm sich vor, das Haus für eine Weile zu verlassen, um sich um die Aufgabe zu kümmern, die der Tod seines Vaters ihm auferlegt hatte. Er kannte den Namen des Bootes und das Aussehen der fünf rothaarigen Gestalten, die sein Weindepot ausgeraubt und seinen Vater ermordet hatten. Er machte es sich zu seiner neuen Lebensaufgabe, diese Tat aufzuklären. Nichts sollte ungesühnt bleiben, dafür würde er, Frieder, Sorge tragen. Alles andere rückte im Moment in den Hintergrund. Er zog seinen Kaufmannsverstand zurate. Eiskalte Überlegungen treffen, nichts überstürzen und mit äußerster Genauigkeit vorgehen – das war seine Richtschnur.

Als die Brüder sich bei Sonnenaufgang erhoben, hatte sich überall auf ihrem Körper heftiger Juckreiz ausgebreitet. »Verdammte Blutsauger!«, stöhnte Klaus, der Jüngste. Der alte Dirkse lachte laut: »Habe ich euch nicht gewarnt? Sagte ich nicht gestern Abend noch: ›Packt euch ein und schützt euch vor den Mücken‹?« – »Habe ich ja auch getan«, rief Helge, »und das Ergebnis ist: Sie haben mir das gesamte Gesicht zerstochen.« – »Jammert jetzt nicht hier herum wie die Memmen. Bringt die Felle und Decken an Bord und holt das Waschzeug. Heute ist Baden angesagt. Wollt ihr etwa bei den Hurenweibern verlaust antreten? Die jagen euch verfilzte Wanzen zum Teufel!«, brüllte der Alte. Sich an Armen und Beinen kratzend, rafften die Söhne ihre Schlafunterlagen zusammen und brachten sie an Deck. »Bringt ja die Seife mit!«, rief ihr Vater hinterher.

Der Alte war und blieb eine Respektsperson. Keiner der Söhne stellte seine Anweisungen infrage. Klaus stieß seinen Bruder Helge an: »Gestern Abend war Vater richtig nett zu uns, doch jetzt ist er wieder der alte Drachen. Man kann ihn einfach nie richtig einschätzen.« Helge zuckte mit den Schultern: »So ist er nun mal!«

Als sie wieder am Ufer standen, wies ihr Vater sie an: »So, Männer, runter mit den Tuniken, raus aus den Beinlingen! Jetzt heißt es, Ungeziefer, Kerbtiere, Läuse und Wanzen zu ertränken – alles, was sich unter euren Kleidern aufhält.« Diese Ganzkörperwaschung stand nicht auf ihrem Tagesplan, und – um ehrlich zu sein – waren bis auf Klaus, der schwimmen konnte, alle anderen wasserscheu. Ihr Motto lautete: »Lieber jucken als waschen.« Sie rochen lieber nach Bier, Wein und Zwiebeln als nach diesem seltsamen Geruch der Kernseife.

Was war das nur für ein Anblick! Fünf rothaarige Männer standen völlig entblößt bis zu den Knien im Altarm des Rheines und hantierten äußerst vorsichtig mit der Seife. Fünf Gesichter, mit Sommersprossen übersät, schulterlanges Haar, an dem seitlich die abstehenden, nach vorne gerichteten Ohren neugierig hervorlugten. Dann ihre Hoden und was noch dazu gehörte – wegen des kalten Wassers ziemlich eingeschrumpft –, ebenfalls von einer roten Haarpracht umfasst – insgesamt ein Anblick, bei dem jeder Beobachter einen Lachkrampf hätte bekommen müssen.

»Auch das Haupthaar tüchtig einschäumen. Spült das Ungeziefer aus euren Haaren«, gab ihr Vater erneut Anweisungen. Klaus tauchte völlig unter Wasser ab; er war das feuchte Element gewöhnt. Seine Brüder hingegen zierten sich wie alte Marktweiber – alles, was sich nass und kalt anfühlte, lag ihnen fern.

Vor Vergnügen jauchzend, sprang Klaus ins tiefe Wasser und schwamm noch eine Runde um das Boot. Seine Brüder sahen ihm neidisch zu. »Ihr glaubt überhaupt nicht, was euch als Nichtschwimmern entgeht – wie schön und erfrischend es ist, sich in die kalten Fluten zu stürzen.« Ein wenig unsicher fragte Henning: »Könntest du uns das vielleicht auch beibringen?« – »Sicherlich – wenn ihr mich während des Segelns nicht mehr ins Meer schmeißt! Im Hamburger Hafen kann ich es euch zeigen. Wenn ihr euch nicht zu blöd anstellt, dauert es eine Woche, bis ihr euch wie ein Fisch im Wasser bewegen könnt.« Die Brüder stimmten zu; alle wollten sie das Schwimmen erlernen.

Der Alte hatte dem Gespräch zugehört: »Ich werde das Schwimmen nicht mehr erlernen, und wisst ihr auch, warum? Weil ein Nichtschwimmer im Ernstfall – bei einem Angriff von Piraten – sein Boot bis zum Schluss mit aller Willenskraft verteidigen wird. Wer nicht schwimmen kann, kämpft bis zum letzten Blutstropfen.« Der Alte lachte über seinen eigenen Witz. Klaus betrachtete seinen Vater. Das war wieder der Mann, den er mochte. Warum konnte er nicht immer so sein? Warum musste er sich manchmal so unberechenbar und grausam geben? Er hatte den Weinhändler einfach abgestochen, ohne mit der Wimper zu zucken. Klaus hatte das Gefühl, als würden im Innersten seines Vaters zwei verschiedene Personen leben.

»Wenn ihr sauber seid, geht an Bord. Wir wollen aufbrechen – das Hurenhaus ruft. Holt die Planken ein, nehmt die Staken, zwei auf jeder Seite, und dann raus hier aus dem mückenverseuchten Urwald!«, befahl Knut.

## 72

»Die brauchen wieder Wein im ›Haus der kleinen Sünden‹. Ich gehe kurz rüber zu Margarete und bringe ihr ein mittelgroßes Fass«, sagte Alfonso und gab seiner Grimhild einen flüchtigen Kuss. Er lud das Fass auf eine Karre und machte sich auf den Weg. Nach ein paar Hundert Schritt hatte er bereits das Hurenhaus erreicht.

Er klopfte kurz an, öffnete die Tür und rief: »Gott zum Gruße, edle Damen, der Wein wird aufgefüllt!« Alle Mädchen, zumindest die, die schon ein wenig länger hier tätig waren, kannten den kleinen, lustigen Lombarden. Vor seiner Hochzeit mit Grimhild hatten sie schon so manchen heiteren Abend mit ihm verbracht. Jetzt war er ausschließlich noch ein Freund und ihr Lieferant, ansonsten hätte ihm seine Frau die Ohren lang gezogen.

Margarete betrat mit ihrem Sohn Johannes den Raum: »Alfonso! Schön, dass du persönlich kommst. Unser Wein neigt sich dem Ende zu, aber wie ich sehe, hast du bereits Ersatz mitgebracht.« Die beiden nahm sich kurz in die Arme: »Ist Paule auch hier?«, fragte er. »Hör mir mit dem auf. Er vernachlässigt seinen Beruf als Weiberwirt. Macht alles mit halber Kraft. Mal ist er hier und langweilt sich, dann hämmert er wieder in der Schmiede auf sein Eisen ein. Er pendelt zwischen seinen beiden Berufen hin und her. Seit Kurzem hat er gute Kunden in Bonn, denen er große Türschlösser schmiedet. An manchen Tagen ist er überhaupt nicht mehr in Colonia. Ich muss – glaube ich – mit ihm mal ein paar strengere Worte reden«, klagte Margarete. – »Also ist er zurzeit nicht hier?« – »Nein, wieder einmal in Bonn. Ich erwarte ihn morgen zurück.« – »Es liegt ja auch nichts Wichtiges an. Läuft denn das Geschäft gut?«, fragte Alfonso noch. »Doch, ja, ein Kommen und Gehen«, sagte Margarete.

Alfonso streichelte noch kurz über Johannes' Haupt: »Und du, kleiner Mann, passt hier gut auf deine Mutter auf, wenn dein Vater nicht hier ist?« Johannes zog sein Holzschwert: »Nieder mit den Schurken! Kommt her, ich haue Euch den Kopf von der Schulter!«, rief der Kleine und wedelte mit seinem Schwert durch die Luft. »Beim heiligen Georg!«, lachte Alfonso. »Da ergreife ich lieber gleich die Flucht. Dein Sohn ist ein wahrer Kämpfer vor dem Herrn.«

Colonia kam in ihr Blickfeld. Aus der Ferne schon konnten sie die Spitzen der Wehrtürme und Kirchen sehen. »So, Männer!«, rief Knut, »langsam Richtung backbord steuern.« Flussabwärts ging die Fahrt bei Weitem schneller. Ihre Gabriela – wie sie jetzt wieder hieß – lag in der Strömung. Klaus hatte bereits die Namensschilder ausgetauscht, und niemand von seinen Brüdern hatte es gewagt, ihn erneut ins Wasser zu werfen, denn schließlich sollte er ihnen ja das Schwimmen beibringen. »Haltet euch für das Anlegemanöver bereit!«, rief erneut der Alte übers Deck. Die Brüder holten die Segel ein und behalfen sich mit ihren Holzstangen, mit denen sie das Boot an einen freien Anleger schoben. »Festzurren!«, rief der Alte und sprang dabei auf den Steg. »Klaus, du kommst mit. Wir gehen zum Hafenmeister und melden unser Boot an.« Klaus sprang ebenfalls von Bord und folgte seinem Vater.

Der lange Anleger führte sie zum Hafenmeisterhaus. Nur etwa die Hälfte aller Liegeplätze war belegt. Die beiden Männer sahen sich im Vorbeigehen die anderen Boote an: »Alles Boote von diesen Süßwassermatrosen hier. Außer unserer Gabriela befindet sich kein vernünftiger Kahn im Hafen«, nörgelte Knut. »Da, sieh! Da liegen ein paar Oberländer und in der zweiten Reihe diese Niederländer, alles Flusskähne. Auf unserem Nordmeer würden die alle bei höherem Wellengang untergehen.« – »Was ist denn der Unterschied zwischen den beiden Booten?«, fragte Klaus. »Die Oberländer kann man mit Riemen fahren; sie sind kleiner. Der Niederländer ist vom Schiffstyp her bauchiger, größer, hat einen Kiel, ein festes Steuerruder und natürlich Segel.« Sie gingen weiter. »Dort drüben siehst du die Kirche Groß Sankt Martin. Darin wird der Taufstein der alten Staufer aufbewahrt – damit du nicht ganz so dumm stirbst.« Der Alte lachte laut. Klaus schüttelte den Kopf. Da war sie wieder, die nette Seite seines Vaters. Vielleicht sollte er dieser einen eigenen Namen geben?

Sie erreichten das Haus des Hafenmeisters. Knut schlug dreimal gegen die Holztüre, und es ertönte ein »Ja, bitte!« – »Gott zum Gruße, Hafenmeister. Unser Name ist Hansen; ich bin Knut und das hier mein Sohn Klaus.« Schon log sein Vater wieder und gab einen falschen Familiennamen an. Wie aus dem Nichts schlüpfte er von einer Rolle in die andere, dachte Klaus. Der Hafenmeister erhob sich und stellte sich als Gebhardt vor. »Wir haben drüben am Steg einen freien Platz eingenommen und unser Boot dort vertäut – ist das so in Ordnung?« Die Männer gingen ins Freie. »Ah, ja, ich sehe. Ist gut, dort könnt ihr bleiben. Ihr wisst schon, dass die Stadt Colonia das Stapelrecht besitzt? Das heißt, Ihr müsst Eure Waren hier feilbieten«, sagte Gebhardt. »Da macht Euch keine Sorgen, wir bleiben nur eine Nacht und haben nichts, was wir verkaufen wollen«, gab Knut zurück und nahm den Hafenmeister am Arm. »Folgt mir – ein Wort unter Männern. Morgen früh sind wir wieder fort, nur heute Nacht wollen wir, das heißt meine Söhne und ich, ein paar nette Stunden in Eurem Weiberhaus verbringen. Vor einigen Jahren war ich schon einmal hier und hatte mächtigen Spaß. Selten habe ich so hübsche Weibsbilder in einem Hurenhaus gesehen.« Der Hafenmeister grinste: »Oh ja, es ist alles dort vertreten, was das Herz begehrt: blonde, rote, schwarze und brünette Weiber, eines anspruchsvoller als das andere.« – »Was bekommt Ihr für das Boot als Liegegebühr für eine Nacht?«, fragte Knut. Gerade wollte Gebhardt einen Preis nennen, da gab ihm Knut ein paar Münzen: »Hier, Hafenmeister, der Rest ist für Euch. Man muss ja nicht alles in die Bücher schreiben. ›Leben und leben lassen‹ ist immer mein Motto gewesen.« Der Hafenmeister blickte auf die Münzen und nickte: »Vielen Dank, der Herr!« Klaus hatte die Worte seines Vaters gehört: »›Leben und leben lassen‹«, dachte er, »oder jemanden eiskalt abstechen. Mit welchem Recht entscheidet Vater über Leben und Tod?« Irgendwie hatte er das Gefühl, in der falschen Familie geboren und aufgewachsen zu sein. Der Hafenmeister empfahl den Männern, vor ihrem Besuch im Hurenhaus noch im Weindepot von Alfonso ein Becherchen seines guten Weines zu kosten. »Das ist direkt dort drüben. Unser kleiner Lombarde bezieht hervorragende Weine, nur zu empfehlen!« – »Na, wenn Ihr das sagt, sollten wir es probieren«, sagte Knut. Die drei schritten an verschiedenen Booten vorbei und bogen dann linker Hand zum Haus von Alfonso und Grimhild ab. Fünf weitere Gäste standen bereits an den großen Tonnen, die als Tische dienten, und tranken Wein.

»Guter Mann, ich lade Euch auf einen Becher ein«, sagte wieder die freundliche Seite Knuts. Der Hafenmeister schnalzte mit der Zunge, denn im Stillen hatte er schon darauf gehofft. Knut ging zur Theke: »Einen Krug von Eurem Guten.« Alfonso sah ihn an; sein Blick blieb an dessen roten Haaren hängen. »Möchtet Ihr Rhein-, Mosel-, Nahe- oder lombardischen Wein?« – »Welcher ist denn süß?«, fragte Knut. »Was für eine Frage!«, dachte Alfonso und antwortete: »Lieblich ist der von der Nahe.« – »Gut, also einen Krug Nahewein und drei Becher, bitte.« Die Männer stießen miteinander an. Als der Krug geleert war, sagte Knut zu Klaus: »Auf geht's! Wir holen deine Brüder – und dann ab ins Weiberhaus. Der Wein und die Huren warten auf uns.«

## 73

Neben den Kerbhölzern, die Margarete kontrollierte, hingen zwei kleine Käfige, in denen sich jeweils ein Singvogel befand. Munter trällerten sie ihre Melodien vor sich hin. Margarete war damit beschäftigt, die Monatsabrechnungen fertigzustellen und die Anzahl der Freier zu zählen. Im Empfangsraum hielten sich zurzeit sechs Mädchen auf, als sich die Türe öffnete und Knut mit seinen Söhnen hereintrat. »Gott zum Gruße, edle Damen!«, rief er in den Raum. Die Mädchen staunten nicht schlecht, als sie die rothaarige Bande vor sich stehen sahen. Allein an den Worten »Gott zum Gruße« erkannten die Frauen schon den nordischen Akzent der Männer. Beim Aussehen der Männer konnten sie sich ein Schmunzeln nicht verkneifen, taten dies aber einigermaßen unauffällig – sie wollten ja niemanden erzürnen. »Na, wie sieht es mit einer kleinen Feier aus?« Dabei wies Knut mit der Hand auf die prall gefüllte Geldkatze, was den Mädchen natürlich nicht verborgen blieb.

Margarete begrüßte die Gäste. Irgendwie kam ihr der Älteste, wohl der Vater der Jungs, bekannt vor. Sie dachte, ihn schon einmal gesehen zu haben, konnte sich aber nicht an nähere Einzelheiten erinnern. Zum Glück hatte sie ihren Sohn Johannes bei seiner Tante Hanna abgegeben. Sie mochte nicht mehr, dass er sich längere Zeit im »Haus der kleinen Sünden« aufhielt. Normalerweise hätte sich Paule um ihn gekümmert, aber der war ja noch bei seinem Kunden in Bonn. »Einer Feier steht nichts im Wege. So setzt Euch doch, meine Herren«, sagte sie freundlich. Knut gesellte sich zu Margarete, die am Tresen stand; seine vier Söhne gingen lachend zu den Hübschlerinnen und nahmen zwischen ihnen Platz. »Wein für alle«, gab Knut von sich und deutete erneut auf seine gefüllte Geldkatze.

Man prostete sich zu, und die Zeit rann dahin. Häufig liefen solche Feiern in ähnlicher Form ab. Die Freier tranken sich Mut an, oder sie tranken sich die Mädchen schön – was aber hier nicht vonnöten gewesen sein dürfte, denn die Frauen im »Haus der kleinen Sünden« waren von Natur aus schön, und zwar bildschön. Da sie schon so manche Feierei dieser Art hinter sich hatten, waren sie es gewohnt, viel Wein zu trinken, und es stellte sich die Frage, wer wohl eher unter dem Tisch lag: die Hübschlerinnen oder ihre Freier.

Dann aber kam der Zeitpunkt, an dem sich einzelne Pärchen gebildet hatten, die nacheinander auf die Zimmer verschwanden. Knut jedoch verweilte immer noch zusammen mit Margarete am Tresen. »Wie sieht es mit Euch aus, mein Herr?«, fragte sie ihn. Er sah sie sonderbar an: »Gut, edle Dame, sehr gut.« – »Ist für Euch nicht das Passende dabei?« – »Ich überlege noch – ich werde schon noch etwas finden.« Bis auf drei Frauen war der Empfangssaal jetzt leer. Aus verschiedenen Zimmern drangen Stöhngeräusche, was dem Vater ein Lächeln entlockte.

»Schüttet ruhig noch einmal ein und lasst uns anstoßen!«, forderte Knut. Margarete nahm den Krug und füllte die Becher erneut. »Auf Euer Wohl, edle Dame!«, sagte Knut. Margarete trank einen kleinen Schluck. Sie überlegte weiter. Irgendwie kam ihr der rothaarige Mann bekannt vor. Sie konnte ihn aber nicht einordnen. Sie war der Meinung, dass sie ihn schon einmal gesehen hätte.

Die ersten Paare kamen zurück. Es schien den Jungs Freude bereitet zu haben, denn sie sahen erleichtert aus. Einige der Hübschlerinnen zupften noch ihre Kleider zurecht. Es war schon weit nach Mitternacht, als endlich der letzte der Brüder, nämlich Henning, in den Empfangsraum zurückkam. »Seid ihr schon alle fertig?«, fragte er grinsend. Margarete vertrat nun die Meinung, dass sie abkassieren könnte, um danach das Haus zu schließen. »Aber ich hätte nun auch gerne noch ein wenig Spaß!«, sagte Knut. – »Es ist reichlich spät, der Herr. Sucht Euch noch schnell eines der Mädels aus«, meinte Margarete. – »Oh, ich habe mir schon seit dem Betreten des Hauses jemanden ausgesucht: Euch will ich!« Margarete verzog das Gesicht: »Darauf müsst Ihr leider verzichten.«

»Ihr könnt Euch sicherlich nicht mehr daran erinnern, aber wir beide hatten schon einmal vor einigen Jahren das Vergnügen miteinander, und meine Erinnerung sagt mir, dass es mit Euch wunderschön war. Die Treppe hinauf, dort oben war Euer Zimmer, in dem wir unseren Spaß hatten.« Daher also kam ihr sein Gesicht so bekannt vor. Sie sagte mit fester Stimme: »Mein Mann und ich leiten dieses Haus. Wir sind die – wie man uns nennt – ›Hureneltern‹ der Damen. Also, ich bin verheiratet und habe einen kleinen Jungen, und ich hebe schon seit Jahren nicht mehr den Rock für Freier. Hiermit ist die heutige Feier beendet.«

Klaus hatte das Gespräch der beiden mitverfolgt. Er hatte von allen Brüdern am wenigsten getrunken. Zu gut kannte er seinen Vater, gerade seine bösartige Hälfte, um nicht zu erahnen, dass hier gleich etwas passieren würde. »Ich möchte Euch bitten, die Rechnung zu begleichen und das Haus zu verlassen. Es ist schon ziemlich spät, mein Herr. Meine Damen und ich brauchen noch etwas Schlaf«, sagte Margarete, dieses Mal sehr bestimmend.

Sie ging hinter den Tresen, um die Rechnung aufzustellen. Im Kopf rechnete sie den Wein und die Dienste der Mädchen zusammen. Sie ergriff ein kleines Messer und machte vier Schnitte in die jeweiligen Kerbhölzer. Dann drehte sie sich um, ging auf Knut zu und sagte: »So, mein Herr ich bekomme …« Blitzschnell schlug

Knut zu. Seine rechte Faust traf sie genau am Kinn. Sie verdrehte die Augen und sackte wie ein nasser Sack in sich zusammen. Damit hatte Knut gerechnet, bückte sich und ließ die ohnmächtige Margarete auf seine Schultern gleiten. Seine Jungs sprangen erschrocken auf. »Die Feier ist beendet, wir reisen ab!«, rief er und lachte laut. Es dauerte einen Moment, bis alle begriffen hatten, was hier vor sich ging. Durch den Genuss des Weines war so manches Gehirn leicht vernebelt. Nun sprangen auch die Huren auf, nachdem sie begriffen hatten, was soeben passiert war. Sieben Hübschlerinnen bildeten eine Wand von Frauen. Zwei von ihnen griffen nach einem leeren Weinkrug, eine weitere nahm einen Schemel zu Hilfe. Die Mädchen wollten um ihre geliebte Hurenmutter kämpfen. »Kommt her, Jungs«, rief Knut seinen Söhnen zu. Diese stellten sich vor ihrem Vater im Halbkreis auf, wobei sie die Hände an die am Gurt baumelnden Messer legten, jederzeit bereit, diese zu benutzen. – »Lasst sofort unsere Margarete los«, rief Adele, eine der Huren, die schon längere Zeit im »Haus der kleinen Sünden« tätig war. Mit einer Hand hielt Knut Margaretes Hinterteil fest, mit der anderen zog er seinen Dolch. »Hört zu, ihr Hurenweiber, ich werde diese holde Dame jetzt mitnehmen, und ihr bleibt schön ruhig hier sitzen, bis wir Colonia verlassen haben. Sollte es euch in den Sinn kommen, die Büttel oder die Stadtwache zu rufen, schneide ich eurer Hurenmutter den Hals durch. Ich hoffe, ich habe mich deutlich genug ausgedrückt!«

Rückwärts, die Huren im Auge behaltend, verließen sie das Haus. »Was willst du denn mit dem Weib?«, fragte sein ältester Sohn Dirk. – »Ich liebe es, alten Erinnerungen nachzugehen. Das Weibsbild hier ist so etwas wie Marschverpflegung für mich.« Dirk verstand die Worte seines Vaters nicht. Klaus verließ das Hurenhaus als Letzter. Was tat er nun wieder, sein Vater mit den zwei Gesichtern? Wie aus dem Nichts war wieder der Dämon in ihm ausgebrochen. Er schlägt eine Hübschlerin nieder und begeht ohne Rücksicht auf Verluste Menschenraub. Manchmal mochte Klaus ja seinen Alten, aber immer häufiger schlug sein Gefühl in Hass um. Knut ließ jeglichen Anstand und jede

Ordnung vermissen, machte sich einfach seine eigenen Gesetze, tat, was immer er wollte. Er mordete, er stahl, er raubte Frauen – nein, so wollte Klaus nicht werden; sein Leben sollte eines Tages einen anderen Verlauf nehmen. Es war noch dunkel, als er die Türe des Hurenhauses in die Angeln warf, um seiner Familie zu folgen. »Los, beeil dich! Hamburg wartet«, rief einer seiner Brüder. Als sie das Boot erreicht hatten, warf die Sonne ihre ersten Strahlen auf das Land.

## 74

Im »Haus der kleinen Sünden« rannten die Frauen wie aufgescheuchte Hühner umher: »Was machen wir denn jetzt nur?«, rief Adele. Zwei der Mädchen hockten am Fenster und verfolgten die Männer mit ihren Blicken: »Sie gehen zu den Booten im Hafen, aber Genaueres kann ich nicht sehen. Verdammt, es ist noch zu dunkel!«, sagte Brunhild. »Ich gehe hinauf – vom kleinen Dachfenster aus kann man den Hafen überblicken«, rief Theresa, drehte sich um und rannte die Treppen empor. In gebückter Haltung kroch sie über den Dachboden zum Giebelfenster hin. Schemenhaft konnte sie die Männer erkennen, wie sie eines der Boote betraten. Sie verweilte einige Zeit am Fenster, bis sich das Boot in Bewegung setzte und in die Fahrrinne des Flusses glitt. Sofort eilte sie wieder nach unten: »Sie sind fort – schnell, verständigt den Hauptmann der Wache oder ruft die Büttel! Schnell, beeilt euch.«

Knut hatte den perfekten Zeitpunkt abgewartet. Der Hafen war noch frei von Bootseignern oder Besuchern, und gerade jetzt ging die Sonne auf. Niemand konnte ihn mit der Hure auf seiner Schulter gesehen haben. Die Männer stakten das Boot mit ihren Stangen in die Strömung. Knut übernahm wie meistens das Ruder. Margarete lag gefesselt unter Deck. Ab Colonia wurde die Strömung des Flusses etwas träger, da auch die Breite des Flussbettes zunahm. Eine feste Fahrrinne gab es nicht, der Hauptstrom änderte oft den Verlauf, und immer wieder entstanden neue Sandbänke und Untiefen. Sie wollten so schnell wie möglich den Rheinarm »Waal« erreichen, um in das Mündungsgebiet des Flusses zu gelangen.

»Na, schläft die Kleine noch?«, fragte Knut. Wütend nickte Klaus; alles hier widerte ihn mittlerweile an, doch was sollte er machen? Seine Brüder waren alle auf Vaters Seite. Allein auf sich gestellt, nahm er die Sache hin. Ihr Boot dümpelte bei leichter Fahrt, umspült von winzigen Wellen, rheinabwärts. »Du kannst dem Weibsbild etwas zu essen und zu trinken geben. Da ich sie noch brauche, soll sie gut im Futter stehen. An den Weibern, die ich mir nehme, muss etwas anzupacken sein«, lachte Knut. Voller Verachtung kletterte Klaus unter Deck.

Margarete saß auf dem Boden, im Mund einen Knebel, und ihre Hände waren gefesselt. Sie hatte wahnsinnige Angst; ihre hin und her flackernden Augen sprachen Bände. Klaus hockte sich vor sie hin und nahm ihr den Knebel aus dem Mund. »Wenn Ihr möchtet, kann ich Euch etwas Wasser bringen und etwas Brot und Käse.« – »Was habt Ihr mit mir vor?«, fragte sie ängstlich. – »Ich kann es Euch nicht sagen; unser Vater spricht mit niemanden darüber, was er vorhat«, sagte Klaus schüchtern. – »Das ist Menschenraub! Ich habe einen Mann und einen kleinen Jungen in Colonia, die auf mich warten. Könnt Ihr mir nicht helfen und mich freilassen? Ich schätze Euch anders ein als Euren Vater«, sagte Margarete. Klaus gingen tausend Gedanken durch den Kopf. Er wusste, dass die Frau im Recht war, aber er war wegen der Übermacht seines Vaters in seiner Entscheidungsgewalt stark eingeschränkt. Gerne hätte er Margarete geholfen, aber dann hätte ihn sein Vater halb tot geschlagen. »Ich werde versuchen, was ich tun kann. Versprechen kann ich Euch aber nichts.« Er stand auf und kam mit einem Becher Wasser zurück, den er ihr an den Mund führte. Gierig trank Margarete den Inhalt aus. Durch den Knebel war das Innere Ihres Mundes völlig ausgetrocknet. »Danke«, sagte sie.

Klaus kamen noch einmal Vaters Worte in den Sinn, als er über Margarete sagte, sie sei seine Marschverpflegung. Er begriff wohl, was sein Alter damit gemeint hatte. Er wollte sich die Frau als seine gefügige Beischläferin halten, sie einfach benutzen, wann immer er das Verlangen danach hatte. Sein Vater widerte ihn immer mehr an. Da kam ihm der Gedanke, doch einmal mit seinen Brüdern darüber zu reden. Vielleicht könnte er den einen oder anderen auf seine Seite ziehen. Dafür wäre große Überzeugungskraft vonnöten, dessen war er sich bewusst.

»Ich hole euch noch etwas Käse und einen Brotkanten«, sagte er und verschwand in einer kleinen Kombüse. Hier waren die Esswaren untergebracht. »Hier, lasst es Euch schmecken!« Margarete griff mit ihren gefesselten Händen nach dem Brot und biss ein Stück davon ab. Es folgte der Käse. Klaus saß vor ihr auf den Planken und beobachtete sie.

»Ihr seid Klaus, richtig?« Er verzog das Gesicht leicht zu einem Lachen: »Der Jüngste der Bande.« – »Als Ihr im ›Haus der kleinen Sünden‹ wart, seid Ihr mit Edeltraud auf dem Zimmer gewesen!« Verlegen nickte Klaus. »Sie ist ein sehr zärtliches Mädchen, findet Ihr nicht auch?« – »Oh ja, das ist sie, da habt Ihr wahrlich recht«, gab Klaus zurück. – »Ich gehe davon aus, dass es Euch gefallen hat und Ihr sie anständig behandelt habt – ist dem so?« – »Natürlich, wo denkt Ihr hin!« – »Selbst wenn Ihr für einen Liebesdienst bezahlen müsst, würdet Ihr dem Mädchen keinerlei Gewalt antun?« – »Niemals; das würde mir keine Freude bereiten«, sagte Klaus. Margarete wartete einen Moment, bevor sie sagte: »Aber genau das, lieber Klaus, hat Euer Vater mit mir vor. Ihr kennt ihn besser als ich, und wenn Ihr ganz ehrlich zu Euch seid, wisst Ihr, dass ich recht habe. Er wird mich quälen und missbrauchen. Was ist Euer Vater nur für ein Mensch? Könnt Ihr das so zulassen?« Sie merkte, wie Klaus mit ihren Worten zu kämpfen hatte. Er erhob sich, sagte kein Wort und verließ den Laderaum, in Gedanken versunken. Margarete wusste genau: Wenn jemand ihr hier auf dem Schiff helfen konnte, dann war es dieser Klaus.

## 75

Gut gelaunt wegen seiner erfolgreichen Geschäfte sprang Paule der Schmied von Bord eines Niederländers: »Und nochmals vielen Dank fürs Mitnehmen«, rief er dem Bootsmann zu. Er pfiff ein kleines Lied vor sich hin und wollte zuerst im »Haus der kleinen Sünden« nach Margarete sehen. Als er an Alfonsos Weindepot vorbeischritt, hielten sich dort außergewöhnlich viele Menschen auf. Die Geschichte von Margaretes Entführung hatte sich bereits in Colonia herumgesprochen. »Vielleicht gibt es heute Preisnachlässe?«, dachte der Schmied. – »Da kommt Paul«, sagte Grimhild. Alle Zecher richteten ihre Augen auf ihn. Alfonso ging auf ihn zu und zog ihn am Arm: »Auf ein Wort, mein Freund, es ist etwas Furchtbares passiert! Lass uns ein paar Schritte gehen.« Der Schmied legte seine Stirn in Falten: »Habe ich etwas verpasst?« – »Wenn es das nur wäre. Es ist etwas mit deiner Frau Margarete – fünf Männer aus dem Norden haben sie aus eurem Hause entführt.« – »Was? Was redest du da? Hast du den Verstand verloren?«, rief Paule entsetzt. »Hast du zu viel von deinem Wein probiert?« – »Nein, mein Freund, hör mir genau zu. Ein Boot kam in unseren Hafen. Die Besatzung machte am Kai fest; die Männer tranken bei mir einen Krug Wein und gingen danach ins ›Haus der kleinen Sünden‹. Dort vergnügten sie sich, soffen jede Menge Wein, prellten die Zeche, schlugen deine Frau ohnmächtig und machten sich mit ihr davon. Warum gerade Margarete, weiß hier keiner. Vielleicht gibt es etwas in ihrer Vergangenheit, was niemand von uns weiß.« – »Ich muss mich setzen«, sagte der Schmied und ließ sich ins Gras sinken.

Paule war kein temperamentvoller Mensch. Alles, was er machte, tat er mit einer überaus großen Gelassenheit. Er grübelte, stützte den Kopf in seinen Händen ab: »Aber was ist der Grund? Warum, weshalb gerade Margarete? Verdammt, ich trage die Schuld. Ich wollte nie die Leitung für das Hurenhaus übernehmen, habe immer geglaubt, es auf einer halben Arschbacke zu erledigen, was im Nachhinein ein Fehler war. Dass eines Tages einmal so bösartige Freier auftauchen könnten, damit habe ich nicht gerechnet. Margarete hat mich oft gewarnt und gesagt: ›Du vernachlässigst deine Arbeit, du hast nur das Schmieden im Kopf.‹ Sie hatte recht. Bis jetzt war alles in ruhigen Bahnen gelaufen, sodass ich mir keine Sorgen darüber gemacht habe. Die Mädels meistern das schon, so glaubte ich – ich war mir fast sicher, dass nichts passieren würde.«

Alfonso schlug Paule vor: »Du solltest dich mit den Mädchen und mit dem Hafenmeister unterhalten. Es handelt sich um fünf rothaarige Männer aus dem Norden des Landes – ganz deutlich an ihrem Akzent zu erkennen. Nach Aussage der Mädchen handelt es sich um einen Vater und seine vier Söhne«, sagte Alfonso. – »Wo ist unser Junge?«, fragte Paule. »Mal bei Grimhild, mal bei seiner Tante Hanna«, gab ihm der Lombarde zu verstehen. »Du weißt ja: Seit Hanna mit dem Holländer liiert ist, geht Johannes dort gerne zum Käsenaschen hin. Im Moment hilft er ihr im Laden, da fällt immer ein Stück für ihn ab.« – »Ich werde gleich zu ihm gehen, danach befrage ich die Mädchen, und anschließend gehe ich zum Hafenmeister. Ich werde mir einen Plan zurechtlegen – ich weiß zwar noch nicht, was ich machen werde, aber mir wird schon etwas einfallen.«

Dabei kam ihm »Blitzschlag« in den Sinn – er würde das Schwert aus seinem in Öl getränkten Linnen befreien. Noch nie hatte er es seit seiner Herstellung benutzt. Vor etwa zehn Jahren hatte Paule es zusammen mit seinem Vater in einem Rennofen hergestellt. Es war ihr sechster Versuch gewesen, bis sie das Schwert so geschmiedet hatten, wie es ihren Vorstellungen entsprach. Die Kenntnis dieser Schmiedetechnik hatte sein Vater von einem Wikinger erworben und an Paule weitergegeben. Die Nordmänner nannten eine solche Klinge »Ulfberth«. Sie war allen anderen schmiedetechnisch um tausend Jahre voraus. Der Name stammte, so die Geschichte, von einer fränkischen Person ab.

Der Rennofen mit seinem Rennfeuer war eine Vorrichtung zur Gewinnung von Eisen aus Eisenerz. Der Namenszug »Ulfberth« wurde mithilfe eines glühenden Eisendrahtes in den Klingenkorpus eingeschweißt. Bei der Herstellung seines Schwertes änderte Paule jedoch den Namen, da während des Schmiedevorgangs ein heftiges Unwetter aufkam und ein greller Blitz in eine Linde einschlug. »Sieh, Vater, der Blitz ist genauso schnell, so scharf und so spitz wie unser Schwert!«, hatte Paule gesagt. – »Du hast recht, mein Sohn – nennen wir es ›Blitzschlag‹.« Gute Güte, das war jetzt schon über zehn Jahre her …

Paule machte sich auf, um nach seinem Jungen zu sehen. »Bis später, Alfonso! Ich komme nachher noch einmal bei eurem Weindepot vorbei.«

Paule ging auf direktem Weg zur Meierei von Hanna und ihrem friesischen Verehrer. Mittlerweile hatte es sich in Colonia herumgesprochen, dass dort vorzüglicher Käse hergestellt wurde, und die Geschäfte liefen zufriedenstellend. Als Paule den kleinen Laden betrat und Johannes seinen Vater sah, lief er mit ausgebreiteten Armen auf ihn zu: »Vater, Vater, du bist wieder zurück!« Die beiden drückten sich herzlich. Obwohl Paule nicht Johannes' leiblicher Vater war, mochte er ihn, als wäre es sein eigener Sohn. Der leibliche Vater war dieser Patrizier Hildeger Kleingedank gewesen, der aber unter geheimnisvollen Umständen sein Leben verloren hatte.

»Wenn du weiter so viel Käse isst, wirst du eines Tages so dick sein wie der Mundschenk des Königs«, sagte Paule und lachte dabei. Hanna betrat den Verkaufsraum. Es hatte sich so eingebürgert, dass alle in Colonia Hannas Mann nur »de Fries« nannten. »Geh zum de Fries, Käse machen, mein Kleiner – ich muss mit Hanna noch etwas besprechen.« – »Bis später«, rief Johannes und verschwand schnell wie ein Wiesel.

»Ich muss mit dir reden, Hanna«, sagte Paule in ernstem Ton. – »Ich weiß bereits über alles Bescheid. Was hast du vor?« – »Mir einen Überblick verschaffen und mich dann auf die Suche nach Margarete begeben. Ich weiß nicht, wie lange ich fortbleiben werde. Kann Johannes in dieser Zeit bei euch bleiben? Und würde es dir etwas ausmachen, öfters einmal im ›Haus der kleinen Sünden‹ vorbeizusehen und Theresa unter die Arme zu greifen?« – »Du weißt doch: Ich tue alles für die Mädchen! Bring mir nur meine Margarete gesund zurück! Sie ist mir neben Grimhild und Agnes am allermeisten ans Herz gewachsen.«

Man sah es Paules Gesicht an, dass er von den Geschehnissen gezeichnet war. Seine Stirn lag in Falten, er grübelte ständig, und seine Haut war blass vor Sorgen. »Ich befrage jetzt die Mädchen und danach den Hafenmeister, und heute Nachmittag bin ich bei Alfonso und Grimhild im Weindepot. Dort könnt ihr erfahren, wie ich nach den rothaarigen Brüdern suchen werde!«

## 76

Knut übergab das Steuer Dirk, seinem Ältesten. Sie befanden sich gerade auf Höhe der friesischen Stadt Nijmegen, die sich direkt am Rheinarm der Waal befand. »Ich muss einmal nach meinem Beutegut sehen, nicht dass die da unten noch verwelkt«, sagte sein Vater und schickte sich an, unter Deck zu gehen. Dirk übernahm so lange das Ruder.

Margarete saß, wie schon die ganze Zeit, mit einem Knebel im Mund und gefesselten Armen und Beinen auf den Bootsplanken. Nur zum Essen und Trinken nahm ihr Klaus den Knebel aus dem Mund. »Na, meine Süße, du kommst doch sicherlich um vor Langeweile. Das wird aber bald vorbei sein. Wenn wir erst unser Haus in Hamburg erreicht haben, lasse ich mir viel Zeit, mich um dich zu kümmern. Dann fängt der Spaß für uns beide richtig an.« Margarete warf den Kopf hin und her, wobei aber nur ein »Mmmh« aus ihrem Mund drang. Knut hockte sich vor sie hin: »Ich kann mich noch recht gut daran erinnern, dass du einen straffen Körper mit festen Brüsten hattest. Du bist ja jetzt Mutter, aber ich hoffe sehr, dass dein Körper nicht zu sehr darunter gelitten hat.« Er nahm ihr den Knebel aus dem Mund.

»Wie kann man nur so widerwärtig und gemein sein!«, sagte Margarete. – »Oh, Kindchen, stell dich nicht so jungfernhaft an! Du warst doch jahrelang als Hübschlerin tätig, bevor du geheiratet und die Leitung des Hurenhauses übernommen hast. Damals musste ich bei dir Geld bezahlen – jetzt darfst du für mich ganz umsonst deinen Rock heben. Gut möglich, dass ich das auch noch prächtig bezahlt bekomme, weil ich – wenn ich genug von dir habe – noch ein kräftiges Lösegeld verlangen werde. Wenn dein Mann dich liebt und dein Kind seine Mutter wiedersehen will, wird er auch zahlen.« – »Was seid Ihr nur für ein Mann? Macht es Euch solchen Spaß, andere Menschen zu quälen?« – »Ach, Kleines, das Leben ist zu kurz, um darüber groß zu reden«, sagte Knut. Er fuhr mit seiner Hand an Margaretes Bein entlang. »Schöne, stramme Schenkel!« – »Hört sofort auf damit! Wenn mein Mann Euch in die Hände bekommt, wird er Euch in Stücke schlagen«, schrie sie ihn an.

Plötzlich stand Klaus neben seinem Vater: »Hör doch auf damit, warte einfach ab.« Langsam, ganz langsam drehte Knut den Kopf zu ihm hin. Sein Blick sprach Bände, seine Augen funkelten ihn an: »Raus hier, sofort! Das geht dich nichts an.« Klaus wich keinen Schritt zurück. »Du willst dich an einer gefesselten Frau vergehen? Hast du das nötig?« Er wollte mit seinen Worten Margarete aus dieser schwierigen Lage befreien, konnte dies aber nur schaffen, wenn er seinen Vater überzeugen konnte. Dann legte er noch nach: »In unserem Haus kannst du noch jede Menge Spaß mit ihr haben.« – »Los, verschwinde jetzt. Hilf deinen Brüdern an Deck.« Klaus sah Margarete kurz an, drehte sich um und ging die Treppe hinauf aufs Bootsdeck. »Ja mein Jüngster ist immer besorgt um seinen alten Vater, aber so ganz unrecht hat er nicht.« Knuts Hand fuhr durch Margaretes Haar, danach grapschte er nach ihren Brüsten: »Ich hoffe, sie sind noch so fest wie beim letzten Mal«, sagte er, stand auf, ging Richtung Treppe und drehte sich noch einmal um: »Bis später, mein Täubchen!«

Paule saß im »Haus der kleinen Sünden« mit den Hübschlerinnen zusammen am Tisch. »Jede Einzelheit könnte von äußerster Wichtigkeit sein. Erzählt mir alles, was euch aufgefallen ist«, sagte er. Edeltraud war ihre Gesprächsführerin: »Also der Alte – das muss der Vater gewesen sein – nannte sich Knut. Theresa war mit einem Jungen auf dem Zimmer, der Dirk hieß.« – »Meiner hieß Henning«, sagte Reinhild. »Ich war mit Helge auf dem Zimmer«, sagte Ursula, die Neue im »Haus der kleinen Sünden«. – »Und ich habe wohl den Jüngsten vernascht, Klaus; er war so schüchtern, als wäre es sein erstes Mal gewesen«, stellte Edeltraud fest. Paule nickte: »Also waren ihre Namen Knut, Dirk, Henning, Helge und Klaus – ist das richtig?« Die Mädchen bejahten alle gleichzeitig. »Gibt es sonst noch irgendetwas, was ich wissen sollte?«, schob Paule hinterher. – »Nur, wie schon gesagt, ihr Akzent. Es waren auf alle Fälle Nordmänner mit roten Haaren und mit diesen verwachsenen Ohren, aber sonst fällt mir nichts ein«, sagte Theresa. – »Gut, ich werde mich auf die Suche nach Margarete machen. Auf uns müsst ihr in der nächsten Zeit erst einmal verzichten, aber Hanna wird sich um euch kümmern. Sollten während unserer Abwesenheit erneut irgendwelche merkwürdigen Männer hier erscheinen, geht sofort zu Alfonso oder zu den Bütteln und bittet um Hilfe.«

Paule erhob sich und ging zur Tür, um das »Haus der kleinen Sünden« zu verlassen, als die Neue, Ursula, ihm nachrief: »Eines noch könnte vielleicht doch wichtig sein, fällt mir gerade ein. Als dieser Klaus als Letzter unser Haus verließ und die Türe ins Schloss werfen wollte, vernahm ich noch einen Satz seines Bruders, der schon auf dem Weg zum Boot war. Dieser rief zurück: ›Beeil dich, Hamburg wartet auf uns!‹« – »Danke, das könnte vielleicht noch wichtig werden«, gab Paule zurück und wollte zum Hafenmeister gehen. »Eins noch«, sagte Edeltraud. »Es ist vielleicht für dich nicht angenehm, aber ich denke, ich muss es dir einfach sagen. Als dieser Knut, der Vater der rothaarigen Bastarde, Margarete niederstreckte und sie auf seine Schulter hievte, schlug er ihr mit der freien Hand auf den Hintern und meinte: ›Vorzügliche Marschverpflegung‹. Du weißt, was er damit sagen wollte.« – »Danke«. Er überlegte kurz und antwortete: »Sollte das eintreten, was wir gerade denken, schlage ich ihm mit ›Blitzschlag‹ den Kopf von den Schultern.« Edeltraud verstand diesen Satz nicht ganz. Was meinte er mit ›Blitzschlag‹?

Paule verließ daraufhin das »Haus der kleinen Sünden«. Von Westen her schoben sich dunkle Wolken Richtung Rhein. Als erste Vorboten des Unwetters fing es an zu tröpfeln. »Das fehlte gerade noch!«, sprach er zu sich selbst und blickte in den Himmel. Er eilte an den Booten und an Alfonsos Weindepot vorbei zum Haus des Hafenmeisters. Der saß hinter seinem Tisch und war damit beschäftigt, Geld zu zählen.

»Ah, du bist es. Ich habe schon mit dir gerechnet«, sagte er. Paule und der Hafenmeister kannten sich schon seit einigen Jahren recht gut. Paule erzählte ihm in schnellen Worten, was er von den Hübschlerinnen in Erfahrung bringen konnte. Der Hafenmeister lauschte seinen Worten. Als Paule mit seinen Ausführungen fertig war, fragte er: »Weißt du noch etwas?« – »Ja, ich denke, schon. Also, dieser Knut, ihr Vater, hat sich mit dem Familiennamen Hansen vorgestellt – ich würde sagen, ein typischer Name aus dem Norden. Ja, und außerdem habe ich noch den Bootsnamen. Sein Kahn heißt Gabriela, zumindest stand dieser Name auf seinem Boot.« – »Das sind doch gute Nachrichten. Mit all diesen Hinweisen müsste doch etwas zu anzufangen sein. Ich danke dir! Bis dahin«, sagte Paule und machte sich auf den Weg zur Schmiede. – »Viel Erfolg!«, rief der Hafenmeister ihm hinterher. Paule hob beim Davongehen die Hand.

## 77

Mit einer zum Ende hin abgeflachten Eisenstange hebelte Paule zwei Bretter aus dem Holzboden. Da lag sein Heiligtum, mehrfach in Linnentücher eingewickelt. Er griff mit beiden Händen hinein und holte das Paket hervor. Es war seit zehn Jahren das erste Mal, dass er dieses Paket in Händen hielt. Langsam schritt er zum Schmiedeofen und ließ sich auf einem Schemel nieder. Draußen schüttete es wie aus Kannen. Der Himmel war schwarz.

Paule entfernte die Tücher, und dann hielt er »Blitzschlag« in den Händen. Das Schwert machte auf ihn den gleichen Eindruck wie seinerzeit, als er es mit seinem Vater zusammen geschmiedet hatte. Mit einem sauberen Tuch fuhr er über das Blatt und entfernte den Ölfilm vollständig. Fast hätte er sich dabei noch in die Finger geschnitten. »Blitzschlag« war immer noch so scharf wie bei seiner Herstellung. Nach dem Blatt säuberte er die Parierstange, die sich leicht zur Schwertspitze hin neigte, und danach noch den Knauf, den er mit Hirschleder ummantelt hatte.

Paule sprang er auf, hielt »Blitzschlag« in seiner Hand und deutete gezielte Schläge mit der Waffe an. Laut rief er durch die Schmiede: »Führe diesen Arm – für meine Rache und ein Stück Gerechtigkeit!« Genau in diesem Moment schlug in einiger Entfernung ein Blitz ein. Paule erschrak: ein Blitzschlag, genau wie damals bei der Herstellung des Schwertes. »Das kann nur ein Zeichen Gottes sein«, stellte er für sich fest. Als er sich sein Schwert noch einmal in aller Ruhe betrachtete, klopfte es an der Tür seiner Schmiede. »Bei diesem Wetter – wer mag das sein?«, ging es ihm durch den Kopf. »Ja, bitte«, rief er.

Die Tür öffnete sich und ein völlig durchnässter Mann stand im Rahmen. »Gott zum Gruße! Seid Ihr Paule der Schmied?«, fragte der Fremde. Paule erhob sich und legte »Blitzschlag« beiseite. »Wer will das wissen?« – »Oh, verzeiht, mein Name ist Frieder Böllinghusen, Weinhändler aus Bonn. Der Hafenmeister hat mich zu Euch geschickt.« – »Nehmt am Schmiedeofen Platz und wärmt Euch auf. Was verschafft mir die Ehre?«, fragte Paule. Frieder setzte sich auf einen freien Schemel und wischte sich mit seiner Handfläche das Regenwasser von der Kleidung. »Wir beide tragen ein ähnliches Schicksal mit uns herum. Ich spreche von den rothaarigen Teufeln aus dem Norden des Landes.«

Mit diesen Worten erregte er sofort Paules gesamte Aufmerksamkeit. »Wie meint Ihr das? Könntet Ihr mich näher aufklären!« – »Ja, natürlich. Entschuldigt, ich falle hier einfach so in Euer Haus ein. Also, dieser Vater der Rothaarigen mit Namen Knut hat mit seinen Söhnen unser Haus in Bonn überfallen. Fässerweise haben sie unseren guten Wein aus der Lombardei, vom Rhein, von der Nahe und von der Mosel gestohlen. Als mein Vater sich widersetzte, wurde er eiskalt von diesem Knut abgestochen. Ich kam gerade aus dem Nebenraum und sah, wie er den blutverschmierten Dolch in seinen Händen hielt und mein Vater tot vor ihm auf dem Boden lag. Als er mich bemerkte, wollte er mich genauso abschlachten wie meinen Vater. Ich war unbewaffnet – wer läuft schon im eigenen Haus mit Schwert oder Dolch durch die Gegend! Im letzten Moment konnte ich aber in den Nebenraum zurückflüchten und ihn von innen verriegeln. Natürlich wollten er und seine Söhne die Tür aufbrechen, was ihnen aber nicht gelang.« Er zeigte mit den Händen die Dicke der Tür an: »So breit ist sie, massive Eiche. Die Bande hatte nicht das richtige Werkzeug dabei. Es dauerte ihnen zu lange, also schnappten sich alle noch ein paar Weinfässer und machten sich davon. Sie wollten schnell zu ihrem Boot, das direkt am Kai unseres Grundstücks lag – wir haben dort für unsere Kunden einen eigenen Anleger geschaffen. Ich verließ unser Haus durch einen Nebenausgang und rannte im Schutz der Hecke bis zum Rheinufer, von wo aus ich ihr Boot sehen konnte. Sie verstauten die Fässer unter Deck, schoben das Boot in die Strömung und verschwanden.«

Paule sah Frieder an: »Was für eine verfluchte Bande! Wir werden sie gemeinsam ausräuchern wie ein Wespennest!«, fluchte er. »Kennt Ihr die Ereignisse, die meiner Frau widerfahren sind?«, fragte er. – »Ja, der Hafenmeister hat mich bereits unterrichtet. Seid Ihr damit einverstanden, dass wir uns zusammentun und einen gemeinsamen Weg suchen?« – »Das sollten wir machen! Also, ich bin Paule der Schmied, so nennt man mich«. Er hielt er seinem Gegenüber die Hand hin. »Frieder, nennt mich einfach Frieder.« Ihre Hände schlugen ineinander.

»Gut, wir werfen erst einmal alles zusammen, was wir haben«, sagte Paule. »Ihre Namen sind: Knut – der Vater – und Dirk, Henning, Helge und Klaus – die Söhne. Alle haben sie rote Haare. Familienname: Hansen, vermutlicher Wohnort: Hamburg. Dann …« – »Woher wisst Ihr das? Ich meine den Wohnort Hamburg?«, unterbrach ihn Frieder. »Von einer unserer Hübschlerinnen, und wenn ich mich nicht irre, haben sie sich beim Hafenmeister als Familie Hansen aus Hamburg vorgestellt. Ich fahre weiter fort. Der Name des Bootes ist Gabriela – und das war es wohl«, sagte Paule. Frieder überlegte kurz: »Wie kommt Ihr auf den Namen Gabriela? Als sie unseren Anleger verließen, konnte ich den Bootsnamen lesen und da stand etwas wie Calypso.« Die Männer sahen sich erstaunt an. Paule hustete kurz: »Sollten sie möglicherweise die Namen, ich meine die Bootsschilder, beliebig austauschen? Vielleicht verwenden sie auch noch andere Namen? Ich würde es der Bande zutrauen.« – »Das könnte gut sein, aber ihre roten Haare sind ein treffliches Kennzeichen«, meinte Frieder.

»Seid Ihr einverstanden, wenn wir morgen bei Sonnenaufgang aufbrechen? Ich habe schon eine Gelegenheit zur Mitreise gefunden«, sagte Paule. – »Keine Frage: je eher, desto besser. Ich habe mein Pferd schon im Mietstall untergebracht. Ein Zimmer im Gasthof »Zum Dorfkrug« ist für mich vorgemerkt. – Ich hätte nur noch eine Bitte an Euch: Könntet Ihr mir einmal das Schwert dort zeigen?«, sagte Frieder mit einem Lächeln. – »Ihr kennt Euch als Weinhändler mit Schwertern aus?«, wollte Paule wissen. Die Männer erhoben sich. Erst jetzt bemerkte Paule, dass sein neuer Kamerad selbst ein Schwert trug. »Ihr seid ja auch bestens bewaffnet«, sagte er und deutete auf die Waffe hin. – »Das habe ich meinem Vater zu verdanken, der mir – wie ich glaube – eine ganz gute Ausbildung zukommen ließ. Ich bin zwar im Umgang mit dem Schwert nicht so gut wie ein Ritter, aber ich weiß mich wohl damit zu wehren.« Paule nahm »Blitzschlag« auf und legte es Frieder in die Hände. Der wog es kurz und legte es in seine rechte Hand. »Meine Hochachtung! Ich habe noch nie in meinem Leben so ein Schwert gesehen. Ist das so etwas wie das Wikingerschwert – wie hieß es noch gleich – ›Ulfberth‹?« – »Ja, es ist der gleiche Schmiedevorgang. Vor zehn Jahren habe ich es mit meinem Vater zusammen hier geschmiedet. Es war eine wahnsinnige Arbeit.« – »›Blitzschlag‹«, sagte Frieder, »ein trefflicher Name! Passt gut darauf auf, mein neuer Freund.« Frieder gab ihm das Schwert zurück: »Ich könnte noch ein paar Stunden

Schlaf gebrauchen. Wir treffen uns also bei Sonnenaufgang im Hafenmeisterhaus.« Paule schlug Frieder auf die Schulter: »Die Jagd kann beginnen!«

## Die Jagd beginnt
## 78

Kurz vor der Mündung in das Nordmeer suchten sie erneut einen Altarm der Waal auf, wo sie übernachten wollten. Klaus versorgte Margarete weiterhin mit Essen und Trinken. Zwischen den beiden hatte sich ein gewisses Vertrauen gebildet. Margarete merkte schnell, dass der Jüngste der Familie aus einem anderen Holz geschnitzt war als die anderen. Doch jetzt sollte es für Margarete ernst werden. Knut begab sich unter Deck und wies seinen Sohn Klaus derbe zurecht: »Was treibst du dich hier ständig herum?« – »Ich habe der Dame nur etwas zu trinken gegeben«, sagte Klaus. – »›Dame‹, ich lach mich tot! Eine Hure ist sie. Jetzt verschwinde, geh an Deck und verschließ die Luke. Ich will mit der Hure allein sein.«

Margaretes Beine und Arme waren immer noch gefesselt, sodass sie sich nicht von der Stelle bewegen konnte. Ihr Mund war jedoch frei, da ihr Klaus den Knebel entfernt hatte. Sie ahnte, was jetzt auf sie zukommen würde. Knut wollte sich sein Vergnügen bei ihr holen. In solchen Momenten wusste Margarete Bescheid. Sie kannte die lüsternen Blicke der Männer, wenn sie sich Erleichterung verschaffen wollten. »Ich muss jetzt stark sein«, dachte sie, »gleich kommt er zu mir.« Sie wusste nicht, warum, aber ihre Gedanken schweiften in die Vergangenheit zurück – in die Zeit, da sie als Hure noch in den Straßen unterwegs war, bevor sie später im »Haus der kleinen Sünden« landete. Da ihre Beine eh an den Knöcheln zusammengebunden waren, kam ihr der Gedanke, einen alten Trick anzuwenden. Sie dachte an eine alte Finte, die immer wieder von Huren angewendet wurde: das sogenannte Fallenschieben. Sollte Knut ihr Spiel, ohne es zu bemerken, mitmachen? Es war einen Versuch wert. Sie musste sich abgebrüht geben, gleichzeitig aber auch zerbrechlich; sie musste ihm das Gefühl der Macht überlassen und trotzdem alle Fäden in der eigenen Hand behalten. Sie würde ihm das Gefühl geben, der Beste und Größte zu sein, aber es würde nach ihren Regeln ablaufen.

Seit sie mit Paule verheiratet war, hatte kein anderer Mann mehr zwischen ihren Beinen gelegen, und so sollte es auch bleiben. Margarete musste sich ganz auf das nun Kommende konzentrieren. »So, mein Täubchen, deine Zeit ist gekommen. Wir werden jetzt ein bisschen Spaß miteinander haben«, sagte Knut mit einem drohenden Unterton. Trotz ihrer aufkommenden Angst ging sie nun scheinbar auf sein Spiel ein. »Du willst mich so haben, wie du mich in Erinnerung hast? Dann befreie zumindest meine Hände von den Fesseln, denn die brauche ich, um dich zu verwöhnen«, spielte sie ihm vor. – »Oh, das ist doch einmal ein guter Vorschlag!« Knut löste die Stricke von ihren Handgelenken. – »Befrei dich von deinem Beinkleid; ich will sehen, ob du noch so stark wie damals bist«, trieb sie ihr Spiel weiter voran. – »So gefällst du mir schon wesentlich besser! Du bist und bleibst ein verdorbenes Biest!« Margarete dachte an frühere Zeiten, als sie ihre Freier mit der gleichen Vorgehensweise hinters Licht geführt hatte. Oft waren ihre Kunden dabei von Wein berauscht, was bei Knut wohl im Augenblick nicht der Fall war. Sollte er mitbekommen, was sie mit ihm vorhatte, könnte das übel für sie enden.

Mit den Händen schob sie sich den Rock hoch und öffnete ihre Bruche. Sie ging mit äußerster Aufmerksamkeit vor. Der Mann war zu allem entschlossen und übermäßig launisch und reizbar. Margarete, die immer noch auf den Holzplanken lag, sah zu, wie sich Knut seiner Beinkleider entledigte und sich auf ihre zusammengebundenen Beine setzte. Sie sah sein erregtes Glied, und nun durfte sie ihm keine Zeit zum Überlegen lassen. Sofort schlang sie ihre Arme um ihn und gab ein vorgetäuschtes Stöhnen von sich; sie zog ihn zu sich herab, griff nach seiner Männlichkeit und schob sie sich zwischen die Oberschenkel. Knut war so von seiner Wolllust übermannt, dass er bereits zu stöhnen anfing. Er griff nach ihrem Busen, der jedoch noch wohlverpackt in Margaretes Gewandung schlummerte. Um ihn zu begrapschen, hätte er die kreuzweise gebundenen Schnüre an Margaretes Gewand mit viel Fingerspitzengefühl öffnen müssen. So begnügte er sich damit, ihren Busen durch den Stoff hindurch zu ertasten.

Margarete ließ gar nicht erst die Frage nach der Stellung aufkommen. Sofort fing sie an, ihm ihr Becken entgegenzustoßen; sie führte gezielte rhythmische Bewegungen aus. Knut stöhnte weiter und wollte ihr gerade irgendeine Frage stellen, woraufhin Margarete ihn angewidert mit der Zunge am Ohrläppchen leckte und den Rhythmus ihres Beckens noch steigerte. »Es könnte gelingen«, dachte sie, »lange kann es bei ihm nicht mehr dauern.« Sein Stöhnen wurde laut wie das eines brünstigen Bullen, bis ein letztes Gurgeln seinen Mund verließ und er auf ihr zusammensackte. Ihre Erfahrung hatte gewonnen, die Falle war zugeschlagen. Sie konnte die abgelaufene Zeit nicht genau bestimmen, aber mehr als vier bis fünf Minuten hatte es nicht gedauert.

So langsam ließ Knut von ihr ab: »Du bist immer noch ein verdammt scharfes Luder und hast von deinem Können nichts verlernt!«, keuchte er und stand auf. Er suchte seine Bruche und die Beinlinge zusammen und kleidete sich an. Margarete bedeckte ihre Beine mit ihrem Rock. – »Ich freue mich schon auf das nächste Mal!«, lachte Knut und ging an Deck des Bootes.

Seine Jungs standen an die Reling angelehnt. Knut rieb sich die Hände: »Das war das Beste, was ich in letzter Zeit erlebt habe! Sie ist immer noch ein Teufelsweib.« – »Willst du sie ganz für dich alleine, oder dürfen wir auch mal?«, fragte sein Ältester. – »Auf gar keinen Fall, sie ist meine Marschverpflegung. Ihr lasst die Finger von ihr, damit das klar ist, sonst bekommt ihr gewaltigen Ärger mit mir.«

Klaus, der einige Schritt beiseite stand, schämte sich für seinen Vater. Erneut hatte der Dämon in seinem Wesen die Oberhand gewonnen. Er konnte nicht verstehen, warum er so anders war als sein Vater und seine Brüder. Natürlich wollte er, als er noch jünger war, immer so werden wie sie, doch irgendetwas sträubte sich zunehmend in ihm. Er konnte diese Rücksichtslosigkeit, diese Brutalität und diese Verachtung nicht nachempfinden. Der Hass und die Wut auf seinen Vater wurden immer stärker. Tatsächlich plagten ihn sogar Mordgedanken. Gerne hätte er ihm sein Messer zwischen die Rippen gejagt, diesem Frauenschänder, aber immerhin war er doch sein Vater.

»Geh unter Deck«, sagte Knut zu Klaus, »und hilf dem Weib, sich zu säubern.« Seine Brüder lachten laut. Klaus warf ihnen einen tödlichen Blick zu, als er die Stufen hinunterging.

»Kann ich etwas für Euch tun?«, fragte er Margarete. »Das könnt Ihr, mein Junge. Es wäre schön, wenn Ihr mich von den Fußfesseln befreien könntet.« – »Das geht nicht – dann bekomme ich Ärger mit meinem Vater.« – »Mein Gott, Ihr seid fünf erwachsene Männer und fürchtet euch vor einer einzelnen Frau?« Klaus überlegte kurz: »Ja, da mögt Ihr recht haben.« Er bückte sich und nahm ihr die Fesseln ab. Margarete erhob sich und streckte ihren Körper. »Bitte, könnt Ihr mir eine Schüssel Wasser und ein Linnentuch besorgen? Ich würde mich gerne etwas frisch machen.« – »Ja, sofort«, sagte Klaus verlegen, blickte sich um und eilte davon.

Es dauerte nicht lange, bis er mit den Waschutensilien vor ihr stand. »Dreht Euch bitte um«, sagte Margarete, nahm die Schüssel und das Linnentuch und ging in die äußerste Ecke des Bootes, wo es fast dunkel war. Sie hob ihre Gewandung und wusch sich Knuts Körperflüssigkeit von den Oberschenkeln. Endlich hatte sie auch die Möglichkeit, sich zu erleichtern. Ihr Urin versickerte zwischen den schmalen Spalten der Bodenplanken. Sie ging zurück zu Klaus: »Und wie, bitte schön, soll es jetzt weitergehen?« Der Jüngste zuckte unsicher mit den Schultern: »Ich weiß nicht, was der Teufel in meinem Vater noch mit Euch vorhat. Diese Nacht bleiben wir hier vor Anker, und morgen erreichen wir das Nordmeer, ein paar Tage später unsere Heimatstadt Hamburg.«

Margarete verstand den Sinn der Entführung nicht. Wollte er vielleicht Lösegeld verlangen, oder hatte er sie nur zu seinem Vergnügen mitgenommen? Es sah tatsächlich fast so aus, als sollte sie sein Lustobjekt auf Dauer werden.

Als Klaus wieder an Deck war, sah er, dass seine Brüder ein Fass Wein geöffnet hatten und zusammen mit dem Vater ein Trinkgelage veranstalten wollten. »Ah, da bist du ja, Kleiner. Geh in die Kombüse und hol die Tonbecher. Wir wollen zusammen von unserem guten Wein trinken«, sagte Knut. – »Ja, Vater. Übrigens: Ich habe der Dame die Fesseln abgenommen – ihr taten die Gelenke weh.« – »Was hast du …?« Klaus unterbrach ihn und wiederholte Margaretes Satz: »Ich denke, fünf erwachsene Männer müssen sich nicht vor einer ungefesselten Frau fürchten.« – »Na gut, mein Kleiner, da hast du ausnahmsweise einmal recht.«

Klaus holte die Becher. Seine Brüder hatten den Verschluss des Fasses nach innen gedrückt, sodass der Wein sofort hervorsprudelte. Nachdem alle fünf Becher gefüllt waren, legten sie das Fass mit dem Loch nach oben auf die Seite. Die Männer betranken sich und ließen sich im Anschluss in ihre Kojen fallen. Margarete blieb an diesem Abend verschont.

## 79

Schon bei Sonnenaufgang betrat Paule die Hafenanlage. Er trug eine braune Tunika, dazu eine sandfarbene Hose. Eine Geldkatze hing am Gürtel, darüber der Waffenrock mit einem Dolch, ein Lederbeutel und natürlich sein Schwert »Blitzschlag«. Obwohl es nicht besonders kalt war, hatte er sich seinen Tasselmantel über die Schultern geworfen.

Sein neuer Bekannter Frieder wartete bereits auf ihn. Die Männer gaben sich die Hand und begrüßten sich freundlich. »Dann soll unser Abenteuer mit dem heutigen Tag beginnen«, sagte Paule.

Im Kontor des Hafenmeisters brannten noch zwei Kerzen. Der Hafenmeister war immer als Erster im Hafen, um nach dem Rechten zu sehen. Hier und dort musste er noch angefallene Liegegebühren kassieren, die er anschließend mit der Hafenmeisterei der Stadt Colonia abrechnete. Grundsätzlich durfte er nicht den Überblick über all das verlieren, was in seinem Hafen passierte.

Als Paule und Frieder das Kontor betraten, begrüßte sie der Hafenmeister: »Gott zum Gruße! Ihr sucht sicherlich eine Gelegenheit mitzufahren?« – »Ja; ich wollte mich eigentlich noch von meinen Freunden Alfonso und Grimhild verabschieden, aber sie werden wohl noch in den Fellen liegen«, sagte Paule. – »Ich gebe ihnen nachher Bescheid«, meinte der Hafenmeister. »Aber mutig bist du schon, Paule: Gehst hier einfach mit einem Schwert durch die Gegend. Du weißt ja, dass du kein Schwert tragen darfst.« – »Das ist ja gerade die Ungerechtigkeit. Ich bin Schmied, stelle Waffen her und darf sie testen, aber nicht tragen. In jeder Stadt gibt es andere Bestimmungen. Was denken sich die Stadtoberen eigentlich dabei, solche widersinnigen Gesetze zu erlassen?«, sagte er aufgebracht. Frieder trat hinzu: »Paule hat ja recht. Ich als Sohn eines Patriziers darf ein Schwert tragen – warum, weiß keiner.« Paule drehte sich einmal um die eigene Achse: »Deshalb habe ich mich ja auch wie ein Patrizier gekleidet. Außerhalb Colonias interessiert das eh niemanden mehr. – Nun, Herr Hafenmeister, welches Boot nimmt uns denn mit in den Norden?« – »Moment, bitte«, sagte dieser und blies die Kerzen aus. »Folgt mir, Männer.«

Sie gingen zweihundert Schritt zu einem Anleger für größere Schiffe: »Dort am Ende des Stegs seht ihr ein sehr gepflegtes Boot. Ich habe mit dem Kapitän gesprochen, der auch gleichzeitig Eigner des Bootes ist. Wenn ihr einen Obolus zahlt, ist er bereit, euch bis nach Hamburg mitzunehmen.«

Als sie den Steg betraten, plätscherte es die ganze Zeit im Wasser: »Was ist das?«, fragte Paule. – »Oh, das sind junge Barsche, die schnappen bei Sonnenaufgang nach Mücken«, erklärte der Hafenmeister. Paule und sein neuer Begleiter Frieder gingen in Richtung Kogge. »Ich werde auch Mücken jagen, aber meine haben rote Haare und Segelohren«, murmelte Paule, »… von denen sie sich bald trennen müssen.« Dabei fuhr er mit der rechten Hand über den Schwertgriff von »Blitzschlag«. Frieder und Paule erreichten das Ende des Anlegers, wo das Boot lag. Vier Männer waren mit ihren Arbeiten beschäftigt.

»Gott zum Gruße, die Herren! Wie uns der Hafenmeister mitteilte, dürfen wir mit Euch reisen«, rief Paule. Die Männer hoben den Kopf, grüßten kurz und wendeten sich wieder ihrer Arbeit zu. Nur einer nicht, ein großer, aufrecht gewachsener Mann, der auf sie zukam: »Kapitän Ole von der Heyde. Kommt an Bord, meine Herren«, ertönte eine tiefe Stimme. Lange, braune Haare hingen ihm bis an die Schultern, ein dichter Bart umrahmte sein Gesicht. Die Männer machten sich untereinander bekannt. »Man nennt mich Paule den Schmied.« – »Und ich bin Frieder, der Sohn eines Weinhändlers«, fügte dieser hinzu. – »Gut, ich nehme Euch mit bis Hamburg, aber einen Obolus müsst Ihr entrichten. Ich nehme Heller, Groschen oder Kölner Pfennige. Die Verpflegung ist im Preis enthalten. Kommt mit in meine Kombüse; wir regeln als Erstes das Geschäftliche. Danach gebe ich Euch eine kurze Anweisung. Ich gehe einmal davon aus, dass Ihr so rechte Landratten seid«, sagte Kapitän Ole von der Heyde lachend. – »Der scheint ein gut gelaunter, angenehmer Seebär zu sein«, dachte Paule.

Am nächsten Morgen segelte die Gabriela weiter durch die Waal in Richtung Nordmeer. Bis auf Klaus hatte die Mannschaft erheblich mit Kopfschmerzen zu kämpfen. Es war wohl doch etwas zu viel von dem guten Wein gewesen. Da Klaus seinen Vater davon überzeugt hatte, Margarete ungefesselt zu lassen, konnte diese sich erstmals an Deck in frischer Luft aufhalten. Zusammengekauert saß sie am Heck des Bootes. »Sobald wir den Hafen von Hamburg erreichen, verschwindet das Weibsbild wieder unter Deck«, sagte Knut.

Bis dahin sollte es aber noch einige Tage dauern, denn zunächst musste man das Gebiet der Friesen durchsegeln. Ein kleines Heringsdorf namens Rotterdam am Fluss Rotte ließen sie rechter Hand liegen. Es folgte der Seeweg, vorbei an Hoek van Holland ins offene Meer. Knut stand am Ruder: »Passt mir bloß auf die Untiefen auf, seid wachsam wie ein Luchs! Dieses verfluchte Wattenmeer ist tückisch und hinterhältig wie der Teufel.«

Bei Margaretes Anblick verspürte er erhöhten Druck in seiner Bruche, aber er war zu sehr mit dem Steuern des Bootes beschäftigt. Wenn er mit dem Boot auf eine Sandbank liefe, könnte dies das Ende seines Raubzuges bedeuten. Hinzu kam noch, dass

Margarete seekrank wurde und sich mehrere Male übergeben musste. Beim Anblick des speienden Weibsbildes verflogen seine fleischlichen Gelüste schnell. Er würde sich das für später aufheben – weglaufen konnte sie ihm ja nicht.

Margarete ging es äußerst schlecht. Sie würgte fortwährend und hing über der Reling. Klaus kümmerte sich liebevoll um sie. Er brachte ihr eine Schüssel Wasser mit einem Tuch. Seine Brüder machten sich schon wieder über ihn lustig. »Das ist ihr neuer Mundschenk, der wischt ihr auch noch den Hintern ab!«, frotzelte Henning. Klaus warf seinem Bruder einen niederschmetternden Blick zu. Margarete hatte sämtliche Farbe aus dem Gesicht verloren und saß zusammengekauert und stöhnend auf den Bootsplanken. Knut lachte: »Stöhnen kann sie gut, muss ich sagen – und das nicht nur beim Kotzen.« Klaus kochte vor Wut. Kannte sein Vater überhaupt kein Mitleid mit leidenden Personen?

Auf ihrer weiteren Reise segelten sie durch das Meer der Friesen, wobei sie ständig Ausschau nach anderen Booten halten mussten. In der Gegend um die friesischen Inseln war Piraterie an der Tagesordnung. Immer wieder gelang es umherziehenden Piraten, Handelsboote, ja sogar Koggen zu kapern und auszuplündern. Aufmerksam steuerte Knut Gabriela durchs Meer: »Diese verdammten Gezeiten!«, fluchte er und versuchte krampfhaft, die Fahrrinne einzuhalten, die mit knorrigen Bäumen gekennzeichnet war. Er war so sehr mit dem Boot beschäftigt, dass er keine weitere Lust auf Margarete verspürte.

Nach weiteren Übernachtungen erreichten sie endlich ihren Heimathafen Hamburg. Margarete fiel ein Stein vom Herzen, als nach Tagen Festland in Sicht kam. »Schnürt das Weibsbild zusammen und bringt es unter Deck!«, ordnete Knut an. »Erst wenn es dunkel ist, gehen wir mit ihr von Bord. Keiner im Hafen soll mitbekommen, dass wir ein Weib bei uns haben.«

Kurze Zeit später legten sie mit ihrem Boot an. Zwei der Brüder sprangen auf den Steg und vertäuten das Boot an den Pollern. »Alle Mann zu mir!«, rief Knut. »Dirk und Henning, ihr geht zum ›Roten Seestern‹, danach zum ›Silbernen Sack‹, in den Gasthof

›Zum Reet‹ und in die ›Qualle‹. Dort gebt ihr bekannt, dass wir köstlichen Wein erworben haben. Nehmt ihre Bestellungen auf und sagt den Wirten, dass wir morgen liefern können. Es wird Zeit für gute Geschäfte. Wenn ihr eure Arbeit erledigt habt, treffen wir uns wieder hier am Boot.«

Zwischen Komplet und Matutin legte sich Dunkelheit über den Hafen. Die Männer befreiten Margarete von ihren Fußfesseln, nahmen sie in die Mitte und gingen zum Ende des Hafens, wo sie einem schmalen Weg folgten. Dieser führte zu ihrer Kate, die an einem großen Reetfeld lag. Margarete wunderte sich; sie hatte nicht damit gerechnet, dass diese Bande so ein Anwesen besaß. Trotz allem – ihre Lage schien einfach nur aussichtslos. Wie sollte sie aus dieser Zwangslage jemals wieder herausfinden? Würde Paule sie suchen oder müsste sie ihr Schicksal selbst in die Hand nehmen – oder müsste sie sich damit abfinden? Sie dachte an Flucht. Vielleicht würde ihr ja Klaus dabei zur Seite stehen. Was hatte dieser Knut überhaupt mit ihr vor? Ihr Kopf qualmte vor lauter Sorgen, die sie nicht abschütteln konnte. Als sie das Haus betraten, sagte Knut: »Bindet dem Weibsbild die Füße und die Hände zusammen, nicht dass sie auf die Idee kommt, von hier zu verschwinden.«

## 80

»Fahren wir in einem durch bis nach Hamburg?«, fragte Paule den Kapitän. – »Was für eine Frage von einem Landei! Wir fahren nicht, sondern wir segeln. Und was glaubt Ihr, wie lange wir wohl unterwegs sein werden? Kurz vor der Mündung des Rheines in das Nordmeer machen wir einen längeren Halt. Wir laden unsere Fracht auf einer meiner Koggen um. Warum? Dieses Boot hier ist ein Niederländer, untauglich für das Meer. Es wird von einem meiner Männer wieder zurück nach Colonia gebracht, und wir übernehmen die Kogge. In Weddewarden, einem Vorort der Hansestadt Bremen, müssen wir den größten Teil unserer Waren an weitere Händler übergeben. Danach geht es nach Hamburg, wo der Rest unserer Fracht veräußert wird. Euren Obolus habt Ihr entrichtet – für Euer leibliches Wohl wird gesorgt. Mitarbeiten an Bord müsst Ihr nicht, dafür habe ich meine Männer. Also, macht es Euch an Deck bequem und stört meine Leute nicht bei der Arbeit.« – »Na«, sagte Frieder, »wenn das so ist, sehen wir uns ein wenig die vorbeiziehende Landschaft an und harren der Dinge, die da kommen mögen.«

»Sagt, mein neuer Freund«, fragte Paule, »habt Ihr Ahnung von der Seefahrt? Kennt Ihr Euch mit Booten aus?« Frieder hustete verlegen und sagte: »Davon habe ich so viel Ahnung wie vom Schmieden eines Schwertes, nämlich überhaupt keine.« Sie nahmen am Heck des Bootes Platz. »Darin ähneln wir uns also sehr«, sagte Paule. »So weit bin ich im Leben noch nicht gereist, aber für meine Margarete unternehme ich alles.« – »Das Gleiche gilt auch in Hinsicht auf meinen ermordeten Vater«, antwortete Frieder und fuhr fort: »Ich frage mich die ganze Zeit: Was machen wir, wenn wir diesen Knut vor uns haben? Wer von uns beiden darf ihn beseitigen? Und was ist mit seinen Söhnen?« – »Lassen wir doch einfach alles auf uns zukommen! ›Beseitigen‹ ist ein noch viel zu großzügiger Ausdruck. Abstechen werden wir ihn wie ein Schwein im Herbst«, sagte Paule wütend.

Mit dem Niederländer kamen sie gut voran. Der Kapitän erklärte ihnen, dass Boote, die auf Flüssen unterwegs waren, einen weitaus geringeren Tiefgang hätten – allein schon wegen der ständig auftretenden Untiefen –, aber auf offener See weniger gut zu gebrauchen seien. Aber, so sagte er, es gäbe auch Boote, die man im Süß- und im Salzwasser fahren kann. Diese seien jedoch nur für kleinere Lasten ausgelegt. »Also muss die Gabriela so ein Boot sein«, sagte Paule. Frieder nickte: »Also, wenn ich so nachdenke … Als sie von unserem Anlieger losgesegelt sind, fiel mir schon auf, dass ihr Boot weitaus kleiner war als eine Kogge.«

Paule hatte ganz plötzlich eine Idee: »Wenn unser Kapitän aus Hamburg kommt, kennt er ja vielleicht diese rothaarige Bande. Ich werde ihn fragen«, sagte er und erhob sich. Frieder sah, wie er einige Worte mit dem Kapitän wechselte und dann zurückkam.

»Und? Konntet Ihr etwas aus ihm herausbekommen?« – »Leider nicht«, sagte Paule. »Er beliefert zwar Hamburg mit seinen Waren, aber sein Heimathafen ist Lübeck am Ostmeer. Er kennt nur seine Händler und ein paar Kaufleute in Hamburg. Ich nannte ihm aber unsere Gründe dafür, warum wir unbedingt mit ihm segeln wollten. Er zeigte größtes Verständnis dafür.«

Knuts Söhne hatten bereits einen großen Teil der Weinfässer veräußern können. »Die fette Betty vom Gasthof ›Zur Qualle‹ zögert noch«, meinte Dirk. »Ich gehe selbst zu ihr«, sagte Knut, »und Helge kommt mit. Ich werde der alten Schlampe schon ein paar Weinfässer aufs Auge drücken. Ihr anderen bleibt hier bei dem Weibsbild. Und seht zu, dass etwas Vernünftiges zu essen auf den Tisch kommt. Wieso ist eigentlich unsere Magd nicht hier?« – »Die weiß sicherlich überhaupt nicht, dass wir wieder zurück sind«, vermutete Dirk.

Vater und Sohn gingen zum Hafen und stießen die Tür zum Gasthof »Zur Qualle« auf. Betty saß wie meistens hinter ihrem Tisch. Als sie die Männer erblickte, sagte sie: »Ah, zwei Ableger der roten Bande. Was willst du, Knut? Mir wieder was von deinem Wein aufs Auge drücken?« – »Ich grüße dich, Betty. Wie man mir zukommen ließ, magst du meinen Wein nicht?« Vater und Sohn nahmen an ihrem Tisch Platz. – »Das Zeug vom Rhein und von der Mosel ist mir und meinen Gästen einfach zu sauer. Hier kehren nur Fischköppe ein, die Bier saufen und meinen Fischeintopf essen.« Knut ließ aber nicht so schnell locker. Vom Gasthof »Zur Qualle« waren es nur wenige Schritte bis zu dem Anleger, an dem sie ihr Boot befestigt hatten. »Einen Versuch musst du mir noch gestatten. Helge, geh zum Boot und bring uns ein kleines Fässchen von dem Nahewein.« – »Stammt der auch aus dem Frankenland?«, wollte Betty wissen. – »Ja, schon, aber weiter südlich – du solltest ihn wirklich einmal probieren. Das ist ein ganz edler Tropfen.« – »Verkauf deinen Wein an andere Gasthöfe, wo die Hamburger Pfeffersäcke verkehren. Bei denen spielt Geld keine Rolle.«

Betty hatte das Lokal von ihrem Vorgänger übernommen. Es war bei den Hafenarbeitern ebenso wie bei den Seeleuten sehr beliebt. Wie es der Zufall wollte, machte die fette Betty dem Namen ihres Gasthofes alle Ehre. Sie konnte sich nur sehr schlecht fortbewegen. Ihre Waden waren so dick wie die Oberschenkel eines erwachsenen Mannes. Wenn sie am Tisch saß, nahmen ihre Brüste die halbe Tischplatte ein und überdeckten oft ihren Weinbecher. Selbst ihre langen Haare waren fettig. Anders als bei den Quallen, die es im Nordmeer zuhauf gab und deren Gewicht sich im Wasser aufhob, waren allerdings Bettys Knie durch die Belastung Ihres Körpers ständig entzündet und geschwollen. Ihre Beweglichkeit war eingeschränkt und es fiel ihr sichtlich schwer, sich mit der Strömung der Kundschaft in ihrem Lokal treiben zu lassen. Deshalb saß sie meistens an ihrem Tisch und jagte ihre Handlanger durch den Raum, während sie die Geldschatulle niemals aus den Augen ließ.

Helge kam zurück. Er stellte das Fass auf den Tresen, holte ein Werkzeug hervor und schlug gekonnt den Korken ins Innere des Fasses. Ungefähr eine halbe Maß des Rebensaftes ließ er in einen Krug laufen. Daraufhin verteilte er den Wein in drei Tonbecher: »Hier, koste, Betty – er wird dir munden.« Sie blickte ihn zweifelnd an, doch dann nahm sie einen kräftigen Schluck. Sie ließ den Wein mehrere Male durch ihren Mund laufen und schluckte ihn endlich hinunter. Mit dem Handrücken fuhr sie sich über den Mund. »Bei der heiligen Mutter Gottes! Das ist wirklich etwas ganz Besonderes. Den kannst du hierlassen – wenn ihn die Fischköppe nicht trinken, saufe ich das Fass selber leer.« Knut hatte sein Ziel erreicht. Die Männer erhoben sich: »Verkauf ruhig schon mal was von dem Wein, ich komme in den nächsten Tagen zum Kassieren. Bis dann, Betty«, sagte Knut. – »Moin, Betty«, fügte Helge kurz hinzu.

Langsam schlenderten Vater und Sohn zu ihrem Haus zurück. Unter einer dicken Linde stand eine Holzbank, an der sie immer vorbeikamen: »Komm, Vater, wir setzen uns einen Moment. Ich muss dir ein paar Fragen stellen.« Knut blickte ihn verkniffen von der Seite an: »Fragen? Was für Fragen?« – »Sag, Vater, was hast du mit dem Weibsbild in unserem Haus im Sinne? Ich meine, was bedeutet sie für dich?«

Knut knurrte vor sich hin, aber seine Laune war nach dem verkauften Fass nicht die schlechteste. »Ich werde sie behalten. Vor einigen Jahren war ich schon einmal im ›Haus der kleinen Sünden‹ und habe mit diesem Prachtstück die Nacht verbracht. Sie ist einfach eine Wildkatze von einem Weib. Ihre langen Beine, ihr feuchter Schoß, ihre festen Brüste – all das will ich noch häufiger genießen. Vielleicht heirate ich sie eines Tages auch.« – »Aber sie ist doch verheiratet?« – »Ja, in Colonia, aber das weiß doch hier in Hamburg keiner«, gab er etwas unbeholfen zurück. – »Du kannst sie aber nicht ewig irgendwo anbinden. Vielleicht versuchst du mal, ihr mit Güte beizukommen; möglicherweise wird sie dann zutraulicher!« – »Ich biege sie mir schon so zurecht, wie ich sie haben will. Und jetzt will ich darüber nicht mehr reden.«

»Eine andere Frage habe ich schon seit Langem auf dem Herzen«, sagte Helge. – »Was denn jetzt noch?« – »Du hast mit uns nie darüber gesprochen, aber ich möchte gerne wissen, wie das damals mit Mutter wirklich war.« Helge konnte förmlich sehen, dass diese Frage seinen Vater in Verlegenheit brachte. Knut wurde etwas lauter: »Deine, nein eure Mutter war eine Schlampe. ›Ich bin Sibylla Dirkse‹, sagte sie, ›mein Name bedeutet, dass ich eine göttliche Seherin bin, somit habe ich besondere Privilegien‹, gab sie stets von sich. Seherin, dass ich nicht lache! Soll ich dir einmal die ganze Wahrheit erzählen – die nackte Wahrheit über deine Mutter?

Es ist schon verdammt lange her, ihr wart noch klein, als ich mit Freunden von Brügge zurückkam. Sie war nicht im zu Hause, also suchte ich sie im Hafen. Der alte Fischer Piet Jansen, du hast ihn nicht mehr kennengelernt – der ist schon lange tot – sagte mir: ›Wenn du deine Frau suchst, die ist auf Charleys Boot‹, und kicherte dabei so komisch. Dieser Charley, du kennst ihn, stammte von der Insel Britannien. Als er zehn Jahre alt war, kam er mit seinen Eltern nach Hamburg, und sie blieben hier. Sie waren

Händler, Kaufleute und was weiß ich sonst noch alles. Machten mit allem Geschäfte. Und jetzt kommt's. Deine Mutter und Charley hatten seit Jahren ein Verhältnis miteinander. Immer wenn ich mit der Gabriela unterwegs war, verbrachte deine Mutter ihre Abende mit diesem Charley. Viele im Hafen wussten davon, nur ich nicht. Ich ging also auf Charleys Boot, riss die Kombüsentür auf – und da fand ich sie. Deine Mutter hielt ihre Gewandung mit dem Kinn fest und Charley lag zwischen ihren Beinen. Die waren von meinem Erscheinen völlig überrascht, also ging ich dazwischen. Es gab eine Hauerei mit Charley. Wir schlugen auf uns ein, was das Zeug hielt. Er traf mich einige Male, und ich schlug zurück. Da er seine Bruche noch um die Knöchel hatte, war er recht unbeholfen und kam ins Stolpern. Ich erwischte ihn mit der Faust am Kinn, und er schlug mit dem Kopf gegen die Bordwand. Er war sofort ohne Bewusstsein.

Ich packte deine Mutter, brüllte sie an und ging mit ihr von Bord. Auf dem Rückweg stritten wir heftig, bis wir kurz vor unserem Haus waren. Sie hatte mich zum Gespött des ganzen Hafens gemacht. Plötzlich schlug sie nach mir, zerkratzte mein Gesicht mit den Fingernägeln. Ich sagte, sie solle damit aufhören, aber dann trat sie auch noch nach mir und sagte: ›Einer deiner Jungen ist nicht von dir. Wer es ist, wirst du nie erfahren.‹ Das war zu viel für mich. Erst machte sie mich zum Gespött der Stadt, dass die Leute über mich lachten, und jetzt auch noch das! Ich packte sie und zog sie ins Reet. Ich wollte ihr nur eine kleine Abreibung verpassen, doch sie schrie wie am Spieß. ›Hör auf mit der Schreierei!‹, sagte ich und versuchte, ihr den Mund zuzuhalten. Aber sie biss mir in die Hand. Da habe ich nur noch rotgesehen; ich zog mein Messer und stieß es ihr zwischen die Rippen. Sie war auf der Stelle tot. Ich zog sie tiefer ins Reet, ließ sie dort liegen und vergrub sie am nächsten Tag. Ich sagte euch und verbreitete auch im Hafen das Gerücht, dass sie fortgelaufen wäre.«

Helges Mund war staubtrocken, er hatte das Gefühl, als läge eine Sanddüne auf seiner Zunge, die er nicht hinunterschlucken konnte. Mit einem solchen Ausgang der Geschichte hätte er niemals gerechnet. »Kein Wort zu deinen Brüdern! Es könnte sein, dass unser Jüngster, Klaus, der Sohn von Charley ist. Möglich wäre das. Beweise gibt es nicht, aber du weißt ja selbst, dass er irgendwie anders ist als wir. Dieser Charley muss deine Mutter wohl richtig geliebt haben. Er hat mir schon mehrere Male angedroht, mich eines Tages umzubringen. Natürlich nimmt er es mir nicht ab, dass deine Mutter einfach von heute auf morgen fortgelaufen wäre.«

Ohne weitere Worte zu verschwenden, gingen die beiden nach Hause. Helge dachte: »Vater hat recht, vielleicht ist das der Grund, warum mein Bruder Klaus irgendwie anders ist.«

## 81

Am Ende der Waal, kurz vor dem offenen Meer, erreichten Kapitän Ole und seine Männer einen Warenumschlagsplatz. An die zehn Koggen warteten darauf, mit neuen Waren beladen zu werden. Kapitän Ole steuerte das Boot an die eine Seite des Auslegers. An der gegenüberliegenden Seite lag eine seiner Koggen, und in der Mitte des Auslegers stand ein Lastkran, an dessen oberem Ende ein Schwenkarm angebracht war, der an vier starken Seilen eine große lederne Schürze trug, in die man die Fässer legen konnte. Der Arm wurde hochgehievt und über den Anleger geschwenkt, bis er über der Kogge hing, wo man die Waren entgegennahm. So wurden in kürzester Zeit die Waren vom Niederländer auf die Kogge umgeladen.

Paule und sein neuer Freund Frieder sahen dem Treiben gebannt zu. »Das ist schon gewaltig, was die hier veranstalten! In der Regel bekommt man von solchen Manövern ja überhaupt nichts mit«, staunte Paule. Kapitän Ole gesellte sich zu den beiden: »Na, meine Herren, ein ganz schöner Aufwand, was?« – »Gehört Euch auch die Kogge?«, wollte Frieder wissen. Ole lachte: »Ich besitze drei Niederländer, also Boote für die großen Flüsse. Sie befahren den Rhein, die Elbe und die Weser. Wir beziehen unsere Waren aus verschiedenen Städten und bringen sie, ähnlich wie hier, zu den großen Umschlagplätzen. Dort werden sie auf meine Koggen umgeladen. Diese hier, die gerade beladen wird, gehört mir; ich habe noch eine weitere in Bremen und eine im Lübecker Hafen liegen.« – »Also seid Ihr nicht nur Kapitän und Schiffseigner, sondern auch Kaufmann und Händler?«, fragte Paule. Ole nickte: »Und das Oberhaupt einer großen Besatzung. Man braucht ja alleine schon zehn bis zwölf Leute, um das Rahsegel hochzuziehen. Bei einem Tiefgang von drei Schritt macht die Kogge auf See gute Fahrt. Immerhin kann sie bis zu 40 Last tragen, das ist schon eine beträchtliche Menge an Gewicht. Aber es gehört mir nicht alles alleine; es sind noch weitere Kaufleute an dem Unternehmen beteiligt.« – »Und Ihr steuert die Kogge?«, wollte Paule wissen. – »Ja, wenn ich mit auf Fahrt gehe, stehe ich am Heckruder an der Pinne. Ich habe aber auch noch zwei Steuermänner, die für mich arbeiten. Ich kann ja nicht drei Koggen alleine steuern«, lachte Ole. »In einer Stunde segeln wir übrigens weiter.« Ole ging zu seiner Kogge zurück, um nach dem Rechten zu sehen.

»Unser Kapitän schein ganz schön vermögend zu sein – Bootseigner, Händler, Kaufmann, ein richtiger Hanse-Patriarch«, meinte Frieder. »Er ist aber ein feiner Kerl«, erwiderte Paule. Sie gingen an Bord der Kogge, mit der sie ins Nordmeer segeln sollten. Dieses Schiff war schon eine andere Gattung als der Niederländer. Sie machten richtig Fahrt in nordöstlicher Richtung. Im Hafen der Hansestadt Bremen wurde ein großer Teil der Ladung gelöscht, danach ging die Fahrt weiter nach Hamburg, wo sie am nächsten Tag in der Abenddämmerung ankamen. Paule und Frieder verabschiedeten sich vom Kapitän.

»Geht drüben in den Gasthof ›Zum silbernen Sack‹, dort seid Ihr gut aufgehoben«, gab ihnen Ole mit auf den Weg. »Wie lange habt Ihr hier noch zu tun?«, fragte Paule. – »Oh, wir bleiben über Nacht; morgen früh laden wir den Rest der Waren ab, und anschließend geht's in den Heimathafen nach Lübeck. Eine Woche ist Nichtstun mit Frau und Kindern angesagt, danach geht's wieder auf Fahrt. Ich wünsche Euch viel Erfolg bei Eurem Vorhaben! Also bis dahin, Männer!«, sagte Ole und gab seinen Begleitern die Hand.

Völlig überrascht von der Größe des Hafens gingen Paule und Frieder am Ufer entlang zum Gasthof. »Mein Gott!«, sagte Paule. »So weit das Auge blicken kann: Boote über Boote. Der ist ja riesig, dieser Hamburger Hafen – um einiges gewaltiger als der von Colonia.« Sie kehrten in den Gasthof ein, wo sie sich zwei Zimmer nahmen und sich erst einmal richtig ausschlafen wollten – froh, die Schunkelei vom Wellengang an Bord hinter sich lassen zu können.

»Heute ist Zahltag. Klaus, du bleibst bei dem Weibsbild, die anderen kommen mit mir zum Abkassieren«, ordnete Knut an und steckte sich seine Geldtasche hinter den Gürtel. Zunächst gingen sie in den »Roten Seestern«, wo sie ihr Geld auch sogleich vom Wirt erhielten, danach zum Gasthof »Zum Reet« und anschließend zur »Qualle«, wo die dicke Betty wieder hinter ihrem Tisch saß. Knut, Dirk, Henning und Helge setzten sich an einen Fensterplatz. »Du willst wohl kassieren, wie?« – »Wenn du Fischeintopf hast, kannst du vier Portionen vom Preis abziehen; wir haben nämlich Hunger«, sagte Knut. – »Das mache ich doch glatt«, murmelte Betty. Kurze Zeit später brachte sie den Männern vier bis zum Rand gefüllte Teller mit ihrem beliebten Fischeintopf. »Wohl bekomm's!«, sagte sie. Die Männer langten richtig zu und aßen dazu einen dicken Kanten Brot. »Betty«, rief Knut, »wenn ich auf großer Fahrt bin, träume ich täglich von deinem Fischeintopf!« Daraufhin hallte lautes Gelächter durch die »Qualle«. – »Du würdest besser von mir träumen!«, antwortete sie. Nun wurde das Gelächter noch lauter. »Was gibt's denn da zu lachen? Ich bin eine gute Partie!« Ein Seemann sagte kichernd zu seinem Gegenüber: »Sie ist ein Weibsbild für drei Personen!«

Paule und Frieder gingen durch den Hamburger Hafen und staunten nicht schlecht. Es gab dort große Schiffe, wie sie sie nie zuvor zu Gesicht bekommen hatten. Auf einer Bank am Wasser saßen zwei Kinder und malten mit Kreide Striche auf den Boden. Paule sprach sie an: »Na, ihr beiden, was macht ihr denn da

Interessantes?« Der Junge, so etwa elf Jahre alt, sagte: »Wir machen Striche auf den Boden. Hier für die Schiffe, die den Hafen verlassen, und hier die Striche sind für Boote, die in unseren Hafen kommen. Vier senkrechte Striche und ein Querstrich sind jeweils fünf Stück. Heute Abend zählen wir alle zusammen.« – »Ihr seid aber fleißig! Wir suchen auch ein Boot – vielleicht könnt ihr uns helfen?«, sagte Paule. – »Dann müsst Ihr bis zum Ende des Hafens gehen«, sagte der Junge, »dort ist das Kontor des Hafenmeisters. Er ist nämlich unser Vater. Der hat eine Liste, auf der alle Boote stehen.« – »Vielen Dank, das ist doch schon mal was!«, sagte Paule.

Die Männer folgten dem Ratschlag des Jungen und standen kurze Zeit später vor dem Kontor. Paule klopfte an und öffnete die Tür: »Seid gegrüßt! Ihr seid der Hafenmeister?« Ein mittelgroßer Mann, der hinter seinem Schreibpult gestanden hatte, trat auf sie zu. »Andreas Stuttenbeeker, Hafenmeister von Hamburg«, stellte er sich vor. »Ich bin Paule der Schmied und das hier ist mein Freund Frieder der Weinhändler. Wir kommen aus dem Frankenland, genauer gesagt aus Colonia. Wir sind auf der Suche nach einem Mörder«, erläuterte Paule kurz.

»Nehmt Platz, meine Herren.« Paule berichtete dem Hafenmeister in aller Ausführlichkeit von den Ereignissen, die sich zugetragen hatten. Aufmerksam hörte Andreas Stuttenbeeker zu. »Also, Ihr sucht eine Familie Hansen. Das ist ein weit verbreiteter Name hier im Norden. Wie hieß noch gleich das Boot?« – »Wir haben den Namen Calypso«, erwiderte Frieder. – »Einen Moment, bitte.« Der Hafenmeister ging an einen Tisch und rollte ein Schriftstück auseinander. Aufmerksam ging er unzählige Namen durch. Er schüttelte den Kopf: »Eine Calypso haben wir nicht im Hafen.« – »Was ist mit dem Namen Gabriela?«, fragte Paule. »Da brauche ich gar nicht lange nachzusehen. Die Gabriela liegt oft hier im Hafen, sie gehört einem Einheimischen. Falls sie hier ist, dann am letzten Anleger auf der anderen Seite.« Nun wurden die Männer hellwach: »Wir haben fünf Vornamen von der Bande: Knut, Henning, Helge, Dirk und Klaus. Alle haben rote Haare und sonderbar abgewinkelte Ohren«, sagte Paule. Andreas Stuttenbeeker zog die Brauen hoch: »Ja, die kenne ich – und ob ich die kenne! Das ist die Familie Dirkse, Vater mit vier Söhnen. Sie sind als Raufbolde bekannt – recht unangenehme Zeitgenossen!«

»Dann haben wir sie endlich! Auf, machen wir sie ein Stück kürzer!«, sagte Paule wütend. »Halt, meine Herren. So einfach geht das hier nicht. Selbstjustiz ist in Hamburg nicht erlaubt. Sie wird mit der Todesstrafe geahndet. Ich empfehle Euch, in die Stadt zu gehen und die Büttel zu benachrichtigen. Die wissen, wie man mit Mördern umzugehen hat.« Während er diese Worte sprach, blickte der Hafenmeister mit großer Aufmerksamkeit auf »Blitzschlag« und dachte bei sich: »Wenn das Schwertblatt so auserwählt ist wie der Knauf, trägt dieser Franke etwas ganz Besonderes.«

»Seid so freundlich und erklärt uns den Weg zum Hauptmann der Wache«, sagte Frieder. – »Das mache ich gern«, sagte dieser und erklärte den beiden die Wegstrecke. Paule und Frieder verabschiedeten sich. »Denkt an meine Worte! An der Hafeneinfahrt hängen immer wieder aufgespießte Köpfe irgendwelcher Halunken. Ich möchte nicht Eure dort sehen – also überlasst das Vorhaben, die Dirkses zu schnappen, den Bütteln!«, gab er ihnen als Ratschlag mit auf den Weg.

## 82

Knut starrte aus dem Fenster und schob sich dabei einen weiteren Löffel Fisch in den Mund. Betty und die anderen Wirte hatten den Wein bezahlt; seine Geldtasche war prall gefüllt, und alle waren zufrieden. Plötzlich riss er die Augen weit auf und ließ er den Löffel fallen: »Das gibt es doch nicht!«

Frieder und Paule hatten die Gabriela am Anleger gefunden. Langsam gingen sie an dem Boot entlang, auf dem sich wohl niemand befand. »Das ist das Diebesschiff!«, sagte Paule. Frieder trat näher an das Boot und fuhr mit der Hand über die Außenwand: »Hier, seht genau hin! Hier sind verschiedene Löcher von

Nägeln im Holz. Die Halunken tauschen bei ihren Raubfahrten einfach das Bootsschild aus. Damit führen sie etwaige Zeugen an der Nase herum.« – »Jetzt suchen wir die Büttel auf. Die wissen sicherlich, wo die Bande wohnt, und dann haben wir sie. Ich flehe zu Gott, dass meiner Margarete nichts passiert ist!«

»Das ist der Sohn des Weinhändlers, den ich abgestochen habe! Die andere Person kenne ich nicht. Wie haben die uns nur gefunden? Verdammte Schweinerei!« Knut und seine Söhne beobachteten die beiden Männer, die zum Glück am Gasthof »Zur Qualle« vorbeigingen. Wären sie eingekehrt – der Teufel allein weiß, was dann passiert wäre.

»Los, Henning, folge ihnen und finde heraus, was sie vorhaben! Wir müssen etwas unternehmen«, sagte Knut. – »Wo treffen wir uns?« – »Wenn du etwas herausgefunden hast, komm auf direktem Weg nach Hause. Wir müssen schnellstens von hier verschwinden!«, sagte Knut.

Sofort nahm Henning die Verfolgung der beiden Männer auf. Die Dirkses schoben ihre Schemel beiseite und hatten es sehr eilig. »Was ist denn in euch gefahren?«, rief ihnen Betty hinterher und schüttelte aus Unverständnis den Kopf.

Knut und seine Söhne stürzten förmlich in ihr Haus hinein. Verwundert sah Klaus ihnen zu. Er saß gerade neben der an ein Strohlager festgebundenen Margarete. Erstaunt fragte er: »Was ist denn hier los?« – »Frag nicht und quatsch jetzt nicht lange herum. Nimm ein paar Leinenbeutel und verstaue darin Essen und Getränke für einige Tage. Nehmt eure Dolche, Äxte und Speere mit – schnell, beeilt euch! Sobald Henning zurück ist, verschwinden wir auf direktem Weg von hier!«, rief ihr Vater. Wie die Ameisen wuselten sie durcheinander und holten die benötigten Gegenstände zusammen. Dirk, der Älteste, stand an der Tür und hielt den Weg im Auge.

Nach einer halben Stunde kam Henning aufgeregt zurück. »Sprich!«, sagte Knut. Noch ganz außer Atem berichtete Henning davon, was er gesehen hatte: »Die waren beim Hauptmann der

Wache. Als sie in der Amtsstube saßen, konnte ich mich von hinten an das Haus anschleichen. Einige Sätze bekam ich mit. Die wollen morgen in der Früh mit acht Leuten hier erscheinen und uns festnehmen.«

Knut kratzte sich am Kopf: »Das ist gut – also haben wir noch genügend Zeit, hier zu verschwinden.« Er blickte aus dem Fenster. »Die Dunkelheit zieht bald herauf. Sobald ihr alles zusammengepackt habt, verwinden wir von hier. Die werden morgen früh ganz schön blöd aus der Wäsche gucken, wenn wir nicht mehr da sind. Das Weibsbild nehmen wir mit. Klaus, die Fußfesseln kannst du ihr abnehmen, die Hände bleiben gefesselt. Eine Geisel zu haben ist nicht das Schlechteste.«

Klaus sah die Frau an. Sein Blick war verwirrt, genau wie der von Margarete. Die neuen Umstände verunsicherten alle. Was hatte der alte Knut vor? »Willst du im Dunkeln über das Nordmeer segeln, Vater?«, fragte Klaus vorsichtig. Seine Frage traf den Vater in einem Moment, in dem er in übelster Laune war. »Kümmere dich nicht um Dinge, von denen du nichts verstehst! Überlass das mir und halt deine Klappe!«

Paule und Frieder saßen in ihrem Gasthof und nahmen das Abendmahl ein. Sie hatten sich Salzwiesenlamm bestellt, das ausgesprochen schmackhaft war. Es war das erste Mal, dass sie so etwas aßen. »Also ist es bald so weit! Morgen treffen wir uns hier mit dem Hauptmann der Wache und seinen Bütteln. Endlich können wir zuschlagen. Die Verfolgung hat ein Ende«, sagte Frieder. Paule kaute auf einem Stück Lammfleisch herum: »Dass die Büttel das für uns erledigen sollen, gefällt mir überhaupt nicht! Gerne hätte ich diesem Knut den Schädel von den Schultern geschlagen, aber das ist wohl hier in Hamburg nicht so üblich. Vielleicht müssen wir sogar noch die Gerichtsverhandlung abwarten – das würde mir noch fehlen. Wer weiß, wann der Richter hier das nächste Mal erscheint! Nicht, dass wir hier noch eine halbe Ewigkeit warten müssen.« – »Aber wie der Hafenmeister erzählt hat, machen die hier oben im Norden wohl kurzen Prozess mit Mördern. Es wäre doch eine Augenweide zu sehen, wenn sein Kopf an der Hafenausfahrt auf einem Spieß stecken würde! Wenn wir mit dem Boot dort vorbeifahren, wäre ich nicht abgeneigt, ihm zuzuwinken«, sagte Frieder. – »Wisst Ihr, mein neuer Freund, ich hoffe nur, dass meiner Margarete nichts geschehen ist! Aber was ist, wenn das alles hier vorbei ist? Wird mein Mädchen wieder die alte Margarete sein, wie ich sie kannte? Es könnte ja auch sein, dass er sie einmal oder vielleicht sogar schon mehrere Male geschändet hat – Zeit genug wäre vorhanden gewesen.«

Nun schwenkte Paule auf Frieders Misslichkeiten um – seine eigenen wollte er erst einmal hintanstellen. Denn er glaubte, dass Margarete als ehemalige Hübschlerin schon verstand, mit solchen Männern umzugehen. »Wie habt Ihr eigentlich den Tod Eures Vaters verkraftet? Übernehmt Ihr jetzt das väterliche Weinlager?« – »Ich bin jetzt ganz auf mich allein gestellt. Mir bleiben noch eine Magd, eine Köchin und einige Helfer übrig. Es gibt noch vieles, was ich nicht weiß, was ich mir selbst aneignen muss. Ich werde einige alte Freunde meines Vaters um Hilfe bitten.«

Die beiden Männer hatten ihren Lammbraten mit einem Bier hinuntergespült. »Herr Wirt, ich verspüre Durst auf einen guten Becher Wein!«, rief Frieder. – »Einen Moment bitte – ja, mein Herr, was kann ich für Euch tun?« – »Was für Weine habt Ihr im Ausschank?« – »Zurzeit sehr gute. Rhein, Mosel, Nahe und einen guten Tropfen aus der Lombardei.« – »Und sie sind rein, nicht mit Wasser gepanscht?« – »Ich schwöre bei Gott: Alle vier Sorten sind erstklassiger Güte!« – »Gut, also bringt uns einen Krug von Eurem Moselwein«, sagte Frieder.

Als der Wirt zum Tresen zurückging, sagte Frieder zu Paule: »Rhein-, Mosel-, Nahe- und lombardischen Wein – genau die hat man bei uns gestohlen. Wie war noch der wirkliche Name der Bande? Dirke, oder wie?« – »So ähnlich«, sagte Paule, »Dirkse, Knut Dirkse hieß der Alte.« Der Wirt stellte den Krug mit zwei Bechern auf den Tisch: »Wohl bekomm's.« – »Ach, guter Mann«, sagte Frieder, »bezieht Ihr Euren Wein auch von Knut Dirkse?« – »Ja, sicherlich, wenn er denn Wein zu verkaufen hat. Das kommt nicht so oft vor, doch wenn, dann ist er immer preisgünstiger als bei den anderen Händlern und von hoher Qualität.« – »Habt Dank«, sagte Frieder, dessen Miene sich zu einem hässlichen Grinsen verzog. Als der Wirt gegangen war, sagte Frieder zu Paule: »Wenn ich meinen Winzern den Wein stehlen würde, könnte ich ihn auch günstiger feilbieten.« Paule legte seine Hand auf Frieders Schulter: »Morgen ist der Tag der Vergeltung! Wir sind lange genug unterwegs gewesen – nach jedem Anfang kommt irgendwann auch ein Ende.«

Sie leerten ihren ersten Becher, und da sie noch nicht müde waren, fragte Frieder: »Wie habt Ihr eigentlich Eure Margarete kennengelernt?« Paule schluckte – mit einer solchen Frage hatte er nicht gerechnet. »Also«, fing er an, »Margarete hat zwei Freundinnen, Agnes und Grimhild. Alle drei Mädchen waren in ihren Jugendjahren von Männern missbraucht worden. Sie schlugen sich mehr schlecht als recht durchs Leben. Irgendwie war ihr Weg vorbestimmt. Eines Tages landeten sie jeweils im ›Haus der kleinen Sünden‹ am Ostufer von Colonia, wo sie sich kennenlernten und gute Freundinnen wurden«. Er atmete tief durch, holte mehrere Male Luft, als Frieder ihm ins Wort fiel: »Also waren alle drei Hübschlerinnen?« Paule nickte. »Die Mädchen arbeiteten für die Hureneltern, von denen sie aber gut behandelt wurden. Eines Tages lernt Grimhild einen Lombarden namens Alfonso kennen. Das sind die beiden, die heute die Weinhandlung im Hafen betreiben. Näheres kann ich Euch später einmal erzählen – es ist eine ziemlich verrückte Geschichte mit den zweien. Eines Tages heirateten sie, genau wie Agnes, die einen Töpfer aus Lindlar kennengelernt hatte. Ja, und ich war Dauerfreier bei Margarete. Ich hatte mich in sie verliebt und sie sich in mich. Ein Pfarrer Namens Bertram traute auch uns in einer Kirche in Colonia. Weil er drei Hübschlerinnen vermählt und sich dabei jedes Mal ziemlich danebenbenommen hatte, wurde er von der Kirche exkommuniziert. Jetzt ist er Alfonsos Gehilfe. Die Mädchen hängten nach ihrer Heirat jeweils Beruf als Hübschlerin an den Nagel. Die ehemaligen Hureneltern zogen sich aus dem Geschäft zurück, und Margarete und ich übernahmen ihre Nachfolge. So richtig konnte ich mich damit allerdings nicht abfinden, denn in erster Linie bin ich ja Schmied. Ich vernachlässigte meine Aufgaben und kümmerte mich mehr um mein Eisen – das war ein Fehler. Als ich von einem Kundenbesuch zurückkam, hatte man Margarete entführt. Den Rest kennt Ihr ja bereits.« Frieder hörte mit offenem Mund zu: »Was für eine Geschichte! Ich staune nicht schlecht. Eure Margarete muss ja ein tolles Weibsbild sein – meinen Glückwunsch!« In Gedanken versunken antwortete Paule kurz: »Ja, das ist sie, und wehe, wenn ihr etwas zugestoßen ist!«

## 83

Schon am frühen Morgen stand der Hauptmann der Wache mit acht Bütteln vor dem Gasthof. Etwas verschlafen erschienen Frieder und Paule in der Tür. Lachend meinte der Hauptmann: »Es ist wohl letzte Nacht etwas später geworden, meine Herren?« – »Er fand wieder einmal kein Ende«, sagte Frieder und deutete mit dem Daumen auf Paule. – »Ich? Ausgerechnet ich …«, sagte Paule. Der Hauptmann gab den Ton an: »Wir werden nun zum Haus der Familie Dirkse gehen und sie festnehmen. Wir werfen sie ins Stadtverlies und müssen dann warten, bis der Richter sich ihrer annimmt.«

Sie marschierten los. Leise sagte Paule zu Frieder: »Bis sich der Richter mit diesem Fall beschäftigt, kann es noch Wochen dauern. Genau das wollte ich vermeiden.« Die Männer durchquerten den Hafen bis zum anderen Ende. Direkt vor dem Gasthof »Zur Qualle« blieb Paule stehen: »Moment, meine Herren«, sagte er, »wenn mich nicht alles täuscht, ist ihr Boot, das dort drüben am Steg lag, verschwunden.« Die Männer staunten nicht schlecht. »Der alte Knut muss irgendwie Wind von der Sache bekommen haben. Hartmann, geh zu ihrem Anwesen und sieh nach, ob jemand von ihnen zu Hause ist.« – »Jawohl, Herr Hauptmann«, sagte der Büttel und verschwand schnellen Schrittes.

»Dieser alte Fuchs, dieser verdammte Knut Dirkse! Wie gerne würde ich den im Verlies schmoren sehen. Bis jetzt hatte er immer Glück gehabt und einen milden Richter vorgesetzt bekommen«, ärgerte sich der Hauptmann. – »Er muss doch in der Nacht fortgesegelt sein – wie ist das möglich?«, wollte Paule wissen. – »In der Regel ist das bei völliger Dunkelheit auch unmöglich. Ich vermute, dass sie sich irgendwo ein Versteck gesucht haben, um dort abzuwarten, was wir unternehmen.«

Der Büttel Hartmann kam zurück: »Keine einzige Seele im Haus.« – »Na, dann können wir das Unterfangen beenden. Wir beobachten in den nächsten Tagen, ob sie in den Hafen zurückkommen. Mehr können wir im Moment nicht tun. Gehabt Euch wohl, die Herren«, sagte der Hauptmann und verschwand mit seinen Männern.

Wie zwei übergossene Hunde standen Paule und Frieder vor der »Qualle«. »Verflucht – ich platze fast vor Wut! Immer kommen wir einen Schritt zu spät. Aber damit werde ich mich nicht abgeben. Kommt, Frieder, wir gehen zum Hafenmeister. Vielleicht weiß der einen Rat.«

Der Hafenmeister Andreas Stuttenbeeker war gerade damit beschäftigt, ankommenden Booten den richtigen Liegeplatz zuzuweisen. Alles musste seine Ordnung haben. Nach einem ausgeklügelten System dirigierte er die kleineren und größeren Boote und Schiffe an ihren Platz. »Dort drüben ist er«, sagte Paule. Der Hafenmeister sah die Männer kommen: »Ah, die Herren aus dem Rheinland! Erfolgreich gewesen?« – »Leider nein. Diese Dirkses sind wie vom Erdboden verschwunden. Die müssen gestern Abend in die Nacht hinausgesegelt sein«, erklärte Paule. Ein Grinsen erschien auf dem Gesicht des Hafenmeisters: »Der alte Knut ist mit allen Wassern gewaschen. Ich vermute, er wusste, dass ihr hier seid.« – »Habt ihr irgendeine Idee, wie wir ihm auf die Schliche kommen können? Es ist an der Zeit, dass sein Kopf rollt. Diese Bande hat genug Unrecht in der Welt verbreitet«, sagte Paule sichtlich erregt.

Der Hafenmeister blickte in die Ferne. »Es gibt da eine Möglichkeit – die dürfte aber nicht einfach sein. Wir haben hier im Hafen einen sehr erfahrenen Seemann. Er ist Besitzer zweier Boote, ein verrückter Vogel, aber er kennt die Gewässer hier wie kein anderer. Ich bin fest davon überzeugt, dass er die Bande ausfindig machen könnte. Sein Name ist Charley. Er ist im Hafen bekannt wie ein buntes Huhn. Es gibt da nur eine Schwierigkeit: Charley spricht sehr stark dem Weine zu. Von Berufs wegen ist er Kaufmann und Händler, aber immer nur für eine gewisse Zeit. Hat er seine verdienten Silberlinge im Geldsack, stellt er so lange jegliche Arbeit ein, bis er auf den Hund gekommen ist. In dieser Zeit ist er zumeist Stammtrinker im ›Roten Seestern‹. Ich würde sagen, es handelt sich bei ihm um einen wochenlangen Dauertrinker. Ist sein Geld verbraucht, hört er schlagartig mit dem Trinken auf und geht, als wäre nichts geschehen, wieder seinen Geschäften nach. Sobald er wieder genügend Geld eingenommen hat, geht die ganze Sache von vorne los. Aber was Euch zugutekommen dürfte, ist Folgendes: Er hat mit dem alten Knut noch ein Hühnchen zu rupfen. Die Männer sind seit Jahren Erzfeinde. Da Charley meist knapp bei Kasse ist, besteht die Möglichkeit, dass er Euren Auftrag, Knut zu suchen, gegen ein gewisses Entgelt annehmen wird.«

Paule und Frieder sahen sich an. Dieser Hinweis passte recht gut in ihren Plan. »Also auf in den ›Roten Seestern‹, vielleicht finden wir Charley dort. Falls nicht – wo können wir ihn sonst auftreiben?«, fragte Paule. – »Kommt mit.« Stuttenbeeker ging voraus: »Dort drüben am dritten Anleger am Ende auf der linken Seite liegen eine Kogge und eine Holk. Die Holk ist etwas kleiner als die Kogge. Sollte er nicht im Gasthof sein, findet ihr ihn bestimmt auf einem seiner Boote.« – »Habt vielen Dank, Herr Hafenmeister!«, sagte Frieder und wandte sich mit Paule in Richtung des »Roten Seesterns«. – »Ach, eine Frage noch: Wie sieht dieser Charley eigentlich aus?«, fragte Paule. – »Ich denke, den brauche ich Euch nicht zu beschreiben. Ihr werdet ihn sogleich erkennen«, sprach der Hafenmeister und ging lachend seines Weges. – »Sehen wir zunächst auf den Booten nach. Finden wir ihn dort nicht, gehen wir zum Roten Seestern«, schlug Paule vor.

Sie schlenderten ans Ende des Steges und riefen nach ihm. Da sie keine Antwort erhielten, gingen sie zum Gasthof. Als sie die Stube betraten, waren an die zehn Seeleute anwesend, die verteilt an verschiedenen Tischen saßen. Paule und Frieder ließen ihren Blick schweifen. »Der dort wird es sein«, sagte Paule. Ein großer, hagerer Mann saß alleine am Tisch. Seine Haarpracht war gut zwei Ellen lang und im Nacken zu einem Zopf gebunden. Das erste Grau machte sich breit, und in seinem Gesicht reihte sich Falte an Falte, so als hätte er auf offener See schon mehrere Sturmfluten überlebt. Den Kopf hatte er mit den Armen auf der Tischplatte abgestützt.

Frieder ging zunächst zum Wirt: »Ist das dort Charley?« – »Ja, wie immer voll wie ein Fass.« – »Danke. Habt Ihr Moselwein?« Der Wirt nickte. »Bringt uns bitte zwei Becher davon an den Tisch dort, wo Charley sitzt.«

Charley blickte kurz auf. Sein Blick war verschleiert; es schien, als würde er die Neuankömmlinge nur durch eine Nebelwand wahrnehmen. Er trug einen langen Vollbart, dessen Ende bereits durch verschütteten Wein an der Tischplatte festklebte. »Wasch wollt ihr?«, lallte er. – »Mit Euch sprechen. Wir brauchen Euren Rat, Eure Erfahrung und Euer Boot«, versuchte Frieder ihm mitzuteilen. – »Ssss, haut ab!«, gab er von sich, bevor sein Kopf auf die Tischplatte fiel. Der Wirt kam mit dem Wein. »Ist der immer so trunken?«, wollte Paule wissen. – »Normalerweise ja, aber heute ganz besonders. In der Regel isst er noch etwas, bevor er geht, aber so, wie das heute aussieht, wird ihm weder das eine noch das andere gelingen.« – »Hey, wach auf!«, rief Paule und schüttelte den Burschen an der Schulter. Keine Regung. »Wo wohnt er denn?«, fragte Frieder den Wirt. »Auf seiner Kogge im Hafen. Er hat kein Haus; er lebt nur auf einem seiner Boote.« – »Wir bringen ihn dorthin. Fasst mal mit an, ich nehme ihn auf meine Schulter«, sagte Paule und erhob sich. Frieder trat hinter den Schemel und stellte Charley auf die Beine. Paule nahm seinen rechten Arm und warf sich das Häufchen Elend auf die rechte Schulter. Der Wirt wurde unruhig: »Bevor Ihr geht – er muss seine Zeche noch bezahlen.« – »Machst du das, Frieder? Ich gehe schon mal vor.« »Wie viel hat er denn getrunken?« – »Drei Krüge.« – »Was?«, rief Frieder. »Drei Krüge Moselwein – alleine? Herr im Himmel!« Er gab dem Wirt das verlangte Geld und fragte noch: »Habt Ihr auch Rhein-, Nahe- und lombardischen Wein von diesem Knut Dirkse gekauft?« – »Ja, Herr, woher wisst Ihr das?« – »Ach, schon gut.«

Frieder eilte Paule hinterher und holte ihn bald ein. Als er neben ihm herging, fluchte er: »Rhein, Mosel, Nahe – der ganze Hamburger Hafen säuft hier meinen gestohlenen Wein!« Charley stöhnte und versuchte, etwas zu sagen, aber vergeblich. »Der kotzt Euch gleich den ganzen Rücken voll.« – »Das glaube ich nicht. Wer so viel säuft wie der hier, der ist das gewohnt«, meinte Paule. »Euer Wort in Gottes Ohren! Ihr tragt ihn, als wäre er leicht wie eine Feder.« – »Ich bin ja auch Schmied … Dort drüben ist sein Boot. Geht schon mal voraus und öffnet die Luke – wir legen ihn in eine der Kojen.«

Da es noch nicht allzu spät war, traten die ersten Neugierigen auf den Steg. Ein alter Seemann lachte laut: »Ja, ja, unser Charley – der ist in seinem ganzen Leben nur einmal besoffen, aber das ohne Unterlass! Der war wohl wieder im ›Roten Seestern‹, wie?« Paule und Frieder beachteten das Geschwafel des alten Seemannes nicht, brachten Charley unter Deck und legten ihn in eine Koje. Als sie das Boot verließen, sagte Paule zu dem Seemann: »Bei Sonnenaufgang sind wir wieder hier. Sollte er vorher aufwachen, sagt ihm, er solle um Gottes willen auf uns warten.« – »Mach ich; aber keine Angst, wie ich den kenne, wacht der vor Mittag nicht auf. Dann isst er etwas und geht wieder in den ›Roten Seestern‹.« »Habt Dank, aber das werden wir morgen zu verhindern wissen«, sagte Paule. Die beiden gingen in ihren Gasthof zurück, um sich richtig auszuschlafen.

## 84

Als die ersten Sonnenstrahlen die im Hafen liegenden Boote erleuchteten, standen Paule und Frieder bereits vor Charleys Kogge. »Wacht auf!«, riefen sie mehrere Male. Sie erhielten keine Antwort. Paule zog »Blitzschlag« aus der Scheide und hämmerte mit dem Knauf des Schwertes unaufhörlich gegen die Bordwand: »Aufstehen, wir wollen an Bord!«, rief er erneut. Plötzlich regte sich etwas und Charley erschien an Deck. Sein Gesicht sah aus wie das einer eingetrockneten Flunder – Falte an Falte. »Die Dämonen an den Kirchenwänden haben einen freundlicheren Gesichtsausdruck«, dachte Frieder. – »Wer seid Ihr? Was wollt Ihr von mir?« – »Wir müssen mit Euch reden, es ist dringend«, sagte Paule. Charley blickte die Männer argwöhnisch an, dann nahm er einen Strick, an dessen Ende ein Eimer hing, und warf diesen ins Elbwasser. Er zog ihn wieder hinauf und schüttete sich das Wasser laut prustend über den Kopf. Diesen Vorgang wiederholte er noch zwei Mal. »So, jetzt geht's mir besser – also kommt mal an Deck!« Paule und Frieder kletterten die Strickleiter empor. »Setzt Euch und berichtet, was Ihr auf dem Herzen habt«, sagte Charley nun etwas freundlicher.

»Wir würden gerne Eure Dienste in Anspruch nehmen; das heißt, wir benötigen Euer Boot und Eure Erfahrung«, erklärte Paule. Charley kratzte sich am Bart: »Diese verdammten Läuse – selbst der Wein tötet sie nicht ab … Woher kennt Ihr mich eigentlich?« Paule musste grinsen: »Na, wir haben Euch doch aus dem ›Roten Seestern‹ hierhergeschleppt und in die Koje gelegt. Empfohlen wurde Ihr uns vom Hafenmeister Stuttenbeeker.« – »Ich kann mich an nichts mehr erinnern. Wenn Ihr mein Boot mieten wollt, kostet das aber was.« Paule blickte Frieder an: »Ich denke, wir erklären ihm alles. – Kennt Ihr die Familie Dirkse?« Charley riss die Augen weit auf: »Und ob ich die kenne, diese verlauste Bande!« – »Wir sind Rheinfranken; wir kommen aus Colonia und aus Bonn. Ich bin Paule der Schmied und mein Begleiter ist Frieder der Weinhändler«, erklärte Paule und wollte gerade weiterreden, als Charley ihn unterbrach: »Weinhändler? Ich werde Euch jeden Wunsch von den Lippen ablesen!« Frieder griff in das Gespräch ein: »Die rothaarige Bande hat unser Weingut überfallen, jede Menge Weinfässer gestohlen und meinen Vater kaltblütig ermordet.« Er zeigt auf Paule: »Meinem Freund hier haben sie die Frau entführt oder geraubt. Wir konnten ihnen bis hierher in den Hamburger Hafen folgen. Vorgestern noch lag ihr Schiff, die Gabriela, im Hafen, aber plötzlich war es spurlos verschwunden. Sie müssen in der Nacht vor uns geflüchtet sein. Der Hafenmeister meinte, wenn überhaupt, dann könntet nur Ihr uns helfen.«

Charley überlegte eine Weile. »Normalerweise würde ich Euch nicht helfen, aber da es sich um Knut Dirkse handelt, gebe ich mein Wissen preis. Ich habe nämlich auch noch eine Rechnung mit ihm offen. Also, brechen wir auf der Stelle auf! Es ist noch früh genug, dass wir ihn über die Meere jagen können, bis er sich vor Angst die Bruche vollgeschissen hat. Wir nehmen das kleinere Boot, und ich brauche noch meinen Steuermann. Auch Ihr müsst mir tüchtig zur Hand gehen; ich werde Euch eine Einweisung geben.«

Sie stiegen auf die kleinere Holk um, machten das Boot klar und nahmen Fahrt auf. Als sie langsam am Kontor des Hafenmeisters vorbeifuhren, ging Charley auf die Backbordseite, legte die Hände an den Mund und rief: »Hey, Stuttenbeeker, hast du Eric gesehen?« Der Hafenmeister winkte: »Ja, Charley, hinten bei seinen Netzen.« – »Habt Dank!« An den zum Trocknen aufgehängten Netzen waren Paule und Frieder vorhin schon vorbeigegangen. Als sie jetzt etwa fünfzig Schritt entfernt waren, pfiff Charley laut auf den Fingern und rief mit kräftiger Stimme: »Los, du fauler Stockfisch, spring auf – ich brauche einen Steuermann!« Eric ließ alles fallen und rannte bis ans Ende des Auslegers. Dort wartete er, bis das Boot dicht am Steg vorbeifuhr, und sprang mit einem gekonnten Satz auf die Holk. »Zu Befehl, Herr Kapitän!«, sagte er außer Atem. Die Männer lachten sich an.

Eric hätte Charleys Bruder sein können. Er trug die gleiche Frisur, einen Zopf, und auf seinem Kopf hing eine zur Seite gezogene Piratenmütze. »Na, Charley, mal wieder nüchtern zur

Abwechslung?«, begrüßte er ihn. Charley stellte ihm kurz die Männer vor: »Frieder der Weinhändler und Paule der Schmied aus dem Frankenland, genauer gesagt aus Colonia – dort, wo man seit Jahren versucht, einen Dom zu bauen.«

Die Elbmündung wurde immer breiter und mit gesetztem Segel schnellte die Holk durch die kleinen Wellen die zum Bug hinschwappten. Paule und Frieder machten sich nützlich, so gut sie konnten. »Wo könnte der Halsabschneider sein? Welches Versteck hat er sich ausgesucht? Das ist hier die Frage«, sagte Charley. Auf der Backbordseite ließen sie das Dorf Kuckshafen liegen: »Gefährliche Sandbänke, Strudel, Gezeiten und Halligen – alles, was das Herz eines Seemanns begehrt«, fluchte Charley. »Er wird doch nicht nach Halligland gesegelt sein?«, fragte Eric, dem Charley den Grund für die Anwesenheit der beiden Herren erklärt hatte. »Nein, nicht mit der Gabriela – die ist nicht gerade hochseetauglich. Ein Seelenverkäufer ist sie, ein Apfelkahn. Vielleicht haben sie sich bei Neuwerk versteckt oder doch gegebenenfalls bei Scharhörn. Wir werden sehen.«

Eric hatte das Ruder übernommen, Paule und Frieder mussten jeweils an der Steuerbord- und Backbordseite das Meer im Auge behalten. Charley stand am Bug. »Was glaubt Ihr, wie viele Boote hier schon ihren Geist aufgegeben haben, auf Sandbänke getrieben wurden, zerbrachen und untergingen!« Sie segelten um Neuwerk herum, erblickten aber kein anderes Boot. Weiter ging es nach Scharhörn. »Dort steht ein Leuchtturm, unsere letzte Gelegenheit. Treffen wir sie dort nicht an, kreuzen wir zum Festland hinüber und suchen die Küste ab. Wo hat sich diese verdammte rothaarige Bande nur versteckt?« Paule und Frieder merkten schnell, dass Charley und Eric ein eingespieltes Gespann waren.

»Ich mache mir richtig Sorgen. Sollten wir sie finden – wie wird Knut reagieren? Ich meine, was stellt er in so einer Notlage mit meiner Margarete an?« – »Vielleicht wird er sie als Geisel nehmen, aber ich möchte Euch nicht beunruhigen. Das Beste ist, wir lassen alles auf uns zukommen. Eine andere Lösung sehe ich nicht«, sagte Frieder. – »Ihr mögt recht haben. Man weiß nie im

Voraus, wie ein Mann in solch einer Lage reagieren wird. Hoffen wir, dass er in unserem Sinne das Richtige tut.«

Scharhörn kam in Sicht. Charley, der weiterhin am Bug stand und das Wasser beobachtete, sagte: »Wir segeln einmal um die Insel herum. Wenn sie sich überhaupt hier aufhalten, dann verstecken sie sich an der Nordseite der Insel im Schatten des Leuchtturmes.« Plötzlich ertönte ein Schrei: »Hey, Männer, ich glaube, ich habe ein Boot ausfindig gemacht!« Paule und Frieder liefen zum Bug hin und starrten zur Insel hinüber, konnten jedoch nichts bemerken. Beide hatten aber nicht mit Charleys Fertigkeit gerechnet, der fast den Blick eines Seeadlers hatte. »Hinterm Leuchtturm liegt ein Boot vor Anker. Ich kann noch nicht genau erkennen, ob es die Gabriela ist. Wir müssen noch näher heran.« Nun sah auch Paule einen dunklen Schatten an der Wasseroberfläche und zeigte mit dem Arm dorthin. »Ja, dort, ich kann etwas erkennen!«, rief er. – »Für eine Landratte gar nicht so schlecht!«, lachte Charley.

Als sie näherkamen, rief Charley: »Der alte Heringstöter will sich aus dem Staub machen! Vielleicht hat er uns erkannt, und wenn dem so wäre, dürfte es die Gabriela sein. Nun gut, unser Boot ist weitaus schneller als Knuts alter Seelenverkäufer.« So nahmen sie in voller Fahrt die Verfolgung auf. Es dauerte seine Zeit, aber auch Paule konnte sehen, dass sie allmählich näher an die Gabriela herankamen. Der Abstand verringerte sich zusehends. Beide Boote lagen schräg im Wind und es kam zu einem richtigen Rennen. Als sie bereits von den Halligen weit entfernt waren und Charleys Boot die Gabriela fast eingeholt hatte, holte Knut die Segel ein.

## 85

»Wir können ihnen nicht entfliehen. Jetzt ist der Zeitpunkt gekommen, wo wir kämpfen müssen. Haltet eure Dolche und Äxte bereit!«, rief Knut seinen Söhnen zu. – »Was machen wir mit dem Weibsbild?«, rief Dirk. Knut überlegte kurz: »Wenn die Lage brenzlig wird, holst du sie an Deck und setzt ihr das Messer an die Kehle. Du wirst sehen, wie brav die werden!« Klaus hatte die Worte seines Vaters mitbekommen. Er wusste, dass dies keine leeren Versprechungen waren. Sein Vater würde nicht zögern, die Frau genau wie den Weinhändler umzubringen.

Mittlerweile hielten die Dirkses ihre langstieligen Äxte in den Händen. Schwerter durften sie vom Stand her nicht mit sich führen, aber auch diese langen Nordmannäxte konnten tödliche Waffen sein. Dann sah Knut die Männer: »Da ist ja auch mein spezieller Freund Charley mit seinem Handlanger Eric. Macht euch bereit!« Wartend dümpelte die Gabriela in den Wellen des Nordmeeres.

Sie waren nur noch wenige Schritt entfernt. Frieder und Paule hatten bereits ihre Schwerter gezogen. »Verdammt, ich kann Margarete nirgends entdecken«, sagte Paule. – »Die wird unter Deck sein; sie halten sie versteckt«, rief Frieder. Nun vollführte Paule etwas Einzigartiges: Er führte »Blitzschlag« an den Mund und küsste das Schwertblatt. »Für eine gute Tat!«, sagte er. Charley legte das Boot längsseits an der Gabriela an und brüllte zu Knut: »Deine letzte Stunde hat geschlagen – die Rache ist mein. Dieses Mal gehst du mir nicht durch die Lappen. Es wird für dich eine vortreffliche Seebestattung werden!«

Während die Männer sich zum Kampfe bereit machten, verknoteten Charley und sein Freund Eric die beiden Boote miteinander. Schreie ertönten überall. Klaus stand am Bug der Gabriela und hielt seine Axt in Händen. Er wusste nicht, was er wirklich machen sollte, und hielt sich zunächst einmal zurück. Frieder und Paule sprangen auf Knuts Boot. Henning und sein Bruder Helge gingen mit erhobenen Äxten auf Frieder zu. »Ah, gleich zwei von euch Ratten!«, rief er ihnen zu. Auch Knut und Paule bildeten ein Paar. Eric und Charley hielten plötzlich kräftige Knüppel in den Händen, blieben aber weiter auf der Holk und beobachteten das Spektakel von dort aus.

Als die Männer zu kämpfen begannen, erklang plötzlich eine Stimme: »Paule, Paule, endlich bist du da! Ich bin unter Deck, Paule!«, schrie Margarete. Ihre Stimme zu hören verlieh Paule

Bärenkräfte. »Halte durch, mein Mädchen, wir holen dich da raus!«, rief er. Mehrere Male kreuzte »Blitzschlag« Knuts Axt. Es ging hin und her, doch es war ein riskantes Gefecht, da die Gabriela in den Wellen dümpelte und Paule so etwas nicht gewohnt war. Knut kam mit dem schwankenden Untergrund wohl besser zurecht, was ihm auch auffiel und woraufhin er einen erneuten Angriff unternahm. Fast wäre Paule gestürzt, konnte sich aber gerade noch mit dem freien Arm an der Reling festhalten. Da merkte er auf einmal, wie ihm Knuts Dolchspitze in den Oberarm drang. Ein stechender Schmerz durchfuhr seinen Körper. »Verdammt, der Dolch!« – fast hätte er ihn vergessen, da er sich voll auf Knuts Axt konzentriert hatte. Die Verletzung war zwar nur leicht, trotzdem sickerte ein wenig Blut durch seine Tunika. Aus dem Augenwinkel sah er, wie geschickt Frieder mit seinem Schwert umzugehen verstand. Es schien ihm nichts auszumachen, gegen zwei der Brüder zu kämpfen, ja, er hatte sogar ein Lächeln im Gesicht. Gekonnt wich er den Axthieben seitlich aus. Bei günstiger Gelegenheit trat er Henning mit aller Wucht gegen das Schienbein, woraufhin dieser zurückwich und sich mit der Hand ans Bein fasste. Einen Moment lang war er außer Gefecht gesetzt, und Frieder nahm sich nun Helge zur Brust: »Komm, mein kleiner Rothaariger. Ich muss Euch noch schöne Grüße von meinem Vater bestellen.« Frieders Schwertspitze traf Helge an der Schulter, der aufschrie und dessen Tunika kurze Zeit später von Blut durchtränkt war. »Dirk, Klaus! Los, helft euren Brüdern!«, rief Knut. Klaus stand mit offenem Mund da, sah dem Treiben nur noch erstaunt zu und sagte kein Wort. »Ich hole jetzt das Weibsbild«, sagte Dirk und verschwand unter Deck. Kurz darauf kam er zusammen mit Margarete wieder nach oben. Ihre Hände waren gefesselt. Seine linke Hand befand sich in ihrem Haarschopf, mit der rechten hatte er ihr seinen Dolch an den Hals gesetzt. »Hört sofort auf! Werft Eure Waffen ins Meer, oder ich schneide dem Weibsbild die Kehle durch!«, brüllte er. Knut lachte lauthals, als er sah, wie Dirks Dolch regelrecht an Margaretes Hals klebte. Jetzt würde sich alles zu seinen Gunsten entscheiden.

Klaus blickte in Margaretes panische Augen. Kurz dachte er an die mit ihr geführten Gespräche. Da nahm er seinen gesamten Mut zusammen. »Noch einmal werde ich nicht so kläglich versagen!«, sprach er zu sich selbst, nahm kurz Anlauf und warf sich gegen die beiden. Er war sich nur teilweise dessen bewusst, was er da tat. Dass Dirk nicht schwimmen konnte, wusste er – es war ihm in diesem Moment aber auch egal –, aber was war mit Margarete? Konnte sie schwimmen? Ihre Hände waren gefesselt, und dann noch die schwere Gewandung! Beide fielen völlig unerwartet ins eiskalte Wasser des Nordmeeres. Für kurze Zeit stellte der Rest der Männer den Kampf ein. Alle blickten in die Richtung, wo eben noch Dirk und Margarete gestanden hatten. Klaus blickte aufs Meer. Ihm drangen Dirks Schreie an die Ohren. Doch was war mit Margarete? Sie machte zwar mit den Beinen Schwimmbewegungen, doch Klaus sah, dass ihre Gewandung sie immer wieder nach unten zog, wobei sie heftig atmete und Salzwasser schluckte. Mit den Armen zappelte sie herum wie ein bettelnder Hund. Klaus überlegte nicht lange und sprang mit dem festen Willen, die Frau zu retten, ins Wasser. Margarete hörte nicht mehr auf zu husten. Klaus' Bruder Dirk trieb schreiend und mit den Armen um sich schlagend schon etwa zehn Schritt abseits, wobei er strampelte und wie ein am Haken hängender Aal zappelte. Natürlich tat er ihm leid – er hätte ja bei ihm das Schwimmen lernen können –, doch in diesem Moment wollte Klaus nur Margarete retten. Er bekam sie im Nacken am Stoffrand ihres Gewandes zu packen und hielt ihr den Kopf über Wasser. Margarete keuchte laut; sie hatte wohl schon einiges an Wasser schlucken müssen. Charley hatte sich über die Reling gebeugt und hielt ihnen seinen Knüppel entgegen. »Hier«, rief er, »fasst zu!« Eric kam ihm zu Hilfe, als Margarete nach dem Knüppel griff. Beide Männer griffen sie an den Armen und zogen sie ins Boot.

Klaus drehte sich um und wollte nach seinem Bruder sehen. Aber die Stelle, an der er ihn zum letzten Mal gesichtet hatte, war leer. Er war nicht mehr auffindbar. Knut und Helge hatten während ihres Kampfes den Ertrinkungsvorgang ihres Bruders nicht verfolgen können. Nur Henning, der wegen seiner Schmerzen am Schienbein nach Frieders Tritt an der Reling stand, um sein Bein etwas zu schonen, sah seinen Bruder mit weit aufgerissenen Augen untergehen. Er rief: »Vater, Vater, Dirk ist tot – er ist ertrunken!« Diese Worte lenkten Knut für einen winzigen Moment ab – nur wenige Sekunden lang war er unaufmerksam. Paule bemerkte das sofort, nahm »Blitzschlag« in beide Hände, drehte sich mit ausgestreckten Armen einmal um die eigene Achse und schlug das Schwert unmittelbar über den Schultern durch Knuts Hals. Was nun geschah, ließ allen Anwesenden den Atem stocken – und gleich darauf waren nur noch Schreie zu hören. Knuts Kopf wurde durch diesen einzigen Schlag vom Rumpf getrennt und flog in hohem Bogen ins Meer. Platschend tauchte er kurz im Wasser unter, kam wieder an die Oberfläche und trieb einen Moment auf dem Wasser. Zwei Mal blinzelten Knuts Augen noch, und es schien, als starre er Paule von dort unten aus völlig überrascht ins Gesicht. Knuts Rumpf stand noch einen Augenblick zitternd an Deck der Gabriela; ein Blutschwall entlud sich zwischen den Schultern. Es war unmöglich, geschah aber doch: Der Rumpf ging noch zwei Schritte bis an die Reling, wobei er auf den Holzplanken eine grässliche Blutspur hinterließ, verlor anschließend das Gleichgewicht und stürzte ebenfalls über Bord ins kalte Wasser des Nordmeeres. Was geschah hier gerade? Konnten Knuts Augen noch erkennen, dass sein restlicher Körper dem Kopf folgte?

Paule stand wie erstarrt und sah dem unheimlichen Geschehen zu. Für kurze Zeit trieben der Rumpf und der Kopf nebeneinander im Meer, bis der Kopf endgültig unterging und bald darauf in einiger Entfernung auch der restliche Körper. Paules Blick schweifte zum anderen Boot hinüber, von dem her weitere Schreie ertönten. Margarete hielt sich beide Hände vors Gesicht. Helge und Henning ließen die Äxte sinken, Frieder sein Schwert. »Jetzt hört endlich auf zu kämpfen! Sofort Schluss damit!«, rief Margarete. Henning und Helge warfen ihre Äxte auf den Boden und setzten sich. Sie zitterten, ihre Knie schnellten hin und her. »Mein Gott«, sagte Helge, »was hat man nur mit unserem Vater gemacht?« Für einen kurzen Moment herrschte an Bord Totenstille. Alle blickten sich mit weit aufgerissenen Augen an.

Nun wachte Klaus auf, schüttelte sich kurz, ging auf seine Brüder zu und schrie sie an: »Das musste doch eines Tages so kommen! Ja, Vater und Dirk sind jetzt tot, aber für mich ist das eine Befreiung. Jetzt bin erlöst von der ständigen Angst. Immer waren wir seinen Launen ausgesetzt, jetzt ist Schluss damit. Brüder, wir sind frei und können unser eigenes Leben in die Hand nehmen! Vater war ein Mörder, ein Tyrann und ein gemeiner Dieb. Er hat nicht nur den Vater des Weinhändlers erstochen, nein, er war auch ein Dieb und ein Frauenschänder – und Dirk war auch nicht viel besser.«

Helge hob den Kopf und blickte seinen Bruder an. »Du warst immer schon anders als wir. Und weißt du auch, warum? Ich werde es dir jetzt sagen: weil unser Vater nicht dein Vater war. Der da, der Charley, ist dein richtiger Vater.« Nun fiel Klaus die Kinnlade herunter. »Was redest du da?« Charley mischte sich ein: »Ja, Helge hat recht, ich bin dein leiblicher Vater. Deine Mutter und ich hatten jahrelang ein Verhältnis miteinander. Wir liebten uns über alles. Keine Macht der Welt hätte uns trennen können. Euer Vater hat eure Mutter wie ein Stück Vieh behandelt, ja, man kann schon fast von Sklaverei sprechen. Ich liebte sie schon, als ich sie zum ersten Mal hier im Hafen gesehen hatte.

Als Knut wieder einmal auf großer Fahrt war, vertraute sie mir all ihre Schwierigkeiten an. Es kam der Tag, an dem wir miteinander schliefen, und von da an regelmäßig jedes Mal, wenn euer Vater mit dem Boot unterwegs war. Eines Tages kam er von einer Fahrt früher zurück als erwartet und erwischte uns beide unter Deck meines Bootes. Knut ging sofort auf mich los; wir schlugen uns, und ich bekam einen Schlag aufs Kinn, sodass ich gegen die Bordwand prallte und mir die Sinne schwanden. Danach habe ich eure Mutter nie wieder zu Gesicht bekommen. Es hieß damals, sie hätte ihn verlassen, doch habe ich ihm das nie abgenommen.«

Schweigen verbreitete sich unter den Anwesenden, bis Helge die Geschichte zu Ende brachte. »Vater hat mir vor Kurzem noch Folgendes erzählt: Auf dem Weg nach Hause stritten sie sich fürchterlich. Er schlug sie, Mutter schlug und kratzte zurück. Ein Wort wechselte das andere, bis Mutter ihm sagte, dass eines der Kinder nicht von ihm sei. Daraufhin verlor er die Kontrolle, zog seinen Dolch und stieß ihn in Mutters Brust. Sie war auf der Stelle tot. Er legte sie im Reet ab und begrub sie am nächsten Tag dort.«

»Ich habe es immer geahnt«, sagte Charley. »Kein Mensch kann so einfach verschwinden – nur mit den Mitteln eures Vaters ist so etwas möglich.« »Was machen wir jetzt mit euch?«, fragte Frieder. »Am besten übergeben wir euch dem Hauptmann.« – »Warte«, gab Charley zu bedenken. »Wenn wir das tun, wird es ein böses Ende nehmen. Gut, Helge und Henning sind für keinen Mord verantwortlich zu machen, aber wegen Diebstahls von Weinfässern wird einem schon mal die Hand abgehackt. Und was dann? Einen Beruf auszuüben wäre für sie kaum noch möglich, ebenso wenig, ein Boot zu steuern.«

»Geheimnisse über Geheimnisse! Was heute alles ans Tageslicht gekommen ist, ist schon gewaltig. Aber es ist für alle Beteiligten auch ein Neuanfang. Nutzt diese Gelegenheit, fangt ein neues Leben an!«, sagte Margarete, sprach damit die Brüder an und griff glücklich nach Paules Hand, der ihr sein bestes Lächeln schenkte. – »Meine Frau hat recht; ihr seid doch im besten Mannesalter. Was macht euch denn Spaß? Wozu habt ihr Lust?«, fragte der Schmied.

Helge und Henning saßen da und verstanden die Welt nicht mehr. Beide zuckten mit den Schultern, dann sagte Helge: »Fischen – wenn überhaupt, macht uns Fischen Spaß. Wir waren schon mal fischen, mit Reusen und Netzen; das hat uns viel Vergnügen bereitet.« »Na also, werdet doch Fischer! Ein Boot habt ihr doch; besorgt euch das Material, das ihr benötigt, und werden ganz einfach Fischer. Beliefert die Märkte, die Gasthöfe in der Umgebung, schafft euch eine Frau an, heiratet, setzt Kinder in die Welt. Das ist doch alles ganz einfach! Nur lasst die Finger von den Machenschaften, die euer Vater so liebte. Mord, Betrug,

Diebstahl, Schändungen – all diese Taten sind tabu. Dann haben die Leute auch Achtung vor euch und eurer Tätigkeit. Außerdem geratet ihr auf diese Weise mit keinem Gesetz in Widerspruch«, riet ihnen Paule.

»Bevor wir jetzt lange weiterreden, sollten wir eure Wunden verbinden. Klaus, besorge mir bitte ein paar Streifen Linnen«, sagte Margarete. Charley ging zum Bug und setzte sich: »Gott im Himmel, was war das für ein Tag!« Er wischte sich mit beiden Handflächen durchs Gesicht. Klaus brachte ein paar Linnenbänder, mit denen Margarete die Wunden versorgte. »Es sind nur leichte Schnittwunden; die heilen schnell«, meinten sie.

»Wenn du gleich damit fertig bist, geh unter Deck, zieh deine nasse Gewandung aus und wickele dich in trockene Decken ein, bis wir zurück im Hafen sind. Nicht, dass du noch die Hitze bekommst«, sagte Paule. – »Ja, du hast recht«, sagte sie, die erst jetzt anfing zu schlottern. Bisher war so viel passiert, dass sie keine Zeit hatte, überhaupt übers Frieren nachzudenken.

»Ich denke, es ist an der Zeit zurückzusegeln«, sagte Charley und sah Helge und Henning an. »Könnt ihr das Boot eures Vater steuern?« – »Schon, das dürfte keine Schwierigkeit darstellen, aber die Untiefen sind uns nicht geläufig«, meinte Helge. – »Gut, wir machen es so: Ich segele vorweg, und ihr haltet euch mit der Gabriela in meinem Fahrwasser. Alles, was wir noch zu besprechen haben, können wir später bei einem guten Becher Wein im Hafen erledigen. Nach diesem Tag kann jeder einen guten Schluck vertragen, glaube ich.«

## 86

Zu später Stunde saßen alle Beteiligten im ›Roten Seestern‹ und labten sich an dem Wein, den die rote Bande Frieders Vater geraubt hatte. »Ich trinke hier meinen eigenen Wein und bezahle auch noch dafür – was für ein Geschäftsgebaren!«, sinnierte Frieder. So langsam – und dafür sorgte wohl auch ein wenig der Wein – konnten sie die furchtbaren Erlebnisse dieses Tages verdrängen.

Margarete hatte von Erics Frau eine trockene Gewandung erhalten. Klaus saß mit am Tisch; seine Brüder waren nach Hause gegangen, um die Geschehnisse des Tages zu verarbeiten.

»Auch ich werde ab morgen ein neues Leben anfangen«, sagte Charley. Eric blickte seinen Freund von der Seite her an: »Wie soll ich das verstehen?« – »Na, heute ist der letzte Tag, an dem ich dem Wein zuspreche. Als Vater trägt man schließlich eine gewisse Verantwortung gegenüber seinem Sohn.« Alle mussten herzlich lachen, selbst Klaus, obwohl er das alles noch nicht richtig verstanden oder verkraftet hatte.

Margarete saß neben Erics Frau Helene; die Damen hatten sich aufgekratzt über die Ereignisse dieses Tages unterhalten. »Geht's dir gut, mein Schatz?«, fragte Paule seine Gattin. – »Ich bin so froh, dass die fürchterlichen Tage vorbei sind und ich mich einmal wieder mit einer Frau unterhalten kann!« Sie zeigte auf Klaus: »Wenn er nicht gewesen wäre, ich weiß nicht, was sonst noch alles hätte passieren können.«

Paule sah seine Frau liebevoll an und sagte: »Gleich werden wir erst einmal im Gasthof richtig ausschlafen. Und wonach mir der Sinn steht, das wäre ein heißes Bad zusammen mit einer hübschen Nymphe – aber vor dem Ausschlafen!«, lachte Paule. – »Die Nymphe werde aber ich sein«, gab Margarete lächelnd zurück. – »Ich habe auch an keine andere Frau gedacht …«

Frieder nahm einen weiteren Schluck von seinem eigenen Wein: »Da gibt es noch eine Schwierigkeit – wie kommen wir nach Colonia und Bonn zurück? Vielleicht kann uns dieser Herr Stuttenbeeker behilflich sein. Der Hafenmeister kennt doch sicherlich eine Menge Leute hier im Hafen.« – »Moment, bitte«, sagte Charley, »ich werde euch mit meinem Boot zurückbringen. Wenn ihr nicht in den Norden gekommen wärt, hätte sich das alles nicht so entwickelt. Ich bin ja jetzt schließlich Vater von einem Kläuschen. Diesen Gefallen bin ich euch schuldig.«

Klaus bekam bei Charleys Worten einen roten Kopf, beteiligte sich aber an dem Gespräch: »Wenn ich darf, komme ich mit euch. Ich möchte nicht mehr ins Haus meines Vaters zurückkehren. Von mir aus können meine Brüder es für sich behalten. Ab heute fängt für mich ein neues Leben an. Und da ich schon immer Charley zu dir gesagt habe, bleibt es auch bei Charley. Komm nicht auf die Idee, dass ich dich Vater nennen soll!« Erneut lachten alle am Tisch Versammelten.

»Ich hätte da noch einen Vorschlag zu machen«, meinte Frieder. »Was wäre denn, wenn Charley mit mir nach Bonn käme? Möglicherweise sind da ein paar kleine Geschäfte unter uns machbar. Und Paules Freund Alfonso ist doch auch im Weinhandel tätig. Es wäre doch gelacht, wenn wir nicht zusammenarbeiten könnten.« – »Bevor Ihr hier irgendwelche Geschäfte abschließt, mein lieber Frieder, denkt daran: Wir müssen noch eine erkleckliche Summe für das Mieten von Charleys Boot auf den Tisch legen«, meinte Paule. – »Oh, da werden wir uns schon einig. Ganz umsonst kann ich es natürlich nicht machen, weil ich ja Geld brauche, um bei Frieder Wein einzukaufen. Aber von Colonia bis hierher nach Hamburg nehme ich schon mal keine Gebühren«, erklärte Charley den beiden. – »Von Colonia bis nach Hamburg sind wir doch gar nicht mit dir gesegelt«, wandte Paul ein. »Verdammt«, lachte Charley, »ihr merkt auch alles!«

Eines mussten sie aber noch vor ihrer Abreise erledigen, nämlich dem Hauptmann der Wache von den Ereignissen berichten, die sich auf offener See zugetragen hatten. Nun gut, alles mussten sie ihm natürlich nicht unter die Nase reiben. Die Diebstahldelikte ließen sie einfach außen vor, sonst wäre der Hauptmann vielleicht auf die Idee gekommen, den Brüdern eine Abreibung zu erteilen.

»So, und der alte Dirkse hat dann auf offener See die Flucht vor Euch ergriffen. Ihr seid ihm mit dem schnelleren Boot gefolgt und konntet ihn stellen.« Die Anwesenden nickten alle gleichzeitig. Der Hauptmann stellte weiter fest: »Ihr habt die Gabriela an die Holk gebunden, und die Dirkses haben Euch mit Äxten und Dolchen in Empfang genommen. Ihr habt Eure Schwerter gezogen, und der Kampf begann. Wie ging es weiter?«

Paule räusperte sich. »Während des Kampfes zerrte Dirk auf einmal meine Frau mit einem Messer am Hals an Deck. Die Bande hatte sie als Geisel unter Deck festgehalten. Der junge Klaus hier warf sich gegen die beiden, und alle drei stürzten ins Meer.« – »Dann erzählt Ihr einmal weiter, Ihr wart ja der Betroffene«, sagte der Hauptmann an Klaus gerichtet. »Nun«, sagte dieser etwas verlegen, »die Frau schien unterzugehen; sie trug ja eine schwere Gewandung. Ich packte sie, schwamm zum Boot, und diese beiden Männer hier zogen sie an Bord.« Charley und Eric bestätigten das.

»Warum habt Ihr danach nicht Euren Bruder Dirk gerettet?« – »Das wollte ich ja, aber er war nicht mehr auffindbar«, erklärte Klaus. Und erbittert fügte er hinzu: »Außer mir kann ja von meinen blöden Brüdern keiner schwimmen. Ich wollte es ihnen immer beibringen, aber es bestand ja ihrerseits kein Bedürfnis daran.« Der Hauptmann schluckte: »Und Knut, der Vater? Wie ging es mit ihm weiter?« »Wir kämpften eine Weile, bis ich richtig zustechen konnte; da fiel er vom Boot ins Wasser und ertrank genau wie sein Ältester«, log Paule ein kleines bisschen. Der Hauptmann blickte an die Wand, überlegte einen Moment und ließ verlauten: »Nach der Befragung und den übereinstimmenden Zeugenaussagen schließe ich hiermit den Fall Knut und Dirk Dirkse – guten Tag!«

»Dort drüben ist der Hafen von Colonia.« Paule zeigte in die Richtung und stieß Charley dabei an. Endlich waren sie wieder in heimatlichen Gefilden angekommen. Charleys Holk hatte selbst auf dem Rhein gute Dienste geleistet. Margarete ereiferte sich: »Die werden staunen, dass wir wieder zu Hause sind! Heute ist Samstag, da kommen alle unsere Freunde in Alfonsos Weinstube. Vielleicht sind sie ja schon dort.«

Mit größter Vorsicht legte Charley sein Boot an einer freien Stelle an. Paule, Frieder und Margarete stiegen aus. Charley befestigte mit seinem neuen Sohn Klaus das Boot mit Stricken am Steg und sagte: »Geht ihr schon mal in eure Weinstube. Ich komme nach, sobald ich mein Boot beim Hafenmeister angemeldet habe.«

Margarete war vor Freude ganz unruhig. Endlich würde sie ihre Freundinnen wiedersehen. Schon vom Weitem konnte sie mehrere Personen vor Alfonsos Weinstube sitzen und stehen sehen. Beim Näherkommen erkannte sie Grimhild, Agnes, den exkommunizierten ehemaligen Pfarrer Bertram und natürlich den kleinen Lombarden Alfonso. Sie beschleunigte ihre Schritte. »Sieh, Paule, da sind sie!«, rief sie.

Bald darauf erklangen laute Wiedersehensrufe durch den Hafen. Die Mädchen fielen sich in die Arme, und Grimhild forderte Margarete sogleich auf, von der Entführung zu berichten. Doch was war das? Agnes trug einen Wäschekorb, in dem ein kleines Bündel Mensch lag. »Agnes, du hast dein Kind bekommen? Was für eine Freude!«, rief Margarete. Stolz erzählte ihr Agnes von der Geburt ihres kräftigen Jungen. »In einer Woche findet die Taufe statt, und ihr seid alle recht herzlich eingeladen«, rief Agnes begeistert. – »Wie soll er denn heißen?«, fragte Margarete. Agnes rümpfte etwas die Nase: »Mein Töpfer hat den Namen ausgesucht – der Kleine soll Knut heißen.« Abruptes Schweigen verbreitete sich vor dem kleinen Weindepot. Margarete hüstelte. Nun gut, ihre Freundin Agnes konnte ja von alledem, was vorgefallen war, nichts ahnen, aber über den Namen musste sie mit ihrer Freundin noch einmal reden …

Kurze Zeit später trafen Charley und Frieder ein. Man stellte sich gegenseitig vor, im Schnelldurchgang schilderte Margarete ihren Freundinnen die schrecklichen Begebenheiten, die ihr widerfahren waren, bis hin zum Tod von Dirk und seinem Vater.

Gebannt hörten Grimhild, Agnes und Alfonso ihr zu; am Ende sagte Agnes: »Ich glaube, wir sollten doch besser einen anderen Namen für unseren Sohn aussuchen.« – »Ich wäre dir sehr dankbar dafür.« Margarete war aber nicht richtig bei der Sache; sie hatte große Sehnsucht nach ihrem Jungen: »Wo ist denn mein Kleiner? Geht es ihm gut?« – »Natürlich, meine Liebe, der ist bei meiner Mutter. Die beiden müssten jeden Moment um die Ecke kommen«, sagte Agnes.

»Ich möchte einen Moment mit meinem Mann allein sein«, sagte Margarete und nahm Paules Hand. »Es ist so viel passiert in letzter Zeit; komm, Paule, wir gehen ein paar Schritte am Rheinufer entlang!«

Sie schlenderten bis zur nächsten Bank und ließen sich darauf nieder. Beide blickten den vorbeifahrenden Schiffen hinterher. »Ich bin so glücklich, dass du mich befreit hast! Es war grausam. Der alte Knut war ein Unhold, ein Widerling. Wenn Klaus nicht gewesen wäre, hätte mir weitaus Schlimmeres passieren können.« – »Und in der ganzen Zeit wollte er nichts von dir wissen, wo er doch im ›Haus der kleinen Sünden‹ damit geprahlt hatte, dass du sein ›Verpflegungspaket‹ seiest?« Paule hatte Angst vor der Wahrheit – was hatte seine Margarete durchmachen müssen? – »Doch, einmal ist etwas passiert, aber nicht so, wie du vielleicht jetzt denkst.« Sie schilderte den Vorgang ihrer scheinbaren Schändung und erzählte ihm von dem alten Trick des Fallenschiebens, den jede Hübschlerin beherrschen sollte. »Nur dieses eine Mal hatte er es versucht; ein weiteres Mal kam nicht zustande, weil er durch seine Söhne und vor allem durch Klaus gestört wurde. Zu meinem großen Glück kam immer etwas dazwischen, bis du und Frieder endlich erschient.«

Paule atmete tief durch: »Ich muss mich jedenfalls bei dir entschuldigen. Niemals hätte ich so lange fortbleiben dürfen. Ich habe euch ohne männlichen Schutz im ›Haus der kleinen Sünden‹ völlig allein gelassen. Das wird nicht wieder passieren. Das Thema Hurenhaus ist jetzt ein für alle Male erledigt. Agnes ist raus, Grimhild hat es geschafft, und auch du wirst keinen Fuß mehr in dieses Haus setzen. Morgen gehe ich zum Rat und kündige den Vertrag. Ein paar Muskelübungen, und ich mache aus dir eine Schmiedin. Einen Hammer für dich werde ich auch noch irgendwo auftreiben.« Bei diesen Worten fiel eine schwere Last von ihm.

Margarete lachte: »Ich und Schmiedin – du hast vielleicht Ideen! Ich werde den Verkauf deiner Waren übernehmen, dir neue Kundschaft besorgen und mich darum kümmern, dass du immer genug zu hämmern hast. Aber sag mal – mir geht immer noch der Kampf zwischen dir und Knut durch den Kopf: Wie kam es zu diesem fürchterlichen Schlag?« Paule dachte kurz nach und holte sich die Geschehnisse noch einmal ins Gedächtnis: »Genau kann ich es dir nicht erklären. Während des Kampfes griff meine zweite Hand wie von selbst an den Knauf des Schwertes. Als Knut sich kurz umdrehte, streckten sich meine Arme wie von Geisterhand geführt. Es folgten eine Drehung und ein gewaltiger Rundschlag, und die Klinge trennte ihm den Kopf vom Rumpf. Entweder war es ein verzweifelter Handstreich von mir, oder ›Blitzschlag‹ hatte meine Arme geführt. Ich weiß selbst nicht, wie mir geschah – alles ging unheimlich schnell.«

»Na, die Hauptsache ist doch, dass du deine Margarete gerettet hast. Komm, Paule, wir sehen nach unserem Jungen – ich habe Sehnsucht nach ihm.« Hand in Hand schlenderten sie zu den anderen zurück. »Sag, gute Frau, könnten wir Johannes heute etwas früher ins Schlafgemach verfrachten? Mich gelüstet nach einem kleinen Abenteuer mit dir, aber du musst mir versprechen, keine Falle zu schieben.« Margarete musste lachen: »Als du noch mein Freier warst, hast du fürs Fallenschieben jede Menge Geld gezahlt.« – »Du hast mich hinters Licht geführt?« – »Nein, Paule, das war nur ein Scherz. Heute Abend machen wir es uns gemütlich, und dabei bleibt die Falle offen.«

Sie verbrachten einen wunderbaren Abend mit ihrem Jungen. Johannes war so froh, dass seine Eltern wieder bei ihm waren. Es wurden Spiele gemacht, und der Junge wurde kein bisschen müde. Gähnend meinte Paule: »Du musst jetzt aber mal langsam ins Bett.« – »Nur noch ein Spiel, bitte, Vater!«, rief er. – »Gut, aber dann ist Schluss.« Sie brachten Johannes in seine Koje, wo er auch gleich einschlief. Aber auch für Margarete und Paule war es ein verdammt langer Tag gewesen, sodass sie sich vor Müdigkeit kaum noch auf den Beinen halten konnten. »Komm, Paule, lass uns auch zu Bett gehen. Fallen kann man schließen, aber auch wieder öffnen – und ab morgen, das verspreche ich dir, wird das Wort Falle aus meinem Sprachschatz verschwunden sein.«

Ende

# Personenregister

Händler, Kaufleute, Bürger, Freier, Hübschlerinnen und andere Übeltäter

Grimhild Feldmann: eine Hübschlerin

Georg und Adelheid Feldmann: ihre Eltern

Margarete: eine Hübschlerin

Johannes: ihr Sohn

Agnes Trautheim: eine Hübschlerin

Wilhelm und Irene: Agnes' Eltern

Edeltraud, Reinhild, Theresa, Sieglinde: weitere Hübschlerinnen

Hildeger Kleingedank: Kölner Patrizier

Anne Kleingedank: Hildegers Frau

Gottfried Hardevust: Hildegers Freund

Walter der Maurer: Agnes' Freund

Paule der Schmied: Margaretes Freund

Graf Arnold von Huckengeswage

Gernulf: ein Häscher

Roland von Lyskirchen: ein Patrizier

Alfonso di Luca: der Lombarde

Mario und Luca di Luca: Alfonsos Brüder

Mama Sofia di Luca: die Mutter der Brüder

Ketlin: die Kräuterfrau

Karl: der Kaufmann

Bruder Niklas: der Abt der Dominikaner

Weitere Mönche: Bruder Sebastian, Bruder Eckhard, Bruder Alois und der Novize Gerhard

Bertram: der exkommunizierte Pfarrer von Colonia

At van der Fries: ein Händler

Hannes und Hanna: der Hurenwirt und seine Frau

Kilian: der Waldarbeiter

Regina: Kilians Frau

Thomas: der Töpfer

Dicke Doro: eine Hübschlerin

Henslin: Kaufmann aus Basel

Santiago: Alfonsos Nachbar

Silvana: die Magd

Der Friese Jan: Händler aus Basel

Frieder Böllinghusen: Bonner Weinhändler

Knut, Dirk, Henning, Helge und Klaus Dirkse: die rote Bande

Charley: der Kapitän der Holk

Eric: sein Freund

Andreas Stuttenbeeker, Hafenmeister in Hamburg

Ole van der Heyde: Der Kapitän des Niederländers

Betty: die Wirtin aus der »Qualle«

Übersetzer des Textes vom Deutschen ins Holländische:

At Buitendyk

# Nachgedanken

Nun sind wir in meinem Buch beim ältesten Gewerbe der Menschheit angelangt, dem Handwerk der Huren, lateinisch »Meretrix« genannt, der Dirnen, Hübschlerinnen oder gemeinen Weiber. Alle Huren mussten im Mittelalter durch Schleier, Hüte oder Bänder in einer bestimmten Farbe gekennzeichnet sein. Es handelte sich dabei um Gelb, Rot oder Grün, die sogenannten Schandfarben. In den meisten Fällen wurde von den Huren ein gelbes Achselband getragen oder eine farbige Borde am unteren Rand der Gewandung. Diese Kennzeichnung konnte von Stadt zu Stadt unterschiedlich gehandhabt werden. So gab es in manchen Städten anstatt des gelben Bandes den Hurenschleier, der vor dem Gesicht getragen werden musste. Auch gab es bei den Huren, die häufig Hübschlerinnen genannt wurden, diverse Unterschiede. Die organisierten Frauen arbeiteten fest in einem Frauenhaus – wie im »Haus der kleinen Sünden« –, das von einem Hurenwirt geführt wurde, der oft auch gleichzeitig der Pächter war. In manchen Städten konnte auch der Scharfrichter der Hurenvater sein. Die Rechte und Pflichten wurden in der Frauenhausordnung geregelt. Inhaber der Häuser waren die Städte, die durch die Verpachtung einen guten Erlös erzielten. Darüber hinaus gab es noch die umherziehenden Weiber, die sogenannten Wanderhuren. Oft zogen sie mit Eselskarren von Stadt zu Stadt, von Fest zu Fest und von einem Reichstag zum nächsten. Von den ortsansässigen Huren wurden die konkurrierenden Wanderhuren nicht gerne gesehen, und häufig kam es zu Streitereien, ja sogar zu Kämpfen untereinander. Alleine beim Konstanzer Konzil in den Jahren 1414 bis 1418 sollen über 1500 Huren in der Stadt gewesen sein. Huren gehörten genau wie die Henker, Gaukler und Bettler zur untersten gesellschaftlichen Schicht. Sie waren die Randständigen außerhalb der Gesellschaft. Trotz alledem standen die Huren für Glück und Lebensfreude. Na, dann …

Peter vom Falkenberg

# die Henkerin von Köln

Im ärmlichen Teil der Kölner Südstadt lebt im 13. Jahrhundert die Familie Rheinbeck: Vater Hannes mit seinen beiden Töchtern und dem zehnjährigen Sohn. Hannes gehört dem verfemten Berufsstand der Henker an, der durch Vererbung weitergegeben wird. Durch den frühen Tod der Mutter muss die älteste Tochter Gisela schon bald große Verantwortung für die Familie übernehmen. Für ihren Vater arbeitet sie heimlich als Henkersgehilfin. Doch damit nicht genug, stellt sie das Schicksal vor fast unlösbare Aufgaben, als auch ihr Vater Hannes stirbt.
Zur selben Zeit schwelt der Limburger Erbfolgestreit, der im Jahre 1288 in der historischen Schlacht von Worringen gipfelt. Als Gehilfin eines Baders kümmert sich Gisela während der großen Schlacht um die vielen Verletzten und kann ihrem Leben unverhofft eine neue Richtung geben.

320 Seiten | Softcover | 13,5 x 21,5 cm | ISBN 978-3-943886-67-2 | 14,99 EUR

## Spannende Titel von Peter vom Falkenberg!

# DER ZIMMERMANN VON KÖLN

Peter vom Falkenberg nimmt den Leser mit auf eine faszinierende Zeitreise in die Frühphase des Dombaus. Mit dem Blick fürs historische Detail erzählt er die spannende Geschichte des Zimmermanns Michel aus Flensburg, seiner ereignisreichen Reise nach Köln, seiner steilen Karriere beim Bau des Doms und seines tiefen Falls, als er eines brutalen Mordes beschuldigt wird. Gleichzeitig macht sich sein Stiefbruder Tristan auf die Suche nach seiner Vergangenheit und trifft auf einen mysteriösen Wikingerstamm.
Das Wiedersehen der Brüder im Bergischen Land, der Entscheidungskampf im hohen Norden und eine Heirat im Kölner Dom sind nur drei Elemente dieses monumentalen Mittelalterepos.

280 Seiten | Softcover | 13,5 x 21,5 cm | ISBN 978-3-943886-97-9 | 14,00 EUR

## Die Trilogie von Peter vom Falkenberg über die Lenneper Tuchhändlerfamilie Wüllenweber ist komplett!

### Der Tuchhändler von Lennep

Ein perverser Mörder treibt im Jahre 1324 vor den Toren Lenneps sein Unwesen und versetzt die friedliche Hansestadt in Angst und Schrecken. Ausgerechnet jetzt müssen der Tuchhändler Tilmann Wüllenweber und weitere angesehene Kaufleute zu ihrer jährlichen Handelsreise ans Ostmeer aufbrechen. Frauen und Kinder bleiben allein zurück. Erleben Sie hautnah, was unseren Reisenden widerfährt, aber auch, wie sich Tilmanns tapfere Ehefrau und der Medicus des Ortes dafür einsetzen, einen schrecklichen Justizirrtum aufzuklären.

**TB 320 Seiten | ISBN 978-3-943886-93-1 | Euro 9,90**

### Die Söhne des Tuchhändlers

Die Geschichte der Familie Wüllenweber aus „Der Tuchhändler von Lennep" geht weiter. Nachdem Tilmann Bürgermeister geworden ist, bauen seine Söhne Jacub und Simon den Lenneper Tuchhandel in zweiter Generation weiter aus. Die Hanse expandiert zu Land und zu Wasser und wird zur größten Handelsgesellschaft des Mittelalters. Jacub führt seine erste eigenständige Handelsreise durch und erlebt auf dem Seeweg nach Genua so manches Abenteuer.

**TB 390 Seiten | ISBN 978-3-943886-27-6 | Euro 9,99**

### Lennep im Schatten der Pest

In der zweiten Generation der Familie Wüllenweber florieren die Geschäfte durch die Expansion der Hanse. Aber die weitreichenden Handelsbeziehungen bis zum Mittelmeer bringen nicht nur Gutes mit sich. Eine tödliche Krankheit, die Pest, bahnt sich ihren Weg durch Europa. Auch die Heimat der Wüllenwebers bleibt davon nicht verschont.

25 Millionen Menschen sind schätzungsweise der Pest zum Opfer gefallen, und es hat fast 400 Jahre gedauert, bis die Menschheit wieder die gleiche Anzahl erreicht hat.

Damit kommt auch die Geschichte der Familie Wüllenweber zu einem Ende.

**TB 304 Seiten | ISBN 978-3-943886-76-4 | Euro 9,99**

COLONIA
DO SENATOR